U0920016

信仰

／

半月孤，三更寂。哭墙倾，苦路颓。
残磨累，衍根赘。玫瑰憔，魂灵悴。

鬼蜮

鬼蜮为牢，游魂成灾。
一世的酸甜苦辣，湮于深渊。

海陨

／

朝霞如血，憾恨似海。
一生的日月星辰，没于骇浪。

空 梦

山盟似花，海誓若磐。
一畦的赤橙蓝绿，止于秋黄。

春空鹤梦

A Dreaming Crane in Spring Sky

素描——著

CNS PUBLISHING & MEDIA
湖南文艺出版社 HUNAN LITERATURE AND ART PUBLISHING HOUSE
博集天卷 CS-BOOKY

图书在版编目（CIP）数据

春空鹤梦 / 素描著. —长沙：湖南文艺出版社，
2018.12
ISBN 978-7-5404-8874-1

Ⅰ.①春… Ⅱ.①素… Ⅲ.①长篇小说—中国—当代
Ⅳ.①I247.5

中国版本图书馆CIP数据核字（2018）第236385号

©中南博集天卷文化传媒有限公司。本书版权受法律保护。未经权利人许可，任何人不得以任何方式使用本书包括正文、插图、封面、版式等任何部分内容，违者将受到法律制裁。

上架建议：文学·长篇小说

CHUN KONG HE MENG
春空鹤梦

作　　者：素　描
出 版 人：曾赛丰
责任编辑：薛　健　刘诗哲
监　　制：于向勇　秦　青
策划编辑：刘　毅
文字编辑：张　伟
营销编辑：刘晓晨　刘　迪　初　晨
封面设计：潘雪琴
版式设计：梁秋晨
封面插画：猫　君
内文插画：素　描
出版发行：湖南文艺出版社
（长沙市雨花区东二环一段508号　邮编：410014）
网　　址：www.hnwy.net
印　　刷：三河市天润建兴印务有限公司
经　　销：新华书店
开　　本：700mm × 995mm　1/16
字　　数：428千字
印　　张：25.5
版　　次：2018年12月第1版
印　　次：2018年12月第1次印刷
书　　号：ISBN 978-7-5404-8874-1
定　　价：48.00元

若有质量问题，请致电质量监督电话：010-59096394
团购电话：010-59320018

致读者

代序

亲爱的读者：

我很难过，我的主人公，都死了。

桑梓酒后失节，一死一生，一死三生，九死一生，终生丧失了被爱的权利。她的一生是霏雨，雨霁时分，就是乘鹤归去的日子。

桑桑梦海幻游，执迷遗忘，拒绝成长，盲爱至死。她的一生是朝烟夕岚，她的季节永远如春，开在春天，谢在春天。

吉诚因爱的背叛，精神和肉体一齐阳痿。他的一生是雾霭蒙蒙的深秋，他心里的树枯枝垂败。

他们无一逃出多舛的命运，生命之花以不同的方式黯然凋谢。

一个悲剧，两个姐妹，三曲哀歌。

人世间，这样的大戏，年年岁岁，分分秒秒地上演着。这厢落幕，那厢开场。日复一日，年复一年，人们乐此不疲地演绎着自己的爱情故事，不到世界毁灭的那天不止。如此，人世间的哪一个人不是这个浩荡故事里的桑梓、桑桑、吉诚、洪泽、怀玉呢？他们的身上，时时投射着我们的影子。

亲爱的读者，这定然是一个让男人诅咒、女人泣哭的故事：

你，怎么可以将英武堂堂的男儿写得如此孱弱不堪？

你，怎么可以赋予如花的女人如此不济的命运？

亲爱的读者，其实，我也是如此不愿、不忍、不甘啊！百年好合的婚姻，是善男信女心里的图腾、愿景、好梦。可是，人间正道是沧桑！对此，我们是多么无奈！

亲爱的读者，

守着爱，却无性的婚姻；

充斥着性，却无爱的婚姻；

无性无爱，却又必须维系的婚姻；

深怀着爱，却又无法缔结的婚姻……

都以不同的方式存在着，演绎着。身陷其中的我们、你们或他们，奈其若何呢？我们解读自己的境况，慰藉自己的心灵，舔舐自己的伤口。有自我痊愈能力的人，活着；缺乏这种能力的人，“去了”。每个人从别人的故事里“剔除出”自己来，认识自己，解脱自己，而自己的故事，同样也宽解着别人，慰藉着别人。如此，人世间才有这瀚海一般的故事，滚滚不尽。有的感天地，有的泣鬼神；有的如美酒，有的如涩茶；有的如甘饴，有的如黄连。

谁是这类故事的始作俑者，谁又将是这类故事的终结者呢？是你，是我，还是他？人，选择了怎样的爱情，就选择了怎样的生活，感情的方式就是生活的方式。在爱情的问题上，世上可真有“脱俗”之人？

爱情改写了你人生既定的程序，纷扰了你既定的气场，一生守望，无缘的情缘，让一双双若渴的眸子，望眼欲穿：“在天愿作比翼鸟，在地愿为连理枝。”“哪个九十七岁死，奈何桥上等三年。”

这样的宏愿美景，痴迷了多少愚者和智者啊！

桑梓和吉诚，无疑被爱情给凌迟了，而我们读这个故事时，或许，我们心灵深处的某一隅，也被“凌迟”着。在小说中，你也许与自己有了一个约会，那个约见你的你，定然是个陌生的熟人：善良而狡黠，高尚而渺小，磊落而阴暗，正义而邪恶……

一个人就是一个社会，一个人就是一个世界。哦，不，一个人就是整个宇宙！

作　者
2017年4月11日
第七次修改于四川成都

目录

CONTENTS

◎

序幕

一个极有韵致的中年妇女身着紫红的丝绒旗袍，披着银色的披肩，在熹微的光晕中，款款走向浮光跃金的大海。

她的眼里，这不是大海，而是一派鹤鸣九皋的盛景。

芦苇深处，一只雄性的丹顶鹤，守护在一只死去的雌鹤身边，它曲颈向天，声声凄厉。

它落单了，没有随鹤群回迁，白天，在附近觅食，晚上，就躺在雌鹤身边。湖边、滩涂不时能看见它落孤的身影。

又一个迁徙的季节，同伴们归来，亲热地围拢在它的周围，有的用头蹭它，有的帮它梳理羽毛。

冬天来临，鹤群又将远徙，雄鹤仍不忍离去。天空的鹤群徘徊、嗥鸣，久不远行，仿佛等待这只曾经落单的鹤。雄鹤时而仰望天空，与群鹤和鸣，时而低头看着那支翎羽，徘徊不定，鸣声呜呜。终于，它一翅冲天。见它归来，鹤群整好队形远去。那队形由线化点，由点化无，湛蓝的天空，只剩几朵悠悠的白云。

芦苇深处，一支洁白的翎羽，插在雌鹤故去的地方，如墓碑一般。

那个披着披肩的女人，朝着那绝美的朝霞款款向前。前面，大海一片跃金。朝阳在渐渐上升，出了海平面，一跃而起。女人从容笃定，依然前行，她蹚进了大海，海水没了她的膝，没了她的腰，没了她的胸，没了她的颈，没了她的头……

彤红的海面上，只那银色的披肩，在海浪中，随流漂荡，任意东西。

第一章 红絮飘零

时间：1948年10月，秋高气爽。

地点：成都水井坊，桑家院子。

桑家院子不小，一进三院，一院大过一院，像个葫芦。其间花木扶疏，俯仰生姿，池藻游鱼，相映成趣。除去它的古朴外，更溢出一股浓浓的书香之气。整个院子宁静、温情。

院中一闺房内，孪生姊妹桑梓、桑桑正在看一件定做的婚纱。

桑桑摩挲婚纱，眼里全是柔婉和爱：“姐，你结婚时也穿婚纱吧，婚纱比唐装好看。”“我倒觉得唐装更喜庆些。”“不过我喜欢婚纱，纯洁无瑕。当然，要说喜庆，还是唐装好。所以，我要举行两次婚礼，这叫两全其美。”

婚纱很长，桑梓帮桑桑穿好婚纱，桑桑将长发披散，用一丝帕束在脑后，桑梓看看：“很好，只是袖洞大了一点，腰松了一些，我就给你改改。”桑桑高兴地在穿衣镜前娉婷旋转起来，幸福的阳光照耀着屋里每一个角落，那光景感染一切。看着醉在爱情里的桑桑，桑梓也如醉一般迷迷离离。

桑桑转啊，转啊，“砰”一声，桌上的一尊青花瓷摔下来，成了一地碎渣。姐妹俩惊醒过来，桑桑低头看着缤纷的青花瓷碎片，刚刚的兴奋倏然消失。“姐，这是订婚礼物啊！”

桑梓何尝不知，桑桑订婚那天，席父席母说要送一件礼物，让大家猜，大家猜了很久，无果。“飞天，飞天花瓶！”桑桑兴奋地说。席父席母相视一笑：“还是桑桑心有灵犀，是我家的儿媳妇。”礼盒打开，一尊精致的青花瓷：窗棂般的镂空外壳，里胎是一袅娜的飞天女，衣襟袖间全是飞花，在那窗里若隐若现。原来吉诚第一次带桑桑回家拜见父母时，桑桑见得桌上的这尊青花瓷，在光的映射下，那飞天的女子竟有些跃窗而出的气象，甚是稀奇。这不，订婚时，席家就送给了她。看着一地的碎片，桑桑伤感地蹲下身来，一片片地拾，一片片地拼。可是，青花瓷没有了复原的可能。

桑桑泪眼婆娑：“姐，花瓶打碎了，是不是……”“桑桑，别瞎想啊，碎碎平安，你和吉诚百年好合，岁岁平安！”桑桑忍住了泪：“是的，碎碎平安，吉诚在战场平安，婚后我们远走高飞，一路平安。”“桑桑，你们要远走高飞？”“吉诚说结婚后就带我走，他去哪儿，我去哪儿。”“爸妈知道吗？”“还没有说。”“那他的父母呢？”“吉诚说，等我们安顿好了，就接他的父母过去。”“原来吉诚早已将一切安排妥当。”“姐，放心吧，我会常回来看你们的。”“桑桑，别捡了。”桑梓拿来扫帚，麻利地把瓷片扫了，端了撮箕，下了楼来。

站在院里的桑梓，长长地嘘了一口气，抬头看看桑桑的窗户，阳光斜射，甚是光辉。桑梓伫立在院里，环顾四周，那棵早些年就已经枯萎的女贞树，嶙嶙地立在那儿，秃秃的枝丫，指向天空，逸出的枝干，像一只瘦骨嶙峋的手，伸出了院墙。而那凸起的树根，裸露在地面，映射着白白的光。

桑梓惊异地发现，在枯根的罅隙处，竟然长着一株黄菊，只一朵花，愤愤地开着。桑家院子里，有的是菊花，各色各样的。只是那些菊花，开在前院的花台里。这株菊花，是怎么飘零到此的？桑梓蹲下来，静静地看着。这朵黄菊，未绽开的花心还紧紧地裹着，开着的一半，愤然地开着，向着太阳和嶙峋的枯枝，昂着骄傲的头。桑梓站起身，肃然起敬。

“姐，我去爸妈那儿。”桑桑出来了。桑梓回到楼上，给桑桑改婚纱。

“爸、妈。”“桑桑啊，婚纱还合适吧？”“合适，姐说袖子和腰稍微改一下。”“放心吧，你姐的手艺，你还不知道。”“我不担心。爸、妈，我把青花瓷打碎了。”“青花瓷，订婚时席家送的那个？”桑母有些吃惊。“桑桑，你怎么这样不小心。”桑父心里一悸。“哎，碎了就碎了，碎碎平安，回头再买一个就是了。”桑母安慰桑桑。“说得轻巧，买一个，上哪儿买去，那是明朝的东西。”“一个花瓶，哪朝还不是一样的？好兆头，碎碎平安！”“姐也这么说，我只是觉得可惜。”“没什么，没人怪你。”“桑桑，好好休息，明天就要出阁了，够你累的。”

桑梓的工作已经完成，看着这件婚纱，眼里有了一些云翳，她觉得倦怠，蒙蒙地睡了。

悦耳的乐声响在耳畔。“姐，你结婚吧，你的新郎在等你。”桑桑将那件婚纱穿在了桑梓身上，“你和吉诚的事，我早知道了。这一次，你不必让我。哥和吉诚，你都让了，我不要别人让给我的新郎。”桑桑眸子清澈。“桑桑，姐错了……”桑梓羞愧得无地自容，她多么希望此时此刻的桑桑能给她一记耳光，骂一声“无耻”。可是没有，桑桑波澜不惊，就这样云淡风轻地把这场婚礼让给了她。桑梓甚至怀疑桑桑是否真的爱着吉诚，一个深爱着自己未婚夫的女子，是万不会将自己的新郎和婚礼拱手相让的。

桑梓迈不开步子，双腿像铅一样沉重，可新郎还在那里微笑地等待着。桑梓鼓足勇气，终于来到新郎身边。新郎笑容依旧，脉脉含情地注视着她，桑梓忐忑的心松弛下来。他伸出手来，紧紧握着桑梓的手，桑梓却分明感觉到，他的手冰凉，凉透心脾，她心里一惊，醒了过来。

桑梓到前院摘了一大抱白菊，回到屋里，将所有的瓶瓶罐罐都插上花。怀玉进来，吓了一跳：“桑梓，做什么呢？桑桑结婚是喜事，干吗插白花呀，这可是有忌讳的。”“那有什么，桑桑的喜事，又不是我的喜事。再说了，婚纱不是白的吗？”怀玉总觉得桑梓这几天不太对劲：“桑梓，怎么了？你这几天怪怪的。”“我有吗？”“有啊，你回来几天了，天天在外，就今天待在家里，还魂不守舍的。怎么了，和洪泽闹别扭？”“这几天，我有事。告诉你，怀玉姐，我要出国了。”“去哪儿？”“加拿大。”“加拿大在哪儿？”“我也不知道。”“那你还去？”“去，留在家干吗？”“桑桑嫁了，你走了，老爷夫人怎么办？”“有你啊！”“我能服侍他们一辈子？”“怀玉姐，你是不是也想嫁人了？”“这不是嫁不嫁人的事，你们是他们的亲闺女。桑梓，是不是遇到什么事了？告诉我，兴许我能帮你。”“我要出国，怀玉姐，你帮我去？”怀玉看着她，不知说什么好。

怀玉走了，桑梓拿出纸笔来，又写了三个阄，她想要一个结局，这个结局由上帝来决定。昨天在洪泽家，她已经写过一次了，今天，她还想来一次。她分别写了上、中、下三个，轻轻放进了抽屉：“今晚，今晚十二点整，一定！”桑梓横下一条心，然后出门了。

宽巷子的席庐，在阳光下异常明亮，院里的人进进出出地忙碌着，明天这里将有一场盛大的婚礼。

桑梓径直到了院里，席母见了忙招呼：“桑梓啊，快来坐下。樱子，茶。”“哎！”樱子应一声，端了茶来。“桑梓，你来得正好，去看看桑桑的新房，满意不？”“伯母，我不是为这个来的。爸说了，桑家是嫁女，都听您家的。”“那怎么行啊！桑梓，人都说双胞胎是心有灵犀的，桑桑出阁前是不能看的，你看，你看了满意，她一定会满意的，是不是啊？”“伯母，我是来找吉诚的，洪泽说有点事……”“吉诚刚被洪泽叫走了。你看看新房再去吧，啊？”“那好吧。”

院里的人们红红绿绿，忙碌着，桑梓随席母来到桑桑的新房。新房很敞亮，雕花的红木床上，红色的绫罗绸缎，一片锦绣。枕头是红鱼翠莲，绣花鞋是鸳鸯戏水，案上准备好的一对喜烛，一龙一凤。挂在屋里的两件唐装，格外醒目，那是桑梓绣的，他们订婚时就穿的这套。为人作嫁，桑梓心里隐隐一痛，扫视全屋，她万千感慨。

“怎么样，还满意吧？”“当然，伯母想得周全。”“应该的。你说，你父母多不容易啊，这女儿一结婚，就成了夫家的人，我们要对得起你们，是吧？”“伯母，那我走了。”“好的，见着吉诚叫他早点回来。”

出了席庐，桑梓就往好喝茶铺而去。

那两人在好喝茶铺坐着，洪泽愤怒地说：“吉诚，你不能总是逃避，你是男人，出了事情应该去面对。”“我跟桑梓什么事都没有，你别疑神疑鬼行不行？”“我疑神疑鬼，你和桑梓都……”“我怎么了，怎么了？”吉诚忽然提高嗓门，“我已经告诉过你了，我爱桑桑，我们就要结婚了。我没招惹桑梓，你放心大胆去追，你要追不上，是你自己的事，你不能赖我头上。”

接连几天，桑梓不停地找他，纠缠他，他逃，他避。他想躲过今天，挨到明天，明天大礼一成，立刻带上自己的新娘远走高飞。可是，桑梓消停了，洪泽又来了，吉诚真是烦不胜烦，他完全没法体会到即将新婚的兴奋和喜悦。

看着这样烦躁的吉诚，洪泽好久以来窝在心里的那股火“噌”地就蹿上来了：“没有事，你敢说没有事？没事你躲什么，怕什么？”“我凭什么躲，凭什么怕？我是烦，烦你，烦桑梓，不是我招惹她，是她招惹我。”听他这么说，洪泽气得将椅子一推，猛站起来，可一抬眼，他瞥见了门口站着的桑梓，到嘴边的大实话被强咽了回去。“干什么，想打架，你替谁打抱不平呢，桑梓，还是你自己？”吉诚毫不示弱。洪泽看着难堪的桑梓，无话可说。此时此刻，他觉得吉诚只配两个字——无耻！他心里痛啊：“桑桑就要和这样一个无耻之徒过一辈子，桑桑，你怎么会爱上他呀？”一眨眼，桑梓已来到他跟前。

吉诚一见桑梓，脾气收了下来：“桑梓，你和洪泽谈谈吧。”说完他快步离开了茶铺。

桑梓和洪泽对面坐着：“哥，算了，我自作自受，我认了。”“你认了，可是……还有桑桑，桑桑就和这个浑蛋过一辈子吗？”“他爱桑桑，不会伤害她的。”“他已经伤害了。”话一出口，洪泽就后悔了，“桑梓对不起，我……”“你没错，我不生气。我想好了，后天哥陪我去医院，行吗？”“桑梓，真想好了？”“哥，明天你早点过来。”“桑桑准备好了？”“她有什么好准备的，穿好嫁衣，待花轿一来，抬起就走。”桑梓轻松起来，脸上有了久违的笑。

桑梓回家了，进院门一看，间壁家的三角梅，开得红红火火。昨夜虽是疏雨，却也凋落不少，零零散散地倚在墙角。桑家前院只是各色的菊花，这飘墙而过的三角梅，倒有不俗的颜色。桑梓走到墙角，一朵朵拾起那些落英，三三两两地放进花台、花盆，有几朵干脆就放在了常春藤上。在阳光下，那些花花瓣透明。“花谢花飞花满天，红消香断有谁怜……”想到此，桑梓不禁一笑。

桑桑回到屋里，看到床上的婚纱，又穿起来，在镜子面前娉婷旋转。她被浓浓的甜蜜包围着，觉得空气都是甜蜜的。桑桑拿出那艘画着大大的“？”和“！”的纸船，拿出一把冰棒棍，拿出那幅《春江水暖》的绣品，又拿出自己的一摞日记、一摞吉诚给她的信，她再转身想拿那个青花瓷，哦，摔碎了，她遗憾地坐在床边。“碎碎平安，岁岁平安！”她立刻释然地跳起来，站在床前，欣赏自己陈列的爱情。

桑桑在体味自己的恋爱，明天，她的恋爱就结束了，她的人生会开启另一个里程。明天，她将告别自己的少女时代，明晚一过，她便由少女成长为少妇了。多神奇啊，成就一个少女，需要十几二十年，而成就一个少妇，只需要一晚。想到此，桑桑自己也羞了，抓起那幅《春江水暖》，顶在头上，偷偷地笑。

桑桑的心沉静下来，再看看自己的展品，忽然觉得眼前的东西似乎不那么真实，她有一种恍若隔世的感觉。幸福来得太快，幸福太满、太浓，桑桑一下子觉得自己似乎承载不起这份幸福，它沉甸甸的。她坐下来，再叠好纸船，把信件、日记、绣品一起放进了一个箱子，这个箱子，她明天要带走。刚才的不真实感、恍如隔世感、惴惴不安感倏一下消失得无影无踪，桑桑又被泡在了蜜罐里。

回到家的吉诚，迎面碰上父亲，他想绕过去，却被叫住了：“吉诚，躲谁呢？过来，坐下。”吉诚不敢违拗，乖乖地坐下。“回来几天了，见天往外跑，没一天着家。你在做什么，这家里是谁要结婚啊？”“爸，这些事，我也不懂。”“不懂就不过问吗？”席母见状，赶紧过来：“老爷，他懂什么啊，当年我们结婚，不也是父母操办的？”“是父母操办的，可我们会天天不着家？他倒好。”“吉诚难得回家，朋友交际的也不能不应酬，是吧？吉诚，你也是，要办大事了，朋友什么的，暂且推一推，大婚后再说，好不好？明天就要娶媳妇了，今天别再出去了啊？”“妈，我不出去了。”“那就好，晚上早点休息，明天够你累的。老爷，大喜的日子，你也消消气啊。”

入夜，又下起了小雨。成都的雨，可人，夜晚下，天明停。经过一夜雨的过滤，空气异常清新。有雨的天气，最好睡觉，最好做梦了。

教堂的钟声悠远悠扬，身着礼服的吉诚，早已候在教堂，只等那个父亲将爱女交到自己手中，然后，他们在神的面前发下誓愿，生生世世，不离不弃。

婚礼进行曲响起来了，乐声中，桑桑着洁白婚纱，由父亲挽着，踏歌而来，她惊若天人，无与伦比。越来越近了，桑桑提着裙裾，款款而来，吉诚迷糊起来，盯着裙裾，仿佛看见一双闪着鱼鳞的腿，走向自己，他连连后退：“不要，你不要过来——”他大叫一声，翻身坐起。

望望窗外，雨停了，月亮朦胧，回想刚才的梦，吉诚睡不着了，起身走出了院子。

夜，黑黑的，路灯昏暗不明。宽巷子仄仄的石径，泛着湿湿的冷光。夜很静，间或几滴积攒的雨滴从屋檐或是树叶上跌落，发出奇异而微妙的声响。微明中，只见得一些房屋和树木的影子、轮廓，其余的景象，都被黑暗掩盖。黑夜确实是最诡异的，它隐秘地释放着阳光下不敢释放的东西。

暗夜里，吉诚漫无目的地走着。明明白天看见的是某家人院门外的两丛万年青，此时此刻却是两座威武的雄狮；明明这家门前有两尊麒麟，此时此刻却是两丛矮芭蕉；明明是树冠芃芃的银杏，此时此刻却是泛着荧荧磷光的枯枝。吉诚看到石板上自己长长的影子，永远在自己的前面，他只能永远跟着自己的影子走。一会儿，影子变成三个，一会儿又是两个，总有一个影子，时不时投在墙上、地上，吉诚觉得自己并不孤单。走得差不多了，吉诚觉得心情好了许多，回到自己的屋里。此时，月亮又藏在了云里，一阵凉风过来，吉诚觉得倦怠，才睡下了。

桑桑也睡了，枕着甜蜜和幸福。

桑桑不知道，举行婚礼的教堂，会那么遥远，仿佛远在天边。天是那么蓝，连一丝云都没有。远山如抹，一笔带出完美的画面。远远的城堡，高高的塔尖，指向云霄。高高低低、圆圆方方的房屋，鳞次栉比。桑桑听到的钟声，声声叩击她的心扉。

眼前的花海，一望无际，都是各色各样的百合。桑桑异常兴奋，她知道，吉诚就在城堡中的教堂里等她。可是城堡、教堂依然遥远。明明听到乐声，明明看到灯火通明的教堂，却依然遥远。原来幸福并非那样来得快，自己距离幸福，还有好一阵子，这是她应该经历的路程。

“吉诚，等我，我一定如约而至。”也不知过了多少时间，桑桑离城堡、离教堂已然很近了。身旁是一泓澄澈的池水，身前身后是姹紫嫣红的花海，脚下是蜿蜒曲折的小路，小路直通那座曾经遥远的圣殿。桑桑执着前行，幸福就在眼前。她看到了，吉诚站在台阶上，他的身边有一个人，哦，是桑梓。他们都到了，只等着自己，这个婚礼上的新娘。桑桑兴奋地迈上台阶，长长的裙裾拖在石阶上。

桑桑终于到了，乐声响起，掌声四起，一把把的玫瑰花瓣飞在空中，乱花渐迷。桑桑陶醉了，醉在了吉诚宽大的胸前。

翌日，午后。

成都宽巷子的席庐张灯结彩，喜气洋洋，庭前花开灿烂。下人们出出进进地忙碌着，桑桑与席吉诚的婚礼，正在紧锣密鼓地准备着。晚上八点，婚礼将要举行。吉诚的父亲席翰阳和母亲温道雅还在上下张罗着，满脸喜色。

"你再去桑家一趟，请亲家过来看看，怕有不妥的，委屈了人家闺女。"席父说。"就去，就去。"席母乐呵呵地走了。

桑家要嫁女了，院里自然也是一派喜气。

正厅里，桑父、桑母对要出阁的桑桑耳提面命。"桑桑，结婚了，万不可在公公公婆面前娇嗔，要矜持。在夫家好好侍奉公婆，相夫教子吧。""桑桑，做点女红吧，这点你可比不上你姐，别看你姐没你淑女，可女红是一流的。"

席母到了，客气过后，看到这和乐融融的一家子，很感慨："这往后啊，我和老伴也有说话的人了。你说吉诚在军中，一年四季在家的日子不多，就剩我和老头四眼相对。现在好了，桑桑要过门了，过个一年半载，生个大胖小子，家里就更热闹啦！"桑桑在旁羞赧一笑。桑梓也笑，笑里却藏着一丝苦楚。

"亲家母，家里够忙的，你怎么来啦？""嘿，老头子怕婚礼安排得有不妥之处，非要我来请亲家过去看看，怕委屈了你家闺女！"桑父大度地说："我们是嫁女，全听夫家的。""嘿，话不可这么说，我们席家不是老脑筋。您二位怎么着，也去看看，成吗？"说话间，下人来报："洪先生来访。"桑父赶紧说："快请进！"

这位洪先生，是孪生姊妹的教父，早年留学英国学建筑。膝下一子，洪泽，长姐妹两岁，三人自小一块长大，青梅竹马，两小无猜，直到大学毕业。

桑家与洪家是世交。洪先生进得厅堂，两姐妹就迎上前："教父，请坐。"落座以后，洪先生对席母说："您老好福气啊，本来我打算让桑桑做我的儿媳妇，可你家吉诚捷足先登了。唉，我和桑桑只有教父之缘啰。"席母很自得："桑家不还有一闺女嘛，桑梓是太配得过你儿子啦！"洪先生乐呵呵地冲桑梓说："是啊，桑梓，你做我的儿媳吧？""教父，您是想让我当替补吗？"桑梓半开玩笑半认真地说，场面有些尴尬起来。"桑梓，越大越不会说话了！"桑父不满。洪先生忙说："没关系，是我说话欠斟酌。桑梓的脾气我知道，真实率直，不怪她。"姐们俩礼貌退下，桑母随席母去了席家，客厅只留桑父与洪若水叙旧。

洪若水将一张发黄的照片递给桑一鹤："没打听到，只听说火灾之后再没有人见到过他们。"桑一鹤看着照片，一脸的惆怅和遗憾。"哦，听说走的时候还带着一个孩子。""孩子？多大？男孩，女孩？"桑一鹤急急地问。"不清楚，只是道听途说。""是吗？那应该比桑桑姐妹大呀。"桑一鹤若有所思，自言自语。"怎么？你当年……"桑一鹤摆摆手，示意他不要再问下去。"唉，缘分哪，天意。"桑一鹤不无感伤。"你就别折磨自己了，眼下的日子不是过得挺好嘛！""就是因为过得好，才愧疚，才不安啊！""沁茹知道你在找傅潆吗？"桑一鹤摇摇头："我想有点眉目再告诉她，她是明事理的，再说人家傅潆也在她之前啊。""是啊，这是命哪！"洪若水不无同情。看看照片，桑一鹤将它夹进了桌上的一本《山海经》，放进了书柜。

"下午四点教堂办婚礼，晚上八点席家喝喜酒，够忙的。"洪若水转移了话题。

"还不是你这个教父的馊主意，干吗举行两次婚礼啊？"

"这是中西合璧，时下年轻人喜欢，随他们吧！"

"我们打个尖，继续聊。吴妈，给我们煮两碗荷包蛋！"

两姊妹回到闺阁。"姐，还生气？""没有，我生不着。"桑梓其实仍未释怀。"姐，你不是很喜欢哥吗，为什么又淡下来了？""他心里有人。""谁啊，能比我姐漂亮、能干？""这个，不知道。"见桑梓兴致不高，桑桑换了一个话题："你给我做伴娘真好，可惜我不能给你做伴娘啦。""为什么？""结了婚的人是不能做伴娘的。""是吗？我怎么不知道。"桑梓的心晴朗起来了。忽然，她觉得反胃，赶紧离开了桑桑的房间。

桑桑又在镜子前穿她的婚纱，见怀玉进来，就问："怀玉姐，好看吗？""当然，仙女下凡。"桑桑撩起裙裾，看自己的腿："怀玉姐，吉诚要看到我的腿，会不会嫌弃我呀？""怎么会，又不是什么大病不能治。""可是不好看啊！""谁会见天看你的腿啊，别瞎操心了。""我要带药过去吗？""不用，把药方带过去就行了呗。"

不知为什么，这怀玉说穿了，就是小姐妹的伴读丫鬟而已，可姐妹俩就买她的账。她大她们五岁，就像是两姐妹的亲姐姐一般，而且肚子里也是有些文墨的。一次姐妹俩默写古诗“白云生处有人家”时，不知道是写“生处”还是写“深处”，怀玉提醒两姐妹是白云升起的地方。桑一鹤在旁吃了一惊，没想到这孩子有如此灵性，当即让她默写此诗，怀玉一挥而就，字体娟秀。桑一鹤很欣赏，当得知怀玉也读过些书后，便不再让她做任何家务，每日只是陪小姐妹读书而已。所以，她在桑家的位置很模糊，既不是主人，也不是使女。但怀玉不愿闲着，家里的事总是这样那样地操持着。

水井坊桑家院子。下午三点，太阳已开始偏西。

桑梓躺在床上，泪流满面。她告诉自己要振作，今天是桑桑的大喜日子。

桑梓无力地躺着，怀玉进来：“桑梓，快起来，花车说话就到，你也准备准备吧！”说话间，花车已到桑家门口，吉诚一身戎装，英俊倜傥，只是脸上显得有些疲惫，不过，整个人很精神。

吉诚来到前厅，拜见岳父岳母后，便等候桑桑出来。吉诚曾在黄埔军校学习，后被公派日本学习舰艇，深受外来思想的影响，所以他想要一个西式婚礼。桑家、席家虽然传统，但不迂腐保守，于是两家决定先在教堂举行一个西式婚礼仪式，再回席家举办一个盛大的传统婚宴。一切准备停当，不见桑桑出来，吉诚便起身去后院，去迎接桑桑，桑梓也紧跟着他过来。

怀玉帮桑桑穿好婚纱后，准备下楼，在阁楼拐角处，桑桑突然止住了脚步。“怎么了，桑桑？”“嘘——”桑桑示意怀玉不要出声，眼神很警惕、很紧张。

“吉诚，我有话给你讲。”桑梓又紧迫又笃定地说。“有什么话，婚礼后再说吧！”吉诚的话压抑，生冷，很不耐烦。“不行，来不及了。”“来日方长，有什么来不及的。”吉诚还是那么冷漠，继续往楼上走。

听到吉诚上楼的声音，桑桑竟然本能一般往后躲。“吉诚，我怀孕了！”桑梓哭喊了出来。吉诚一怔，停住了脚步。桑梓从衣袋里取出化验单，递给他。吉诚一看，手把着楼梯扶手，瘫坐了下来。

楼上的桑桑开始颤抖，她的上下牙不停地打架，她想控制，可没有办法，舌头都被咬破了，满嘴是血。她想往回走，可是腿松软得无法迈步，怀玉赶紧扶着她。“吉诚，我怎么办啊？爸妈知道了，非打死我不可。”桑梓扶着楼梯，哭得上气不接下气。吉诚下楼扶起桑梓：“怎么会这样，怎么办？”两人面对面，四行泪奔涌着。“吉诚，咱们私奔吧！”桑梓已是歇斯底里，“不然我只有死路一条了。吉诚，我要这个孩子……”“桑梓，你冷静些。”吉诚哽咽着，谨慎地看看楼上，“婚礼后再说，行吗？”桑梓压抑地摇头：“婚礼后，桑桑怎么办？”“可现在，桑桑怎么办？”

桑桑听不下去了，双手抱住头，不停地摇，嘴里也不停地嘟哝着。她想往回走，却不知道该往哪里走，她的眼前似乎是一张重重叠叠的网，她转了几圈也没转出去，无法挣脱，怀玉拉着她，不知道她要做什么。“让开，让开！让我走——”桑桑惨叫一声，一头就栽了下去。

这声惨叫，如霹雳般震撼着桑家的上空，吉诚冲上楼来，从怀玉怀里一把抱起瘫软得像棉花一样的桑桑，快步跑下楼，向门外狂奔，桑梓紧紧跟在后面。迎面碰上被惨叫惊动的父母，他们来不及说什么，夺门而出，将桑桑放进汽车，绝尘而去。

二老愣在那里，半晌回不过神来。好不容易缓过劲来，看着蹲在地上哭得死去活来的怀玉，问她，她只哭。气得桑一鹤要举杖打，被桑母死命拉住：“怀玉，你快说，怎么回事？”怀玉仍然只是哭。“你……”桑父一口气上不来，昏厥了过去。顿时，桑家院子混乱不堪，乱成一团，席家迎亲的人，蒙了。

◎

第二章 浩荡离愁

时间：1949年2月初。

地点：海上。

大海一片澄澈，天空一片澄澈。

一艘舰艇在海面行进，海鸥追逐着船后被掀起的浪，在船的周围嬉闹着，不时有那么一只两只，落在船板上、舷梯上，坦然地接受游人投过来的食物。

舰艇的一端，桑梓和吉诚相拥着，面朝大海，满脸阴霾。“不知桑桑怎样了，爸妈怎样了，我心里好乱。”吉诚紧拥着桑梓：“别想了，事情已经过去了，他们会没事的。”他轻吻着她的额头，“不要乱想，对宝宝不好。生下孩子后，我们再回去负荆请罪。”两滴泪滴落在桑梓的头发上。

成都，宽巷子，席庐。

一片凋敝的景象。大红喜字的灯笼，破烂不堪，胡乱地扔在杂物中间，那曾经灼灼的菊花，全凋零了，席庐显得那么寥落和沉寂。坐在院子里，看到满地憔悴的菊花，席母叹息：“不知诚儿在哪儿，他怎么就跟桑梓搅到一块去了。这个桑梓啊，洪泽不是喜欢她吗，还追到重庆去了。唉……”“别说了，谁也搞不清楚是怎么一回事。”“怪不得那段时间，桑梓总来找吉诚。”“吉诚自己的错，桑梓一个女孩子，还能绑架他不成。别总护着儿子，他不是东西！”“桑梓啊，她可怀着孩子呢，经不起折腾。”“是啊！”“唉，不知道桑家怎样了，该去看看的。”“看，你好意思看，见面说什么？我们两家——完了。”

暖阳高照。存仁医院某病房，洁白的墙，洁白的床。

桑桑依旧沉睡不醒，她已经躺了四个月了。怀玉一直守护在她的身边，桑一鹤夫妇一下苍老了许多。桑桑的主治医师过来了，桑母急急迎上去，欲哭无泪：“大夫，我女儿是不是醒不来了？”“伯母，我没法给你说清楚。她的生命体征完全正常，她像是在逃避什么，不愿醒来。”二老听了，无言落泪。

微风中，洁白的窗幔如裙裾般摇曳。床上的桑桑，白皙的脸很安详，嘴角不时露出一个浅浅的笑。

穿好婚纱的桑桑，快步下楼来，她似乎听到了吉诚的脚步声。在楼道的拐角处，她看见了吉诚，吉诚欣喜地迎向她，她伸开双臂，向他奔去，楼梯却咔嚓一声断裂了，吉诚重重地摔了下去，他的一只手执着地向上伸着，桑桑奋力地去抓那只手，一失足，与吉诚一起跌向了黑黑的深渊。

黑暗中，两只手摸索着，终于牵在一起，在空中一起飘飞。前方有一团淡紫色的云，慢慢散开，一座童话般的宫殿出现在两人的面前。门口长长的甬道两旁是两列长着翅膀的仙女，一个胖胖的主教慈祥地迎出来，在仙女们的簇拥下，桑桑与吉诚步入辉煌灿烂的殿堂。

“桑桑小姐，你愿意嫁给吉诚先生为妻吗？不管他是贫穷还是富裕，生老病死，相伴一生。”“我愿意！”“吉诚先生，你愿意娶桑桑小姐为妻吗？不管她是贫穷还是富裕，生老病死，不离不弃。”吉诚眼神涣散：“我，我愿意……”吉诚不安地环顾四周，他的目光在殿堂门口停了下来。桑桑随他的眼睛望去，桑梓孤独凄楚地望着他们。忽然，桑梓张开翅膀，被天使们簇拥着，飞向了天空。

“姐，姐！”桑桑急切地呼唤着，伸出手去。

怀玉赶紧上前，握住桑桑的手：“桑桑，我在这里。”桑桑流出了两行清澈的泪，怀玉用手绢轻轻给她拭去。不一会儿，桑桑恢复了平静，呼吸均匀，神态安详。见此情景，桑父桑母悲从中来。

“吉诚，你告诉我，你和桑梓怎么回事？”桑桑恳求道，“吉诚，你要告诉我，好不好？我不怪你，我说到做到，吉诚，求你了……”桑桑泪眼婆娑地看着吉诚。“桑桑，你是在做梦吧？今天是我们大喜的日子。”

耳畔还是那悦耳的《婚礼进行曲》，可桑桑迷迷糊糊地睡着了。吉诚叫醒她，在她的额前深情一吻，拥着她进入教堂。红红的玫瑰花瓣漫天飞舞，桑桑拥着吉诚，伏在他宽阔温暖的胸前，尽情地享受着这份幸福，不愿醒来。

从此，桑桑与梦同行，形影不离。她总是充满期待地遥望上帝的小屋、梦里的城堡。梦，绑架了她，或许是她绑架了梦。她不知道，梦是美好的，也是危险的；她更不知道，爱是美好的，也是危险的。

海上，艳阳。舰艇上，一对年轻的夫妇，用面包屑喂海鸥，他们甜甜地笑着。年轻的女人时不时不经意地护着自己微隆的肚子，她的丈夫有时调皮地将自己的耳朵伏在她的肚子上听，女人甜蜜地笑着，轻轻地推开他。

桑梓看着，忍俊不禁，回头看看吉诚，他也正注视着这对夫妻，只是他的表情僵硬，桑梓一下就回到了自己的现实之中。

“我有点冷，回舱吧？”吉诚扶起桑梓回船舱，桑梓也用手护着自己微隆的肚子。那对小夫妻看见他们俩，冲他们一笑。回到舱中，桑梓要了一杯牛奶喝下，便睡了。吉诚走出来，扶着船栏，面朝大海，点起一支烟，一口一口地吐着，眼泪在眼眶里蓄得满满的，好像船一颠，就会溢出来似的。

夕阳离海面越来越近，海浪被落霞染成绯红，海鸥在跃金的浪花上飞掠，时而击打海面，时而冲向天空，这些愉快的身影，在落霞中成了一帧帧剪影，童话一般。落日终于没入了海中，海鸥无影无踪，那帧帧剪影如幻影般消失了。暮色笼罩了大海，神秘莫测。吉诚的脚下无数的烟头，他仍在凝望，面朝大海。

1947年，金秋，成都望江公园。金黄的落叶厚厚的，踩在上面簌簌作响。桑桑与吉诚十指相扣，漫步在银杏林中。他们的前面有一对银发的老人相搀而行，步态从容。桑桑深受感染："吉诚，我们俩老了，要跟他们一样！"她将头倚在吉诚的肩上。"我们要有一群儿女，等我退役后，找一个依山傍水的地方住。晴天看日落日出，雨天看檐下飞瀑。清晨有鸟鸣，晚上听虫声。孩子们有的看书，有的胡闹，最小的在睡觉。"桑桑幸福地看着他，捏捏他的鼻子："当兵的，你真浪漫！""你呢，你的愿望是什么？""我要在屋前开一畦玫瑰园，种上各色的玫瑰。我要养一些鸟、一条狗、一只猫。每天我会带着孩子们倚在门口，等你回来。"

他们憧憬：眼前是一片清澈的湖水，岸边有一栋木屋，周围是盛开的玫瑰，清晨的露珠在花叶上闪光。孩子们叽叽喳喳地嬉闹着，他们俩坐在木椅上，闲适自得。

海上一阵狂风，吉诚回过神来，想到刚才的情景，泪就来了。

舱内的桑梓，睡得很沉，眉头蹙在一起。

桑桑在试穿婚纱，幸福地笑着。自己站在医院的走廊，看着化验单发愣；楼梯间是吉诚痛苦的脸，自己苦痛的心。

她一转身就毅然决然地离开了吉诚，她知道，吉诚不会接纳她，她十分后悔自己刚才说出的话，现在，她觉得自己像被人剥光一样，无地自容。她只想逃，逃得越快越好，越远越好。她后悔当初没有听洪泽的话，后悔那天没有纵身跳进嘉陵江，那样的话，一切就结束得干干净净。

就在她要奔走的一刹那，却听得一声惨叫，撕破苍穹。

桑梓翻身坐起来，满头是汗，梦魇似乎还没结束。

桑桑拽着婚纱狂奔，喊着："让开，让我走——我恨你们！"便一头栽了下去。

桑梓一惊，彻底醒来，她趿着拖鞋，夺门而出，看到船舷边的吉诚，放声痛哭，惊愕中的吉诚和船员，将几乎是歇斯底里的桑梓扶回了船舱。

医生过来诊看："桑女士，你要控制自己的情绪，不然动了胎气就危险了。

你要保证自己不再这样。”桑梓抚着肚子点头，吉诚的一只手，紧紧地握住了她的一只手。

吉诚睡下了，却睡得很不踏实，嘴里不时地发出清晰的呓语：“桑桑，对不起。”“爸妈，我错了，我给你们跪下了。”“是桑梓……”“爸，我说不清楚……”

桑梓斜靠在床上，不敢睡，她一闭眼，就能听到桑桑绝望地狂喊“让开，让我走——我恨你们”，就看到桑桑苍白的脸和瘫软得像面团一样的身体，她只要被惊醒，就会哭泣。

昏厥后的桑桑瘫软如泥，吉诚抱起她飞一般奔向汽车，桑父桑母惊恐地看着这情景：“怎么啦！怎么啦？”

桑桑被送进了急救室，医护人员忙进忙出，吉诚守在门前双手不停地捶打自己的脑袋：“我不是人，我还是人吗？怎么办？怎么办啊……”怀玉赶来了，看看他和桑梓，表情复杂。

桑梓辛酸地看着吉诚，不停地啜泣，脸上写满懊悔。忽然她眼前一黑，双腿一软，瘫了下去，怀玉大喊：“医生，医生——”大家手忙脚乱地将桑梓送进了另一间急救室。

一下子倒下两个，吉诚惊恐万分，六神无主，一切全靠怀玉照应着。给桑梓诊断的医生出来了：“没什么大事，受到了惊吓，紧张过度。她已怀孕两个多月，还好，胎儿正常。她的情绪很不稳定，不能再刺激她，否则，胎儿不保。”吉诚目光呆滞不停地点头。

洁白的窗帘，洁白的床单，桑梓似乎看到的是另一种景象。躺在病床上的，不是自己，而是桑桑。这种毫无生机的白，让人窒息，只有那吊瓶里的一点一滴，才是整个病房里唯一有生命的东西。

庭院积水空明，树影绰约，寒气逼人。

桑梓一抬头，两双凌厉的眼睛逼视着她，是父母，她的心像是被凌迟一般痛。他们的眼里有恨，有蔑，有怨，有痛，也有怜。他们一步步逼近她，桑梓步步后退，竟退进了桑桑的房间。桑梓很慌乱，下定决心要道出实情：“桑桑，姐跟你讲……”“不要，我不听，我什么都不想知道……”桑桑泪流满面，“他上战场了？受伤了？死了？”她惊恐万分，痛哭不已。

桑梓惊呆了，原以为桑桑已经知道了一切，只是不想挑明，不想面对，原来根本不是。桑桑哪会想到世间竟有这样龌龊的事呢？她的世界是那么澄澈纯净。桑梓哭得涕泪滂沱，她无地自容，难以自处，她要认错，要忏悔，要赎罪，她好不容易鼓足了勇气，可是一片冰心的桑桑啊，连“自首”的机会都没有给她。她和吉诚的“垢”与“小”，一旦道出，就是对桑桑的轻侮、亵渎、玷污、戕害。

桑梓回身看看父母，他们的眼睛将她凌迟得体无完肤，鲜血淋淋。她的内心忽然生出一股怨恨：桑桑，你凭什么这样单纯。我是不耻，可我知耻了，我要从这耻海里游出来，你为什么不给我机会呢？桑梓痛不欲生，她羞惭、耻辱，不顾一切地夺门而逃。那空寂的院子，没有门，没有窗户，只有四面的高墙，她惶恐地找寻着出逃的路，可是她动弹不得，桑梓对着黑黝黝的天空绝望地大叫：“放我出去——”

她醒了，浑身是汗，吉诚坐在床前，将她的手捂在自己宽大而有力的手掌中。

桑桑被推了出来，吉诚快步凑到跟前。桑桑如熟睡一般，神态安详。

医生对怀玉和吉诚说：“她没事啦，放心。”吉诚紧问：“她为什么没醒？”“她不愿意醒！”“为什么？”“问你自己！”洪泽用手指戳着吉诚的胸口，不再理会他。洪泽和吉诚是高中同学，毕业后吉诚投考了黄埔军校，洪泽去学了西医。

桑桑被推进病房，吉诚欲跟进去，却被怀玉挡在了门外。无奈之下，吉诚回到了桑梓的病房，桑梓正在用力拍打自己的肚子：“吉诚，我们不能要这个孩子，我要打掉他。”吉诚紧紧抓住她的手：“不行，这也是一条命啊！”桑梓放声痛哭。“实在不行，那就依你吧……”吉诚躲避着桑梓的眼睛，泪眼模糊。桑梓一怔，更是痛哭不已，几近崩溃。

“拿掉孩子就能拯救现在的局面吗？就能当一切不曾发生吗？无辜的孩子是你们的救世主吗？”洪泽来了，义正词严，“吉诚，你是男人，是军人，你要负责。现在你只能对一方负责，一方一命一尸；另一方，一命三尸，你选择吧。”“一命三尸？”吉诚和桑梓惊恐地望着洪泽。“桑梓，你怀的是双胞胎。”

听到此，桑梓又喜又悲，泣不成声，吉诚却是一脸茫然和无奈，呆滞地坐着。他无法左右自己，他的内心在不断地斗争，不断地决定又否定，他完全陷入了人生的两难之中，选择其中任何一种，都是伤害，都是悲剧。他爱桑桑，是真的，桑桑单纯娴静；他喜欢桑梓，也是真的，桑梓热情开朗；他更喜欢他的孩子，那是他的血脉，他的种。就这一天，吉诚就憔悴成了另一个人。先前那个风华正茂、英俊倜傥、幽默自信的吉诚完全失去了踪影，取而代之的是一具枯槁、毫无生机可言的行尸走肉。

天黑下来了，吉诚久久地站在桑桑的病房外，他不敢进去，他怕桑桑一醒来就看见自己，他就那么怔怔地站着，桑桑动一下，他都会如惊弓之鸟般逃走。过一会儿，他又过来，久久地凝视着桑桑。很久很久，他才回到桑梓的病房。

病房收拾得很整洁，桑梓却没了踪影，一种不祥之感袭击了吉诚，他冲出病房大喊："洪泽，医生，桑梓不见了！"整个医院上下出动，四处找寻桑梓。

紧邻医院的公园湖边，秋湖水平如镜，冷的月亮沉在水底。清辉中，杨柳依依。

一个落寞的身影临湖伫立，两行清泪汩汩流淌："桑桑，对不起。孩子，对不起，妈妈永远陪着你们。"她慢慢地蹚进湖里，湖水没了她的膝，没了她的腰……突然一双有力的手将她拦腰抱住："桑梓，不可以。你不能让我们的孩子还没有出世就夭折了吧，孩子一定不愿意。"桑梓被抱上了岸，吉诚紧紧搂住她，"桑梓，我们走，走得远远的。""桑桑怎么办？""等孩子生下来，我们向她请罪，我们赎罪。我们有罪，可我们的孩子无罪。""吉诚，对不起。"两人相拥着哭泣。此情此景，洪泽和医护人员悄悄退了，只剩这对苦情的人任意泪奔。

"孩子是无罪的。"吉诚的呓语将桑梓拉回现实之中，她下意识地抚摸着肚子："孩子，你们是无罪的，你们有权出生。"舱外还是那轮冷月，望着它，桑梓的心平静了许多。

◎

第三章 往事残阳

时间：1949年5月。

地点：成都存仁医院

七个月了，桑桑仍然睡在自己的世界里，不愿醒来。

洪泽坐在她的床前，看着她。时不时地，桑桑会露出一个浅浅的笑。这熟悉的笑将洪泽拉回到那个童话般的童年。

成都文庙后街，一栋小洋楼，洪家。

高高的枣树上，知了没完没了地唱。树下，几个五六岁大的孩子在办姑姑宴。他们从厨房偷出筐筛，把地上的泥土捧进去，筛一筛，细细的泥土就筛了一地。把筛好的泥土归在一起，用水一和，居然就捏出各种动物模样的泥馒头来。“我们玩耍新娘好不好？”桑梓说。“好啊！”洪泽赞成。“谁当新娘啊？”桑桑问。一个男孩说："你啊，你当新娘，洪泽当新郎。"一群孩子兴奋地嚷嚷："娶亲啰，娶亲啰，吃喜糖啦！"一个小女孩拿自己的红围巾做了红盖头，一个男孩将自己的竹马递给洪泽去牵新娘子。一个稍大的男孩自荐当了司仪，高声叫道："一拜天地！"其余的孩子起哄："拜天地啦，跪下，快跪下！"不由分说，将两个新人按来跪下。"二拜高堂！"一群孩子抢占高堂的位置，挤成一堆，"快拜，快拜。""夫妻相拜！"洪泽冲着桑桑一拜，桑桑不好意思，有点迟疑，司仪又叫"夫妻相拜——"一个性急的男孩跑过去，按住桑桑的头拜下去。"进入洞房！"婚礼一气呵成。洪泽和桑桑拉着竹马进了洞房。洞房就是孩子们在地上画的一个大圆圈。"挑盖头，挑盖头。"孩子们不停地起哄，洪泽用手中的竹马挑起了桑桑的红盖头，桑桑冲他浅浅一笑，羞答答的。大男孩又过来了："亲一口，亲一口。"桑桑与洪泽都不干，转身背对着背，那男孩强行地掰转桑桑，弄痛了她的胳膊，桑桑大叫："你弄疼我啦！"洪泽转身就与那个男孩打起来，桑梓也前去帮忙，三个人扭打在一起。

孩子们一见打起来了，忙喊："打架啦，打架啦！"仆人达鲁一听，大步流星地过来，拉开了扭打在一起的三人："干什么，逞能啊！刚才还好好的嘛，天底下哪有娶亲打架的？"看着他，几个孩子都不敢出声。

一场活色生香的婚礼，就这样没滋没味地结束了。桑桑把红盖头还给了人家，孩子们没趣而无精打采地散去了。

知了依旧在树上高歌，树下只剩洪泽他们三个。"胳膊还疼吗？"洪泽问桑桑，桑桑摇摇头："不疼了。"

"吉诚。"是桑桑的呓语，洪泽回过神来。桑桑仍安静地躺着，时而蹙眉，时而浅笑，更多的时候只是一种苍白的安详。怀玉来了，她煲了汤送来："洪泽，你也吃一点。""干爸干妈怎样了？""还是那样啊。""我去看看他们。"洪泽走在大街上，神情落寞。忽然，凡界谪仙的招幡牵住了他的目光。

凡界谪仙的摊子上，一个尖嘴猴腮的先生，细的身子，细的四肢，活像是用火柴棍拼凑起来的人。戴一副夸张的大墨镜，银链子很打眼。摊子上摆着各色测字算命的书。三个小孩奔过去，嘻嘻哈哈："先生，给我们算算命。"桑梓嚷嚷。先生懒懒地直起微驼的背，墨镜后的眼睛很不屑："小孩子，瞎胡闹，快回家吧，不然屁股要挨打了。""我们有钱给你。"洪泽知道他的心思，拿出身上揣的钱给他看。墨镜后的眼睛立刻露出狡黠的光："三人都算？""都算。"洪泽老练地说。“到我跟前来，老夫眼睛看不到。”小姐妹近到他跟前，先生只摸了摸两姊妹的耳朵，又让两姊妹各伸出一只手给他，摸了一会儿：“你们是双胞胎，八岁，前世是一对姊妹鹤。”“那我呢？”洪泽问。“头伸过来。”神仙摸了会儿他的耳朵，再让姊妹伸出手来，三只手摸了一会儿，放掉桑梓的手，留下桑桑和洪泽的手：“你们前世是一对夫妻鹤。”洪泽笑了，桑桑很不好意思，桑梓却乐不可支：“哈哈，太准了。神仙，刚才他俩还拜了堂。你太神啦！”“是吗？哈哈哈哈！”神仙得意地大笑起来。桑桑不高兴地推了桑梓一把：“要死啦，那是办家家。”神仙还在笑：“办家家？办家家，就是成家嘛，哈哈哈。”桑桑拉着洪泽，转身就走。笑够了，桑梓才快步跟上。神仙笑够了，仨小孩已没了踪影。“没给钱呢，你们还没给钱呢。”他往远望望，无奈地摇摇头，又笑起来。

“洪公子，看什么呢？”洪泽醒过神来，是席家的管家吴钧。他提着大包小包的药。“二老怎样？”“还能怎样，老爷的腿脚不灵便了，老太太成天唠叨，看什么都不顺眼。哎，你说，以前多好的人啊，都给害了，作孽啊！”“你多担待点，他们对你不薄。”“谁说不是呢，吉诚怕是回不来了，我给二老养老送终。”“走，我去看看他们。”

下午，席庐。这个曾经充满生机的大院子，自吉诚走后就凋敝了。

见洪泽到来，席父席母不禁悲从中来：“洪泽啊，你和吉诚是好兄弟，又是桑桑姐妹的义兄，你没有一点他们的音信吗？”“伯父，您别着急，他们不会有问题。您知道吗？吉诚本来婚后要把桑桑带往台湾的，听说老蒋向那边撤退。”“这事他跟我谈过，只说可能，没有定下来。”“听说老蒋将京城故宫里的宝贝都运走了，看来是真的啦。如果我的推测不错，他们应该是去了台湾。”席母在一旁抹泪：“桑梓怀着孩子呢，那么远的路，怎么受得了啊！”“伯母放心，军中的服务是一流的，桑梓应该没问题。”“洪泽啊，我们真没明白是怎么回事啊。你不是喜欢桑梓吗，她怎么会跟吉诚有孩子了呢？”洪泽无言以对，尴尬地告辞了。

夕阳如血。顺着河边走，洪泽听到了悦耳的风铃声，抬头望去，一只鹤风筝在空中飘摇。洪泽想起了算命先生的那句话：“你们俩前世是一对夫妻鹤。”他笑了，有些苦涩。

“缠住了，缠住了。那两个风筝缠住啦！”桑梓大喊。洪泽抬头看去，桑桑的鹤风筝与空中的另一只鹞风筝缠在了一起。“快收线，快点。”洪泽一边喊，一边将自己的风筝线拴在一棵小树上，桑梓也把自己的风筝拴起，来拯救桑桑的风筝。两只风筝缠得太紧，鹞风筝的主人也在不停地收线，两人互不相让，情急之下，桑梓跑过去，扯断了鹞风筝的线，那只断了线的风筝解脱似的向上飘飘摇摇，一会儿就不见了。

那男孩眼见自己的风筝飞走，气急败坏地冲到桑梓跟前：“凭什么扯断我的风筝线？”“它和我妹妹的缠在一起了。”“你为什么不把她的扯断？”“她是我妹妹。”桑梓毫不示弱，还有些不讲理。见他们争执不休，洪泽将自己的鹤风筝递给那男孩：“这个算赔你的。”那男孩一下不好意思起来：“那……算了吧，我们交个朋友。”“我叫洪泽。”“我叫席吉诚。”两个男孩成了朋友，自然两个女孩也成了他的朋友。

天上有很多风筝，各式各样的，但只有那三只鹤风筝最显眼。吉诚没有风筝可放，眼巴巴地望着天上的风筝，特别是桑桑的那只鹤风筝。风向变了，有点乱，孩子们收起风筝回家。洪泽说要去凡界谪仙一趟，那天忘了给算命先生钱，吉诚好奇，要一起去，四个人一起去了。

凡界谪仙的摊子上，老先生一如既往地做着他的事，墨镜后面的眼睛永远琢磨不透。四个孩子往前一站，洪泽老练地说：“老先生，那天忘了给钱了，给你。”他把几枚铜钱放到神仙的手里。神仙问：“那天，哪天？”“姐妹鹤，夫妻鹤。”桑梓嘴快，老先生一下就笑起来，模仿桑梓的话：“刚才他们俩还拜了堂。”大家一起笑起来。吉诚一头雾水，洪泽便把这个掌故讲给他听，听完他也笑起来。“先生，也给我算算吧！”“把手伸过来。”神仙摸了一会儿，“把头伸过来。”神仙摸摸他的耳朵，“你不是鹤，是和尚。”大家哄笑着离开了。

洪泽回到医院，已是晚饭以后。几月来，他习惯了上班前去一趟桑桑那里。桑桑一如既往，没有要醒的意思。怀玉递给他一盒饭：“快吃吧，要凉了。”洪泽才意识到自己午饭、晚饭都没有吃，肚子一下就饿了，二话没说，端起就吃，怀玉关切地看着他。

文庙门后街，小洋楼，洪家。

这是一座中西合璧的建筑，底楼大厅里，最有特色的是一幅幅的山水画和书法。洪若水出身世家，几代书香。那些书法，是他的杰作，而那些娟然的水墨丹青，则是他妻子的杰作。只可惜天妒英才，夫人去世太早，她是生洪泽时难产而死。因为这个，洪若水从不给儿子过生日，因为那是妻子的罹难日。

此时，洪若水站在一幅画前沉思。这是一幅小画，画中一位古代的女子倚窗而立，幽怨，哀怜，楚楚可人。远处一轮残阳，近处秋叶飘零。画的左侧一行小楷苍劲有力：“谁念西风独自凉，萧萧黄叶闭疏窗，沉思往事立残阳。”这画是夫人文珺玫画的，而题字是洪若水。

武汉，东湖梅园，小雪飘飞。

一个年轻的女子，跟一个银发的老太太坐在梅园画蜡梅。老太太很慈祥，身上却有一种无法言说的威严和气度。她坐在年轻女子身后，不时地小声说什么，那女子边听边画。那是一幅小画，小桥孤梅，已经画完，但小姑娘似乎不太满意。“奶奶，梅树好像不稳，这个留白有点……”“可以补救的，你想想看。”老太太说。“题一句诗吧？”那女子思想着。“我帮你题！”老太太和那女子被吓了一跳，回身看着这个冒冒失失的年轻人，洪若水很窘，不好意思地笑了。见他不是浪狎之辈，老太太开明地说：“行，你来题。”女子将画递给他，他从容地题上：“飘零作尘，馨香如故。”这行草笔力遒劲，别有韵致，与孤梅相映成趣，相得益彰。

洪若水是武汉大学建筑系的学生，今天星期日与几个同学相约到东湖游玩，顺便临几副楹联。在梅园看到这一老一少雪中画梅，禁不住驻足观赏，演出了这唐突的一幕。

又是一个星期日，雪更大。洪若水鬼使神差地来到东湖梅园，还是有人画梅，但没有那一老一少，洪若水怅然若失。春节前夕，放寒假了，洪若水要回成都了。临行前，他又来到梅园，今天的梅园，人迹罕至，仍然没有见着那一老一少，他怏怏而归。

“爸。”看到儿子，洪若水回到了现实。“去过桑家啦，还好吧？”“老样子。”“田妈，端碗藕汤来。”洪泽喝着藕汤，听父亲说话：“泽儿，听说吉诚和桑梓在台湾。”洪泽很意外：“您怎么知道？”“我有一个老关系……”洪若水欲言又止。“哦。”洪泽若有所思。“泽儿，你给我说实话，你和桑梓恋爱，她怎么会跟吉诚私奔了呢？”“爸，我累了，改天吧。”看到儿子的难色，洪若水没再问。

客厅里的洪若水，仍然静静地坐着，往事再次造访了他。

春天，武汉东湖。天空不亮，如毛玻璃一般。洪若水在学校报了到，就匆匆赶往东湖梅园。顿时，他眼睛一亮，那个女孩坐在那里，临一株老梅，身边却没有老太太。画上的梅，树干逶迤，梅枝清峻，风刀霜剑，不屈不挠。画是已经画好了，可女孩似乎没有走的意思，静静地坐在那里，一动不动。许久，天空飘起了雨，她还是没动。忽然，一把红油伞在她的头上开了花，她抬头一望，原来是他。“你好，谢谢！”“你好，不用谢！”她收拾好画具，大大方方地与洪若水一起到湖心亭避雨。

雨越来越大了，亭檐的雨水细珠帘一般泻，雨点打在湖面上，点点滴滴都是涟漪，都是花。水面上溅起的一层雾霭，渐渐升腾，整个东湖便是一幅浓淡相宜的水墨丹青，而他们俩，便是这丹青中写意的人。

“阿——嚏——”女孩打了一个寒战，洪若水立即将自己的学生制服脱下来，披在她身上，她大大方方，没有拒绝。

两人坐着，一时无话。雨不停地下着，飘进亭子里的雨，洒在画具上，洪若水撑开自己的红油伞，为画具遮雨。“可以冒昧地问一句吗？”“说吧。”“老太太怎么没见着？”女孩的脸一下子比亭外的雨天更暗：“奶奶走了，大年三十晚上。”“对不起，我……”“没什么，都过去了。”“她是你老师？”“是奶奶，也是我老师。她是我唯一的亲人。”女孩的眼里蓄满了泪，声音幽幽的，让听的人感到说不出地辛酸。“对不起，触到你的伤痛了。”他不敢再往下说。

风更大了，雨更大了，雨帘的珠子更大了，湖里泛起层层浪花。飞进亭子的雨，侵袭着两人。忽然，一股风来，将那把红油伞吹进了湖里。“伞，伞……”女孩站起来，着急地指着湖里的伞，“当心！”洪若水一把拉住她。那红伞如一朵盛开的莲花，在湖面一漾一漾地荡远了。

两人站在亭子里，看着亭外雾气蒙蒙的天空、迷迷蒙蒙的湖水，沉默。“奶奶曾经画了一幅《湖心亭看雪》，如果奶奶还在，今天也许会画一张《湖心亭观雨》。”女孩主动打破了僵局。“奶奶一定是位丹青高手，我有机会瞻仰这幅画吗？”女孩看看他，没说话。洪若水觉得自己实在是太冒失，再不敢说话了。女孩发现了他的窘：“也许吧。奶奶那幅画下星期一在西岭拍卖行拍卖，报上要登。去那儿，你兴许能看见。”“真的？”女孩点点头。“要去，我一定去看看。”僵冷的局面终于打开，接下来，两人的谈话既随和又投机。

云散，雾开，风住，雨停，浪静。雨后的东湖，娟然如拭，明镜新开。依依杨柳愈加翠绿，灼灼桃花却是落英缤纷，飘在湖水里、阶沿上、泥泞中。两人并肩而行，不时低头私语。

出了东湖，继续前行。“我到家啦。”女孩说，洪若水反应过来。“我住这里，我叫文珺玫。”“我叫洪若水，武汉大学建筑系学生。欢迎你到学校玩。”“谢谢你！”“进去吧。”“你先走。”洪若水走了几步回过头，珺玫还站在自家门口的石阶上，看着他。他的心顿时暖暖的，他向她挥挥手，走了。

踩在这僻陋小巷的石径上，他的心很踏实。小街的房子古朴简陋，透着一种质朴的民风。乌衣巷，洪若水笑了，记住了这个特别的名字。珺玫进屋后发现身上的衣服未还，追出来。湿漉漉的小巷，空无一人。

连日来，洪若水天天看报纸，看拍卖的消息，他终于看到了。武汉，西岭拍卖行。老太太的那幅《湖心亭看雪》甫出，竞拍者竞相出价，气氛异常热烈。8号、10号的竞价交替上升，互不相让，都有志在必得的架势。价格高得出奇，让其他的竞拍者瞠目结舌。最后，10号竞拍者将此画揽入囊中。当日的报纸更是大肆地渲染这个从没在拍卖场中出现的神秘人物。

一星期后，武汉大学。

珺玫身着蓝布旗袍、方口的黑绒布鞋，提一个格子布包。她到了建筑系的楼前，却不知道怎样才能找到洪若水。只要看见学生模样的人，就向他们打听。一个女生热情地说：“我知道他在哪儿，我去给你叫。”

果不其然，不一会儿，洪若水就来了，见到珺玫欣喜若狂。“你的衣服。”珺玫把衣服递给他。几个同学围拢来：“洪若水，就不介绍介绍？”眼睛却盯着珺玫看。珺玫大大方方地跟大家打招呼：“你们好，我叫文珺玫。”洪若水反而羞答答地直挠头：“一个朋友，好朋友。”“女朋友吧？别不好意思。”那个带他来的女生打趣道，他们一哄而散。珺玫和洪若水并肩走在校园的林荫道上。

珺玫的父亲娶了三个老婆。珺玫的母亲三姨太，是当时武汉梨园叫得响的角，难得的青衣。

珺玫的母亲丽娘，七岁而孤，已经出嫁的姐姐，将她接到身边，跟着姐夫学戏。丽娘长得眉清目秀，又有一副天生的金嗓子。姐姐、姐夫对她极好，丽娘学戏却毫不含糊，极能吃苦。练身段，吊嗓子，三更眠，五更鸡。她十岁登台，十一岁便在当地小有名气。后来几经辗转，到了武汉，在永兴班里成为台柱子，戏演到武陵春。

武陵春是武汉当时最大的戏院，因为丽娘，这里天天爆满。“一出《西厢》，满场戚然。”这是那时报纸对丽娘演出的赞词。那个崔莺莺的清丽婉转、柔美多情，被她演绎得淋漓尽致，惟妙惟肖。丽娘的唱腔，气韵悠扬，沁脾酥骨。高则飘入云端，袅袅不尽；低则沉入塘坳，喑哑绵绵；丽娘扮相，文则美眉巧盼，身姿婀娜；武则品貌堂堂，招式铿锵。凄美的，让人怜到肝肠寸断；俏皮的，让人悦到神采飞扬。丽娘的千姿百态，万种风情，将人世间女子所有的赤橙黄绿青蓝紫、喜怒哀乐愁苦闷，诠释到极致。年纪轻轻的她，像是阅尽了这人世间的酸甜苦辣咸，曲折困难艰。任你何种人生际遇，在她的唱腔、身段中，都展现得恰到好处，入木三分。

追逐她的人不少，军阀、乡绅、高官、舵爷、阔少，不一而足。每天送来的花篮，多得无处摆放。丽娘是有理想的，要嫁就嫁与一个书香人家，不求富显，但求恩爱，誓不做妾。时下有一潘先生，年近六十，已有三房太太，对丽娘觊觎已久，几次三番托人说媒，不得其果。恼羞成怒中，依仗自己做军阀的兄弟，屡次扬言要砸了武陵春的场子。老板无可奈何，无计可施，天天变着法子劝说丽娘，无奈丽娘誓死不从。戏依旧天天开场，丽娘依旧天天唱戏，日子就这么挨着，过着。

这天，戏院一切照旧，秩序井然。戏到高处，忽然一声枪响，戏院大乱。一个军官提着枪，对丽娘大喊：“丽娘，你听清了，今天我要给你颜色了。你倒说说，嫁还是不嫁？”丽娘镇定自如：“不嫁！”那人枪一抬，丽娘应声倒地。

醒来的丽娘，已经躺在医院里了。她左腿受伤，失血太多，已经昏迷三天了。伤好后，她的腿落下了残疾，走路微跛，不能再登台唱戏了。住院期间，医院院长文虞悉心照料，关怀备至。看到丽娘落下残疾，不能再唱戏，便托人提亲。姐姐、姐夫觉得应该给她找个安身之处了，便小心再三规劝。丽娘本是心气高的女子，经此折腾，心灰意懒。院长已有两房太太，不过见院长温文儒雅，知书达理，便应允下来。

文家对这门婚事，很不满意，公公就很不待见丽娘，尽管公公曾是丽娘的追捧者。“丽娘，我家虽是书香之家，知书达理，但也容不下戏子的。只是文虞苦苦相求，他的两房太太也年纪大了，不得已，才允许他娶你回家的，所以我们不会大办婚礼。另外，你那些个以往的朋友、戏子，今后断绝往来，那些个戏曲什么的，也别在家里哼哼了。好好过日子吧，不要再节外生枝，惹是生非。”公公说完，看婆婆一眼，婆婆和蔼地扶起丽娘：“丽娘，你就放宽心，好好过日子吧！”

婚后的光景，也还过得去。一年后，丽娘生下了珺玫。公公依然不待见她，一嫌她为戏子，二嫌她为跛子，三嫌她生了一个女孩，但婆婆待她甚好。原来婆婆的运际，与她颇为相似。婆婆也是戏子，当年与公公的婚事也曾遭到家里的强烈反对，也没有举行婚礼，婆婆的公公，也给她立了几条规矩，和丽娘的一样。公公娶了婆婆两年后厌倦了，又娶了四姨太。婆婆也是有血气的女子，从不低三下四地乞生活。离开戏台后，学起了画画。婆婆有一个儿子，这个儿子娶了丽娘。婆婆善待丽娘，对孙女珺玫也是百般疼爱。丽娘跟婆婆亲，很孝顺她。

珺玫六岁了，生得跟母亲一般俊俏，也有一副金嗓子。有时听到洋匣子里唱戏，也兴致勃勃地学一回，后来竟然上了瘾，有事无事打开匣子学唱戏。丽娘见状，一个嘴巴子就过去了：“好好的，怎么学起戏来？”珺玫不知就里，哭着向奶奶告状。奶奶搂过珺玫：“珺玫啊，妈妈不许你学戏，是为你好，学戏的女子，是天下最苦命的人啊！”珺玫虽不明白，还是听话。后来就再没听见她哼过曲子，倒是一天到晚往奶奶那里去，看奶奶画画。

珺玫十岁时，一场时疫夺走了母亲和爷爷的生命，奶奶就将珺玫带在了自己身边。父亲亲着那两房生的儿子，对珺玫很少过问。再后来，父亲也走了，珺玫与两个哥哥再无往来。奶奶一直将珺玫带在身边，直至家道破落。

当时文家公子娶梨园青衣一事，被报纸大肆渲染，可谓是家喻户晓。但婚后文公子对三姨太并不好，对这个女儿也很忽视。是奶奶给了她人世间最温暖的爱，珺玫觉得自己是幸福的。

洪若水与珺玫恋爱了，这两年，他们花前月下，情意缱绻。一转眼，洪若水要毕业了，他要带挚爱回成都拜见父母，商议婚姻大事。

成都，文庙后街，洪府。洪若水和珺玫站在客厅里，父母在座上打量儿子带回来的女子。寒暄之后，大家都坐下来话家常，气氛温馨。珺玫喜欢这样的气氛，喜欢这个家。

晚饭时，洪父问起珺玫的家世，当得知珺玫的母亲是梨园出身时，眉头轻轻地蹙了一下，珺玫看在了眼里。她预感，这个家不会悦纳她。果然，洪家竭力反对，说不能接受一个戏子的女儿做儿媳。洪若水据理力争，毫无结果。只是这一切，都背着珺玫。

在洪家待了三日，第四天清早，珺玫说是要去望江楼看薛涛井，早饭后就出门了。洪若水睡了个懒觉起床，得知珺玫去了望江楼。天空飘起了小雨，他拿起伞就要出门。“少爷，你的信。”使女岫玉叫住了他。他打开信：“若水，纵然相逢应不识。珍重！珺玫。”洪若水什么都明白了，这个女子，才情过人，她清贫，也清高，既不为难别人，也不为难自己。恋爱两年来，她不曾花他一分钱。但凡他有礼物送她，她都有相当的回赠。起初，洪若水很生气，觉得没必要那么拎得清。可日子一长，他就越了解她，越尊重她。为了不给她带来经济上的负担，后来他就很少送她东西，特别是贵重的东西。要知道，她是靠着给杂志、画社画小样为生，当然偶尔也得卖出自己的画作。

他知道，以珺玫的性格，是追不回来的，可他还是抱着一线希望，没命地向望江楼跑去。薛涛井在雨中静默着，湿淋淋的。

洪若水跟家里闹翻了，拒绝了父亲在成都给他谋的一份好工作，回到了武汉。可是乌衣巷39号，已是人去楼空。洪若水托人多方打听珺玫的下落，无果。绝望中，他去了上海，在一家建筑公司当建筑设计师。两年后，公司为了发展，将他派往英国研修建筑，时间是两年。

隆冬时节，英伦，某大学。校园白雪皑皑，学校的美术展厅却热闹非凡。学院正在举行两年一次的画展。参展学生固定为建筑系和美术系的学生。洪若水有两幅钢笔画在展厅的左侧，右侧则是美术系的画。这里，印象派、野兽派、古典写实派……还有一些他叫不出来的流派的画作，风格迥异，精彩纷呈。

突然，他在一幅画前呆住了。这是一幅横轴的中国画《湖心亭观雨》：朦胧的远山，古朴的湖心亭，风雨中袅娜的杨柳，迷离的湖面，一把红油伞一漾一漾。在素色的中国画中，画家将雨伞点染成红色，很有创意，别有韵致。在这油画的王国里，这幅水墨画更显得卓尔不群。不管是黄皮肤还是白皮肤，在这幅画前驻足的人总是更多些。

洪若水完全怔住了，他的头脑一片空白，许久才醒过神来。他眼顾四周，急忙寻找。他有预感，此画的作者一定在展厅，一定。他快步来到自己的画前，停下了……

一个女子，驼色大衣，红围巾，正凝视着他的画《望江楼》：临河而立的望江楼，雕梁画栋，斗拱飞檐，默默地聆听着缓缓流淌的府河水，楼侧的薛涛井碑字，刻画得如刀凿一般，一女子的背影，伫立在井旁的栏杆边。典型的中国建筑，中国风。

成都望江楼，薛涛井，细雨。珺玫流连在望江楼和薛涛井，面对缓缓流动的府河，她的心是平静的，尽管她很难过。她的心不想走，她希望洪若水来找她，可又怕见到他。

洪若水在望江楼急切地找寻她时，她本能地躲在了一丛竹子后面。她的耳畔有个声音："玫玫，你以后要嫁的人，一定要是整个家庭都悦纳你、尊重你的人，特别是他的父母。否则，你不会幸福。奶奶和你妈就是这样的。你不可以，一定要改变这种宿命。"她仿佛看到了奶奶和母亲的生活片段，她不愿意过那样的日子，她要打破这个宿命。

"珺玫。"一个颤抖的声音响起，寻声望去，珺玫也呆了，这情景如梦幻一般。洪若水大步前去，将她紧紧地揽入怀里。在他的怀抱里，珺玫一下有了归属感，她不再流浪了。她觉得安静，温暖。她的泪奔涌出来，洪若水捧起她的泪脸，用两个拇指揩她的泪，自己的泪也在奔涌。所有的人被感染，被温暖，一阵掌声传来，这是人们最美好、最诚挚的祝福。

离开成都的珺玫，回到武汉后收到一封律师函，约她去梨芳街6号律师事务所，珺玫满心狐疑地前往。确认身份后，邵律师递给她一份遗书签署件，奶奶的。上面写道：江汉路29号公寓赠予两个孙儿，乌衣巷39号公寓赠予珺玫。另有副本特别指出：为公平起见，身后将自己的画作《湖心亭看雪》拍卖，拍卖所得补偿给珺玫，两个哥哥已是签字画押。可能两位哥哥也不曾料到，那幅画竟然拍出了天价。珺玫潸然泪下，没想到，奶奶临走，竟将她的以后安排得如此周到。

回到乌衣巷，回想和洪若水的点点滴滴，她伤心地哭了。奶奶的遗像慈祥地看着她："玫玫，你这辈子想做什么？""像奶奶一样，画画。""画画可不能当饭吃。""我就要拿它当饭吃。以后我卖了画，养奶奶。""那你一定要比别人画得好才行。”“我会画得跟奶奶一样好。”那时的她，不过十来岁。奶奶疼她胜过疼两个哥哥，她知道。

窗外报童的声音传来：“卖报啦，卖报啦。”“小孩，《江汉日报》。”珺玫想找一份较固定的工作，忽然一条消息映入眼帘：“英国皇家画院招收中国留学生。”珺玫失去了所爱，她知道洪若水会来找她，她做了决定：出洋，学画。

春去春来，花谢花开。又是两年过去，一对恋人要结婚了，在英国。可是珺玫心里不踏实，她觉得洪若水是在逃避家庭的阻挠。洪若水给家里写了一封长长的信，言辞恳切，情意浓浓。他盼着父亲的认可，他不愿意珺玫带着委屈嫁给他，更不愿意再次失去她。一月以后，父亲回信了，同样深情款款，同意他们结婚，并说回国后一定要办个盛大的喜宴，让珺玫风风光光，不带任何不快和委屈做洪家的媳妇。一月后，两人在学院举行了婚礼。再后来，两人拒绝了留校任教的挽留，毅然回国。按父母的愿望，洪府举行了一场盛大的喜宴，珺玫真的打破了奶奶和母亲的宿命。

是夜，洞房。“珺玫，今晚你可以给我提三个要求，我都答应你，想好了就说。”“只三个吗？”“三个。”珺玫想了想：“第一，这辈子只娶我一个。”“当然。”“第二，同意我出去工作。”“准了。”珺玫捏捏他的鼻子，翻过身，睡了。“还有一个。”他摇晃着她。“没了。”“没了？”“没了，想不起来了，想起明天再说。”“明天就作废了，现在就说。”“现在？没了。”她又翻过身睡去，洪若水摇她：“你也给我一个提要求的机会呀！”她转过身：“提吧，一个。”“一个？这不公平！”“就一个，要不要？不要？作废了。”“要，要。你不许比我先死。”他认真地说。“呸呸呸，大喜的日子，死啊活的，多不吉利！”她又捏他的鼻子，“学西学的，还信这个。”“你想啊，我答应只娶你一个，你要死了，我怎么办啊？”珺玫轻吻着他的额头：“我答应你，不死。”

想到此，洪若水凄楚一笑：“不死？珺玫啊，你说你不死，却那么早早地就走了，扔下我和泽儿。我们的儿子都到成家的年龄了，我从没给他过过生日，因为那是你的难日啊！”

思绪又飘远了，洪若水立在往事残阳中，回不来。

“若水，你快去挡挡珺玫，就要临产了，洗什么衣服呀！”母亲急急地叫道。洪若水一看，珺玫又在帮用人洗衣服、晒衣服。她怀孕以来，一直闲不住，家里的事，总要去做，有时弄得下人很尴尬，以为少奶奶看不起他们干的活。“你们别多心，我就是想活动活动。”也有劝她的：“少奶奶，你就摸摸轻活，别的事，我们来。”“少奶奶，你歇会儿，不然我们可偷懒了。”“少奶奶，你再这样，我们都辞工算了。”

“珺玫，别干了，过来坐坐，喝茶。”洪若水放下手里的书，将茶递给她。“珺玫，等你生了孩子，就叫爸妈将家里的用人都打发了，反正家里有能干的儿媳妇，还可以省一笔开销呢。”“看你，原形毕露了吧，想把我当婆子了。”“是啊，你争着要当婆子，我成全你啊。”“坏蛋！我是想活动活动，老歇着，对孩子不好。”“珺玫，孩子还踢你吗？”“踢啊，更起劲了。”“是吗，小家伙，耐不住了。来，我听听。”洪若水走到珺玫跟前，蹲下来，侧着头，把耳朵伏在珺玫的肚子上。两个下人看见，笑了：“大少爷，你等不及要当爸爸了吧？”“大少爷，听见什么啦，是在叫爸爸，还是叫妈妈？”“大少爷，听出少奶奶肚子里的是公子还是小姐啊？”大家都笑了。“我听出来了，是个小姐，跟少奶奶一样漂亮。”大伙笑欢了。

入夜，珺玫喝了一碗绿豆汤，早早睡了。不到半夜，肚子剧痛，珺玫知道，要生了。她赶紧推醒洪若水：“若水，快备车，去医院。”洪若水翻身下床，急急地将珺玫送到医院。

四个小时过去了，孩子还没有生下来，洪若水急得大汗淋漓，父母在一旁也坐立不安。

“家属，家属在吗？”一个声音焦急地问。“在，我就是。”“孩子大人只能保一个，保谁？”“大人孩子都保，都要！”洪父说。“老人家，恐怕……”“保大人，保大人。”洪若水急死了，“爸，孩子以后会有的。”洪父大声吼：“你们快救大人，磨蹭什么？”

又一个医生出来了，对洪若水道：“她想见见你……”洪若水夺门而进。珺玫脸色煞白，嘴唇不停地抖，洪若水一把抓住她的手：“珺玫，孩子以后会有的，你好好的，坚持住……”“若水，若水……”珺玫握着洪若水的手，“如果我死了，给孩子找个妈妈，好好爱他……”“珺玫，你不会死，你答应过我，不死……不死在我前面，你答应过的，珺玫……”珺玫的手忽然很有力地握住他，“哇”一声啼哭，孩子降生了，珺玫全身湿透，她努力睁开眼睛，想看看孩子，想对洪若水再说点什么，可是不行了……

珺玫就这么走了，完全不守信约地走了。

很长一段时间，洪若水都爱不起自己的孩子，他认为，是孩子夺去了妻子的生命，一看到孩子，就看到妻子苍白的脸，他的心，就痛，就疼。不过，当听到孩子的啼哭时，他就想起珺玫的话："给孩子找个妈妈，好好爱他……"他就会辛酸地抱过儿子，放在自己的胸前。

洪若水起身到书房，久久伫立在那幅《湖心亭观雪》前面，画的背面题着：赠爱妻，新婚纪念。苍凉的泪，一泻而下。

◎

第四章 海茫水淼

时间：1947年大年三十。

地点：南京港口。

天很阴沉，港口很寂静。1700多箱准备运往台湾的宝贝，在港口静静地待着。没有装运工人的影子，年三十，没人干活。负责运送这批货物的官员，好不容易找到几个老工人，承诺付给特别的工资。不久，陆陆续续来了一些工人，港口开始忙碌起来。

第二日清晨，岸边传来一阵喧闹声，原来是海军部的眷属要抢先上船。吉诚是舰上的中尉，正在维持秩序。一官太太骂他："我们不能上，你的新媳妇怎么能上？"后面一群军官太太也骂骂咧咧。桑梓尴尬地站在那里，吉诚也被搞得很狼狈。

一位没穿军装的官员过来："你们知道这舰上装的是什么？是我们祖先的

宝贝，是文物。由于你们抢先占位，我们还有七百多箱文物上不了船。你们知道吗？这艘船上许多官兵的床位都被拆了，可是，我们仍然无法满足大家呀！”他看看泪流满面的桑梓、左右为难的吉诚，将桑梓牵过来，“你们看，她怀孕了，如果你们不让她上船，好，我让她下去，换你们中的一个上来。你们谁上来？”人群安静下来，太太们都不好意思地往后退。“那她就留下了。谢谢大家！开船！”

舰艇缓缓驶出了南京港。那人将桑梓扶进一个船舱：“你就在这里休息，你的丈夫会很忙。”桑梓被感动得不知说什么好，只是连连点头，一个“谢”字还没出口，那人已经走了。

舰艇终于驶出了港口，桑梓的面前是茫茫大海，薄雾浓云。先前的一切躁动、不安、紧张、难堪，都被浪花抛在了身后，桑梓的脸开始放晴。她走出船舱，左右全是人，多数是那些衣着讲究的官太太。官兵们都还在忙，桑梓全船扫了一遍也没见着吉诚的身影，她抚着肚子，扶着船舷，眺望远方。

吉诚正在士兵舱内重新调整床位，一个部下开玩笑：“中尉，你够神速的，结婚几天哪，嫂子就身怀六甲了。”“是啊，中尉的速度比咱舰还快。嫂子好漂亮。”吉诚顺手抓起两个枕头给他俩砸去：“关你屁事，小屁孩没本事，这辈子就打光棍吧！”“哎，中尉，听说台湾比咱南京大多了，是吗？”“中尉，这次去台湾要待多久啊，最好有半年，我带个媳妇回来，让爸妈乐。”“哎，中尉，到底能待多久啊？”“命令一到就出发了，年三十都没回家，这一走，连道个别都来不及，唉！”“中尉，我们什么时候可以回来啊？”“不知道。”吉诚也很茫然。话一出口，全舱安静，一个新兵哭起来：“我从来没有在外过过春节。”吉诚看看他们，默默地走出船舱。

今天是大年初一，吉诚竟全然忘记。这段时日以来，他根本就怕自己去想家里的事，他选择性地让自己忘掉曾经的那一幕。“回家？什么时候回家？有何颜面回家？”他神情沮丧。一抬头看见桑梓眼望大海，海风掠起她的头发，那身本很得体的旗袍已显小，身子已出怀。想到已经一天没和她见面了，吉诚快步过去，将军装脱下，披在她的身上，温存地扶着她回到船舱。“吉诚，咱得谢谢那位大叔，没有他，我今天可能就上不了船了。”“是啊，应该谢谢他。”“你知道他是谁吗？”“他是负责押送这批文物的官员。放心吧，我会谢谢他的。”吉诚将桑梓扶上床，递一杯开水给她，“怎么样，感觉还好吧？”“还行，那些士兵真逗，抢着给我送饭，看我一眼就跑。”“这些兵油子，平时在船上见过几个女人？这群坏小子。晚饭想吃什么？我让厨房给你弄点好吃的。”“别麻烦人家了，我没那么娇气。”两人轻松地交谈着，他们的脸上，已经找不到多日不散的那层阴霾。

在这新的天地之中，过往的一切似乎真的风过无痕，两人沉浸在温馨而甜蜜的幸福之中。“吉诚，现在可以告诉我，我们是去哪儿？”“台湾。”“台湾？”桑梓非常意外，“那么远，什么时候回来？”“我也不知道……”桑梓看着他：“这船什么时候可以到台湾？”“顺利的话，三天。如果遇风，一个星期都有可能。”“愿上帝保佑吧。”桑梓幽幽地说。

翌日清晨，彩霞满天，太阳从海面冒出来，缓缓升起，在离开海面的那一瞬间，蓦地跳出，那辉煌的金光，铺满海面。桑梓第一次看到这么壮观的海上日出，兴奋异常。先前听吉诚讲出海的故事，她和桑桑总是无限神往，幻想有那么一天，能亲眼看见吉诚的传说。今天，她终于见到了。忽然想起桑桑，她的神色一下黯淡下来。

成都，存仁医院。桑梓和吉诚悄悄来到桑桑的病房外。桑桑静静地躺着，如熟睡的婴儿一般。两人不敢进去，双双在室外静静地看着，桑梓的泪无声地流出，吉诚一脸木然地拍拍她的肩，示意她该走了。离开医院后，他们连夜赶往重庆，稍事逗留后，又乘飞机赶往南京。再后来，吉诚接到快报，他所在的舰队奉命远航，他须及早归队。就这样，他们逃似的私奔了。

船突然停下来，发出异样的轰鸣。一个下士来报：“中尉，船有故障，请火速前往。”吉诚快步来到机械舱中，一头扎进去抢修。

船在海上已停了三天了，除军人外，人们都沉不住气了。担忧不安的气氛在船上慢慢地弥散开来，那些前几天还兴奋不已的军眷，个个忧心忡忡，愁眉不展。桑梓三天没有见到吉诚了，她很担心，也很孤独。她发现，只要吉诚不在身边，她就会想起桑桑，桑桑与她如影随形，她惴惴不安。谁知舰艇这一修，就是七天，这七天，人们是怎样煎熬啊。不久又传来“太平”号客轮在海上与一货轮相撞，千余人丧生的消息，这更让船上的人们坐卧不安。七天了，桑梓没见着吉诚，落寞、孤独、忧郁，使她又陷入往事不能自已。

1948年2月，台湾。历经三十多天的海上颠簸，舰艇终于抵达台湾基隆。在海军基地眷属院分得一套简易的房屋后，吉诚和桑梓终于算是安定了下来。

是夜，繁星璀璨。床前明月，海外故乡。三十多天来，桑梓已经习惯了枕着海浪入睡，那一漾一漾的声音，像母亲的呢喃。这半年来，她经历了自己人生中最重大、最严酷的冲突，她像是被一种无形的东西推搡着，踉踉跄跄，迷迷糊糊地就走了这么一程。她哪知道，她的人生已经被海巫下了秘咒。一时的孟浪要付出一世的代价，用上自己的灵魂和生命。

吉诚携桑梓离开成都后，那个无主见、无担待、束手无措的吉诚就消失了。现在的吉诚仍旧健谈、风趣、俊朗。他的心只在桑梓和孩子的身上。看着眼前睡得香甜的桑梓，他温存地吻吻她的额："桑桑，做个好梦。"他一惊，重新说，"桑梓，做个好梦！"自己也睡了。

1947年，秋高气爽，成都水井坊，桑家院子。洪泽回来了，四个儿时的伙伴，又见面了。吉诚一身戎装，年轻、帅气、充满阳光。"这些年你都跑哪儿去了，什么时候穿上军装了？"桑桑问吉诚。"吉诚，你从哪儿冒出来的？"桑梓上下打量他一番，"够神气，够帅气！"洪泽闷了半天了，醋醋地问："嘿，我是空气吗？"大家都笑了。四个好友再次见面，人人风华正茂。

四人来到锦江河畔，租一条小船，在这清波粼粼的河中徜徉。"这些年你去哪儿了，当年你不辞而别，我们埋怨你很久。""是啊，哥老给你打圆场。"桑桑一向称洪泽哥哥，可桑梓不，她的理由很简单：我是桑桑的姐姐，你是他哥哥，我们是一样的。其实，桑梓只大桑桑两个小时，而洪泽大她们两岁。这一天，吉诚是话题的中心。虽然他跟桑梓的交流更多一些，但看得出来，他更在意的人是桑桑。桑桑虽然话不多，但她的眼睛自始至终没有离开过吉诚，这点，洪泽看在眼里，心里有一种说不出的滋味。

晚饭时，大家坐在一起仍旧说说笑笑。桑梓不停地给吉诚夹菜："这是麻婆豆腐，细腻，嫩爽，尝尝。"吉诚不停地给桑桑夹菜："桑桑，来，你看，菜都到我这里来了。"洪泽本要给桑桑夹菜的手缩了回来。桑梓给桑桑夹菜，顺势又夹给吉诚："这是夫妻肺片，又麻又辣。"席间，洪泽看着桑桑，桑桑看着吉诚，吉诚应付着桑梓的热情。桑梓性格开朗、大方，她的存在不会让任何场面出现冷场，她总能以自己的方式打破僵局，当然，有时候是搅局。整个晚宴上，只桑梓一个人的戏。意兴阑珊后，各自回家。

回到家的吉诚，满脑子是桑桑。她沉静地坐着，话不多，很得体。吉诚是个有才情的人，他觉得桑桑简直就是一首诗，隽永，深秀。“桑桑，桑桑，桑桑……”桑桑攫取了他的魂，他难以自持。

接下来的日子，吉诚频频造访桑家。

院子里，桑父正在拾掇他的蝴蝶兰。“伯父好，你养的花真漂亮。”“是吉诚啊，知道这是什么花？”“蝴蝶兰。”“哦，你还有些见识。”“在日本见过，我的导师家就养了一盆，不过跟你的不太一样。”“知道这花叫什么名吗？”“不知道。”“叫……我也不知道！是洪先生送的。你看，白瓣红唇，据说很名贵的。”说完桑父哈哈一笑，“你是来找我女儿的吧。”吉诚笑笑。“去吧，跟我这老头聊什么劲啊。”“伯父，再见。”吉诚走了，桑母对老头子说：“吉诚八成是看上咱家哪个姑娘啦，三天两头地往家里跑。”“怎么了，你不喜欢？”“怎么不喜欢，男大当婚，女大当嫁，咱闺女也不小啦。老头子，你说他会选上哪一个呢？”“选？咱家的闺女由不得他选，是咱闺女哪一个选他。”“你说得没错，不过我倒觉得桑桑和他般配些。”“为什么？”“你看，一个文静贤淑，一个热情开朗，性格互补啊。”“你还懂这个？”“我为什么不懂啊，我俩就是啊！”老头子看看她，一笑。“桑梓呢，太直，率性，还是桑桑合适些。”桑父看她一眼：“可是洪泽喜欢桑桑啊，你没看出来？”“怎么看不出来，可桑桑只把人家当哥哥。你看桑桑成天哥哥长哥哥短的，洪泽在她心里，就只是个哥哥！你不是女人，你不懂。”老头子停下手里的活，仔细打量着老伴，他不知道，老伴还真是个明白人。“干吗这么看我？”桑母嗔他一句，转身走了。桑父冲她的背影笑了。

进到二院，吉诚往桑桑的闺阁去，迎面碰上怀玉：“怀玉，小姐在吗？”“你问哪个小姐？”“都问，都问……”“桑梓去华英学校上课，桑桑去了蜀绣坊。”“蜀绣坊在哪儿？”吉诚急急地问。“锦里，远着呢。”怀玉说完径直走了。吉诚似有点不甘心，来到桑桑住的阁楼，窗户是打开的，吉诚往里张望，发现桌上有一纸帖，毛笔书着“吉诚，吉诚，吉诚……”并打了几个大大的“？”。吉诚又惊又喜，拿起笔来在“？”后面书几个大大的“！”，又在自己的名字下书：“桑桑，桑桑，桑桑……”也打了几个大大的“？”，然后离开了。

出门就和桑梓相遇："吉诚，怎么要走了？""我来看你们，你们都不在。"他搪塞着。"我不回来了吗？""桑桑呢？""桑桑今天有女红，回家晚。要不我陪你逛逛锦里，顺便接桑桑回家？""好啊，听说那里小吃很多。""你等我，我放了东西就出来。"桑梓大大咧咧地走了，吉诚和车夫聊起来："师傅，锦里离这很远吗？""我来回跑一个时辰。""桑桑经常去学女红？""一星期两三次吧。"说话间，桑梓出来，车夫便拉他们去锦里。

一路上，桑梓不停地给吉诚介绍成都的名胜和小吃，两人谈得很投机。过春熙路时，桑梓叫停了车，带着吉诚边走边吃。

商铺林立的春熙路，热闹非凡，一袭褐色的木板铺面，小巧玲珑的斗拱飞檐，形形色色的招牌，熙来攘往的人流，抑扬顿挫的叫卖声，一派兴旺。丁丁糖、担担面、伤心凉粉、麻辣烫，小贩们挑着担子，穿梭于街头巷尾。吉诚虽是成都祖籍，却打小在天津长大，家乡的一切之于他，是陌生的、稀奇的。尽管这次举家迁回成都，可军务在身的吉诚，是不能在此长时逗留的。

在诗家婢隔壁，有一个叫蜀绣天下的绣廊，桑梓带了吉诚进去。吉诚知道蜀绣与苏绣齐名，母亲当年的陪嫁中，就有一幅蜀绣精品。他被店堂正中的一幅绣品吸引：绣品上青松苍劲，咬定岩石，山崖泻出的流水似有潺潺声响。几只丹顶鹤，有的展翅欲飞，有的翩翩起舞，有的仰天长啸，有的俯首低吟。尽管色彩以红色为主，红的夕阳，红的晚霞，红的流水，但一点都不张扬，呈现出一片祥和之气。

"这幅绣品拿来做寿礼是再好不过了！"吉诚说。"你准备送给谁做寿礼呢？""家父。老板，这幅绣品多少钱？""这幅，不卖。"桑梓笑着。吉诚不理她，继续叫老板，指着那幅绣品，老板笑笑看着桑梓："这幅？不卖。"桑梓大笑，老板也笑。吉诚狐疑："为什么？""主人不让卖。"老板诡笑。"那你挂在店里干吗？""显摆呗！"桑梓说。老板也说："主人显摆，我做招牌。"吉诚觉得莫名其妙。笑够了，老板指着桑梓："她是绣品的主人，她说不卖，我敢卖吗？"吉诚睁大双眼："你绣的？""不像吗？"桑梓得意地说。"不像。"吉诚想不明白，这个大大咧咧的女子，竟有如此巧思绝技，他对她有些刮目相看了。"告诉你吧，这是我送给我父亲的寿礼。当时我师父想参加一个全国的绣品展览，但他病了，就拿了学生的作品去展览，这幅绣品竟然得了二等奖，师父得了传技一等奖。师父得意，就拿到他弟弟这里来显摆。父亲感激师父对我的教导，就答应他挂在这儿，等有了新绣品出现，再还回来。你说，老板敢卖吗？”

出了春熙路，两人坐车径直来到锦里。

桑桑下课还早，两人找了个茶馆坐下，一边喝茶一边看川戏，台上演出的变脸和喷火看得吉诚目瞪口呆。“桑梓，他那么多张脸是怎样变出来的？”桑梓示意他把耳朵支过来，悄悄地说：“秘不可宣。”然后大笑，引得左右侧目，桑梓赶紧收敛起来。

差不多了，两人来到蜀绣坊。屋里有四张绣台，四个女孩专心致志地绣着，贺师傅见桑梓带人来，示意他们去客厅坐，桑桑很专注，没觉察有人来。客厅里，桑梓向师傅介绍了吉诚，寒暄之后，吉诚饶有兴趣地参观那些挂在客厅里的绣品。贺师傅陪在一旁：“这些都是弟子们的作品，也有桑梓和桑桑的，不知席先生识得出来否？”吉诚惶惶地说：“我对绣品没有研究，仅是喜欢而已。”“不难，凭性格。你是两姐妹的朋友，绣品亦如其人嘛。”

吉诚在一幅名为《河豚欲上》的绣品前停下来：引人注目的是画面上的河豚，它们并不是都抬头向河岸，而是有的头抬尾跃，有的只露出俏皮的鱼尾，溅起许多水花。“桑梓的吧？”贺师傅笑了：“如何？桑梓的性格，才有桑梓的河豚。”桑梓满脸喜悦，毫不掩饰。往下的几幅，吉诚没有找出桑桑的，他没见过桑桑的绣品，可是他很犹豫地在《春江水暖》前停了下来：雌鸭一只，雏鸭一群，静卧的青石桥，风中摇曳的芦苇，水波不兴的池水。看到它，如同看到那个沉静的、只会浅笑的桑桑。“桑桑的吧？”“这么安静的意境，是桑桑的为人。”贺师傅说。吉诚想，这是多么不同的一对姐妹花啊！

桑桑散学了，见到吉诚很意外，也很高兴，眼里闪过一道绚丽的彩虹，吉诚准确地捕捉到了，桑梓也有所觉察。桑桑正在绣的是《拜月》：皓月下，银华如洗，竹影婆娑。池塘旁，假山前，香炉上，燃香一炷，青烟三缕。一姣好女子，眼如秋水，双手合十。吉诚想起桌子上的字帖，便领略到了个中滋味。他冲桑桑一笑：“果然两姊妹各有千秋。”桑梓看了看绣品说：“我家桑桑有心事了，师傅，你说是不是？”贺师傅一笑：“你都说了，我还能说什么？”桑桑冲桑梓嗔一句：“瞎说！”脸就红了。

离开锦里后，三人又四处逛逛，傍晚才回到家。临别时，吉诚瞅一个机会，悄悄对桑桑说：“桌子上……”弄得桑桑莫名其妙。

饭桌上，桑梓兴奋地讲着今天的一切，桑桑只是偶尔插上一句，她的心里惦记着吉诚的话。父母见此，心里明镜似的。饭后，桑父叫桑梓去他的书房。桑桑回到房间，看见桌子上的字帖，吓一大跳，赶紧将门窗关上，再悄悄地看那大大的“！”和大大的“？”，立刻明白了一切。这层薄薄的窗户纸，就这样被戳破了。心中的鹿，撞啊撞，镜子里的脸，红霞在飞。

书房里，桑父问桑梓：“桑梓，跟爸说，你是不是喜欢上吉诚啦？”桑梓一怔，她还没有意识到这个问题。“爸，我没想过。”“如果让你现在想想呢？”桑梓想了想：“说不上来，我只是对他有好感。或许……也不一定……”桑梓没撒谎。她觉得吉诚确实招人喜欢，但自己对他又不像是那种喜欢。“如果桑桑也喜欢他呢？”“那就喜欢呗！”桑梓没有城府地说。“你不介意？”“我介意什么？”桑梓还是大大咧咧的。桑梓的话，桑父信，这个女儿总是活得粗枝大叶，而桑桑就不同了，身体原因，她总是敏感、细腻、易伤。

回到自己的房间，桑梓反复想着父亲的话，思忖着：我喜欢他吗？是那种喜欢？什么样的喜欢是那种喜欢？她反复问自己，没有答案，她就安然入眠了。

这厢桑桑就不同了，她品尝到了一种前所未有的甜蜜，躺在床上，犹如躺在心爱的人的怀抱。她反复看那个“！”，然后飞身下床，在吉诚那些“？”后，连打三个“！”，再回到床上，枕着那些个“！”“？”，甜蜜地睡去。

翌日，桑梓照例去了华英女中。她是从这个学校考进大学的，她的英语很棒。怀着一颗感恩的心，大学毕业后，她接受母校的邀请，做了兼职的英语教师。她的课不算多，但有老师请假时，她会忙些。桑桑身体不好，所以一直待在家里，抽空学学绣花。其实家道殷实的桑家并不需要她们工作。

几天过去了，吉诚再也没有出现过。桑梓一如既往地过着自己的日子，上课，放学，与朋友一起出玩。桑桑呢，表面一副水波不兴的样子，内心却备受煎熬。自从看见那些大大的“？”“！”，她就着魔一般迷恋上了吉诚。她的心里、眼里全是吉诚，吉诚的相貌、吉诚的声音、吉诚的名字……可是吉诚呢，一下子又失去了踪影。桑桑挨了几天，终于沉不住气了，就到洪泽工作的存仁医院去打听吉诚的消息。

洪泽见到桑桑，很高兴，交班后，两人来到安顺桥茶园喝茶。其间桑桑几次支支吾吾，欲言又止，洪泽不知就里，无所适从。最后还是洪泽干脆：“桑桑，想说什么呀？说。”“哥，你知道吉诚去哪里了吗？”一切昭然，洪泽的心被蜇痛了。眼前这个妹妹，目光游离，魂不守舍，原来都是为了吉诚。“他回部队了，有紧急任务。”“他又是不辞而别！”“军人，以服从命令为天职。”桑桑眼里噙着泪：“什么时候回来呀？”“说不清楚，任务完成就回来了。”桑桑的泪流了下来。洪泽很心酸，将自己的手绢递给她：“桑桑，和一个军人谈恋爱，要学会面对分离。”“谁和他恋爱啦？”“不是吗？那你哭什么？”桑桑不好意思地笑了。可洪泽笑不出来，这个从小一直就让他心怀牵挂、梦萦魂绕的妹妹，怎么就恋上了别人呢？洪泽想不通：“我和她青梅竹马，就抵不了你席吉诚一身军装？”可难过归难过，眼下这个妹妹还是要给她慰藉。“桑桑，以后还会出现这样的情况，你要每次都哭，不就成林妹妹了吗？”“他要告诉我去了哪儿，什么时候回来，我就不会这样了。”她向哥哥撒娇，洪泽最受用的就是这点。他喜欢桑桑撒娇，这时候他觉得自己有大丈夫的气概。以前，他会将妹妹揽进怀里，拍着她的肩，哄她，诓她，逗她。那种感觉，真是没的说。可今天，他不能了，他再也没有这个勇气了，妹妹长大了，恋爱了。他觉得自己身上的男子气渐渐离开了他的肉身，自己虚弱得像一个空壳。这个跟他“拜过堂”的妹妹，或许不久就要与别人拜堂了。他的心很痛，这种痛无法言说。他不知道，他是该把妹妹拱手让给那个小子，还是应该夺回来。“哥，送我回家。”他的思绪被打断，起身送这个恋着别人的妹妹回家。

桑父见桑桑和洪泽回来：“你一下午去了哪儿？你妈一直念叨，去看看你妈。洪泽，来，杀一盘。”他指指象棋。洪泽装着心事，没兴致，出于礼貌，就坐了下来。“洪泽，桑桑找你什么事啊？”“问吉诚。”“吉诚去哪儿啦？”“不知道。”“哎，当兵的就这点不好，不自由。桑桑就没谈点别的？”“她想吉诚了。”“她说的？”“她没说，我看出来的。”“你这个哥哥，还真行！”“我不是她哥。”洪泽沉不住气了，话冲起来。桑父吃惊地看着他，洪泽自觉失言，赶紧说：“干爸，对不起！”便起身告辞了。望着他的背影，桑父叹了一口气。

桑桑和母亲在一起，“桑桑，告诉妈，是不是爱上吉诚啦？”桑桑羞赧一笑。“那洪泽怎么办啊？”“妈，他是我哥。”“可洪泽不这么想。”“妈，他是我哥，我哥！”桑桑想要阻止母亲说下去。“桑桑，听妈妈讲啊，嫁给一个军人可不易啊。你看，说走就走，还不知道去哪里、去多久。现在时局混乱，国军连吃败仗，你要想好啰。”“我不怕，以后他去哪儿，我去哪儿。”桑母一听笑了："女大不由娘，女大不由娘啰。"桑桑过去抱着母亲："我也舍不得你们的。""没羞，还没出阁呢，就说舍不得了。""妈，我姐呢？两天没见着她了。""亏你还想得起你姐，成天魂不守舍的。""妈——我姐呢？""去新津了。他们学校组织的慰问团，慰问伤员，走了两天啦。说是要一个星期才回来。""上战场，姐真够勇敢的。""什么战场，离战场远着呢，是慰问伤兵。""那也不简单。""桑桑，最近吃药了吗？别忘了。""没忘，妈放心。"

桑梓随同妇救会组织的慰问团，来到一个偏僻的小城。这里的一所学校成了临时医院，慰问团的成员们都忙碌着。

已经五天了，今天是最后一天。按领导的吩咐，队员们挨个问伤员有没有家书要写。里面靠墙的角落，一个伤员右手缠着绷带，脸朝里，斜靠在被子上，桑梓过去："先生，需要帮忙吗，或许你要写封信？"那人一回头，桑梓惊呆了："吉诚！"吉诚点头笑笑。"你怎么了？怎么在这儿？我前两天怎么没有见到你？"桑梓一连串地问。"我昨天下午被送来，我的手受伤了，不过不要紧，没伤着骨头。""疼吗？""疼。"此情此景，桑梓竟不禁哭了起来。

这几天，她见到了她平生不曾见过的流血和死亡，她从不曾想象过战争是什么样子，成都是很安全的大后方。她见过很多难民，却没有见过这么多流血的伤员，她的心被震撼。死亡让她流泪，流血让她流泪，她甚至不忍看那些伤员痛苦麻木的表情，不忍听他们痛苦的呻吟。今天，她看见的是她的朋友，她的泪就止不住了。"桑梓，别哭。人家都瞧着我们呢。"可是桑梓还是忍不住，很久才平静下来。吉诚怎么也不会想到，那个大大咧咧，什么都不往心里放的桑梓，竟有这么女人的一面。"没关系，我只是伤了皮肉。"桑梓止住了哭，点点头。"回去别告诉桑桑啊，谁都不能告诉。""嗯。"

慰问团的成员已经上了大卡车，一个队员来催桑梓。"吉诚，你要好好的，我会再来。""不要，我待不了两天的，我保证，最多一个星期，准会出现在你们的面前。"桑梓不舍地走了，吉诚大声吩咐她："谁都不能说啊！"桑梓回身点点头。

"桑梓回来啦！"怀玉惊喜地喊着。桑桑迎上前去："姐，你可回来了。"桑父也过来了："桑梓啊，真让人担心，你终于回来了。"桑母心疼地说："我闺女瘦了，周妈，今晚雪豆炖猪蹄，多炖点！"一家人坐在客厅，听桑梓讲述自己的所见所闻，当然，她删去了吉诚那段。

入夜，桑桑躺在床上，辗转难眠。回想姐姐的所见所闻，就想起了吉诚。“他会不会受伤了？他在哪儿？”她越想越害怕，忽然觉得自己的手心里攥着的全是汗。望着窗外的月光，她无法入眠，辗转到黎明，才沉沉睡去。

一声紧过一声的警报拉响了，桑家的人与大家都躲进了防空洞。

洞里满是人，密密匝匝，挤得让人喘不过气来。又一阵警报响过，一颗炸弹落在防空洞的门前炸开，桑桑的眼前一片血肉模糊。父母、哥哥、姐姐、怀玉都不见了。桑桑四处找，她往防空洞的深处走去，两侧的人，躺着的，坐着的，都在流血。桑桑边哭边找，没有找到一个亲人。“桑桑！”她听见有人叫她的名字，寻声望去，竟是吉诚。他的右手缠着绷带，脸色惨白，桑桑不顾一切地向他跑去，这时有两个人上来，死死地拽着她往后退，桑桑拼命挣扎，拼命叫吉诚的名字，可那两人紧紧地拽着她，她拼命挣脱那两人，“吉诚——”她大叫一声，醒了过来。

桑桑满脸是泪，浑身是汗，全身无力。她重新躺下，藏在被子里，呜呜地哭了。

桑梓累坏了，一上床就进入了梦乡。清晨的鸟鸣，唤醒了她。她睁开眼睛看着院落里那棵茂密、高大的银杏，觉得回家的感觉真好。阳光初照，桑梓懒懒地赖在床上，不想起来。她想起了吉诚，想起了自己为他哭，觉得好难为情。我怎么就哭了呢？桑梓自己一笑，难道我喜欢上他了，是那种喜欢，会吗？她无法给自己说清楚，反正那会儿就是难过，就是伤心，就是哭了。“不知道他怎么样了，告不告诉桑桑呢？”“对谁都不能说。”吉诚的话在耳边响起，桑梓翻身下床，一番梳洗后，去看桑桑。

桑桑还在被窝里哭，桑梓扳过她的肩：“想他啦？”桑桑不吱声。“别哭了，我给你打包票，一个星期后，他准回来，健健康康地站在你面前。”桑桑一下坐起来：“你怎么知道？你见着他啦？”“哦，没有……不过我会算，真的。快起来嘛，我们去吃伤心凉粉，这几天我都馋死啦！”桑桑起了床，漱洗后，姊妹俩一起出了门。

一个星期后，吉诚果然回来了。一进桑家院子就看见桑梓在弄花。他悄悄地走到她的身后，双手蒙住她的眼睛，桑梓被这突如其来的袭击吓坏了，双手用力扳，可是那双手强劲有力，她狠命地又揪又掐，“哎哟”一声，手松开了，她回头一看竟然是吉诚。“吉诚！”桑梓惊喜地叫了一声，吉诚看着自己被揪乌的手，一脸怪相。桑梓不好意思，去抚他的手，他的双手就紧紧地握住了桑梓的手：“怎么样，一个星期，没说错吧！”

听到声音，大家都迎了出来。怀玉赶快就去告诉桑桑。桑桑又激动又紧张，下楼不是，不下楼也不是。“怀玉姐，我怕……”桑桑一时没了主意。“你就待在这儿别动，谁叫他不辞而别呢？”

吉诚在客厅里与桑父桑母简单寒暄几句，就往桑桑这儿来了。听到楼梯“咚咚”的声响，桑桑的心都跳到了嗓子眼，她屏着呼吸，等着那一刻的到来。脚步声越来越近，桑桑紧张得满手心是汗。终于，吉诚一脚跨了进来，桑桑看着他，手脚无措，满脸涨红，两人对视了一会儿，忽然，吉诚上前一步把桑桑紧紧地拥在了怀里，他有力的双手越箍越紧，桑桑有一种幸福得窒息的感觉，泪不知不觉就流了下来。吉诚拥着她柔软的身体，口里喃喃地念着：“桑桑，桑桑……”他狂吻她的额、她的脸、她的泪、她的脖子，最后他紧紧地吻住了她的唇，许久不松开。

桑梓回到自己的房里，木木的，她把两只手紧紧地握在一起，仿佛在重温刚才那一幕。那双手温暖而有力，她第一次被一个异性的手握着，那种感觉很微妙，很美妙。桑梓仍是紧紧地握住自己的双手，仿佛一松开，那种温暖和幸福就消失了。她闭起了眼睛，回味着刚才的一切，心里涌出一种说不出的幸福和满足。她听到有人下楼，奔向窗口，吉诚和桑桑十指相扣，往前院走去。看着他们的背影，桑梓的心顿时空空荡荡，她后退一步坐下来，泪就来了：“我是喜欢上他了，是那种喜欢。”桑梓明确了自己的感情，更深的失落跌进心扉。

这次回来，吉诚可以多住些日子，一是继续养伤，一是休假。因此，这对恋爱的人每天出双入对，花前月下，甜蜜得很。桑桑的心花在吉诚的千般宠爱、万般呵护中绽放。

桑梓变了，沉静，落寞，无奈。为逃避与吉诚、桑桑过多照面，她几乎成天待在学校，到了晚饭时间才回来。饭桌上那个爱说爱笑、大大咧咧的桑梓不见了，取而代之的是吉诚的军中逸事和幽默笑话。大家笑时，桑梓也会笑，但是那个笑失去了以往的感染力。

桑父默默地看在眼里，无话找话地跟桑梓聊着。起初，桑梓还应付着，往后就变得不耐烦了。桑父又谈起华英女中的事："听说华英中学那个洋人教师嫁了一个华人，是吗？""是啊，奇怪吗？"桑梓不耐烦地说了一句，放下碗，"我累了，先去休息了。"大家都觉察出她的情绪不对，全都安静下来，默默地吃饭。

饭后桑桑送吉诚出门，吉诚说："去看看桑梓吧，她好像不开心。"桑桑来到桑梓的房间，桑梓已经躺下了，她没有谈话的兴致："桑桑，好累哦。"桑桑只好退了出来。桑梓哭了，哭得伤心、压抑。没有声音，只是双肩不停地抽动，她在克制，但越克制就越想哭，最后她拿枕头死死地压住自己的头，再蒙上被子，她哭啊哭啊，没人知道她哭什么，哭累了，就疲倦地睡了。

桑梓一觉睡到自然醒，已是日上三竿。她到厨房里随便吃了点东西，准备出门时，父亲过来说："桑梓，到书房来一下。"桑梓知道父亲要谈什么，果然如她所想。

"桑梓，你是不是……"父亲的话还未完，桑梓就来了脾气："是，是的。我是说过我不清楚是不是喜欢他，可我现在明白了，我是爱上他了。"桑梓直接用了"爱"这个字，桑父并不意外："可是吉诚喜欢的是桑桑啊！""因为他不知道我爱他，如果他知道呢？"桑梓有些挑衅，"一直以来，你们什么都向着桑桑，总说她身体不好，说她小，我是姐姐，要让着她。可是爸，你们忘了，我们是孪生姊妹，我只大她两个小时。两个小时，我就要让她一辈子吗？你们怕她难过，怕她受到伤害，难道我不是你们的女儿，我可以难过，可以被伤害吗？爸，不公平！"

连日来的憋屈、压抑终于爆发，桑梓在父亲的面前痛哭流涕："爸，我也不想这样，先前我真不知道我爱上他了，现在我明白了，我不想欺骗自己。"她完全抑制不住，"爸，你让我给自己做一回主，让我告诉吉诚，我爱他。他如果选择桑桑，我没二话，立刻找个人家把自己嫁出去，行吗？""可是你一说出来，局面就难了！吉诚选了你，伤了桑桑，选了桑桑，又伤害了你……哎哟，你们两姐妹为什么就都喜欢上他了呢？""爸，当初我喜欢洪泽，你要把洪泽给桑桑留着，可桑桑只把人家当哥哥；现在我爱上了吉诚，你又要把吉诚给桑桑留着，为什么啊？都是女儿，为什么就这么待我？"桑梓哭得一塌糊涂。

听到哭声的桑母赶紧过来，看到伤心欲绝的桑梓，轻轻抱住她。"桑梓啊，我的女儿，手心手背都是肉，我和你爸也很疼你。你走的那一个星期，你爸都瘦了一圈。”桑母拍着女儿的背，“你们姊妹俩啊，怎么就爱上了同一个人呢？”“桑梓，你说了那么多，我们做父母的也不好再说什么了，你也别伤心了啊。你想怎么做，就怎么做吧。一切听天由命了，行吗？”桑父很无奈，他知道，这是个麻烦事。

桑梓哭够了，哭累了，桑母让怀玉陪她回屋去休息。“老头子，桑梓也不易啊，你说她俩双胞胎，她能大桑桑哪里去啊，可她一直都大姐姐似的尽着桑桑，让着桑桑，咱不能一碗水端不平啊！”“端平，我也想端平，可怎么端得平啊！姊妹两个，总要相让的。”“这事让她们俩自己去处理，谁跟谁还不是缘分，我们两个老的，就装睁眼瞎吧。”桑母倒还想得通。“也只能这样了。”桑父无可奈何。

桑梓一觉醒来，情绪好多了。回想和父亲的一番谈话，心里畅快了许多。桑梓是个不憋气的人，什么话都说到明处，不在明处的，她也会挑事似的把它放到明处。今天父亲把话说到了明处，自己的感情有了宣泄的出口，她哭出了自己的怨和痛，觉得没先前那么郁闷了。她静下来，仔细地琢磨父亲的话。是的，不管出现怎样的结果，伤害都无法避免。自己若被吉诚拒绝，桑桑会愧疚；桑桑若被吉诚拒绝，自己会愧疚。而且吉诚接受自己，就负了桑桑。左思右想，桑梓没有了勇气。她简单地收拾了一些衣物，住到学校去了。桑父桑母知道，桑梓还是选择了避让，心里既欣慰又心酸。这一切桑桑和吉诚都不知道，他们沉浸在热恋之中，什么事都不在他们的眼里、心里。

桑梓一个星期没有回家了，桑桑似乎感觉出哪里不对劲了：“妈，我姐怎么了，好久没回来啦。”桑母搪塞着：“学校有老师请假，她要多上一个班的课，忙，住学校了。”桑桑也不多想：“吉诚，我们抽空去看看她。”“看什么，又不是不回来了。桑桑，你师傅说你缺课了，别学得半途而废。这点你可比不上你姐，她学一样像一样。”桑父担心姐妹俩见面，言语中也流露出对桑桑不太关心姐姐的些许不满。桑桑很乖巧：“爸，您别生气，我明天就去上课。”桑桑的心很柔软，所以不管她什么事做得不妥，或有些过分，你都无法对她“斗硬”，她从不逆向而行，有错认错，有娇撒娇，从不顶嘴。你就是蒙她，她也必信无疑。有时候你会觉得她是不是单纯得有些“轴”、有些傻，但又似乎不是。凡“轴”的人都拧，她一点都不拧，傻的人都呆，她一点都不呆。她聪慧温情，这两姊妹真是太不一样了。

桑桑第二天就乖乖地去了绣坊，她的那幅《春江水暖》还没有完工。师傅等着她出作品，当然不是这幅。尽管这幅也不错，但师傅觉得缺乏生机，针法也显生涩，不能算是好作品。他最得意的弟子是桑梓，她心灵手巧，一学就会，且极有悟性，富于创造。可惜，她只是把刺绣当作女人的一种修养，并不想终身从事它，师傅觉得很遗憾。

吉诚一回成都就坠入爱河，成天花前月下，情意缱绻，还没有去见过洪泽。今天桑桑学绣，他没事可做，便到存仁医院来看洪泽。

他将自己和桑桑的恋情告诉给洪泽。他春风得意，无所顾忌地想把自己的幸福说与朋友分享。洪泽看着他，除了淡淡的祝福外，别无多话，只顾忙着手里的活。吉诚见他忙得分不了心，就说："你先忙着，咱俩有空再聊。"便退了出来。

望望天空，一群大雁飞过蓝天，不几日，他又该走了，忽然想起桑桑的话："我们抽空去看看她。"于是叫了一辆人力车，直往华英女中。

这是个教会学校，但学校的建筑风格极具中国特点：校园不大，亭台楼阁、小桥流水、长廊曲径一应俱全。吉诚向一个女生打听桑梓，那女生指着花台前正在指挥学生唱歌的老师："在那儿。"

吉诚慢慢地走过去。"长亭外，古道边，芳草碧连天。"女生们正在用英文唱歌，这首《骊歌》吉诚小时候也唱过，也很喜欢："晚风拂柳笛声残，夕阳山外山。"一个男声突然响起来，看到一个穿军装的男子唱歌，排演的女生们都笑了起来。

桑梓回身一看竟是吉诚，心里怦怦跳起来。"好了，不练了，明天的演出别忘了衣服。"女生们一哄而散。"你怎么来了？""我来看看你。""桑桑呢？""学绣去了。"

两人走出学校，在河边找了一个茶馆坐下来。"你为什么住在学校？""太忙了，过几天就回去了。""家里不需要你挣钱啊。""我需要，我不想闲在家里。""新女性。""什么新女性，坐不住而已！"桑梓尽管在管自己，可说话还是有点冲。吉诚笑了。"笑什么？""我在想那个看见我受伤，哭得一塌糊涂的桑梓去哪儿了。当时我觉得哭鼻子的人不是桑梓。"桑梓无言。"过几天我要回部队了。""什么时候回来呢？""说不准，时局太乱，国军像是没有回天之力了。桑梓，我们去逛春熙路好吗？”桑梓心里想推辞，双腿却不由自主地站了起来。

一路上，桑梓很沉闷，先前那个眉飞色舞、大大咧咧的桑梓真的不见了，走在吉诚身边的，是一个郁郁寡欢的小妇人。“桑梓，我觉得从新津回来，你像是变了一个人似的。”“是吗？可能吧。见了那么多的死亡、流血，知道了什么是战争，成熟了吧。”“可我还是喜欢那个活力四射、大大咧咧的桑梓。”“人总会长大，我不可能任何时候都大大咧咧啊。”桑梓又有点冲，且话里有话。“桑梓，是不是有心事啊？告诉我，我帮你。”“你？”“是洪泽吗？桑桑说你喜欢洪泽……”他诚恳地抓住桑梓的双手，把它夹在自己宽大的手掌中，“告诉我，我帮你。”那股力量、那股暖流又流遍了桑梓的全身，她被这种温情包围着，她的泪迅速地满了，溢了。她拼命地克制自己，努力地把自己的双手从吉诚宽大的手掌中抽出来：“我还有事，先走了。”然后头也不回地走了。

她的背影是那么孤单寂寥。吉诚看着，心里油然生出一种难以形容的滋味，眼前又浮现出那个哭得一塌糊涂的桑梓，他待在那儿许久。

吉诚又要走了。小雨轻轻地飘洒，空中有一种清凉的湿。吉诚和桑桑带着雨伞却并没有撑开，两人漫步雨中，任那细雨绵绵淅淅地洒在身上。车站，吉诚拥着桑桑，轻轻地说：“等我回来，回来娶你。”桑桑温柔地点头，依偎着他，小鸟一般。

车要开了，吉诚跳上车，向桑桑挥手，刹那间，蒙蒙雨中他看到了远处的桑梓，没错，是桑梓，吉诚似乎意识到了一点什么。“吉诚，给我写信，早点回来。”桑桑追着汽车喊。“回去吧，我给你写信。”他回应着桑桑，再看远处时，桑梓更朦胧了。

第五章 至亲至疏

时间：1948年3月。

地点：台湾。

基隆这地方，冬天也多雨，有雨港之称。

从成都来的桑梓很不习惯。成都的冬天是温暖的，太阳总是每天照例升起，即使是有雾的天气，空气润润的，也不寒冷。

一晃，上岛已一月了，桑梓的身子已经很重，可是他们还没结婚。她推推身边的吉诚：“吉诚，我们结婚吧！我们要举行一个婚礼，哪怕是最简单的。”桑梓有自己的主见，“我们需要一个法律的程序，这对孩子才公平。”“那你安排吧，现在部队正忙，可能只有婚礼那天才能请假。”事情就这么定了下来。

第二天，桑梓就开始筹办他们的婚礼。战乱期间，无法讲究，新到此地，除吉诚的战友和随军的眷属外，他们无亲无友，所以并不难做。问题是婚纱，他们无力置办。桑梓去了一趟教堂，上帝垂怜，教堂竟有一套婚纱，而且独特、漂亮。桑梓喜出望外，马上付了订金，把婚纱租下来，拿回家清洗。婚礼定在了星期天，吉诚不用请假，所有人都可以来。大家听说桑梓他们要补办婚礼，都很热心。军属院里热闹起来，喜气冲淡了上岛时的那种阴郁和沉闷，人们暂时忘记了自己远离故乡、身处异地。大家都积极地张罗着，桑梓觉得所有的人都很亲切，有了一种新婚的喜悦。

这一天终于来临，承蒙老天眷顾，多日不晴的天，豁然开朗。

清晨，火红的太阳跳出海面，港口一片温暖的光辉，整个渔村充满了喜气。小小的教堂钟声响起，婚礼开始了。随着音乐响起，桑梓着曳地的婚纱，被一个长者挽着，出现在教堂门口，这位长者是舰长，姓卢。他作为长辈被请来，要将这美丽的新娘交到新郎的手中。桑梓好漂亮，貌若天仙。宽大的婚裙遮住了她的腹部，她从容笃定，缓缓前行，步态袅娜，笑容如海面灿烂的红霞。

吉诚看着桑梓，婚纱衬托的美丽的脸，离他越来越近，依稀中，桑桑与桑梓两个影子向他走来，渐渐重叠在一起，又分开，又重叠。他开始眩晕，战栗，脑海里闪出婚纱下的一双闪着鱼鳞的腿，他觉得这张脸越来越模糊，不等那长者把桑梓交到他的手中，他便晕过去了。大家一时慌了手脚，忙把他扶到前排的椅子上坐下，许久他才缓过劲来。

“今天，我以圣父、圣母、圣子的名义，给这对相亲相爱的年轻人举行婚礼。吉诚先生，你愿意桑梓小姐做你的终身伴侣吗？”吉诚脸色苍白，努力地睁着眼睛，觉得自己的双脚飘离了地面，他本能地抓住桑梓的手，冷汗顺着脸颊流下来。“我愿意。”他的声音细若游丝，像是从灵魂中飘出来。“桑梓小姐，你愿意吉诚先生做你的终身伴侣吗？不管是贫穷还是富裕，生老病死，不离不弃，终生相守吗？”“我愿意！”桑梓的话，掷地有声。可是吉诚什么也没听到，他软软地倒地，再次晕厥过去。

躺在床上的吉诚还没有醒，他不停地冒汗，桑梓不停地给他洗脸。他的嘴里不停地嘟哝：“桑桑，对不起。”听到这些，桑梓黯然神伤。

第二天，吉诚醒过来了，昨天的婚礼，他似乎全然忘记，吃完早饭，对桑梓什么话都没说，就匆匆回舰上了。

昨天的婚礼，给桑梓的冲击极大，她很介意这个婚礼。她拖着日渐沉重的身子，没有休息地忙了几天，可是……昨晚，她照顾吉诚一夜未眠。今晨，吉诚竟然一句话没有，就回了军港。

中午去食堂吃饭时，桑梓晕了过去，军眷们急忙把她送到了军医院。

吉诚接到电话，赶到医院。病床上的桑梓毫无生气，眼里有一层散不去的云翳，脸色灰白。她呆呆地望着天花板。吉诚轻声地唤她，她也没有理会。医生过来，招呼吉诚去了办公室：“你们还想不想要孩子了？”“孩子怎么了？”吉诚很紧张。“她营养不良，劳累过度，好像又受了刺激，孩子有流产的征兆，这可是双胞胎啊！弄不好，大人也会丢命。”吉诚话都不利索了：“怎么办？医生，你救救她，救救他们，我该怎么办啊？”“你好好照顾她吧，特别是情绪，三天之内不出状况，就安全了。”吉诚唯唯诺诺，再也不敢怠慢。

桑梓躺在床上，间或肚子里的孩子踢她一脚或给她一拳，她才意识到自己还活着。这几天，她想了许多。她剥夺了桑桑的婚礼，自己也没有了婚礼，而且还殃及了无辜的孩子。桑桑没有得到吉诚，桑梓明白，自己也没有得到他。吉诚是为了孩子与她私奔的，他在意的不是自己。当吉诚总是在梦中呼唤桑桑时，她就明白了这些，只是她不愿意承认。她想，吉诚对桑桑内疚，说明他不是薄情寡义之人，她认为自己在梦中也会喊桑桑的名字，事实上，她的呓语也是：“桑桑，对不起。”几天了，桑梓没有跟吉诚说一句话，吉诚不怪她，他一心只希望她能平平安安地把孩子生下来。

桑梓这一躺，就是二十天。吉诚忙前忙后的，总算不错，大人小孩安然无恙。

以后的日子风过天晴，吉诚和桑梓如其他夫妻一样，平静地过着自家的小日子。此时的台湾，因为200万大陆人的拥入，物资严重匮乏，生活显得异常艰辛。猪肉一个月才能吃到一次，这对怀着孩子的桑梓来讲，实在是太难了，她的两个胎儿需要营养啊。好在吉诚是部队的军官，待遇比一般老百姓要好，一个月有两次吃肉的机会，他都省下来，为桑梓补给营养。

居住也是一个大的问题，由于军人眷属的不断到来，原来的住地无法容纳那么多的家属，政府给军队划了一块地，建立了一个眷属聚居的社区——海角眷村。海角眷村离军港稍远，紧邻渔村，居住条件比先前要好些。两个月后，形势突变，朝鲜战争爆发。那些曾以为在台湾暂住的人，开始恐慌、失望。遥望隔海的大陆，这些来自五湖四海的人，内心空落落的，挨着时日，耐着饥饿，惦念着海的那边。

吉诚照例是不常在家的，桑梓拖着越来越重的身子，艰难地等待着孩子出世。在这举步维艰的困苦中，肚里的胎儿仍是无忧无虑的。即将做母亲的喜悦，冲淡了桑梓对艰辛时日的体验，别人觉得这种日子苦不堪言，桑梓却无同感。怀里的希望，让她乐在其中。物资的匮乏，全不在心中，只是在几天没有营养供给时，她才觉得这种生活对不住孩子。

吉诚每次回家，会将部队供给的罐头、饼干带回来，有时还不少。“吉诚，你哪儿来这么多的罐头？”“士兵们给的，他们没有家属在台湾，想到你即将生产，给你省下的。”吉诚扶着她的双肩，在她的额上轻轻地吻了一下。自那次住院以来，吉诚一直都很温存、很小心地呵护着她。晚上轻轻地拥着她，两人就这么相依相偎，非常温馨。

吉诚回来了，带回来一些食品。

“你洗了睡吧，我还要看一些东西。”桑梓洗漱后上床了，闭着眼睛休息，她在等待，等那个睡前的仪式。每次睡觉前，吉诚都会在她的额前轻吻一下：“睡吧，做个好梦。”桑梓就会枕着这个吻，安静地睡去，并会如愿地做个好梦。

一豆灯光，不明不暗。吉诚专心地看着手里的东西，一抬头，桌子对面的桑桑冲他浅浅一笑。吉诚一惊，眨眼再看，什么都没有了。吉诚觉得自己的背上渗出了汗，他起身朝里间看，桑桑斜靠在床上，吉诚使劲摇头再看，是桑梓。他有些恐慌，马上灭灯睡了。自然，他忘了那个“仪式”。看着背对着自己，蜷缩成一团的吉诚，桑梓充满疑惑。

雨雾之中，远远地看着他的人，是桑梓。吉诚的心里“咯噔”一下，看着她孤单的身影，吉诚的心里生出一种难以描述的滋味。

转瞬就是两个月，吉诚再次回到成都。这次，他要和桑桑订婚了。

午后的阳光在这盆地的七月，仍然是热辣辣的。桑家院子在骄阳下异常明亮。正是午睡时间，怀玉示意吉诚小声说话，便带着他向后院桑桑的闺阁走去，右边阁楼里住着的桑梓并没有午睡。桑梓、桑桑虽是双胞胎，相貌酷似，但别人还是能一眼就区别谁是谁。因为桑桑的个头比桑梓矮了那么一些，而且瘦弱。桑母常说两姊妹在她肚子里时，桑梓吃了过多的营养，桑桑却没有吃足自己的那份。因此告诉桑梓，你长得那么健康，是妹妹将自己的部分营养给了你，你以后要多让着妹妹些。桑梓从小就信，所以一直以来她都让着桑桑，让几乎成了她的一种习惯，而桑桑也早已习惯姐姐的这种让，没觉得有什么不对。桑梓听到有人上楼，到窗前一看，是吉诚。她吓得转身贴在窗后，不敢再探出头去。她听到了自己突突的心跳，埋怨自己：为什么啊，这两个月我不是淡下来了吗？她的泪没出息地掉了下来。

再说桑桑，意外地见到吉诚的到来，惊喜地如小鸟一般飞向吉诚，两人紧紧地相拥着，完全忘了怀玉的存在。怀玉悄悄地退了出来，并轻轻地掩上门。

久别的恋人忘情地相拥，吉诚的吻还是那样狂轰滥炸，桑桑的脸颊、额头、脖子、耳朵，被他吻遍，最后他吻住了她的唇，桑桑被他热烈地吻到窒息。他一把将她抱起来，轻轻地放在床上，俯身看着她，眼里喷着烈火。刚才还沉浸在幸福中的桑桑，被吓着了，她左躲右闪，本能地推着吉诚："不要，不要……"吉诚管不住自己，俯下身子更激烈地吻她，"不要，不要……"桑桑竭力地反抗，渐渐没有了力量，全身松软了下来，她推不开他，满脸惊恐，紧闭眼睛不看他。见此情景，吉诚终于从狂乱的激情中清醒过来，看着被自己吓坏的桑桑，将她拉起来，拥在怀里，温柔地在她的耳边说："桑桑，放心吧，我永远不会强迫你做任何事情。"他更温柔地拥着她，轻轻地吻去她脸上流着的泪。桑桑安静下来，乖乖地依偎在他的怀里。

桑梓知道，吉诚这次回来要和桑桑订婚。他们计划在"双十节"结婚，寓十全十美之意。桑梓有些失落，走出房门，往桑桑的房间看去，门掩着，窗闭着，只那窗外的一株文竹，在骄阳下晒着。

桑梓去了洪泽那里。自从那次同父亲谈话后，桑梓就开始尝试改变自己，让自己对吉诚坦言："我爱你。"她其实做不到，她有两堵墙：一堵是桑桑，桑桑爱吉诚爱到了命里，吉诚是她的阳光；一堵是吉诚，吉诚爱桑桑也爱到骨子里，桑桑是他的阳光。尽管心里并不想违逆自己的感情，但桑梓还是怕伤了桑桑，她似乎习惯于对桑桑让步，这是她的痛；另外，她不能确定吉诚是否能喜欢上她，哪怕是一点点，如果不是，情何以堪。她开始尝试进入另一种状态的生活，所以这两个月来，时常去找洪泽，渐渐地，她以为自己把自己从暗恋的怪圈中拉了出来，她依稀觉得生活中出现了另一道曙光，那就是洪泽。

其实桑梓心里的初恋对象是洪泽，无奈洪泽心属桑桑，父母又竭力撮合。谁知桑桑不解风情，只将他视为哥哥，剩得洪泽独自暧昧。

两个情场失意的人，总有些同病相怜的话题，这一来，大家竟都有了知音，有了倾诉的对象和聆听者。洪泽惊异地发现，大大咧咧的桑梓，竟有如此丰富而细腻的情感，开始对桑梓刮目相看。桑梓比桑桑只大两个小时，可大家都忽略了这一点。

“吉诚回来了，回来和桑桑订婚。我以为我已经走出来了，可是一见到他，心又乱了。”洪泽把水递给她，一时不知说什么才好。其实洪泽的心里也不好受，他打心眼里不愿听到桑桑订婚的消息。“洪泽，你拉着我的手。”桑梓拉过洪泽的手，“像这样……”她把自己的手放在洪泽的手掌中，“抓紧啊！”她等待一股强有力的暖流传遍全身，她渴望被这暖流袭击和包围，可是没有，有的只是一双木讷的手。桑梓的泪流下来了。“桑梓，如果不甘心，就说出来，你自己不解脱，谁也帮不了你。”“你解脱了吗？”“没有，但我没办法。她不爱我，只当我是哥哥，如此而已。哥哥总要祝福妹妹，对吧？”桑梓无言以对。

桑梓哭，把洪泽的心给哭碎了，一种从未体验过的情感倏然而至。他像是有了一种使命感，过去掰过桑梓的肩，擦拭着她的泪：“桑梓，你现在可以接受我吗？我们成全他们吧，也成全我们自己。”桑梓顿了一下，似乎也并不吃惊，她看着洪泽，迟疑地点了点头。她躲进了一个可以逃避的港湾，虽然没有她所期待的那么温暖。

日子似乎一下子变得平静了许多，桑父桑母又看到了从前那个桑梓。不过她又搬到学校里去住了。桑桑和吉诚依然没心没肺地热恋着，周围的一切都不在他们眼里。吉诚说，订婚后，他将去一个很远的地方执行任务，时间大概要两个月。十月初回来和桑桑完婚。

中午，洪泽来了，桑父很高兴：“洪泽，你可是有些日子没来了。”“是啊，干爸，医院有点忙。”“桑桑后天订婚，你一定要来啊！”“当然。”“还有你爸。”“那自然。”“来，坐。洪泽，你和桑梓的事，我们可是听说了。”洪泽有点难为情。

这时桑梓回来了，听到了父亲和洪泽的谈话。“洪泽，你真的喜欢桑梓？”“是的。”“有多喜欢？”“干爸，你放心，我会像喜欢桑桑一样喜欢她的。”桑梓停住了脚步。“你可不是为了桑桑这么做的吧？若是这样，你就苦了桑梓了。”洪泽犹豫一下说：“干爸，要说一点没有，那是假话；要说全是为了桑桑，也是假话。这几个月，我发现桑梓身上许多不曾发现的优点，我想，我是喜欢她的。况且，我们这样做，大家都各得其所，一切平安。”

桑梓转身走了，“各得其所，一切平安”？洪泽怕谁不平安呢？桑梓烦躁地摇摇自己的头。她知道，这段时间她太敏感，太患得患失，太钻牛角尖。本来已波澜不惊的心，一下就逐浪而高。她是准备把自己的心全交给洪泽，她以为这样她就可以安定了，可是这颗心有时不听从她的意志，不时会摇摆不定。刚才洪泽的话，让她的心又偏离了洪泽。桑梓觉得自己是断了线的风筝，在空中盲目地翩飞。她转身出门，在府河边漫无目的地徜徉。

后天是订婚的日子，桑桑在试穿婚纱。“把眼睛闭着。”她娇嗔地命令吉诚，吉诚乖乖地闭上了眼睛。桑桑终于穿好了婚纱。“睁开眼睛！”吉诚睁开眼睛，眼前一片灿烂如花。惊为天人的桑桑，旋转，娉婷，累了，倒在椅子上喘气，双手提起曳地的长裙。吉诚的眼睛一下扫到她的小腿，就愣住了。桑桑修长的小腿，布满鱼鳞，闪着银灰的光。吉诚惊呆了，血液凝固了，脸上渗出了冷汗。桑桑奔过来，温柔地拭着他的汗：“你怎么了，吉诚？”吉诚拿开她的手：“我，有些累，头晕。对不起，先回去了……”然后他逃一般离开了桑家院子，扔下了完全搞不清楚状况的桑桑。

出了桑家院子，吉诚不自觉来到府河边上，满脸惊恐、懊恼和沮丧。他冲进一酒家，要了一瓶酒，大喝起来。“为什么啊？桑桑，你不该……我那么爱你……”他哭着喝着，旁人看着他，不知发生了什么事。

桑梓徘徊在府河边，不想回家。看到街边一酒家，忽然生出一个强烈的愿望：“喝酒！喝酒！喝酒！”她郁郁地进了这家酒店，找了个犄角旮旯，要了一瓶酒，独自喝起来：“洪泽，你是在帮桑桑吧，各得其所……这是爱吗？”她忍不住啜泣。“桑桑，你不该……”桑梓一惊，循声看去，竟是吉诚，他已喝得酩酊大醉，桑梓疑惑地走过去。“为什么这样，桑桑，你不该瞒我，我那么爱你。”吉诚哭着，像个孩子。“吉诚，”桑梓摇晃他，“你怎么了？”吉诚蒙蒙眬眬地看着桑梓。“桑梓，喝，喝酒……”他醉醺醺地要桑梓坐下来喝酒。“不能喝了，吉诚，回家。”桑梓扶他出来，叫了一辆人力三轮车，送他回席庐。“回家？桑梓，不回家，再喝一会儿，回家要挨骂……”桑梓一想，是不能把他送回去，他的父母会责备他的。这个样子也不能到桑家，她只好把他直接送到自己的学校了。

一进门，吉诚就大吐特吐，桑梓忙前忙后，终于让他安静了下来。见他熟睡了，桑梓准备回家。刚打开门，吉诚就恳求道："桑梓，别走……"桑梓看着他。"床头有水，渴了就喝，明天早点回去。""桑梓，求你了，别走。我有话说……"吉诚几乎是在哀求，桑梓不好再说什么，留了下来。停了好一会儿，吉诚从床上撑起："桑梓，你告诉我，桑桑，是不是有病？""没有啊。""你胡说，别瞒我了，她的腿……"桑梓明白了。"银屑病，没什么，好得差不多了。""银屑病，果然是……"吉诚又哭起来，像个没长大的孩子。"这病对生活没有任何影响。"吉诚使劲摇头。

那个离他的生活已经很远的山本惠子，出现在他的面前。三年前，吉诚在日本海上舰队见习。导师山本先生的女儿山本惠子，在中国出生，十四岁才回到日本。她跟吉诚很要好，导师也有心将惠子许给吉诚，吉诚在心里已将她视为未婚妻。

一日游泳后，惠子坐在沙滩上，将沙子捧起来掩在自己的腿上，吉诚看时，吓了一大跳：惠子的双腿，在阳光下闪着银银的粼光，她双腿的皮肤与鱼鳞并无二致。吉诚觉得反胃，跳将起来，逃得远远的。从此以后，惠子再没有来找过他，他也没有再去找过惠子。

现在桑桑又是……吉诚觉得无论心理还是生理上，都难以接受。他很难过，又哭起来。见他这样，桑梓也揪心地痛，不知怎样才好。

吉诚一把抓过桑梓的手，放在自己的掌中："桑梓，我该怎么办，怎么办？"桑梓再一次被那种温暖包围、浸漫，全身有一种说不出的舒畅和快感，她觉得那个断线的风筝忽然有了依靠。她的手任由吉诚握着，不想抽出来。吉诚有些意乱情迷："桑梓，你来车站送我的，我看见了。""我受伤，你哭了。为什么我回来，你就住学校，你在躲我？"他不停地问，桑梓根本无从回答。她想说："是的，是的，你早看出来了。你什么都知道，你装作不知道。为什么那么无视我，我和桑桑相差多远……"但是她说不出来，只是流着泪不停地点头。"桑梓，你爱我，对吗？"桑梓控制不住自己了，心里依然在挣扎："桑桑，不怪我，我努力过，我逃过，我躲过。可是我还是被逮住了，你不要怪我……"看着泪流满面的桑梓，吉诚心潮澎湃，翻江倒海，他把桑梓紧紧地箍在怀里，在酒力的作用下，癫狂地吻着桑梓。压抑太久的桑梓找到了感情的出口，她没法把持自己，也激情地回应着吉诚。感情的洪水冲破了堤坝，两颗狂野、恣睢、肆无忌惮的心，被狂风巨浪卷向半空、高空，再狠狠地摔下……

狂风巨浪就这么过去了。

吉诚鼾声如雷，桑梓清醒过来，一把抓过被子盖住自己，就呜呜地哭起来。罪感、耻感，一起袭来，她越哭越伤心。吉诚醒过来，蒙了。看着哭泣不已的桑梓、满地的衣物，他一下子六神无主。“我和桑梓？”他不敢想，使劲拍打自己的脑门，赶快穿好衣服，僵在了那里。他结结巴巴地说：“桑梓，我们……我们是不是……”桑梓看着他，只是哭。“天哪，我都干了些什么啊……我该怎么办哪……”吉诚呼号着，敲打自己的头。看他这样，桑梓慢慢冷静下来，冷冷地说：“我们什么也没做，你走吧。”吉诚得了特赦一般，立刻逃了出去。桑梓蜷缩在床上，把头埋在臂弯里，又哭起来。

回到家里的吉诚，一身酒气。席父一见就呵斥道：“喝酒，喝酒，夜不归宿，明天是什么日子，真不懂事！”晚饭时，吉诚两眼游离，魂不守舍，席母以为他是高兴得昏了头，他们哪知道这个儿子祸闯大了！这一夜，吉诚几乎没有睡觉，他知道，事情弄糟了，自己面临两难的选择，他完全没有主意了。第二天一大早，吉诚就赶到学校，要向桑梓讨个主意。

是夜，桑梓一夜无眠。

哭够了，也想通了，她要面对未来的未知，只能听天由命了。吉诚的到来，她并不意外。从他昨天的熊样，她就知道他会来。吉诚坐了很久，很不安，不说话。桑梓也坐着，不说话。场子冷了许久，吉诚还是忍不住了：“桑梓，我们……怎么办？明天我要和桑桑订婚的……”“知道了，我会去的。”“可是，我们……”他的眼睛不敢看桑梓。“我们什么也没做，你记住了。”桑梓的话冷得像冰。“可是，可是……”“没有可是，你快走吧。”

吉诚得了解脱似的出来，一出来就碰上了洪泽。“吉诚，早！”洪泽跟他打招呼，心里也有些疑惑。“我，我来请桑梓明天早点过去。你们忙，你们忙……”吉诚心绪不宁，惶惶地边说边走。

洪泽来到桑梓的住处，轻轻敲敲门：“桑梓。”听出是洪泽的声音，桑梓调整了一下自己，打开门。“坐吧。”她给洪泽泡了一杯茶，递给他，不敢看他的眼睛。“桑梓，明天桑桑订婚，我们早点过去。”“我也这样想，刚才吉诚也来过。”“我们该送点什么礼物呢？”洪泽看着桑梓，桑梓马上躲过他的眼神。“你定吧。”看她这样，想到门口遇见吉诚，洪泽的心里似乎预感到一点什么。

桑桑和吉诚的订婚仪式如期举行。两家的至爱亲朋、至交好友聚在一起，祝福这对天赐佳人，恩爱一世，白头偕老。桑桑幸福地笑着，吉诚也很开心，但总显得有些心不在焉，他回避着桑桑、桑梓、洪泽的目光。

“桑桑对不起，你不要纠缠了，放过我们吧！”吉诚的梦呓居然这么口齿清晰，桑梓的心猛一抽：“这段平安的日子，又要结束了吗？为什么啊，这种梦魇何时是个尽头啊！”桑梓凄然地想，等孩子满周岁，我一定要回去，去面对桑桑，任她要杀要剐，我不能永远这样生活。她怜惜地看着吉诚，俯下身子，吻吻他的前额，睡了。

1949年5月的一天，桑梓艰难地生下一对女儿，起名为席菡菡、席菡苕。孩子的到来让这个家里时不时弥漫的阴霾逐渐散去，一家人的日子过得虽然清苦，但很平静。

第六章 斜阳空山

时间：1949年5月，阳光明媚。

地点：成都存仁医院。

不知不觉，桑桑已在医院躺了好几个月。

奇怪的是，桑桑始终面色红润，与熟睡没两样，竟然也没有长褥疮。最让人欣慰的是，她的脸上总是时不时地浮现出浅笑。

身着军装的吉诚，出现在两姊妹面前时，桑桑有了一个微妙而又鲜明的感觉，自己的心扉被洞开，心的世界阳光普照，她觉得自己一下明朗起来。她专注于面前这个英武的军人，心中腾起的一股热焰烤红了自己的脸，羞赧的阳光怯怯地洒在脸上。吉诚眼中的一股默默的潜流，正注入桑桑的心田，她感到愉悦而甜蜜，姐姐和哥哥全都隐形。“干吗呀，神经兮兮的。”桑梓推了凝视着桑桑的吉诚一下，洪泽却是轻轻地拍了拍专注于吉诚的桑桑，桑桑和吉诚回到了现实世界。

“我们好好聚聚，去吃火锅。”桑梓提议，大家欣然前往。一路上，桑梓兴奋地说个不停，吉诚不时地也应付她一两句。桑桑已是灵魂出窍，完全沉浸在自己所感觉到的那种莫名的幸福和满足之中，眼外的一切不复存在。洪泽看到桑桑痴迷的眼神、吉诚含情的秋波，他分明感觉到，有人正在觊觎他心中珍藏已久的宝贝，要将他心里的期望和美好劫走，这种前所未有的威胁和危机，让他感到紧张莫名。只有桑梓，活在他们的世界以外，快乐而自在。

饭桌上，吉诚给桑桑夹菜，桑桑虽露怯、露羞，但眼睛始终没离开过吉诚，像着了魔一样。回到家，桑桑失眠了。那个英武的吉诚如幽灵一般驻扎在她的心里，挥不去，赶不走。她坐起来回想刚刚的一幕，心里甜丝丝的，于是拿出一支笔、一张纸，满纸都涂着“吉诚，吉诚”，再打上几个大大的“？”。桑桑情窦初开，深埋于少女心中的情愫如涓涓溪流，淌出心田，在甜蜜的幻想和期待中，渐渐睡去。

吉诚一走就是一个月。一个月来，桑桑苦熬苦度苦时光，如在炼狱一般。她的眼前全是吉诚，吉诚英武的体魄，吉诚含笑的双眼。幸福的浪在心海荡漾，层层地淹没了她。她常常坐在窗前，幻想着吉诚突然就出现在自己的面前。她一次次憧憬，一次次失望。一次次失望，一次次憧憬。后来她竟习惯于这样的失望了，失望延长了她的憧憬，她喜欢上了这种滋味。在绣坊学绣，她也心不在焉，不时地走神。“哦，我们的二小姐，把魂忘在家里了。”贺师傅冒了这么一句，桑桑才回过神来。

桑桑第一次学着画了一个小样：芦苇深处，一对丹顶鹤。雌鹤恹卧在地，惆怅凄迷，雄鹤立于一旁，慈爱坚定。空中一群远飞的鹤，地面是泛着金光的一池湖水。桑梓来到桑桑的房里，桑桑想藏画样，已经来不及了。桑梓抢到手里，看着：“桑桑有心事了？说给姐听听。”“哪有啊，画着玩的。”“我才不信嘞，平时让你画小样，你推三阻四的。”桑桑不好意思地笑了，羞羞答答地问：“姐，你说那个……”“谁呀？”“那个吉诚……”“我就知道是他！”“这人怎样？”“英俊、风趣，桑桑有眼光。”“他走的时候为什么不跟我们告别？”“是不跟你告别吧？”桑梓刮了一下桑桑的鼻子。桑桑停了一会儿说：“姐，他会喜欢我吗？”“你喜欢他吗？”桑桑点点头。“哪种喜欢？”“是那种啊……”“那种是哪种啊？”姐妹俩较起真来，哈哈地都笑了。“可他要是不喜欢我，怎么办啊？”“他敢！我的意思是说，他要不喜欢你，那他就是有头无脑，有眼无珠。我家桑桑谁呀，天仙一个，漂亮、温柔、贤惠。我要是男的，就娶你这样的。”桑桑笑了。

一个月后，吉诚回来了。那些大大的“？”“！”戳破了那层窗户纸，两个相互倾心的人如愿以偿。吉诚终于将桑桑带回了家。看到儿子带回的这个温婉贤淑的女孩，席父席母自然是欢喜得不得了。“桑桑，你要是没意见，我们可就去你家提亲了！”席母迫不及待地说。“妈，你们要快。现在形势紧张，长官说有一次大任务，我想在这之前将亲事定下来。”“看你急的，娶媳妇哪能心急火燎啊！是不是啊，桑桑？”桑桑温顺地点点头。

席家挑了一个好日子，去桑家提亲。

正是春暖花开之时，桑家院子里那棵高大的银杏，枝叶芃芃，阳光闪烁跳跃。花台上的花，竞相开放，馨香四溢。这个清雅的小院，韵致别样。桑家的客厅里，坐着四位家长，他们在商谈桑桑和吉诚的亲事。“亲家，你们好福气，有两个这么好的女儿。可惜我只有一个儿子，要不，我们都给娶回来。”席母快人快语，席父使个眼色给她，让她少说几句。院子里，吉诚问桑梓：“是不是以后我也要叫你一声姐？”“是啊，这叫长幼有序。”吉诚鬼鬼地笑道：“你还当真了，你和桑桑是孪生姊妹。”“那不假，不过你也得叫。你叫，我应着。”“姐。”“哎！”两人都笑了。很快，事情商量好了，七月订婚，十月十日结婚。后来的一切，都按照正常的轨迹运行着。

春雨蒙蒙下，吉诚要走了。

“桑桑，等我回来，回来娶你。”吉诚温柔地说。汽车在雨雾中渐远，车上的一只手，不停地挥舞着。桑桑想起洪泽的话：“与一个军人恋爱，要学会面对分离。”可是，分离是一件多揪心的事情啊！这次吉诚受了伤，下次呢？哦，不要，不要下次，没有下次。这是唯一的一次。桑桑在心中不停地祷告。

一转身，看见了桑梓，“姐，”桑桑喊一声，桑梓冲她笑笑。“你也来送他？”桑梓点点头。“姐，他受伤你为什么不告诉我？”“他不让说。”桑梓刮她一下鼻子。桑桑撑起伞，姐妹俩在雨中慢慢回家。

桑桑回到家，将那张有着大大的“？”和“！”的纸张拿出来，叠成了一只小船，放在桌上，打开日记写下：

某日，阴天，小雨。

吉诚，等你，你一定要平安回来。

你受伤后不让姐姐告诉我，我很生气。我知道，你怕我担心，可是你什么信息都没有，我能不担心吗？那几天，我几乎天天都想哭，看到街上的难民和伤兵，我就怕你成为他们当中的一个。

今天姐也来送你了，你可能没看见。那边家里，我会常去的，你放心。你一定要早点回来，我等你，等你娶我回家。

…………

桑桑在婚礼的大厅四处找寻姐姐，忽然看见两个小天使带着姐姐飞了起来。桑桑拉过吉诚直指天空："姐，姐！"就飞了起来，她带着吉诚去追桑梓。云朵在他们的头上飘着，身下是一片汪洋。不知飞了多久，多远，桑桑看见一座孤岛，那里有一座城堡，古旧，狭小。桑梓站在城堡的台阶上，手里牵着两个天使，忧伤地看着她。"叫姨妈。"桑梓对小天使说。"姨妈！"稚嫩的童声如天籁入耳。"姐，你有孩子了？"桑桑转过身，身边的吉诚却不见了。桑桑回头再看桑梓时，桑梓的身边依稀站着一个模糊的身影。可桑桑看不清这个人，尽管他的身影那么熟悉。

"孩子，亲亲姨妈。"两位小天使飞起来，亲吻着桑桑，桑桑先天的母性油然而生。她想，也许过不了多久，自己也会是个母亲了。姐姐走了，牵着她的孩子进了那座古旧、灰色、逼狭的城堡，她们的身后跟着一个熟悉模糊的身影。

桑桑始终没有看到吉诚，回望来时的路，茫茫苍苍，雾锁大江。桑桑独自在这茫茫天地之间飘飞，终于回到了为自己举行婚礼的大厅。"吉诚呢？"桑桑惊异，她以为吉诚先回来了。她腾身而起，飞向那座孤岛，她要去把他的吉诚找回来。古旧的城堡紧闭着，桑桑徘徊在城堡的周围，"吉诚——吉——诚——"回应她的是澎湃的海浪声。她焦急万分，歇斯底里地大叫："吉诚，我怕——"竟然就醒了过来。

这天正是桑梓生下席菡菡、席菡萏的日子。

半年多后，桑桑终于醒过来了，怀玉喜极而泣。"我的船呢？"那艘纸船，吉诚不在的日子，桑桑总是将它放在桌子上的。"桑桑，你终于醒了。"怀玉快步去找洪泽，“洪泽，桑桑醒了！”洪泽一惊，快步奔向桑桑的病房。

“哥，我为什么在这儿？”洪泽下意识地摸摸她的头，“桑桑，别急，让哥看看。”好一会儿，洪泽长长地舒了一口气，“桑桑，告诉哥，你现在想做什么？”“我想回家。”“好，咱回家！”怀玉高兴得不时抹泪。“哥，告诉你，我见到桑梓的孩子了。”怀玉和洪泽吃惊不小。“真的，双胞胎，女孩，长着两个翅膀，可漂亮了。”她比画着，很认真。怀玉又难过起来，洪泽却冷静地说：“是吗？那太好了！”“桑桑，哥去请你的医生来看看，如果你没什么，我们就回家，好吗？”桑桑点头。

桑桑的医生来了，和桑桑交谈了几句后说：“好了，桑桑，你可以回家了。”“谢谢大夫！”怀玉忙着收东西，医生给洪泽递个眼色，洪泽跟了出去，医生小声地和他谈了一会儿，洪泽不时地点头。

怀玉收拾停当，三人一起走出医院。门口一个母亲正带着一双孪生姊妹，桑桑直奔过去，对怀玉和洪泽说：“怎么样，双胞胎，好漂亮！姐的孩子。”那个母亲莫名其妙。“她是不是……”怀玉惊异地问洪泽。“失忆症，没关系，慢慢会好的。”

桑桑好了，回家了，桑父桑母高兴得热泪盈眶。他们以为这个女儿就永远那么躺着了，真是惊喜。父母拉着桑桑的手，左看右看。“妈、爸，你们猜我见到谁啦？”“谁？”“我姐，还有她的两个孩子，可漂亮了。”父母一下惊呆在那里。“真的，不信你问我哥、怀玉姐，他们都见着啦。”父母更是惊愕不已。

怀玉带桑桑去洗澡换衣服，洪泽对桑父桑母说：“她失忆了，先前的事，可能都不记得了，或者是不愿意记得。她不提的事，大家现在都别提，等她自己慢慢缓过来。”“那什么时候能缓过来啊？”“说不准。也许今天明天，也许一年半载，也许一辈子。”桑母的泪下来了：“可怜的孩子。”“可是……”桑父拿出一份电报，惊异地说，“你看，‘母女三人平安。’吉诚发的。”洪泽也呆了：“难道孪生姊妹真有这样的灵犀？”

桑桑洗了澡，换上了那袭婚纱进来。“吉诚为什么还不回来啊？”她在客厅里娉婷。“桑桑，吉诚是军人，哪能说来就来，任务完成了，就回来了，哥保证。”洪泽说。“我知道，说说还不行吗？”她开始撒娇，“我等他，多久都等，行了吧？”

桑桑回自己的屋里了，桑父手里攥着那份电报，手心全是汗。“这东西千万别让她看见，烧了吧。”洪泽说。桑父马上划根火柴，把电报烧了。

1950年6月，美国第七舰队驶进基隆、高雄。

人民刚刚享受到的和平生活被打扰，人们忧心忡忡，担心战争又会来临。

存仁医院、华西协合大学（现为四川大学华西医学中心——编者注）的学生，群情激愤，斗志昂扬。他们走上街头，示威游行。这样的形势下，洪泽很难回家，洪若水却不时到桑家走走。

桑桑一如既往地生活着，在她的世界里，只有一个人——吉诚，一件事——结婚。社会生活的任何变化，似乎都与她无关。“洪泽那么忙，你一个人老待在家也没意思，不如住到这边来，大家有个照应。”桑父说。“不啦，前几天文翁中学的校长石先生，要我去他们学校教英文，我想了一下，准备答应他。”“这样好，有事做，不寂寞。”“听说朝鲜形势紧张，国内要出兵。唉，千万不要再打仗啊！”洪若水担忧地说，“洪泽说他们医院已经在做征兵动员，我看他的意思，想去。”“你同意了？”“这种事，我能拦吗？”“是不能啊！”“听说桑梓在那边生了一对双胞胎？”“嘘——桑桑不知道，不能让她知道！”洪若水点点头。“听说美军也上了台湾岛，不知他们怎样啊！”桑父忧心地说。

成都街道人头攒动，高音喇叭反复播放着《中国人民志愿军战歌》：“雄赳赳，气昂昂，跨过鸭绿江……”

洪泽戴着大红花，洪若水、桑父、桑母、桑桑、怀玉都围着他，七嘴八舌地叮嘱着。“哥，早点回来，看见吉诚让他也早点回来。”洪泽将桑桑拉到一旁：“桑桑，听哥的话吗？”“听啊。”“那哥告诉你，从今天起，千万不要在外面提吉诚。提了，他就回不来了，懂吗？”桑桑并不懂，但她很听话，不停地点头：“哥，我记住了！”回过身来，洪泽跟大家告别。怀玉把行李递给他，眼里闪着泪光。“怀玉姐，家里就拜托了。”“放心吧，我会照顾好大家的。”洪泽点点头，跟大家挥挥手，登上了车。

桑家不能再请用人，他们给了用人们三倍的工资，请他们回家了。怀玉不愿走，被桑父收为义女，留了下来，后被街道安排去了绣厂当工人，贺师傅又成了她的师父。桑父依然在大学教他的远古神话，洪若水到文翁中学当了英文教师。桑桑作为神志不清的病人，闲在家里，桑母操持着家里的一切。每个人都在自己既定的人生轨道生活着。

洪若水无时不惦念在朝鲜战场的儿子，他每天必买《新闻晚报》，报上的消息时不时地给他安慰，也时不时地让他担忧。

1952年2月。朝鲜，平康下甲里。志愿军第26军234团阵地。雪过天晴，阳光暖暖的。平日硝烟弥漫的战场，这几日安宁了许多。战士们有的洗衣服，有的看书，有的擦枪，有的围在一起谈笑。

敌人的飞机开始了又一次的轰炸，呼啸而来的炸弹不断地在阵地爆炸。两个送饭的炊事员被气浪掀翻。危急之中，洪泽将一个炊事员推进防御坑，冲向另一个人，“呼——”一颗炸弹掠过头顶，洪泽不顾一切地扑过去，炸弹在他的左侧爆炸。那个人没事，洪泽却被弹片削去了左臂，失血过多，昏死过去。

战地医院，洪泽躺在床上，战友们的鲜血，一滴滴地流进他的身体，他已经昏迷两天了。他听到有人哭泣，转过脸来。一个年轻而美丽的女人伫立在他的床前，满脸是泪：“泽儿，我的孩子，我说过要保佑你。可是，你还是……”她泣不成声，手里扶着一只毫无血色的手臂。洪泽问：“您是谁，那是谁的手臂？”“泽儿，我是你妈妈，这是你的手臂啊！”母亲痛哭不已。“我的妈妈。”哦，想起来了，是妈妈，照片上的妈妈。“妈妈，我的肩膀好痛。”洪泽边说边去摸自己的手，可他什么也没摸着，洪泽一惊，醒了过来。他下意识地摸摸自己的左臂，空空的。他赶紧闭上眼睛，希望这不过是一个梦而已。他想再看看自己的母亲，再叫一声妈妈。可是他的梦醒了，他再也看不见母亲了，母亲带着泪离开了。“妈妈——”洪泽在心里呼唤着，泪一泻而下。躺在床上的洪泽，想了许多：我才二十六岁，还没有恋爱，还没有结婚。再摸摸空空如也的左袖，他的泪又下来了。

1952年2月，雨。成都文庙后街。三个小姑娘在街边跳橡皮筋：

一二三四五，
上山打老虎。
老虎不吃人，
要吃杜鲁门。
门对门，虎对虎，

刚刚对准幺拇指。

洪若水一如既往走向报摊，拿起一份《新民晚报》，一条醒目的消息映入眼帘：英雄医生洪泽，为救战友失去左臂。新闻旁边是洪泽的照片，下面是一篇战地通讯，详细地报道了英雄的事迹。洪若水快步回到家，将报纸细细读一遍，泪水开闸，一泻千里：“他才二十六岁，他往后的生活怎么办啊？”洪若水觉得对不起儿子，亏欠儿子太多。儿子没有母亲，因为自己的特殊身份，大学毕业之前，儿子一直寄养在桑家。自己给予他的爱，实在太少太少。洪若水泪眼迷蒙地走到妻子的遗像前：“珺玫，你说过要保佑他的，珺玫，孩子苦啊，泽儿可怜啊！”他哽咽得说不出话来。

窗外的雨，滴滴答答，打在院角那棵芭蕉上，竹叶被雨水洗得青翠欲滴，在微风中战栗。整个院子在淅淅沥沥的雨中静默。

桑家一家人坐在客厅里，谁也不说话，桌子上是今天的《新民晚报》。桑桑打破了沉寂：“哥什么时候回来？”“应该很快，报上说，凡是负重伤的，近期都会回国，”桑父说，“怀玉，收拾一下，陪我去洪家。”随后，两人冒着雨去了洪家。洪若水哀伤地坐着，桑父就陪着他。三人就这么静静地坐着。

一个月后的一天，车站，人头攒动，锣鼓喧天。市民们在这里欢迎“最可爱的人”。洪泽下车了，大家围了上去。洪泽瘦了，黑了，沧桑了，更成熟了。洪若水捏着儿子空空的衣袖，潸然泪下。洪泽紧拥着父亲，顽强地把眼泪吞咽了回去。桑桑高兴异常，哥长哥短地叫着。她去挽洪泽的胳膊，却只挽着空空的袖子。桑桑一惊：“哥，手？哥，你的手呢？”大家看着她，不出声。桑桑急了，拉着一旁的一个志愿军：“你说，手呢？我哥的手呢？你还给我，快还给我……”桑桑大哭：“你还给我，快还给我！我哥的手，还给我……”几个志愿军伤员看着她，哭了。周围的人，哭了。洪泽过去，用右臂揽过她：“桑桑，不哭啊。你看，你把人家都弄哭了。”洪泽看到两年过去一点也没有变化的桑桑，知道她仍然活在自己的世界里，没有醒过来。“这样也好，她可以按自己的愿望过一生。”洪泽反倒觉得有些欣慰。怀玉拿着洪泽的行李，默默地跟在大家的身后，谁也没有注意到，她一直在流泪。负伤后的洪泽一直在家静养，直到停战。战争结束后，洪泽荣立一等功，被授予英雄模范称号，成了存仁医院的院长。

1957年秋，成都，宽巷子，席庐。淅淅沥沥的秋雨，清洁着成都的大街小巷。宽巷子的石板路，凉凉的，亮亮的。沿街的屋檐滴着雨水，不大不小。不算高的几棵老梧桐，枝零叶疏。深巷静静的，偶尔有一个人撑着伞走过这雨巷。小菜贩的东西，在摊子上淋着。番茄、黄瓜、豇豆、空心菜、灯笼椒被雨洗得更加鲜嫩，商贩们早已躲进了临街的小商铺。紧邻席庐的谭豆花坐满了人，他们吃着热热的豆花，神情悠然地看着外面的雨。对面的华昌鞋店，虽然没有生意，人却不少。

席庐在这巷子里是有些身份的，它先前不叫席庐，叫别院。这少有的别姓一家，祖籍湖北，清前期一直为官，后因文字狱家道急衰，便把这祖传老宅卖予了席家。席家有人曾是前清的海外幼学，学成归国后，也在朝里做官，受西学影响，对老宅进行了一些改革。青砖四棱的门柱，下是四棱的柱础，上为圆柱塔形，四角有起翘。门柱上端连接门柱的拱成高高的弧形，如莲花三瓣，下方门檐上的篆字“席庐”丰满浑厚。大门两侧各有瓦当，也是篆书的“福”“禄”“寿”“喜”。这样的门楣，在这巷子里只此一家。因年代久远，外墙的青砖已有些剥落，露出泥沙。现在这青灰的墙上挂着一个天蓝色信箱。

偌大的席庐1949年被政府没收，现在里面住着十余户人家，为了进出方便，院中那个经典的青莲照壁早已拆除。席家夫妇被安排到临街的厢房居住。怕连累了侄儿吴均，新中国成立前夕，席父就打发他回老家了。由于家里有人是国民党军官，夫妇二人被每一次的政治运动席卷。三反五反，他们被管制，胸前被缝上布条，上写“我是反属”，游街示众，狠批猛斗，劳动教养。现在他们就要被安排到三瓦窑煤厂去劳动改造了。

今天，被批斗的两夫妇回到席庐。阶前是躲雨等他们的桑桑，她挽着一个小篮，用毛巾盖住。“爸、妈。”桑桑迎上去。席母赶紧摆摆手不让她叫，桑桑马上改口：“伯父、伯母，我妈叫我给你们拿几个糍粑过来，还有鸡蛋。”进屋后，桑桑给二老端来洗脸水，“伯父，你的脸真像唱戏的。”桑桑笑着，她的笑，不染尘埃。“唉，人生如戏啊！桑桑，还是你好啊，无忧无虑。”

席母将糍粑拿出来，又拿了两个鸡蛋，其他的都藏在了马桶里。她小声地问桑桑：“你来这儿，没什么人看见吧？”席母指的是居委会的人，桑桑摇摇头。“桑桑啊，以后不要来了。跟你妈说，什么都不要拿来了，我和你伯父过几天就搬到三瓦窑去了。”“三瓦窑，远吗？”“远，逢年过节才回来。”“吉诚回来了怎么办？”“桑桑，你可千万别提吉诚，你要提他，我们都没命了。记住，千万别提！”桑桑惊异地看着席母。见老伴说漏嘴，席父赶紧说：“不要紧，吉诚回来了，我们就回来了。不过你不能告诉别人啊，桑桑。”桑桑听话地点点头。“吉诚什么时候回来呀？”她情不自禁地问。“等两年。”席父平淡地说，桑桑也就不再问。“桑桑，快回去吧，别让你爸妈担心。”桑桑就离开了。

“唉，桑桑还是什么都不知道。”席母感慨。

“不知道好啊！不知道不受苦受罪，知道了，谁知道会怎么样啊！”

“也是啊。不知道吉诚一家怎么样了？现在的报纸一点都不提台湾的事了。”

“老伴，那份电报呢？”

“我藏着呢。”

“藏什么，赶快拿出来烧掉。”

“藏得好好的。”

“赶快烧掉。你看那老徐，就是被搜查到一封从台湾来的电报，就被镇压了。”

席母马上从马桶的底部拿出那份电报，看了一遍，交给丈夫，席父立即将电报扔进炉子烧了。

水开了，糍粑也蒸好了，老两口坐下来吃饭。“笃笃笃——”有人敲门，夫妇俩一惊，席父示意老伴别慌张，镇定地起身开门，进来的是街道办事处和军管会的人。“席翰阳，你儿子最近有信吗？”“他在辽沈战役时就死了。”“放屁，死啦？尸首在哪儿？你说死了就死了？”席父无话可说。“有人反映了，说他逃到台湾去了，你要老实啊！”“他是死了。”席母小心翼翼地说。三人在家里翻箱倒柜地搜了一会儿，也没发现什么。看看桌上的糍粑：“吃得不错，比劳动人民强多了。”“扫地的工友送的，他自己做的。”三人悻悻地走了。

“老伴，快吃吧，吃了快收拾。明天就住到煤厂去，那里苦是苦点，但比这里安全。”

第二天，天放亮，席家夫妇各带一个包袱，一把铁锁锁上门，走了。这一去，不知猴年马月才能回来。

成都，三瓦窑煤厂。简易的厂房，粗陋的烟囱，坝子里如山的煤渣。厂房对门一排低矮的棚子，是工人的宿舍。席翰阳夫妇住在最西边的那一间，他们在屋外搭了个简易的厨房。房间里一张床、一张破旧的圆桌和一个别人丢弃的小柜子，就是他们的全部家当。

看到这一切，席母难过得说不出话来。这个富贾之女以往在家衣来伸手，饭来张口，养尊处优。如今他们的住处，连当年他们家的下人都不如。席翰阳出过国，当过官。尽管辞官以后，社会地位不如以前，但席家经营风雅堂，文房四宝的生意被他做得风生水起，家道一直很兴旺，不料世事突变。好在他见过世面，又读过那么多的书，所以想得开，能处变不惊。“难过什么，能活下来就不错了，你看老徐一家……”老伴抹了泪，默默地收拾房间。“从今天起，我们不要再买报纸了，你大小姐的习惯也改改，世道变了，我们也得变。我们少说话，多干活，嗯？”席母点点头。

“反右运动”越来越深入。四川大学的学子们，在民主墙上“大鸣大放”，学校正常的教学秩序被打乱，校园处处都是大字报。

中文系正在召开例行会议，系主任讲话：“作为一个政治任务，百分之五的右派，我们是必须完成的。现在大家背对背，自己选出右派的名字，然后举手表决。”教授们惶惶不可终日，乱写对不住良心，不写过不了关，还可能引火烧身。时间一分一秒地过去了，气氛凝重不堪。系主任有些焦头烂额，眼光一下聚到了桑一鹤身上：“桑教授，有张大字报揭发你一个女儿与国民党军官私奔，你是不是交代一下这个问题。”紧张的教授们终于松弛下来。“不是，我的女儿是去了加拿大，是国际红十字会保送的。”“有人证明吗？”“应该有的，应该有。”可他一时还想不出来该由谁来证明。“是我国的台湾还是加拿大，组织会调查的，如果到台湾岛是真的，你就该是反属了，说你是右派，还是轻的。还有，你利用学生的单纯，让他们写反党反社会主义的小说，你的政治立场显而易见。”做了这些铺垫后，系主任又说，“现在大家把提名拿出来投票。”经他这样一铺陈，桑一鹤就成了被推出来的右派人选。投票结果，人数刚刚过半，桑一鹤就这样当选了右派。从此，桑一鹤天天劳动，不是在学院的厨房帮厨，就是在外面扫学院的大街。

九年过去了，桑桑还是二十二岁。她依旧纯净自我地活着，心里只装着一个人——吉诚，只想着一件事——结婚。待在家里，她不是写那充满期待的日记，就是绣着她的那个梦：一只雌鹤卧在芦苇中，抻着脖子，望着一只雄鹤。那雄鹤玉树临风，坚守在它的身边，天空有一群将要离去的鹤，地上是秋水一泓。

秋阳还是暖暖的，院里那棵高大的银杏树，叶子渐黄，叽叽喳喳的麻雀歇了下来，院子很安静。

早先水井坊的桑家院子也充了公。桑家搬到十四宿舍已经有好几年了。这里虽不像自家院子那么宽敞、雅致，但一起住的几家人，都好安静，所以桑家人很快就习惯了。桑母给桑父揉着肩："干活的时候悠着点，别使蛮劲，咱不用表现给谁看，身体是自己的。""我现在不笨了，有人，就动给他们看；没人，我就歇着，油了。桑桑呢？""午睡。""还是桑桑好啊，像她那样，真好！"

桑桑吃力地翻着一座山，那山其实不高，山路逶迤崎岖，但不陡峭；路的两旁是青青的灌木丛。她曳着长裙一步步往上走，微风拂得她的长发在耳际飘飘。她看见自己继续往上走，那个背影很孱弱但很坚定。桑桑跟在自己的身后，翻过了一个高坡。

呀！她的眼睛一亮：满山遍野的百合花，朵朵绽放。白里带紫，紫里夹着黄色的花蕊，一朵朵硕大无比。起伏的山峦尽是盛开的百合，在山风中左右摇曳。桑桑伸展双臂，像是要拥抱这满山的百合，她闭了双眼，旋转着，鼻翼微动，尽情地嗅着这花的芬芳。

花海的彼岸，有一座小木屋。木屋的外面有一湾溪水，溪水上面有一座小木桥，桥的那头有一排栅栏，栅栏里是青青的草地。桑桑上了桥，向小木屋走去。忽然看见吉诚倚着木门笑着，草坪上有两个小女孩在嬉戏。

桑桑笑着前往，可是桥头的栅栏拦住了她，栅栏长得没有尽头，似乎是在无限地延伸。桑桑在栅栏外使劲地向吉诚挥手，她想喊吉诚，可是张不开口。吉诚向她挥挥手，带着孩子转身进了屋，那小屋一下就隐没在一片树林之中。桑桑觉得脚下空空的，低头一看，她不是走在木桥上，而是走在一弯彩虹上，轻飘飘的。眼前的树林木屋消失得无影无踪。桑桑觉得失重，一脚踩空，从彩虹上掉了下来。"吉诚——"她大喊一声，醒了过来。

醒过来的桑桑，怔怔地坐在床上，眼睛盯着桌子上的那艘纸船，双手抱膝，呜呜地哭起来。

桑母听到哭声，立刻过来："桑桑，又做梦了？""百合花，满山都是，全谢了。”桑母听惯了她不着边际的梦话，拍拍她的肩：“起来吧，喝杯茶就清醒了。”桑桑听话地下了床，喝了一杯热茶，就出去了。回来时，她的手里抱着一大把百合花，她把花插到花瓶里，放在纸船的旁边。

吉诚还要两年才回来，桑桑不急，她不知道，吉诚已经走了九年。九年过去，桑桑仍然二十二岁，她的心智没有成长，连生理年龄也停滞不前。她仍然那么年轻美丽，不谙人事。在她的眼里，一切都如她所愿，如她所盼。除了自然界的日出日落、花开花谢、雨打风吹外，社会生活的一切变化之于她都是不存在。她像植物一样生活，用体肤去体味温度的变化、阴晴的变化。是花，她就尽情地绽放，是叶，她就尽情地繁茂，除此之外，没有什么可以阻抑她。

桑母既心酸又欣慰：“这样活着，没什么不好。”是的，与其让桑桑在痛苦和绝望中挣扎沉浮，还不如让她这样简单地活着。母亲的感慨当然是桑桑所不能理解的，她哪知道家里的变化。桑一鹤被打成右派后，工资降了一大截，副食补贴比一般人少，一家人的生活极其艰辛，有时甚至需要洪泽和怀玉的接济。桑一鹤时时被拉出去批斗、游街，这样的生活没有体面，没有尊严。扫大街的桑一鹤，起初一见到熟人，特别是自己的学生，就会别过脸去。可日子长了，他的脸皮练厚了，每每遇见熟人，都热情主动上前打招呼，搞得那些曾投他一票的人，很没滋味。桑一鹤变了，先前那个知性、稳重、谨慎、谦恭，浑身书卷气息的桑一鹤不见了，取而代之的是随和中藏着挑衅、调侃中含着讥讽、认命中满含愤世的桑一鹤。

桑一鹤有个学生来自农村，叫钱扁，学习很用功。在学习远古神话时，创造性地将一些神话故事连缀起来，写成了一篇情节曲折动人、人物形象鲜明的中篇小说。桑一鹤对他的创新精神大加赞赏，并推荐到知名的文学月刊去发表。时值“反右”伊始，有人说这篇神话小说故意夸大了神的力量，小觑劳动人民的力量，世界的改变不是靠神，而是靠毛主席和共产党。小说被退了回来，并加上以上附言，要作者反思右倾思想。

钱扁当时就蒙了，他知道，这则短短的附言完全可以毁掉他的前途。有几个学生右派刚被学校开除，遣返原籍。钱扁立刻找到辅导员，痛哭流涕，深刻反省，希望通过这样的表态获得同情，扭转事态。辅导员详细询问情况后说：“你被人利用了，有人想借你的手，达到反党反社会主义的目的。你要勇敢地站出来，揭露这种罪恶行径。只有这样，才能表明你的政治立场。”果然中文系出现了一篇针对桑一鹤的大字报，该学生痛陈自己被利用被陷害，并说自己调查到老师有一女儿与国民党的军官私奔。其后在一浪高过一浪的“反右”斗争中，该生始终战斗在斗争的前列。

这天，桑一鹤在食堂前打扫清洁，恰巧与钱扁相遇，钱扁想躲他，来不及了。桑一鹤大步迎上前去，一拍他的肩膀：“小子，还写小说吗？”“不写了。”“还写大字报？”“哦，不写了……”钱扁诚惶诚恐。因为“反右”结束后，有通知说以后不再允许用大字报的形式进行党内斗争。“那你总得写点什么啊。”吃饭的学生多围了上来，他们知道桑教授是讥讽他靠写大字报，出卖老师和同学换得一个留校的工作。大家七嘴八舌地说：“对呀，桑教授说得对，你总要写点什么吧，你要不写中文系就没戏了，那多冷清啊！”“你留校可不能当教师，你那几滴墨水？”“还是干政工吧，当教师，你缺才又缺德，扬长避短吧！”钱扁起先还梗着脖子，人一多，他就软蛋了：“你们要干什么？要造反……”他色厉内荏，边说边扒开人群跑了。桑一鹤冲大家一笑：“快去吃饭！”转身也回家吃饭去了。

◎

第七章 风雨菡萏

时间：1960年，秋天。

地点：台湾，基隆。

港口一片宁静，军舰停泊在港内。海浪在阳光下轻快地翻腾，海鸥鸣叫着，时而上时而下，远处有点点渔帆在海中荡漾。

吉诚扶着船舷眺望远方，早已过了而立之年的他成熟而深邃。他瘦而黑，先前眉宇之间的那种英气和自信似乎没有了，蹙在眉间的是一种挥之不去的忧郁和焦躁。他的脚下一堆烟头。倪副官过来："周末，又不回去？""再待一会儿。""你这样，嫂子就太不容易了。人家一个星期回家一次，嫌少，你一月回家一次，嫌多。你们怎么回事呀！"吉诚狠命吸烟："我害怕那个家。""想想孩子吧，多可爱的一对姐妹花。我就不明白了，嫂子那么好的人，你怎么就……她嫁给你，真可怜！"副官拍拍他，走了。吉诚仍然待在那儿，"多可爱的一对姐妹花！”吉诚也曾这么赞叹桑梓、桑桑，可这两姊妹从此成了他梦魇的开始。

临近晚饭，吉诚总算是回家了。饭桌上很清冷，吉诚不说话，桑梓也没话说。两个孩子低头吃饭，都不看一眼爸爸。饭后，吉诚看见写字台上有一篇作文《我的爸爸》，随手拿起要看，菡菡跳起来将本子抓在手里，怯怯地看着爸爸。“给我。”菡菡不给。“给我——”吉诚的声音不大，但很威严。菡萏赶快挡在了菡菡的前面：“不给。”她的眼里流露出对爸爸的反感。桑梓看到这一切，心情很复杂：“菡萏，跟菡菡出去玩一会儿。”就从菡菡的手里拿过了那篇作文。两个孩子怏怏地出去了，桑梓把作文给了吉诚。

我的爸爸是军人，长得很英俊，但我不喜欢他。他经常不在家，其实他就在军港工作，离我们家不远。我们眷村的其他小朋友，他们的爸爸经常回家，带他们逛商场，下馆子，还去海边划船。周末的时候，眷村就只剩我和菡萏两个小朋友啦。

他很冷，不太跟我们说话，妈妈有些怕他。我们家隔壁的小可，可以和他爸玩骑大马，小坤的爸爸会陪她玩积木。

他回家很晚，吃了饭就睡了，不跟妈妈说话。有几回我和菡萏看见妈妈偷偷地哭。我不喜欢爸爸，因为他不喜欢我们。现在到了周末，妈妈带我们去逛街，下馆子，还有奶娘也会来。

吉诚的心一阵悸动，他失神地坐在了桌子旁。“下星期六，是儿童节，两个孩子都有节目，你要去看看。”吉诚机械地点点头。

孩子才十岁，为什么会有如此感受？“我不喜欢她们吗？我只是……”他沮丧地想着，走到门外。眷村的小坝子里，菡萏、菡菡在地上画了几个圈“跳房子”，玩得很投入。四周很安静，老榆树上的知了依然叫个不停，几只红蜻蜓停在树下的秋千上。确实，眷村几乎就留下了他们一家，出去过周末的人家还没有回来。吉诚看到眼前的情景，想起作文中的话和副官说的话，强烈的愧疚笼罩了全身。

小姐妹继续玩着，没有理会站在一旁的父亲。眷村的人们陆续回来了：“老席，回来了，怎么没带孩子出去玩？”“老席，看这姐妹花多乖啊，一点不黏人，我们这个小家伙，成天缠着人。”“稀客，老席，在眷村还真是难得碰上你，没带孩子出去？”

倪副官带着女儿回来了，他的女儿比菡萏和菡菡小一岁。那小姑娘一见这小姐妹，就飞奔过来：“菡萏、菡菡，看，我爸给我买的花裙子。”小姑娘拎着裙子转了一个圈，撒开的裙摆像蘑菇一般。“还有鞋。”小姑娘伸出一只脚，方口带扣的红皮鞋，很时髦。姐妹俩看着她，没有任何表情。“小蓟，又显摆了。过来，跟叔叔问个好。”小姑娘像小鸟一样欢快地过来：“席叔叔好。”倪副官拍拍吉诚：“明天带孩子去玩一天吧。多可爱的孩子，一家人好好聚聚。”吉诚点点头。

入夜，星汉灿烂，秋风习习。

桑梓在侍弄两个孩子睡觉：“早点睡，明天爸爸要带我们进城去逛逛。”“不去，我有作业要做。”菡萏说。“我也不去，跟菡萏在家做作业。”菡菡也说。“哎，赌气啊？”“妈妈，你带我们去。”菡萏有点犟。“就是，不想和爸爸去。”菡菡也支持菡萏。“你们老埋怨爸爸不回家，不带你们出去玩，现在回来了，要带你们出去了，你们又装怪了。”“不想跟他去，要去你自己去！”姊妹俩跟妈妈杠上了。“听话，我们要给爸爸一个改错的机会，他还说下星期要参加你们的儿童节，去看你们俩演出呢。”“真的？”“真的！”“那好吧。”姊妹俩总算妥协了。

桑梓压抑着自己的情绪，强忍就要涌出来的泪水，退了出来。在她的记忆里，吉诚这个父亲，跟孩子不亲近，的确不曾带孩子们出去玩过。一转眼，十年了。孩子们长大了，能表达自己的愿望和情绪了，她们跟父亲很疏离。吉诚活在这个家庭的边缘，他没有把自己融进来，好像这个家是她们娘仨的。回到家的吉诚不像个主人，更像是个客人。他对桑梓对孩子都很客气。起初，桑梓也盼吉诚回家，盼一家人团聚，到后来，这盼变成了怨。吉诚一回来，她就唠唠叨叨怨个不停。其实这个怨就是撒娇。桑梓不记得自己曾向谁撒过娇，在家里，撒娇是桑桑的专利，桑梓扮演的角色里，没有撒娇的戏。可她毕竟是女人、是妻子，她怎么就不可以跟自己的丈夫撒娇呢？吉诚从没有给过桑梓撒娇的机会，在一些生活关键时刻，他反而会向桑梓撒娇：“怎么办啊，我该怎么办啊？桑梓，你说，怎么办啊？”每当这种时候，本来六神无主的桑梓，就只有果敢地挑起担子，迅速地做出判断和决定，孩子的降生就是这样的。

没有任何征兆和预警，下午五点一过，大片的乌云骤然聚起，形成一堆堆的山峦，乌云越积越快，越积越高，卷在一起，越卷越紧，“嘭”的一下像是炸开来，那乌云垒起的巨峰一下子垮塌下来，天空一下就低了，与海水接在一起。海水涌起，摔碎。雷声由远处滚来，如同千万辆疾驰的列车碾过，要将这大海的浪涛碾平。闪电将天撕成了碎片，一片一片地扔进海里，暴风卷着恶浪，呼啸而来。风雨雷电齐上阵，世界成了它们恣肆妄为的地方。台风，桑梓从来没有经历过的台风，在她性命攸关的一刻，来了。

六点一过，桑梓的肚子就剧烈地疼痛起来，半小时后，羊水就破了。可是这里离军医院还有一段路，加上台风，根本无法走啊！桑梓大汗淋漓，浑身湿透，大口地喘着粗气：“吉诚，叫车，快叫车。”吉诚慌乱地打电话，但对方说台风太强，无法出车。桑梓忍着痛，不停地喘气。吉诚完全傻掉了，六神无主地拉着桑梓的手：“怎么办，桑梓，怎么办啊？”他使劲地摇晃着桑梓的手臂，像个无助的孩子。桑梓知道指望不上他了，深深地吸了一口气：“去，请卢嫂过来，她生过孩子，有些经验。”吉诚赶紧去请了卢嫂过来。卢嫂一看这阵仗，也慌了神，一点主意都没有。桑梓一见这情势，知道只有靠自己了，她竭力让自己冷静下来：“卢嫂，帮我烧锅水，把剪刀煮一下。”卢嫂立刻就去烧水。“吉诚，打电话给军港医院，”吉诚马上接通了。“给我，把电话给我。”桑梓喘着气，向医生诉说自己的情况：“有三个人，我、丈夫和卢嫂。”她一边接电话，一边照着电话里的指导，努力做着自己该做的事。军医院，产科医生欧阳平拿着电话，沉着地指导着桑梓，苏院长对着刚才接电话的值班医生一通大骂：“马上给我派车，派人，你们今天就是爬，也要给我爬到眷村去。这可是我们上岛后第一个生孩子的人，产妇和孩子要有什么差池，我毙了你们！”已经准备好的医护队，坐上救护车，在台风中向眷村疾驰而来。

“吉诚，抓住我的手……”窗外，风在咆哮，暴雨如桑梓的宫缩一般一阵紧似一阵。“桑梓，喂，在听吗？”电话里声音焦急。“在，在听……”“我们的人已经出发了，你要冷静点，不要慌，听我说。深呼吸，慢慢做，放松，放松啊，集中力量，下面用劲，慢慢使劲，别紧张，屏着呼吸……”电话那边其实也很紧张。

“咣当”一声，风推门而入，窗户洞开，两扇窗门在狂风的拍打下一开一闭。吉诚急奔过去关上门，又使劲要拉上窗户，风跟他较上了劲，双方抗衡了许久，他总算把窗户拉紧，闩死。

桑梓痛得不行了，双手死死地抓住了床头，深深地吸了一口气，屏住，一用力“咔嚓”一声，床头的桓木断了。“哇——”孩子出生了，“生出来了，生出来了！”卢嫂大叫。桑梓有一种想呕吐的感觉，她觉得自己肋骨上的肉，被生生地撕下了一块，她的心往下坠，就像飞机要落地一样。“桑梓，在听吗……”“在，在听……”桑梓无力地说。“叫卢嫂剪断脐带，留长一点，打个结，打紧。洗干净孩子，包好……”卢嫂虽有些手忙脚乱，但比起在一旁傻呆的吉诚，是强多了。桑梓几乎虚脱，喘气声越来越小。电话那边大喊：“中尉，席中尉，煮蛋，荷包蛋，多放点油，多放点糖，快点……”吉诚才如梦醒一般，赶快去厨房煮蛋。卢嫂把包好的孩子抱给桑梓看：“快看，一个小姑娘。”可桑梓疲惫得睁不开眼睛。电话那头又喊起来：“桑梓，桑梓，在听吗？不许睡，不许睡，你是双胞胎，不能睡。喂，喂，肚里的孩子在动吗？”桑梓意识到，自己不能懈怠，努力地振作精神：“在动……”“吃东西，能吃多少吃多少，好好休息一下。千万不能睡啊……”电话那边的人，如亲临现场一般，有条不紊地指导着，桑梓又累又饿，强打起精神，吃了三个荷包蛋，眼皮就不听使唤地合拢，卢嫂摇着她：“别睡，千万别睡……”可这声音桑梓听起来是那么遥远，微弱，桑梓也想睁开眼睛，可还是扛不住，沉沉地睡去。

头顶上炸响的雷，惊得刚出生的孩子啼哭不已。吉诚看着孩子，手足无措。忽然，一阵宫缩，痛得桑梓几乎想要大叫起来。她又醒了过来，外面的雷声、风声、雨声，屋里孩子的啼哭声，都在耳边响起。“桑梓，在听吗？喂，是不是又疼起来了？”电话那边大声地问。“哎哟，好疼……”“坚持，坚持啊，深呼吸，不要紧张，先放松……再用力……”桑梓冷静地吸了一口气，屏住呼吸，双手抓住床沿，慢慢用力……终于，第二个孩子出来了。卢嫂赶紧剪掉脐带，快速地打了一个结。“生了没有，喂，快说，生了没有？”桑梓已经完全没有力气说话了，卢嫂大声对着电话说：“生了，也是个女儿！”“没听见孩子哭……”“没哭。孩子没哭。”卢嫂也紧张了。“提着孩子的腿，提稳，拍屁股，一定要拍哭，快点……”卢嫂倒提孩子的双腿，照屁股拍去。“哇——”孩子终于哭出来了，这一声清脆而响亮，桑梓听到了，松了一口气，觉得自己的五脏六腑都被掏得空空的，只剩下一具躯壳，她似乎能听到自己体内的血液在汩汩地流淌，她觉得好冷，耳旁听到卢嫂大喊：“血，不好了，大出血……”桑梓就完全失去了意识。

医院的车，抛锚了，陷在泥泞里，无法动弹，医护人员下车来，垫石头，又推又拉，好不容易才把车弄出来。

桑梓醒来时，已经是第二天了，医生正在给她输血。见她醒了，欧阳医生长长地舒了一口气。“桑梓啊，你真行，你的命真大，换一个人，肯定出事了。”“孩子呢？”两个护士抱着孩子给她看：“孩子没什么问题，可惜你大出血，没有奶水了，只能喝牛奶。”两个宝贝的脸粉嘟嘟的，睡得正香。“你们怎么……”“我们怎么来了，是吗？你刚休克过去，大家就赶到了。幸亏赶到了，不然……”“不然，你要出了问题，他们都得军法处置。”苏院长进来了。“院长，谢谢！”“桑梓，你可是上岛后第一个生孩子的人。你立大功了！”桑梓笑笑：“没那么严重吧？”“当然有，你们是家属，不懂。”原来医护队赶到后，立即对她进行抢救，一边强力止血，一边冒着风雨赶回医院，并立即组织人员输血，硬是把她从阴曹地府给拉了回来。“桑梓，喝碗汤，你爱吃的雪豆蹄花汤。”吉诚在床边坐下，准备喂她。“好好吃点东西，待会儿我再来看你。”欧阳医生说完就走了。桑梓喝完汤，再看看那两张粉嘟嘟的脸，幸福荡漾在眼里，渐渐地又昏睡过去了。

桑梓创造了一个奇迹，成了眷村的名人。倒不是因为她是上岛后第一个生孩子的人，也不是因为她生了一对双胞胎，而是她竟然能够一边听电话，一边自己生孩子，这实在是闻所未闻。加之卢嫂一通渲染，这之后，她就成了男人们教导自己老婆的榜样。“看看人家桑梓，大小姐出身，可人家没你们娇气。屁大一个事就哭哭啼啼的。你们要遇到这事，还能活啊！”女人们觉得平时的桑梓娇气、挑食，动不动就晕了，唉，紧要关头却能够自己生孩子，这实在是太意外了。

桑梓没有奶水，两个孩子没有吃到她一口奶，孩子是用奶粉和牛奶喂养的，她觉得对不起孩子。在桑梓坐月子的日子里，部队让吉诚提前休了年假，来照顾母女三人。吉诚是少爷出身，什么都不会做，也许是桑梓生产那天晚上吓坏了他，他甚至不敢去抱两个孩子。

他们请了附近渔村的一个阿姨来照顾桑梓和孩子，吉诚只是打打下手而已。阿姨家正好养着一头奶牛，这头奶牛就成了俩孩子的奶妈。阿姨姓翁，桑梓和吉诚叫她翁嫂，翁嫂是当地人。本来岛上的当地人，不愿意与大陆来的军队和难民来往，他们认为现在的台湾不景气，都与这突然上岛的两百多万人有关，所以对待大陆人，除了卖东西给他们，一般不打交道，也不挑着担子去眷村叫卖。因此吉诚他们想请人，很难，当地人都不愿在眷村服务。一来心理上有隔阂，二来，语言上有隔阂。翁嫂之所以答应来眷村照顾这母女三人，还得感谢苏院长。翁嫂丈夫的腿脚受了伤，久治不愈，听说军医院医术高明，就到军医院求医，一个月后，她的丈夫伤愈出院，所以她很感激大陆的医生。另外，她的两个儿子都考上了中学，需要钱。所以，苏院长一说，她就答应了。翁嫂每天都提着鲜奶来，鲜奶的钱在佣金以外，所以翁嫂在眷村做得很安心。

眷村小院坝的旁边，有几棵不大不小的榕树，枝叶浓密，很阴凉。翁嫂喜欢将两个囡囡放在她做的吊床上，轻轻地摇，嘴里还唱着台湾的童谣：

人插花，伊插草；
人抱婴，伊抱狗；
人未嫁，伊先走；
人坐轿，伊坐破粪斗；
人困红眠床，伊困屎舺仔口。

囡囡自然是听不懂的，但翁嫂的声音轻柔温婉，每句都带余音，听多了，囡囡就笑了，就睡了。

两个囡囡在这童谣中，咿咿呀呀，时而咬手，时而蹬腿，那可人的小模样，惹得翁嫂和桑梓满心欢喜。“囡囡要活动，要做操的。以后长得高，长得漂亮。”翁嫂已有仨孩子，最小的已经四岁了，她有自己的经验。桑梓就会把孩子的手脚弄来活动活动。翁嫂看着说：“不是这样哦，这样的：一放鸡，二放鸭，三分开，四相贴，五搭胸，六拍手，七纺纱，八摸鼻，九咬耳，十摸脚，十一摸土脚，十二拢总捎。”

翁嫂一边唱，一边给囡囡做操：摇头、摸鼻、捏耳朵、拍手、举肩、踢踢腿，囡囡的全身都做了运动。

桑梓很感激翁嫂的尽心尽意，时常给她的孩子添置些东西。翁嫂爱死了两个囡囡，一定要当她们的奶娘。因为一直有鲜奶吃，孩子很健康。

转眼三个多月过去了，囡囡满了一百天，按风俗要抓阄。桑梓和吉诚商量给孩子办个百日宴。孩子的百日宴选在了星期天。吉诚的战友们，眷村的家属们都来了。场面不大，却很热闹。席间，卢嫂看到满面春光、一身帅气的吉诚，便开起了他的玩笑：“席中尉，你今天真像个爷们！”“我一直都是爷们啊！”卢嫂笑了，拉着桑梓的手，哭腔哭调地学他：“桑梓，怎么办，怎么办啊？”大伙全乐了：“中尉，你就这点出息？”“不会吧？像个娘们。”“看不出来啊，你平时挺横的。”“是吓坏了吧？”大伙一阵开心。吉诚面子有点挂不住了：“卢嫂，胡说什么呢？”老卢冲着老婆就嚷：“别捣乱，大男人，哪见过女人生孩子，吓的呗。”他瞪了老婆一眼，对吉诚说，“来，吃，咱不跟女人计较。”

一转眼，十年过去了。两个小囡囡忽然就长大了，她们有了自己的思想，对家庭、家庭成员有了自己的看法，她们会表达自己的情绪了。看到小姐妹跟父亲不亲近，桑梓心酸。吉诚，这个军中上尉，高大帅气的丈夫，在这个家中的席位总是那么若有若无。

桑梓回到自己的房间时，吉诚已经斜靠在床上了。桑梓一上床，他就本能地躲了一下。桑梓早已习惯，装作没觉察：“她们都睡啦。听说你明天要带她们去镇上，高兴得很！”吉诚白她一眼：“当我是傻子？我都听见了，她们不乐意。”“小孩子，耍点小脾气，是撒娇呢。”“我就不明白了，你怎么教育孩子的，她们就那么不待见我？”下午窝的火爆发了。“是那篇作文吧，谁叫你经常不回家？人家小朋友每星期都可以爸爸长爸爸短的，你呢？一个月回来一次，还不跟他们亲近，现在怪孩子……”桑梓也生了气。吉诚怕又吵起来，自个儿拉了被子，蒙头就睡，桑梓也不说了，关灯，睡觉。

这天恰好是鬼节。桑梓夫妇俩带着两个女儿来到小镇。

狭窄的街道，崎岖的石板路，两旁低矮的房屋参差不齐，鳞次栉比。走街串巷的小商贩的吆喝声此起彼伏。小姐妹赶集的次数不多，看什么都新鲜，对什么都好奇。

城隍庙附近，更是热闹。有的人抬着祭品，有的人提着果篮，有的人手捧鲜花，都到庙里去祭拜。庙前有一游仙，扯起招幡，为往来行人占卜算命，指点迷津。这满街的花花绿绿，琳琅满目，小姐妹一个摊一个摊地看，饶有兴味。吉诚也来了兴致，这样的生活图景是他生命过往的一个符号。今天身临其中，他觉得自己好像年轻了许多。特别是看到那个游仙，思绪就飞远了。

紧邻游仙的是一个卖风筝的摊子，地上放着一大堆风筝，姊妹俩蹲下来选起了风筝。可巧，姐妹俩同时看上了鹤风筝。桑梓觉得这个场景似曾相识，咫尺而遥远，清晰而依稀。她给孩子买下了风筝，继续沿街前游。在一个糕点房，桑梓买了一些小枣、凤梨酥，准备送给翁嫂。翁嫂的老公去世后，就从渔村搬回了镇上的娘家，娘家已经没有人了，房子空着没人住。翁嫂的家，离城隍庙不远。“菡萏、菡菡，我们去看看奶娘。”姊妹俩对奶娘很有感情，自然高兴。

大家往翁嫂家去。桑梓回过头，不见了吉诚。“爸爸呢？”菡菡问，菡萏眼尖：“在那儿。”她指着游仙的算命摊。吉诚正把自己抽的签递给游仙看，很虔诚。他发现，游仙的右手只有一个拇指。这场景让桑梓的记忆苏醒过来，刚才还觉得依稀的情景，一下子就鲜明了。她看看菡萏和菡菡，好似看到了自己和桑桑。是啊，现在的菡萏姊妹俩，酷肖桑梓，她们可不就是桑家姊妹俩的翻版吗？桑梓有些眩晕，待在那儿。

吉诚还在游仙那里说着什么，“去，告诉爸爸，我们去奶娘家了。”菡萏去了，手里拿着鹤风筝。“爸。”游仙看看小姑娘：“你的孩子？”“嗯。”“好乖。”游仙笑笑，菡萏看到他只有一个拇指的右手，有些怕。游仙递给吉诚一张字条：“回家再看吧。”就忙别人的事去了。吉诚牵着菡萏来找桑梓，四人一起往翁嫂家去。

一家破旧的店铺前，翁嫂正将果品、鲜花、糕点、白酒一字排开，土坛中烧着印钱，她正在祭奠遇海难的丈夫。桑梓让小姐妹悄悄地跪在翁嫂的旁边，把糕点献上，吉诚夫妇也上去烧了一炷香。

仪式完了，翁嫂一手搂一个孩子，左亲一口，右亲一口：“奶娘想死你们了。”小姐妹也亲亲奶娘，融融的亲情触动了吉诚的心。他不由自主地蹲下来，亲亲她的女儿，小姐妹不习惯，菡萏一下跳得很远，菡菡却用手揩了一下爸爸亲过的脸。“小丫头，爸爸亲你有什么不好意思的。”奶娘拍拍菡菡的小脑袋。吉诚的几分不自在被解放了，他拿出几张油票：“翁嫂，这几张，你留着用。”“不用啦，孩子都出去了，阿勇每月都寄钱回来，日子好过啦。你们留着，我还有两个心肝宝贝要吃哪。”她又亲菡菡一口。

翁嫂有三个儿子，菡萏姊妹俩就是她的女儿，心疼得很。隔三岔五她必到眷村一趟，或是到学校门口，看一看，抱一抱，亲一亲，才满足地走了。桑梓总有个错觉，这翁嫂就是两姊妹的外婆，其实翁嫂的岁数还大不到做外婆的份上去。

小姐妹跟她亲，三个哥哥也宠着她俩，直把她们当作了亲妹妹。这种亲情般的温暖，让身处异乡的桑梓有了依靠，它渐渐稀释了桑梓对海峡彼岸的牵连。

“进屋，进屋。来，我的宝贝回家了。”给吉诚夫妇俩斟上茶后，翁嫂就去煮饭了。不一会儿，蚵仔煎、肉羹、鱼汤、虾仁饭就上来了，都是小姐妹的最爱。桑梓学做过，可姊妹俩总说妈妈做的没有奶娘做的饭菜好吃，桑梓觉得，一样的做法，怎么就没有这种口味呢？就像翁嫂做回锅肉，怎么做也做不出成都的口味一样。

回到家，已是下午四点了。时间尚早，姊妹俩就到院坝放起了风筝。一对鹤风筝，在海风的吹送下，不一会儿就升得老高，飞得老远。菡菡的风筝线都放完了，可那风筝还在猛力向上远飞。“菡菡，快收线。”菡萏一边喊一边把自己的风筝线缠在一棵小树上。站在一旁的吉诚一下回到了童年的光景，这一幕是那一幕的重演重现。姊妹俩齐心协力收线，那风筝不想回来似的，线断了。那只断了线的风筝，歪歪斜斜地向下飘，姊妹俩呆呆地望着那只风筝，不知它会飘向何方。菡菡哭了，吉诚走过去：“没关系，爸爸重新给你买一个。”菡菡看着爸爸，不作声。菡萏过来，将自己的风筝递给菡菡，菡菡摇头：“爸爸说，再买一个。”听到这声爸爸，吉诚激动地亲亲菡菡，这一次，菡菡没有去揩脸。菡萏也牵着爸爸的一只手，三人一起回屋。正在晾衣服的桑梓，看到这一切，热泪一下就涌出了眼眶。

晚饭有回锅肉吃，姊妹俩很开心，吉诚也很久没有吃到过家乡菜了，看到回锅肉，食欲大增。饭桌上一扫以往的沉闷，大家都开心地谈笑着。“爸爸，你说了要去看我们的演出吗？”菡萏问。“说啦。”“说话算数？”“算数。”“不信，拉钩。”吉诚放下筷子，伸出双手的小指，姐妹俩各勾一只：“拉钩上吊，一百年不许变。”吉诚说：“变了是狗熊！”

夜已深，桑梓和吉诚回味着今天，都没有睡。“吉诚，看到她们要鹤风筝，我就想起了小时候。”“我也是。看她们放风筝，风筝飞走，那情形和我小时候一模一样。“还有那个算命先生……”他一下停住了。今天他总有个幻觉，菡萏姊妹俩就是桑桑桑梓这姊妹俩，现实和回忆在不停地切换，他一会儿模糊，一会儿清醒。桑梓也不说话了，他们的谈话中，只要“桑桑”一出现，两人就被隔离了。

一家人难得的相融，难得的好兴致，倏地消失了。桑梓侧过身，闭上了眼睛。吉诚靠在床上，望着窗外的皓月，听蛐蛐的叫声时长时短，有如忧伤人的长吁短叹。他再回想今天的测字，游仙让他随手写个字，他不知写什么字好，拿起游仙的书翻翻，看到这个字，就写了下来。“掰”，游仙看了他好一会儿，说：“左右手好辨，手足情难分。你早已结婚，老婆不是有个姐姐，就是有个妹妹。你娶了一个，负了一个。”吉诚瞠目结舌。“抽一个签吧，它也许会帮你。”他从枕下摸出签筒，拿出那张箴言：彼岸青山远，怜取此岸人。落款竟是：赎。这是吉诚今天抽的签，不赎不丈夫，不能谁都对不起啊！“怜取此岸人。”吉诚转过身看看睡着的桑梓，眼角有一滴清泪。

他翻身下床，到孩子的房间，在孩子的床前俯下身子，吻了吻孩子。回到床上的吉诚，轻轻地睡下了。

离开大陆后，他们从没有收到过家人的只言片语。吉诚在军队内参上，多少能了解到大陆大致的政治形势。如今国军如丧家之犬蜷缩小岛，偏安一隅。作为国民党的亲属，父母的生活会有怎样的境遇呢？吉诚是席家的独苗，三代单传，父母中年得子，家族对他寄予厚望，母亲对他更是千般宠爱、万般呵护。

在吉诚的记忆中，虽然自己很规矩，但也惹过不少祸，每一次，母亲都可以摆平，就连小朋友之间的磕磕碰碰，母亲也会为他撑腰，为这，父亲没少骂母亲。一次，几个孩子比赛滚铁环，吉诚一路领先，快到终点时，一得意，将铁环滚进了河沟。水不深，有点急，大家看着躺在河里的铁环，笑起来。吉诚不敢下水去捡：“秀秀，你帮我捡吧？”秀秀是她的堂姐，比他大一点。几个男孩讥笑他：“没出息，叫女孩子给你捡。”“秀秀，不捡，你要捡了，我们就不同你玩了。”吉诚一生气，脱了鞋就下去了，可是一到水边，他就犹豫了。“孬种。”“胆小鬼。”吉诚心一横，踩了下去，谁知河里有青苔，脚一滑，他一个趔趄，差点跌进河里。这可把他吓坏了，他上也不是，下也不是，扶着河沿不敢动。“怎么办？怎么办啊？”他心里苦叫。刚巧母亲出门找他，看到这情形，急忙将吉诚拉上来，自己脱了鞋，下到河里，把铁环摸起来。母亲上来后，骂那几个孩子：“坏小子，见死不救。”孩子们一哄而散。

桑桑在吉诚的心里，是仙女，是圣女。是仙女，因为她貌若天仙；是圣女，因为她能以柔克刚，四两拨千斤。不管感情火热到哪个地步，不管吉诚癫狂到何种程度，桑桑总能恰到好处地让他适时而止，不越雷池半步。柳下惠坐怀不乱，桑桑处乱不惊。这个一沉浸在爱河便不知人世间还有何物的女子，竟有如此定力，情迷而不意乱。从男人堆里回到女色中的吉诚，时常会被激情的热浪弄得不能自持，桑桑却能娇语定乾坤，任你吉诚情浪滔天，也决不了堤，那一天必定是在新婚之夜。从激情的巅峰跌下来的吉诚，无不懊恼，征服的欲望更加强烈，几次强劲地冲锋后，他不得不偃旗息鼓，懈怠下来。从沮丧中平缓过来的吉诚，对桑桑又是恨，又是爱，又是怨，又是疼，更多了几分敬畏。这个娇巧的小女子，成了他心中的女神，而神是完美的。当他发现桑桑那双鱼鳞般的小腿时，心里的美梦碎了。桑桑的矜持不再是完美的代名词，而成了欺瞒。她为什么那么怕我碰她，原来是在隐瞒她的缺陷。桑桑啊桑桑，你是谁，你是我的神啊，你不可以不完美。你知道吗？你毁了我的“图腾”，颠覆了我的梦。那时，他几乎是落荒而逃，他觉得自己受到了莫大的耻辱。他羞愤，自嘲，沮丧，埋怨，懊悔。酒，酒，酒！他内心异常强烈地要喝酒，要灌酒。要醉，一定要醉，不醉不休，不醉不归。到那酒醒时分，一切犹如远梦，桑桑还是那个桑桑。

吉诚如愿地醉了，醉在了桑梓那里。桑梓真实，一如热恋的人回应他，激情不可抗拒，于是命运的列车在这里倒拐，生命的旅途有了另一番风景。从狂野恣肆的性爱中醒悟过来，吉诚发现他被桑梓引诱了，桑梓乘虚而入，抢走了妹妹的未婚夫，夺走了他的忠诚和贞洁。

我只是对桑桑有些失望，我没有想过要背叛她的，这不是我的本意。桑梓，是你陷我于不义之中，是你用孩子绑架了我。桑桑，你不要怪我；桑桑啊，我该怎么办啊！你们姊妹俩，是不是要将我劈成两半？吉诚万般无奈。好可爱的一对姊妹花？尤物，尤物，让我万劫不复，生不如死！

吉诚心如刀绞，痛苦不堪，终于醒了过来。“摆不脱的梦魇。”他这样想，起来洗个冷水脸，拎起包，早早地、悄悄地回舰上了。

刚吃了早饭，小邹就报告说杨排长和老婆打架，老婆闹到队里来了，正在官兵活动室里哭闹。吉诚的工作也分管军纪军风，“走，去看看。”走到门口就听见：“你少在这儿胡搅蛮缠，你不要脸我还要脸呢，滚回去，你再闹，老子揍你。”男人举起了拳头。女人呜呜地哭：“你自己在外面偷人，还比谁都有理。打呀，你打呀。”女人仗着这么多人拉架，不怕，继续哭闹。“你再说，看老子不揍你。”男人推开劝阻的人，挥拳打过去。“你打下去试试看！”声音冷静而又威严，男人回头一看，立刻蔫了。

“长官，你要给我们孤儿寡母做主，他半年不回家了，生活费也不给，我和两个孩子怎么生活啊！”吉诚转身逼视着这个男人：“你不是每星期都回家吗？该你值班你都让小赵给你替了。”“我，我……”这个牛高马大的山东汉子，完全没有了底气。吉诚对着看热闹的人：“散了，该干吗干吗去。没见过两口子干仗，赶明儿自己干一仗，就过瘾了。”大家哄一笑，散了。

“坐下，两个都坐下。小邹，打壶水来。”两口子不吵了。“嫂子，你说，全说出来，他今后敢动你一指头，我军法处置他。”那男人看一眼吉诚，低下头，嘴里嘟哝着。“说什么呢，不服气啊？要打人是吗？来，先把我撂倒，再把你老婆扔到海里去！”男人不敢吭声了。女人平静下来，说出了一切。原来她丈夫和当地的一个女人勾搭上了，有半年不管家里了，所有的军饷都给了那个女的。老婆虽然早有觉察，但家丑不可外扬，也怕丈夫受处分，抬不起头，就一直忍着。这不，她实在忍不下去了，才到这里来丢人现眼。“该你说了。”吉诚命令那男的。“我没什么好说的。”“那就是承认了。”男的不说话。“你自己说，按军法，该怎么处置你。”那人一个立正：“开除军籍，情节严重的判罪三至五年。”女人紧张起来，有些后悔了。“你挺明白嘛。”“明白。”“明白还乱搞？”女人吓坏了：“长官，你别处分他，千万别，不然我们没个活头了，求你啦！只要他回来就行，一家人好好过日子。”她急得要给吉诚跪下了，吉诚扶起她：“嫂子，你不记恨他，原谅他了？”“一日夫妻百日恩，有什么记恨原谅的。长官你说，我们大老远地来到这天涯海角，还不知道能不能回去，一家人不好好过日子，还有什么盼头啊！”说着，她又哭起来。“还是你老婆明白事理，看你人高马大的，四肢发达，头脑简单。赶快把那边给我断了，不然，我开了你。”男人唯唯诺诺带自己的女人走了。

小邹笑了：“上尉，你没来时，他横着呢，谁劝骂谁，”他指着地上摔坏的杯子，“他砸黄参谋的。你一来，他就蔫了。熊样！真是一物降一物啊！”吉诚若有所思：“他老婆说，已经有半年了。”“是啊。”“你们都没有一点觉察？”“觉察什么呀，这个浑球，根本就不避讳，说老婆生了俩孩子后就不跟他‘那个’，所以就自己再找一个。”“不跟他‘那个’，哪个啊？”吉诚听不明白。“嘿，两口子还能哪个？就‘那个’呗。”小邹一脸坏笑，吉诚明白过来了，从后踹了他一脚，小邹笑着跑开了。

“上尉，电话。”吉诚拿起电话。“爸爸，我们想到海边来玩。”是菡菡。“今天不上学吗？”“今天是星期天。”“好吧，爸爸叫小邹叔叔开车来接你们。”“小邹，去眷村，把两个孩子给我接来。”“嫂子呢？”“废话，一起。”小邹开车走了，吉诚愣了好一会儿，是啊，姊妹俩从没到军港来过，别人家的孩子，是军港里的常客，他的心悸动了一下。

午饭之前，小邹将母女三人接到了部队。桑梓是大美人，谁都知道。在长官太太中，最漂亮、最有气质的就是席太太了。一家人在饭堂吃午饭，吉诚的耳边一片夸奖之声。“席上尉好福气，太太漂亮，女儿也漂亮。”有的小战士逗着姐妹玩：“叫叔叔。”“叫他哥哥，我才是叔叔。你看，我有胡子。”“叔叔。”姊妹俩不认生，大大方方地都叫叔叔，一群小兵乐不可支。

“爸爸，我要上军舰。”菡萏指着停泊在港口的军舰。“行啊，上军舰。”一家四口加上小邹，一起上了军舰。两姊妹拉着小邹叔叔四处转悠，问这问那，兴致勃勃。“桑梓，记得吗？那时你差点上不了船！”“记得，若不是那个长官，我们俩可能现在远隔天涯。”“不是我们俩，还有孩子呢。天意啊，天意不可违。”吉诚的话很温存。

桑梓凭栏远眺，那个晦暗的早晨，就在眼前。是的，她差点上不了船，那时她既想上船，又怕上船。她很挣扎，这不仁不义地一走了之，自己给别人制造的所有麻烦，就被扔在身后了。“她怀孕了……你们谁上来？”这一声帮她做了决定：走，生了孩子再回来，回来认罪，回来赎罪，就是千刀万剐，也认了。带着这样的决绝，桑梓走了。

忽然，吉诚从身后将她拥着，轻轻地喊：“桑梓。”桑梓很意外，一股暖流缓缓地流进了她的心里，这样的热度是她曾经熟悉的，渴望的。吉诚拥着她，轻吻她的耳际。桑梓闭上了眼睛，一动不动，她生怕一动，这股暖流就消失了。“彼岸青山远，怜取此岸人。”桑梓就是眼前人，菡菡、菡萏就是眼前人。吉诚一下悟过来：赎，就是“怜取此岸人”。此刻，洪泽的话在耳边响起：“现在你只能对一方负责。”那语气，他至今记得。

他想起了病床上毫无生机的桑桑，吉诚吻着桑梓的耳际。“桑桑，”他情不自禁地呢喃，桑梓一下从沉醉中醒来，“不知桑桑怎么样了？”吉诚自顾自地说，并没有松开桑梓。桑梓顺势说：“桑桑不会有事的。”桑梓的话没一点底气，毫无说服力。

吉诚放开了桑梓，望着大海：“我从报上看到，大陆搞运动，像我们这样的人家，都会定为反属。”吉诚充满了担忧。桑梓问：“会怎么样呢？”“有的镇压，有的没收财产，送去服苦役。”桑梓一下蒙住他的嘴：“老人家吉人天相，不会有事。”她既是安慰吉诚，又是安慰自己。这是他们第一次如此深入地谈论自己的家人，他们还谈到了洪泽和怀玉。望着遥远的彼岸，他们知道，这湾浅浅的海峡，已然是一道难以逾越的天堑，他们那份浓浓的乡情，只能在梦中遥寄。

吉诚扳过桑梓：“桑梓，我们要好好谈谈，谈大陆，谈父母，谈孩子，谈我们自己，还要谈桑桑，一定要好好谈谈。”吉诚的真挚和坦诚让桑梓感动莫名，她使劲地点头。吉诚今天是怎么了，以往桑梓想跟他谈点事，话刚出口他就回避了，他逃避所有与家有关的话题。也许是菡菡的作文吧？也许是那张字条吧？桑梓起来收拾床铺时，看见了那张字条。她想他们之间的那层隔膜也许会揭去了。他们心里的那块冰，也许快融化了。他们心里的那个病，也许快要痊愈了，他们也许可以像所有普通的夫妻那样生活了。吉诚也觉得自己变了，提得起，放得下了。桑梓的佯作坚强，孩子的疏远抱怨，还有那山东人的老婆那句“大老远地来到这天涯海角……一家人不好好过日子，还有什么盼头啊”，这些东西，在短短的时间内，触动了他的每一根神经。作为一名军人，来到这座孤岛，不是他的选择，而是他的使命。可老婆是自己选的，不管是在什么情况下选的，总是自己的选择。命运把我们一家人抛到了这里，那一家人就应该好好地在这里过下去。吉诚的心豁然开朗，他觉得自己想通了，心里敞亮起来。

小邹带着两姐妹回到甲板上，“好玩吗？”吉诚问。“好玩。”“还想来吗？”“想。”“菡萏呢？”“也想。”孩子和他融洽了很多，亲近了很多。吉诚发现要做到这点似乎并不难。他亲亲菡菡的额头，又摸摸菡萏的笑脸，牵着两个女儿：“好了，咱回家。”

明天就是六一了，小姐妹有节目要演出。星期五她们就嚷嚷：“爸爸说了要回来的，妈妈你快打电话。”桑梓放下电话说：“回来了，在路上了。”说话间，吉诚已经进了家门，小姐妹像小鸟一样飞向爸爸的怀抱。

六一这天，天公不作美，清晨下起了小雨，天雾蒙蒙的，庆祝活动改在了学校的校礼堂。人不算多，但布置得很隆重，节目开始前，先给毕业班的优秀学生颁奖，翁嫂的小儿子阿仔，毕业了，成绩很好，校长给他颁了奖。翁嫂也来了，大家坐在一起，很开心。演出的节目也很精彩。几个节目后，是菡萏的诗朗诵

《妈妈和爸爸》：

妈妈是太阳，
大地是我家。
太阳一出来，
家里暖洋洋。

爸爸是月亮，
晚上才出来，
月亮出来时，
大地都睡了，
家里有点冷。

菡菡是合唱团的成员，他们有两首歌，一首是《天黑黑》：

天黑黑要落雨，
阿公仔举锄要掘芋。
掘呀掘，掘呀掘，
掘着一尾旋留鼓，
依呀夏都真正趣味。
天黑黑要落雨，
阿公仔举锄头要掘芋。

另一首是送给毕业班的《骊歌》：

长亭外，古道边，芳草碧连天。
晚风拂柳笛声残，夕阳山外山。
天之涯，地之角，知交半零落。
一壶浊酒尽余欢，今宵别梦寒。

这熟悉的旋律一响起，桑梓就情不自禁地哼起来，思绪越过了宽宽的海峡。

青青的校园，简易的舞台上，洪泽毕业了，校长给毕业班的同学颁发毕业证和奖品。教父洪若水坐在台下，脸上的笑荡漾开来。桑梓、桑桑和其他的同学，正在给毕业班的哥哥姐姐们献歌，他们唱的就是这首《骊歌》：

长亭外，古道边，芳草碧连天。
问君此去几时还，来时莫徘徊。
天之涯，地之角，知交半零落。
人生难得是欢聚，唯有别离多。

而后，洪泽考进了石室中学，姊妹俩晚他两年毕业，进了当时著名的教会学校——成都华英女中。少男少女的他们仍然情深意笃，犹如一家。大家都长大了，桑梓桑桑出落得亭亭玉立，是学校出名的姊妹花。洪泽长得很高，一派书生意气。再后来，他们先后进了同一所大学——洋人办的华西协合大学。

年长的洪泽一直以来都是她们的哥哥，是她们的保护神。

大家都长大了，桑梓觉得洪泽不再是个小哥哥，而是一个男子汉。少女的情愫暗自滋长，她对洪泽产生了一种朦胧的、难以言明的、青涩的爱。然而，洪泽对桑桑的感情也渐渐地由兄妹之情演变为男女之情。无奈桑桑鸿蒙未启，情种晚播，毫无感觉。她越不解风情，洪泽就越痴迷。他耐心地等着，等着这个心清如水的天仙妹妹，快快长大成人，成为他的娇妻。

桑梓很踟蹰，自己爱上了洪泽，洪泽却爱桑桑，桑桑又浑然不觉。知女莫如母，她的少女情怀被妈妈看在了眼里："桑梓，有心事了，可以跟妈讲讲吗？"桑梓虽难为情，但还是吞吞吐吐，零零星星地挤出了一点想法。"桑梓，你没看出来，洪泽爱的是桑桑？""看出来了。""你不生气？""不生气，桑桑又不知道。""生洪泽的气？"桑梓点点头。"桑桑只当他是哥哥。""那是桑桑现在还不懂男女之情，等她明白过来，你能说她不会爱上洪泽？"母亲是有文化的，很开明。"桑梓，你爱他，他的心没在你那儿，你会痛的。"桑梓很纠结甚至有些埋怨桑桑的晚熟。桑桑如果能确定爱或不爱，她的这份情，就不至于无处安放。日后，大家才发现，桑桑不是不怀春，不是不钟情，洪泽之于他，在任何时候都是哥哥，仅此而已。执迷不悟的反而是洪泽，他自认为桑桑只是情窦未开，他沉醉在等待里，明知桑梓的钟情却完全无视，直到吉诚出现。命运之轨被魔手拨动，轨迹变了，人生也变了。

演出结束了，一家人照例到翁嫂那里吃饭，然后回到眷村。

第八章 几处闲愁

时间：1948年8月。

地点：成都。

桑桑爱上了吉诚，爱得如痴如醉。

她的世界里，除了吉诚，什么都不存在了。她不是张扬的人，可她的爱从她的心里飞出来，展示给了大家。她的爱真切而单纯。如果桑桑的世界里少了这份爱，她就只剩下美丽的躯壳，没有灵魂，没有神采。她的爱感染着周围的人，她的爱成了大家的一桩美事，人人都觉得她该这么爱和被爱。人们从她的爱情里获得了满足，没有人会觉得这有什么不对。

作为孪生姐姐的桑梓就不同了，她是比桑桑早熟，但这并不代表不单纯。桑梓是被催熟的。同样的家世背景，父母的手心手背，大桑桑两个小时，成就了桑梓姐姐的身份，注定了她在桑桑的面前要迁就呵护桑桑。都说爱是自私的，可桑梓已经“让”成了习惯，她是想让，可是她的情感和意志不听从她的调遣。如果说当年她对洪泽的爱，还是那么懵懂、朦胧的话，现在她对吉诚的爱，就是一种极其鲜明的情感体验了。吉诚的笑、吉诚的双眼、吉诚那温暖而有力的大手，就是她所捕捉到的最具体、最真实、最幸福的感觉了。她是让了，可还是被俘虏了，或许在她的内心深处就一直渴望着有机会被俘虏。

吉诚竟然不能接受桑桑的缺憾，他完美的幻想破灭了，桑梓有了机会去爱这个她本就深爱着的人。她的率真、热情让一时陷入失望的吉诚意乱情迷。可是道德的利剑悬在头顶，吉诚后悔了，逃避了。

军中的生活很严苛，连被子都叠得四四方方。刚进军营的人，很不习惯这样的生活，吉诚却不，反而陶醉其中。他是军风军纪上永远的模范，他轻而易举地就适应了这样的生活，并把那些严苛的规定做到极致。读书的时候，他的书包是最整洁的，铅笔是削得最漂亮的。他是那种做什么都要做得完美才肯罢休的人。学习如此，工作如此，恋爱也如此。他的恋爱对象必须是完美的，他的恋爱形式也应该是完美的，门当户对，郎才女貌。他按自己的理想选对象，谈恋爱，缔结婚姻。桑桑符合他的一切标准，他充满了成就感。桑桑对他的无条件信任和深深的依赖，让他感觉到自己是桑桑这一辈子唯一的保护人，是这个女神的庇护神。可是桑桑，你为什么会有这样的病呢？

桑梓不是不想躲开，她躲了，只是躲得不甘心，不彻底。如果不是意外有孕，她会强咽这杯苦酒的。可是，就一次，一次春风野火把一切都燎得混乱不堪。吉诚的幽怨、鄙夷、忏悔让她如坠冰窟。吉诚，这个追求完美的男人同样不能容忍自己有瑕疵。他在同龄人中，不管在人生哪个阶段，学习上，事业上，都是榜样，学校如此，军中如此。这次的荒唐，这次的孟浪，是酒，是桑梓乘人之危。他不停地这么想，他要开脱自己，因为他背负不起。

洪泽不明白，两姊妹怎么都像着了魔一样迷上了吉诚呢？特别是桑桑，那么无可救药地沉下去，陷下去，什么也听不见，什么也看不见。

1948年7月某天，吉诚和桑桑订婚的日子，两人都穿上了在绣坊定制的礼服。

礼服上的龙凤绣是桑梓设计的，也是她绣的。桑桑的红色旗袍上，一只金线绣的凤凰，身姿纤巧飘逸，从左下摆昂头向上，长长的凤尾，飘在右肩的肩头，其间点缀着朵朵祥云。吉诚的礼服上一条威仪的金龙，头在右肩下俯，与桑桑的凤头遥相呼应，浑然成趣。

桑桑甜蜜地笑着，与吉诚一起向长辈、亲朋好友敬酒。席桌上的桑梓眼光游离，神经质地躲避着洪泽的眼睛。她不停地喝酒，觉得头有些大了，在这灯红酒绿中，眼前的人渐渐模糊起来，如皮影戏里的皮影一般影影绰绰，那对新人在众人的簇拥下，喝着交杯酒。桑梓看着吉诚，一手端着酒，一手扶着桑桑，在席间应酬着，好不惬意。

桑梓很晕，想找个地方睡一会儿，她站起来，差点摔倒。洪泽赶紧扶着她进了休息间，让她在躺椅上休息。桑梓晕得厉害，用手指掐自己的头，洪泽忙叫怀玉端来一盆洗脸水，又端一杯浓茶给她。桑梓觉得好了许多，迷迷糊糊地睡了。

那些影影绰绰的皮影在流光溢彩的光晕中浮动。桑梓端着酒杯走向一对新人："来，桑桑、吉诚，我敬你们一杯。""姐，少喝点。""没关系，姐高兴。吉诚，喝……"桑梓看着吉诚，有点不依不饶的味道。吉诚犹豫一下，还是喝了。"桑桑，喝。"吉诚拿过桑桑的酒，要替她喝。"不要你喝，桑桑喝。"桑桑没法，一闭眼睛，喝了。桑梓看看她的空酒杯，笑了。迷糊中，桑梓轻轻地抚着桑桑旗袍上的那只凤凰，忽然桑桑变成了凤凰，振翅飞去。所有的人都惊愕了，望着一翅冲天的凤凰，酒宴沉寂下来。"桑桑——"桑梓大喊，酒醒了。

怀玉依稀听到有人哭泣，过来看，"桑梓，怎么了？""好难受，好闷。"桑梓想着刚才的梦，不停地啜泣，怀玉跑出来给桑梓重新泡了一杯茉莉花茶端进去。

桑梓郁郁寡欢地回到学校，落寞地坐着，脑里一片空白。

"笃笃笃——"有人敲门，"桑梓。"是洪泽，桑梓起身开了门。"桑梓，我们谈谈吧。我知道，你有心事。桑梓，昨天早上我在学校门口遇见了吉诚，他有什么事？"桑梓沉默不语，空气像是凝固了，屋里的气氛让人觉得憋气。好脾气的洪泽也有些按捺不住："你说话呀，他们已经订婚了，难道你还……""洪泽，我们结婚吧。"洪泽毫无准备，一时语塞。"我们结婚吧。"她看着洪泽。"为什么这么快？桑梓，你是不是……""洪泽，你爱我吗？你不爱我，你是想拴住我对吉诚的爱吧？你爱的还是桑桑，你怕她受到伤害。如果我爱的人不是吉诚，不会对桑桑造成威胁，你还会爱我吗？洪泽，我不要这种爱，没有一个女人会接受这样的爱。"洪泽毫无招架之力。"洪泽，为了桑桑，你拿自己的感情做牺牲，很高尚是不是？可是这对我，是一种轻侮，哪怕你要庇护的人是我的亲妹妹，我也不能接受。这样的爱我能不能要，该不该要，敢不敢要？”说到此，桑梓已是哭得一塌糊涂了。

洪泽怎么也想不到，桑梓一口气说了这么一大通，而且句句直击他的心窝。这不是他曾经熟识的桑梓，桑梓不管比桑桑老练多少，毕竟也还是孪生姐姐，她不会忽然变得如此成熟。男人啊，哪里知道爱这剂毒药可以让人变愚蠢，正如人们所乐道的，“恋爱中的女人智商为零”，也可以让人变得更聪明。甜蜜的爱，将人“爱”愚，如桑桑；苦涩的爱，教人成长，如桑梓。在情与理的纠结中，在爱情与道德的鏖战中，她太煎熬，太苦痛，个中滋味难以言说。但她不糊涂，她清醒地知道自己想要什么，能要什么，该要什么，敢要什么。是的，她没有把持住自己，越了雷池，所以她要自己去担待一切。只是她忽略了一个问题，那就是她只能承担她自己的那部分，属于吉诚的那部分，她承担不了。

洪泽也在反思，那种一直以来有些模棱两可的感觉，被桑梓给昭示了，桑梓毫不留情地撕毁了他的面纱——伪善。我是这样的人吗？桑梓是这么看的，是这么来穿透它的。洪泽终于发现了自己内心所深藏的“垢”与“小”。

桑梓已经渐渐冷静下来：“对不起，洪泽，我不是有意要伤害你。我只是不敢要你给我的爱，我不想自欺欺人。我原先想做的跟你一样，我躲开，成全他们。但这违背了我的内心，我为此痛苦，我觉得自己虚伪，因为我并不甘心。可现在……”“桑梓，他们已经订婚了！”空气又凝固了。“吉诚问起桑桑的病……”“桑桑有什么病？银屑病，那算什么病？”洪泽一想，“吉诚什么意思啊，他不会……”“他觉得桑桑欺骗了他。”“这不浑蛋吗，那为什么还要订婚啊，桑桑知道吗？”“不知道。”“桑梓，你们俩……”桑梓什么也没说，陷入沉思：我是不是有些幸灾乐祸，有点乘人之危?

一把野火铸成大错，现在能控制局面的人，只有桑梓。不管她退不退出这个游戏，故事也已被改变，而且注定没有完满的版本。这一点桑梓相当清楚。所以她选择了第一个版本：他们订婚，只当一切都不曾发生过。吉诚现在已经没有资格在乎桑桑的瑕疵了，桑桑是纯洁的。

洪泽回到家，父亲已经休息了。他简单地洗漱后，睡了。可他怎么也无法入睡。洪泽知道他和桑梓的故事没有开始就结束了。他说不清楚此时此刻的感受，他抱有幻想，又不像是幻想，或者，他搞不清楚自己是对谁抱有幻想。确实，洪泽对桑梓是有很多的忽略和无视。桑梓大胆、泼辣、率直，虽谈不上叛逆、桀骜不驯，但凡事有自己的想法和主张，别人很难左右。她没有桑桑的温和、柔顺、驯服，桑桑永远不会给人带来麻烦和困扰，桑桑听话，可心，小鸟依人。可今天，他对桑梓刮目相看了。

桑桑不要他的爱，桑桑要的不是兄长的爱；桑梓不要他的爱，桑梓要的是诚挚的男女相悦。洪泽发现自己很滑稽，弄来弄去，自己完全是“近水楼台不得月”。酒宴上那个凄迷的桑梓，醉酒后那个落拓的桑梓，那么孱弱、无助、孤立无依。干爸干妈沉浸在桑桑的幸福中，忽略了这个只大桑桑两个小时的大女儿。也许他们认为这个女儿是刚强的，洒脱的，不需要援助的。可是他们错了，这个女儿的灵魂被撕得七零八碎，她在感情的激流旋涡中沉浮挣扎，她迫切地需要有人能拉她一把，将她从地狱里拯救出来。洪泽的心开始痛，开始怜。

桑桑已经订婚，她有了自己的归宿，一切尘埃落定。桑梓的感情无处安放，会到哪里去流亡呢？唉，早知如此，何必当初！如果当初接受了桑梓的感情，或许也就没有了今天这个混乱不堪的局面。他无法入睡，起身下楼。

厅堂里，他默默地注视着母亲的遗像：“母亲，告诉我，我该怎么做？”他来到庭院，在那棵榕树下坐着，晚风轻抚他的脸，紊乱的心安静了许多。

“洪泽，还没睡啊？”“爸，你怎么起来了？”“我根本没睡。”洪泽给父亲端了把椅子过来。“洪泽，和桑梓闹别扭了？”“没有啊。”“别瞒了，我们做长辈的，什么没见过，我们也年轻过。”“爸，桑梓不爱我。”“她曾经爱你，可你的眼里只有桑桑。”“我爱桑桑，她也爱我。”“桑桑爱的是哥哥，跟你的爱，不一样。傻儿子，你不懂？”“我知道，可桑桑不是我妹妹。”“可她只当你是哥哥。儿子，你爱桑梓吗？”“也爱啊！”“那种爱？”洪泽一时语塞。“搞不清楚是吧？搞不清楚就不要去招惹人家，让人家姑娘无所适从。儿子，你们三个青梅竹马，两小无猜，这份情谊是前世修来的。你知道我为什么从小就把你放到他们家寄养？没错，爸爸因为工作东奔西跑的，但更重要的是，你妈走得早，这个家不完整。在他们家，有父母，有孩子，多热闹，人家都当你是他们的儿子，爸爸多欣慰啊！我们就是一家人。两姊妹都拿你当哥哥，都爱你。长大了，懂事了，只有桑梓对你的爱变化为男女之爱了。儿子，记住了，两小无猜，是手足之情。两两无隙，才是男女之爱。你对桑梓不是这样的爱，就离人家远点，别伤了兄妹之情。”“爸，她也爱上吉诚了。”“知道，除了吉诚的父母，谁的心里都跟明镜似的，桑梓自己会解决的。”“爸，今天我跟她谈了，觉得她跟从前不一样了。”“按旧观念，桑梓或许不是男人心里理想的妻子，她太独立。可在新观念中，她未必不是啊！”洪泽也点头。“睡吧，明天还要上班。”“爸，您也早点休息。”

明天，吉诚要走了，两个月以后回来，他们定在“双十节”结婚，长辈们说那是好日子，十全十美。桑桑依然是甜蜜的，没有别人的时候，她会轻轻地靠在吉诚的肩头，有时会情不自禁地吻吻他的脸颊，吉诚温柔地拥着她，眼神却很远。以往吉诚最喜欢看桑桑的眼睛，那双眼睛清澈如镜。而今，他不敢看这双眼睛，觉得这双眼睛，明察秋毫，能洞穿他内心掩藏的丑陋，在这面镜子里，他不再英武高大，而是猥亵渺小的伪君子。

订婚的那夜，吉诚听着窗外淅淅沥沥的雨声，无法入睡。那荒唐孟浪的一夜，在这静谧的夜中再次呈现。吉诚其实是拒绝回忆那一夜的，可是他越拒绝，那情形就越是顽固地要呈现出来。他的眼前全是桑梓，桑梓的眼睛、桑梓的脸庞、桑梓的热吻、桑梓的玉体、桑梓的哭、桑梓的泪。他依稀记得自己问桑梓：“你爱我，对吗？”依稀记得自己把桑梓紧紧地箍在怀里，狂吻了她。依稀记得一个激浪将他们掀上了天，再把他们重重地摔在床上……想到此，吉诚觉得自己很厌恶自己，很龌龊，自己简直就不是人，是兽。桑桑要是知道这一切，她还会那么倾心于我吗？她会不会嫌我脏，她会轻蔑我吗？他仿佛看到了桑梓把自己埋在被子底下哭泣。“桑梓，对不起，我都干了些什么啊！桑梓，对不起，我不是有意的……”他用双手使劲地捶打自己的头，“禽兽，流氓，浑蛋！”他狂扇自己的耳光，痛哭流涕。桑梓，桑梓不会说的。桑梓给了他一个台阶，他如愿与桑桑订婚了。可是，他无法踏实了，他既不能坦然地面对桑桑，也无法坦然地面对桑梓，面对这两姊妹，他无所适从。所以他想好了，结婚后将桑桑接走，永远不要再回成都。至于那一夜，就让它永远掩埋在黑夜之中吧！

成都育婴堂街华英女中。桑梓正在教那个嫁给中国人的洋教师茱莉刺绣。茱莉虽然长得高大，但面目清秀，那双蓝瞳，如海水一样深邃。“桑梓，你还没有男朋友？”桑梓笑笑，摇摇头。“你骗我，我猜，来找你的那两位男士中，总有一个是你的男朋友。”“何以见得？”“看得出来，他们都喜欢你！”“是吗？那猜猜，谁会追到我？”“那个军人吧！”桑梓很惊讶：“为什么？”“一种感觉。”桑梓不说话了，指着她的绣品：“把这几针挑了，重新绣。”茱莉挑着线：“桑梓，你有心事。”桑梓点点头。“你爱他？”“谁？”“那个军人。”“他跟我妹妹订了婚。”“怎么会这样，他不爱你吗？”“他更爱桑桑。”“那就放弃吧，爱一个不爱自己的人，不会幸福的。”“可是我真爱他！”“不要，我的母亲告诉我，一个女人一定要嫁给一个他爱自己胜过自己爱他的男人，才会幸福。”“可我不甘心，我们已经……”“已经分手了，那就好。那个医生，不错，温文尔雅，很绅士。”“他是我教父的儿子。”“你考虑过吗？”桑梓不语，她觉得跟茱莉说不清楚。“桑梓，我怀孕了，他现在在踢我。”茱莉兴奋地说，“你摸。”桑梓还真的觉得摸到胎儿在动。“真好玩。”有人在外面喊：“桑梓老师，你的信。”桑梓出去，竟然是吉诚的信。“谁写的？”茱莉好奇地问。“他。”“那个军人？”“嗯。”“看信吧，我走了。”桑梓定了定神，坐下来，拆开信。

桑梓，你好：

我翻来覆去地想了很久，该不该写这封信，犹豫再三，还是写了。为了我们今后平安相处，有些事，我们必须了了。

桑梓，对不起，为我无耻的行径……我不是有意的，我醉了，糊涂了。我当时接受不了桑桑有缺憾的现实，心里很乱，很迷茫，我使劲喝酒。桑梓，对不起！我知道，这种事情对于一个女孩子来讲意味着什么，如果可以弥补，我会义无反顾的。可是一切都发生了，这样的过失是无法弥补的。我只有请求你的惩罚、鞭挞和原谅。因为只有你的谅解，才可以让我从罪恶中解脱，让一切都按既定的计划进行，否则，天下大乱。桑梓，你一定也不想看到那样的局面，毕竟桑桑是你的孪生妹妹。桑桑爱我，我是她的天，她的天塌了，她怎么办啊？我不敢想象，这一切如果昭然示人，会产生怎样的后果，我的父母、你的父母、桑桑、洪泽都会受到严重的伤害。桑梓，我现在都不敢看桑桑的眼睛，我无地自容。

桑梓，或许你会恨我，觉得我无耻、自私。我承认，我是一个懦夫，没有担待，不负责任。我知道，这对你不公平，但是我们都有责任。桑梓，那天你为什么不把我送回家呢？桑梓，你很开放，是不是西洋学校出来的，都这么开放？你是提得起，放得下的人。桑梓，我不知道该怎样做，才能得到你的原谅。只要不伤害其他人，我都会去做的。

桑梓，对不起，我们就当一切都没发生过，就当是一个梦，好吗？桑梓，洪泽对你很上心，听说你曾经也爱过他。他是个好男人，有担待，有责任感，他值得你去爱。

让一切都过去吧，桑梓，我发自内心地恳请你，谢谢你！

看完后请把信烧了，谢谢！

祝安

席吉诚愧上

桑梓泪流满面，心一阵阵绞痛："吉诚，你个浑蛋、懦夫。不公平，为什么这样对我？你可以弥补的，你这个胆小鬼！"她涕泗滂沱，"你怕所有的人受到伤害，唯独不怕我受到伤害，可是，被伤害的人是我呀！"她痛苦地蜷缩在床上。"你是浑蛋、胆小鬼，你知道吗，你也是我的天哪！一切都没发生？一个梦？吉诚，我骗不了自己，这一切确实发生了！"桑梓已是歇斯底里，"我怎么办？谁来救我啊……"她双手捂住胸口，整个人紧紧地蜷缩在一起，哭声越来越压抑，她的心又痛又累，渐渐地昏睡过去。

桑梓已是两天没有回家了，桑母觉得怪怪的，到学校来看她。

"桑梓，桑梓。"桑母敲门，没人应。桑母从窗户看去，床上有人，她敲着窗户："桑梓，开门，开开门。"没有应，桑母一着急，找人来打开窗户，从里面将门打开。桑梓蜷缩着，全身滚烫，昏迷不醒，不时剧烈地咳几声。桑母吓坏了，赶紧到学校门口给洪泽打了一个电话，洪泽叫了救护车赶来，将桑梓送到了医院。

桑梓被送进急救室，桑母、桑父、桑桑、怀玉在外火急火燎地等着。

洪泽一出来，几人就围上去。"怎么样了？"桑父急急地问。"没什么了，高烧，已经烧成了肺炎，还好发现得早，再晚点就麻烦了。"桑梓被推出来了，挂着点滴的她，还在昏迷中，嘴唇上下起了很大的泡，嘴里叽里咕噜地说一些别人听不清楚的话，桑母俯下身子去听，"吉诚，我恨你，桑桑……"桑母起身看一眼桑桑："桑桑、怀玉，你们回去拿些洗漱用具来，还有热水瓶。"两人应着回去了，桑母舒了一口气。

进了病房，桑母坐在桑梓的旁边，爱抚地看着女儿。“前两天还好好的，怎么一下就病成这样了？”桑父心疼地说，看看洪泽。“干爸，不着急，输几天液就好了，放心吧！”桑母也很难过：“你看她满嘴的泡，她这是急火攻心呢，可怜的桑梓。”“她一定有什么事瞒着我们。”“桑梓啊，爸妈对不住你，我们的心思都放桑桑那儿啦，让你受了多少委屈啊！”桑母把桑梓的手捂在自己的手心里，“我们都当桑桑小，身体又不好，可你大她多少呀，你也是个孩子啊！”桑梓的眼角流出两行滚烫的眼泪，嘴唇翕动着，但说不出话。“别哭啊，妈知道你的委屈、你的苦。”桑母给女儿拭着泪，难过万分。“洪泽，你出来一下。”桑父将洪泽叫了出去，两人在走廊上交谈着。

桑梓终于醒过来了，看着慈爱的母亲。“妈——”她喊一声，就痛哭起来。桑母也不劝她，只是轻轻地拍打着她的手，像哄小孩子一样。桑梓哭了很久，才渐渐平静下来。“桑梓啊，你可把一家老小吓坏了！”“爸呢？”“在外面训洪泽呢。”“桑桑和怀玉姐呢？”“回去给你拿东西了。”

桑桑说话就到，看见醒过来的桑梓，坐在她的床沿。“姐，疼吗？”她指着打点滴的手。“不疼。”“桑梓，我给你熬的菜稀饭，吃点吧。”昏睡了两天两夜的桑梓，真觉得饿了，怀玉把床摇起来，盛了一碗稀饭喂她。桑父和洪泽进来了，“爸。”桑父摸摸桑梓的头：“好像烧退了，洪泽，可不可以开点去火的中药啊，你看她嘴上的泡。”“可以，我让中医叶大夫给她开两服。桑梓没什么危险，干爸干妈请回吧，留怀玉一个就行了，今晚我值班，我会过来的。”“我要在这儿。”桑桑说，“那好吧，你也留下，这个病房不再安排人进来。”

桑父桑母回到家，心里很不是滋味。“老头子，你说，桑梓的心太重了，那天桑桑订婚，她就闷闷的，心不在焉，她还是没有放下呀。”“感情这东西，不是想放下就能放下的。桑梓啊，没我们想的那么洒脱，那么刚强。”“她也不易啊。”“你说，桑桑会不会也发现了？”“不会，她没那么多心思。”“吉诚呢？吉诚知不知道呢？”“就是他惹的祸，但愿他不要再去招惹桑梓，时间一久，就过去了。”“是啊，不然会闹出事情来的。”“唉，这姊妹俩，怎么就都看好他了呢？”“老头子，你不是说洪泽和桑梓好上了，怎么又会……”“我问洪泽了，他说桑梓不接受他。唉，这个洪泽，我看啊，没戏。”“唉，女儿大了，真让人操心。”

医院，病房。怀玉端着锅碗出去洗，两姊妹在聊。“姐，吉诚来信了。”“什么时候？”“都两天了。”桑梓想是同一天发的信。“写什么，想你了？”“没什么，乱七八糟的。什么想我了，要给我认错了，对不起我了，要常去看他的父母了……你说，打仗又不是他要去的，他有什么错啊，我又没有怪他。”桑梓猜得到，吉诚的这封信是在怎样的心境下写的，他一定是先写了给自己的那封信，再给桑桑写的，她黯然神伤。

“桑桑，让桑梓休息吧。”怀玉侍候桑梓洗脸洗脚，让她睡了。“桑桑也睡吧，我盯着。”她指指点滴。“怀玉姐，谢谢你。”桑梓说。“跟我说这个。”她俩一笑。这主仆之间的关系，还真有点怪，怀玉长两姊妹五岁，到桑家时十一岁。小姐妹进学堂后，桑父也让她去读书，但怀玉的母亲不让，说怕以后心气高了，不好找婆家，怀玉就在家里打理一些家务。这家里，仆人当她是主人，主人不把她当仆人，她主不主仆不仆的，年纪也不大，却把桑家院子上上下下、里里外外都打点得妥妥帖帖，桑父常夸她：“这个女子好不简单。”

吉诚收到了桑桑的回信，很高兴。这一个多星期，他忐忑不安地等着桑桑的回信，或者说等着桑桑的审判。他在信中暗示自己对不起她，他希望桑桑能够追究他，并能原谅他，这样他就可以从道德的利剑下逃生了。他一直这么期待着，拆开信。

亲爱的吉诚：

收到你的信，我很高兴。本想快点给你回信，可是桑梓病了，很严重，现在都还住在医院。她高烧不断，满嘴是泡，一直说胡话，有时叫我的名字，有时叫你的名字，我们都吓坏了。

吉诚，你说你对不起我，要我原谅你，可打仗不是你要去的，军令如山，我没怪你。我哥跟我说过，和一个军人谈恋爱，要学会面对分离。我觉得很难，但我会慢慢适应的，不让你操心。

吉诚，要完好无缺地回来，我不要看到一个受伤的爱人，为了我，好好保护自己。我一切皆好，放心！

爱你的桑桑

看完信的吉诚，又欣慰又失望。桑桑啊桑桑，你就不问问我有什么事情对不住你吗？吉诚很失落，觉得自己失去了认错的机会，或者说他埋怨桑桑没有给他这样一个机会。

“桑梓住院了，病得很重。怎么回事，与我写的信有关吗？我伤到她了？我没有责怪她呀！桑梓说胡话，桑梓叫我的名字。她该不会……”吉诚紧张起来，手心里全是汗。“浑蛋，桑梓都这样了，你还……”他骂了自己一声，真的担心起桑梓的病情来。他于是马上提笔给桑桑回信，间接地打听桑梓的病况。同时又写了一封信给桑梓。

桑梓终于退烧了，人精神了不少，但情绪一直不佳。她本来觉得自己什么都想清楚了，能够去面对自己制造的麻烦了，她已经做到了，剩下的东西，就交给时间去处理吧。但是吉诚你不该这样。如果吉诚根本就没有给她只言片语，这个故事还真的就藏在了自己心里的某个角落，直至有一天时间把它风化掉。可是吉诚写了信，写得那么不近人情，那么自私，那么冷酷。想到此，桑梓不禁悲从中来，泪又无声地滴落。怀玉上前去摸摸她的额头：“疼吗？”桑梓点头，她真的头疼，剪不断，理还乱。

几日来，洪泽也备受煎熬。自从那天和桑梓谈话后，他想，罢了，都结束了，我与桑家的缘分仅此而已。桑梓突然住进了医院，病得那么重，她面容苍白，憔悴不堪，毫无生机。先前那个大气、爽朗、热情的桑梓，倏然消失。她恹恹地躺着，孱弱，无神。一个光彩照人的俏姑娘，一朵正在绽放的生命之花，竟然一下子就变得如此委颓，她是遭受了怎样一种摧残啊！洪泽的心，痛了起来。桑梓并不像大家所看到的那么洒脱和刚强，说到底，她也只是一个女孩子。女孩子有的心思，她有。女孩子有的优点，她也有。女孩子的柔弱，她还是有。说穿了，桑桑的某些特质就是她的特质，这个时候的她，比任何人都脆弱。洪泽坐在桑梓的床前，往事一幕幕在眼前切换。

桑梓发现教父特别喜欢《湖心亭看雨》，就悄悄地临了一张，绣成了一幅绣品，送给教父做生日礼物。画面就以国画的黑白灰呈现，但那顶红油伞，却是红的，画面很有艺术感染力。洪若水高兴得很：“谁说我们桑梓是粗枝大叶的，看看这幅画，有心人才绣得出来。”桑梓笑笑，望着洪泽。洪泽避开她的目光：“这姊妹俩各有千秋。爸，桑桑给你买的绿豆糕。”他揽着桑桑，推到父亲跟前，桑桑也礼貌地献上了寿礼。桑梓看着，仍然笑。

一个无风的下午，桑梓到医院看他，双手藏在背后：“洪泽，猜，是什么？”“猜不出来。”洪泽漫不经心。桑梓还是没心没肺地说：“猜，猜猜嘛。”“三大炮？”“看，猜着了吧。”桑梓把三大炮递给他。洪泽拿起来就吃：“你怎么知道我没吃午饭，我正饿。”“你没吃午饭，为什么？”“做一个手术，三点才完，刚下来。”他边吃边说，吃得很香。桑梓静静地看着他吃，很满足。“干吗这么看我，我不好意思吃了。桑桑呢？”“她有绣课。”“等会儿我们去接她？”“嗯。”桑梓其实就想和洪泽单独待会儿，可洪泽时时记挂着桑桑，她觉得很没滋味。

他们去接桑桑，从锦里出来，三人在街边闲逛，走到一个叫好吃嘴的小店门口，桑桑停下来：“哥，吃点东西嘛。”“好啊，想吃什么？”他问。“开心凉粉。”“行，开心凉粉。”他回头问桑梓，“你呢？”“伤心凉粉。”桑梓有点冲。“一个开心凉粉，一个伤心凉粉，我吃什么呢？”“你也吃开心凉粉呗。”桑梓酸他。“老板，两碗开心凉粉，一碗伤心凉粉，”洪泽不接桑梓的茬。“老板，还要一份夫妻肺片，一碗没心没肺汤。”老板出来：“夫妻肺片有，没心没肺汤？”老板摇摇头。桑梓将气撒向老板：“就是素汤嘛。”老板向里间喊：“夫妻肺片一份，没心没肺汤一碗。”伙计伸个头出来：“没心没肺汤？”“素汤。”说完老板看着桑梓，“小姐，你这汤名起得好，我以后就做这么一道汤。小姐，今天我请客了。”老板看他们一眼，几个人都笑了。想到这里，洪泽也笑了：“没心没肺汤，还真想得出来。”

看桑梓的点滴要打完了，洪泽叫护士来加液。桑梓仍在沉睡中，她嘴上的泡基本消了，但嘴唇很干，有些许裂口。洪泽接了一盅水，用棉签蘸蘸，给她润嘴。看到这些，正要进去的桑父和桑母停了下来，悄悄地退到走廊的椅子上。“唉，不知他们有没有缘分哪！”桑母叹喟。桑父也叹：“随缘，随缘吧！”

桑梓醒过来了，看着洪泽用棉签蘸水滋润她干裂的嘴唇，她抿抿嘴，觉得很舒服。“醒了？这几天多吃点水果，我去给你买水蜜桃。”“水！”“想喝水？”桑梓点点头。洪泽起身给她倒水。水太烫了，他不断地吹，嫌慢，他又拿一个水杯，这杯倒那杯，倒来倒去，自己又喝点尝尝，觉得水温差不多了，才端给桑梓。洪泽将床摇起来，想喂给她喝，桑梓不好意思，用不输液的那只手自己端着喝。洪泽看着她，眼前的桑梓从没这么温顺过，这么楚楚可怜过，洪泽的心又有些痛。桑梓躲着他的眼睛，盯着那一点一滴的液体滴入自己的身体。喝完了，将杯子递给洪泽，“还喝吗？”“不喝了，谢谢！”“这么客气，我是谁呀，你哥。”桑梓想躺下去，洪泽将床摇平，给她掖好被子。“再睡会儿，快点好，好了哥带你出去吃饭。”桑梓闭上了眼睛，轻轻地将被子拉上来遮住脸抽泣，洪泽有些心酸，悄悄退了出来，转身看到干爸干妈：“她好多了，明天不输液了，观察两天，就可以出院了。”

进到病房，看到桑梓在哭，桑母轻轻地揭开女儿的被子，桑梓的泪还在脸上。桑母给她拭干泪：“桑梓啊，你好些了吗？”“妈，我好多了。爸，你过来。”桑父走到女儿的床前，桑梓拉着父亲的手，“爸，我想通了。你们放心吧，我不会有事的。”“桑梓，是爸妈不好，我们太忽略你了，让你受了不少委屈。”“爸、妈，跟你们商量一件事。”“说吧。”“学校要抽调一些老师去重庆，我想去。”“桑梓啊，你是不是心里还有疙瘩？”“我想换一个环境。时间不长，半年。”桑母含泪：“好了，等你出院了，我们慢慢商量，行吗？”桑梓点点头。

桑桑和怀玉来了。“桑梓，我今天给你炖的老妈蹄花。”“我想吃夹江豆腐乳。”“有啊，怀玉姐带来了。”桑梓的液体输完了，她的手木得抬不起来，桑桑轻轻地给她捏，给她揉，好一会儿，她的手臂才恢复知觉。“今天我自己吃。”桑梓的脸晴朗多了，病房里一扫往日的阴郁和沉闷，大家都感到一阵轻松。

阳光是如此灿烂，那和煦的颜色，笼罩着清晨的一切。鸟语花香中无不散发出阳光的味道，暖暖的。

住院楼后面的小院有一片小树林，树林的外面有一池小湖。湖面是蓝天的镜子，一些人工喂养的锦鲤，自在悠游。浅处藻荇随流，不知哪个性情中人撒一簇月季花瓣在湖中，那流芳在平静的水面缓缓浮动。

桑梓觉得这真是一个充满诗情画意的早晨，特别是那一瓣瓣流芳，在湖水中缓缓地徘徊前行，流过小桥时，哗哗的流水将它们冲散，在浪里翻转，再浮出水面，缓缓地随流。桑梓觉得有些累，坐在长椅上休息。

恢复了元气的桑梓，即使穿着宽条纹的病员服，也很美丽。这是有着几许深沉、几许伤感、几许忧郁的美丽，造就了桑梓与同龄人相去甚远的一种气质，一种韵致。桑梓站起来，舒展自己的双臂，抬着头，闭上眼，用鼻子努力地嗅着，像是要把这清香的空气都收进心房，像是要把这诗意的世界全部拥入怀中。

“桑梓——”陶醉的桑梓被叫醒，洪泽领着茱莉过来了，桑梓高兴地拉她坐下。“这么早，没课？”“礼拜天。”“哦。”桑梓一想，她住院两星期了。“你们谈，我上班了。”“洪先生，谢谢你，欢迎你到我们学校来玩。”茱莉半开玩笑半认真地说。“谢谢，有空会去的。”洪泽走了。茱莉对桑梓说：“猜猜，我给你带什么来了？猜到就给你。”“吃的？”“不是。”“用的？”“不是。”“不猜了，爱给不给。”“信！”茱莉从身后拿出一封信在桑梓面前晃，“那个军人的。”桑梓没意外，没惊喜，没兴致。“怎么了，不想看？”“不看。”“为什么？我以为你盼着他的信。”“你不劝我放弃吗？”“是啊，这和一封信有什么关系……”桑梓打断她的话：“茱莉，我们是朋友吧？”“当然。”“那就请你帮我处理这封信。”“我处理？”茱莉拿着这封信，不知如何是好。“要么烧掉它，要么，查无此人。”茱莉看看桑梓不怒自威的眼睛，“那还是‘查无此人’吧。”阴云散了，两人又和悦起来。“茱莉，去重庆的事怎么样，我有戏吗？”“你是去红十字当志愿者，怎么没戏啊，不过要本人报名。”“来得及吗？”“月底前啊，你真的要去？”“真的。”“桑梓，你不是逃避吧？”“是逃避。我需要时间空间，这是当下最好的方法。”“那他呢？”“谁？”“洪先生啊，我看得出来，他很在意你。”“他是我哥。”“又不是你亲哥哥。”“茱莉……”“好了，不说了，懒得管你。”“我真想溜出去逛大街，去吃一碗勾魂面。茱莉，我陪你去检查，然后我们去吃勾魂面。”“不行，再忍两天。”两人转过身，是洪泽。“桑梓，回病房，等会儿医生要给你会诊，你还想偷跑。”三人一起回病房。“桑梓，我去妇产科，先走了。”“好吧。我说的事，你还是要盯着点。”“知道啦！”桑梓见医生们都来了，赶紧进了病房。

洪泽追出去，挡住茱莉：“小姐，对不起，桑梓什么事让你盯着？”“你问她啦。”“能问她找你干吗呀。拜托，告诉我。”茱莉不理他，转身就走，洪泽一急，拉住了她。“你放手，弄疼我了。”洪泽松开手：“对不起，请你告诉我，你知道，她还没有康复。”“那你告诉我，你这么紧张她的事情，是不是爱上她了？”茱莉狡黠地笑着。“小姐，你说不说，不说是吧？那好，今天妇产科放假，不检查。”洪泽是见习院长，又是今天的值班院长，威胁茱莉。“我说还不行嘛！桑梓要走。”“去哪儿？”“重庆。”“为什么？”“国际红十字会招募志愿者，她要我替她报名。”“去多久？”“半年吧。”“半年？不行。”洪泽扔下茱莉，回到桑梓的病房。

“桑小姐，你康复得不错，不过身体还很虚弱，再观察一天，如果没有什么问题，就可以出院了。”“谢谢你啦，大夫！”桑梓兴高采烈，想到就要飞出牢笼，心情大好。

洪泽端早餐进来：“洗手，吃饭。”洪泽把牛奶递给她，又给她剥鸡蛋。自己也拿一个，在桌子上磕磕，剥干净放进嘴里，再拿一个包子，“桑梓，明天出院了，想吃什么，哥陪你吃。”洪泽从不在桑梓面前充哥哥，桑梓不像桑桑，一天到晚哥长哥短的，桑梓对他从来都是直呼其名。偶尔装怪叫他一声哥，他都会起鸡皮疙瘩。这两天，他有意无意地在桑梓面前充哥哥，桑梓有点不爱听，她将杯子往桌子上用力一搁，瞪着洪泽。“怎么了，我本来就是你哥。”桑梓站起来要走。“别别别，不乐意是不是，那好，随你怎么叫，你就叫洪泽，或者红毛怪，洪泽狗狗都行。”桑梓一下笑了，坐下来继续吃早餐。“啊呀，你终于笑了，女孩子还是笑起来好看，像花一样。”吃完早餐，洪泽收拾着桌子上的一摊子，“桑梓，你可以出去散散步，不要溜出去啊，中午我给你打饭。”

桑梓出了病房，往湖边走去。她很喜欢那个地方，觉得有点世外桃源的味道。一到那里，人就像是入定一般，心里澄清敞亮，什么阴郁、烦恼，都被阳光晒死了。

信，她的脑海里闪出了刚才的一幕。吉诚又写信了，写了什么？桑梓看得出来，那封信很薄。难道他知道我病了，哦，一定是桑桑。她一方面揣测着信的内容，一方面又拒绝知道信的内容。

她沿着湖边漫游，又见到湖水中鲜艳的月季花瓣顺水而漂。逆流芳而上，桑梓看见一个和自己年纪相仿的女子，穿着病员服，站在一株繁华的月季前，将花一朵一朵地摘下来，把花瓣一瓣一瓣地撕下来，扔进湖中，她的眼睛始终望着那缓缓流动的湖水，没有任何表情，手里的动作机械地重复着。桑梓看看她，知道这是一个和她一样，有着重重心事和无限烦恼的女子。桑梓怕打扰她，就从她的身后远远地绕了过去，那个背影孑然孤立。离她不远处，有一个中年妇女默默地看着这个女子。“她的母亲吧。”桑梓这样想，心情忽然有些沮丧了。

她漫无目的地前行，不知过了多久，桑梓觉得湖边的人一下多了起来，人们都朝一个方向跑去，“有人投湖了，有人投湖了！”病员、医生，所有的人都向那边跑，桑梓心里一惊，“莫非……”她不敢想，转身跑过去，那个母亲跪在地上，痛不欲生，地上是零落的月季。湖里有人，他们在寻找那个投湖的人。“找到了，找到了！”那个母亲疯一般奔过去。桑梓看到了，一个女子水淋淋的，已经僵硬，一只手里还捏着一朵月季花。桑梓的心狂跳起来，她全身哆嗦，腿一软，就倒下了。

醒来的桑梓，已经躺在床上，又打上了点滴，一家人都在。

桑母拉起桑梓的手：“桑梓，你还没好，不要东跑西跑，多让人操心啊！”桑桑也担忧地说：“姐，你是不是害怕，我陪着你。”桑梓的眼前又浮现出那个僵硬的、水淋淋的女子。“那个女孩？”她问洪泽。“走了。未婚夫跟人跑了，她已经有了三个月的孩子。走了两次绝路，都被发现。这几天情绪一直稳定，谁知今天……”那个女子毫无表情的脸、无神的眼睛、落寞的背影、一朵湿漉漉的月季，就在桑梓的眼前。

“我要出院！”“医生说，你还要住几天。”“不住了，我要出院！”桑梓犟起来，伸手要拔掉针头。洪泽忙阻止她：“行，行。你总得让我去协调一下吧，总得把这一瓶输完吧？”桑梓安静下来。洪泽找来的医生说：“桑小姐，这可不行。你看这样好不好，今天输一天液，明天观察一天，没事，就出院。你看，没耽误你时间，你本来也是明天才能出院的。”桑梓点点头，完全安静下来。

◎

第九章 立尽斜阳

时间：1958年7月。

地点：台湾。

吉诚一家四口回到了眷村，屋外的雨依然稀里哗啦地下着。

“菡萏、菡菡，快来把衣服换了。”“吉诚，你也换换。”桑梓又把吉诚的衣服递给他，吉诚回到卧室换了衣服出来，桑梓又递毛巾给他，“快揩揩头发。”然后去给小姐妹洗头了。

吉诚站在窗前，外面一片雨雾朦胧。地上已有积水，雨打在水面上，溅起一朵朵的水花，一个个的水泡。水泡又裂开，再溅几朵花、几个泡，满地都是水花水泡，还有一两片飘零的落叶。夏天的雨总是下得这么酣畅淋漓，像一个人在尽情地痛哭，直哭得心里再没有忧愁烦恼、哀伤苦闷，直哭得自己的心空晴朗无云。吉诚的心被洗净了，开朗起来。一阵风袭来，雨被刮得乱飞，地上的水花水泡齐刷刷地被风掠向一方，吉诚想起菡萏朗诵的诗："爸爸是月亮……"

一晃十年，自己还没来得及为她们做点什么，孩子都长大了，吉诚觉得遗憾。回忆自己这十年都干了些什么，除了上岗带兵，什么都想不起来了。对这个家，除了拿钱回来，他真的不曾做过什么。看着桑梓忙里忙外的身影，他竭力捕捉她当年的风华。眼前的桑梓，也才三十几岁，可是与眷村的同龄妇女相比，她显得老相，尽管她还是漂亮。她依然苗条的身材不再婀娜，她白皙的脸上有了不少斑点，更为重要的是，她的脸上永远都有一丝抹不去的淡淡哀伤，即使是笑的时候，这份哀伤也挥之不去。在吉诚的记忆里，她似乎很少笑。只是在初为人母的时候，他看见过她笑。是的，那是桑梓生命中最美丽、最幸福的时光，她笑容灿烂，生命之花绚丽绽放。怀抱里的小囡囡是她幸福的源泉，她们让桑梓忘掉了所有的痛和罪，她一心一意地哺育着孩子，孩子的一靥一笑、一举手一投足，都是她心中最美的乐章。她的哀伤忧愁被幸福掩埋，再苦再累都浑然不觉，直到孩子上了小学，她才从那种执迷的状态中慢慢走出来，去面对她不得不去面对的东西。

整整十年，桑梓和吉诚不曾有过夫妻生活，十年的无性婚姻，就这么匆匆过去了。桑梓不是不在乎，吉诚为什么不回家，她很清楚，但她不能说出来。好在她有孩子，她有可以操心的事，她的爱全都倾注给了孩子。吉诚呢，他是男人啊，他还年轻健康，他怎样安放自己呢？吉诚也不是不在乎，只是一旦和桑梓同床而眠，他就会想起那癫狂的一夜。那一夜改变了他的人生。那个猥亵的自己，让自己厌恶，所以他无法与桑梓"那个"。他不是要逃避家庭、孩子，他要逃避的是夫妻生活。他们都有障碍，他们的感情被一道藩篱隔着，谁都不愿拆除它，仿佛它是这种关系的根本，一旦拆除，他们都会远远地逃开对方。

1948年，川江上。吉诚因军中的事务，在重庆滞留了一月，现在接到命令，要赶回南京。

一艘不大的客轮上，桑梓穿一件紫色的大衣，临风而立，凭栏远眺。虽时值初冬，但川江两岸仍能看到些许红叶。绝崖绝壁，撑天立地，天高云淡，无尘无烟。船在湍急的河流中行驶，附近三两点小帆，在江水中颠簸，一不小心，就有被江水吞噬的危险。

清澈激越的江水，负势竞上的山峰，密林中偶见被掩映的飞檐斗拱，总让人想起“深山藏古寺”的诗句。桑梓的心，猛浪若奔，翻腾突涌。她就这样与吉诚私奔了，扔下生死未卜的桑桑、悲恸欲绝的双亲、痛心疾首的洪泽。

一个多月来，她不敢打听家里的任何消息。她怕听到更多更坏的消息，怕别人知道他们的行踪，怕熟知她的人唾弃她，鄙夷她。可她又希望知道桑桑没事了，原谅她了，父母不责备她了，朋友们谅解她了。不，不可能。换了自己是桑桑，也无法原谅。换了自己是父母，也会悲恸欲绝。换了自己是他们当中的任何一个人，也都无法原谅，桑梓就这么自责着。

她的目光顺着那湍急的浪奔向远方，又收回来，又奔向远方。她曾想把眼睛盯在江水的某一处，但是做不到，她的目光总是随浪花飘远。在这神游中，桑梓听到船上欢腾的声音：“神女峰，神女峰！”船上的人，不管男女老少，都拥上了甲板，仰望前方的神女峰。

那神女峰似在虚无缥缈间，峰尖突起，冲霄耸翠，轻烟缭绕，深情款款，茕茕孑立。这个痴情的女子，为等自己的心上人，旦为朝云，暮为行雨，分分秒秒，日日月月，年年岁岁，栉风沐雨，直把自己等成了石崖。这份情，这份意，这份执着，恐怕也只有这浩浩不尽的江水能够承载。自古以来，痴情女子负心汉，那位久去不归的丈夫，是否也是离楚岫，赴高唐，学窃玉，试偷香之徒呢？桑桑也会这么等吗，会把自己等成一尊石头吗？桑梓的心一酸，泪洒在江里。

雾越来越重，神女峰时隐时现，渐离渐远，愈加缥缈神秘。桑梓依然看着江面，素湍绿水中几枚飘落的红叶，逐浪而去。回清倒影里，是犬牙交错的绝岩。江上的雾浓了，有些冷。吉诚过来，给桑梓披上一条银灰的披肩。紫色的大衣配这么一条披肩，就桑梓的年龄而言有点老气横秋，但就她此时的心境而言，又是合宜的。

“桑梓，看，纤夫。”吉诚将神游的桑梓拉了回来。近处的崖边，时隐时现的山径，窄得仿佛只能放一只脚，几个纤夫，躬身而行，死命地拉着船只逆流而上，他们竟然是裸体。在这初冬的寒冷中，他们双手攀岩，举步维艰。他们的头上箍着毛巾，纤绳深深地陷进肌肉，勒出道道血痕。那逆行的帆船上，一个矮个的中年人，短短的头发，是这群裸汉中唯一穿了裤衩的人。他在船头扳着舵，一声声地吆喝，拉纤的汉子们一声声地应和。“哟呵——”“哟呵、哟呵、哟呵……”桑梓知道，这就是有名的《川江号子》，在这一声声的应和中，艄公、纤夫与激流搏斗，逆风前行。

吉诚想起离家前的一幕。“吉诚，给我跪下！”席父盛怒。吉诚诚惶诚恐地过来，犹豫着，没跪。“跪下！”“老头子，你冷静点，诚儿好歹也是军人。”“废话，都是你惯的，跪下！”席父声色俱厉，吉诚看母亲一眼，脱了军帽、军衣，还是跪下了。

“你干的好事啊，你和桑桑订婚，却跟桑梓有了孩子。你说，到底是怎么回事？席家也是体面人家，你把人都丢尽了！”“我是爱桑桑的，可是，你们不知道，桑桑有病……”“桑桑有病，什么病啊？”席母惊问。“银屑病，她的腿……”“啊，有病，银屑病？这就是理由吗？让你妈告诉你，你妈也有银屑病，我是不是要休了你妈，另娶？”“妈，是真的？”吉诚惊异地看着母亲，懊恼万分。“怎么会这样啊，我干了些什么啊？”他紧紧拉着母亲的手，“妈，我该怎么办，你帮我，我该怎么办啊？”“瞧你养的好儿子，瞧瞧啊，一遇事就‘我该怎么办啊’，我都不明白你这军人是怎么当的。你是男人，你自己惹的祸，自己解决，我们帮不了你！”“诚儿，起来，慢慢说。”席母拉起儿子。“那天喝了酒，桑梓送我回家，我怕爸骂，就去了她那里。后来，我就不知道了……”“这个桑梓啊，她也是大家闺秀啊，怎么就……唉，老头子，也不能全怪诚儿啊！”“不怪他怪谁，桑梓是女孩子，难道还能绑架他不成？你不愿意，可以不结婚啊，你们这样做，对桑桑的伤害有多大啊！浑蛋，我不想见到你，滚！”席父手指着门外，别过脸，老泪纵横。吉诚慢慢向门外走去。“诚儿，你上哪儿啊？”席母也是泣不成声，吉诚回头给父母磕个头，拿上衣服和帽子，转身走了。

已是傍晚了，船仍在江中行驶。吉诚望那苍松翠林，听那高猿长啸，泪沾衣裳。仰头望天，云卷云舒，自在飘逸。吉诚明白，自己与父母这一别，不知猴年马月才能相见。共军势如破竹，国军颓势已定。君问归期未有期，或许已是诀别，他潸然泪下。

医院里，父亲那双威严的眼睛，桑梓不敢正视。她向父母保证过的，可是一失足成千古恨，她不知道，就那一次，她就……父亲没有来探视病床上的她，她理解。母亲来了，可她除了无奈，还是无奈。桑梓绝望了，私奔是她唯一的出路，也是孩子的出路，可是吉诚不愿意，她绝望了。

窗外，微风习习，吹动着白色的窗幔，一团乌云悄悄飘来，遮挡了本不明亮的月亮，云渐渐多起来，像棉团一样塞满了桑梓的心。她下了床，朝病房外走去。

已是深夜，医院的走廊空无一人，桑梓觉得这走廊又长、又曲折、又寂寥，她像是行走在没有出路的迷宫一般，阴森、恐怖。她梦游一般穿过长长的走廊、仄仄的楼梯，终于来到院后的小庭院，空阶澄明如水，地上树影婆娑。穿过庭院，来到小树林，风像是大了些，树叶在风中沙沙作响，偶有受惊的小鸟一鸣冲天。林子不大，可桑梓像是在穿越森林一般，久久走不出来。树林外的湖水清凌凌的，波光闪闪，她看得清清楚楚，可就是走不出去。她就在这林子里踟蹰徘徊，转啊绕啊，终于，她看到了一座小桥。走出林子的她，长长地舒了一口气，堵在心里的乌云散去了。

一阵风过，落下三两点雨，桑梓清醒了许多，沿那湖边而去。她仿佛又看到那些顺水而漂的落红，不经意中，她已经来到那株月季前，嗅到了花的芬芳。月亮从乌云中露出脸来，稀落的雨，有一点没一点地落，树叶不停的沙沙声在这静夜里显得如此突兀。桑梓站在那里，眼前浮现出一朵紧紧攥在手里的、湿漉漉的月季。她从容笃定地一步一步往湖心走去，觉得自己就是一瓣落英，将随水流去一个遥远未知的地方。

“桑梓，桑梓——”耳畔似乎有人在呼唤，只是那声音遥远、虚无、很不真实。她继续往下走，往下沉……突然，一个人拦腰抱住她，抱得很紧，急急地把她拖上岸，那人也瘫软下来。

洪泽给桑梓送来早餐，递给桑梓一个厚厚的信封，桑梓一看是钱，“我不要。”“不是给你的，给孩子的。”

哥，对不起，我不知道事情会弄成这个样子。爸妈、桑桑，一家人就拜托你了。我的自私和任性伤害了那么多的人，我是罪孽深重，我会用我的一生来赎罪。否则，我的良心不会安宁，我的灵魂无处安放。洪泽，对不起！哥，对不起！

秋安。

桑梓

那封信，该收到了吧？桑梓心里想。吉诚说到了南京住一段时间还要走，去哪儿，还不知道。

在南京，他们停留了一个多月，吉诚很忙，十天半月才回来一次。这次回来，吉诚提着一个大皮箱："桑梓，你收拾一下，后天我们要去远航。""远航，去哪儿？""现在还不知道，上了船就知道了。"桑梓一惊："那，什么时候回来？""还不知道啊！军队里的事情，不该问的不要问。桑梓，明天去一趟医院吧，做个全面检查，问问大夫，乘船要注意什么。"

坐船，又是坐船，桑梓并不晕船，川江上的颠簸不都过来了，她只是在想怎样的船才能远航，那个远航会不会太远。

第二天，桑梓去了医院，胎儿健康，一切正常，她很高兴。回到家，已是中午，桑梓简单地弄了点吃的，开始收拾行李。吉诚抽屉里的一些文件、书信是要带走的，吉诚吩咐过。桑梓看到那些信，除了吉诚父亲的，就是桑桑的了，其中有一封是她托茱莉退回的，信没有拆封，看来吉诚也没有再看它，桑梓将那封信和其他的信件一起放进了行李箱。一只箱子，能放的东西不多，除了身上穿的，只能带必需品。洪泽给的那笔钱和自己的那幅《松鹤延年》的绣品也放了进去。这是桑梓要去义援时，到师父那里拿回来的，这次逃离成都时，她带上了它。

明天就是大年三十了，往年母亲已经准备好了过年的一切，怀玉带他们两姊妹四处给老辈拜年。

年三十，总是洪家桑家一起过。小时候，吃完团年饭，洪泽就带着姐妹俩到安顺桥放孔明灯，据说谁的孔明灯飞得高，谁的运气就很好。午夜以后，大人们打麻将，喝茶守岁，孩子们一窝蜂地跑到街上去放鞭炮和焰火。洪泽爱打欢喜豆，那是一种小火炮，一甩就响。洪泽的兜里装着欢喜豆，见铺面就甩，一甩一个响，打了左边打右边，打了旁边打中间，响声不断。平日里喜欢哪个掌柜，就打哪个掌柜的门面。掌柜们初一开门大吉，都要比比谁的门面欢喜豆多。初一到青石桥吃冒节子、韩包子、麻婆豆腐。那几天，过的就是天堂的日子。

逛庙会的时候，大人们在戏台前跷着二郎腿，喝着盖碗茶，吸着水烟，嗑着瓜子，听那台上咿咿呀呀的川戏。《柜中缘》《白蛇传》《秋江》都是他们喜欢的剧目，但孩子们只对喷火、变脸有兴趣。一次，洪泽想刺探变脸的玄机，偷偷溜到后台，撩开了那个变脸人的长袍，正想看个究竟，却被一个青衣拧着耳朵拎出台来，"死娃，你再来臊，我把你变成女娃子。"全场大笑，洪泽吓得再不敢造次。孩子们不喜欢台上长声吆吆的清唱，大人们却陶醉其中，一个个笑眯了眼。桑梓他们跟大人们去听戏，从没有听过一出完整的，孩子们都耐不住性子，更不知道听的是哪出戏。只有一句台词很好笑，至今都记得。“兰心慧啊，你这个烂心肺哎。”桑桑喜欢学人家做兰花手，舞水袖，走碎步。不过，猴戏是孩子们的最爱。耍猴人手里拿一铜锣，用铁链拴住猴子，嘴里吆喝一声，猴子便做各种动作逗人笑，有的猴子还会一两招武功。背担戏，更好玩。人把舞台背在背上，头顶是个小舞台，背子用布帘围住四周，里面的人手指上套着各种各样的人物或动物，伸过头顶演戏，演完就退出来要钱，然后背起舞台就走。最可笑的是一群小屁孩，太矮，近了看不见，远了看不清，有的小孩会撩开布帘，探看玄机。有的人还会一边走一边演，惹得一群小屁孩跟着撵。

而今，自己就要去一个陌生的地方，桑梓的心里空落落的，整个下午都很恍惚。晚饭时，吉诚回来了，他们没有煮饭，到附近一家小餐馆用餐后，就回到了家里。

“席中尉，信！”桑梓一看，竟是她在重庆写的那封信，“天哪，这是鸡毛信啊，这叫什么事啊！”她终于明白吉诚不回信的原因。

晚上停电，两人早早地上了床，吉诚摆弄着手里的收音机，听一些新闻和歌曲，桑梓听着听着就睡了，吉诚似乎毫无睡意。刚才的新闻，他闻出了气味：这次离开，回大陆可能遥遥无期。他的耳畔响起了父亲的那声“滚”。从家里落荒而逃的他，非常担心父母的将来，他们能平安吗？父母在，不远游。这份孝道，他是尽不了了。想到盛怒的父亲、伤心的母亲，吉诚看看身边的桑梓，叹了一口气。

是夜，他辗转反侧，梦中不停地出现桑桑那张毫无生气的脸，还有洪泽的鄙夷，桑梓的泪。吉诚向每一个人忏悔，解释，可是没人听他的，也没有人要原谅他。难道是我一个人的错吗？他问。在委屈和愤怒中，他跳上了一个小舢板，独自向大海深处驶去。

凌晨四点，闹钟响了，他推醒桑梓，赶往南京码头。

雨停下来了，被雨洗过的一切是那么清新。

小姐妹已被桑梓拾掇得干干净净，体体面面。“吉诚，你来洗个头。”桑梓给他端来一盆热水，将毛巾递给他。“你给我洗。”桑梓一愣。“你帮我洗。”吉诚别过脸又说一句，有点诡笑，并将头伸进盆里。桑梓已经很久没有见过吉诚笑了，这样的笑还是在新津见过，在蜀绣坊见过，在公园的小船上见过。桑梓机械地揉着，吉诚的头发那么密，那么黑，她是第一次给吉诚洗头，她的手很轻，吉诚很享受。桑梓边揉边想着心事。“哎，我脖子都麻了。”桑梓反应过来，用温水冲净他的头发，再递一块毛巾给他，吉诚接过来，胡乱地擦擦头。

“爸爸是大人，还叫妈妈给洗头，没羞。”菡菡说。吉诚胳肢菡菡，菡菡左右躲闪，不停地笑，吉诚停下来：“还羞不羞爸爸了？”“羞。”菡菡躲在妈妈的身后，菡萏深受感染，跟着不停地笑。桑梓也笑着，她觉得生活中的雾散了，家就应该是这个样子，相亲相爱，相依相偎，相濡以沫。这对于远离亲人、孤立无援的他们来讲弥足珍贵。吉诚看看桑梓，走过去，在她的额上轻轻一吻。“孩子们，下午我们去野炊。”孩子们兴奋极了：“爸爸，带上吊床。”“妈妈，带香肠。”“好的，都带都带，最重要的是带上妈妈，没有她，我们都得饿肚子。”

桑梓转身进厨房，禁不住哭了，怕外面听见，她轻轻地掩上了门。她倚在门上，手捂着嘴，泪水开闸一般，稀里哗啦。“孩子们，去准备你们的东西，爸爸去帮妈妈啊。”吉诚轻轻地推开厨房门，反身关上，将还在哭泣的桑梓拥在怀里：“好啦，孩子们会看见的。”菡菡、菡萏从自己的房间出来，菡菡要进厨房，菡萏一把拉过她。

一会儿，爸爸妈妈出来了，一家人兴致勃勃地出了门。菡菡拉着爸爸的手，边说边跳边走。菡萏跟妈妈走在后面，她仰头看着妈妈，懂事地撞撞她，牵起妈妈的手。桑梓看看这个小鬼头，俯下身来亲她。

两人各牵一个孩子，向他们的目的地进发。小鸟从他们的头上飞过，蝴蝶在他们的身前身后翩飞，一洗的晴空格外高远。桑梓的心一如这高远的天空，幸福终于向她招手。郊外，有一片差不多半里地长的丛林，一湾溪水。吉诚将带来的两张雨布麻利地铺在地上，将水果、干果、香肠、面包等摆在上面。“你们歇歇，慢慢吃。”他起身拿出两张吊床，往林里去，菡菡起来，追上爸爸。“我们去拾点柴火。”桑梓招呼菡萏，两人也到林子里去了。吊床弄好了，柴火拾回来了，吉诚蹲下来生火，柴有点湿，烟呛得吉诚不停地咳嗽，火，终于还是生起了。

一家四口围在火边，菡菡、菡萏迫不及待地用铁扦穿起香肠。大家边玩边吃，边谈边玩，谈够了、玩累了、吃好了就休息一会儿。吉诚将姊妹俩抱上她们的吊床，回过来帮桑梓收拾。收拾完了，吉诚有些累，枕着桑梓的腿，香香地睡了。

一切都安静了。听不见小鸟的啁啾，听不见溪水的哗哗，没有风，只有灿烂的阳光。桑梓看看睡得香香的吉诚，像是撒娇的大男孩。她温柔的手指穿过他的黑发，吉诚一动不动。他的脸很英俊，短短的胡楂，让他显得更成熟。桑梓忽然觉得他们像是一对恋人，浪漫、温馨、惬意。她也想睡一会儿，于是她把那把油伞撑在地上，拉过帆布包做枕头，就躺下了。一切都安静地幸福着，什么声音都没有。这个世界，此时此刻只属于这一家人。

不知过了多久，“轰隆隆”一声闷雷，将吉诚惊醒，天空聚集了乌云，那雨说来就来。“桑梓，快下雨了，你收拾东西，我去叫她们。”吉诚叫醒孩子，麻利地收了吊床，四个人快步回家。

雨还是来了，四个人，一把伞。“菡萏、菡菡，我们跑步回家吧！”四个人，在雨里跑着、嬉闹着，终于回到了家。四只落汤鸡，一起笑起来，笑声盖过了雨声。

入夜，雨渐小。玩够了、玩累了的小姐妹很快进入了梦乡。吉诚如以往一样斜躺着看书，桑梓洗了澡，穿一件睡衣进来。吉诚盯着穿睡衣的桑梓，若有所思。桑梓看见他的神情，竟本能地双手护胸。桑梓上了床，没有躺下，她靠在床上，看着吉诚，吉诚知道，却装作不知道。桑梓轻轻把他的书收了，把自己的头靠在他的肩上。吉诚直了直身，伸出左臂揽着她，侧过头来吻吻她的额头。桑梓把头伏在他的胸前，伸出左臂抱住他，她的头发撩得他的下巴痒痒的，头发上洗发香波的味道很好闻。吉诚觉得浑身燥热，开始喘气，气很粗，同时也吻着她的头发，桑梓一动不动地依着他，柔情似水。吉诚轻轻地捏着桑梓的手，不时地放在唇上一吻。桑梓也觉得热，俯下头吻他的肩，吉诚感觉到桑梓酥软的身体所散发出的热浪，更动情地热吻她。桑梓昂起头，深情地看着他，吉诚的眼里也充满了温情，桑梓笑他，他也笑桑梓。他侧过身来，吻她的眼睛、鼻子、耳朵。节奏越来越快，桑梓很温顺，很柔情。今晚坚冰会融化，这段时间的良好铺陈，特别是今天的良好铺陈……是的，今天是他们的良辰美景，洞房花烛。吉诚又刮起一阵热浪，他抱紧了桑梓。桑梓做好了一切的准备，心理上的，生理上的。吉诚激情澎湃，桑梓已经沉醉进去……忽然，一切戛然而止。吉诚松了，停了，冷了：“睡吧，累了。”

桑梓已经沸腾的热血，骤然凝固，她被定格在此刻，头脑一片空白。骤然冷却收缩的毛细血管不堪承受奔涌的热血，纷纷破裂。

“桑梓，血，你流鼻血了！”桑梓的意识回来了。她捂着鼻子，翻身下床，拉一件外套紧紧一裹，走了出去。

雨小了，但仍不停地下，天黑暗得很，眷村大部分的灯已经熄了。

桑梓梦游一般没有方向地走着。“桑梓，桑梓——”吉诚喊着她，追了出来。桑梓一闪身躲在一旁，看吉诚从自己的身边跑过，便反身向另一个方向去了。

离眷村已经很远了，雨又开始大起来，哗哗哗地下。桑梓终于憋不住了，放声大哭，滂沱的雨就是她的泪，她哭得肝肠寸断：“他看不起我，那晚以后他就看不起我……桑梓，你是个大笨蛋，你活该……”她在雨里声嘶力竭地号哭，泪水和雨水流进她的嘴里，又冷又咸又涩。“桑梓——桑梓——”桑梓依稀听得有人喊，她走向了树林深处，雨越来越大，风越来越大，桑梓就这么哭着、走着、走着、哭着，她觉得头痛、嗓子痛，跌跌撞撞的，就什么也不知道了……

午后醒来的桑梓，在医院吊着点滴。原来吉诚没有找到桑梓，敲开了卢嫂的家，被惊动的邻居们四处找寻，发现了昏倒在小树林里的桑梓。“妈妈。”见妈妈醒来，菡萏、菡菡上来握住妈妈的手。“你醒了。”吉诚说，桑梓不看他，捏捏女儿的手：“妈妈吓着你们啦。”“妈妈，你的手疼吗？”“疼。”两个女儿乖巧地守在她的身边。“妈妈，你们吵架了？”菡菡哭着问。“没有，我们没有吵架。”“吵了，卢阿姨都知道，她们到处找你。”“菡菡，别乱讲。”吉诚阻止她。“本来就是，要不是卢阿姨，你找得到妈妈吗？”“对不起，妈妈吓着你们了。”一个护士进来，劝两姊妹：“妈妈醒了，不哭了啊。桑姐，你好福气，两个如花似玉的女儿，像你。”桑梓笑笑：“护士小姐，请给我一张纸、一支笔。”“你想写什么，我来，”桑梓没有理吉诚。护士拿了纸笔给她，她写了几个字：“请你打这个电话，请这个人来。”

“妈妈，还疼吗？”“有点。”“我给你揉揉。”菡萏轻轻地揉妈妈的手，这情景与当年是何等相似啊。下午，翁嫂来了，带来了阿仔。“奶娘。”姊妹俩一见奶娘来了，很高兴。“哦，我的心肝宝贝，”翁嫂亲亲俩孩子，“奶娘来照顾妈妈，阿仔哥哥带你们去玩。”“奶娘，爸爸欺负妈妈，我不喜欢他啦。”菡菡说。“爸爸没有欺负妈妈，妈妈是病了。大人的事，小孩子不懂。”奶娘说。“才不是，爸爸欺负妈妈，妈妈离家出走，淋了大雨，才生病的。”菡菡不依不饶地对着吉诚说，“爸爸，你说是不是？”“是，是爸爸不好，爸爸错了。”“上尉，桑梓和孩子交给我了，你该忙什么去忙，这里有医生和我，放心吧！”翁嫂知道，这两口子一时半会儿谈不到一起。

吉诚戳在这里很尴尬，桑梓从醒来到现在看都没有看过他一眼。“翁嫂，这里就麻烦你了，我回舰上了。”他转身想抱抱两个孩子，姐妹两个立刻就躲到奶娘的身后去了，吉诚怏怏不乐地走了出去。

“菡菡，他是你爸耶。”阿仔说。“你爸要欺负你阿妈，你会喜欢他吗？”菡萏问。“我不知道，也许吧。”“孩子们，想吃什么呀？奶娘给你们做。”“肉羹。”“虾仔煎。”“蹄花。”三个孩子各说各的。“都做，都做。”

“阿仔哥哥，到台中念书，远吗？”“远。”“我们要被人欺负怎么办？”“写信，看我打他个稀巴烂。”三个孩子都笑了。

翁嫂坐在床边：“看你，满嘴是泡，这是急火攻心啊！这阵子不是都好了吗？”桑梓只是摇头，流泪。翁嫂在这个家待了多年，桑梓和吉诚的关系她也明白，没少劝桑梓。“不哭了，慢慢来。我那死鬼丈夫，当年也一样不是东西，后来怎样，还不是好了，不然我怎么生阿仔啊！”翁嫂轻松地笑着，“来，多喝点水，退烧快。”她给桑梓端了一杯水，看着她喝下去。

看着翁嫂，桑梓想起了母亲，以翁嫂的岁数，做不了她的母亲，但桑梓不知道咋回事，总觉得翁嫂像是她的母亲，像是姊妹俩的外婆。她这么一想，远在天涯海角的她，就有了依靠和慰藉。事实上也是如此，翁嫂疼死了两个小囡囡，也疼死了这个“大陆妹”。“不晓得你爸妈咋想的，把这么个娇娇女放到这么远的海岛来，要是我的女儿，我天天守着她和姑爷，守一辈子。养女儿不同啊，像绣花。哪能像我的阿仔？带得粗。”

“你再睡一会儿，我去买点东西。你想吃什么？”“绿豆稀饭。”“我做了水豆豉，等会儿你尝尝？”桑梓点点头。她给桑梓掖好被子，出去了。

多年前的一天，吉诚的信轻侮了她。昨晚，他再次轻侮了她。这段时日的和谐幸福是吉诚装出来的，演出来的？不会，吉诚不是那种会装会演的人。报应！这就是人们常说的报应，如果当初，悔不当初。

桑梓下意识地舔舔嘴唇，这一次依然满嘴是泡。她又伤感起来，眼里噙着泪，昏昏沉沉地睡去。

桑梓依稀觉得病房里有很多人，爸、妈、怀玉、桑桑、洪泽，皮影人一样在眼前来来去去。她觉得嘴唇凉凉的、润润的，哦，是洪泽，他正用棉签蘸水，润着她的嘴唇。

她醒过来，翁嫂正用棉签蘸水，滋润她的嘴唇。“明天给你熬点桑叶水，清火很好的。”翁嫂把床摇起来，喂她绿豆稀饭，桑梓尝了翁嫂做的水豆豉：“哎，好吃，就像老家的一样。”翁嫂笑了：“等你好了，你再教我做川菜，以后做给你吃。”

翁嫂拉了一下床头的电铃，护士进来。“我要走了，家里还有三个孩子，这里请你多费心。”“知道啦。上尉刚才来了电话，有交代的。”护士笑嘻嘻地说，翁嫂才放心地走了。

天已经黑尽了，病房里的灯昏昏的。

又下雨了，滴滴答答地敲打着这寂静的夜。看着那一滴一滴滴进自己身体的药液，桑梓觉得那是下在心谷里的雨。“彼岸青山远，怜取此岸人。”桑梓想起那个字条，苦笑了一下。怜取此岸人？吉诚做不到，心里没有的，真的做不到。

十年了，自己跟吉诚只做了一夜夫妻，那是一个名不正言不顺的夜。没有序幕，没有开端，没有莺歌燕舞，没有温存缱绻。“腾”地一股野火点燃，烧起，熄灭。野火已烧尽，春风难再生。这把火烧尽了桑梓这一辈子幸福的资格。野火中，吉诚看到了她的“垢”和“小”。自此，他在心里小觑她、轻蔑她。吉诚啊，吉诚，你难道真的忘了那天晚上吗？吉诚的生冷、生硬，撕碎了这段时日以来温情脉脉的面纱，一切又回到原点，或者说，更加糟糕。完了，彻底完了，一次积极乐观的尝试，终结了一切的憧憬和希望。

“离婚！”这个念头，吓了桑梓一跳。离婚之于她，意味着失去孩子的监护权，她没有工作，没有收入，这不行。想到此，她揪心地痛。吉诚因为要疏远她，而疏远了孩子，疏远了家。孩子幼小的心灵，已经有了一层阴影。桑梓甚至想，如果孩子知道她们今后面对的生活是这个样子，她们会不会选择不出生？她也问自己，早知未来的生活是这个样子，她还会不会选择私奔？但是生活已经不可能是另外一种样子了，一切早已选择，罪魁祸首是自己，现在别无选择。

出院以后，她和他以怎样的方式相处呢？他们的路已走到尽头。桑梓长长地舒了一口气，罢了！这十年，不知不觉就过去了。痛，或不痛，苦，或不苦，还不都过来了。大不了再等十年，菡菡、菡萏就成人了。孩子出生那晚，她九死一生；吉诚写信的那晚，她一死一生；桑桑婚礼那晚，她一死三生。又怎么样呢？上帝还是不垂怜她。唉，不过尔尔，自酿苦酒自己喝，咎由自取，自作自受。

如果当初洪泽不拒绝自己，如果吉诚没发现桑桑的病，如果自己不无可救药地爱吉诚，如果那天不遇见醉酒的吉诚，如果那天坚持将吉诚送回他自己的家，一切该是什么样子啊？可就那么阴错阳差，失落的自己遇上了失落的他。

回忆是痛苦的，现实也是痛苦的。那荒唐的一夜，代价是如此昂贵，但有什么办法呢？“桑桑，对不起，我错了，可是我付出了昂贵的代价。”想到此，桑梓有些心安理得了，听着滴滴答答的雨声，像被催眠一样，安睡了。

桑梓穿行在一片稀疏的小树林里，树上拴着两张吊床，两姊妹香香地入睡。一只蝴蝶在菡菡的床前翩飞，后来竟停在了菡菡的额头上。桑梓折了一根狗尾巴草，轻轻地拂去那只蝴蝶，蝴蝶向林子的外面飞去。

桑梓松了一口气，穿过了这静谧的疏林，来到一片海滩。一艘烂舸被弃置在一旁，船桨被扔得远远的，海潮哗哗地涌上来，扑打在烂舸上，激起一片水花。她惊异地发现，一只蝴蝶居然停在桨上，海浪一来，它飞身跃起，浪花一退，它又栖息在上面。桑梓慢慢走到船桨前，轻轻捉住那只蝴蝶，放在自己的手心轻轻地吹一口气，那蝴蝶如得了神力一般，振翅飞向大海，银亮的翅膀一闪一闪。

桑梓拔出那被海沙埋了一截的船桨，它好长，桑梓扛着它走向烂舸，又一个大浪袭来，船漂荡起来，桑梓从容地坐上船，用桨一撑，就划向了大海。海水在月光下一漾一漾的，随那哗哗的浪声一起一伏。前方有一盏灯，是桑梓要去的地方。月亮在天上，灯光在前面，桑梓累了，划桨的双手渐渐停了下来，她睡着了。那叶孤舟就在这海中漂啊，漂啊，像是一只弃船。

冷的海风一阵阵吹来，桑梓终于醒了过来，下了船，往狭窄山谷而去。涧边幽草，树深鸣禽，悬瀑飞流，一地闲花。桑梓徜徉其中，如临仙境。

鹤，桑梓意外地发现，这里竟有两只鹤，它们在一片水草丰茂的湿地悠游。一个女子身穿婚纱转过来，是桑桑。桑桑与她近在咫尺，却只能两两相望。桑梓无地自容，转身就跑。草绊倒她，石头磕着她，她跌跌撞撞，浑身是伤。她找到船，跳上去，拼命划，可是转来转去，她仍然在港湾里。“嘭——”小船撞上了礁石，被撞得粉碎，桑梓落到海里，不停地扑腾。她看到了那支桨，她要去抓住那支桨，可一个大浪扑过来，桨被卷走了，“啊！”桑梓醒过来。

桑桑，又是桑桑，桑桑成了她永远摆不脱的梦魇。桑梓并不憎恶这种梦，每次梦醒她都会去回味这些梦，至少她在梦里见到了想见的亲人。桑梓睡不着了，索性坐起来。桑桑现在怎么样了，她活着吗，恨我吗？爸妈呢，还不原谅我吗？洪泽、怀玉呢？他们都结婚了吗？一走十年无音信，没有爱情的桑梓，其实一直都把自己安放在亲情和乡情之中。

吉诚回到舰上，卢舰迎上。

“你们怎么回事，近来关系不是很好吗？我们那口子还说你们在重新谈恋爱。”“我也搞不清楚，我也觉得近来关系不错，孩子也挺黏我的……”“关孩子什么事啊，我是说你们两口子。”“我说不清楚。”“说说看，怎么就说不清楚了？”“卢舰，你多大了？”“四十六啦，干吗？”“你，你和卢嫂还，还‘那个’吗？”“哪个呀？”“就是两口子‘那个’。”“那个呀，两口子不‘那个’还叫两口子吗？哎，我说你们两个，不是因为‘那个’出了问题吧？是你还是她？”吉诚不语。“要说这女人呢，生了孩子以后，是不咋愿意‘那个’，可孩子大了以后就不一样了。这男人和女人啊，就那么回事。‘那回事’好，两口子就好，‘那回事’不好，两口子就不好。你看上次那个，老婆不闹到这里来了？你呀，真够能耐，一月回去一次，你比我年轻多了。”吉诚哪里有心思听他胡诌，可卢舰来兴致了，“哎，你那位是不是性冷淡啊？我可听说了，漂亮的女人都这样，高傲，矜持。那你就好好哄哄呗，女人最怕哄，也最好哄，一哄就成。”吉诚有点烦他了，轻蔑地看着他。“哎，你别这么看我。该不是你小子不行吧？”吉诚揍他一拳：“胡说什么啊？”转身走了，把卢舰晾在那儿。卢舰看着他的背影：“这个书呆子。”也走了。

雨滴滴答答地下着，和着海浪轻摇的声音，吉诚喜欢这样的夜晚。和平年代当兵比战时惬意多了，至少没有性命之忧。虽然国共关系紧张，前一阵子也互相炮轰一阵，但终究比面对面真刀真枪地干仗好得多。有军衔的他，薪水不低，养家糊口是小事情。可是他的生活是如此乏味，他的内心是如此孤寂。

作为妻子和母亲，不管是人前还是人后，桑梓都无可挑剔。问题出在自己的身上，可问题究竟出在哪儿呢？桑桑，对，是桑桑。他愧对桑桑，因为那么一点瑕疵，他就背叛了她。父亲的话又响在耳边：“你妈也有银屑病，我是不是要休了你妈另娶？滚！”这一“滚”，就是十年。桑桑的那句：“让我走——我恨你们！”更是刀凿斧刻般镌在他的心碑上。

那个狂乱的夜啊，毁了他的一切憧憬和希望。人生的轨迹偏离了正常的方向，造就了今天的生活，他不得不去承受。桑桑有身体上的瑕疵，可她是纯洁的，自己呢？一个无耻之徒。他早已计划好了，结了婚就将桑桑带走，一辈子好好地爱她，为自己赎罪。可是天意难违啊，就这一次，居然就有了孩子！如果那天桑桑不在他的面前试穿婚纱，如果那天他不去酗酒，如果那天桑梓将自己送回席家，如果那天桑梓拼命拒绝，那生活就是另一种景象了。可那天，就是没有“如果”。

孩子的作文、孩子的诗，对他的触动很大，蓦然回首，才发现自己疏离这个家，已经很久远了。他回归家庭，想重新融入她们的生活，所以近来他们家，其乐融融，颇有天伦之乐。疏远他的小姐妹与他日益亲近。深埋的父爱被唤醒，他对孩子、对桑梓充满了愧疚。当年他认为，只要孩子平安降生，健康长大，就对了。对桑梓，自己应该是问心无愧了。在他的心里，桑梓不是他的老婆，只是他孩子的妈。所以这个结了婚、有了家的男人，一直神游在家庭之外，他依然是个单身汉，没有归宿。现在，他幡然醒悟，“彼岸青山远，怜取此岸人”。如果桑桑知晓他现在的生活情状，会怎么想呢？“桑桑，你怎么样，你还好吗？爸、妈，你们还好吗？”吉诚又流泪了。

昨晚，多好的氛围，多好的序幕。他认为，那也许是个里程碑，他温情地揽着桑梓，吻她。他是真心的，可他看到了桑梓那双充满期待的眼睛。桑梓，你怎么可以……你是女人啊！我不能再被你俘虏。他仿佛看到那个癫狂的夜，两个迷乱的人，他顿时觉得丑恶、羞耻、厌恶，激情瞬间冷却。他差一点一把推开桑梓，还好只是嘴里说出了“睡吧，累了”这句冷冰冰、硬邦邦的话。他看到了身体僵硬、两眼空洞的桑梓，看到她喷涌而出的鼻血、惨白的脸。那张脸充满了屈辱，她裹上一件衣服，像幽灵一般飘了出去。

昏迷中的桑梓不停地嘶喊：“爸、妈，我错了，我是遭报应啊！桑桑，对不起，我自作自受。”她拒绝医生换衣服，死死地抓住衣服，护着自己的胸。她就一直这么闹腾着，一瓶液体输了一大半，她才渐渐地安静下来。她的泪似乎永远都流不完，吉诚心里又乱又难过。午后醒来的桑梓根本不看他。他知道，这次他伤她太重。是的，一直以来，桑梓隐忍太多，“自己这么做，算什么啊！”

他又想起了桑桑，他们热恋得如火如荼，他一旦狂热起来，桑桑总能四两拨千斤，在他的耳边轻轻一句：“等那一天。”他就能从癫狂中清醒过来，觉得甜蜜而刺激。那一天，洞房花烛夜，良辰美景天！多美好，多惬意。可是桑梓，你为什么不是这样的呢？你为什么不像桑桑呢？他懊恼地想，觉得自己也有些委屈，辗转反侧，许久许久才入眠。

无月亮的夜，船在海上行驶，只有舰艇上那盏硕大的探照灯照到海面上。

风很大，船员们都躲进了船舱，只吉诚一个人留在甲板上。忽然他看见前面有一座黑魆魆的山，“礁石！”他大叫一声，可是晚了，他本能地闭上了眼睛。“嘭——嘭——”两声巨响，山崩，海啸，船倾。完了，一切都完了。

许久，吉诚摇摇头，自己竟然没死。他睁开眼睛，惊悚的一幕出现在眼前：黑山被舰艇生生地劈成两半，中间开出一条宽宽的航路，舰艇稳稳地行驶在黑山的夹缝之中，山上什么都没有，没有树，没有草，异常荒芜。

忽然有一群什么被惊飞，密匝匝地遮天而来，有的撞上了探照灯，摔在甲板上。吉诚低头一看，是几只蝙蝠，有的死了，没死的用那黑亮的眼睛盯着他，吓得他连连后退。天上的蝙蝠，黑压压地在舰艇的上空旋飞，很久很久才慢慢地飞走。

好冷啊，吉诚回到自己的船舱，竟然听到有人说话，一男一女，有说有笑，吉诚推门进去，床上有两个缠在一起的人，对他视如空气。吉诚看着这两具扭曲的身体，听到他们狎浪的声音，热血沸腾，怒不可遏：“不要脸，滚——”一声怒吼，吉诚醒了。

他觉得床单湿湿的，一惊，坐了起来，定下神来回想刚才的梦，就进了卫生间冲澡，出来后一把扯下床单，揉成一团，狠狠地扔进了浴盆，“砰——”一脚将浴室的门踢来关起。

回到床上的吉诚，再也睡不着了，起身踱到甲板上。远处，海天交接，露出一缕白光，他点燃一支烟，深深地吸一口，慢慢地吐出来。海浪哗哗地响着，吉诚抬头望望舰艇高处的探照灯，再看远远的海面，像在寻找梦的痕迹。

天幕已徐徐拉开，太阳将冉冉升起。远海的一点红，成了一线红，一片红。太阳从深不可测的海里慢慢地探出头来，被激荡的海水托起、扔出，蓦地，它腾空跃起，一时间，海水和天空都变得通红，万丈光芒洒满世界。这等壮丽的海景，吉诚无数次地见过，叹过，但今天似乎更有感觉。

光芒穿透了夜的黑暗和惊悚，彼岸的阳光洒在此岸，一切都笼罩在朝霞的温暖之中，以往总感觉有点咸的空气，今天格外清新。微微晨风，吹面不寒。海鸥飞处，早帆点点。

吉诚匆匆地吃过早饭，将昨晚的被单洗净，晾起。找到卢舰：“我要休假了。”卢舰一笑：“发神经了，早干吗呢？再这么晾下去，桑梓早晚休了你。”吉诚嘿嘿一笑。“小邹，送送中尉。”“是！”小邹放下正在洗的衣服，跑过来。“洗吧，洗完再走。”卢舰笑小邹：“你呀，老大不小了，快找个给你洗衣服的。”“上尉找了，还不得自己洗？”小邹指指吉诚刚才晾的床单。“他是活该！你快点啊，回来时记住把我那小子捎来，我想他了。”“嫂子呢，捎不捎？”小邹装怪，卢舰不怕开玩笑：“捎，怎么不捎，我不会奶孩子。”说完冲吉诚狡黠地一笑。

吉普车沿海岸公路行驶。“小邹，真的该娶媳妇啦。”“娶谁呀，这和尚庙里有女人吗？”“想找什么样的，我让你嫂子给你留意点。”“就找嫂子那样的。”小邹脱口而出，觉察自己说错话了，赶紧给自己打圆场，“大伙都说，这眷村里最漂亮、最贤惠、最有学问的就数嫂子了，以后咱找对象，就比着上尉的媳妇找。”“比着嫂子找，像你嫂子那样的，能要你们？”“是啊，嫂子那样的，咱是攀不上，咱能跟上尉比吗？”“那是啊！哎，军医院里的护士小谢不错，你认识吗？我今天带你去看看。悄悄地看，中，我就去说，不中，咱就不说，中不？”小邹是河南人：“中，咱今天就看看。”小邹也爽快。

“嫂子，俺看你来了。”听到小邹的声音，桑梓睁开了眼睛。“小邹啊，坐吧。”桑梓想撑着坐起来，吉诚赶快去扶她。“吉诚，给小邹削个苹果。”

刚落座，小姐妹来了，一见他就小邹叔叔长小邹叔叔短。“还想上军舰吗？”“想。”“哪天叔叔有空，再带你们去玩。”“不去。”菡萏一口回绝。吉诚刚巧洗苹果回来听见：“菡萏，还生爸爸气啊？”菡萏不理他。吉诚递一个苹果给小邹，一个给菡菡，一个给阿仔，一个给菡萏，菡萏还是不理他。翁嫂煲了汤来：“你们来了，一起吃。”“不啦，我们吃过了。”

吉诚和小邹退了出来，两个护士走来，吉诚喊了一声“小谢”，拍了小邹一下，小邹一下紧张起来。“上尉，你早。”“她昨晚怎么样？”“烧是退了些，但不稳定，一会儿又上去了。”“今天你当班吗？”“我轮休，是小纪负责嫂子。”她指指身旁的小纪，吉诚跟小纪点点头。“小谢，有空吗？”“有啊。”“帮个忙行吗？带小邹去一趟市场，买点杀虫剂什么的，我们那儿的厨房，尽是耗子蟑螂。小邹什么都不懂，不会买。”他指指小邹，“邹小力，河南人，二十八岁，未婚，舰上的勤务员兼司机。”小邹红着脸，不知如何是好。两个姑娘乐了：“上尉，干吗呀，婚姻介绍所啊？”“上尉，你看啊，小邹的脸多红啊！哈哈哈。”两个姑娘都笑了。吉诚一本正经地说：“真的，指导指导，怎样？”“行，我去换衣服。”两个姑娘走了，小邹扭捏着：“这，这行吗？”“有什么不行的，我告诉你啊，人家可是中专生，专业护士，你才读几年书。”“我，不是那意思……”话没说完，小谢出来了。“小邹，事情办完了，把小谢送回来啊！小谢，谢谢啊，等你嫂子好了，我请你吃四川回锅肉。”“真的？”“当然是真的。”“小邹，开慢点。”看他们走了，吉诚才回到病房。

桑梓已经吃完了早餐，翁嫂正用棉签蘸水给她润唇。“翁嫂，我来吧。”吉诚看桑梓一眼，坐在床边，用棉签蘸水给她润唇。他动作很轻，但很笨拙。吉诚是家里的独苗，父母又是中年得子，从小惯大的。他不会做家务，家里的一切，都是桑梓在操劳。桑梓坐月子时，翁嫂就来了，他什么都不会。“疼吗？”看见桑梓皱皱眉，“我再轻一点。”桑梓又闭上了眼睛。翁嫂看出来了：“上尉，休息一会儿吧。”就从他的手里接过杯子。“翁嫂，我有十天假，这几天，我在这里吧。”“那好，我就只管做饭、看孩子，你伺候她。”“翁嫂，不要……”一时间，气氛很尴尬，吉诚有点难堪。桑梓以前不是这样的，人前一定会给足他面子。“那好吧，上尉看孩子、买菜，我看着你。做饭那会儿让他替替我？”桑梓点点头。

几天来，他们就这么过着，吉诚替翁嫂的时候，桑梓就睡，尽管她根本就睡不着。她尽可能地不跟吉诚讲话，非要说话不可时，也只是一些表达应答的单音词。桑梓甚至不想出院了，她就想一直这么在医院住下去。

“桑梓，你要跟他离婚吗？”翁嫂问。“没有啊，我没有要跟他离婚。”“可你现在这样对他，就是不想过了。桑梓，听翁嫂一句话，不管怎样，他现在还是比先前好多了，是不？”“翁嫂，我想过，可是这次，我翻不过这个坎。”“原来怎么过，还怎么过，为了孩子，你也要忍忍。再过几天，你就要出院了，这几天，除了送饭，我不过来了，你懂我的意思吗？”桑梓点点头。

是啊，不管怎么过，总得过下去啊，除非离婚，可她怎么能离婚呢？除了送饭，翁嫂真的不来了。吉诚和桑梓整天待在一起，空气很沉闷。“小邹呢？几天没见着了。”还是桑梓先打破沉默。“昨天来过了，见你在睡，坐一会儿就走了。”话题到此结束。

吉诚这几天也惴惴不安，这次桑梓是铁了心不理他了，这样的日子怎么过啊。以前是自己不回家，现在是她不想他回家，这日子没法过啊。桑梓是不是要离婚啊？这可不行。桑梓你怎么做都可以，但是不要离婚。

“桑梓，你觉得小谢怎么样？”“什么意思啊？”“我想把她介绍给小邹，你说合适吗？”“应该可以吧。”“我也觉得不错，小谢大方，西洋学校出来的，是要开化些。小邹很喜欢，我看得出来。”吉诚只顾说，没看见桑梓已经闭上眼睛躺下了。吉诚停下手中正削的苹果，意识到自己说错了话。

◎

第十章

花飞花谢

时间：1947年。

地点：成都存仁医院。

阳光格外鲜亮，周围的一切是那么温暖。

洪泽觉得今天浑身清爽，几日来的忧烦疲劳似乎在一瞬间就消停了。他向医院走去，远远地望见华西坝上哥特式风格的钟楼与医院的斗拱飞檐两两相望，苍松翠柏在阳光下也显得格外精神。

桑梓已经停止了输液，她的主治医师正在查房。“大夫，你说的，今天我可以出院。”“当然，上午去把这几项指标查一查，下午就可以回家了。”

桑梓推开窗户，青草的味道扑面而来。远处的钟楼异常突兀，桑梓最爱听那钟声，“铛——铛——铛——”高昂、浑厚、辽远的钟声，可以弥散到山边、天边、云中。她伸伸手臂，发现自己竟然在这里躺了三个星期。那次去义援，看到打吊瓶的伤员，她心里还想，这一滴滴的药液滴进一个人的身体,会是怎样一种特别的感觉呢？会听到滴答滴答的声音吗？想不到的是，她自己竟然也打了吊瓶，除了针头插入静脉的那一瞬有点痛外，似乎没有什么感觉。

阳光是如此美好，金光灿烂，照到桑梓的胸膛，她的心亮堂起来。一切阴霾都过去了，心空晴朗。她伸展双臂在病房里转了一圈，忽然看见洪泽在门口笑吟吟地看她，她一下就拘谨起来。洪泽又看到了那个无拘无束、大方开朗的桑梓。想想病中的小可怜，他无法把这两个形象重叠在一起。“走吧。”桑梓跟在他的后面，去做那些繁复的检查。

“桑梓。”茱莉来了。“这么早啊！”“我来看看你，顺便做检查。”“我今天要出院了。”“你气色好多了。”“怎么样？”桑梓指指她的肚子。“一切正常。这小家伙儿老踢我。”两个女孩子谈着，把洪泽晾在了一边。“你们慢慢聊，我先去看看。”他向桑梓扬扬手中的单子，走了。“桑梓，你是不是跟他……”“别瞎猜啊。”“你傻呀，还想着那个大兵。”桑梓瞪她一眼，她马上住口，她想起中国的一个俗语“哪壶不开提哪壶”，自己就笑了。“茱莉，我还可以报名吗？”“可以啊，明天我陪你去。”“你呀，在家好好待着吧！我自己去。”洪泽过来了，“最后一项了。”他指指单子。

茱莉离开后，桑梓跟在洪泽的后面去做最后一项检查。洪泽跟每一位遇见的医生、护士打招呼，他们都冲着桑梓笑笑。洪泽很得意，好像桑梓是他带给大家看的女朋友。桑梓也不理会这些，反正下午就回家了。想到此，桑梓的每一个细胞都舒展开来。

怀玉来了，桑母今天给桑梓炖的苞谷排骨汤，桑梓最爱那新鲜苞谷的清香味。“怀玉，吃了饭，你陪桑梓到后院去溜达一圈，然后回来午睡。可能要下午四点才能看到所有结果，你先回去，我送桑梓回家。”洪泽安排完就走了，临出门又回过头，“你要睡哦，我会来检查的。”怀玉笑了，“怀玉姐，你笑什么？”“他一直把桑桑当小孩，现在把你当成小孩啦！”怀玉是无心，可桑梓心里不是滋味。她的生活左转右转都会和桑桑碰车，本已释怀的心，又凝重起来，在后花园溜达了一圈后，就回病房躺下了。

怀玉收拾好东西，轻轻地掩上门，走了。

天空飘着小雨，吉诚一身戎装，非常英武。吉诚拥着桑梓，旁若无人。他一抬头，便看见一脸羞愤的桑桑，“桑桑！”吉诚惊异地喊了一声，桑梓猛一抬头，只见桑桑梨花带雨。吉诚和桑梓本能地推开对方，吉诚跳上汽车，绝尘而去。桑梓转身想逃，却撞在洪泽身上，桑梓前进不得，后退不得，冲着洪泽大喊一声“让开”，就惊醒过来。

洪泽坐在床边，注视着她。桑梓立刻闭上眼睛，觉得洪泽好像是看到了她的梦。“桑梓，又做梦了？”桑梓睁开眼睛，点点头。洪泽起身给她拧了毛巾擦脸：“谢天谢地，一切正常。”桑梓笑了，可以回家了。

桑梓回家了，桑父桑母很高兴。桑桑还没回来，这个席家的准媳妇，留在那里吃饭了。桑梓回到自己的房间，躺在床上，好像是久别重逢一般。桑父在下面喊：“桑梓，想吃什么，跟你妈讲，她叫人给你准备。”“爸，我想出去吃。”“好啊，我带你去。”洪泽立刻响应。“行吧，你们出去吃，早点回来！”

洪泽和桑梓来到锦里老街的好吃嘴。赵老板迎了出来，“小姐，好久没来了。想吃什么？”“开心凉粉两碗。”“还有勾魂面，没心没肺汤。”桑梓说。老板乐了：“没心没肺汤，我请客，说过的。还要什么？”桑梓想了半天，给老板比画：“底下是茄子，上面是一整条鱼，调料往上一浇，很好吃。”老板一头雾水，“鱼香茄子？”“不对，那道菜只有茄子，没有鱼。”“小姐，真的好吃？”“好吃。”“记得什么味？”“很嫩，又麻、又辣、又香、又烫……”桑梓说不上来，那是她在新津吃过的一道菜。所谓饥不择食，当时吃觉得别有滋味。她哪知道，那时那地，厨子手里只有这两样东西，为了简便就那么不伦不类地一锅做了，可桑梓坚持要吃这个。“老板，你就按她说的做，好不好吃的，我们都要了，行吗？”“有什么不行？小姐是我的贵人，那‘没心没肺汤’，卖得可好了。”老板冲里面的伙计喊：“鱼……”伙计伸个头出来：“老板，什么鱼？”“随心所鱼。”桑梓脱口而出。老板又乐了：“小姐，你又起了一道菜名，这菜要是出来了，你每次来都免费。”“那我天天来。”桑梓不客气。“来，说话算话。”老板也不小气。老板去指导伙计做那道闻所未闻的“随心所鱼”，洪泽和桑梓边吃边等。

“桑梓，你又要去义援？”“你怎么知道？”“桑梓，是不是想逃避？”“逃避什么？”被洪泽看穿，桑梓缺了些底气。“逃避桑桑，逃避吉诚，逃避我？”“没错。现在选择逃避是最好的方法。桑桑还不知道这一切，如果她知道了，我就无处可逃了。我逃，我一个人受罪，我自作自受。我不逃，我们都受罪，可桑桑是无辜的。”“自作自受，你做什么了？”洪泽边吃边问，漫不经心。桑梓发现自己失言，不说话了。“桑桑和吉诚已经订婚，他们仍是一对热恋的人，你不需要内疚。”“6号桌，随心所鱼一份——”老板长声吆喝，引得店内其他客人注目，热腾腾的随心所鱼随即放到两人的面前。洪泽先尝了一口，做了一脸坏相，老板立马紧张起来了。桑梓拿起筷子，洪泽笑起来：“好吃，老板你简直是天才！”桑梓尝了一口：“对了，就是这个味，好吃。”邻桌一对恋人看着他俩：“真的好吃？”“不信？尝尝！”两人不好意思尝，直接对老板说：“来一份随心所鱼”。老板不敢贸然答应，拿一双筷子，尝了一口，看看桑梓，笑了：“小姐，你真是我的福星啊！”对着伙房大喊一声，“再来一份随心所鱼”。不一会儿，这小店的八张桌子，都要了这道随心所鱼，老板简直笑豁了。

趁着这高兴劲儿，洪泽边吃边说：“桑梓，以前的一切，咱都给忘了。现在的你我重新认识，从头再来，好不好？”桑梓没有说话，她不知道该说什么。“我知道，你还没有想好，你需要时间。我等，我相信，我们有重新建立良好关系的基础，你说呢？”桑梓的心，五味杂陈，眼睛看着面前的鱼，沉默不语。洪泽继续说：“桑梓，我还是喜欢以前那个无拘无束、开朗活泼、大大咧咧、没心没肺的桑梓。”“谁没心没肺了？”“我，这没心没肺汤，就是骂我的。”桑梓笑了。“桑梓，你住院这段时间，我一直在想，桑梓是多大气的女孩子，怎么就变得这么脆弱、这么萎靡呢？”“别说了，吃吧。”桑梓阻止他往下说。“我不知道你和吉诚之间发生了什么，伤你这么深，但一切都过去了，是不是？”“别说了，我不想听！”“怎么不说？不说你知道吗？你知道我有多难过吗？”洪泽提高了嗓门，小店的人都诧异地看着他俩。桑梓起身要走，洪泽一把拉住她，做了个投降的手势。桑梓坐了下来，眼泪也流下来。“桑梓，你听我说，我心里也憋得慌，一宿一宿地睡不着觉。你躺在那儿，我难过；你现在要走，我更难过。我洪泽不是孬种，让我们一起面对，行吗？”洪泽的喉结一上一下的。桑梓哭了，她是想忍的，就是没忍住。她觉得好像有一把无形的利剑将她劈成了两半，无法拼出一个完整的自己。她伏在桌子上呜呜地哭起来。店里的人不明白，刚才还兴高采烈的漂亮小姐怎么就伤心地哭了起来。洪泽不在意，也不劝桑梓，只是伸出一只手，抚着她的肩膀，让她哭。

晚上洪泽有夜班，送桑梓回家后就走了。桑桑看到桑梓回来很高兴，像往常一样跟桑梓黏在一起。“姐，去我房间。”“姐，你看我的绣品还行吗？”桑桑拿出那幅《春江水暖》。多日不见，桑桑的绣功大有长进，“桑桑，你的绣功越来越了得了。”桑梓看到桌子上有一封信，“他来信了？”“来了，要我常常去看他的父母，还问你出院没有。”“他怎么知道我病了？”“我说的，让他问候你。”“你的腿，好些了吗？”“好多了，你看。”桑桑拉起裤腿，桑梓一看，果然，站远点就看不出来了。“我想写信把这事告诉吉诚，结婚后怕吓着他。”“再吃段药看看吧。”“行，反正不是马上结婚。”桑桑给桑梓泡了一杯茶，两人都坐下了。“姐，你是不是跟哥好上了？你没醒过来的时候，他都不睡觉，天天陪着你，眼圈黑黑的。”“是吗？”“不信，你问妈。”桑梓不说话了。“姐，你以前挺喜欢他的，现在怎么别扭了？”谁说桑桑是个不谙人事的小姑娘，这些微妙的关系，她不也挺明白的吗。想到此，桑梓有些心虚：“晚了，睡吧！”

桑梓回到自己的房间，见母亲坐在里面。“桑梓，妈在等你。跟妈讲讲，真的要去义援吗？”桑梓点点头。“你是不是觉得在家别扭？”桑梓坐到母亲跟前，拉着母亲的手，“妈，我只能这样了。”母亲伤感地问：“那桑桑结婚，你回不回来？”“看情况吧，出了门可能由不得自己。”“那洪泽呢？”“不关他的事。”“桑梓啊，你刚出院，身体还很虚，一个女孩子家在外，多让人操心啊。”“妈，我没那么娇气。再说去那么多人，大家都认识，可以彼此照应的，您就放心吧。”桑母见桑梓主意已定，就不再劝了。

第二天，桑梓一觉睡到自然醒。一番梳洗后，吃了早餐。饭后与父母打过招呼，就径直往学校去了。打开寝室门，一股潮气扑来，桑梓连忙把窗户推开，然后去了学校办公室。

“桑梓来了，身体行吗？”“行啊，全好了。”“看来精神不错，不过更苗条了。”叶薇笑着递了一张报名表给桑梓。这叶薇年龄不大，与桑梓、桑桑同是华西协合大学的学生，高她们两届，专业与桑梓一样——教育系英语。在大学她们就熟识，叶薇像个大姐姐，对姐妹俩多有照应。毕业后，叶薇到了这所教会学校任教。由于处于战时，许多外籍教师都回了国，师资紧张，叶薇便找了桑梓，请她过来。桑梓没二话就来了，成了他们学校的一名编外老师，随叫随到。

桑梓是容易适应环境的人，她身上的大小姐毛病不多，和大家都处得很好。桑梓填完表，递给她：“什么时候走啊？”“大概月底，还可以休息一个星期，让伯母把你养壮点。”“叶薇，你也去吗？”“去呀，跟上次一样，是你们的头儿。”“那我妈该放心了，走之前去我家吃饭啊。我妈经常念叨你，让我妈给你弄土豆泥吃。”“想让我给你妈做工作吧？你还别说啊，真要家里同意，你才去得了。”“我已经是大人了，我不能做主？”“不能，结了婚的，丈夫同意。没结婚的，管你多大，父母同意。”“你男朋友同意了？”“当然。”“我家同意，不信你问我妈。”“说好的，土豆泥。”“当然。”

回到自己的寝室，潮气散了许多，屋里的空气好多了。桑梓点了一支香，屋里就有了淡淡的檀香味，很好闻。这寝室比起桑梓的闺房来，简朴多了。一张简单的单人床，铺着蓝格子的床单，窗帘是褐色的格子布。床头一个灯柜，临窗一张桌子，靠书桌一方的墙壁是一个书柜。这个书柜是所有家什中最有特色、最具品位的，是父亲专门买来送给她的。这是一个香木书柜，三门四格，都镶有茶色的玻璃，既古朴又时尚。桑梓英文了得，柜子里的书大都是英文，还有几本中国古典名著。里面有一本父亲编撰的《唐代女诗人集》，桑梓最喜欢女道士李治的那首《八至》：“至近至远东西，至深至浅清溪。至高至明日月，至亲至疏夫妻。”桑梓从抽屉里取出几个樟脑丸，每格放了两个，关上了书柜。她把剩下的樟脑丸放回抽屉时，那封信赫然在目。桑梓拿出那封信，在屋外的墙角烧掉。直起身来，她舒了一口气，仿佛烧掉了她所有的纠结和麻烦。她不想在这里过夜，这里有她不愿再回忆的事情。她想义援回来以后，就把房子退了，回家去住，那时的桑桑已经出嫁。

吉诚收到桑桑来信的同时，也收到了桑梓退回来的信。他怅然，失落。原以为，桑梓会给他一封长信，帮他放下包袱，让他不要自责，这样他的良心会安稳些。现在他却大失所望，甚至有些气恼：桑梓，你在怨我吗？用这样的方式谴责我吗？吉诚拿出打火机准备把信烧掉，一转念，他留下了这封信，随手放进抽屉，拆开了桑桑的信。

吉诚：

信收到了。老人很好，他们只是觉得寂寞，常问我什么时候可以住到家里去。姐出院了，身体也基本康复，不过瘦多了。我已经将你的问候传达给她。

记得那艘船吗？它载着我俩的“！”，是我划向你心海的梦。吉诚，我们在一起的时间太少了，时空的阻隔，减短了我们的花前月下，鸟语花香。吉诚，总有一天，我们会相敬如宾，相濡以沫，长相厮守。感谢上苍，成就我们，成为伴侣；吉诚，感谢你，给我这样的幸福。我等待那一天，在祈祷的钟声里，我们在神的面前立下婚姻的誓言，生生世世，永永远远，不离不弃，直到终老。吉诚，保重，要平平安安地回来，健健康康地回来。我等着，等着你娶我回家。

爱你的桑桑

桑桑的信竟然让吉诚感到不安。吉诚忽然觉得先前与桑桑的花前月下、鸟语花香、山盟海誓，变得如此不真实，就像过往的梦一般。“新娘”“婚礼”已不再是他情感世界里最美好的词汇。这个让他视为天人的桑桑是那样遥远和模糊。但那双腿，鱼鳞般的形象，却是如此清晰地浮现在眼前，他的心开始烦乱起来。如果不是……他不会一失足成千古恨。这两姊妹，一个让他幻灭了梦，一个让他失却了身，他的人生进退维谷。如果当初不认识这姊妹俩多好。冥冥之中有指引吗，这是我的宿命吗？吉诚的心里有一堵墙，墙里墙外的吉诚在“干仗”，他们一会儿对立，一会儿言和。桑桑是未婚妻，有婚约，是他一定要娶的；桑梓是一个意外，一个错误，一次失足。

吉诚忽然觉得，对于已经失贞的自己来讲，桑桑无疑又是完美的。想到此，吉诚又轻松起来，刚才的纠结、沮丧如驶过的火车，隆隆远去。他提起笔来，给桑桑写了一封深情款款的信。吉诚根本就没有意识到，茫茫宇宙中，每一颗星星都有自己本应遵循的运行轨迹，不管你是经意或不经意地去改变它，它都会如列车驶错了轨道一般出差错。人生也是如此，轨迹的变动会让命运走向另一个方向。

入夜，军港内外一片安静，只是那硕大的探照灯，在窗外一晃一晃地徘徊。吉诚用被子蒙住头，睡了。

“上尉，有敌情！”吉诚赶快披衣下床，走出舱外。硕大的探照灯扫射着江面，江面上有一艘小舢板，上面有三个人。舢板向这艘巨大的舰艇驶来，吉诚定睛一看，竟是洪泽、桑桑、桑梓。小舢板将要靠上舰艇时，舰艇激起的大浪荡得小船即将倾覆。洪泽向吉诚用力地挥动着双手，桑桑、桑梓紧紧地抓住船舷。“快救人！”话音刚落，小船就被打翻了。“快救人，快救人！”吉诚焦急地四处搜寻，他终于看到那三个人，什么都没想，纵身跳进了波涛翻滚的江中。他奋力地游啊，找啊，看见了桑桑。他努力地游过去，抓住了，是桑桑。桑桑向附近一指，是桑梓和洪泽。他们在江中拼命地游，探照灯照过来，舰艇上放下了救生船，四个人终于上了救生船，救生船慢慢上升，四个人谁也不说话。上了舰，吉诚惊讶地发现站在跟前的只有桑梓，他四处找寻桑桑和洪泽，有个士兵指给他看，探照灯照耀的江面上，一只小舢板，洪泽摇着橹，载着桑桑远去。吉诚扶着船舷大喊：“桑桑——”然后醒了过来。

吉诚坐起来，揉揉眼，那探照灯的强光在窗外徘徊。吉诚定定神，回忆刚才的梦，就像是一张张褐色的旧照片，展现在眼前，他喃喃地叫道：“桑桑，桑桑——”

桑梓明天要走了。

今天下午，叶薇来了，桑母为她准备了土豆泥，洪泽也来了。“叶薇啊，桑梓的身体还没有完全恢复，麻烦你多照顾她。”“伯母，有我你还不放心啊。”叶薇笑着。“桑梓，跟大家一起出去，不要任性啊，向叶薇学着点。”桑父也吩咐道。“姐，我可以去看你吗？”“问她，她是头儿。”桑梓向叶薇努努嘴。“行，你来吧，多带点好吃的。”“那，头儿，我可不可以去呢？”洪泽装怪。桑梓瞪他一眼，他不理，瞧着叶薇。“怎么不行？太行了。”“带点好吃的。”桑桑补了一句，大家都笑了。

送走叶薇，桑梓回屋收拾东西，桑桑跟在桑梓的后面，被怀玉一把拉住，原来洪泽也要去桑梓那里。一进屋，洪泽就问：“行李呢？”洪泽从自己的挎包里拿出一大堆药，“看说明使用，忌什么我都特意写好的。有病先看医生，没有条件的情况下，才吃自己带的药。”“知道了。”“身体还没有恢复，做力所能及的事，不要逞能啊。”她看着洪泽往包里放那些药，一下子就黯然神伤。洪泽看看她：“怎么啦？你现在太容易感伤了，像林黛玉。明天我送你！”

第二天清晨，天空飘着毛毛雨。

两辆大卡车停在那里，要走的、送行的人扎成了堆。洪泽提着那个行李箱，送桑梓过来。雨不大，大家都没有打伞，桑梓将雨伞拿在手里，神情有些恍惚。她似乎又看见了为吉诚送行的自己，远远地躲在一旁，看他和桑桑旁若无人地吻别。她的心被淋湿了，眼睛有些模糊，心里有些悸痛。洪泽过来了，“东西放好了。”他拍拍身上的尘土。

雨大起来了，桑梓撑起伞，靠近洪泽，两人静静地看着别人装车，谁都没说一句话。“桑梓，上车了。”叶薇喊她。桑梓把伞递给洪泽，洪泽拉住她，在她的额前轻轻一吻，“来信啊。”桑梓管住自己的泪，上车了。卡车走了，桑梓看着雨里的洪泽，泪就落下来了。她伸出手挥着：“回去吧。”雨中的身影远了，她才坐下来。

桑梓走了，洪泽的心空落落的。下了班，他还是习惯性地往桑家走。洪若水看着失魂落魄的儿子，心里明白了许多。今天，他早早地来到了桑家。“稀客啊，你好久没有来了。”“哎，我家洪泽，成天不回家，就待在你这儿，真成你的儿子啦！”“本来就是我儿子嘛，我养大的。”“可我的两个女儿，一个要出阁了，一个远走了。”洪若水闷闷地说。“怎么，桑梓没来告辞？”“来啦，桑梓现在心很重。我们都说她大气，可她毕竟是女孩子呀。哎，以前那个成天嘻嘻哈哈的桑梓，病一场就变了，多可怜。我们几个做长辈的，心都放在了桑桑身上，关心她太少。”“是啊，这一段时间啊，我和老头子的心里也不是滋味儿。你说这手心手背的，谁不是父母的心头肉啊！”“洪泽这小子，这几天魂不守舍的，他是不是和桑梓……”“要是就好啦。”“好？未必。要看怎么个好法。”桑父并不赞成桑母的话。“此话怎讲？”洪若水不明白。“洪泽如果只是想替桑桑解围，你说能好吗？”“会这样？”“我问过他，有点这意思。”“这浑小子，他以为他是谁呀，这不添乱吗？”“所以啊，桑梓走了，逃到重庆去了。”“哎，现在的年轻人啊，真是搞不懂！”桑母无可奈何。

“爸，你来了。”“我不能来啊，你小子，只认干爸，忘了亲爸。”“哪有啊，桑梓走了，我怕他们不习惯，所以这几天陪陪他们。干爸，桑梓有信吗？”“没有。”“走了一个星期了，该来信了。”“那你先写一封啊！”洪若水试探儿子。“我等她的地址，她不写，我往哪儿寄？”“怀玉，可以开饭了吗？”大家入座，吃饭。“桑桑呢？”“去婆家啦。她那个婆婆，隔三岔五地就要她去一回的，他们说寂寞，要桑桑陪陪他们。”“这桑桑啊，以后一定是个贤惠媳妇。”“桑梓也会是个贤惠媳妇。”洪泽冒了这么一句，大家看看他，他笑了。饭桌上，洪泽给他们讲没心没肺汤和随心所鱼的事，洪若水大笑起来：“这才是桑梓的本色嘛。”桌上的气氛一改往日的沉闷，大家都轻松了许多。

饭毕，洪若水对洪泽说：“儿子，今晚跟老爸回家！”“哎。”两人就告辞回家了。

怀玉给桑父、桑母在院子里置了椅子纳凉，就去收拾了。“老伴，我看洪泽对桑梓不像你说的那样。”桑父咂着烟：“好像是跟先前不太一样。”“说不定这回他对桑梓真动心了。”“可是桑梓过得了这坎吗？”“是啊，咱闺女也挺拧的，伤了自尊了。”“那就看这小子的道法和福分喽。”“哎，桑梓咋还不来信呢？”“肯定写了，时局乱，走得慢。明天，也许后天就到了。”桑父宽老伴的心。

“儿子，陪老爸去河边走走。”父子俩在府河边散步。“洪泽，你和桑梓究竟怎么回事？”“我想重新来过。”“你是真喜欢她了？还是……”“真喜欢她了，见不着她，我心里空落落的。”“哪种喜欢？”“那种喜欢。”“那种是哪种啊？”“男人喜欢女人的那种呗！爸，你烦不烦啊？”“你确定？”“爸，什么意思啊？”“她呢？你小子可是玩着花招拒绝人家多次了。”“拒我于千里之外。”“活该！你打算怎么办哪？”“穷追不舍。”

清清锦江岸，杨柳成行，河中映着它们婀娜的倒影。锦江河水清且浅，在夕阳的余晖中缓缓而流。河畔的水车不舍昼夜地发出“咕——咕——咕——”的响声，右边的绿树丛中，是充满欧式风韵的华西协合大学。洪若水指指不远处的万德门：“去那儿走走。”

斜阳中的万德门，亭台楼阁，斗拱飞檐，雕梁画栋。这栋由洋人设计的西洋建筑却深受中华建筑的影响，一砖一瓦无不渗透和凸显出中国风格，美轮美奂。近处，可以看到屋脊上装饰的白象、狮子、山羊，门楣和挑梁雕刻着翩飞的鸽子、乖巧的玉兔、喔喔叫的公鸡，鼓石上还有威武的麒麟。万德门前左右各有一棵老梅树，嶙峋的枝干，遒劲、逶迤，那风骨神韵，动人心魄。

洪若水抚着老梅树的树干，一往情深：“儿子，知道吗？我和你妈就是梅花做媒。那时我还在武汉大学读书。往事如梦，物是人非啊……”洪若水有些感伤，“知道爸为什么没有再婚吗？就是信守对你母亲的一句承诺。我答应过她，这辈子，只娶她一个。承诺是什么？是一辈子的责任。你已经长大了，要恋爱，要成家立业。男人啊，一生的担子是家，一生的事业也是家，这是很重的责任啊。”“爸，我明白，你儿子不是孬种。天凉了，咱回家吧！”

桑梓随大家到了重庆缙云山附近的一个山坳，这里是国际红十字会中国分会下设的一个救援站。身体的原因，她被安排负责接待义捐人士，登记义捐的物品并按需求进行发放。虽不像别的队员那样奔波劳顿，但也很辛苦。面对新的环境，新的生活，桑梓全心全意地投入工作，渐渐淡忘了心里的纠结和煎熬。十几天过去了，她才想起该给家里写封信了，这会儿找到队里的小赵，请他今天带去寄。

“桑梓，有人找。”“谁呀？”桑梓一转身，愣在那儿。洪泽站在门口，灰头土脸地对她笑：“路太难走了，那破车一路上修了四次，我又渴又饿。”桑梓赶紧让他进屋，倒了一杯水给他：“我去给你弄碗面。”就出去了。洪泽一口气喝完了水，又自己倒了一杯，觉得舒服多了。环视四周，偌大的仓库，许多的物资，靠门一张桌子，一把椅子，窗户下一张用木板搭起的简陋小床。“桑梓就住这里？一个女孩子，守这么大的一个仓库，怎么行？”他心里埋怨叶薇。

桑梓回来了，端了一碗面：“午饭过了，将就吃。”洪泽早就饿得不行了，端过来就吃，吃完了，揩揩嘴。“桑梓，你就住这儿？”他指指那张床。“我没住这儿，我住集体宿舍。”桑梓指指对面的一排简易棚子，“这是晚上值班的人住的，女队员不值班。”“哦，这还差不多。”“你怎么来的？”“为什么不写信？叫家里操心。”“刚写了，今天请人寄走。你是怎么找到这儿的？”“不难，我说红十字会，再说成都过来的，报上你的名字，他们就告诉我了。不过他们不敢确定，只是说可以去看看，运气好呢，就找到了。我一向运气不错。”“不上班了？”“十天假。”“十天？”桑梓很惊讶。“不欢迎啊？”“不是……可你住哪儿呀？”“住这儿？”洪泽指指小床，“这几天我也义援，跟那个伙计换换。”“不行，你不是义援队的。”“你说了不算，谁管你们，叶薇？我找她去。”

“谁要找我？”说话间，叶薇就到了，一见是洪泽，便说，“你怎么来了？追得够紧的。”她边开玩笑，边看桑梓。“叶队，我当十天的义援队员可以吗？”“可以啊，当一天都可以。”“那我守仓库吧？”他指指那床。桑梓将叶薇拉到一旁，两人嘀咕了一会儿，叶薇转过身：“行啊，你守仓库，发放物资。”然后她拍拍桑梓，离开了。叶薇是个干练的人，做事从不拖泥带水。她的男友已出国，如果不是时局问题，她应该也出国了。她想得开，该干什么还干什么。

偌大的仓库里，只剩了桑梓和洪泽。

洪泽看着桑梓，桑梓躲着他的眼神。“坐吧，我去把饭盒洗了。”桑梓局促地走了。洪泽快快地坐了下来。仓库很阴湿，桌子上的本子摸起来也是潮潮的。看得出来，平日桑梓一个人在这里工作。

现在的桑梓与那个华西协合大学的风云女子桑梓，简直判若两人。那时的桑梓是外语系优秀的口译生，但凡学校有外宾参观交流，桑梓都是随行学生之一。洪泽大四那年，桑梓大二。一年一届的运动会上，新添了女子长跑、铅球、羽毛球项目。桑梓除了参加集体的女子体操外，还选了女子1500米长跑。参加长跑的八个女生，只有四个坚持跑完，桑梓一路领先，最后竟然领先了第二名整整一圈。她一袭白色短袖、短裤，这在当时是超前的时尚。一米六六的身高，容颜俏美，身材匀称，英姿飒爽。当时晚报登载关于她的报道和照片，热闹了一番。桑父那时是华西协合大学文学院教授，看到那些报道，哈哈一笑：“呵，小女子，搅翻了天。”这个学养很深的教授身上少有那种老夫子的学究味，他认为女孩子就应该是这样的。

而今的桑梓剪掉了长辫，留着齐耳的短发，身着双排扣制服，脚穿军用胶鞋。这身打扮虽然土气、老气，但她美貌依然，只是眉宇之间仍有一丝挥之不去的阴郁和落拓。洪泽心里一阵难过，桑梓不该是这样的。雅致的桑桑只能过富足而安静的生活，她对人生没有多少追求，相夫教子就是她的幸福所在。而桑梓就不同了，她不会被爱情、婚姻所羁绊；她不耽于只做个贤妻良母，她是长了翅膀的。洪泽哪曾想到，桑梓竟然也会为情所伤，而且与别的女孩一般无二地不堪一击。那个一天到晚阳光灿烂的桑梓，她的天，竟一直都没有晴朗起来。桑桑离他已经很远，洪泽在不知不觉中就接受了这个事实。现在，桑梓才是他心里的担忧和牵挂，洪泽的心也潮湿了。

桑梓进来了，提着一个温水瓶，还有一个洗脸盆、一个饭盒、一盘蚊香。桑梓把东西给他，拉开抽屉，拿出一把大手电筒：“两小时巡视一次，”她又指指闹钟，“把时间调好。今天下午没有你的事，你休息一会儿吧。”桑梓公事公办地说完就走了。洪泽想说点什么时，桑梓已经走远了。

入夜，潮气更大。重庆虽热，但在这郁郁的山坳里，夜半的潮气，还是有点浸骨。这排仓库应该是废旧厂房，房子很破败，被遗弃的大型机器锈迹斑斑，蛛网相连。洪泽起来巡夜，稀疏的电杆上，有的灯昏暗，有的灯不亮，还有一盏灯在风的吹送下忽明忽暗，像是黑暗中眨巴的眼睛。不过他不害怕，他是学西医的，是无神论者。当年，医学院有许多阴森恐怖的传说，什么停尸房里的死人起来小解啦，解剖室里有人啃死人的大腿啦。他一概不信，甚至跟同寝室的人打赌，到解剖室去睡了一夜，也没有发现有人进来啃死人。第二天他就成名了，成了大家心目中的英雄。

夜，很黑，除了他手上的手电筒，就是昏暗的路灯，四周静得不能再静。洪泽在仓库周围巡视了一阵子才回到仓库，再睡一会儿。

对面低矮的房子，有一间屋子忽然亮起了灯。一个提着一盏马灯的身影，径直朝仓库走来。那身影似乎穿着制服，留着短发。

“笃笃笃——”轻轻的叩门声响起，洪泽翻身下床打开门，桑梓冲他微微一笑，然后提着马灯巡视库房。洪泽跟在她的身后，他们在堆满物资的库房里，仔细查看着。忽然，桑梓不见了。洪泽看到了马灯的亮光，他分明听到了桑梓的脚步声，甚至听到了她的呼吸，可就是看不见她，他有些焦躁不安。

灯忽然很亮，一抬头，那盏灯放在一个大大的集装箱上面，桑梓坐在集装箱上面，用手拍拍自己的旁边，示意洪泽上去。洪泽上去了，坐到桑梓的身边；桑梓笑了，将头轻轻地放在他的肩上。

良久，他听到桑梓的啜泣声。他小心地扳过她的脸，那张脸满是泪水，莹莹的双眼，如那盏马灯的昏黄与朦胧。洪泽拭去她的泪，情不自禁地抬起她的下巴，温存地吻她，桑梓的泪咸涩涩的。他把她揽在怀里，桑梓依偎着他，温顺得像只黏人的猫咪。

“船！”桑梓一下子警觉地指着下面一条小船，小船在江面孤零零地漂荡，他和桑梓竟然坐在危崖上。

突然间，风起云涌，暴雨倾盆，江面掀起巨大的浪花，那只船在江中颠簸。小船被巨浪掀起来，扔出去，再掀起来，再扔出去，又被甩在山崖上，顿时粉身碎骨。“船！”桑梓大叫一声，扑了过去。大浪紧跟而来，桑梓不见了踪影。洪泽抹了一把满脸的雨水、泪水，急切地寻找。“桑梓——”他声嘶力竭地喊着，可哪里还有人呢?

风，骤然停了，雨，骤然停了；风平浪静的江面上，一只小船向远处漂去。桑梓使劲地向洪泽挥手，掠掠一头的乱发，从容地摇起长长的橹，向远处驶去。远处，有一盏昏黄的马灯在江面上漂浮。

洪泽沿着江边追去，却怎么也迈不开脚步。洪泽觉得自己的喉咙被什么哽着，喊不出来，哭不出来，泪流进嘴里，咸咸的，涩涩的。

“笃笃笃——”很遥远的声音响起，洪泽依稀听得有人敲门，可他动弹不得，拼命挣扎着要醒过来。“笃笃笃——”他翻身而起，是桑梓来送早饭了。“睡得好沉啊。”“对不起，我……”洪泽恍恍惚惚，还没有完全从梦中走出来。“做梦了？”“做梦了。”洪泽用手扶着床，眼睛紧紧地盯着桑梓，仿佛一眨眼，她就会驾船消失一样。桑梓随手把毛巾递给他，洪泽拿过毛巾，把脸埋在毛巾里许久。“怎么啦，不舒服？”桑梓摸摸他的额头。“没有，一个梦……”他站起身，拿起洗漱用具出去了。

“桑梓，我今天做什么？”“休息呗，你上晚班。昨晚还好吧？”“还行。哎，我帮你吧！”“你去男生宿舍吧，他们晚上才回来。”“不要，我睡不着。”“那就出去逛逛，附近的景色不错。”“我一个人？除非你陪我。”“我哪儿有空啊？”“跟叶薇请一天假，你看我大老远来了，容易吗？”洪泽居然有点撒娇。桑梓看出来了，埋头吃饭，不再理他。

叶薇过来了：“昨晚还可以吧？”“你是问我，还是问它们？”洪泽指指那些物资。叶薇一笑：“都一样。”“可以，都可以。”“今天有什么打算？”“我正想问你，我现在是你的人，随你安排。”“我的人？”叶薇看看桑梓，笑了。“归你管的人，你的联想不健康。”洪泽也狡黠地笑笑。“要不你今天就帮帮桑梓，物资的来去你管，登记什么的她管。搬运不用你，附近的几个村民，天天都会来几个。”“行，就照你说的办。”

桑梓放下碗，将叶薇拉到一边：“你干什么，我躲他都来不及。”“你躲得了吗？都躲到重庆了，人家还不是追来了。”“叶队，我的好姐姐，拜托，要不安排他到疗养院吧，他是医生。”“桑梓，叫我一声姐是吧。那就听姐一句话，那个军人，彻底忘掉，这个医生，不要错过。”看看桑梓不作声，叶薇又说，“你表现得自然一点，你们本来就是兄妹，干吗那么生分啊？”桑梓点点头。“如果有别的可以安排，我会安排的。”“哎，洪大夫，你现在是‘听用’啊，要随叫随到。”临走时，叶薇回头对洪泽说。“放心吧，随叫随到。”洪泽大声回应。桑梓坐下来，端起饭，默默地吃。“你是不是想让她把我支远点？”桑梓白了他一眼，没理他。

一辆旧卡车停在仓库前，又是一车捐赠的物资。

车上下来一个衣冠楚楚的乡绅，“桑小姐，我又来了。这是一些药品和医疗器械。”“谢谢啊，谢谢！”桑梓一边让座，一边倒茶。“听说战争要结束了，伤员也多起来了。唉，真希望战争快点结束，我就可以看到我的儿子了。”“你儿子？”“是啊，也在前线，但愿他没事啊。”“您放宽心，他一定不会有事的。”“但愿啊！”“洪泽，招呼人卸货。”桑梓说完拿出登记簿：四川资中柳江曾氏商行曾巩霖捐药品一车，送货人：曾亦凡。等洪泽他们卸完货物，登记了明细，请来曾先生过目签字后就道别了。

洪泽不愧是学医的，指挥义工们将货物放到他指定的区域，分类存放。中药、西药分放两个区域，中间留出甬道。中药里，草药和中成药分类；西药中，片剂和针剂分开，器械也设了一个专区。虽说整个上午只来了两车物资，还是把他们累得够呛。

午后的阳光更热辣，潮气在高温中弥散，库房里有一种说不出的潮热，汗附在身上，黏黏的。桑梓和洪泽都很疲倦，洪泽看着恹恹的桑梓：“你睡一会儿吧，我看着，有人来，我叫你。”他指指那张小床。桑梓摇摇头：“我回宿舍吧，16号那间。有人就叫我。”桑梓走了出去，回过头，“你也躺一会儿，中午一般不会来人。”洪泽看着她的背影，这个背影很寂寥。

桑梓回到了宿舍，这是个四人间，有两名队员去了歌乐山，不常回来；叶薇是领导，一个点一个点地跑，也不常回来。很多时候，是她一个人。她拉上窗帘，躺下了。刚才洪泽指着那张床让她休息时，她心里忽然生出一种害怕和厌恶的感觉，可她不知道自己究竟在厌恶什么。其实，自那次以后，桑梓就开始厌恶了。她厌恶自己，害怕和任何一个男人单独相处。她曾努力地回忆那晚的每一个细节，她想知道自己是怎样一个女人。她想不起来，当时是自己主动投进了吉诚的怀抱，还是吉诚……是她自己太轻佻，还是吉诚太疯狂？她甚至认为是自己将吉诚拉下了水，用这种卑鄙的方式窃取了桑桑的爱情。她再也不能像以往那样，坦荡地做人做事了。她开始害怕别人的关注；她觉得在别人的注视中，她内心深处的“垢”与“小”“丑”与“恶”，都被洞穿；她就像一个裸泳的人，被过往的行人鄙视和唾弃。所以，她把自己敛在了一个盒子里，藏了起来。桑梓紧紧地抱住自己的双肩，蜷缩在床上，就这样极不舒展地、恹恹地睡去了。

洪泽也很疲惫，靠在被子上睡着了。“洪泽，洪泽。”有人摇他，一睁眼，叶薇站在他的面前：“上午疗养院送来一个伤员，一直高烧，说胡话，现在已开始抽搐，你快去看看吧！”洪泽马上翻身起来，跟她一起上了一辆很破的吉普车。

离仓库两三里路的山窝里，一个破旧的小庙，外面晾着白色的床单和绷带之类的东西。“这里都是些无法继续住院治疗的伤员，医院太挤，只要没有危险了，就送到这里继续疗养，从没出过事。”叶薇介绍说。

洪泽来到那个伤员跟前，他二十五六岁的年纪，胡子拉碴的。右臂缠着绷带，鲜血淋漓的，脸煞白，汗如雨，不时地颤抖抽搐。洪泽看看他已经发乌的手臂，再翻看他的眼睛：“他的手臂是？”叶薇叫护士拿来病历，原来从他的手臂取出过一颗子弹。“术后败血症。”洪泽知道这个手术被感染了，伤员会有危险。“马上准备手术。”“手术，行吗？”叶薇很担心，“这里什么都没有。”“会有的。”洪泽开了一个药单给护士，“马上打针，吃这个药。四十分钟打一针，用温水揩揩他的脸。”“叶队，有电话吗？”“有！”“带我去。”叶薇带洪泽到办公室。“接仓库。”叶薇接通了仓库，是桑梓接的电话。洪泽接过电话，对桑梓做了一番交代。回头问：“叶队，车还在吗？”“在。”“你跟我一起去仓库。”吉普车一阵急驶颠簸，来到仓库。桑梓已经准备好了洪泽交代的东西，洪泽看了后，又拿了几样，拍拍桑梓的肩膀就走了。

“拆门板，铺上被单，消毒，整个房间都消毒。”一个用床单隔出来的简易的手术室，大家有条不紊地准备着手术，伤员被抬了上来。“截肢。”“截肢？他同意吗？”叶薇很担心。“没有选择，只能这样。”洪泽拿出手术用的器械，“谁懂？”他指着手术盘里的刀刀剪剪，“我来吧。”一个四十多岁的大姐上前来。手术紧张地进行着，两个小时后，手术终于结束了。洪泽的汗将衣裤全部打湿了，伤员安顿好后，他眼前一黑，倒了下去。大家一阵惊呼，那位大姐很镇静：“小谢，糖盐水。”洪泽躺在床上，与那个被截肢的伤员住在同一个病房。喝了两大杯糖盐水后，他缓过劲来了。伤员也醒了，知道自己失去了一只手臂，呜呜地哭了起来。“对不起，我也是没办法，只能这样了。”“是你做的？”“嗯，我是医生。对不起！”“你救了我的命，可是今后我怎么办哪，连个媳妇都说不上了。”洪泽不知道怎样安慰他才好。许久，伤员的情绪平稳了下来，两人拉起了家常。“贵姓？”“免贵，曾，曾正。”“好名字，哪儿人？”“资中柳江。”洪泽想起上午来的曾先生。“有个叫曾亦凡的……”“家父，你怎么认识？”“那曾巩霖？”“祖父，你认识他们？”曾正很惊异。“你知道你今天手术用的药品、器械哪里来的？”“哪来的？”“你祖父捐赠的，你父亲送来的。上午送来，下午就派上了用场。”曾正泪水涟涟：“幸好我们没碰见，不然……”“曾正，伤好了怎么办？”“回部队，听部队安排。”曾正是部队的文化教员，在战场上护送伤员时被流弹所伤，草草包扎后，就手术了。“洪大夫，好些了吗？”叶薇来了。“好了。”洪泽翻身下了床。“刚才你把大家吓坏了。”洪泽对曾正说：“按时吃药，少吃止痛片，能忍就忍，男人嘛。过两天再来看你。”“谢谢你，洪大夫。”“我刚才的助手呢？”洪泽问叶薇。“郝大姐。”郝大姐应声过来。洪泽对她说：“大姐，这个星期你就专管曾正吧，我开好药，你照着给他。止痛片晚上才给，让他睡好觉。”“好的。”“叶队，”洪泽指指那辆车，“请他送送我。”“当然。”两人朝吉普车走去，叶薇向司机交代了几句。“叶队，一起走？”“我不能了，等曾正稳定了再说。”“有情况打电话。”“好的。快走吧，天不早了。”

坐在车上的洪泽，看着病房外几个女性单薄的身影，心里琢磨着，是什么信仰、什么力量让这些柔弱而姣好的女性，在这艰苦的环境里默默工作呢？“义援”这个词，他从没有好好地琢磨过它的含义，而今他似乎明白了“义援”的意义所在。他做过那么多的手术，可是今天的手术，感觉与以往大不相同。看来桑梓的义援并不是他所想到的单纯的“逃避”，这样的义援，对志愿者本身也是一种义援吧！

暮色四起时，他回到了本营，桑梓在仓库门口等他。洪泽下了车，“谢谢你送我。”他对司机说。司机挥挥手，返回去了。洪泽觉得自己软绵绵的，桑梓看他脸色不好，“累坏了吧，快躺下。”洪泽实在是打不起精神，斜靠着被子，闭上了眼睛。桑梓给他脱了鞋，放平他的双腿，然后给他冲了一杯糖开水，还加了一点花盐。“你怎么知道？”桑梓指指桌子上的电话。洪泽强打精神喝下一大杯水，慢慢地又缓过劲来。“下午你也累坏了吧？”桑梓摇摇头，“还好。”“你知道我给谁做的手术吗，竟然是上午那个曾亦凡的儿子。”“天哪，上午他父亲还惦念他，希望他没事。”“所以啊，他说幸好父子俩没碰上面，不然，家里难过死了。”“是啊，幸好没碰面。想吃点什么？我让厨房给你弄，厨房师傅刚才叮嘱过的，可能是叶薇说的。”洪泽想了一下，“没心没肺汤？”桑梓白他一眼，“随心所鱼？”桑梓又白了他一眼。“那就不吃了。”他闭上眼睛装睡。桑梓拿了饭盒出来，径直向厨房里去了。“桑梓，来。我给洪大夫熬了菜粥，还有包子、豆腐乳，还有一样好吃的，香肠。”“赵师傅，还有香肠啊？”“有，我留着的。快给人家送去，都啥时候了？”桑梓把晚饭送来，洪泽吃得很香。

洪泽太虚弱了，倒下就睡熟了。桑梓关好门窗，也去休息了。可桑梓今晚怎么也睡不着，叶薇打电话让他找老周值夜班，可是老周今天没有回来。桑梓心里放不下，夜里总是浅睡一会儿就醒了。窗外沙沙地下雨了。桑梓推开窗户，往对面仓库望去，有个手电筒在晃，洪泽起来巡夜了。桑梓穿衣下床，拿起手电筒，向洪泽走去。手电筒忽然灭了，一个人影闪进了紧挨仓库的一个凉棚。桑梓拿手电筒照着，朝凉棚走去；没有人，她四处照照，也没人。“洪泽！洪泽！”她喊着，突然后面一只大手紧紧地捂住她的嘴巴，另一只手有力地掐住了她的脖子。她拼命地挣扎，却无法动弹。情急之中，她一脚踹翻桌子，桌上的热水瓶摔在地上，“砰”的一声爆炸了。这一声在这寂静的夜里，格外响。那人一惊，一把推倒桑梓，拔腿就跑。“来人啊！有贼，来人啊，有贼！”桑梓一边叫喊，一边将手电筒向洪泽的窗户砸去，“哐当”一声，窗户砸碎了，洪泽一跃而起。惊醒的人们都拥向仓库、凉棚。桑梓蹲在地上，不停地喘气，用手指着贼逃跑的方向，人们都追了过去。洪泽扶起桑梓回到宿舍。几个队员过来说：“洪大夫，你照顾她吧，我们来巡夜。”桑梓不停地干呕，喘气，她的脸被憋得通红。洪泽给她递了一杯开水，又用干毛巾给她擦了擦脸，等桑梓缓过气来后说：“我先出去，你快换换衣服。”他退了出去，点燃一支烟，随着烟头的一亮一暗，洪泽的眼睛里分明有担忧。他反身看看屋里，心里有点后怕：“如果今晚桑梓出了事……”他的汗毛都竖起来了。“好了，进来吧。”洪泽进门，把桑梓换下来的湿衣服放到盆子里，把那盏昏黄的马灯放到桌子上：“睡吧，有我，不怕。”他拉过一把椅子，调过靠背，骑在椅子上。看着洪泽稳稳地坐在面前，桑梓渐渐放松下来，竟然很快就睡过去了。洪泽看着她，泪就下来了：“如果今晚桑梓出了事……”天亮时，洪泽才回到仓库躺下。

雨后的阳光异常绚丽，光明横扫了昨晚的一切。清新的山、清新的水、清新的空气，鸟叽叽喳喳地在阳光下晒着羽毛。“桑梓，桑梓。”叶薇清早接到电话，赶了回来。桑梓睁开眼睛，摇摇头。她脖子上清晰的掐痕，吓了叶薇一大跳：“天哪，痛吗？”桑梓摸摸自己的脖子，吞吞口水，“痛。”“那个贼，没把你怎么样吧？”“什么怎么样？”桑梓反问一句，自己也吓了一跳，后怕起来。“你以后记住了，就是出了天大的事，仓库就是被偷完了，女队员也不能出去，除非是集体活动。先前的培训课，你都白上了。”桑梓想起培训时，教官说过的话。可那时，她忘了，她以为那个人是洪泽，所以她连防范的本能都没有。叶薇摸摸她脖子上的伤：“你要有什么事，我有什么脸去见你的父母。”

洪泽和衣躺在床上，睡得很沉。叶薇和桑梓来到仓库，一切正常。“看来是个踩点的贼。樊川、李丸，这几天你们留队里守仓库吧，洪大夫病了。”“好的。”“现在你们去吃饭，然后好好休息，晚上加倍小心。拿几个空箱子拼一起，再做张床吧。”交代完了，她们也去吃饭了。

洪泽差不多十点才起来，桌子上有豆浆、馒头，还有一个鸡蛋。叶薇和桑梓已经在清点账目了。“你醒了，吃了吗？”叶薇一边看账目，一边打招呼。“吃过了，睡得还好。”洪泽觉得不可思议，昨晚的惊心动魄像是被所有人遗忘了一般，没有人提起，没有人议论。义援的人们一如往常，按部就班地干着自己的活，云淡风轻。洪泽哪里知道，类似的事情，对义援队员来讲是家常便饭。只有在他那里，像他这样活在象牙塔里面的人，才会觉得是“传奇”。

又一辆卡车来了，司机焦急地问洪泽，“你们的头儿呢？”洪泽指指叶薇，喊：“叶队！”叶薇走出仓库：“找我？”司机焦急地说：“一个女伤员，刚才还好好的，现在大出血，咋办？”洪泽和叶薇赶紧走向卡车，只见一个女战士，头歪在车窗上，从车门缝里流出殷红的血。洪泽问司机：“怎么回事，病历？”司机把病历给他，话都说不利索了：“是个孕妇，先喊肚子痛，后来就这样了。”“流产！”洪泽说了一声赶紧打开车门，抱起伤员：“快收拾一张床，快！”叶薇和桑梓赶快跑进自己的宿舍，叶薇把自己床上的东西一收：“放这里。”洪泽放好伤员：“桑梓，让伙房的师傅烧一锅水。”桑梓跑了出去。“叶薇，你怕吗？”“不怕……”叶薇哆嗦。“把窗帘拉起！”“急救包，止血钳。”东西很快送到了洪泽手里，洪泽麻利地做着手术，“要输血，今天有人吗？”“有，我去叫。”叶薇跑出去，不一会儿带了三个青年人过来。“知道自己的血型吗？”有两个人摇头，另外一人说：“O型。”“你怎么知道？”“我给伤员输过血。”“那你留下吧！”O型血的青年留下来，给孕妇输了血。“桑梓，冲一大杯葡萄糖水给小伙子。”洪泽对青年说，“你先不要动，喝了水，歇一会儿再走。”

托盘里那个流产的胎儿，还未完全成型，肉肉的，血糊糊的。女战士还在昏迷中，手术已经完毕，止血很成功。洪泽收拾起那些沾满血的器械和那血糊糊的肉，直直腰，走了出去。桑梓跟他出来，“你不要看，回去吧！”桑梓停了下来。洪泽先到仓库里找了一个木盒子和塑料袋，把那团肉放进去，然后走到仓库后边的小山坡，在地上挖了一个深坑，把木盒子放了进去。掩埋后，在小土堆上插一个木桩，双手合十，伫立了很久。然后，洪泽走到溪边，冲洗那些器械。回到宿舍把那些东西交给桑梓：“煮一个小时。”桑梓端着那些器械走了，叶薇正用热水给女战士洗脸。洪泽坐在那里，静静地看着这个女人，她不过二十六七岁的样子，很白净。她夭折的孩子大约四个月。洪泽当了好几年的医生了，却是第一次看到生命的夭折。这个昏迷的女人，她还不知道自己的孩子已经……她醒来后会怎样呢？她的丈夫呢？从病历档案上看，她是一名战地医生。一个怀着孩子的女人，是什么力量激励她奔走于战场呢？她那么瘦弱、单薄，她扛得起枪，背得起伤员吗？洪泽这两天的感受太不一样了。看看叶薇和桑梓，看看疗养院的护工们，她们是怎样的一群人啊？

傍晚，女战士醒了，开口就问：“我的孩子呢？”叶薇轻轻地拉着她的手。“孩子没了，是吗？”叶薇难过地点点头。女战士就哗哗地流泪，使劲地摇头，洪泽难过地走了出去。桑梓进来，看到这个母亲，想到那个血糊糊的肉肉，也难过得哭了。三个女人的泪流在一起，为那个不幸夭折的生命祈祷。

她叫安静茹，丈夫在前线，生死未卜。她由于长期奔波，加之营养不良，病倒了，被送到后方疗养，保胎，可是……她现在还不知道，她已经永远失去了当母亲的机会。洪泽不忍告诉她，等她康复了，她会明白的，因为她也是医生。

洪泽终于倒下了，他已经虚弱到了极点。

连天的紧张、劳累，他终于没有扛住。他躺在床上，吊着点滴，面容清癯，胡子拉碴，疲惫不堪。桑梓守在他的床前，她从来没有见过如此虚弱的洪泽。那个清高孤傲、老练沉稳，又不乏幽默的洪泽不见了，取而代之的是一个瘦削的，没有活力的病人。桑梓难过得要死，如果不是为了她，他怎么会到这里来受罪呢？他一直都是一个养尊处优的人，他没有过过这样的生活。

这几天，她看到了一个从没见过的洪泽，他居然会撒娇，会耍赖，可一旦进入工作，又是那么老练、沉稳，让人敬畏。现在，这个希望她重新认识、重新开始的男人，正以自己的真诚和魅力叩击着她的心扉。桑梓紧锁的那扇心门，正被一把钥匙慢慢开启。不是洪泽不好，而是自己不配。可是现在，桑梓开始原谅自己，她似乎也不甘心，就这样错过洪泽。

“桑梓，桑梓。”洪泽呓语。桑梓赶紧抓住他的手，“我在，我在。”洪泽醒了，桑梓看着他：“你赶快好起来，好了快回去吧！”洪泽捏捏她的手，“我没事，你不用怕，我只是太累了。”“你都躺了两天了。”洪泽用手拭去她的泪：“你呀，越来越爱哭了。”他拉着桑梓的手抚自己的脸，“桑梓，”他又吻吻她的手，“扶我起来。”桑梓将他扶起来，斜靠在床头。“想不到我这个当医生的，也要别人伺候了。”“想吃什么？”“没心没肺汤。”桑梓笑起来。“可现在，没心没肺的是你啦，我把‘心肺’都给你了，你还说是‘驴肝’，这就是报应吧。是不是啊，桑梓？”洪泽又来劲了。“我去给你弄碗汤来。”不一会儿，桑梓还果真给他端了一碗汤来。

洪泽终于恢复了，要回重庆了。今天他又到疗养院看望曾正和安静茹，他们都恢复得不错。

洪泽明天就要回成都了。晚饭后，桑梓到仓库来帮洪泽收拾行李，拿了一封信：“带给我妈。”“你多久回去？”“半年，还早着呢。”“半年，那么久啊？”“嫌慢啊，那就别走了。”“好啊，我不走了。”他把已经收拾好的衣物拿了出来，桑梓挡住他：“神经啊？”洪泽拉过桑梓，让她坐在床沿，站在她的面前：“桑梓，你看着我的眼睛。”桑梓看着他，他俯下身去，在她的额头上轻轻地吻了一下，然后轻轻地将她抱在自己的胸前。

洪泽搂着她的头，吻着她的头发，强忍着自己的泪。为了这一天，他努力了很久，煎熬了很久。桑梓的心扉已缓缓开启，尽管还没有向他完全敞开，但至少她愿意改变了。桑梓应该有一个全新的生活，而这样的生活，他坚信自己能够给她。他说不清楚，他对桑梓的这种爱是什么。他明白，对桑桑的爱是对一个小女人的怜爱；而对桑梓的爱不是，这种爱更深刻些，更丰沛些。桑梓，这个依在他胸前的女子，竟是如此牵动着他的每一根神经。“桑梓，”他捧起她的头，她的眼里也蓄满了泪。眼对眼，泪对泪，泪眼模糊中的桑梓有一种从未见过的美丽。

他俯下身去，轻轻地吻住了她的唇，她的唇柔软而温暖。桑梓感受到一种前所未有的温暖和幸福，这种甜蜜让她沉醉，这就是恋爱吧。桑梓没有恋爱过，她爱过的人，都没有回应过她的爱。洪泽，这个爱过的人，错过的人，现在和她恋爱了。这种感觉，真是美极了，桑梓醉了。就这样，过了许久，洪泽放开了她，理理她的头发："我送你回宿舍，早点休息。"

月色正好，温柔而清亮。桑梓在宿舍门口与洪泽道别，洪泽一直看到她屋里的灯熄灭了，才踏着月色，回到仓库。

◎

第十一章 无雨无晴

时间：1960年夏。

地点：台湾。

云淡风轻，阳光明丽。

桑梓出院了，暖暖的阳光中，两个女儿小鸟似的奔向她，桑梓一手揽着一个女儿，左亲右吻。吉诚拎着行李，站在一旁。翁嫂过来从吉诚的手中接过行李："别缠着你妈，让她进屋休息。"

晚餐很丰盛，有吉诚喜欢的回锅肉、桑梓喜欢的虎皮海椒、孩子们喜欢的鲄虾煎，还有大家都喜欢的玉米排骨汤。翁嫂学会的川菜不少都是桑梓教给她的。翁嫂常说："等囡囡读大学了，我们办个川菜馆，准保赚钱。"阿仔很懂事，不时给小姐妹夹菜，那种哥哥的姿态，让桑梓想到了洪泽，这情景如同往日重现一般。

吉诚跟以往一样，话不多，只是今天不时地给桑梓夹菜。翁嫂看着，对桑梓说：“下午我就回去了，明天带阿仔去一趟台中。”“翁嫂，你放心，家里我照顾。”“阿仔，离开基隆会想阿妈吗？”桑梓问他，阿仔点点头。“会想我们吗？”菡萏问。“会的，要是有人欺负你，写信告诉我，我打他个稀巴烂。”“打架，你就知道打架，你少给我惹祸啊。”翁嫂呵责他。吉诚进屋拿了一个信封，递给翁嫂。“拿钱干什么呀？”“不是给你的，给阿仔的。”吉诚说，“翁嫂，拿着吧，又不是外人。”桑梓也说，“翁嫂，吃了饭你早点走，我来收拾。”“你歇着吧。还是我来。”吉诚说。“你一个大男人，会什么厨房啊。”“学，从现在起，我要学。”

翁嫂带阿仔走了，桑梓拿过围裙走进厨房，吉诚过来从她的腰上取下围裙，慢慢地将她从厨房推出去。桑梓离开了厨房，径直进到小姐妹的房间。“妈妈，我们学了一首儿歌，唱给你听。”菡萏说。“好啊，妈妈好久没有听你们唱歌了。”

阿门阿前一棵葡萄树，
阿嫩阿嫩绿的刚发芽，
蜗牛背着那重重的壳呀，
一步一步地往上爬。

清纯的歌，稚嫩的童音，那么美好。眼前两个花一般灿烂的女儿，让桑梓觉得自己的世界虽不完满，却不乏美好。那些纠结、计较，都是自寻烦恼。住院以来，她想了很多，她不抱任何希望了，更确切地说，是放弃了。桑梓的心思变得单纯了，心里的负担也就卸下了。“你们想听妈妈小时候唱的童谣吗？”“想！”小姐妹偎在她的身边。

月亮走，我也走，
我给月亮打烧酒。
烧酒辣，买黄蜡。
黄蜡苦，买豆腐。
豆腐薄，买菱角。

菱角尖，尖上天。

“妈妈，再说几个给我们听。”桑梓就把自己还记得的童谣，说给她们听。

月亮月亮光光，
芝麻芝麻烧香，
烧死麻大姐，
气死幺姑娘。
幺姑娘，
不要哭，
买个娃娃打鼓鼓。

桑梓就这么一直和孩子们待着，不想回到卧室去，她甚至希望吉诚说要回军港去。

很晚了，吉诚一个人在卧室。他知道，桑梓不愿意过来。“我可以进来吗？”吉诚站在门外，三人愣了一下。吉诚进来，小姐妹对他还是很冷淡。“爸爸也会，要不要听一个？”他一边把两只手搓来搓去一边说：

王婆婆，在烧茶，
三个观音来吃茶。
后花园，三匹马，
两个童儿打一打，
王婆婆，骂一骂，
隔壁子幺姑儿说闲话。

小姐妹觉得有趣，僵局打开了。“妈妈刚出院，需要休息，你们也早点睡。出来吧，洗脸，洗脚，睡觉。”桑梓回到卧室，吉诚在侍弄孩子。“爸爸，水太烫了。”吉诚，这个家中的独生子、公子哥。席家因为中年得子，对他照顾过细，他衣来伸手，饭来张口，婚后，料理家务、养育孩子全是桑梓承担。桑梓明白，吉诚想要有所改变。

十年了，他们一直是一对不是夫妻的夫妻。为此，桑梓做过积极的努力，但是，她失败了，败得毫无尊严。先前她想，桑桑，这个被他们背叛和辜负的桑桑，这个生死未卜的桑桑，是横亘在他们中间的一堵墙。但事情已然是这样了，他们应该穿越这堵墙，将以后的日子过好。她也知道，吉诚的心理负担比她大得多，所以她要担待些、包容些。她相信总有那么一天，吉诚会从桑桑那里走出来，好好珍惜她们。他时时揣在衣兜里的箴言，说明了这点。结果，她错了。吉诚从骨子里就排斥她。他仅仅是为了孩子、为了声誉，不得已跟她一起生活的。桑梓想想，这不就是“赖活着”吗？桑梓的心气没有这么低，可她无法选择，因为孩子还小啊。

吉诚端了水进来：“洗洗，早点睡。”他拧了脸帕给桑梓，又拿来揩脚帕。他要给桑梓洗脚，桑梓本能地退缩；他轻轻地将桑梓的脚扶过来，默默地为她洗。桑梓完全错愕了。

桑梓想起了义援时，洪泽给她洗脚时的情景：当时拉肚子脱水的她，全身冰凉。洪泽用热水给她洗了脸后，扶她起来烫脚。他将她的脚轻轻地扶住，先用热水淋淋，试好水温后，才将她的脚放进去，给她揉搓。一壶开水放在旁边，慢慢往里加，直到开水加完。洗完擦干后把她的双脚放在自己的怀里焐着。那是怎样一种幸福啊！

而今，这个从不照顾人的吉诚，竟然也……他是不是想……桑梓心里紧张起来，“不要，等孩子大了，我会同意的，现在不要。”她努力地把脚从吉诚手里缩回来，匆匆地揩了脚，坐到了床上。

这是一个朗夜。这样的天气真是可遇而不可求。

吉诚站在屋外，点燃一支烟。天空不时有倏然远逝的流星掠过，眷村静穆在月下，有几家窗口的灯还亮着，如同一只只眼睛，在黑暗中洞悉那些尘世间暗藏的心思。

吉诚久久地伫立在门外，一地的烟头，直到最后一扇窗闭上了眼睛。他的脑海里，出现了那个被雨水打蔫的桑梓；他又点燃一支烟，光亮中，桑梓拉过被子掩住自己的脸，白色的被单下，身体不停抽搐。烟熄灭了，他摸出烟盒，空了，捏扁烟盒，狠命地扔向远处。回头看看屋里，静悄悄的，他长长地叹了一口气，蹑手蹑脚地回到卧室。

桑梓已经和衣而睡，紧靠床沿，给他留了三分之二的空位。那件很女性的睡衣，其实就挂在床头。看着那空旷的床，吉诚躺下了。与先前不同的是，他穿的不再是裤衩、背心，像是住在集体宿舍一样。今天他只穿了裤衩，平躺在床上，舒展双臂时碰到了桑梓，桑梓警觉地一让；他再试一次，桑梓更警觉地一让，他不敢再试，因为桑梓已经到床边了。“桑梓，桑梓。”他摇她，她醒来，本能地抱住胸：“嗯。”“你要掉下去了。”桑梓退进来一点，还是背对着他，蜷缩着睡去。“桑梓，对不起。”“嗯。”桑梓依然如故。“我很可恶吗？”“嗯。”桑梓机械地应着，“这种生活让你很痛苦？”“嗯。”“我也痛苦，我想了很久，很难过，我们还是……”桑梓惊跳地坐起来，用手挡住他的嘴，“不要说，我可以过，我不怪你，孩子还小……”吉诚吓了一跳，“你怎么啦？”“这种生活，我已经习惯了。”她喃喃地说，“你要做什么都可以，我不会干涉你，只要……”她神经质地结结巴巴，语无伦次。吉诚摸摸她的头：“好像有点烧，你吃药了吗？”桑梓茫然地摇摇头。吉诚翻身下床，倒了一杯水。吃了药，桑梓的情绪渐渐稳定，侧过身，仍然给他留三分之二的床位，自己蜷缩着睡了。

吉诚无法入眠，那一晚，竟然给桑梓造成了如此巨大的伤害。他的内心也在挣扎：“我不是故意的，我也不想这样，我也是男人啊！”他陷入了一个泥沼，难以自拔。意乱情迷的夜，断送了他的爱情，断送了他对男女情爱的想象和憧憬。人生的幸福境界“洞房花烛”，该是一种怎样的缠绵缱绻，情意深长，那是一种怎样的人生慰藉啊。然而这些都断送在了那个夜晚，这辈子他都无法体验了。原始冲动的快感，成了他这辈子永远挥之不去的梦魇。梦中，两个人面兽身的怪人，在丛林中绞缠，洁白的天使含泪飘然而去……他转过身，看看桑梓，一个孱弱的背。“怜取此岸人”，他碰碰桑梓，没动静。吉诚翻过身，努力让自己睡去。

“菡萏、菡菡，吃早饭了。”吉诚叫醒了两个女儿。梳洗完毕，三人坐在餐桌前。“妈妈呢？”“让妈妈多睡一会儿。”“尝尝爸爸煎的蛋怎样？”“煎煳了，苦。”菡菡吐吐舌头。“将就点吧，妈妈还没好。”菡萏懂事地说。“跟爸爸说说，今天你们有什么想法？”“待家里。”“那行，我们都待家里，陪妈妈。”

桑梓很迟才醒来，看到吉诚在外面晾衣服。两个孩子，一个在看连环画，一个在画画，家里很安静。桑梓不想动，在门边的一把椅子上坐下来。吉诚晾完衣服转过身：“醒了，先洗洗，我再给你弄点吃的。”他端了洗脸水出来，又端漱口水出来。“我去弄早点了。”桑梓的早餐是蒸蛋、馒头夹果酱。

桑梓吃着蒸蛋：“你还会这个？”“只会这个，蒸蛋、煮蛋、煎蛋。”桑梓想起在南京时，由于妊娠反应强烈，她什么也不想做，吉诚又什么都不会，她就教他煮蛋什么的，他只学会了这些。吃完早餐，吉诚收拾停当出来：“陪你在附近走走？”桑梓点点头。“爸爸陪妈妈出去走走，你们俩在家待着啊！”

桑梓和吉诚沿着眷村的小径慢行，天气很好，两口子不时地跟过往的熟人打招呼。“你们两口子，还恋爱啊！”卢嫂总是大大咧咧的，快人快语。此情此景，暌违已久，像是前世的事情。

桑梓记得那时刚搬进眷村不久，怀着孩子七八个月的光景，吉诚经常陪她散步，眷村的女人们很羡慕，都抱怨自己的老公不够体贴。桑梓那时所感受到的的确是幸福，尽管当时的物质生活相当匮乏。那时的吉诚，对她无微不至，温柔体贴，她无疑是个幸福的女人。没过多久，他们的亲密关系怎么就疏淡了呢？这样的幸福怎么就匆匆离他们远去了呢？

生下孩子以后，是的，从那时开始，她就再也找不到类似的记忆了。吉诚也在回忆，这条路是有记忆可寻的。为了桑梓能顺利地生下孩子，他时常陪她散步。她挺着大肚子，挽着他的手臂，跟过往的所有熟人打招呼。只有吉诚自己知道，他所做的一切，都是为了孩子。孩子必须安全降生，他不能欠命债。他可以欠情，绝不能欠命，他负担不起命的债务，更何况是两条或是三条命呢。谢天谢地，孩子如愿安全降生，他完成了使命。是从什么时候起，他们的关系变得尴尬起来呢？是他意识到他和桑梓是夫妻时。桑梓在孕期，他们是无法行“夫妻之礼”的，他不觉得有什么。或许在他的潜意识里，桑梓就只是他孩子的母亲，尽管他们是名正言顺的夫妻。孩子降生后，桑梓的全部心思都在孩子的身上，忙得没有了自己。吉诚也很少回家，日子也就这么过了，桑梓也从没有埋怨过他。久而久之，两人都麻木了。他们之间从没有出现过“小别胜新婚”的感觉，就像是老迈的夫妻一般，只是个伴而已。渐渐地，孩子大了，桑梓是个健康的女人，曾经麻木的情感需求、生理需求悄悄苏醒。孩子有了自己的房间，桑梓晚上总要枕着他的胳膊而睡，或是温柔地倚在他的胸前。

吉诚的心里明镜似的，但他不回应，甚至是尽量躲避。后来干脆一个月才回一次家，时间一长，桑梓也冷淡了。如果生活就这样过着，平淡无奇，波澜不惊，也没有什么不好，这是一个安静的家。可现在他们都醒了，他们要去面对

“夫妻之实”，麻烦就此开始。

“上尉，散步啊！”护士小谢跟他打招呼。吉诚回过神来，“啊，今天不上班？”“我轮休。嫂子，你气色好多了！”“见过小邹了，要不我打个电话？”“不麻烦你，我自己打吧。”小谢大大方方地说。看着她走远，桑梓说：“他们真的好上了。”“是啊，这个小谢啊，很主动，很开放。”吉诚忽然意识到自己说错了话，没再往下说。“我累了，回吧。”桑梓说完，默默地往回走。

午后的阳光很毒，两个孩子午睡了，桑梓也想睡一会儿。吉诚收拾完回到卧室：“桑梓，我们谈谈吧。”“谈什么？”桑梓有点紧张。吉诚把药递给她，送上一杯水。“桑梓，你恨我？”“没有。”“我知道，你恨，因为我们是夫妻。”“名义上，是。”“桑梓，我们谈谈桑桑吧，我们无法绕过她。”“你想谈什么？我听着。”吉诚是第一次在桑梓面前将桑桑坦陈出来。其实，桑梓并不忌讳谈桑桑，这么多年来，吉诚的呓语全是桑桑。怀孕期间，他们关系很亲密的时候，吉诚拥着她，嘴里喊的也是桑桑。她早就想把问题摆出来，尝试找到一个能解决问题的途径。可是，吉诚忌讳这个问题，顾左右而言他，竭力躲闪。现在，她已经放弃了，无所谓了，不过尔尔。

“桑梓，我承认，我的心里装着桑桑，她是我通往你的一个障碍，不谈她，我们的关系难以改变。”“我的错，我该为此付出代价，不怪你。”桑梓想用承担一切的态度尽快结束谈话，她害怕听见那个词。吉诚一时语塞，掏出那个字条，递给桑梓。“彼岸青山远，怜取此岸人”，桑梓并没有接那张字条。“你知道？”“知道。”“桑梓，我想改善，我没想要伤害你。桑梓，你在听吗？”看到眼光游离的桑梓，吉诚问。“在听。吉诚，你爱我吗？”吉诚怔住了，他没有想过如何回答这个问题，因为他压根没想到，桑梓会这么直接地端出这个问题。“你无法确定。吉诚，我确定，我曾经是爱你的。从你用一双大手蒙住我的眼睛那刻起，我就确定自己爱上了你。”谈话完全超出了他的预料和控制，桑梓从源头说起，非常直白，他不知道该说什么了。“你不爱我，你只是因为孩子，我们才成了法律意义上的夫妻。”

在医院时，桑梓就想通了，她愿意接受一切报应惩罚，她已无所顾忌。但她有个软肋，她守着一个底线，只要吉诚不突破这个底线，她会接受一切。她不能离婚，离婚对她而言意味着失去孩子的监护权。她没有任何收入，她无法确定自己能否找到工作，找到的工作能否养得起孩子。所以，只要不涉及离婚，她甘愿接受一切。

“桑梓，我知道伤你很重，我只是……”“我知道，你迈不过这道坎，不怪你，我再不会为难你了。”桑梓想就此结束谈话，她害怕深入下去，就躺下了。“你撒谎，你在怪我！”吉诚突然动了怒，提高了嗓门。“你觉得委屈，觉得我小看你，故意用这样的方式伤害你，连孩子都认为我是在伤害你……也许是我错了，可是我在改。而你，拒我于千里之外，这个家拒我于千里之外！为什么？你是不是我老婆，她们是不是我的孩子？”吉诚控制不住自己了，几乎是在咆哮。桑梓怕孩子听见，跳下床，打开门，轻轻走到孩子的门前，听到里面很安静，再回来关上门。吉诚也冷静了下来，坐在床上生闷气。

这边的小姐妹，悄悄拉开门，轻手轻脚地走到大人的卧室外。“吉诚，你冷静点，睡一会儿吧。我们不谈了，孩子听见不好。”小姐妹悄悄回到屋里。“菡萏，他们吵架，我怕。”“怕什么，眷村哪家不吵架？”“爸爸又要走了，他们一怄气，爸爸就会走。”“这次不会，妈妈病着，奶娘又不在。”

两屋都没有了声音，只剩那夏蝉，在屋外的高枝上叫得烦人。

桑梓无法入睡，无法确定吉诚是否爱自己。他是诚实的。他们没有恋爱过，他们是偷吃禁果，奉子私奔。那个荒唐的夜，让他们的生活进入了另外一条轨道。她情不自禁地想起洪泽，这个唯一与自己恋爱过的男人。海峡的那边，是两个被爱情抛弃的人：爱自己的洪泽，爱吉诚的桑桑。自己和吉诚近在咫尺，却犹如隔着一湾宽宽的海峡；桑桑远在彼岸，却一直住在吉诚的心里。洪泽的话又在耳边响起：“桑梓，既然选择私奔，就要学会承受。为了孩子，你要做个有尊严的母亲。”尊严这个词，几乎不在桑梓的字典里。在吉诚面前，她时时能感受到一种压迫：“你为什么不送我回家？你是不是设计好的？”像一把锥子深深扎进心里，传来锥心的痛。虽说世上本无后悔药，可桑梓还是从心底“悔不当初”。

一个星期很快就过去了，桑梓康复得不错，气色好了很多，不像先前那么颓，那么懒。一个星期，这是自桑梓坐月子后，吉诚第一次在家待这么久，第一次做家务，第一次照料小姐妹的生活，第一次服侍人。

桑梓发现，平时生活很大条的吉诚，一旦真正进入家庭，还真可以当个好爸爸，桑梓并不奢望他能做个“好丈夫”。随着吉诚休假的结束，一切将回归以往，花开花落，月圆月缺，周而复始。

吉诚仰躺在床上，桑梓也躺下了，那件睡衣，依然挂在那里。她双手枕着头，望着天花板。“想什么呢？”吉诚问。“没想什么。”吉诚试探性地往她那边挪挪，她本能地一让，眼睛依旧盯着天花板：“卢嫂说她看到内部消息，大陆自然灾害，饿死了许多人。”“有这事。不过你放心，他们都不会，主要是农村。”“不知道爸妈、桑桑，一大家子，怎样了。”以前的谈话中，两人最避讳的就是桑桑，这个名字一出来，不管出自谁的口，交流立即终止。桑桑是他们生活中的雷，一碰就响。吉诚在太多的时候，将桑梓叫成桑桑，这种口误，是桑梓的敏感源。后来吉诚很久都不敢叫桑梓，而是改称“哎，你”。桑梓也不提桑桑，这是吉诚的“讳”。但即使这样，桑桑还是会随时横亘在他们面前，绕不开，躲不了。现在，桑梓不管不顾了，“说破的鬼，不害人”。该提就提，想说就说，该咋样就咋样，要怎么就怎么，不会比以前更糟，要糟也糟不到哪儿去了。她心一横，把心中的“鬼”晒出来，要杀要剐，都认了。吉诚也不惊诧：“大家不会有事的，桑桑有洪泽照顾，别多想了，睡吧！”他想伸手去揽桑梓，迟疑了一下，还是把手伸了过去；桑梓又本能地一让，两人不再说话。良久，吉诚找了一个话题：“还记得我想买的那幅绣品吗？我想让你绣一幅送我，没好意思开口，还有你带我去吃冷啖杯。”“还有呢？”“你把我的风筝放了。”桑梓一笑，“还有？”“那个猴精一样的算命先生。”“还有呢？”“在新津，看到我受伤，你哭了。”桑梓不问了，吉诚也不说了。其实，属于他们俩的回忆并不多，而且有的还不堪回首。这些事离他们已经很遥远，恍若隔世，似乎是前世今生。很长的一段沉默之后：“桑梓，对不起，我们重新来，从头开始。”恍惚中的桑梓，觉得这样的情景似曾相识，哦，洪泽。吉诚的声音很远，越来越远，遥不可及，她像被催眠一般，沉沉睡去了。吉诚侧过脸，看看已经入睡的桑梓，在她的额上轻轻一吻。吉诚睡不着，往事如影随形。

洪泽在华西协合大学学医，吉诚在军校即将毕业。去部队见习前，随父母回到祖籍成都，他去医学院看望洪泽。时值学校运动会，1500米的长跑中，一个矫健的女子，穿一身超前入时的运动装，异常吸引眼球。吉诚坐在洪泽的身边，看到周围男生为之疯狂。一圈、两圈、三圈，她一直处在领先地位，最后冲到终点，竟整整领先了第二名一圈。场外欢呼起来，特别是那些男生，兴奋异常。“认识吗？”洪泽指着那个女子问吉诚。“不认识。看来挺受欢迎的，校花？”“别这样叫她，当心挨骂。走，去看展览。”洪泽带着吉诚，去了华西坝懋德堂图书馆的一个展览室，这是临时开辟的一个区域，展览家政系女生的手工和烹饪作品。一个名为“凤求凰”的冷盘格外引人注目。浅浅的盘子里，盛着用萝卜精雕的凤与凰。用竹扦撑起的飞凤，回头望着身后的凰，下面用芙蓉花瓣做成流云。凤与凰，栩栩如生，长而美的尾羽，如舞动一样；而那朵朵的流云，也给人飘浮的错觉。“太精致了！”吉诚惊呼。“一等奖，”洪泽很得意，“跟我走。”他拍拍吉诚。两人来到女生院，这是一个独立的所在，管理严谨，男生不得入内。两人在外面等了许久，两个女生走了出来，一个是刚才长跑的女生，一个不认识。走近了，两个女生看着他——这个一身戎装、英武帅气的军人。洪泽问两个女生：“认识他吗？”两人摇摇头，“他是席——吉——诚。”“啊！”姊妹俩大叫：“原来是老朋友！”吉诚才明白，这是桑梓、桑桑。四个儿时的伙伴，高兴地拥在一起。“走，看红榜去。”运动场边的橱窗前围着很多学生，四个人凑上前去。姊妹俩都榜上有名。原来“凤求凰”是桑桑的作品。吉诚是见过大世面的人，却也不得不为两姊妹所倾倒，更何况她们本身就秀色可餐。

“桑桑。”吉诚的内心在呢喃，桑桑是他生命中注定疗不好的伤痛，抹不去的痕迹，挥不去的梦魇。而桑梓，是妻子，是孩子的母亲，是他的责任和义务，是该要怜取的“此岸人”。“你不能谁都辜负，谁都对不起，你是男人，要负责任。”洪泽的话，硬硬地响在耳边。是的，我不能一生辜负两个人，两个亲亲的姊妹。否则我罪孽深重，万劫不复。“怜取此岸人”，以后要好好地跟桑梓过日子。他又亲吻一下桑梓，轻松地睡去了。

吉诚回到军港，正好舰队要出港训练。“收拾一下，立即上艇。”卢舰命令他。吉诚快速换上军装，与士兵们一起登上舰艇。

差不多半年没有出海了，迎着海风，吉诚觉得心里的阴霾正渐渐地散去。天是澄蓝的，海是澄蓝的。海鸥在海面上一起，一俯，一掠，一冲，用自己的翅膀撩起海水。它们的叫声就像它们的飞翔一样，时高时低。云很高，薄得透明，轻风温柔地荡起些许波浪。舰在海里快速前行。吉诚的心，如这晴空一般，万里无云。桑桑并不是一堵坚不可摧的墙，他觉得自己已经迈过了这道坎。这个“彼岸伊人”，他将把她安放在心中那个最神圣的位置，成为他永久的祭奠。除此之外，他别无善法。

“各班组注意，十分钟后，进入演练海域。”吉诚的小分队立即做好了准备。交代完各组任务后，大家各就各位。演练开始了，一切按预定方案进行。忽然，舰艇上的旗子呼啦啦地横飞，起大风了。天空中的薄云不知何时聚在了一块，如一张巨大的幕幔，遮住了刚才还灿烂如靥的阳光，演习照常进行。乌云越来越多，越来越厚，越来越低；大海越来越不安分，浪越来越大，越来越汹涌。舰艇在大浪中晃动、颠簸，演练没有停止；吉诚在自己的岗位上，沉着冷静、有条不紊地指挥着。舰艇像一叶小舟，在狂风巨浪中颠簸前进，异常艰难。下午四点，喇叭里传出："收到求救信号。停止演练，全力搜救！"

乌云遮天，一片黑暗。舰艇上的八个探照灯，齐刷刷地射向海面。"大家给我睁大眼睛！"吉诚说。"上尉，船！船！"舰艇的雷达发现了目标。"全速靠近，准备救援！"舰艇破浪前行，目标渐近，舰艇放慢了速度。浪太大了，那艘渔船摇摇晃晃，随时都可能被海浪掀翻吞噬。"救生艇，放！"四艘救生艇慢慢地放了下来。吉诚带着他的小分队，开着救生艇，向渔船靠近。刚靠近，一个大浪就扑过来，渔船又远了；再靠近，又一个大浪扑来，渔船再远一些。如此反复，无法靠近。风越来越大，浪越来越高，情况万分危急。终于，渔船上的人，接住了官兵扔过去的救生索，并将救生索牢牢地拴在船上。几个人用力拉，将救生艇拉拢，一只、两只、三只、四只，渔民们终于上了救生艇。一个又一个的大浪打来，眼见救生艇和渔船将被一起打翻，吉诚果断地命令："割断绳索，快！"绳索被割断了，渔船顷刻消失在海里，四艘救生艇安全地驶回舰艇旁边。"起吊！"一只、两只、三只，人员都上了舰艇，吉诚乘坐的第四只救生艇挡在了船舷上，吉诚和士兵将渔民送上了舰艇，一些士兵也上去了。吉诚和小邹正要上船，一股巨浪狂风袭来，"砰"的一声，救生艇滑落到海里，"上尉——""小邹——"呼喊声被浪涛淹没，吉诚和小邹也被浪涛淹没了。"紧急搜寻！探照灯！"卢舰怒吼。一小时、两小时、三小时过去了，官兵们一无所获。

风停了，雨停了，大海消停了。天空一道绚丽的彩虹一头连在海岸，一头藏在海里。"继续搜寻。"卢舰没有放弃。

"桑梓，不好了！席上尉失踪了！"卢嫂惊慌失措地冲进来，把她知道的告诉了桑梓。桑梓腿一软就瘫下去了。两个孩子大哭："妈妈，爸爸……"桑梓坚持着撑起身来："卢嫂，带我去军港！"卢嫂连忙打电话叫车。桑梓带上孩子跳上车，直奔军港而去。小谢也到了，哭成了泪人。一个军官简单地介绍了一下情况，并不时地安慰他们："上尉和小邹，水性好，有经验。你们不要着急，大伙都在找他们。"桑梓愣在那儿，搂着两个孩子："吉诚，不能就这么走了啊！"她心里喊，母女三人哭作一团。卢嫂也哭着说："桑梓，不着急啊……"桑梓紧张得全身哆嗦，两个小时过去了，桑梓脑里紧绷的神经“铮”一声断裂了，她一头栽了下去。“妈妈——”孩子撕心裂肺地哭叫，人们赶快将桑梓抬进医务室。“我要奶娘，我要奶娘。”“好的。”卢嫂马上叫了一个车：“快去接过来。”昏迷不醒的桑梓不停地说：“不要啊，吉诚……菡萏、菡菡，不哭啊……”吉诚紧紧抓住她的手：“桑梓，我在这儿，我回来了。”桑梓依稀听到这个缥缈的声音，“吉诚，回来。”桑梓大哭，醒了过来。

吉诚坐在她的面前，紧紧握住她的手。“梦，原来是个梦啊！”桑梓心想，她想不起来自己是怎么躺在这里的，她摸摸吉诚的脸，“桑梓，我回来了。”桑梓仿佛醒悟过来，一家四口，相拥而泣，翁嫂和病房里的其他闲人都退了出来。

原来，掉进海里的吉诚和小邹，抓到一个漂流的船骸，他们随着海浪漂流，等到风平浪静后，他们已经离舰艇很远了。他们知道自己会被搜救的，冷静地辨别了方向后，两人慢慢地向海港游来。天黑了，他们能看到军港的灯光。两人游一会儿，歇一会儿，黎明时分，终于被舰艇发现，安全地回到了军港。

就这一夜，桑梓的头上居然有了白发。吉诚看着她苍白憔悴的脸，理着她的白发，心里隐隐作痛。桑梓摸着吉诚的脸：“我还以为在做梦。”“桑梓，你知道在海里漂着时，我在想什么吗？”桑梓摇摇头。“要活着回去！我不能丢下我的妻子和孩子，没有我，她们怎么过？”桑梓知道，吉诚不会哄人，不会说漂亮话，他说的，就是他想的，不管是说对了还是说错了，不论你喜欢听还是不喜欢听，都一样。

这一夜的生死离别，让他们彼此看到了对方的真情，他们的心又靠近了。认命“赖活着”的桑梓，看到窗外初升的太阳，心里似乎有了一些憧憬和向往。也许，上帝想用这样的方式，让他们重新认识，从头开始。这一夜，让过往的一切画上了一个句号。从今天开始，太阳是全新的，生活也应该是全新的。“吉诚，我们都要好好活着，我们的孩子还小。”“桑梓，我们重新开始，好好过。”桑梓的泪奔涌而出。“吉诚，我想去看海！”吉诚扶着虚弱的桑梓，翁嫂带着孩子，一行五人，来到海边，登上舰艇。

蔚蓝的天与蔚蓝的海相吻，敞亮的天空，敞亮的大海，敞亮的心。海鸥飞处，鱼波粼粼。面对大海，吉诚和桑梓心花初放，他们的春天，来了！

一个星期后，吉诚陪桑梓去医院复查，迎面遇见小邹、小谢。“上尉，敬请光临。”小邹双手奉上请柬。“下礼拜六。”“恭喜啊，恭喜！”吉诚拍拍小邹的肩膀，“你小子能耐啊，还真把人家姑娘骗到手了。”桑梓拉起小谢的手，“恭喜你！有需要帮忙的，跟嫂子说一声。”小谢甜甜地笑着。

婚礼地点也是吉诚和桑梓结婚的那个小教堂，眷村的人们都来了，舰艇上除了留守的，也都来了，还有小谢在渔村的村民们。

教堂拥挤热闹，音乐响起，小谢挽着父亲的胳膊，身着洁白的婚纱，一只手捧着一大把红玫瑰，带着娴静的微笑，徐徐而行，长长的曳地裙摆被头戴花冠的两个花童托着，父亲慈爱地将女儿交到新郎的手中。

桑梓发现坐在她身边的吉诚，十分不安，他下意识地盯着新娘婚纱的裙摆，神情很不自然。他的手紧紧地攥着桑梓，不停地颤抖，额上渗出许多汗珠，嘴角也在不时地抽搐。“吉诚，你怎么啦？”桑梓小声问他。吉诚想站起来：“我们，走……”桑梓将手里的一瓶水递给他，他喝了几口，眼神迷离起来。桑梓跟翁嫂打个招呼，趁大家向新人祝福时，将吉诚扶出了教堂。

出了教堂的吉诚，渐渐回过神来：“水，水。”桑梓将水递给他，他一饮而尽。“孩子呢？带出来，咱回家吧。”吉诚说。“不吃喜宴了？”“不吃了，回家。”吉诚生硬地说。桑梓进教堂去带孩子们出来，可她们不肯回家。“翁嫂，你带孩子留下吧，吉诚有点不舒服，我们先回去了。”桑梓叫了一辆车，两人回到了眷村的家。

吉诚冲进屋喝了一大杯水，倒床就睡了。桑梓也坐下来喝了一杯水，看着辗转反侧的吉诚，想到他刚才的情状和一脸的烦躁，桑梓积淀在内心深处的记忆被搅翻。他们自己的婚礼是个不完整的婚礼，在她的记忆库里，这也是被选择遗忘的部分。可今天，记忆的沉渣泛起，吉诚那天也是这个样子，他们的婚礼还没进行完，他就晕过去了。

当空的骄阳，被一团乌云遮住，天有些阴了。桑梓看到吉诚渐渐稳定，呼吸均匀地睡着了，起身轻轻地掩上卧室的门，进了小姐妹的房间。桌子上一张全家福，是他们全家第一次去舰上时，小邹给照的，这是全家唯一的合照。照片上，只吉诚一个人笑着。桑梓和吉诚结婚时，没有结婚照，他们的结婚证竟然是两人的单人照片拼贴在一起的，惹得办证的阿姨怪怪地看他们一眼。他们的终身大事就这么草草率率、马马虎虎地办完了。想到刚才的新娘，桑梓的心里也难免生出几多羡慕、几多遗憾，她在菡菡的床上恹恹地睡了。

吉诚在恍惚中，觉得一双鱼鳞的腿伸在他的面前，一个声音在说："美人鱼，美人鱼。"那双腿，一会儿被海水冲刷，一会儿被裙裾遮掩，一会儿蹲下来给自己洗脚，几个画面不停地切换，他索性闭上双眼。可那"美人鱼，美人鱼"的声音一直在耳旁叨叨，他烦不胜烦，落荒而逃。一个威严的身躯挡在他的前面："浑蛋，难道你也要我抛弃你的母亲吗？"他一下就跪在了那个伟岸的身躯前。一低头，一摊鲜血，几条被刮了鳞的鱼在台阶上跳，血溅到他的脸上，他惊恐地往后退，一下掉进了深不可测的万丈深渊，"啊——啊——"他绝望地大叫。

桑梓被惊醒，飞快地过来："吉诚，醒醒。"吉诚被摇醒了，两眼惊恐，还没有从噩梦中回过神来。吉诚看着桑梓："怎么办啊？为什么啊？"他把头伏在桑梓的胸前，像个男孩般哭起来。桑梓轻轻地拍着他的背，直到他完全镇静下来。吉诚清醒了过来，一把推开桑梓："我回军港去！"他拉开门，走了。看到他英武挺拔的背影，想想那个哭问"我该怎么办啊"的吉诚，桑梓无法将二者联系在一起。吉诚内心的脆弱和无助，也是桑梓永远的痛，毕竟她是爱他的。

傍晚时分，吉诚回到了军港。官兵活动室，灯火辉煌。婚礼完毕的小夫妻，回到了军港，这里有他们暂时的"窝"。那些没有参加婚礼的小兵，正在闹腾。卢舰过来了："你怎么喜宴都没吃，就走了？害人家小两口好找。""我忽然不舒服，怕扫人家的兴，先走了。""等会儿闹洞房去。""你多大了，还闹这个？""结婚三天无大小。我们老家闹洞房，那才叫野。"他附在吉诚的耳边小声说，吉诚给了他一拳。"走吧，看看这帮小子，怎么闹腾。"他拽着吉诚就去了。这帮小子，真能闹，真敢闹。新娘被闹得要哭了，小邹一个劲地求饶，越求越闹腾。"这也太不像话了。"吉诚说。刚才还有些幸灾乐祸的卢舰，也有了愠色："闹够了没有，嗯？没闹够回家闹自己老婆去！没见新娘都哭了？没大没小！""结婚三天没大小，卢舰，你说的。"一个小兵说。"我，我也没让你们这么闹啊？"他转身对小谢，"谢护士，你把眼前这帮小子好好记住，以后来医院，换根大针，狠狠扎他的屁股。"这群小兵不甘心，还在闹腾，起哄。卢舰一脸正经："谁再闹，再闹我军法从事！"小兵们蔫了，安静了，散了。

吉诚回到自己的寝室，闹洞房的一幕又浮现眼前，他觉得自己体内某种深潜的东西忽然醒了似的，要蹦出来。那个娇小美丽的新娘，被一群坏小子拥着，强迫着和小邹亲嘴，让小邹把苹果从新娘的领口放进去，再摸出来。吉诚的荷尔蒙旺盛起来，有了一股原始的冲动，这种冲动对于吉诚，已是久违。自从那个狂野的夜晚后，吉诚似乎就再也没有过类似的冲动了，他早已忘了这种冲动的滋味，他甚至都不知道自己是否有过梦遗。

揣着一颗惶惑不安的心，吉诚来到教堂。他虔诚地望着天主，手画十字，希望主能给他圣谕，拨开云翳。

“你忏悔吧！愿主宽恕你，保佑你。”吉诚虔诚地跪着，心里说：“我背叛了深爱我的人、我深爱的人，我有罪！”嘴里说的却是：“别人爱上了我，我并不爱她，可是我们有了孩子，我有罪！”主教拉开门窗上的帘子，伸出头看看他，关上了帘子：“愿主宽恕你！”就再没有了声音。吉诚跪了很久，站起来，向教堂外走去，正好一个穿婚纱的女子进来，他不认识，只是觉得她异常美丽，那双眼睛勾人魂魄。女子朝她走来，笑吟吟地挽起他的手臂，来到主的面前，双双跪着。吉诚看一看身边的女子，正好她也在看自己，一泓秋水，百般温柔。婚纱从女子的肩上滑落，冰肌玉肤，一览无余。吉诚热血沸腾，汹涌澎湃，狂乱地将女子摔倒在婚纱上……一瞬间，他看到了一张圣女的脸，娇嗔，含羞，却波澜不惊。他的热血骤然凝固，慌忙扯起婚纱，遮住那女子，从地上爬起来，落荒而逃。教堂的钟声，沉闷地响起，炽烈的阳光让他看不见前途，一头撞到教堂大门的柱子上。

吉诚醒了，发现自己竟然裸睡。他一把扯过衣服挡住自己，回神很久，才起身去冲了一个澡。

早饭时他在食堂门口看到一个通知：今日，全体官兵体检，不得请假。

“席吉诚，三十六岁，有孩子吗？”“有，双胞胎，十岁了。”“妻子多大？”“三十三岁。”医生狐疑地说：“你和老婆，怎样？夫妻生活正常吗？”“问这干吗？”医生把单子给他：“你性功能有点问题，你自己没感觉？”吉诚很难堪，不知道该说什么。“先开点药，抽空去军医院看看，别大意了。赶快治，不然，当不了男人了。”吉诚拿着检查单，怏怏地出来。

海风一吹，他想起了昨晚的梦，苦涩地笑着，将那单子撕碎，张开手，片片飞花，随风而去。

翁嫂待了一天，晚饭后，走了。孩子们安歇后，桑梓冲了凉，坐在桌前。已经晴了一个星期的天，开始潮了。一缕一缕的轻云悄然凑在一起，成为一朵一朵的乌云，继而变成一团团的黑云。风来了，树枝横飞，紧接着，风卷浓云。雷滚动着，由远而近，由近而远，一道电光在空中炸开了花，“咔嚓”一声，暴雨倾盆，顷刻间浇灭了火花。哗哗哗的雨尽情挥洒，酣畅淋漓。

桑梓站在窗前，玻璃窗上纵横交错的雨水，恣肆地奔流，桑梓的心潮湿了。在这无边的暗夜里，一个孤独的灵魂在风雨中踟蹰、徘徊，何处是她的归宿呢？桑梓坐下来，铺开纸，提笔写了上岛来的第一封信。

爸，妈：

上岛十年有余，我想你们，惦念你们。我这个不孝之女，给你们带来的痛苦，我是可以想象的。爸，妈，我错了！你们的外孙女，菡萏、菡菡都十岁了，健康，可爱。她们常问，什么时候可以回大陆看外公外婆、爷爷奶奶。我们都很好，你们放心。桑桑好吗？结婚了吗？告诉她，我对不起她，想她。有机会我会回来，带着孩子回来，向你们请罪，向桑桑请罪。

不孝女，桑梓

1961年8月20日

桑梓把信装进信封，放进了抽屉。她知道，这是一封无法邮出的信。玻璃窗上雨水依旧纵横，像母亲脸上的泪。

桑梓伏在桌子上，痛哭起来，一失足成千古恨啊！桑梓尽情、恣肆地哭着，仿佛要将多年的积郁全宣泄出来。雷声、风声、雨声、哭声混在一起，连成一片。桑梓今天是为哭而哭，哭得酣畅淋漓，哭得尽兴尽意，直哭得大脑供氧不足，头晕头痛，才渐哭渐止。雷声、风声、雨声、哭声都停了，世界完全静止。桑梓轻松了很多，洗了脸，换上那件睡衣，睡了。

华西协合大学万德门侧，斜照晚霞，暮色融融。池水潋滟，杨柳依依，睡莲娇憨，蛙声和鸣。

亭亭的钟楼上，时针指向了六点。桑梓在钟楼前的小拱桥上，等着一个人。

绿荫中，成双成对的情侣或挽着手臂，或十指相扣，甜甜蜜蜜地从她面前走过。六点半了，过往的人，越来越多，可“过尽千帆皆不是”，她翘首而待的人未能出现。一个化好妆的女子跑过来，拉着她飞快地跑了。

七点整，在华西协合大学教育学院礼堂，外语系的莎士比亚戏剧《罗密欧与朱丽叶》准时开演。桑梓在戏中反串男角罗密欧，扮相帅气，器宇不凡。戏中的一段精彩对白掀起了一个高潮。

落幕后，观众席上的人慢慢散去。桑梓站在空旷的礼堂里，看着那个座位：六排十二号，空空的，她很失落。忽然有两个人，从礼堂的大门进来，桑梓看不清他们的脸，却知道是桑桑和洪泽，“洪泽。”桑梓喊一声，飞奔而去。洪泽笑着拉起她的手，将一枝玫瑰和那张戏票放在她的手中，挽着桑桑，走了。“洪泽。”桑梓急急地追出来，却被高高的门槛绊了一跤，她重重地摔了下去，那枝玫瑰，被甩得好远。桑梓爬起来，趔趄地去拾那枝玫瑰，“哎哟”，她抽回的手被扎出了血。那枝玫瑰，寂寞地躺在夜色里。

风，东咆西啸，雨，扯天扯地，雷，上滚下翻，电，忽燃忽灭。电闪一掠，惊雷炸起，吉诚觉得自己被劈成了两半，一半给桑梓，而另一半执意要留给桑桑。他当然也后悔昨天的表现，他知道，好不容易进步的感情，又倒退了一大步。婚纱把新娘打扮得很美丽，吉诚却去撩人家的裙裾，看到人家鱼鳞般的双腿，所有的人都惊呆了，耳边有人喊：“不要脸，滚！”他拉着桑梓就急急地“滚”出了教堂。

这段时间，桑梓像是重新活过一样，她的脸上有了笑容，人也丰润了一些，两个孩子欢兔似的快乐。说真的，这是个真正意义上的幸福之家，吉诚从中获得了前所未有的幸福和满足。从不做家务的他几乎包揽了家里的一切。做饭、洗衣，甚至学会了给小姐妹洗头、梳头，他完全乐在其中。

以前，他认为家是女人的，女人是男人的。现在他才明白，家是男人的，男人也是女人的。以前，他不明白那些军官太太，对丈夫大呼小叫，受了气的军官们还乐。现在，他和那些受老婆气的军官有什么区别呢，他不也很快乐吗？他甚至想起了父亲，一个威严有余，慈爱不足的家长，不也经常被母亲“熊”得很孬种吗？是的，他体味到了家的味道。

先前，他不想回家，一到回家的日子，他就本能地忧心忡忡。他要躲避桑梓，确切地说，他要躲避一种关系。在家的集合中，他的交集很少，尽管他希望能跟孩子相融得更多，但他说不清楚这是亲情，还是血缘本能。

他的心理空间里，桑梓只有作为孩子母亲的身份可以安置。其余的空间位置早有人入座，即使之中有个空位，也是早被预订的。希望入座的没能入座，不该入座的却永远在座，尽管这个座位是如此边鄙。而今，吉诚知道自己错了，他必须面对这种关系，要么解脱，要么改善，他和桑梓都不愿意再维持现状了。他明白在桑梓的心里，自己是绝对的主位，不管他入不入座，那个位置也永远会是他的。是的，桑梓的空间，没有虚位，每个位置都安放着该坐的人，这些人在她的空间里各得其所，只是，她忘了自己的座位在哪里。吉诚觉得自己实在不该这样对待桑梓，他摸出了那个箴言，“彼岸青山远，怜取此岸人。”

他开始在乎桑梓的一切情绪，甚至能捕捉到她微妙的情绪变化。桑梓不再紧抱双肩，背对着他，蜷缩在床沿睡觉了；她不再穿得严严实实，空出三分之二的空床给他了。他试探性地靠近，她也不躲避了。他们并躺在一起，说一些轻松的话题，甚至开点夫妻间的玩笑。吉诚用手臂去揽她，她虽然也会不自然地用手护着胸，但再也不会警觉地缩成一团了。吉诚当然知道，桑梓并没有完全解除警戒，她的坦然和放松中，也还有一点拒人千里之外的意味，她在本能地保护自己。这样的状况下，吉诚真有些骑虎难下，进退维谷，他不得不尴尬地偃旗息鼓。

今天，有人告诉他，说他有问题，做不了男人了。吉诚不信，他正值壮年，妻子貌美健康。不过想想，十多年了，他和桑梓没有“夫妻生活”，他甚至不曾记得自己有过这样的欲望。他的欲望对象是个温婉的女子，他咬她的耳朵，她笑：“好痒……”他撩她的领口，她用手轻轻一打，附在耳边给他一个悄悄话。他不要和一个主动、不收敛、迷狂的女子做……现在，他竟然什么都做不了了。十多年，是压抑得太久了些，本能的欲望沉睡不醒，那至于就……“回家，明天就回家，我就不信了！”

桑梓在厨房弄饭，突然有人从后将她拦腰抱住，她猝不及防，惊恐万分。“是我。”一看是吉诚，她错愕不已，赶紧指指孩子的房间，吉诚松开了手。

桑梓狐疑：“昨天的事，他就忘得一干二净了，就像什么都没有发生一样？”桑梓觉得吉诚确实变了，变得让她无所适从。吉诚回来了，小姐妹很高兴：“爸爸，你不会又突然走了吧？”菡萏问。“不会，今天明天都在家。”“你不是说带我们去玩吗？”“是啊，什么时候想去？”“后天。”“行，后天。一家子都去，我带你们坐救生艇，到海上溜一圈。”菡菡高兴地亲了爸爸一口。晚饭时的温馨气氛，弥散在每个人的心里。

晚饭后，桑梓照例在小姐妹的房间辅导作业。吉诚在卧室坐立不安，他拉开衣柜，拿出那件睡衣放到床上，过孩子这边来。看到桑梓还被两姊妹黏着，就对孩子说：“水放好了，你们早点洗了睡。”桑梓等孩子们洗了澡，弄她们睡下后，回到卧室。

吉诚已经躺下了，“快去洗了睡吧！”他把睡衣递给桑梓。冲完澡，回到卧室，桑梓双手不自然地抱住肩。吉诚靠了过来，桑梓很拘谨，没动。吉诚又把头放在她的肩上，他的短发扎得她脖子痒，她还是没动。吉诚躺了一会儿，侧过身子，目不转睛地看她，桑梓不自然地躲避着他的眼神。吉诚轻轻拿下她护在胸前的双手，桑梓想护，但他挡住了她的手。他俯下身子，咬住了桑梓的耳朵，桑梓紧张得一动不动，好一会儿，吉诚问：“你为什么不笑，不痒吗？”桑梓摇摇头，他又去撩她的领口，桑梓的手慢慢伸上来护着，吉诚迷迷地说：“打呀，快打开我的手。”桑梓没有打，只是用自己的手把他的手拿开。吉诚有些失落，他的手停了一下，又不安分起来，桑梓开始拼命地反抗，渐渐力气不支，吉诚终于……可是……桑梓一把将他掀开：“你还是人吗？”她怒不可遏，冲进浴室。

吉诚“轰”地倒了，像一座崩塌的大山，悲哀的泪从眼角流出来。“我真的不行了！”洗了澡，换了衣服的桑梓，依然愤怒，可一看到瘫在床上的吉诚满脸是泪，愤怒的火焰就熄灭了。

吉诚蔫起来，冲澡时，骂自己：“流氓！浑蛋！”今天，他不能原谅自己。今天，他不是因为爱，只是为了证明……他不接受医生的建议，但他需要一个证明。可是，他得到的，正是他想拒绝的，他不知道应该用什么词汇来表达他此时此刻的心情。他磨磨蹭蹭地洗了很久，悄悄出来。桑梓坐在床上，双手抱膝，面无表情。吉诚觉得自己在桑梓面前忽然矮了一大截，快快地躺在了床上。

桑梓难过万分，吉诚怎么这样，尽管他们是夫妻，这还叫人吗？想到刚才他说的，“你咋不笑……”“打开我的手……”莫名其妙。这段时间，家庭和乐，他们那么融洽，走到那一步是迟早的事。可今天，这究竟怎么了？桑梓既悲哀又困惑，他们都在朝着那个良好的方向努力，可结果为何总是南辕北辙呢？努力得来的结果，比努力前更糟。未完全解冻的冰，重新封冻。微雨落花，他们的春天，匆匆而去。

吉诚辗转反侧，想对桑梓说“对不起”，又觉得说不出口。他想听桑梓骂他，骂他个狗血喷头，或者大哭着跑出去，然后病倒，不管怎样都行。他就可以道歉，可以解释，他就会得到原谅和同情。桑梓会像以往一样宽容他，会替他保密，悄悄给他治病，他会慢慢好转，然后他们成为这世上最好的夫妻。可是什么都没有发生，桑梓什么也不说，睡了。吉诚想哭，觉得自己像个被抛弃的孩子。

◎

第十二章

楼台烟雨

时间：1948年8月。

地点：重庆。

又是一个烟雨蒙蒙的清晨，山城云雾缭绕。

雨里，桑梓和洪泽在客车的一旁伫立着。桑梓把手里的油伞打开，神情沉静而哀伤，洪泽情不自禁地抓起她的手："桑梓……"桑梓看着他，这个一向稳健、老练、开朗、幽默的男人，眼里有自己不曾见过的忧伤。乘客们陆续地上车了，洪泽轻轻地搂住了桑梓，桑梓觉得这个搂抱很仁厚。

汽车喇叭按了几下，洪泽松开她，提起行李，头也不回地上了车。桑梓看着窗前他模糊的脸，向他挥挥手。

汽车疾驰而去，车后是溅起的水花。此情此景似曾相识。望着消失在视野中的汽车，桑梓撑着伞，慢慢往回走。朝雨浥尘，草树青青，在这清冷的晨雨中独步的桑梓是整个世界的寂寞。

车窗外的雨，让一掠而过的美景永远都那么朦胧。这一个多星期的经历是洪泽人生中最别致的一页。这个从小生活在象牙塔里的公子看到了一种别样的人生。那个截了肢的曾正、夭折了孩子的安静茹、干练利落的叶薇、情路坎坷的桑梓，还有一群身穿学生装的青年人，他们在这没有硝烟，却也鲜血淋漓的战场忙碌着。是什么样的信仰，让他们不约而同地选择了这样一种生活呢？洪泽被他们莫名地感动着。桑梓，这个华西协合大学昔日的风云人物，而今带着感情的重创，默默地工作着，她的身上，完全看不到以往的风姿。是什么样的爱情伤她如此之重，他和吉诚之间究竟发生了什么？

“六排十二号。”洪泽惊异自己竟然记住了这个座位号。《罗密欧与朱丽叶》，是桑梓给他的票。如果直觉没错，那次，应该是桑梓的第一次表白。为了拒绝这个表白，他故意迟到，故意早退。他将自己准备的一枝玫瑰，而不是一束玫瑰放在了这个座位上。后来他看到，桑梓把这枝玫瑰，养在一个细长的玻璃器皿里，呈现出一种与众不同的情调。尔后，桑梓请他出游，请他吃饭，他都会刻意地带上桑桑。

然而，桑梓是执着的。《少奶奶的扇子》上演，她又给了洪泽一张同样座位的票：“洪泽，等我，我有话对你讲。”这话似求似嗔，但一点都不卑微。“桑桑，今晚看你姐的戏，去吗？”“去啊，姐给我票了。”“晚上跟我坐一起吧，我帮你把票调了。”演出开始前，洪泽和桑桑坐在一起，一个男生拿票前来，洪泽跟他小语几句，那人一副成人之美的样子，让出了自己的座位。

戏，终于结束了。谢幕完毕，捧鲜花的观众拥上了舞台，桑梓抱了几大束鲜花，可她仍然在献鲜花的人群里寻找。她走到了舞台前，看到了洪泽和桑桑。桑桑激动地跑向她：“姐，太棒了！”“桑梓。”洪泽献上了自己的一大把鲜花。桑梓异常高兴：“等我换衣服。”她跑回了后台。不一会儿，她卸妆出来了，手里只捧着洪泽献的那把花，三个人高高兴兴地回家。

忘乎所以的桑梓，挽起了洪泽的手臂。迟疑一下的洪泽，又挽起了桑桑的手臂。桑梓看在眼里，边说边笑，有意无意地对桑桑说：“桑桑，帮我抱抱花，头发散了。”她顺势抽回了自己的手，绾好头发，接过花，放到鼻前嗅嗅，“好香！演出前，几个同学商议，今晚谁收的花多，谁明天请客。我说，谁的花最香谁请客。”“那明天请客的，一定是你。”洪泽已经觉察到自己的不妥了。“不会，我的花肯定不是最香的。”

“你就是那个少奶奶吧？”几个小女生叽叽喳喳地围过来，她们认出了桑梓。“是啊，她就是。”桑桑说。“哎哟，好漂亮的花，追求者送的吧？”“不是啦。喜欢吗？来，送给你们。”桑梓大大方方地把花给了那几个女生。“那就谢谢了！”她们收了花，高高兴兴地走了。没走出几步，桑梓喊：“哎，你们等等我。”她们停了下来，桑梓回头对桑桑说：“你们回去吧，我跟她们一起走。”然后头也不回地返回了女生院。“搞什么鬼啊？明天星期天！”桑桑一头雾水。“她也许有事吧，我送你回去。”洪泽的心跟明镜似的，他知道，他伤着她了。自那以后，桑梓就完完全全疏远他了。

现在，他很懊悔，一个钟情于自己的女孩子竟被自己无情地拒绝多次，情何以堪。没有人理解她，所有的人都认为洪泽应该是桑桑的，除了桑桑自己。洪泽几乎不敢想，桑梓是怎样放下来的，一定很难。他的心隐隐地痛起来。

命运跟他开了个天大的玩笑：桑桑不爱他。如果当初的格局是桑梓爱他，他爱桑桑，桑桑爱吉诚，那么只需他回过头，这个结，就散了，每个人各得其所。可他是如此执迷不悟。结果，两姊妹爱上了同一个人。可桑梓还得让，这个只比桑桑大两个小时的桑梓，在爱的道路上，总是该绕道的那一个。理由很简单，桑桑弱小，不管是身体还是心灵，上帝总是要多给她一些怜惜。桑桑活在关怀的围墙中，而桑梓被忽略在围墙之外。而这一切的缔造者，竟是自己。他的漠视与决绝，将桑梓推进了一个三角恋的泥沼使她不能自拔，以致她用了这样一种方式，逃得远远的。他明白，要真正走进桑梓的心，他还有一段艰苦卓绝的路要走。尽管桑梓有所松动，但她的迟疑、她的顾虑依然浓雾重锁。

雨停了，洪泽推开车窗，眼前的一切，娟然如拭。桑梓，那个在雨里茕茕而立的桑梓，是怎样牵着他的心啊。怎样做，才能洞开她的心扉呢？他迅速地做出了一个决定。

这几天，捐赠物资的人多起来，桑梓忙得不亦乐乎。她喜欢忙，一忙，所有的不快忧郁都不见了，她也不会顾影自怜了。

午饭时，邮车来了，队员们蜂拥而上。“桑梓，信。”她几步过去，是桑桑写的。还有一封叶薇的信，她帮拿了。看完信，桑梓蔫蔫地吃饭。桑桑告诉她，下个月，即十月十的婚礼，她一定要回去，否则不会原谅她。桑梓要躲的就是这个婚礼，她的原计划是不回去，等桑桑结了婚，住到了夫家，自己再回去。那时，一切归于平静。现在，她陷入两难之中。

入夜，叶薇回来了。“叶队，你的信放桌上了。”叶薇看完信后，躺下了。“是他的？”“嗯。”“催你结婚？”“是啊！”“叶队，二十八九了，再不嫁，就嫁不出去了。”“怎么结啊，时局这么乱。我出不去，他回不来。唉，打完仗再说吧。”“什么时候能打完啊？”“快了。”“你怎么知道？”“凭感觉。桑梓，那位走了，不习惯了？”“没有啊。”“还是不接受他？”“我好像翻不过那坎……”“其实他真的不错，老练、诚实、细心、有男人气度。”“叶队，有远地方的工作吗？派我去吧！”“干什么，又想躲谁了？”“桑桑来信了。”“你呀，叫我怎么说你。贵州，十万大山，去不去？”“去。”“你还当真了。桑梓，你可不能这样，遇什么都躲。人这一生，躲不了生，也躲不了死。活着就有不随心，你躲了这个不随心，就躲不了那个不随心。躲，躲，躲，你能躲一辈子？”桑梓真是一直在躲，为了躲洪泽，去了新津；为了躲吉诚，搬到学校；为了躲桑桑，又来到重庆；为了躲婚礼，现在又想躲进十万大山。如果再有什么事，她又往哪里躲呢？其实躲来躲去，躲的还是自己，只是桑梓此时没有这么深刻的认知。她只是本能地躲，就像所有的动物都会趋利避害一样，躲一次，算一次；躲一时，算一时。“就这一次了，以后没什么可躲的，也不想躲了。要死要活，要杀要剐，都不躲了。”“这就对了嘛。桑桑什么时候结婚啊？”“十月十号。”“那这样啊，你去去秀山，秀山离重庆不远。五天，八号去，十二号回来。唉，你妈要骂死我了。”“好的。”“桑梓，华西校友会有个通知，凡华大女生参加义援，时间累计超过半年的，可以申请国际红十字会的留学助学金，我们队里只有三个指标，我把表拿回来了，明天你填一份，马上送走。”

别以为桑梓只是为了逃避个人问题才参加义援的，早在华大念书时，她就是热心的公益分子，多次参加义援。只是这次，她说不清楚自己是义援了别人，还是义援了自己。人是需要自我救助的，帮助别人，是救助自己的方法之一。

华西协合大学的大礼堂热闹非凡。

今晚是毕业生的联谊舞会，刚好也是吉诚回成都省亲的日子，洪泽邀上他和桑梓两姊妹一同参加。桑桑今晚一件银色旗袍，胸前一枚红玫瑰的胸针，直发，略施粉黛，显得极其温婉娴静。桑梓下身大摆的浅蓝色长裙，上身乳白的衬衣，短袖，长发束起，时尚、大气。这对姊妹花是舞会的焦点，只要她们愿意，曲曲都不会落下，但两人都很低调，坐在并不显眼的角落。桑桑只选舒缓的舞曲，而且看人说话，吊儿郎当、衣冠不整、看不顺眼的，她都拒绝。桑梓不同，今晚除了一个人，谁请，她都跳。

吉诚在军校没有见过这阵仗，军校的生活严谨而刻板，这花花绿绿的景象让他感到很拘谨。洪泽是东道主，有一种很微妙的优越感，大方地和女孩子们跳舞，吉诚只敢邀请这两姊妹跳，而且他也不太会。

“吉诚，我带你一曲。”桑梓大方地将吉诚拉进舞池。这是一曲华尔兹，中速，桑梓用心地带着吉诚，走步、滑步、旋转，吉诚渐渐放松，身体和神态自然了很多，跳着跳着竟渐入佳境。桑梓的眼光穿过他的肩，看到拥着桑桑的洪泽，嘴角掠过一丝苦涩。曲罢，四人回到座位上，吉诚的眼睛始终离不开桑桑，洪泽见状，有了一些醋意，桑梓将一切尽收眼底。吉诚大胆请桑桑跳舞，旋即俩人进了舞池，座上只有洪泽和桑梓。洪泽看着吉诚和桑桑，满脸不自然，回头对桑梓说：“桑梓，我们跳一曲。”他站起来，伸出手。“我想歇歇。”桑梓拒绝了。洪泽被拒，尴尬地坐下来。一个男生过来，邀请桑梓，桑梓旋即下了舞池。洪泽知道，那件事，她还耿耿于怀。洪泽还是准备请桑梓跳一曲，道个歉。

好容易，一曲终了，大家回到座位上，两姊妹小声地谈话。音乐又起，吉诚缠着桑桑不放，座位上又只有洪泽和桑梓。“桑梓，我们跳一曲。”桑梓摇摇头：“不想跳。”话音刚落，又有人请，桑梓就下了舞池。一曲终了，桑桑和吉诚回到座位，却不见了桑梓。“姐呢？”洪泽努努嘴：“在那儿。”原来桑梓坐到了对面同学的那拨人里，有说有笑。

“桑梓很有性格啊。”吉诚说。“桑桑，跳一曲。”洪泽和桑桑下了舞池。看着洪泽拥着桑桑，吉诚竟然有些坐立不安。他发现桑桑在看他，他的心莫名地激动。桑梓在舞会结束前，再没有回到他们中间，她远远地看着这两个男人为了桑桑而争风吃醋的脸，心里有点幸灾乐祸。凭直觉，她知道桑桑对吉诚动了情，吉诚对桑桑也动了情。

女人的直觉就是那么奇特，不管这种直觉今后发生了什么变化，但在直觉闪过的那一瞬间，它是真实而准确的。

“全身而退吧！”桑梓告诉自己，就去了新津。直到一双有力的大手，震撼了她，她着魔般陷进了这股冲动中，吉诚就这样闯进了她的心扉，她无可救药地陷了进去，不能自拔。

这次她没能像前一次一样全身而退，退得矜持而有尊严。这次，她负伤而退，没有矜持，没有尊严。她希望那个夜晚如梦而去，永远藏在黑暗中，她不要人剥去她那件玄色的外衣，让自己无地自容。

重庆的初秋，早晚湿。桑梓一如既往地在仓库忙着，脸上的阴霾散开了，泛起了红晕，笑容也渐渐多起来，那个活泼开朗、率性大方的桑梓，似乎正在慢慢回归。晚饭后的桑梓，与往常一样，只要叶薇在，她们就会沿着崎岖的山路走上一段。

暮霭中，石径小路，闲花野草，都在潮气中浸着。“记得安静茹吗？”叶薇问。“记得，怎么了？”“她已经回部队了。”“她还那么伤心？”“是啊，一个母亲失去了孩子，而且永远不能做母亲了。”“她知道了？”“她就是医生。”桑梓想起那团血糊糊的肉，心里难过起来。“那个曾正呢？”“他也快好了，康复得不错。”路边的雏菊，黄的、紫的、白的，一簇一簇，两人各自采了一大把，往回走。

穿过小树林，来到亭子前，一个背影伫立在夕阳的余晖中。那人转过身，竟然是洪泽。桑梓惊诧：“你怎么又来啦？”“我来义援啦！叶队，这是我的介绍信，我就算报到了。”“真有你的啊。”“叶队，我还是守仓库吧，有病员时就当医生。”“走吧，先填个表。”叶薇边看介绍信，边走。洪泽走到桑梓面前：“半年，医院同意我半年，我们又在一起了。”桑梓无话可说。“来吧，把表填了。”叶薇递张表给洪泽。“同意我守仓库了？”“去疗养院，这段时间伤员较多。”“那桑梓也调过去。”“你是来义援，还是来谈恋爱？”“两不误啊。”“洪大夫，那你还是回去吧。”“别，别赶我走。叶队，我是有差遣令的，你没权力赶我走啊！”他又摸出一个四川红十字会的证件。“你明天就去疗养院，今晚守仓库。桑梓的工作不变动。”叶薇说完就走了。“桑梓，你们是好朋友，她怎么就不给面子？”桑梓懒得理他，一转身，也走了。

桑梓和叶薇回到宿舍。“桑梓，你在想什么？”“他像是变了一个人似的。”“你伤着他啦。他怕被你漠视，所以天天要出现在你的视线里，男人的自尊。”“我没有漠视他，我需要时间。”“他给你时间。桑梓你要有个态度，行就行，不行就拉倒，对你对他都好。”桑梓点点头。“去吧，先带他去仓库。记住了，工作是工作，恋爱是恋爱。”“我明白。”

桑梓回到亭子：“跟我来吧！”洪泽拿着简单的行李，老老实实地跟在桑梓身后。“叶队真生气了？”“没有。明天早饭后，有车去疗养院。”桑梓说完就走。“桑梓，我们要谈谈。”“我去给你拿热水瓶。”洪泽坐下来，环顾仓库，眼睛有些酸涩。桑梓拿了热水瓶、一个饭盒、一袋压缩饼干，然后拿出一张干净的床单给他换上，再点燃床脚的蚊香，又把抽屉里的手电筒拿出来，放在桌子上，再给马灯灌满煤油。

洪泽默默地看着她做完这一切，拉着她，无不温柔地说：“桑梓，我们谈谈好吗？”桑梓默默地点点头，顺从地坐了下来。“你的气色好多了。”他温存地摸着她的头发。“你知道我为什么来的，对吧？”桑梓点点头。他把桑梓揽过来，把桑梓的头轻轻地按在自己的肩上，一只温暖的手，捏着桑梓冰冷的手。他们就这么依偎着，谁也不说话。

夜幕已经将大地遮掩，窗外的天空有几颗疏星。晚风有点凉，洪泽将床上的军用毯披在桑梓身上，他拥着她，轻轻地拍打她，像安抚婴儿。桑梓一动不动地偎在她的肩上，什么也不说。洪泽喃喃地自说自话，不时吻吻桑梓的额头。不知过了多久，空气更冷了，桑梓不禁抖了一下。“晚了，我送你回宿舍。”马灯的光照不了多远，两人到了宿舍门口。“桑梓，来看我。”桑梓点点头，进了屋，拉开窗帘，看着洪泽离开。洪泽在仓库周围转了一圈，闭上了门。

桑梓回味着刚才的温暖，这是一种难以拒绝的温暖。“桑梓，想想我曾经对你的漠视和伤害，我真的不能原谅自己。那天看你一个人在雨里打着伞，我就决定还要回来。回到家，我爸把我一顿好骂：‘是你逼走桑梓的，你就把她给我接回来。’你爸也不理我。桑梓，爱一个人怎么这么痛啊！桑梓，别拒绝我，我给你时间。可我要在你的面前，时时提醒你，有一个曾经的浑蛋糊涂虫爱你。我们已经有了开始，我不想结束。桑梓，我们好好地相爱吧。往坏处想，即使我成不了你的爱人，总还是你哥吧？这太遗憾了，我不要做你哥。”桑梓回味着这些话，心里又酸楚又甜蜜。要说自己对洪泽没有芥蒂，是假的，要说自己对他的一往情深毫不动心，更是假的。桑梓不是好歹不分的人，但桑梓的心里像是有件未竟之事，她的心忐忑不安。她觉得如果不把这些事情清空，她就无法与洪泽一起过他们想要的生活。洪泽给她的温暖，她无法抗拒：“你不是我哥，我不要你做哥。我不冷血……”桑梓将头靠在枕头上，好像那是洪泽宽厚的肩膀，“可是，我……”桑梓此时想的是自己配不上洪泽，亵渎了洪泽，其实，这才是她抗拒洪泽最本质的原因。“那个罪孽深重的夜啊！”两滴清泪落在枕上。

这是个亮丽的早晨，早饭后，洪泽和叶薇一起到了疗养院。临时做疗养院的这座小庙，据传建于明朝，香火一直很旺。抗战以后就渐渐少有人来，最后就被完全闲置了。重庆红十字会找到了这个所在，简单修缮之后，做了疗养院。这里古木参天，曲径通幽，一口好井，井水甘甜。这是个很隐蔽的场所，做疗养院，最好不过了。

“洪大夫，我以为你不回来了。”是曾正。“你的伤怎么样？”“还好。”“待会儿我看看。”叶队将洪泽带到院里左侧的一间房子，推开门，房间已经收拾得干干净净，像模像样。“怎么样，还满意吧？”“满意，我一人住？”“是啊，现在你的级别最高了。”叶队笑一笑，“办公室加卧室”。“待遇不错啊，谢谢！”“谢你们医院，他们援助了药品、器械，还搭上了你。”“哎，我可是自愿来的啊！”叶队拿一份文件给他，洪泽一看：“明明是我自愿来的……”“这叫各得其所。”叶队笑笑。几个年轻的护士过来，“洪大夫，我们还以为你不会回来了。”“会，怎么不会？”洪泽笑着说。“他当然会回来，桑梓在这里。”叶队说。护士们一哄而笑，散了。叶队警告洪泽：“这里的小姑娘盯上你了。”“她们都认识桑梓？”“当然。”“那我可要小心点，谁要打个小报告什么的，我就惨了！”“知道就好。”叶队拍拍他的肩，走了。“哎，叶队，桑梓那儿，帮帮忙。”“早干吗了？盯着人家妹妹，妹妹不要你了，再来追姐姐，活该！”叶队一句话，差点没噎死他。没等他回过神，叶薇又说了：“我会帮你的。”洪泽点点头。“洪大夫来了？”“哎，来了。”“今天要查房吗？”“马上就查，我换换衣服。”站在他面前的是郝大姐。

换好衣服的洪泽出来，问郝大姐：“那个安静茹怎么样了？”“昨天刚走。”“怎么不多养一段时间？”“我们也劝她，虽是流产，可也是坐月子，她不听，坚持要走。”“曾正呢？”“他好像有点麻烦，有时有点高烧。”“走，去看看。”他们来到病房，“你感觉怎样？”洪泽问曾正。“还好，就是发烧。”“今天量体温了？”“刚量过，38.5℃。”“每天都这样？”“有时候又是正常的。”“来，把他的衣服脱掉。”洪泽一看，伤口周围有些红，“痛吗？痒吗？”“有时痛，有时痒，痛还能忍，痒就不行了，一痒我就挠。”“不要去挠，会感染的。”洪泽一边说，一边开了些药：“从今天起，每天打两针，连打五天。”洪泽将全院的27个伤员都巡视了一遍，对个别的伤员做了一些处理，整体情况不错。午饭时间了，郝大姐给他打了饭来：“洪大夫，快吃吧！午饭后你休息，有事我们叫你。”“哎，谢谢了，护士长。那这样吧，你两点叫我，把所有伤员的病历都拿来，我看看。”“好的。”

午后的阳光暖暖的，懒懒的，洪泽睡了一个很安稳的午觉。两点一过，郝大姐拿来了那些病历。“护士长，曾正的情况要注意，每天量四次体温，上下午都报告。”“好的。”洪泽用了一个下午研究病历，并在后面注明治疗和护理注意事项。“十四床，林仕敏，二十四岁，义援队员。病毒性感冒，一月未愈，疗养。”“感冒，一个月？”洪泽来到十四床，一个面容清癯的女孩，她是金陵女子学院的学生，义援队的成员。“林仕敏，你觉得哪里不舒服？”她指指胸：“这儿，很痛，咳嗽就更痛，喘气也痛。”“吃过什么药？”“感冒药，先是咳得厉害，吃药后好些了，就胸痛。”洪泽拿听诊器听了以后，敲敲她的胸和背，“痛吗？”“好痛。”洪泽回头问护士，“烧吗？”“不烧。”“你可以下来走走吗？”“可以。”她下床走几步，用手护着左胸。“好了，快躺下吧。”洪泽回到房间，再看看她的病历，凭他的临床经验，这个女孩子是结核，而且胸部已有积水，必须马上采取措施。他来到护士室，检查所有的器械和针头，“护士长——”郝大姐过来了，“这里有这样的针吗？”他比一个长度。“这么长的？没有。”她摇摇头。洪泽将她拉到一边，小声地嘀咕几句，她不停地点头。洪泽开了药给她，她马上组织护士给林仕敏输液。“我的病很重？”“不是，洪大夫说你太虚弱，路都走不动，还要止痛。”结核是大病，弄不好会丢命的。一般医生不会轻易告诉患者，洪泽更不忍告诉这样一个正值美好年华的女孩子。

“叶队，我用用车。”洪泽讲了林仕敏的情况，“这么严重？”“是的，要快。她年轻，还有体力扛，如果运气好，有好转，赶快送人家回家，这病，没有一年半载，好不了。”“传染吗？”“她的这种类型，应该不传染。”“小纪，你送洪大夫去仓库，快去快回。”

洪泽到达仓库时，正是晚饭时间。

“桑梓，帮我们打两份饭。”洪泽说。洪泽叫上小纪进仓库放医疗器械的地方查看，他看到一个大木箱，两人费力地将木箱抬了下来。“洗手，吃饭。”桑梓把饭送过来。“有人病得很重？”“是啊，要拿点器械。”“要手术？”“算不上手术，但是不能大意。”“谁？”“林仕敏。”“她？”“你认识？”“她参加过两次义援了，那次新津就有她。听说她感冒好久了。”“比感冒严重点，不过会好的，放心。”

饭后，洪泽打开木箱："好啊，想要的都有。谁捐的，挺内行。"桑梓看看登记表，"你们医院的。"桑梓将表递给他，"还真是啊，怪不得叶队说我是医院捐过来的。"洪泽笑笑，"小纪，这些拿上车，等我。"小纪将东西拿出去了。洪泽看着桑梓："想我没有？"桑梓不理他，他走到桑梓跟前，在她的额上一吻："再见。"说完回疗养院了。

输了一夜的点滴，林仕敏脸上的皮肤撑开了。洪泽给她讲了她的病情，她惊愕地睁大眼睛。"没什么，会好的。我保证，但你要配合。"林仕敏点点头。洪泽拿过一把靠椅，让林仕敏反骑在上面，双手抱住靠背，拿出一根绳子："你保证能坚持，我就不绑你；你不能保证，我就先绑住你，你看呢？""我能行。"林仕敏紧紧地抱住了椅背。"护士长，掀起她的衣服。"背全露了出来，洪泽找准部位，将一根长针慢慢插进去，对林仕敏说："不要紧张，自然呼吸。"林仕敏照着做，洪泽慢慢地抽着她胸腔里的积水，大汗从他的脸上流下来，睫毛上都是汗，护士长给他擦擦汗，他的手稳稳的。林仕敏渐渐坚持不住了，大口地喘气，全身打抖，上下牙不停打架，抱紧椅背的双手开始松软。洪泽赶紧鼓励她："坚持住，就要好了……"他的手仍然很稳，林仕敏已经无法控制自己了，不停地战栗。"护士长，帮帮她。"护士长前去，紧紧抓住了林仕敏随时想松开的双手。洪泽嘘了一口气，他知道，他和林仕敏不管谁动一下，那枚硕大的针，就会断在胸腔里，后果不堪设想。时间凝固了，林仕敏拼了全力坚持着，洪泽也拼了全力地坚持着，周围的人都屏住了呼吸。时间一分一秒过去。终于，洪泽拔出了针头："好了，你好样的！"林仕敏手一松，瘫了下去。大家将她扶上床："枕头高点，插氧气。"洪泽也没有气力了，看看痰盂，竟然有一痰盂的积液。洪泽回到卧室，冲个澡，倒下，他也累坏了。

护士们很崇拜洪泽："洪大夫真了不得，救了几条人命了。"叶队伏在桌子上写报告，她要定期向红十字会汇报义援工作，总结经验教训。叶队庆幸自己是一员福将，虽然她的救助队以前没有像洪泽这样专业的医生，但也从未出现过一个死亡案例，而现在，洪泽却是这个纪录的守护者，他的到来，避免了三条人命的丧失。叶薇很感动，她希望洪泽能够坚持到义援结束。

还好，曾正的伤口愈合得很好，洪泽的方案是有效的。林仕敏的情况大有好转，尽管胸腔内的积水并未完全抽出，但凭借药物和林仕敏的自身恢复能力，那些积水会被身体吸收，她肯定是会康复的。一些伤员好了，离开了，新的伤员陆续转来，洪泽很忙，很充实。桑梓来看过他两次，她的心扉正在慢慢打开。每次临别时，她都会说："抱我一下。"洪泽就会拥她在怀。两个星期一晃就过去了，林仕敏的精神好多了，她要回南京继续养病。曾正也基本康复，回部队了。近来，伤员有了明显减少，救援队的队员们难得没有以前那么紧张，那么忙碌。

午后的阳光很毒。

叶薇又在写她的报告，护士们除了值班的，也午睡了。"丁零零——"电话响起，叶薇接了电话，快步来到洪泽的寝室门前："洪大夫，本营出事了。有五六个队员拉肚子，像是疟疾。""疟疾？你快去叫车，我们走。""护士长，这边的事，你负责，一切都按原来的方案，有事马上打电话。""小刘、小龚跟我走。"洪泽、叶薇带着两个护士，赶回仓库。

洪泽一行一到，小李就迎了上来。洪泽问："几个人？""七个。三男，四女。""腾两个房间出来，集中在一起。""哎。"小李去了。"小刘去厨房打防疫药水，小龚给余下的人打防疫针。""叶队，给我找个女队员帮忙。""就我来吧。"叶队说。"桑梓呢？""她最先病倒。"洪泽皱了一下眉："走，先去厨房。"洪泽问师傅，"从昨天到今天，食堂做的什么食物？"师傅一一做了介绍。临时病房弄好了，男女各一间。所有的病员都出现脱水的现象，桑梓尤其严重。"马上输液。"不一会儿，所有的病员都输着点滴。

洪泽综合各种情况看，认为是细菌性痢疾，应是摄入了不洁食物或者水。他到厨房跟师傅谈了一会儿，拿一把铁锹，叫上叶队沿着山上的溪流逆流而上。走了半个多小时，他停住了："叶队，你看。"他指给叶薇看，叶薇一看，恶心得想吐。水边，一只高度腐烂的兔子已经生蛆了。洪泽在离小溪较远的地带刨一个深坑，将烂兔子埋了。回到溪边将那段溪水改了道，与叶薇又走了将近一小时，没再发现什么，就折回来了。

洪泽制定了措施：第一，一个星期内，不用山上的溪水，吃水到附近村里挑；第二，大缸盛水，漂白粉消毒后，方可食用；第三，所有病员禁食二十四小时。"叶队，放心吧，不是疟疾。我保证不会有人再感染。"叶薇一颗悬着的心终于放下来了。"走，去看看仓库的药。"来到仓库，洪泽检查了一下库存的药："真是好运气，该有的都有。洪泽拿了药，给小刘、小龚做了些交代，病员的液体里又加了一些药。

一切都收拾停当了，洪泽才来到桑梓身边，桑梓还在昏睡。洪泽坐在她的床沿，握住她的手，放在自己的脸上，然后吻吻。“你去休息会儿，我来。晚上你还是睡仓库吧。”洪泽起身伏下来吻吻桑梓的额头，离开了。叶薇笑了，其实她挺羡慕桑梓的。“叶队，你休息吧，今晚我值班。”小刘说。“那边呢？”“小龚。”叶薇也累坏了。先前还想着自己是一员福将，这里就出事了，还是自己的队员。幸好有洪大夫。她欣慰地笑笑，睡了。

二十四小时后，病员们都喊饿。“叫师傅熬清稀饭。”洪泽对小刘说。小刘去了厨房，洪泽挨个看病员，询问情况。最后他来到桑梓床前，桑梓已经醒了，脸很苍白。“稀饭来了！”小刘说。师傅挨个给他们舀饭。“赵师傅，给我，我来喂她。”几乎所有的人都认为，洪大夫是桑梓的未婚夫，洪泽乐意别人这么看。他把稀饭吹凉了喂桑梓，桑梓不好意思吃。“那我端着，你自己吃。”那三个女队员笑他，他毫不在乎。

又是一个星期，大家都康复了，洪泽回到了疗养院。

“桑梓，借睡衣给我穿穿，真倒霉。”桑梓把睡衣扔给她：“怎么啦？”“弄脏了呗。”桑梓的心“咯噔”一下，她忽然发觉自己好久没有跟“老朋友”见面了。细细一掂量，上个月没来，七月呢，住院？今天是九月十一号了，三个月？“啊！”她差点惊叫出来。她把这一茬，竟全然忘了。她稳稳情绪问叶薇：“你准吗？”“不准，这不出丑了嘛。”“为什么呢？”“其实这也正常，身体原因、环境变化，都会影响生理周期。有时准，有时不准，有时甚至一两个月不来。”“你怎么知道？”“我妈呀，妇科专家。”桑梓听进去了，她住了院，换了环境。许是这样吧，她安慰自己。今天是十一号，等到十五号。她想着，疲倦地睡了。

日子步入了正轨，桑梓和洪泽在各自的岗位上忙着，洪泽隔三岔五要回本营一趟。“桑梓，两天不见你，我就心慌，你是我的定心丸。”每次回来，他都会拥着桑梓默默地坐一会儿，桑梓依着他，享受他的爱。

九月十五了，桑梓坐不住了：“三个月了，不可能三个月都不来吧？”她紧张起来，和别人换了轮休，独自去了重庆一家妇科医院。桑梓心虚，怕遇见熟人，尽管这里她并没有熟人。挂了号，她坐在一个偏僻的角落，当医生喊号时，才不安地进去。医生询问情况，她吞吞吐吐的。“一个人来的。”“嗯。”“丈夫呢？”“在前线……”撒谎的桑梓，脸红了很久。“外面等一会儿拿结果。”医生吩咐。桑梓坐在外面的条凳上，觉得对面的年轻夫妇在瞧着她，她有点坐立不安。“十三号，拿结果。”桑梓起身进了医生的办公室。“恭喜你，你怀孕了。”“啊！”桑梓的头嗡一下大了，她不知道自己是怎样走出医院的。

她的心没了，她的人跟着脚走。在这山城琴键般的石阶上，深一脚，浅一脚地走着，漫无目的，整个人恐惧，绝望。不知不觉，她来到嘉陵江边。坐在潮湿的石板上，望着滔滔而去的江水，她欲哭无泪。那个夜，她已经忘了，她已经尝试开始新的生活，接受了洪泽，她被洪泽爱着、宠着，她爱上了这种感觉。那个造孽的夜啊！她悔恨万分。桑梓心智混乱，完全没了方寸，她甚至就想这样纵身跳进这混浊的嘉陵江，可她偏偏又想起了那团血糊糊的肉肉。

江风很冷，天阴下来，雨就来了。

桑梓无力地起身往回走。午后，洪泽到了本营，没见着桑梓，问了几个人，都说不知道。洪泽心里不踏实，左等右等，没见人回来。天阴了，下雨了，他更加着急，给叶队打了一个电话后，拿起雨伞，出去找她。他猜想她是不是去了城里，就向城里的方向走去。差不多一小时吧，果然见到桑梓。她脸色苍白，全身湿透，失魂落魄，洪泽扶着她，好容易回到营地。桑梓开始发高烧，说胡话，喉咙里叽里咕噜的，没人听得懂。她一会儿哭，一会儿闹，歇斯底里地折腾了一夜。叶薇不在，洪泽陪了她一夜。临近黎明，她渐渐安静下来，也不时冒出几句听得清的话：“对不起，洪泽，我不知道会这样……”“我错了……”吊瓶里的液体，滴答滴答，外面的雨，滴答滴答。“她去了哪里，干什么去了？为什么要一个人去？她遭遇了什么事，遇到什么人了？”“水……”桑梓又烦躁起来。洪泽赶紧给她喂水，她再一次安静下来。早饭后，叶薇回来了，洪泽说了一下情况，回仓库休息了。

桑梓终于醒了，“我怎么了？”“淋了雨，高烧。”“淋雨？”桑梓努力回忆昨天的一切，模糊地记得雨中看见了洪泽，他打着伞。“你去哪儿了？”他问。哦，她倒吸一口冷气，下意识地摸摸自己的衣兜。

叶薇端一杯水给她，坐在她面前：“告诉我，昨天去哪儿了？”桑梓看她那么严肃，知道自己犯了纪律：不能私自调假，外出要有备案，女队员不能独自行动。“我去了城里。”“去干什么，为什么不打招呼？”“给家里发个电报，说我暂时回不去了。”“桑桑的婚礼还早，你急什么？”桑梓知道自己圆不了谎，不说了。“你是今天休假，昨天中午我就给了洪泽的假，让他今天陪陪你。”叶薇把水递给她，语气温和了许多，“有心事？”“哪有啊……洪泽呢？”“你折腾了一宿，他守了一宿，我让他去睡了。”“我好了，这瓶输完就取了吧！”

吃了早餐，桑梓没事人一样，开始她的工作，洪泽还在睡。洪泽很疲倦，尽管偶尔有人进出，将捐来的物资放进仓库，他还是睡得很香。

事情不多，歇下的时候，坐在亭子里的桑梓，全然想起昨天的一幕。她忐忑不安，不知道该怎么处理这件事。她还没有结婚，是大家闺秀，这样的事，是不能让别人知道的，可是自己怎么解决呢？她的心烦乱起来：洪泽，不告诉他，不公平。告诉他，情何以堪？

桑梓好不容易从那个感情的泥沼中脱身，准备投入一场真正的恋爱，却发现自己已经失去了资格。她羞愤绝望，看不起自己。

午饭时，又来了一车物资。

洪泽醒了，见桑梓还在忙，就去厨房打了两份饭过来。见到洪泽，桑梓很不自然。“洗手，吃饭。”洪泽的声音冷冷的。桑梓去洗了手过来，埋头吃饭，不敢看他。“昨天去哪儿了？”“城里。”“去干什么？”“逛逛。”“逛到下雨才知道回来？”洪泽的语气满含诘责。桑梓感受到他的威严，不说话了。洪泽把自己碗里的肉夹到她的碗里，桑梓又夹给他。“家里有信了？”“没有……”“城里好玩吗？看到哪些西洋镜？说来听听，改天我也去看看。”“没有看到西洋镜。”“那是遇到什么事了？”洪泽穷追不舍。桑梓将碗一放，一副豁出去的劲：“你有完没完？”“没完。”洪泽也火了，将碗一放，“你不说，我就没完。”“你是我什么人啊，你管得着吗？”“我是你男朋友，我就不能知道自己的女朋友去了哪儿，去干什么？”洪泽声音很大，吃饭的队员都往这边瞧，叶薇也听见了。“叶队，他们吵架了。”“洪大夫不是挺和气的吗？”“吃饭，少多嘴。”叶薇招呼队员。洪泽从来没有发过脾气，桑梓吓傻了，泪雨倾盆。“哭，哭，你现在动不动就哭，好像全世界都欠了你的，天下最委屈的人就是你。有事说事，哭有什么用啊！”洪泽真是受够了。

那么长一段时日以来，桑梓的心是迷茫的，桑梓的脸是阴郁的，好不容易雾开云散，雪霁雨晴，一夜之间，全回去了。洪泽就不明白了，这恋爱中的女人，是不是都那么多愁善感，脆弱易伤，喜怒无常，难以捉摸。桑梓还在哭，“哭，你还好意思哭。你不给任何人打招呼，谁都不知道你去了哪儿，我就是想找你，我上哪儿找啊？现在是乱世，到处都有浑蛋，打劫的，抢良家妇女的。你不是不知道，前几天，一个女学生被人强奸后，扔进了嘉陵江！你打个招呼可以吗？你早点回来可以吗？你那副失魂落魄的样子多吓人，你整宿地胡言乱语多吓人，你知道吗？”洪泽很生气，眼泪在眼眶里打转。他真的被桑梓吓坏了，心里那个痛啊！桑梓哭成了泪人。洪泽慢慢冷静下来，走到她跟前，抱住她：“桑梓，你怎么就这么不消停，我上辈子欠你的？”桑梓转过来抱住他的腰，伏在他的胸前，恣肆地哭。他轻轻拍她，吻她的头发。许久，桑梓才止住了哭泣。洪泽用手揩她的泪：“只许哭这一次了，我保证以后不惹你哭。”桑梓使劲点头。“饭冷了，我请师傅热一热。”洪泽端着饭进了厨房，赵师傅边热饭，边叹气：“唉，洪大夫，你们两个都是好人，别吵架了，好吗？”洪泽点点头。“洪大夫，你看，”洪泽见屋角堆放了很多罐头和挂面，“这全是桑梓送给大家的。听说她家很富裕，那可是大小姐啊，自愿跑到这里来受罪。你对她好点啊。”洪泽知道赵师傅误会他了，他凑到师傅耳边说了几句话。“那就好，我就等着吃喜糖了。”洪泽端着热饭过来，桑梓接过来，乖乖地吃。

下午，除了一个来领物资的，没有其他事，桑梓和洪泽很清闲。

坐在亭子里，桑梓还是有点焦躁不安，若有所思，欲言又止。那句话，在她心里反复多少回，没说出口。结束吧，否则对洪泽的伤害会更大。终于，她还是鼓起了勇气。“洪泽，我有话说。”她小心翼翼地说。“说。”“说了你别生气。”“那要看是什么话。”洪泽看看她，桑梓很胆怯。“好，不生气，说说看。”“洪泽，你还是当我哥吧。”“桑梓，你现在小气了啊，我那不是为你好吗？都过去了，不生气啊。”“不是，我没生气。你还是做我哥吧。”“为什么？理由呢？”“我不想……”桑梓想说的是“我不配”，可说出来成了“我不想”“不想什么？”洪泽较起真来。桑梓心一乱：“我说不出口……”“有什么说不出口的？你说，我受得了。”他言语中有难掩的怒气和怨气。桑梓恳求他：“洪泽，我求你不要问了，你就是我哥，行吗？”“不行！”桑梓不敢哭，又不敢说，站在那儿，很可怜。看她这样，洪泽走过去，按住她的双肩：“桑梓，看着我的眼睛。你有事瞒着我？”“没有，没有……”桑梓泪眼婆娑地直摇头。洪泽把她往后一推，拿起桌子上的衣服就走了。桑梓看着他怒气冲冲的背影，瘫坐在亭子里，默默地流泪。

洪泽径直去找了叶薇，他们一起说了一会儿，司机小纪把车开过来，洪泽转过头看看桑梓，上车走了。

入夜，薄雾，浓云。

夜里，叶薇听到轻轻的啜泣声，桑梓在哭。她披衣下床，走到桑梓床前："桑梓，做梦了？"桑梓仍旧哭，叶薇推醒她："怎么啦，好好的哭什么呀？"桑梓伸出手拉住她，不停地哭。"你到底要怎么样嘛？舍不得人家了，舍不得干吗跟别人吹灯啊？"桑梓摇头，"你烦不烦啊，到底要怎么样嘛？你这样的状况，我只好叫你回家了。"桑梓还是摇头。"桑梓，你叫我姐是吧，你父母是因为我，才同意你来的，对吧？"桑梓点头。"那你要有什么事，我拿什么脸去见你的家人？那个当兵的来信了？""没有。""那是为什么？这一段时间，你心花怒放的，怎么说变就变了，搁谁谁也受不了。你还当我是姐吗？"桑梓点头。"那就跟姐说实话，就是天塌了，姐也给你撑着。"桑梓点点头，慢慢地把衣兜里的单子递给叶薇。叶薇一看，吓了一跳："怎么会？你呀，这么不知天高地厚……"桑梓又哭，"哎，你呀……"叶薇戳戳她的脑袋，"别哭，我们想想怎么办。"叶薇也有些慌乱了。"洪泽知道了？""不敢说。""就为这要和他断？""嗯。""当兵的知道吗？""我不想让他知道。"叶薇拍拍她的背："会有办法的，会有的……"其实叶薇拿这事还真没办法，这种事只能自己拿主意。"桑梓，你自己怎么想的？""打掉。""流产有风险的，况且这里不能坐月子，大家会瞎猜的。""我不坐月子，我只请三天假。""不要命了，以后不想过日子了？"桑梓一筹莫展，又哭。"这样吧，这段时间你身体一直不好，我放风说你可能要回去养一段时间。我有个表姐，在重庆妇女专科医院当护士，你做了孩子，就住她家休息一个月。""能行吗？""我看行。明早我先回疗养院，给她打个电话，把事情安排一下，然后就陪你去。"

早饭后，小纪的车到了，叶薇到库房领了一些东西，去了疗养院。疗养院近来不算忙，没有新的伤员送来。叶薇安排好工作后，回到办公室打电话，洪泽刚好有事跟她商量，走到办公室门口，正好听见她打电话。"请接妇女专科医院……那你先安排，我们过去就做……行啊，谢谢！"

"笃笃笃——""请进。"洪泽进去，拿一个单子给她签字，两人谈了一会儿，"洪大夫，今天你多费心，我要出去一趟，可能下午才回来。""好的，忙你的。"叶薇和小纪急急地走了。洪泽一看单子，竟然没签字。他站在那里好一会儿，叶薇做事向来稳重从容，今天怎么毛毛躁躁的？

午饭时，大家议论："仗要打完了，老蒋坚持不住了。""打完就好了，我们可以回到学校，完成学业。""哎，快回家了，回家就娶个媳妇，守着老婆过日子啰。”“洪大夫，你什么时候娶媳妇？”“洪大夫，干脆现在就把桑小姐娶了，我们也有糖吃。”“吃，吃，吃饭还堵不住你的嘴。”洪泽没好气，端着饭就往宿舍走。路过叶薇的办公室，想起上午叶薇的电话，他拿起电话询问：“请问重庆妇女专科医院有几所？”“一所？请问地址？”挂了电话，他往本营打了一个电话：“请帮忙叫一下桑梓。”“桑梓和叶队去城里办事了。”洪泽有点明白什么了：“今天有送货的吗？”“有，正下货。”“告诉司机，到疗养院来一趟。”“好的。”洪泽吃了饭，到病房去巡视了一遍，给护士长安排了下午的工作，就等着车来。

叶薇和桑梓进了城，叶薇交代司机去买一些药：“中午一点到怀仁堂对面的好来茶馆接我们。”司机走了，叶薇叫了一辆人力车，直奔妇女专科医院。两人拿到了那个亲戚帮着挂的号，坐下来等，没多久，就轮到了桑梓。“七号？”“来了。”桑梓紧张地抓住叶薇的手，“七号？”“是的。”桑梓把挂号单给医生。“家属签字。”“我是家属。”叶薇过来签字。“我们说的家属是丈夫。”“我是她姑子，我弟弟在前线，回不来。”医生有些不耐烦：“你丈夫在前线，你却要打掉他的孩子，他要是没了，根都没留下。”准备帮忙的护士一看那架势，什么也不敢说了。从妇科出来，那个亲戚很抱歉：“对不起，没帮上忙。”“不怪你，他们也是照章办事。”桑梓也对她说：“麻烦你了，谢谢！”

两人怏怏地离开了医院，叫了人力车，到了好来茶馆。

桑梓的脸很暗，眼睛看着茶，发呆。“桑梓，回成都吧，我看伯父伯母挺开明的，他们才能真正帮你。”“他们会气死的，桑桑的婚事也会黄了。”桑梓心乱如麻，又无可奈何。两人都没辙，只是默默地喝茶。

洪泽赶到妇女专科医院，各科室问这两个人，都说没看见。离开医院时，转角处的“妇产科”牌子一晃而过，那一瞬，他转身又进了医院，来到妇产科询问。医生正跟他说着，见到了那个护士：“小叶，过来，找刚才那两个人的。”叶薇的表姐说：“走了，刚走。”“是叶薇吗？”“是。”“还有一个呢？”“不知道她的名字，你看看病历吧。”洪泽拿过病历，用的是假名，但确定无疑是桑梓的笔迹。“走多久了？”“几分钟吧，坐人力车走的！”洪泽出了医院，询问停在门口的三轮师傅，“走了，刚走一会儿。”“知道去哪儿了？”“怀仁堂药房。”“带我去。”那师傅拉起洪泽就跑，洪泽看见她们了，她们进了茶馆。“师傅，谢谢了！”洪泽付了钱，在那个茶馆斜对面的马帮茶馆紧邻窗户的一个位置坐下，这里可以看到她们两人。

一切昭然若揭，他终于明白了桑梓的反常。“这个浑蛋！”他骂吉诚，怒不可遏！“桑梓，你怎么能……”他的心又乱又痛又恨，手紧紧地捏着茶杯，像是要将它捏碎。对面的桑梓在哭，叶薇递给她手绢：“哭，你还好意思哭，你是大家闺秀啊，是体面人家的女子，怎么就……”桑梓伏在了桌子上，双肩不停地抽动。“哎，桑梓啊，你这不是在毁自己吗？”洪泽的心都碎了。时间慢慢过去，桑梓平静了许多，一口接一口地喝茶。时间真难挨呀，叶薇不停地抬头看窗外。“叭叭叭——”车终于来了，洪泽走出了茶馆，在桑梓和叶薇坐上车后排的一刹那，洪泽也上了车，坐在副驾驶。三个人一愣，洪泽黑着脸对小纪说：“发什么愣，开车！”

一路上，除了沉默，还是沉默。小纪扭头看看洪泽，再看看后视镜里的两位女士，“看什么，专心点。”洪泽很不友好。小纪吓得收回眼光，只管开车。窗外的树木、电杆从窗前掠过。桑梓的手紧紧地抓住叶薇，叶薇感到她的手在颤抖。洪泽异常烦躁，解开领口，从后视镜里一瞄桑梓，她一脸的惊恐，像只受伤的小兔。他的心一阵绞痛。他往下缩了一下身体，闭上了眼睛。看他这样，后座的人放松了一些，桑梓看看自己满手的汗，下意识地在膝上揩揩。该来的都来了，躲都躲不掉，也不用藏着掖着了，全告诉他，要杀要剐，随他去。这么一来，桑梓反而坦然了，她也闭上了眼睛。沉闷的空气得以稀释，叶薇也进入了睡眠状态。

他们终于回来了。晚饭时，洪泽打了两份饭，往亭子里去，桑梓乖乖地跟在他的身后。亭子里，两人默默地吃饭，什么都不说。赵师傅怕洪泽又跟桑梓发脾气，想过来招呼他，被叶薇拦住：“让他们好好谈谈，他不会伤害桑梓的。赵师傅，你放宽心。”“哎，那就好。”桑梓胆怯地偷偷看洪泽一眼，放下碗，从衣兜里拿出那张单子，递给洪泽。洪泽看都不看，又给桑梓放回衣兜里。然后拉起她，向小山坡走去。

暮色四合，倦鸟归巢，除了汩汩的小溪，就是习习的风了。

洪泽拉着她，在一个小土堆前停下，土堆上插着一根木桩。安静茹离开疗养院前，叶薇和桑梓带她去看孩子，她默默地看着，不停地流泪，她知道，她再也不能当母亲了。她蹲下来，给孩子起了一个小小的坟墓。洪泽蹲下去，给土堆培培土，又摘几枝野花放在墓前。桑梓知道洪泽的用意。“桑梓，你希望他也这样吗？”洪泽指指小土堆，桑梓惊恐地摇头。“这可是一条命啊！他知道吗？”“我不想让他知道……”“他有权知道。”“我不想让他知道。”“为什么？他有权利，他有责任。”桑梓歇斯底里地大叫：“我不愿意，我就是不让他知道。”她大哭，无所顾忌。洪泽看她哭，看她闹，心里痛痛的。

风大了，云聚过来，天也要黑了，眼见雨就下来了。

洪泽拉着桑梓往回走，刚进仓库，豆大的雨就砸了下来，窗户被打得叮叮当当。洪泽闭了窗，点起灯，将桑梓按在床前坐着，自己拉一把椅子，坐在她的面前：“不哭了啊。”他给她拭去脸上的泪，“告诉我，你想怎么办？”“我不知道……”“那……我来做孩子的父亲？”洪泽小心翼翼地问，桑梓一惊：“不，这不公平。不能……”洪泽拉起她的手，放在自己的手掌中：“是啊，是有点不公平。可我愿意，你愿意吗？”桑梓的心绞成一团：“你在可怜我？”“桑梓，我说不清楚，也许什么样的感情都有……但是，我认了！我愿意，你呢？”“我不愿意！你能保证一辈子不后悔，不怨恨？这很难做到……”“我不能保证，我只是要努力去做，尽可能做好。”他拉着她的手，桑梓抽回自己的手：“你是要收容我们吗？我不要，不要！”桑梓决绝地说。“不是收容，是爱，是疼，你知道我现在的心吗？疼，很疼！也许我会有些埋怨，有些委屈，可是，我选择了，我就认了！你要对我有信心，你要相信我。”洪泽自始至终都很冷静。“不要，我不要……孩子有父亲，我不要你……”她大喊大哭。这时候的桑梓除了哭，她还能做什么呢？洪泽也痛得很，坐到她身边，搂住她：“好了，我不说了。我给你时间，你慢慢想，我等。”桑梓伏在他的怀里痛哭。洪泽拍着她，五味杂陈。桑梓哭累了，安静了：“我想喝水。”洪泽起身给她倒了一杯水，桑梓喝了水，冷静了许多：“洪泽，你还记得那天吗？”“哪天？”“就是我爸找你谈话那天，桑桑订婚的前一天。”“记得。”“你的话我全听见了。我跑出去，喝了酒……吉诚那天也喝了酒，我送他回家，他不敢回去。我们就到了我那儿，结果就……他后来给我写了一封信，说我……”桑梓哽咽得说不下去了。“你是为这事住院的？”“嗯。”“这个浑蛋！”“我看不起自己，所以……”“所以一直拒绝我？”桑梓点点头：“现在，我想通了，想要和你重新开始，可是……我看不起自己……”她又哭起来。“不说了，咱不说了，都过去了……”“我不知道会这样，不知道……”“不哭了，也算不了什么大事，有我在，不怕……”“这孩子不能要，不能……”两人就这么坐着，不再说话。等桑梓完全冷静下来，洪泽才送她回宿舍。离开时，他照例要吻她，可桑梓将头一偏，就进了屋。

那阵雨过去了，天上竟然有几颗星星。洪泽望着天，长长地嘘了一口气，回到了仓库，躺在床上的洪泽，哭了。桑梓的话不停地在他耳边响起："你可怜我，同情我……""你要收容我们……""不要，孩子有父亲……"洪泽望着天花板，他努力了这么久，努力得这么艰难，好容易让桑梓接受了自己……更重要的是，他爱桑梓，爱得很痛。他知道，他已没有回天之力，桑梓不会改变了。甜蜜苦涩的初恋，结束了。桑梓啊，桑梓，我以后用什么感情去爱呢？不轻弹的男儿泪，就这么流啊，流啊……

第二天，洪泽连早饭都没吃，就和叶薇回到了疗养院。洪泽心事重重，一下子像是老了许多，叶薇不忍："洪大夫，对不起！"洪泽做个阻挡的手势，不让她说下去。洪泽很快进入工作状态，挨个查房，询问伤员，了解情况："护士长，那个取了子弹的，怎么样了，还发烧吗？""不烧了。""有别的情况吗？""一切正常。"查完房，洪泽回到自己的房间，拿起笔在面前的本子上写：桑梓、席吉诚、浑蛋、父亲、母亲、孩子等，乱七八糟的，他再看看这些，恼怒地抓过来，揉成一团，扔进垃圾桶。

话说开了，桑梓平静下来了，马上给吉诚写了一封信：

吉诚你好，

收信后请速到重庆，有急事相商。切记！到重庆后请打电话××××××

桑梓急请！

信寄走了，桑梓就数着日子盼啊。她想，只要吉诚到了重庆，事情就好办了。可是一星期过去了，十天过去了，没有人来，没有信来，没有电话来。桑梓慌了，眼见已经九月底了，桑梓计划在桑桑结婚前，把事情办妥，可现在？桑梓完全乱了方寸。

傍晚，叶薇回来了，召集大家开了一个紧急会议。原来，红十字总部有了新精神，鉴于时局的变化，各地红十字会的义援队，一个星期内处理完各种事务，撤回本营解散待命。"厨房留够一个星期的食物，剩余的与仓库的物资一起，按上级指示运走。明天起，小纪的车，陆续将歌乐山等地的队员接回本营。这一个星期，大家不要请假，随时待命。”“桑梓，明天起不会再有捐赠物资运来，中午会来一辆卡车拉药品，你按十二个人的药品留下来，其余的拉走。这是洪泽开的药品清单，你收好。散会。”

叶薇又连夜赶到疗养院，叫来了洪泽和护士长：“明天有几个出院的？”“四个。”“都康复了？”“是的，早就嚷嚷要走。”“明天起，不会有伤员来了，剩下的伤员，最迟什么时候可以出院？”“如果不出意外，四五天后。”“那就五天，五天后全部出院，行吗？”“行。”“护士长，召集人，开个短会。”会上叶薇简单转达了上级的精神：“本周星期天，全体撤回本营，休养所交给地方。”

散会后，叶薇留下了洪泽，给他交代了一些事情，因为她还要回本营，那里的事情比这里多。“你去吧，我会处理的。”“你要的那些药，我让桑梓留一个星期的用量，够不够？”“足够了。”“小纪的车，明天起很忙，你如果要车，只能晚上。”“可以。”“千万别出差错，最后几天了。”“不会的，放心。你的队员，除了我，都训练有素。”“别开玩笑了。”“叶队，桑梓她……”“不太好，不过让她自己处理吧，有些事，我们帮不了，是不是？不过放心，我会关照的。”“那就拜托了。”

桑梓又纠结起来，一个星期，如果一个星期内吉诚没来，怎么办？“吉诚，你为什么不来，为什么不回信？”她后悔没有在信里说明真相，可她不敢，她听说部队的信，都要被上级检查，她不敢。

“桑梓，信。”桑梓拉开门，接过信：“谢谢啊！”她一看，蔫了。“吉诚，为什么不来，不写信啊？”来了一辆卡车，桑梓发放完药品，坐下来看信。

我儿如晤：

信已收悉，知你近况尚好，甚感欣慰。桑桑大婚将近，务必回家。切记！一家尚好，勿念！

祝好。

父母

洪泽也收到一封信，内容与桑梓大致一样。洪泽知道，根据现在的情况，自己回去参加桑桑的婚礼完全没有问题，他担心的是桑梓。桑梓一直逃避这个婚礼，现在又是这种情况，她怎么办呢？他想桑梓也肯定收到了信，她怎样了？这几日，她是作何考虑的，想通了吗，愿意让自己做孩子的父亲吗？不，不可能。桑梓有自己的自尊，即使她做错了事。那怎么办，就这样回成都吗？

又是几天过去了，桑梓几近绝望。义援工作已接近尾声，零散的队员都已归队，仓库里的物资已全部运走，只等疗养院的人回来，大家就要离开重庆了。叶薇忙得不亦乐乎，现在她马上又要去疗养院了。“桑梓，你的工作已经结束了，跟我过去？”“不去。”叶薇就走了。

疗养院里，今天走了最后两个伤员，所有的工作已经完成。“今晚大家收拾好东西，明早有辆卡车来接大家，早点睡。”大伙就散了。“叶队，桑梓呢？”“情绪还是不稳定，我让她跟我一起来，她不好意思来。”

这一夜，不管是对桑梓还是洪泽，注定都是难熬的一夜。

第二天，除了回家休养的林仕敏，义援队的队员都到齐了。队员们互相拥抱、叙旧，异常兴奋。要回家了，这是大家盼了多久的事啊！

桑梓和洪泽相隔几步站着，彼此都觉得陌生了。“哥。”桑梓叫一声，这一声彻底粉碎了洪泽最后的幻想，他心如刀割。“哎。”他应着，眼睛却看向别处，他怕桑梓看到他眼里的泪。“哥，我收到家里的信了，你有收到吗？”“收到了。”桑梓笑了，帮他提东西：“哥，我给他写信了。”“嗯。”“他没回信。”“这个浑蛋！”

后天就要离开重庆回家了，桑梓还在想，如果吉诚今天出现，一切都还来得及，吉诚没有出现。

离开重庆这天，桑梓还在想，如果吉诚现在出现，她会跳下车，去完成这件该做的事，可是吉诚始终没出现。

◎

第十三章 明月愁心

时间：1962年冬。

地点：成都。

十四年过去了，已经三十六岁的桑桑，仿佛依然二十二岁芳龄。她纤纤细腰，盈盈一握。即使身着大众化的服装，她的婀娜也无法掩藏。在川大，人们都知道，桑教授有个永远长不大的女儿，美丽如花。没有人知道，这个女子曾是华西协合大学家政系的高才生，舞姿曼妙。更无人知道，时下的桑桑其实是大愚大智。她的长不大、她的不谙人事让她免去了体味酸甜苦辣的人生的机会，她只活在一个期盼、一个好梦之中——明天是十月十日，我和吉诚结婚的日子……她的日记，永远停留在这一天。

这是一个无雪的冬天，很冷。

桑桑的绣架上，又有一幅绣品。画面上雄鹤傲然挺立，眼望四周，雌鹤正将口中的小鱼喂到巢中雏鹤的嘴里。两只嗷嗷待哺的雏鹤努力地伸长脖子，张大了嘴。秋水依依，鹤鸣九皋。天空中有几朵彤云，还有一行即将远行的鹤。桌子上，还是那艘纸船，船上满是“？”和“！”。日记翻开在桌子上，开头一句永远相同。

桑桑打开了一个包袱，拿出那件洁白的婚纱，在镜子面前娉婷旋转。她脱下婚纱，又拿出另外一件，这是她订婚时穿的凤袍。她把头发绾成一个髻，镜子里的俏媳妇，脸上荡开了笑容。她站起身，一溜烟地跑进了父亲的书房：“爸，你看……”她就旋转在父亲眼前。“呵，越来越漂亮了，像个新媳妇。”“爸，吉诚什么时候回来呀？”“不是说了吗？两年。”“两年这么久啊？”她笑着跑了。看着她的背影，桑父若有所思：“桑桑，回来！”桑桑回来了。“站好，让爸好好看看。嗯，真漂亮，可是不能穿到外面去啊！”“我知道。”桑桑走了，桑父从一本《山海经》里拿出一张泛黄的照片，坐在那把用铁丝绕着的烂藤椅上，陷入了深思。

桑一鹤原姓海，名天轶，字一鹤。字是他母亲起的。母亲说，怀着他的时候，常常梦见丹顶鹤，所以儿子出世后，就取了“一鹤”作字。海天轶祖籍齐齐哈尔，爷爷住在一个离滩涂很近的村子，家在村头，一个孤零零的院子。每年春天，这里会有许多丹顶鹤从遥远的地方迁来。

那一年，海天轶的父亲海青河二十二岁。一天，一只丹顶鹤飞进了自己的家，用长长的喙，衔着他的衣角往外拖。海青河一路跟着它到了滩涂，发现一只雌鹤，受了重伤。它的翅膀被网一样的渔线缠着，也许是拼命挣扎的原因，那网线深深地勒进了它的肌肉，血糊糊的。雄鹤在它的身旁低鸣徘徊，一会儿飞走，一会儿飞回，来来回回地给它喂食。海青河跑回家，拿一把剪刀，剪断了那些网线，抱起雌鹤。

回家后，海青河用盐水给雌鹤洗了伤口，做了包扎，放在院子里空着的鸭棚里。雄鹤在雌鹤的身边徘徊，雌鹤低声鸣叫，雄鹤又一次衔着海青河的衣角，走出院子。到了滩涂，雄鹤高昂地长叫一声，芦苇深处就有了回应。海青河走进芦苇，拨开一看，原来巢里有两只雏鹤，毛茸茸的，很小。海青河脱下衣服，将两只雏鹤放进衣服，轻轻一包，抱起它们。回家后，海青河将两只小鹤轻轻地放在了雌鹤的身边。那雄鹤，在不远的地方立着，望着妻儿。

月亮升高了，海青河睡前往院子望去，受伤的鹤用翅膀将两个小家伙护着，雄鹤依旧挺立着，像一位忠于职守的卫兵。

清晨，海青河推开屋子，就看见雄鹤衔了鱼，喂养雌鹤和孩子。雌鹤已经不能吃了，它的头软软地耷拉下来，眼睛慈祥地望着小鹤，雄鹤无奈地在它身边悲鸣。这一天，雌鹤都没有吃东西，两只雏鹤依偎着它。黄昏时分，海青河听到了雄鹤的哀鸣，他扔下碗，奔进院子，雌鹤此时已经没有了生机，悲戚的雄鹤仰天长鸣。

海青河抱着死去的雌鹤来到滩涂，刨了一个深坑，割了一些芦苇垫在坑里，轻轻地将雌鹤放进去，再盖些芦苇，将它埋了。那雄鹤在他的身边，看他做完这一切后，便在雌鹤的墓旁蹲了下来。院子里，失去母亲的雏鹤不停地叽叽，紧紧地依偎在一起。海青河抱了一堆干草，围在它们的身边。月亮升高了，雄鹤还没有回来，远处，空寂的夜里，不时传来一只鹤的凄婉长鸣，一声又一声地在这空旷的夜里回响，院里的小鹤，凄然地回应了几声后，疲倦地睡去。

清晨，海青河推开门，那只雄鹤已经在给雏鹤喂食了。在海青河和雄鹤的照料下，雏鹤活了下来。它们羽翼日渐丰满，可以到河滩上觅食了。每当夜幕降临，雄鹤就回到院子里来，这里成了它们的家。尽管雄鹤尽了全力，但两只过早失去母亲的雏鹤还是比一般的小鹤瘦弱了许多。当别的雏鹤已在父母的引领下练习飞翔时，这两只小鹤才开始蹒跚学步。

秋天如期而至，鹤群将要去温暖的地方过冬，可两只雏鹤过于弱小，它们还没有长途迁徙的本领和体能，雄鹤变得焦躁起来。鹤群动身了，一群群从天空飞过。不时也有些落单的鹤，长声孤鸣。雄鹤看看远去的鹤群，看看身旁的小鹤，欲飞不能，欲留不能，徘徊犹豫，心神不定。

最后一群丹顶鹤飞走了，滩涂变得异常宁静。

今天，雄鹤没有回来，又是一天，没有回来，一个星期没有回来。海青河知道，雄鹤飞走了，它必须留下还不能长途跋涉的孩子。从此以后，海青河独自照料着小鹤。冬天来了，他将小鹤的窝棚盖得厚厚实实。这天，他带小鹤来看它们的母亲，惊异地发现，那个地方插着一支硕大的、洁白的翎羽，如墓碑一般。小鹤长大了，白天，它们飞到湖边，在冰封的湖面蹁跹，在纷飞的雪花里起舞，在干涸的滩涂觅食，在温暖的阳光下引吭高歌。傍晚，它们回到家里，在院子里与海青河嬉戏。

冰雪融化，草木发芽。鹤一群一群地回来了，成年的丹顶鹤开始求偶，繁殖，哺育它们的新一代。滩涂又变得生机盎然。雄鹤回来了，它翩翩地飞进院子，咯咯地叫，小鹤看见它，飞奔上前。三只鹤亲密地互相梳理着洁白的羽毛，情深意笃。

春已尽，夏也过，秋又来，鹤群又要飞走了。

小鹤长大了，翅膀长硬了，也要飞走了，要跟它们的父亲一起迁徙到遥远的地方。丹顶鹤一群群地飞走了，一批又一批，三只鹤望着天空排成行的鹤群，在院子里徘徊。海青河抚着它们的羽毛，将头深深地埋在里面，小鹤也不时地用自己的嘴轻轻地碰他。然后它们振翅飞向了滩涂，去向母亲告别。天空的鸟不停地呼唤着落单的同伴，两只雏鹤在母亲墓前徘徊一会儿后，一飞冲天，翩然远去。海青河仰望天空，直到空中没有了它们的踪影。

此后每年丹顶鹤回迁时，都有两只鹤回到院子里来，一直住到秋天。后来，两只鹤都带了它们的伴侣来，在院里逗留嬉戏，与海青河相聚。再后来，洪水冲了村庄，海青河结了婚，去了很远的地方。

天轶虽出身平凡，但自小受到良好的教育。母亲是世家小姐，家底丰厚。父亲海青河因父母早亡，做了上门女婿。天轶成年后考入燕京大学，到了成婚年龄时，父母亲自给他选了一个媳妇，是母亲远房亲戚的女儿。大学毕业后，天轶径直到四川资阳的罗泉井定亲。傅家是罗泉井的大户人家，主人傅博是盐商，腹有文墨，是一位开明乡绅，平时对邻里乡亲多有周济，膝下只一千金——傅潆，进过学堂，才气不输堂堂男儿，被傅博视为掌上明珠。妻子离世后，傅博怕女儿受气，未再迎娶。对于父母选定的这门亲事，天轶并不待见，但父母之命难违，他也只好认命了。

罗泉井，川中第一龙镇，因产盐而扬名。屋宇叠嶂，铺面林立，商贾如云。顺着狭长深邃的石板长街，过子来桥向左拐，一座典雅的四合院，门楣上的隶书大而醒目——傅宅。这座青瓦建筑，雕梁画栋，翘角飞檐，气宇恢宏，一看就是不俗人家。天轶向下人通告后，下人飞奔进院，不一会儿，傅博便出门相迎，一番寒暄后，两人进了院子。这傅宅，正屋威严，厢房深秀，一楼一底，花窗精致，院落宽敞，黄桷参天。花台鱼池，玲珑别致。最有特点的是风火墙上的壁龛，四个泥塑的人物，一个在窗台口瞭望，两个人倚窗而立，还有一个腆着肚脐专注地看着前方的胖子，壁龛上方悬着一把利剑。天轶惊异，在这蜀地边鄙，竟然有如此庄重典雅的建筑。“看茶。”傅博吩咐，下人即将新茶呈上。“伯父，茶好香。”“今年的新茶，峨眉雀舌。回去时，给亲家带一些尝尝。”“伯父，这是家父备下的聘礼，请笑纳。”“见笑了，见笑了。”傅博接过聘礼，放在桌子上。

晚饭时，天轶见到了傅潆。这个盐商的女儿，不施粉黛，衣着朴素，除手腕上那个水透的玉镯外，并无其他饰物。与城里那些花枝招展的太太小姐相比，既有“大家闺秀”的典雅，更有“小家碧玉”的灵动，天轶一下就对她有了好感。席间，二人并无拘谨，该说说，该笑笑，该吃吃，毫无半点做作和矫情。看得出来，傅博对她并未施以“足不出户，笑不露齿”的约束，她活得自由、清新。“海先生，明天我带你去逛逛，我们这里的盐井、盐庙很出名。”傅潆落落大方。“是啊，明天让小女陪陪你，到处逛逛。”“好的，谢谢！”“听说你专修国文，不会成天‘之乎者也’吧？我爸有个教国文的朋友，迂得很。”傅潆笑着说。天轶笑笑：“会啊，我也会‘之乎者也’。”两人一起笑起来，很快就没有了隔膜。

初秋的树叶已开始泛黄，一些被吹落的黄叶在河里徜徉。沿河看去，临河一溜顺地悬在河上的吊脚楼，楼上有人放下吊桶汲水。河边，有花花绿绿的女孩浣衣洗菜。水烟弥漫中，有挑水的汉子拾级而上。水面被一群麻鸭戏弄得漾出层层涟漪，波光粼粼。这几只麻鸭，调皮地追逐着水面的落叶，衔在嘴里，扔下，另一只又衔起，又扔下，“嘎嘎嘎”地嬉闹着。两岸青竹净翠，枝叶婆娑，珠溪河宛如飘带萦绕在这隽美的小镇。昨晚疏雨一场，镇上的石径、石阶净爽清凌，散发出早晨的潮湿清香。

傅潆穿戴如“五四运动”中的学生，蓝衣黑裙，白色的长腿棉袜，方口布鞋，不施粉黛，出尘脱俗。其实盐庙离傅宅很近，但傅潆硬是领着天轶在小镇逛了一圈，才到了盐庙。盐庙在这古旧的街上显得极其恢宏。庙门上三个金黄色的大字“盐神庙”，两旁的楹联上书，“味中居上品，天下第一观”。灰墙碧瓦，朱漆大门。“你知道吗？据说这个庙子建于清朝同治七年，是中国唯一奉管仲为‘盐神’的庙子。”“是吗？”天轶来了兴趣，随着傅潆进了庙里。更让天轶感到奇妙的是，管仲的两侧居然是关羽和火神。左边偏殿供奉的是药王孙思邈和财神，右边偏殿则是观音。廊柱上的楹联，也是雅俗共赏。诸如“谁敢为非作歹，必将灾祸临头”“珠溪长流演奏轻歌曼舞，群山静立闲观风笑云欢”。海天轶如何也未曾想到，在这“蜀道难，难于上青天”的鄙陋小镇，竟存有如此文化风尚。起先惊异于傅潆这个富家小姐的朴素与淡然，今天镇上一游，才发现这里的富家小姐与一般人家的闺女在穿着打扮上并无二致，不过是新一点旧一点的区别。民风质朴，是他对小镇最为深刻的印象。这里看不到城市富家女子的桀骜和张扬，即使是偌大的宅子，也没有那种为富不仁的冷漠、奢靡和炫耀。这样的小镇自然有傅潆这样纯朴自然的女子。

订婚的日子选定了，傅宅热闹起来，贺喜的人熙来攘往，络绎不绝。其间有衣冠楚楚的官员、彬彬有礼的先生、巨贾乡绅，也有街坊百姓。这里，一家的客，就是大家的客，一家的喜事，就是全镇的喜事。达官贵人送大礼，自然出手不凡。街坊邻里，平头百姓，一箱豆腐，一篓鲢鱼，两只麻鸭，几坨糍粑，也绝没有人笑话，大大小小的都是一份情谊。在这小镇中，贵与贱、贫与富，并没有尖锐的对立，这样朴实的民风民俗让天轶难以忘怀。

傅家张灯结彩，喜气洋洋。由于天轶的父母身体有恙，不能远行，就恭请了母家最高长辈做主，见证这对璧人的订婚仪式。傅家是小镇数一数二的大户，喜事自然办得风风光光。傅潆身着通红的喜袍，金色的宽边镶绣着蝶戏牡丹、游龙追凤。天轶的喜袍是艳阳高照，海出蛟龙。喜宴整整摆了一天，从旭日初照到夕阳如烟，等最后一拨客人散尽，他们才得空休息。

半个月过去了，天轶要走了。临别时，子来桥畔，竹叶青青，两情依依。傅潆摘下那个晶莹温润的玉镯，包在一块洁白的绣帕里，送给天轶做信物，天轶将自己的怀表与她："潆，等三个月，定来接你成亲。"

一个月后，回到福建老家的海天轶，惊异不已，两个来月的时间，父亲下肢瘫痪，母亲竟已撒手人寰。原来一月前，一股窜匪横行乡里，绑架了父亲，以命相挟。母亲一妇道人家，遭遇此难，一病不起。同宗亲戚东凑西借，总算赎回了父亲，可父亲已被折磨致瘫，母亲见状伤心不已，病情加重，几天后就撒手而去。瘫痪的父亲死命撑着要见上儿子一面。眼前的父亲瘦骨嶙峋，憔悴不堪。他看着儿子天轶，嘴唇翕动，说不出话来。他老泪纵横，用颤抖的手指着自己老伴的遗像，天轶就在遗像前跪下了，心如刀割，泪落如雨。本来，海家正准备张罗儿子的婚礼，上下一片欢喜，而今母子已然是阴阳两隔。"儿子，妈知道你的心，你不乐意这门亲事。可是啊，妈给你做个保证，傅家与我们虽是指腹为婚，但是这女孩很贤良。前两年妈回乡省亲，见到了她，真是不错。模样干净，举止得体，温良勤俭，还读过书，不像母亲这样不识字，你就把心放宽吧！"如今音容犹在，人已归西。天轶一拜再拜，悲恸不已。父亲示意他拿纸笔来，写了四个大字："卖宅还账！"又从枕下拿出账本，上面记着同宗亲戚为了救他而出的份子钱。"父亲，您放心，我就是砸锅卖铁，也会把账还上，治好您的病。"他拿出一张合影给父亲看，父亲欣慰地笑了："满意？"天轶："满意！"父亲潸然泪下，天轶神色黯然。

晚饭后，天轶拿出账本，他要计划父亲养病的事、还钱的事、自己娶亲的事。尽管海家也曾家底丰厚，可经这一折腾，估算下来，也所剩无几。他给傅潆去了一封信，简单说了一下家里的变故。告诉她，娶亲的时间可能推后。几个月来，海天轶天天侍候在父亲的身边，尽心尽力，半年过去了，父亲的病未见好转，最终也驾鹤西去。

办完父亲的丧事后，天轶卖了老宅，偿还了所有债务，回四川迎亲。当时他已收到四川华西协合大学文学院的聘书，准备回罗泉结婚，定居成都。一切就绪，再去罗泉井，已是一年后了。

走在罗泉的小街上，凡见过他的人，纷纷投来异样的眼光。过了子来桥，傅宅竟然已是一堆瓦砾。惊异中的海天轶，焦急地四处打探，可是没有人告诉他一个究竟。他天天漫无目的地在街巷打听、找寻，仍毫无结果。疑惑、焦急、悲痛让他已瘦得不成样子，像一个幽灵在这古街飘荡。街边一个剃头匠不忍，对他说："海先生，回吧，找不着了。傅家一家葬身火海，无一幸免。回去吧！"绝望中的海天轶，郁郁地来到成都。

连遭变故的海天轶，一病不起，多亏房东一家的关照，尤其是房东女儿桑沁茹的悉心照料。几个月后，海天轶渐渐恢复了元气，到华西协合大学任教。其后的日子，海天轶在这举目无亲的地方，一直与桑家保持着亲密的来往，桑沁茹对他更是关怀备至，一往情深，海天轶那颗受伤的心得到了安抚和慰藉。渐渐地，他抛开过去，向桑沁茹诉说了自己的不幸，桑沁茹听后唏嘘不已。两年后，海天轶入赘桑家，娶了桑沁茹，改姓桑，用字做名，桑一鹤。证婚人是故交，刚留洋归来的洪若水。

望着照片里的傅潆，桑一鹤百感交集："傅潆，你真的走了吗？我们的缘分就那么浅？"他拉开抽屉，拿出那块手帕，"执子之手，与子偕老"，还有那只晶莹温润的玉镯，老泪纵横。桑母端茶进来，知道他又在想傅潆，便悄悄地退了出去。

桑母来到桑桑的屋里，桑桑正在绣花，桑母站在她的绣品前，端视着她的绣品：“昨天你师父来过了，说你的绣品要赶上桑梓了。”

桑母默默地坐下：“想来桑梓的孩子也该十三岁了，不知他们怎么样了。”看看活在自己童话中的桑桑，想想远在天涯的桑梓，桑母很辛酸。“妈，我想去看看公公婆婆。”“行啊，妈去给他们准备点东西。”

“干妈。”“洪泽来了，正好，桑桑说要去看看公公婆婆，我准备点吃的，你和桑桑一起去。”“他们怎么样？”“不太好，连副食票都不发给他们，我们每月都匀点出来。”“我带了一些粮票，给他们的。”“洪泽，你每次都陪桑桑去，会不会影响你啊？你可是干部。”“不会。”“洪泽呀，该成家了。”桑母看着他空空的衣袖说。“成什么家呀，我这样，拖累人家。”“拖累人家，人家要愿意呢？你看怀玉，对你多上心，生怕你们爷俩过不好，一天到晚瞎操心，到现在都不相对象。”“干妈，我这样的，”他拉拉自己空空的衣袖，“不是害人家吗？”“怀玉可没这么想，这孩子，心善。你看你干爸成右派了，以前的朋友、学生都躲着，她是穷苦人出身，成分好着呢，可就是‘干爸，干爸’地叫着。”

桑桑出来了，看见洪泽：“哥，陪我去三瓦窑。”桑桑习惯地要挽洪泽的手臂，却挽着一只空袖子，洪泽笑一笑，伸出另一只胳膊。两人一出门，迎面就碰上怀玉，怀玉看一眼洪泽：“洪泽，你过来。”“怎么了？”怀玉拉起他的手，将袖口露出的毛线头打个结，咬断，再把他的袖子放下来：“行了，走吧。”

一进门，怀玉就问：“妈，爸呢？”“书房，想心事呢。他这几天很闷，常常一个人躲在书房里，吃饭才出来。”“洪叔没有来过吗？他听洪叔的。”“是啊，刚才忘了给洪泽说一声，请他爸过来玩。”两人一边弄饭，一边聊。“怀玉啊，你要再不找对象，可就真成老姑娘了。”“老姑娘就老姑娘呗，一个人，清净。”“清净，这两家子你都操着心，能清净？”“那我就不操你们的心了，好吧？”“那妈怎么办啊，桑桑那样，你干爸身体也不好。”“所以啊，我就不结婚了。”“那怎么行，凭什么啊，你不欠我们的。你要真这样，妈可就要赶你走了。”“我走了，你怎么办啊？”怀玉笑起来。“怀玉，妈不跟你开玩笑。跟我说句真心话，就是中意洪泽，对吧？”怀玉又笑：“妈，我说了你别生气。”“不生气。”“洪泽的心里，只有你的心肝宝贝——桑梓。”“桑梓已经结婚了，有孩子了，他知道的。”“他是知道，可他的心里没放下。”“也不是啦，我问过他了，他说他是残疾人，怕拖累你。”“我没嫌弃他啊！不说了，吃饭。”怀玉麻利地将餐桌摆好，对着书房大喊，“干爸，吃饭了。”桑一鹤应一声，慢吞吞地出来。

三瓦窑煤厂，席父席母满身烟煤，正在往一辆三轮车上搬蜂窝煤。“爸、妈。”见是桑桑和洪泽，他们赶紧装完车，回到屋里。桑桑给他们打了洗脸水，席父对洪泽笑：“要是不洗脸，能认出来吗？”洪泽摇摇头。“那就好，要的就是这个效果。”席父哈哈一笑。自从成为反属，下放到这里，差不多要十年了。这十年，他们过得很苦，却很平安，不像别的反属，动不动就拉出去批斗、游街，看到给他们带的副食票、粮票，席父感慨地说：“唉，大家都不易，以后就别拿了。”可是一看见白白的馒头，拿过来就大吃起来，“哎，有些日子没见过白面了，每天都是南瓜、地瓜、玉米馍馍，都忘了馒头的滋味了。”桑桑和婆婆小声地聊着，席父将洪泽拉到一边，“洪泽，你是干部，有没有内部消息，台湾那边怎么样？”“您放心，肯定不会打仗。”“哦，那就好。”“伯父，有什么事，让桑桑带个话，我会尽力的。”“知道，不过你以后还是少来为好。桑桑不同，不是公家的人。”“我知道了，二老请保重。”“唉，我们席家，对不起你们两家呀！”“伯父，一家人不说两家话。保重啊！桑桑，回吧，要下雨啦！”

怀玉已经走了，家里被她拾掇得很整洁。自桑家被没收了老宅，搬到十四宿舍，怀玉就住进了厂里的集体宿舍，如今姐妹们陆续结婚生子，宿舍里的女工，换了一拨又一拨，可怀玉仍然住在那里，成了名副其实的老大姐。从干爸家出来，她就去了毛线铺，买了些毛线便回到南郊锦里的集体宿舍。

洪泽回到家，“要下雨了，赶紧把被单收了。”洪若水告诉洪泽。“怀玉来过了？”“来过了，里里外外好一顿洗。唉，这些年啊，这两家多亏她照应。你说，凭什么呀，世道没变，人家是丫头；世道变了，人家还伺候大家。”“爸，怀玉从来就不是丫头。你看啊，桑梓两姊妹一直管她叫姐，她对姐俩也是直呼其名，丫头能吗？得叫小姐；对我也是‘洪泽’，丫头该叫什么？‘少爷’。再说了，干妈干爸有什么事都跟她商量，听她的主意，下人也归她安排。干爸都说‘这小女子不简单，比桑梓姊妹强多了’。”“也是啊，你说这怀玉……这就是‘义’，明白吗？”“这怀玉啊，厂里的技术活归她管，是妇女组长。”“那你告诉我，心里有她吗？”洪泽看父亲一眼：“又来了。”就进了自己的房间。

雨来了，下得淅淅沥沥，天更冷了。成都的冬天，很难得下雪，即使偶尔下一场雪，也是被雨挟着，纷扬不起来。通常是傍晚或晚上，飘一场不大不小的雨，天亮就停了，但雾蒙蒙的，好久都不散。没雨的时候，太阳也羞答答地不肯露脸，整个天就像一张朦胧的毛玻璃，说晴不晴，说阴不阴。

洪泽抽着烟，看着玻璃板下的一张四人合照，那是他们四个在华西协合大学万德门前的留影，桑桑挨着吉诚，笑得很甜，他和桑梓都是一本正经地看着镜头。洪泽久已平静的心，悸动了一下。

桑梓泪盈盈的，站在他面前："哥，吉诚不见我。"十月十日的婚礼，吉诚十月六日才回来，桑梓给他的信，像是泥牛入海。桑梓几次找他，他都避而不见。回到成都的桑梓，怕家里发现自己的异常，一直住在学校不敢回家。她想好了，吉诚月底会回来，她要把事情告诉他，洪泽说得对，他有权知道。她就是要打掉孩子，也应该和他商量，和他一起去医院。想到打掉孩子，桑梓就不由自主地想起那团血糊糊的肉、那个伤心欲绝的母亲、那个小小的坟茔，桑梓的心备受煎熬。

"伯父、伯母。""桑梓来了，快坐。樱子，看茶。"樱子端了茶来。"桑梓，黑了，瘦了，"席母说，"还去吗？""不去了。""哎，这就对了。一个女孩子在外，多让人操心啊！也就是你妈，换了我的闺女，说什么也不会让去的。""都像你，人家桑梓不好好回来了？"席父说。桑梓一边喝水，一边不经意地问："吉诚什么时候回来？""我们也急啊，你说这小子，结婚是大事，他怎么就不着急呢？""可能部队有任务吧。要不，打个电话？"桑梓说。"怎么打，他说部队的电话只准打出，不准打进。我们家的电话，就是聋人的耳朵——摆设。""那就只有耐心等了。"桑梓像是说给自己的。"桑梓，让你父母放心，一切都准备妥了，新房也布置好了。只等新郎官回来，拜堂成亲。"席母生怕亲家多心，再三解释。"伯父、伯母，那我回去了。""哎，叫你爸妈放心啊！"桑梓告辞出来，心里空荡荡的，像游魂一样来到洪泽家。

"教父。""桑梓来了，坐。洪泽，桑梓过来了。"洪泽应声出来，端了一杯茶。"哥，你看。"洪泽一看，是加拿大红十字的留学奖学金和入学通知书，桑梓去加拿大留学的资格可以保留一年。"哥，怎么办啊？"洪若水高兴地说："好事啊，我们桑梓成留学生了。"洪泽给父亲递了一个眼色，"你们谈，我去看花。”洪若水知趣地走开了。“哥，我去他家了，没有信，也没有电话。”桑梓的话题根本不是留学。“还是只有等，桑梓。”洪泽看着手里的信函，“你怎么想？”“不知道。今天都五号了，我越来越不敢回家。”桑梓哭，“桑桑什么都不知道，不能让任何人知道。如果吉诚回来，马上把问题解决就好了，我就可以去留学了。”桑梓东一句西一句地自说自话，洪泽一点办法都没有，桑梓已经把他放在了“哥哥”的位置，他能怎样呢？“他总会回来的，除非他不结婚了。”“可那时还来得及吗？”洪泽将茶递给她，“总会有办法的。”

桑梓回到华英女中，叶薇正在等她。“通知书拿到了，怎么打算？”“他还没有回来。叶薇姐，你什么时候走？”“春节过后。桑梓，这也是你的大事，你要想好，别放弃，多不容易啊！”桑梓点点头。“学校给我们两个月的休假，你好好休息，好好考虑，我希望我们一起走。”“好的。”“我还有事，先走了。”

桑梓躺在床上，双手摸着腹部，眼睛盯着天花板，设想着吉诚的种种反应，设想着种种可能产生的后果。“为什么不回来？为什么要我一人面对？你躲什么？你也有责任！”“吉诚，快回来吧，我求你了。”

有人敲门，桑梓起身打开门，竟然是母亲。“妈，你怎么来了？”“妈不能来吗？”桑母没好气地说，“你说，加拿大留学的事，为什么不告诉我们？”“妈，我也是刚拿到通知的，准备吃晚饭的时候告诉你们。”“你回成都一个星期了，就回了两次家。桑桑要出阁了，家里人忙得什么似的，你呢？”“我今天刚处理完一些事情，我就是准备回家的。”“看你这屋，多潮，窗户也不打开。”桑母一边说，一边打开窗户，看到桌子上的信函，“就这个？你爸听说了，高兴得不得了，说你圆了他的留学梦。我早就说，桑梓比桑桑有出息，桑桑身体不好，太娇气。”桑梓给母亲泡了一杯茶，跟母亲一起坐在床边。“妈，你有白头发了。”“妈这岁数，也该有了。”桑母拉起女儿的手，“桑梓啊，妈看出来了，这次回来，你的心事很重。你不回家住，是躲着我们呢。妈也是女人，妈能不知道？”桑梓一惊：“妈，你知道什么？”“桑梓，跟妈说实话，是不是又和洪泽闹别扭啦？桑桑叫他哥，听起来亲近，你叫他哥，听起来就生分。也许你们没缘吧，为了你，他跑了那么远，结果还是……唉，女大不由娘啊！可这留学的事，你怎么想啊？”“我正在考虑。”“桑梓，你是不是还……”桑梓一捂母亲的嘴：“妈，咱回家！”

虽说是嫁女，桑家也布置得如娶亲一般喜气。桑桑的陪嫁一应俱全地准备好了，桑桑也准备好了，只等一顶花轿，将她抬过去做少奶奶。

洪若水和洪泽也在这边吃饭。“桑梓，去留学的事怎么打算的？”桑父问。“我正在考虑。”桑梓有些心不在焉。“我看呢，出去以后改个专业，语言呢，只是个工具，你看爸学国文，就只能教书，出息不大。”“哦。”桑梓懒散地应付着，洪泽用胳膊碰碰她的手臂，她醒悟似的，“那，爸你说，学什么好？”“姐，以后你回来，就是洋小姐了。”“桑桑，要做新娘了，紧张吗？”“席家通情达理，放心吧，公婆都不会为难你。这点，妈是看得准的。”桑桑笑了笑。“洪泽，回来这些天，干什么呢？”“医院说我给他们增了光，放我一个月休假。”“桑梓，你们呢？”“两个月。”“你们学校真仁慈。那个叶薇呢？”“她也收到了加拿大的留学通知。”“真能耐啊，成都地区的两名，全让这一个救助队拿了。”

终于席家来人告诉桑家，吉诚回来了。桑梓的心“咯噔”一下。桑桑出阁前是不能见未婚夫的，她只能安静地等着。桑梓略收拾后，径直去了席家，她打算将吉诚约出来，告诉他实情。可离席家越近，桑梓的心越沉重：“我怎么才说得出口呢？”犹豫之中，她已经到了席家门口。席母看见了：“桑梓来了，快坐。吉诚回来了，昨晚十点过才到家。樱子，茶！”“你爸妈有吩咐？”“不，没有。哦，让我先过来看看。吉诚在吗？我跟他说点事。”席母对着厅房喊：“吉诚，桑梓过来了，找你有事。”吉诚过来了，惴惴的：“桑梓，不巧，我有急事，马上要出去，下午才回来。”席母疑惑地看看儿子。“那好吧，你忙。”桑梓说完礼貌地告辞出来。“诚儿，你干吗撒谎？”“妈，我是真有事，下午回来。”出了门的吉诚，看到桑梓的背影，立刻转身向相反的方向走去。

是夜，吉诚竟然没有回家。桑梓知道，吉诚是在躲她了。这一夜，她彻夜难眠：“怎么办，没有他，谁陪我去手术？”“要不，让洪泽去？不行，情何以堪？”“等他结婚后？如果结了婚他就走了呢？”“吉诚，不管怎么样，我一定要告诉你！”桑梓执拗起来。

第二日上午，桑梓回到学校，给席家去了一个电话，接电话的是席父，听到声音，觉得有些熟悉，一时又想不起来。“吉诚，电话！”“谁的？”“一个女的。”席父有些愠怒。吉诚拿起了电话，“吉诚，我们要见一面，我有紧要的事情要告诉你。求你了，我们一定要见一面。”桑梓已是哭腔了。“好，在哪里？”“去锦里好吃嘴。”吉诚镇定地挂了电话，一回头，父亲正愠怒地看着他。“一个朋友，有点事，约了一起吃饭。”席父疑惑地看着他：“一个要结婚的人了，还东一趟西一趟的，像什么话，你在搞什么鬼？”吉诚赶紧溜了。

天空下起了小雨，绵绵的。街边的梧桐叶子被雨洗成了熟褐，落在地上，湿湿的。

路人很少，桑梓撑了伞，独自向锦里走去，在好吃嘴的店里坐下来。老板一眼认出了她：“小姐，你是好久没来了。”桑梓笑笑。“就你一个人？”“还有一个，我等等。”“那先喝碗汤暖着？”桑梓点点头。很久了，吉诚还没来，又过了很久，吉诚还是没来。烦人的雨淅沥下着，店铺外一溜顺的屋檐下，大红灯笼被雨洗得火红火红的，对门的三大炮“嘭嘭嘭”地响着，格外烦。

终于，吉诚来了，还带着一个朋友。一落座，吉诚就介绍：“桑梓，我未婚妻的姐姐。这是我的朋友，周林。”“你好。”“你好！”两人彬彬有礼。吉诚兴致很高，点了很多菜。桑梓明白了，吉诚带个朋友是要堵她的嘴，因为这种关系是不能让别人知道的。“老板，随心所鱼、没心没肺汤。”桑梓要了这两道菜。老板亲自端菜上来：“这是免费的。”他瞄了吉诚一眼。吉诚一直很兴奋，一会儿跟朋友讲这两道菜的典故，一会儿跟桑梓讲朋友的窘事，桑梓听着，不时回应一两句，时间就这么过去了。饭吃完了，可雨仍然下着。“桑梓，我们送你回家。”“送我去洪泽家吧，我找他有点事。”一行三人到了洪泽家的门口。“不进去坐坐？”桑梓邀请两人，“不了，改天吧！”看两人走远，桑梓进了院子。

洪泽在家，正看书。“哥。”“桑梓，下雨你怎么来了？”“吉诚送我过来的。”“人呢？”“走啦。”“谈了？”桑梓摇摇头，泪“唰”一下就来了。“怎么了？告诉哥。”桑梓就把这两天的情形全告诉了洪泽。“这个浑蛋，看我不揍他。”洪泽说着往外走。“别去，没用的。”“桑梓……”“我想喝点酒。”“桑梓，你不能……”“哥，就喝一点点。”洪泽拿出酒来，斟了两杯，抓了一把花生。“哥，我不是想赖他。我想让他陪我去医院，然后，他结他的婚，我留我的学。可是，为什么他连说话的机会都不给我？”桑梓哭起来，“我是错了，可是我没想伤害谁，我自己掖着、扛着。”“他为什么这样绝情啊？我替他想，他也要替我想想啊……”洪泽听着，心里有说不出的难过，看着悲恸欲绝的桑梓，他过去，想像往常一样搂住她。“哥，你打我。”她拉起洪泽的手，死命地打自己的脸，“我不要脸，活该，我自作自受。”洪泽用力抽回自己的手，紧紧地抱住她：“桑梓，让我做孩子的父亲吧！”“不！”她一把推开洪泽，大叫，“不要，孩子有父亲！不要你……”“桑梓，你冷静点。”很久，桑梓才止住了哭泣。“哥，我今晚住这儿。”她指指自己红肿的眼睛。“你住我屋里，我睡客厅。”晚饭很简单，洪若水在桑家没回来。“桑梓，早点睡吧，明天会很忙的。”洪泽把桑梓送上楼，自己抱了一个枕头、一床被子，放在了客厅的沙发上。

洪若水回来了：“你这是干什么？”“桑梓来了。”“吵架了？”“不是我。”“我没说你。那天她叫你哥，我就知道，你们，无缘。”洪泽给父亲端来了洗脸水。“桑梓，睡了？”“应该是吧。”洪若水指指电话，洪泽明白了，给桑家去了一个电话。

桑梓哪里睡得着，眯了一会儿，起身拿出一张纸，裁成三个条，分别写上“上”“中”“下”三个阄，揉成一团，撒在桌子上，然后双手合十，口里念念有词，伸手去抓阄。她几次下手，都缩了回来。她再把三个阄放在手里摇摇，撒下，再伸手去抓，仍然很迟疑。犹豫了许久，她终于下决心拈了一个阄，又不敢打开，看看自己拈的，看看两个剩的，挨了很久，才慢慢地打开：中，不满意，扔了重来。下，又赶紧扔了。“事不过三，最后一次。”打开：中。她叹一口气，回到床上躺下。桑梓的上签是：吉诚陪她拿掉孩子，生活按既定方向走；下签是：披露真相，鸡飞蛋打，吉诚和桑桑没有了婚事，自己也没有了孩子；中签呢？她摇摇头，无可奈何。

辗转无眠的夜如此漫长，她觉得自己有了一种毁灭报复的冲动，全身的血液在沸腾着，她兴奋异常，情绪高亢……不知何时才沉沉睡去。

十日中午，洪泽来到桑家：“干妈，都准备好了？”“都好了，哎，今天忙过，大家就轻松了。”“桑桑呢？”“在屋里。哎，桑桑嫁了，桑梓要出国了，这个家，就只有你干爸、我、怀玉三个人了。守着这么一处大宅子，太冷清。”“妈，要不叫哥他们搬过来？”桑梓说。“洪泽，你爸愿意吗？”“当然，谁不愿意住大房子。”洪若水到了：“洪泽，医院来电话，让你马上去一趟，你快去快回吧。”“好的。”洪泽说走就走。“洪泽，早点过来，家里太忙，帮着张罗。”桑母吩咐说。“知道了。”

原来医院来了急诊，需要手术，而手术医生刚好外派，院长就叫休假的洪泽来救急。手术做完已经是四点多了，洪泽换了衣服刚要下班，护士又叫起来："急诊，急救室。"洪泽进急救室一看，傻了，桑桑身着婚纱躺在急救室。洪泽明白，出事了。

傍晚，医院，另一间病房。跪在父母面前的桑梓哭着，震怒的父亲来回地走动，母亲边听边抹泪："桑梓啊，妈那天再三问你，为什么不说，早说了，事情会闹到这个地步？""妈，我不敢。爸，我错了……"桑梓哭晕了过去，怀玉和洪泽赶紧将她扶上病床。

第二日，怀玉拎了一个皮箱过来，对洪泽说："家里说让桑梓和吉诚走。"桑梓一听，又哭起来。洪泽走到她的身边："事已至此，只能这样了，桑桑就交给我们了。桑梓，你记住哥的话啊，这不是你一个人的错。你要挺起胸膛来，有尊严地活着。你不用看任何人的脸色，不要哭哭啼啼地过日子，知道吗？""哥，我记住了。"

窗外传来汽车的喇叭声，吉诚来接桑梓了。"怀玉姐、爸、妈，桑桑就交给你了，来世我做牛做马也要报答你。"两姊妹相拥在一起。洪泽出去了，当场抓住吉诚的胸襟，拉到拐角，"王八蛋！"他一拳就过去了，"你这个浑蛋！"又是一拳，"你这个不肖子！"再一拳，"你算是男人吗！"又一拳举起，忍住，没有打下去，吉诚已经鼻血直流了。"王八蛋，你听着，你是男人，敢作敢当，出了问题就一副㞞样。你要早点回信，早点听桑梓说，怎么会闹到今天？""信，什么信？"吉诚揩着鼻血问。"现在说这些有用吗？你抬头看看，头上三尺有神灵。你记住了，你要是对他们娘儿仨不好，雷都会劈了你，叫你上天无路，入地无门！"吉诚揩了鼻血，整理好衣服，威严地问："够了吗，行了吗，我可以走了吗？"洪泽让开道。吉诚大步流星地进了病房，拉着桑梓来到桑桑的病房外，两人默默地看着桑桑。"走吧。"怀玉把皮箱递了过去。两人上了车，吉诚从窗里伸出头："洪泽，桑桑、我的父母全拜托了！"他有些哽咽。洪泽一挥手："走吧。"汽车疾驰而去，桑梓伸出头，不停地向洪泽挥手。

洪泽擦擦玻璃板，望着窗外，深深地叹了一口气。这一别，已是十四年，他们的情形如何呢？"泽儿，怀玉说，她已经在假肢厂给你定了'义肢'，让你明天去一趟。"洪若水在楼下喊。"知道了。爸，你早点睡。"

冬日的阳光，色彩温暖。坐在窗前的桑桑依旧绣着那幅绣品，忽然听到外面树上小鸟叽叽喳喳的声音。往日的鸟语悦耳婉转，今日的鸟鸣却令人烦躁不安。桑桑出门看时，一对成年的画眉在离自来水管不远的地方不停地鸣叫，桑桑看看四周，院子里没有什么动静。桑桑返回屋里坐下，那对成鸟不时地飞到桑桑的窗沿叫着，桑桑觉得奇怪，再次走到院子里。原来一只雏鸟，在未关死的自来水管旁喝水，水滴打湿了它的翅膀，它每一次努力地高飞，也不过两三尺。桑桑轻手轻脚地过去，将雏鸟逮住，捧在手里，雏鸟不停地拍打着自己湿漉漉的翅膀。桑桑用干毛巾轻轻蘸干它的羽毛，小鸟不叫了，乖乖的，任凭她擦拭。桑桑从父亲的房里拿出一个旧鸟笼，这是父亲以前养画眉用的，她用鸡毛掸掸了灰，小心地将雏鸟放进去，给它放了些水，就挂在窗外的晾衣竿上。她回到屋里，继续绣花。“桑桑，哪来的鸟啊？”桑桑将刚才的事告诉了母亲。“哦，那两只鸟还会回来的。”桑母说。

吃过饭，桑桑来看小鸟，羽毛全干了，在笼里跳来跳去，不时地叫一两声，桑桑伸一根指头去逗它，它居然会跳过来啄她，啄得她的手痒痒。黑黑的小豆豆眼睛格外亮。桑桑和它逗玩一会儿，就去午睡了。还没入睡，她就听到鸟叽叽喳喳。透过纱窗望出去，两只成鸟，一只停在晾衣竿上，一只飞到鸟笼前，将衔来的虫子放进去。怕惊扰了鸟们，桑桑立在那里，一动不动。成鸟如此往返了几次，这次，喂完小鸟，两只成鸟都没飞走，冲着窗户里的桑桑大叫大闹，有一只还冲过来拍打她的纱窗。小鸟也不遗余力地叫着，声音都有些嘶哑了，桑桑明白了，走出来，两只成鸟“呼”一下飞上了高枝。桑桑将小鸟从笼子里捧出来，在树下高高地举起手，轻轻地摊开，小鸟振翅一飞，没多高，就掉了下来。成鸟依旧对着桑桑使劲吼叫，桑桑再次捧起小鸟，放到晾衣竿上，希望它能自己飞上树，跟父母一起飞走，可是小鸟飞了几次，都没有成功。桑桑挪过一把梯子，靠在树干上，一格一格地爬上梯子，尽自己的能力将小鸟放到很高。成鸟不闹了，静静地看着，桑桑终于将小鸟放上了树，小鸟没有马上飞走，黑豆似的亮眼睛看了她好一会儿，才边飞边跳，飞向高枝去了。两只成鸟飞到离桑桑很近的地方，对她温柔地叫了几声，便飞到小鸟的身边，一前一后，护着小鸟往更高的枝头飞去，直等到三只鸟都隐在浓密的树荫中，不见了踪影，桑桑才下来，回头看见母亲在下面扶着梯子。“我说什么来着，鸟和人一样，通灵性的。‘红眼睛’就是这样的。”在树下，母女俩望着茂密的树，鸟是看不见了，可清脆悦耳的鸟鸣传来还是让母女俩会心一笑。

四年前的某天，桑桑去学院叫爸爸回家吃饭，看见几个学生在草坪上追逐一只飞不起来的鸽子。一个学生悄悄过去，用帽子一扣，就逮着了它。“好啊，晚上可以打牙祭了。”桑桑一听，大大方方地走过去，对他说：“大哥哥，把它送给我吧？我叫桑桑，我爸是桑一鹤，学院的老师。”“桑教授的女儿。”几个人异口同声。他们知道桑教授有个不正常的女儿，眼前的这个，是吗？桑桑走到那个学生面前，把鸽子接过来：“这是信鸽，你看，还有脚环呢。你们放心，我会养好它的。”不等几人反应过来，桑桑已经捧着鸽子走了。“哎，邪门了啊，我怎么就给她了。”那个学生反应过来。“不是说她不正常吗？没看出来。”“我觉得有点，她的眼睛亮是亮，没神。”桑桑走到父亲跟前，又指指这边的学生。几个学生看了，不好意思再去纠缠，扫兴地走了。

回家后，桑桑用淡盐水给鸽子洗洗伤口，上了点止血的药粉，小心地包扎后，放进笼子。“爸，鸽子喜欢吃什么？”“豆子、玉米。”桑桑给这个鸽子起名“红眼睛”，红眼睛在桑桑的悉心照料下，很快就好了。二十多天后，红眼睛像是有些不耐烦了，以前喂给它的食物，吃得干干净净，现在，它啄得满笼都是，像是故意的。“它想家了，桑桑，放飞吧！”桑一鹤把鸽子捧了出来，“爸，等等。”桑桑进屋里，写了一张字条：“阁下，你的红眼睛因受伤在我家小憩数日，现康复放归。静候阁下回音，免牵挂之忧。桑桑。”桑父将字条拴在鸽子的脚上。桑桑捧起红眼睛，在它的头上一吻，往天上一扬，红眼睛拍打翅膀，在桑家的屋顶旋了三圈，飞走了。一个星期后，一只鸽子落在桑桑的面前。“红眼睛！”她惊喜地跳起来，捧着它亲了又亲。红眼睛的眼睛骨碌碌地转，用喙啄她的手。桑桑看见了它脚上的字条，取了下来。“桑桑小姐，红眼睛承蒙你的关照，不胜感激。往后每逢佳节，定有问候传来。安！”它还真叫“红眼睛”，桑桑兴奋得不得了。

桑桑抓一把大豆放在手心，红眼睛吃得一颗不剩。她又弄了一杯水，红眼睛美美地喝着。桑桑亲亲它，放飞。以后每年的中秋、春节，桑桑都会看到红眼睛。

“它们要是像红眼睛就好了，我可以经常看到它们。”“它们就住这。”母亲说。果然几天后，桑桑看见两只成鸟带着小鸟在院里的树上跳跃、飞翔。“我说嘛，这世上的所有动物都是有灵性的。”母亲又说。自那以后，每天清晨听到鸟鸣，桑桑都会确认是不是它们。

元旦已过，春节将至。按四川风俗，腊月二十二就开始做扫扬尘、拆洗被褥之类的事了。与往常一样，怀玉来到洪家。

“洪叔，毛裤是您的，毛衣是洪泽的。天冷了，穿上。”看到毛衣、毛裤，洪若水心里有说不出的温暖：“怀玉啊，我们都有，你自己留着吧。”“我有。要冷，给自己织一条就是了。你们两个大男人，能行吗？”怀玉边说边围起围裙干活。“怀玉啊，这些年桑家、洪家多亏你照应，不然这日子怎么过啊。对你的父母，你也没做这么多啊！”“您知道我很小父亲就死了，母亲在家有人照应，好着呢。”“你看，我们也没帮过你们什么……”“洪叔，您以为我不知道，我妈有那么多生活费，谁给的？一次表舅问我：‘怀玉，你是大干部啊，每月寄三次生活费’。我一听就傻了，到邮局一查，就明白了。干爸寄一次，您寄一次，可不三次嘛。我妈说，农村人，用不了那么多钱，给你们存着，说不定哪天就用上了。”“别，别。我和你干爸商量好的，如果这样，我们以后什么活也不要你干了，把你撵走。”“那现在就撵，您要是年龄再大一点，就更撵不走了，”怀玉笑笑，“洪叔，您说怪不怪，别的大户人家的下人，见到主人像是老鼠见到猫，可我觉得在这儿比在自己表舅家还自在。到了桑家，他们什么都不让我做，说我年龄太小了，亏心。我很担心他们把我送回去，成天提心吊胆的。干妈看出来了，就说给小姐妹做伴，陪她们读书，那以后我才踏实了。厨子张妈说：‘你呀，哪世修来的好命，你就是个小姐。’我回家告诉我妈，妈说：‘那是人家心肠好，要好好待他们，像照顾亲妹妹一样照顾小姐妹。’您说，我的命好不好？”“好人，好命。洪叔的命也不错。你说，我只有一个儿子对吧？”怀玉点头。“错啦，我还有三个女儿。”“可我干爸干妈过得不好。桑桑成了这样，桑梓没了音信。您劝劝他，他听您的。”“听我的？可我知道，他什么都听你的，什么事都和你商量。一次，洪泽对我说：‘怀玉真是个高人。’我问：‘为什么？’他说：‘你看啊，桑桑两姊妹考中学，干爸问怀玉，‘你妹妹读哪个中学好啊？’考大学了，又问，你妹妹读什么专业好啊？怀玉不客气：‘桑桑学家政，相夫教子一生平安。桑梓开朗活泼，学洋文吧，说不定还留洋哪。’干妈说：‘这哪是使唤丫头？就一智多星。’’”怀玉大笑：“我就顺口一说，没轻没重的，她们还都信了。”“我还听说，你干爸让你和姊妹俩一起读书，你坚决不肯，为什么？”“洪叔，其实我特别想读书，我跟我妈说了。她说：‘人家对你好是人家良心好，我们不能忘了自己的身份，不懂进退，不知好歹。’我妈说得对，咱不能没有分寸。我走了，家里的事谁管啊？”“是啊，怀玉是管家嘛！”两人聊得高兴，哈哈地笑起来。“洪叔，怀玉问您一句话，说错了，您千万别生气。”“问吧，不生气。”“您为什么不找个老伴？”洪若水愣了一下。“您看，您不结婚，洪泽也不结婚，这家里两个大男人，不像家。如果我嫁了，你们怎么办啊？”“怀玉，你要结婚了？”洪若水试探地问，怀玉点点头。“跟谁？我们怎么一点都不知道？”“我都不知道跟谁。”怀玉一下笑起来，“不跟你聊了，我把事情做完。”

洪若水将毛衣叠好，放在洪泽的床上，下楼喝了一杯茶：“怀玉，我去桑家，钥匙在桌子上。”

桑一鹤又把自己关在书房，看那张泛黄的照片。

傅潆带着他徜徉在罗泉井的大街小巷，品尝罗泉井的风味小吃。让他记忆犹新的是罗泉井的豆腐。富有想象力的罗泉人，将豆腐做到了极致，最具特色的是豆腐包子，白而细嫩的豆腐里，竟然夹着精肉做的馅，或蒸、或煎、或炸、或烧、或清水蘸酱，吃在嘴里爽嫩细绵，味美鲜香。老板听说客人从远处而来，格外热情，除了他们自己点的食品外，还送他们一份黄粑、两盅米酒。天轶依然惊异，在这重丘壑林之中，竟有如此神仙美食。

一对才子佳人在这古朴的石阶小镇闲游，无疑是引人注目的。过往的行人都会跟傅潆打招呼，都会跟天轶友好地笑一笑。子来桥头，两头石狮须髯欲飘，仰天长啸，守在这珠溪河上，日复一日，年复一年，看竹外风云，观水中寒鸭。夕阳薄山之时，缱绻的恋人才回到深宅大院。

晚饭后，傅博有个应酬出去了，两个情深意笃的恋人难舍难分。“天轶，去看我的闺房？”傅潆的闺阁在西侧的二楼。镂空的窗户，精雕的家什，房间不大，雅致清新。天轶拿出一只龙凤福禄寿的玉镯：“潆，这是家母给你的，祖传。”他拉过傅潆的手，郑重地给她戴在手腕上。傅潆甜蜜地靠着他，两人都不说话，不知过了多久，蜡烛的灯芯即将燃尽，天轶起身去挑，傅潆拦住了他，相依相偎的恋人眼见着那火苗在跳动中熄灭……

“老桑。”桑一鹤知道洪若水来了，赶紧起身让进书房。“桑桑，泡茶。”“你又在想她了？”“是啊，越老越想她，越老越怀旧。几十年了，她从来没有让我踏实过一天。我去罗泉井找她时，镇上所有的人都不理我。是啊，本来说三个月迎娶的，我再去时都快一年了。你是没见着啊，残垣瓦砾，一片焦土，惨不忍睹。一代盐商，富甲一方，说垮就垮了，世事无常啊！”“老桑，别想那么多了，过好眼下的日子吧。学校怎么样，没再为难你吧？”“那倒没有。”“那就好。”“哎，你猜我昨天发现什么了？”“什么？”“学校的食堂不是丢了粮票、饭票吗？”“听说了。”“我今早扫地，在食堂后门捡到个钱包，打开一看，谁的，知道吗？”“谁的？”“就是那个钱扁。”“学校知道了？”“好像没有。我知道，这小子心虚，会回来找的，我就坐在食堂后门那儿等他。”“来了？”“来了，那㞞样。我就叫住他。‘哎，找什么？’我把那钱包一亮，他见四处没人，“扑通”就跪下了。我把钱包放地上，就走了。”“还给他了？”“还给他了，留下了这个。”洪若水一看，是个学生证。“这小子不地道，他要咬别人，我就拿出来。”桑母进来了：“吃饭吧，今天有罐头，是洪泽拿来的，这是专门配给残疾军人的，你们可以喝一杯。”“我儿子不是残疾，是英雄！”“谁是英雄啊？”洪泽来了。

“哥，你过来。”桑桑喊。洪泽进了桑桑的房间。“哥，你看。”她指着里面挂的婚纱，“漂亮吗？”“漂亮。”“我藏着它，结婚那天才穿。”她笑着，轻轻地关上了衣橱。

吃饭时，怀玉到了。“怀玉，快过年了，你抽空去看看伯父伯母，送点年货，请他们过来团年。”桑母说。“我看他们还是不会来的，年年请，年年都没来，他们害怕连累了大家。”“那还是得请，这是礼数。”“我跟怀玉姐一起去。”桑桑说。

成都，腊月的风很刺骨，更何况还飘着小雨。怀玉和桑桑到了三瓦窑煤厂。这里很冷清，似乎没有人上班。席父席母不在，一把将军锁把住门。怀玉和桑桑没地方躲，在屋檐下跺着脚。一个邻居探出头：“找老席的？”“请问知道他们上哪儿了？”“医院，他老伴病了。”“哪个医院？”“不远，看见那个大烟囱了吗？就那旁边。”

“谢谢了！”怀玉和桑桑赶了过去。席母躺在病床上，面黄肌瘦，那已经委顿的生命还在苦苦支撑。“伯母。”怀玉喊了一声。“你们怎么来了？”席父连忙起身。“爸，我们送年货过来。”桑桑说。“坐吧。”席父拉一把椅子过来。“四病床，到办公室一趟。”一个护士大喊。“我去去，你们看着。”席父指指液体。“怀玉姐，我婆婆的病严重吗？”“没事，在医院就好，有医生呢。”外面传来争执的声音。“你不交钱，就是没药。你一个反属，救她就已经不错了，不然你把她弄回去。”怀玉赶紧过来了，席父指着那个挺着大肚子的女医生：“你还是个医生吗，你还是个人吗？反属就不是人吗？反属就该死吗？政府都没有要她死。你就不怕遭报应，你就不怕生下的孩子没屁眼……”席父气得全身哆嗦。“反了，反了。把这个反属抓出去。”女医生大喊大叫。“别吵了，交钱吗？我就是来交钱的。”怀玉说。“你是谁，是她什么人？”“病人是我姨妈。”“你在哪儿工作？”“刺绣厂。”怀玉一边说，一边递上工作证。那女的一看，不吱声了，因为那上面，怀玉的职务是厂长。不一会儿，护士拿了药，继续给席母输液。桑桑扶席父坐下，站在旁边。席父看着昏迷不醒、形容枯槁的老伴，老泪纵横。

腊月二十八，洪泽将席母接到了自己工作的存仁医院，住进了特护。经过抢救的席母，已经处于清醒的状态，但人依然很虚弱。她的手苍老不堪、瘦骨嶙峋，皮包骨似的手背上青筋凸现，格外惹眼。她眼里滚动着泪，嘴一张一翕地想说什么，席父凑上前去听。“诚儿，诚儿。”她小声地说，席父连连点头：“会回来的，我马上发电报。”席母笑了，她的脸像一朵绽放的花。她转过眼来，看着桑桑，伸出手来握住她的手，无力地笑笑，就闭上了眼睛，泪顺着脸颊就下来了。“桑桑，回家吧。给伯母熬碗稀饭，她喜欢。”席父说。桑桑含着泪走了。

“老头子，亲家这回病得不轻，能不能挺过去啊？”“是啊，吉诚又不在，媳妇、孙女都见不着。这老两口，命苦啊。”稀饭熬好了，桑母招呼怀玉：“怀玉，你和桑桑一起去吧。席伯老了，有点什么事，赶快叫洪泽。”“哎，我知道了。”

两人一起去了医院。桑桑轻轻地将床摇起来，怀玉坐在床前，一口一口地喂席母，桑桑给席父盛了一碗。席母吃了饭后，精神好了许多。洪泽过来了，进屋看到席母能吃稀饭了，很高兴：“伯母，您的病是因为营养不良，太虚弱，不是什么大病。您老好好吃饭，好好休息，过不了多久，就好了。”席母笑了一笑。席父看到老伴气色好起来，坐到她跟前，摸摸她的头：“你已经好许多了，既然已经来了，我们就多住几天，养好了，就回家。”席母看着老伴：“我要回家，现在。”洪泽劝道：“伯母，您还没好，等两天。”“回家，我要回家。”桑桑过来，温柔地说：“伯母，吉诚要回来了，您就在这里养着，吉诚会很高兴的。”席母慈爱地拉着桑桑的手，看到这个永远醒不过来的姑娘，万分心酸。“老伴，回家！”席母还是执拗地说。席父明白，她说的家是宽巷子的席庐，煤厂的家，老伴从来都称为“窝”。“好吧，回家。可是这么多年没人住，等我收拾收拾，好吗？”席母点点头。“洪泽，就让她回去吧！”“那好吧，家里收拾好了，就回去。不过要按时吃药，我会派护士过来给你输液的。怀玉、桑桑，你们去收拾下屋子吧！”

这个很经典的四合院老宅，早已被政府没收，分给了别人。只留了东厢房的两间给他们。屋里潮得很，一股霉臭。打扫完后，门窗整整开了一天也不见效果。

腊月二十九，席父将席母接回了家。家里除了那浓浓的潮气、霉气外，很整洁。怀玉熬了粥，蒸了馒头。席母躺在床上，看着墙壁上的相片镜框，席父把镜框取下来给她。摩挲着这张全家福，她的眼泪流了下来。席母的父亲是典当行的老板，母亲是个小家碧玉。她十三岁时母亲得病去世，父亲没有再娶。席母成年后，嫁给了席翰阳。席翰阳实际上也是穷苦出身，他天资聪颖，书读得好，水师学堂毕业后进了国民党政府机关任职。后因与同僚政见不同而辞官，携太太回成都接了老泰山的典当行，又开了一个“风雅堂”，专卖文房四宝，直到新中国成立。照片上的吉诚，头戴瓜帽，虎头虎脑，开心地笑着。“诚儿，诚儿。”席母喃喃地叫道，用手摸着照片上的儿子，泪眼模糊。“好了，吃饭吧，吃了饭好好休息。”

明天就是除夕了，这十多年来，席家就没有过过除夕。每年这个日子，都是他们想逃离的日子。煤厂里的人能留下来过除夕的，竟然也只有他们这对夫妻。没有红灯笼，没有鞭炮，没有团圆饭，充其量饭桌上多了一个菜、两杯酒，如此而已。过年这几天，老两口像是有个约定一样，非常默契地绝不谈论往事。他们除夕不守岁，初一不早起，一觉睡到自然醒后，随便吃点什么，就去郊外躲躲，躲那节日的气氛。十多年来，他们没有回过城，那个年三十全家其乐融融的气氛，那个大年初一、大年十五的热闹喜庆，都是勾起他们伤感的“敏感源”。一对患难的夫妻就这样躲过了十多年的春节。但是今天，他们只能面对面地去感知，哪怕他们会神经过敏，因为有个弥留的人对这里有回忆，有留恋，有不舍，有期盼。

四合院里，家家挂起了红灯笼，户户贴起了红对联，院里院外，人往人来。

有的人家已经安排了团圆饭，一派热闹。只这东厢房，异常喑哑，没有灯笼，没有对联，没有门神，没有客人。热腾腾的节日气氛，到他们的门前就停止了脚步，光彩暗淡。

大年三十了，中午一过，桑父桑母亲自来请，还是没能请动，老两口像是与春节较上了劲。躺在床上的席母，气色很不错："亲家母，我们席家对不起你们呀，害了你们，也害了桑桑。""别这么说，一家人，有什么对得起对不起的。大过年的，咱不说这些啊。""哎，不说心里也会想啊。你说，我们的孙女，也有十三四岁了吧？如果在跟前，那该多好啊！爷爷、奶奶、姥爷、姥姥地叫着，多美！""他们会回来的，您啊，就好好养病，等着看您的孙女。""这么多年，你们不埋怨我们，不记恨我们，我们的心里都存着你们的好。可我们是'反属'，我们疏远你们是怕连累你们，要不是我们，老桑也不会被划成'右派'。"说着，席母又抹起泪来。"别这么说，好歹是一家人。""我要是能见见我的孙女，见见儿子儿媳，就是死了，也心甘了。""呸呸呸，大过年的，什么死啊活的，亲家好好活着，想见什么，都能见着的。"桑母给她掖掖被子。席母也笑："活着真好。亲家，我家老头子人直，不巴结人，能吃苦。不像我娇生惯养。可他老了，往后没人照应他，多可怜啊！就拜托了。""看你，又来啦。""亲家，我不糊涂，我知道我在说什么。我心里明白得很，就是想回来看看我的家，我们几代人住的院子，我的家呀！"她喘着气激动地说。桑母拍拍她："快歇歇，不说啦。"桑母也有些哽咽。"不说了，该说的都说了，这下可以安心了。"席母闭上眼睛，她累了。"亲家，请回吧，等他好了，一定过来看你们。"送走亲家，席父简单收拾了一下，坐在床头，小憩了一会儿。

傍晚，席父把亲家送来的年饭拿出来，摆上桌子，放了六双碗筷，斟了四杯酒，就扶老伴起来："你看，年夜饭已经弄好了，我们一家子六口人围一圈，终于可以吃团年饭了。""喜烛，点一对喜烛。""好的。"席父点了一对喜烛，放在饭桌中央。摇曳的火苗，给这阴湿的老屋增添了那么一丁点节日的气氛。透过红红的火苗，席母看见那个虎头虎脑的诚儿，拿着一串糖葫芦，笑笑地亲了她一口。"老伴，我扶你坐起来。"席父扶起她，给她垫了一床被子在背后，她勉强地坐着，一只手紧紧地拉着老伴。她的眼前是桑梓、诚儿、两个小孙女，他们齐齐地跪在她面前。她笑了，心花朵朵："诚儿，快，给你爸敬酒……"她说着，人就慢慢地瘫软了下去，头靠在老伴的臂弯里，一动不动了。席父涕泗横流，轻轻地把老伴平放在床上，看着老伴平静而略带微笑的脸，他揩干了眼泪，坐到桌子旁，端起一杯酒，对老伴说："夫人，这是我敬你的。"他一饮而尽，"这是诚儿一家敬你的。"他一饮而尽。他走到老伴面前，拉起她的手抚摸着，又俯下身子深吻她的额头。他老泪纵横，推开门，走了出去。

新年的钟声响了，鞭炮四起，噼里啪啦的声浪一潮一潮地在黑夜里涌起，逼近这死寂的小屋，红红的喜烛泪流不止，跳动的火焰倏地熄灭了。夜空中闪亮的礼炮、礼花忽明忽暗。席父惆怅一圈后，回到家里。席母安详地躺着，席父坐在她的床前，端详着她，如一尊雕塑。

大家都来了，怀玉按席父说的，给席母换上了那套她在吉诚订婚时穿的衣服，让她雍容华贵地离开这个让她留着无限遗憾的世界。

第十四章 执手相看

时间：1962年冬。

地点：台湾。

远航训练已一周，明天将会返航。

吉诚发现自己归心似箭。他的心中，家不再是一个想要躲避的所在，而是俗语中的“老婆孩子热炕头”了。而今他心中的家不再仅仅是那彼岸的父母，而是包含了台湾这个家的大集合。远望彼岸，父母的身影浮现在眼前，他们已经年迈，他们的境况如何呢？在自然灾害面前，他们会不会饥肠辘辘？他们会得到宽待吗？现在，他更是无法原谅自己当年的鲁莽和荒唐。尽管当时国军颓势，可自己是安排好了家人的出路的，那就是和桑桑结婚后携全家去海外。但是那个阴错阳差的夜改变了一切。如果当初他和桑桑如期结婚；如果当初不是私奔似的携桑梓而去，那艘舰艇上，定然有自己的父母；如果当初……如果当初……如果这些

“如果”中任何一条成立，生活、命运之于他和他的父母，就完全是另一种景象了。但是，生活给了他一个既定的“如此”，他不得不如此生活下去。

“诚儿，过来，妈给你洗头。”六七岁的他跑到母亲跟前，一头泡沫。母亲美丽温柔，慢慢地给他揉着洗着。洗完头，母亲给他换一件衣服，喊来车夫，带他出门玩耍。一路上，诚儿的手里不断添了新东西：冰棒、糖葫芦、拨浪鼓、花风车。母亲爱干净，家里永远窗明几净，一尘不染。逢年过节，她甚至会用好看的墙纸，将摆在室内花盆的泥土盖住。

没事的时候，父亲会从典当行拿回一些有绣像的书，给吉诚看。吉诚完整地看完了《荡寇志》《三国演义》等连环画。吉诚怕父亲，可父亲也有尿的时候。

一次，吉诚练习描红时，不专心。他的桌子底下，有一对蝈蝈。于是他在后家别院摘了两朵南瓜花，喂蝈蝈。父亲过来想看儿子练习，却只见桌布外撅起的小屁股。二话不说，父亲将吉诚拖出来，夺过那个蝈蝈笼，要摔。吉诚大哭，母亲出现了：“把蝈蝈放下。”父亲看看他，还想摔。“你敢？”母亲从他手里夺回蝈蝈，又把跪着的吉诚牵起来。“你惯他，看他以后有什么出息！”“玩蝈蝈就没出息了，谁小时候没玩过？诚儿来，妈给你换衣服。”吉诚看着父亲，诚惶诚恐地走到母亲跟前。“诚儿，告诉妈，你玩多久才写字？”“我想看它吃南瓜花。”母亲将蝈蝈笼子在儿子面前晃晃，递给吉诚，笑了。那个平时在吉诚眼里很威严的父亲，竟然立在那里，一句话都不说了。吉诚看看母亲，觉得母亲很了不起。父亲大母亲近十岁，所以处处迁就母亲，只要母亲一生气，他立刻就下矮桩。在母亲的庇护下，吉诚少了许多皮肉之苦。在家里，母亲宠着吉诚，父亲宠着母亲。吉诚和母亲一样，爱整洁。作为读书郎，他的书包和课桌总是整理得整齐干净。在班里，他甚至不和邋遢的同学交朋友。

一晃几十年过去了，如今天涯两岸都是断肠人。望着天茫水淼的大海，吉诚的心里总有挥之不去的愁结：“什么时候能回大陆呢？”“滚，这辈子我不想再看到你！”如今想起父亲的怒吼，却有一种难以言说的满足和幸福。这些年，吉诚的日子可谓过得很顺，他的军阶步步高，不如意的是他难以修补的家庭关系。吉诚与桑梓、孩子都有弥合不了的缝隙，他们的关系极其脆弱。他和桑梓的关系是这个家庭的晴雨计，他和桑梓亲近，孩子就和他亲近；他和桑梓疏远，孩子就和他疏远。好像她们娘儿仨是一家人，而自己不是。孩子十岁以前，吉诚没有和孩子好好相处过，现在，女儿已是少女了，即使在父亲面前，也有了一份少女的矜持。如果饭桌上的桑梓情绪低沉，那这顿饭无论如何美味，也注定是索然无味的。可就算如此，吉诚现在也是无可救药地越来越依恋这个家。“海日生残夜，江春入旧年。”再过几日，就是春节了。舰上的战友们也不时谈论远方的亲人，时不时地提起记忆深处的所见所闻。

桑梓也开始忙碌，准备着春节的一切。多年来，眷村形成一个习俗，腊月二十九，全体团年。眷村的坝子里，各式各样的桌子拼凑起来，围成四合。每家人都会把自己家乡特色的食物端出来，大家聚在一起团年。这一天是幸福的，也是辛酸的。桑梓一直是这个活动的筹备人、召集人之一。今天，翁嫂也来了，她带来了台湾的本土年饭。“上尉呢？今天二十八了。”“今明两天吧，不碍事，每次都会赶回来的。”

腊月二十九，眷村的“思乡坝坝筵”开始了，灯笼将坝子照得通红。川菜、粤菜、潮州菜、湖南菜纷纷登场，还有一些叫不出名字的地方小吃。每家人几乎都竭尽全力拿出自己的看家本领，做出一道能获得称赞的菜肴。桑梓依旧拿出了自己做的回锅肉、麻婆豆腐、夫妻肺片。人们推杯换盏间叙说自己心中的喜怒哀乐愁苦闷郁。“桑梓，上尉没回来？”“军港有事吧，不管他，大家尽兴。”桑梓嘴里这么说，心里还是放不下。晚宴结束了，眷村人自娱自乐的节目就要上演，凡是愿意表达、乐意表演的人，都会自报家门地来上一个。或一首家乡的戏曲、或一段歌舞、或一支乐曲、或一段告白一浪又一浪地将晚会推向高潮。桑梓记得，刚进小学的小姐妹，那次上台给大家背了一首唐诗：“床前明月光，疑是地上霜。举头望明月，低头思故乡。”稚嫩的童声犹如在耳。有人上台了：“我给大家唱一首四川民歌。太阳出来啰哎，喜洋洋啰哎哎啰，挑起扁担啷啷扯咣扯，上山冈罗埃罗哎。”接下来，陆续有人登台演出。“艄公你把舵扳嘞，妹娃你要上船……”不知什么时候，吉诚悄悄地到了桑梓的身边，轻轻地碰了一下桑梓。此时，菡萏、菡菡、憨仔上了台，他们合唱了一首台湾歌曲：

天黑黑，要落雨，
阿公仔举锄头要掘芋。
掘啊掘，掘啊掘，
掘着一尾旋鰡鼓。
依呀嘿都，真正趣味。

晚会终于结束了，女人们忙着收拾那些杯盘碗盏，残羹剩饭，直到院坝收拾停当。一年一度的思乡坝坝筵结束了，院坝恢复了宁静。家家的灯笼红火依旧，它们要一直亮到元宵。

除夕，吉诚一家也一派节日的气氛。门神对联，灯笼窗花，一应俱全。入夜，一家人围坐一起，其乐融融地吃团年饭，饭桌上照例放上了席父席母的碗筷。“爸、妈，我们什么时候可以看到爷爷奶奶？”“等你们长大了。”桑梓说。

一家人端起酒杯，你碰我，我碰你，互相说着祝语。菜，慢慢地吃着；酒，慢慢地喝着；话，慢慢地说着，气氛很温馨。

除夕就在这流光溢彩、温声细语中即将过去。两支喜烛静静地燃着，忽地有一支熄了。吉诚起身想去点燃，“哗”一下，母亲座位上的碗碟摔在地上，四分五裂。大家都怔了一下，桑梓赶紧收拾那些碎片，嘴里还不停地念叨：“碎碎平安，岁岁平安。”吉诚也重新点燃了那支蜡烛，对女儿说：“我们去放鞭炮吧！”两个孩子拿了鞭炮、烟花，跟爸爸一起出门，三个人都很兴奋。桑梓看着桌子上的喜烛和空了碗筷的座位，一丝不祥的预感闪过脑际，她呆坐了一会儿，才出门去看烟花。一个个冲天燃放的烟花，映照着一张张笑脸，她看到吉诚的笑有些苦涩。此起彼伏的鞭炮声渐渐退去，夜空的烟花渐渐熄灭，空空的院坝只留那无数灯笼的红。

吉诚一家，没有守岁的习惯，洗漱后便歇息了，只剩那对喜烛今晚长明。

“明天去镇上逛逛吧？”吉诚说。“是啊，翁嫂那里也要去看看的。”“那早点睡啊。”吉诚拍拍桑梓，两人都睡了。

喜烛将尽未尽，跳动的火焰中，席母走了过来，身着那身吉诚订婚时穿的礼服，非常典雅。她笑吟吟地对吉诚和桑梓说：“妈想你们了，想孙女了，过来看看你们才放心啊。诚儿，你要对桑梓好，她不易啊，妈是女人，妈知道。”她拉着桑梓的手，“桑梓，你多担待诚儿，他从小娇生惯养，不懂事，我就把他交给你了。我去看看我的孙女。”席母转身去了孩子的房间。

“妈！”吉诚和桑梓几乎是同时醒来，他们盯着喜烛，喜烛的火苗跳一跳，熄了。外面，天色已亮。吉诚看着桑梓：“我梦见妈了。”桑梓看着他，点点头：“妈想我们了……”想着刚才的梦，桑梓心里极不踏实。吉诚想到刚才的梦、昨晚的喜烛、摔碎的碗，觉得不祥，也很不踏实。

早饭后，吉诚对桑梓说："桑梓，我有些累了，你带孩子去镇上吧。"桑梓带一些年货，和孩子们去了镇上。小姐妹兴致很高，一路上说着笑着。"妈妈，我昨晚梦见奶奶了！"菡菡说。"我也梦见了。"菡萏也说，"她穿的衣服绣着花，像电影里的，好漂亮！"桑梓更觉惊异，这世间竟然有如此奇异的事。到了翁嫂家里，她将翁嫂拉到一边，说了这个事。"翁嫂，你听说过类似的事吗？""有啊。亲人嘛，血脉相连，心灵相通，当然就托梦了。""那会不会是……""难说……""那我们去去庙里？""是该去去，烧烧香，安安心。"于是五个人一起来到妈祖庙，敬香烧香。桑梓心里挂念着吉诚，先回去了，翁嫂说下午送小姐妹回来。

桑梓走后，吉诚把家里的相册翻出来，一张一张地看了一遍。他拿出一张他周岁时母亲抱着他的照片，放在桌上，点起一对蜡烛，燃起一炷香，然后跪了下来。他预感，母亲辞世了。那个梦、那个摔碎的碗、那根熄灭的喜烛……那个长得漂亮、穿得漂亮的母亲就在跟前，那个泪流满面、想为他担待一切的母亲，就在他面前。"妈，妈——"吉诚哭泣，肝肠寸断。桑梓回家一见，也给婆婆烧了一炷香，跪了下来。

躺在病床上的桑梓听到有人哭泣，睁开了眼睛，原来是吉诚的母亲。她想起身坐起，席母拦住了她："躺着啊，别动了胎气。"桑梓的泪哗一下流了出来。"伯母，对不起。""都是诚儿不好，你说，他捅了多大的娄子。桑梓，你和诚儿走吧，诚儿娶你，你们走吧，走得远远的，保住孩子，"席母哭着说，"这对银镯，给你了。我母亲给我留下的，你戴上，啊？"席母将那对银镯戴在了桑梓的手腕上。"妈——"桑梓叫了一声，"哎，这就是了。我们家虽不是书香门第，但也明事理。这事不怪你，你也是好孩子。"桑梓摸摸手上的银镯，拭去了脸上的泪。

一别十四年，老人是在怎样的情形下生活的？如今婆婆也许真的不在人世了。吉诚是独子，老人是带着怎样的遗憾走的呀！桑梓拉开抽屉，拿出那封信。吉诚没有说谎，他当时确实没有收到这封信，这封信是桑梓随吉诚到了南京后，才收到的。对吉诚而言，如果当初收到了这封信，情形就可能完全是另外的景象了。吉诚不会认为那个荒唐的夜是个圈套，吉诚不会认为自己是拿孩子要挟他，吉诚不会选择“奉子成婚”。对自己而言，如果吉诚给自己一个诉说的机会，如果自己愿意让洪泽冒充丈夫做掉孩子，如果自己那晚不抓阄……这之中任何一个假设成立，生活的列车就驶向了另外的方向。可桑梓不后悔，因为这之中的任何一个假设成立，她就没有了菡萏和菡菡这对姊妹花。她觉得拿所有的假设换这个结果，千值万值。即使她远离了父母，背负了恶名，即使她从此就成了一个母亲，即使她守着一场徒具空壳的婚姻，她都不在意了。她只为做母亲而活着，她的使命就是做一个母亲。这一生，她只做了一夜女人，却获得了做一辈子母亲的资格，她不委屈。吉诚，这个曾经让她很爱的男人，她依然爱他，却是爱孩子的父亲，而不是爱自己的丈夫。自那晚以后，她再没有做过他的妻子，而是做了他的孩子的母亲。他们是一家人，却不是一对夫妻，他们就这么不可思议地在一起生活了这么多年。她努力过，吉诚也努力过。现在，她偃旗息鼓了，吉诚却开始孜孜以求。但不知为什么，每当双方努力搭建的关系有所成效时，两人好到了将要做“夫妻”时，就会前功尽弃，功亏一篑。不是桑梓出了岔，就是吉诚出了岔，良好的互动关系就此止步，甚至还倒退几步。

孩子们回来了，早早地吃了晚饭。月儿像柠檬，淡淡地挂在夜空中。眷村今晚有电影，吉诚夫妇与孩子坐一起看电影，却是心不在焉。银幕上的人影，来来去去，有一个男女青年接吻的镜头，吉诚伸出一只手，去挡菡萏的眼睛，“啪”的一声，菡萏打开他的手，继续看。吉诚看看桑梓，桑梓忍俊不禁。

电影终于完了，哈欠连天的吉诚懒懒地上了床。桑梓平躺着，将被子拉到脖颈。他伸出手去，将桑梓揽过来，桑梓静静地靠在他的胸前，吉诚低头吻她的发，桑梓一动不动。今天，桑梓依然不知道吉诚接下来会做什么，但有一点她明白，开始的序幕依然如故。曾经的主动，让吉诚认为她是个不安分的女人，他曾因此小觑她、轻侮她。没有等到自己所期待的回应，吉诚最后也只好偃旗息鼓。

在性的问题上，男人和女人的认知，永远存在着本质的差别：男人因性而情，女人因情而性。在女人看来，性是情之所归，而男人看来，性是情之所始。桑梓对吉诚无情吗？不是，只是这份情已经退出了“情之所归”的境界，吉诚对桑梓有情吗？有，但又没有达到“情之所始”的地步。“性”不能拯救他们的夫妻关系，“情”才是症结所在。桑梓认识到这一点了，吉诚还没有。他以为，他们的症结是“无性”，而没有意识到他们的症结是“无情”，所以他努力地改善着他们的性关系。而这种改变，又是建立在他的模式上的，这个模式让桑梓完全无所适从，他却陶醉其中。这个模式中的女人娇嗔、温顺、羞涩，一切以他的意志为转移。吉诚觉得自己的人生，之所以换乘了另一趟列车，就是因为桑梓……在吉诚的潜意识中，桑梓才是那个荒唐夜晚的罪魁祸首。

现在一切都过去了，孩子也长大了，桑梓不管从哪个方面说都是无可挑剔的。“怜取此岸人”是自己的目标，也是“头上神灵”的旨意。可是几年过去了，他们的关系依旧在原地踏步。医生说，他病了，做不了男人了，他就有了尝试的想法，他要证明自己是个男人，响当当的男人，可是，他失败了。

今晚，他要再尝试一次，他要冒个险。他轻轻地搂着她，希望桑梓能吻他，可桑梓不敢，她只能被动地接受。她留心地捕捉吉诚的每一个小动作，吉诚依然没放弃自己的模式。桑梓看着他，希望吉诚这双曾使她着迷的眼睛里有热情，有温情，能够软化她，溶解她，可是没有。吉诚看着桑梓，希望能看到羞涩、温顺、娇嗔，可是没有。他一狠心，不管不顾了，桑梓无法动弹，只是错愕地看着他的眼睛……最终，吉诚颓然倒下，他没法进行下去，桑梓根本不在状态……尽管她也没有拒绝，但吉诚还是不济。那个晚上，他们热烈地相拥，忘掉了整个世界，烧毁了整个宇宙，他们无所顾忌，无所畏惧，勇往直前……而今两个正值壮年的夫妻，却是死水无澜。吉诚又失败了。

这对夫妻，就这么将错就错地生活着。吉诚这样想：如果此刻，与自己相拥的是桑桑，当是怎样的情深意长啊！我们耳鬓厮磨，她会轻轻地笑：“痒痒……”然后她会……那是怎样的琴瑟和鸣、鱼水和谐啊！可是桑梓，她要么是一团火，烧毁你；要么是一块冰，冻死你。她是老老实实地横亘在你的面前，可这种生活能这么过吗？吉诚沮丧、懊恼、愤懑、不平。“桑桑，桑桑。”吉诚心里永远呼唤的女人、恋人、情人、妻子。在桑桑那里，他是顶天立地的男子汉、绝世英雄，他击败了自己最强劲的情敌——洪泽，获得了爱情，捍卫了爱情。

茶馆里，洪泽和吉诚的表情都很严肃。“吉诚，你坦诚地告诉我，你到底爱谁？”“这对你很重要吗？你只是她们的哥。”“你知道，我不是。你到底喜欢谁，桑桑？桑梓？”“我爱桑桑。”“那你和桑梓是怎么回事？”“桑梓爱我。”“那你对桑梓呢？”“我说了，我爱桑桑。洪泽，我知道，你也爱桑桑，你是近水楼台，可桑桑只把你当哥哥。”“我不是她哥！”“你觉得我脚踏两只船，不地道。可是桑梓爱我，我没有招惹她。我爱的是桑桑，桑桑也爱我。在这个问题上，桑桑要有半点含糊，我立马退出。”

…………

洪泽在锦里接了桑桑，径直到了一间茶坊，要了两杯碧潭飘雪。“桑桑，我有话对你讲。”“哥，你说。”“桑桑，我不要做你哥。我喜欢你，是那一种喜欢，不是哥哥喜欢妹妹的那种喜欢，你明白吗？”“我明白。可是我就是像妹妹一样喜欢你，你就是我哥。”“可我不是你哥。”“就是！”“不是。”“就是，就是！”桑桑对洪泽的撒娇早已是一种习惯，很自然，不矫情。桑桑一撒娇，洪泽就没辙，这也成了一种习惯。“桑桑，你爱吉诚？”“嗯。”“如果没有他，你会爱我吗？”洪泽用“爱”替换了那个“那种喜欢”。桑桑安静了一会儿，她也许压根就没有想过这件事，但在她鲜明的记忆里，是吉诚让她的春心萌动了，她的春情被他催生，为他发芽。“我还是爱哥哥一样爱你，哥。”洪泽完全无语。这个从小就跟自己“拜过堂”的新娘，一直住在他的“心房”，与他同吃同住同生活，只等有一天，新娘长大了，一顶大轿抬新房……他期待了多少年啊！如今，她却抽身离去，要投入别人的怀抱。洪泽的心空了，他完全失重。“桑桑，从办‘姑姑宴’那天起，我就爱你。那天，你做了我的新娘。我爱你，从小姑娘爱到大姑娘，你一直住在我这里，”洪泽拉过桑桑的手，捂在自己的心脏处，“我一直爱着你，一直爱……你怎样选择？”“你是我哥，我当然爱你。”本以为这番话可以让桑桑为难，促使她不要急于接受吉诚，起码，给自己一个“竞选”的机会，可桑桑就是桑桑，她简单、执着、一根筋，却精当地区分出了不同特质的爱。当一些人还在自作聪明地定夺喜欢与爱不同时，桑桑已经迅速地分清了白豆红豆。洪泽的心透心地凉，面对这个总显得有些不谙人事的桑桑，本来要冲口而出的“桑梓也爱吉诚”被强咽了回去。

喝完茶，离开茶馆，穿越马路时，“哥。”桑桑拉他。洪泽习惯性地抬起胳膊，桑桑自然地伸手挽住，一对兄妹，回家。

黄昏，深巷里，雨洗的石板路泛着冷光，屋檐的泪滴答在如扇的棕榈树叶面上，天将晴未晴。几个小孩在街巷跳橡皮筋“一二三四五六七，马兰开花二十一，二五六，二五七，二八二九三十一……”将这静谧的深巷酿出一些活气来。

终于回来了，吉诚感慨万千。席庐依然如故，只是冷清了许多。“爸、妈，我回来了！”父母闻声而出，还有桑桑。吉诚放下行李，拥抱了爸妈，桑桑却默默地提着他的行李，进了屋子。“诚儿，让妈好好看看。你瘦了……”母亲哽咽了。父亲说：“诚儿，快去看看你媳妇，这么多年守活寡，不易啊！”吉诚向自己的屋子走去，他走得很慢。推开门，桑桑站在屋子的中央，吉诚关上门，也立在那里。桑桑，这个让自己魂牵梦绕的人就在面前，真真切切。她天生丽质，容貌依旧。吉诚一步步逼近她，张开双臂，紧紧地拥她在怀。“桑桑，我想死你了。”他狂乱地吻她的头发、耳朵、脸颊、眼睛、脖子……吉诚不停地吻，吻她的耳背。“好痒。”桑桑温柔地躲着。他不管，将她拥到床前。“我们是夫妻了，桑桑。”桑桑无力反抗……吉诚既温柔，又恣肆。终于，洞房花烛夜……

吉诚很亢奋，醒了，他觉得身下湿湿的。看看熟睡的桑梓，回想刚才的梦，自己睡在桑梓身边，却做了一个和桑桑“那个”的梦……他悄悄起来，冲了澡，换了睡衣，洗净，晾起。

天还没亮，吉诚躺在床上，辗转反侧，天蒙蒙亮时，又睡了。吉诚的梦永远都是旧照片似的褐色。

春节很快就过去了，元宵一过，吉诚就要回舰上了。

“爸，好久没带我们去舰上了，今天去一趟？”“问你妈，她说去，就去。”“妈妈，我们想去军港！”“去吧，上学后就别分心了。”

收拾停当后，吉诚打了个电话，小邹就来接他们了，车上还有他的儿子和老婆。“时间过得真快，你家小海都这么大了。”桑梓和小谢聊着。“小邹羡慕你们，说你们家俩闺女文静、懂事，我们家这野小子，难驯。”她戳戳儿子的头，小海憨憨地笑。“男孩子，就要野点。你说是吧，小海？”小海还是憨憨地笑。“你呀，再给我生个闺女，一男一女，多美满！”“我不要妹妹。妈妈，你给我生个姐姐吧，像她们俩。”菡萏回他一句：“小屁孩。”大家全笑了。“嫂子，你年纪也不大，不想要个儿子？”小谢说。“上尉，你家再生个儿子，我家再生个闺女，我们做儿女亲家。”“你说儿子就儿子，你说闺女就闺女，美得你。”吉诚说。“是啊，儿子、闺女，归神仙管，给你什么是什么。”小邹也笑了。

又上舰了，每次上舰，都会勾起桑梓无限的乡愁。彼岸阳光此岸霞，海峡有涯思无涯。十四年前的她不清不白、没名没分地落荒而逃，在船上大吐特吐。而今，当年怀着的孩子已是亭亭玉立的少女，漂亮而美好。看到这可亲可爱的两姊妹，桑梓总能从她们身上找到自己和桑桑的影子。只是这小姐妹，不像她们小时候，菡萏、菡菡从来都是互相直呼其名。桑梓不让她们姊妹称呼，尽管菡菡比菡萏晚生近一个小时。桑梓从不要求谁要让着谁，她希望她们互让。不过，两姊妹的性格桑梓无法左右。菡萏老到成熟，菡菡天真活泼，却很矜持。

站在舰上，遥望故乡，桑梓想自己的父母、桑桑、怀玉、洪泽。桑桑结婚了吗，还恨我吗？洪泽呢，他跟谁结了婚？还有怀玉姐，该有孩子了吧？公公、婆婆呢？他们是开明的人，没有责难过自己一句，只是怪自己的儿子不好。桑梓凭栏而望，彼岸远在天边。她心中的所有人都是她的牵挂，何日何时她才能带着自己的一双女儿，带着她的爱恨悲愁酸甜苦辣，回到那生她养她的故乡，再去华西坝散步，再去吃开心凉粉、伤心凉粉，再去品随心所鱼，再去喝没心没肺汤？这些之于她，已然是很久远了。但在桑梓心里，这是她心灵相册的一帧一页，铭刻心中，永不磨灭。桑梓才三十六岁，她已经很怀旧了。

吉诚凭栏远眺，点起一支烟，海涯尽头是他的故乡。父母在，不远游。可是他已游得很远、很久了。“吉诚，我们回吧！”吉诚从沉思中醒来，跟着桑梓下了船。孩子们迎了上来，七嘴八舌：“爸，你说要带我们去海上兜风的。”“今天不合适，起风了，改天吧！”果然，船上的旗帜呼啦啦的，海浪声响起来，似乎要下雨了。两家人乘上车，赶回了眷村。

风吹散了将要聚拢的云，入夜，天竟然晴了。

元宵夜，灯笼火红，新年的气氛更加浓烈。有的孩子点起了“孔明灯”，那一盏盏的红灯，在夜空飘飞，孩子们兴奋地欢笑着，寻找着属于自己的那盏灯。大人们的笑脸却渐渐变得有些苦、有些僵。看到这些，吉诚想到了自己小时候玩过的欢喜豆。“哎，要能摔几个欢喜豆多好！”“爸，什么是‘欢喜豆’？”菡菡问。吉诚就讲给她听，听完两姊妹都乐了：“要是有，就好了！”

天上的孔明灯不知飞向了何方，大人小孩都散去了。闹元宵、听戏、吃汤圆，桑梓想起家乡的这些习俗，就想起了那长声吆吆的川戏。原来觉得那么难听的川戏，回味起来，如嚼青果一般，有了意犹未尽的甘甜，又似经年窖存的老酒一般，有言之不尽的香醇。那句“兰心惠哎，你这烂心肺”是他们小时候学舌的台词。想到此，桑梓不觉哑然一笑。吉诚不是成都长大的，他读书时，喜欢京戏，今晚那个来自天津的老兵唱一出《苏三起解》，他还跟着哼哼几句：

苏三离了洪洞县，
将身来在大街前。
未曾开言我心内惨，
过往的君子听我言。
…………

看他沉醉其中，桑梓也笑了。

回到家里，桑梓煮了汤圆，一碗四个。吃完汤圆，已是午夜时分，小姐妹洗漱后睡了。这段时日以来，家庭的氛围很好，不管从哪个角度看，这都是一个和美的家庭。

这几年，他们共同承担家务，共同教育孩子，比起前十年，不知好了多少倍。桑梓轻轻地将头放在吉诚的肩头，吉诚侧过头，吻吻她的发，将她揽过来。桑梓也有响应，她大胆地看着他的眼睛。吉诚激动了，有些慌乱，手越来越不安分；桑梓也有些慌乱，死命地拒绝着他的手。吉诚已经不能自控，不停地冲破桑梓的防线，一双有力的大手，按住了桑梓。他喘着粗气，看着桑梓，充满了爱意："桑桑，我要……"桑梓惊呆了，滚热的身体骤冷下来，两行清泪，一泻而下。吉诚一愣，也颓然倒下。"该死，唉……怎么会这样啊！桑梓，对不起，我是怎么了？"吉诚语无伦次。桑梓终于彻底明白了，原来他那些呓语，都是对桑桑说的。所有的行为都是为桑桑做的，难道他也对桑桑……桑梓怒不可遏："吉诚，你对桑桑做了什么？""绝对没有，桑桑是纯洁的，我对天发誓！"桑梓坍塌了："原来如此……"桑桑，还是桑桑，她永远横亘在他们的面前。桑桑就像一截枕木，两头连接着他们，却又永远让他们成为平行线，不能相依相靠、相亲相爱。尽管这个曾经禁忌的话题与人物，早已解禁，俩人都将捂得发霉的"鬼"拿出来晒过了，可是全然无用。这个"鬼"，永远"作祟"。桑桑依然根植于吉诚的心中，她简直就是一道"咒语"。桑桑铭刻在吉诚心里，流淌在吉诚的血液中。桑梓不是嫉妒她，吉诚可以把她放在自己神龛上供着、敬着，但是吉诚不能让她成为桑桑的替身。

最有希望的一次努力也失败了。桑梓知道，这样的尝试不可能再有了，他们的婚姻注定已经"死缓"。

"桑梓，你听我解释……""睡吧，明天要回军港了。"桑梓淡淡地说。

“你别生气，我给你解释。”“我没生气。”“你在生气，本来我……”“别说了，睡吧。”“我要说，”吉诚倔起来，“你老生气，本来……”“本来什么？”桑梓翻身坐起，“本来你的妻子不是我？”“桑梓，我知道，我做得不好，可我不是在努力吗？你看，我们这几年过得不是挺好吗？”“是的，可是本质没变。”“什么本质？”吉诚的声音提高了。桑梓怕孩子听见，偃旗息鼓：“算了，别说了，孩子听见不好。睡吧。”

吉诚心里很不是滋味：“桑桑是你妹妹。我们本来就对不起她，想起她，很自然的事，有必要大惊小怪、小题大做吗？”桑梓心里也不是滋味：“是的，我们的关系是改善了许多，可是我仍然不是你的妻子，我们的关系在本质上，和前十年是一样的。我不避讳桑桑，我也不嫉妒她。但我不愿意你带着她，永远跟我们生活在一起，我更不愿意成为她的替身，这绝不是小题大做、大惊小怪。”“桑桑是我这一生中的第一个爱人，也是唯一的爱人。我伤她那么深，难道就不应该在心里纪念她，给她留一个席位？”“桑桑是我们的受害者，我们有愧于她。但我无法接受你的无心之‘爱’，我只是希望你和我在一起的时候，心体合一地‘怜取’我，仅此而已。”两人的心里，就这么较着劲。桑梓睡了，沉沉地进入梦乡。桑梓的梦，似乎永远都是黑白灰。

舰艇出港了，月光清冽，海浪声如呢喃的催眠曲。

舰艇如飞船一般驶向彼岸，甲板上的桑梓，充满期待。不多时，船竟然就靠了岸。桑梓叫了一辆人力车，那车风驰电掣地奔跑起来，低矮的房屋、石板的街道、整齐的道旁树，在眼前一掠而过，桑梓甚至嗅到了蜂窝煤的味道。桑家院子月色溶溶，藻荇交错。堂阔宇深的院子，只桑桑一人。“桑桑，姐错了，对不起……”桑桑立刻用手捂住她的嘴，脸上的泪如溪流般哗哗地流。她们就这样手拉着手，脸对着脸，泪和着泪。月亮的光芒冷冷的，银杏的叶子不时飘零。泪眼模糊中，桑梓还依稀看到桑桑招牌似的浅笑，桑梓张开双臂，拥住了桑桑。

桑梓醒了，手里紧紧地抱着一个枕头。她坐了起来，回想刚才的梦，桑梓想：桑桑一定不愿意看到我现在的生活吧。

回到军港的吉诚，仍在沮丧中。家，这个温馨的港湾触手可及，却又遥不可及。这个曾经如旅店一般的家，现在是他不愿离开的巢窠。他感激桑梓，“怜取”桑梓，在这个家的集合中，他的交集越来越大，他和她们终于融为一家人了。可是为什么，桑桑就会冒出来呢，而且总是在那个时候。

天边，海雾茫茫，太阳时隐时现，远处的海鸥在海雾中穿行，近处的在浪花上飞躥。

彼岸远在天边。吉诚羡慕那些翩飞的鸟，能够在这宇宙中自由从容地生活。暴风雨中，渔船、轮船、军舰无一不积极归航，这些小鸟却能在惊涛拍岸的千堆雪浪中翱翔穿越。自己一个堂堂男儿，铮铮军人，十几年躲避生活的风浪，从来没有从容地面对过生活。在所遭遇的每一次风浪中，自己从来都不是那个奋游上岸的人。“私奔”是双方父母亲的指点和默许，生孩子这样的大事，竟然让桑梓独自在生死关头挣命。自己在干什么呢？他似乎看见了那个跪在父亲面前听训的自己眼巴巴地望着母亲来解围。“这是我吗？”吉诚好像第一次发现自己懦弱。

吉诚希望自己是那些随时会归航的帆船，停靠在自己的港湾凭他风吹浪打。可是，自己怎么就没有归属感呢？看看身边的同僚，他们的家庭，不时会卷起暴风骤雨，卷得家里的锅碗瓢盆杯碟灯盏齐飞，可风雨之后，阳光明媚，收拾起那些瓦缶碎片，夫妻又恩爱如常。自己的家呢，永远波澜不惊，一碧万顷，却没有爱的阳光。他有预感，深海的潜流正在酝酿，或许有那么一天，他们的家，也会锅碗瓢盆齐飞，也会一地残瓯，那时，自己有能力收拾残局吗？

“上尉。”小邹来了，和他并肩靠着船舷，“又和嫂子闹别扭了？”吉诚不作声，眼睛望着茫茫海面，长长地吐了一口烟。“上尉，我想家了，那边的家，”小邹指指彼岸，“什么时候才能回去啊？十几年了，不知父母怎么样了？真想把媳妇、孩子带回去看看。”吉诚无话可说，两人望着远远的天边，神色凝重。

一向认命的桑梓，一向认为自己已经接受了命运仲裁的桑梓，忽然迷失了自己。不是心甘情愿放弃了奢望吗，怎么又患得患失起来？吉诚叫桑桑时，为什么就不能装作没听清楚，自己一向不都是这么做吗？可是，要是扮演桑桑，自己又在哪里呢？桑梓没错，她是父母的女儿，女儿的母亲，她是姐姐，是妻子，她是这一切的载体，可她自己似乎不在这个载体中。“我在哪儿？”她竟然找不着自己了。

要开学了，菡萏、菡菡又将回到寄宿中学，桑梓又要在这空巢里做一个守望者，守望孩子们的归来，守望内心的孤独。十几年来，她不停地迎合吉诚的情感，吉诚高兴她就高兴，吉诚不高兴她就不吱声。吉诚在桑桑那里梦游，自己在吉诚这里梦游，他们两个若即若离，希望的曙光总是昙花一现。吉诚努力要做到“怜取此岸人”，可他像被什么诅咒了一样，回不过神来。他已经做得很不错了，他几乎已经完全融入了这个家。只是回了家的他，心还飘在空中，他也很累，很苦。“不能再这么下去了，自立吧。离婚！”桑梓明白，一切取决于自己能不能自立。

三十六岁的桑梓，已经脱离社会很久了，现在要出去工作，养活自己吗？可这样的生活，无论如何是无法再维持下去了，了结它是迟早的事。桑梓暗自横了心：放了吉诚，放了自己。

开学了，桑梓送姊妹俩到了学校。安顿以后，桑梓到街上逛逛，买了很多报纸，特别留意招聘教师的信息。自己并非无一技之长，教书还可以胜任吧。在街上，她也很注意街上的招聘告示。她并不是要马上离开这个家，但未雨绸缪，她开始做准备了。路过一个译文书局时，门口的招聘启事引起了她的注意。这是一个翻译工作，计件性质。主要是翻译一些科技和文学类的英文著述，没有年龄的要求。想想自己的英文底子，桑梓决意去试试。面试他的是个英国人，面试分两步：一是口译和英文对话，二是在规定时间里，笔译一段指定文献。面试官面对这个素面朝天、憔悴的女人，有些漫不经心。籍贯、年龄、特长、个性、家庭全是标准套式，桑梓没有问题。“生如夏花之绚烂，死如秋叶之静美。”面试官突兀地冒了这一句。桑梓没有心理准备，没有立即翻译。英国人看着她，不耐烦地再说了一遍。“Let life be beautiful like summer flowers and death like autumn leaves.”桑梓脱口而出。面试官的眼睛亮光一闪，随即拿出一本介绍英国宫廷建筑的书，随意选择了两段，要她在十五分钟内译出来。桑梓如有神助一般译得很顺利。那人看看译文，再看看桑梓，或许他觉得译文的风格和桑梓的外表不符，桑梓对自己的译文很有信心。那人笑眯眯地拿出合约，递给桑梓。桑梓粗略地看了一下，便签了字。随后，桑梓拿到了两本书。桑梓出了译文局的门，满心欢喜，她粗略一算，翻译的收入养活自己没有问题，供养孩子还差得很远。但是，她可以自立了，她居然还能找到工作，这份意外，让她身轻如燕。当日，她去书店买了一本最新出版的《牛津中英词典》，乘车回到了眷村。

吉诚居然在家，她把一摞书往桌子上一放，系上围裙，去厨房做饭。吉诚翻看桌上的书，几乎全是英文的，桑梓好多年不看书了，特别是英文书。“她想干什么？”吉诚思忖着，进了厨房和桑梓一起做饭。

“吉诚，我找到工作了。”吉诚吓了一跳：“你要去工作？为什么？家里不缺钱。”“一个人待在家里，闷得慌，找点事做。”“你可以跟那些眷属一起玩。”“一两天还可以，还能玩一辈子？”“什么工作啊？”“翻译，给一个书局做，计件，书都拿回来了。”吉诚有些放松了，好歹是在家里做。“你呀，不会享福。”“哪来的福啊？孩子大了，她们一走，我就觉得自己是吃闲饭的，心里很空，再说，我也不能让你养活一辈子。”话一出口，桑梓就后悔了。她本来想，找个合适的机会，跟吉诚谈谈离婚的事。果然，吉诚很敏感：“我为什么不能养活你一辈子，你还在生气？”吉诚的内心感到了不安。“生气也没用，我呀，不会享福。”桑梓用自嘲的方式结束了谈话。

没有孩子，两个人的饭桌很安静。“不是说有任务吗？”“任务取消了，我还有几天假休，我们去旅游吧。”“去哪儿？”“你说去哪儿就去哪儿。”桑梓有些转不过弯。“想好了没有？”吉诚问。“怎么想起旅游了？”“想好了没有，想好了就告诉我。”吉诚说完，收拾碗筷进了厨房。桑梓脑袋空白了好一会儿，什么也没想。“还没想好？”吉诚收拾完出来。“去阿里山吧。”“行，明天就走。”

阿里山，风光旖旎，万顷澄碧。

这是吉诚夫妇第一次出游，两人的心情都不错。白天，徜徉在这高山青、涧水蓝的画图中，轻松，惬意；入夜的篝火让人温暖。一群高山族的青年男女，唱起那支有名的《高山青》：

高山青，涧水蓝，
阿里山的姑娘美如水呀，
阿里山的少年壮如山。
…………

人们围成一圈，载歌载舞，不停地将游人邀请进他们的圈子之中。桑梓与大家一起和着那歌的节奏，跳起来。起初她还很拘谨，但后来被这热烈的气氛感染，她渐渐放开。看到被篝火映红的桑梓，昔日运动场上那个英姿飒爽的女选手、舞会上那个骄傲的公主、吃遍大街小巷的大咧咧的女孩，都来到了吉诚的面前。昔日的她健康、开朗、大度，而今，她与同龄人相比显得憔悴，未老先衰。桑梓完全放开了，载歌载舞，脸上露出了久违的、发自内心的、最放松、最自然的笑容。看到此，吉诚心里又疼又爱。吉诚搞不清楚自己为谁疼，他只觉得一把寒光闪闪的利剑，将他劈成两半，一半属于桑桑，一半属于桑梓，自己永远都没有一个完整的灵魂。桑桑是不幸福的，她爱的人，背叛了她。桑梓是不幸福的，她爱的人，不爱她。自己也是不幸福的，背叛了别人，也背叛了自己。吉诚真心希望，今后桑梓的笑永远如今晚一样，灿烂如花。“怜取此岸人”，桑梓值得“怜取”。吉诚忽然看见桑桑居然在篝火中笑着，凝视着他，向他伸出手来，牵着他，一步步走向篝火，吉诚的脸被灼痛了，大喊一声：“不要！”所有的人停下来，看着他，桑梓也看着他。

歌舞又起，人们沉浸在自己的欢乐中。桑梓在他旁边坐下来，递一瓶水给他：“怎么啦？”他回过神来。篝火熊熊燃烧，美好的旋律在夜空中回旋，弥散，消失。吉诚和桑梓，穿过幽深小径，回到自己的房间。

厚重的落地窗帘，将一切热闹阻隔在外，台灯发出温暖的光。

两人都很累，吉诚和衣仰躺在床上，桑梓靠在了床边。桑梓心里有了目标，就真放得下了。她知道，这样的出游是第一次，也是最后一次。一切都还在可以承受的范围之中，不管明天的太阳如何升起，生活还是要继续下去的。它可能比现在好，也可能比现在坏，那又有什么关系呢？既然自己掌控不了，那就任由上帝去掌控吧。

吉诚枕着桑梓的腿睡着了，桑梓对此见怪不怪。许久，腿很麻，她想挪动一下，可吉诚睡得很沉。桑梓尝试着轻轻移动他的头，终于抽出了自己的腿。吉诚沉沉地睡着，温暖的光映着他黑黑的脸、敞敞的前额、高高的鼻梁、宽宽的鼻翼、刚毅的嘴唇，他是个相貌堂堂的男子，穿上军装更是英武不凡。他的出现让两姊妹都无可救药地坠入了情网，桑梓很久都没有这样注视过他了，比起当年，他有些胡子拉碴，双鬓竟然有些白发，他才四十出头啊。“至亲至疏夫妻”，桑梓想起了这句诗。我们奉子成婚，十几年，我们没有圆房，我们是无缘之人。甘与不甘，都没有任何意义了。吉诚，我们好好谈谈，好聚好散。桑梓的眼睛湿湿的，沉沉地睡去了。

沉睡中，她感觉到有人在吻自己，她醒过来。吉诚正伏在她的身边，饱含深情。他的手在游走，动作很轻柔、绅士。吉诚动了真情，他不会放手，他还不甘心，他觉得自己已经一步步走近她了。今天，他还要再试试，在这充满温情的时候他要在这充满温情的地方走近她，他几乎就要成功了……桑梓平静地说一句：“例假。”吉诚僵住了，体温急剧下降，他翻身坐起，穿衣下床。桑梓没有骗他，这是桑梓答应吉诚出来旅游的原因。她已经把自己放在了离婚的状态中，从心理到生理，都本能地处于高度警戒状态。她只是在寻找一个合适的时间、合适的气氛将话挑明而已，当然不是这几天。

凌晨，他们就起了床，今天要去看阿里山的日出。

匆匆吃过早餐后，他们就上路了。天边还是鱼肚白，群山只是黑黝黝的剪影，不一会儿，一抹红霞出现，天边红了，亮了。崭新的太阳，从山坳探出头来，天地一瞬间就透亮了。太阳升高了，眼前的云一缕缕、一簇簇，在山头和山间飘动。流散的云拂了游人的脸，湿了游人的衣，净了游人的心。

吉诚和桑梓陶醉在美景中，桑梓觉得自己的心底忽然宽广起来，她唯愿将以往的凄凄怨怨全扔在这里，带回一个全新的自己。可她竟然已经想不起自己的忧伤和悲哀、无奈和戚戚。她心清如水，感觉所有的细胞都一尘不染。吉诚也觉得内心的郁气、瘴气被阳光驱散，心结渐松，印堂、眉宇完全舒展，身心俱轻。

游人不算多，前前后后，不是情侣，就是伴侣。吉诚伸出胳膊，桑梓挽着他，一路走去，还未走出这个山坳，就听到了隆隆的水声。

两人转过山弯，一挂飞瀑直泻，散珠四射，点点滴滴，如沙如雨，打在脸上痒痒的，飘在脸上凉凉的。飞溅的玉珠，五光十色，拱起一道赤橙黄绿青蓝紫的虹，跨在湖水和山涧之间，那妙处无法言说。

桑梓在这大自然中渐显以往的性情。那个在眷村动辄流泪的桑梓、阴郁的桑梓、多愁善感的桑梓，忽然换了个人似的。吉诚还没有把自己释放出来，当然他也没有为昨晚生气。来日方长，桑梓不是一块冰、一块石头。桑梓柔软，大度，他相信总有一天，他可以拥有她。“差不多了，去湖边看看。”桑梓说着，两人向湖边走去。

静谧的湖水映着天光山影，几只小舢板，泛波而行。看着这静静的湖水，桑梓内心平静安逸。她坐在一块石头上，嗅着清晨的芬芳，眼望着如碧的湖水，一动不动。吉诚也在她的旁边坐下来，看着这静静的湖水，感到无限的惬意。尽管大海也有安静的时候，可它没法和湖水相比。湖水静如处子，是一种娴静，它给人享受，让人的心里生出许多的美意。

“等我退休了，桑梓，我们就到这里来养老。”桑梓有些感动，但这已不可能了，她凄然。“桑梓，我猜猜你在想什么？”“嗯。”“你想离婚。”桑梓抬起头，看着他。“你找工作，你不要我养你一辈子。”吉诚的眼睛始终望着湖水，“我理解，这么多年，你只是孩子们的母亲，我没让你做过一天的妻子。你想离婚，我理解。”桑梓没有想到，吉诚也是早有准备的，他提前挑明了话题。“吉诚，我们都太苦了！以前孩子还小，现在我们都不要这样苦下去了。”“是很苦。我也困惑，我们为什么就不能像别的夫妻那样呢？”“我们都有心病。”吉诚不语。

是的，两人的愧，成了两人的“鬼”，那个禁区，成了“鬼域”。他们有婚前的一时孟浪，没有了婚后的正常圆房，他们无法摆脱或逃避这个人——桑桑。“吉诚，我们都努力了，我们没有成功，我们分开吧。”“我不想分开，桑梓……”两人陷入了沉默。“桑梓，不要急着分开，你不要这么快做决定，行吗？”

“救命啊，救命啊！我的孩子……”凄厉绝望的哭声，划破了宁静，吉诚起身向湖边飞奔，他一边跑，一边脱衣服。那湖里，有一双手在拼命扑腾。“扑通”，吉诚跳进湖里，奋力向那双手游去，那双手已是几经沉浮。桑梓的心冒上了嗓子眼：“吉诚，快点，快点……”吉诚终于抓住了那双手，可那双手紧紧地攫住了他，他们一起沉了下去。“吉诚，吉诚——”桑梓喊着，奔向湖边，被人从后紧紧地抱住。“吉诚，你回来……”她瘫坐在地上。

“出来了，出来了！”人们惊喜地叫着。吉诚浮出了水面，拉着一个昏迷的少年，奋力游向岸边。人们跳进湖水，七手八脚帮助吉诚把那个溺水的少年拖上了岸，救护员赶紧施救，人们围了上去。桑梓扑进吉诚的怀里痛哭，吉诚搂着她，拾起地上的衣服，快速地离开了湖边。等那孩子醒来，他的母亲和围观的人们才想起那个救命的义士，可哪里还有踪影呢？那个母亲，在四处找寻那个救他儿子的恩人时，吉诚和桑梓已换了衣服，提着行李，退了房，离开了阿里山。

第二天，台湾的各大报纸，争相报道了这件事，希望大家帮助那位母亲寻找这位恩人。吉诚看后笑笑：“幸好当时没人拍照。”桑梓也笑了。

一个小小的插曲，冲淡了那个沉重的话题。晚上两人躺在床上，各自看书。

桑梓看着吉诚：“菡萏、菡菡要知道她们的爸爸这么了不起，要崇拜死了！”

“不许说啊！其实，小时候，我特别怕水，听那个美人鱼的故事后，就总以为水里有一条美人鱼，除了头，全身银鳞，最后竟变成了泡沫……”吉诚的眉头蹙在一起，仿佛发现一双银屑的腿在宽大的裙裾下时隐时现，他的眼睛迷茫起来，桑梓推推他：“怎么了？”他才回过神来。“桑梓。”他拉过桑梓的手，拿起笔，在她的手心里写了几个字：“重新开始，从心开始。”桑梓看着手心，看看吉诚，伏在了他的胸前。

◎

第十五章 云谲波诡

时间：1966年夏。

地点：成都。

一个简易的临时搭建的广场，四周的建筑物上满是各色标语。

谁也没想到，那个挂着“叛徒特务”牌子的人是洪若水。其实，桑一鹤都不知道洪若水曾是地下党，洪泽也是参加志愿军政审时才知道的。当时组织要求他继续对父亲的真实身份保密。“我是教师，是党员，我爱祖国……”“你倒给自己贴金来了……”一个身着志愿军军装的人，来到台上，从军用包里拿出自己的“中国人民志愿军一等功臣”的证书，展示给大家，把自己的断臂给他们看。“洪若水是我的父亲，他说的都是实话。我叫洪泽，是医生，小将们，你们冷静地想想，一个特务、叛徒，会把自己的独生子送去当志愿军吗？在朝鲜战场，敌人的炸弹夺去了我的一只胳膊……”台上台下一片安静。

洪若水并无大碍，处理完伤口后，洪泽送他回了家。傍晚，怀玉来了，看着父子俩，心里难过。这么多年了，怀玉的心里一直装着洪泽，可她知道，洪泽的心里一直装着桑梓。她不气馁，觉得只要能经常见到他，照顾他，就行了。这个只有男人的家，因为她，才那么秩序、整洁、温暖。

晚饭后，怀玉对洪泽说："你们早点休息，我明天过来。""怀玉……你不再坐会儿？"洪泽有些结巴，腼腆。"不了，去看看干爸。""那，你也别太累着啊……"怀玉的心里暖暖的。洪泽对她一直是感激和客气，她从来没有听到他说过这么温暖的话。洪若水将一切都看在了眼里，思忖：这小子，也该化了。洪泽过来看他的伤，他就问："洪泽，对怀玉动心了？""爸……""是好事，娶到怀玉是你一辈子的福气，别身在福中不知福。"

安顿父亲睡下，洪泽回到自己的房间，拿出自己的立功证书，摸摸自己的义肢。

雄赳赳，气昂昂，跨过鸭绿江。

…………

洪泽和一些伤员回国了。成都车站，人们拿着大红花，系着大红绸，载歌载舞，欢迎"最可爱的人"。洪若水、桑一鹤一家人都在那里等着。洪泽终于出现了，看到他空空的左臂，大家都哭了。洪父拥着儿子，摸摸他的空袖，泪如泉涌。

到家了，怀玉看着那个立功证书，哭啊，哭啊："洪泽，你自己就是医生啊，你怎么……"她捏捏他的空袖子，边哭边说，"你以后怎么办啊？"

满脸是泪的怀玉，就在洪泽的面前。这个普通的女子，十几年来就这么关怀着他和他的家人，无怨无悔。习惯于她的关照，洪泽和父亲竟然都依赖于她，只要有那么几天怀玉不出现在这个院子里，父子俩就会焦虑。这个假肢，也是她张罗做的。"不要，要个假的干吗？""怎么不要，撑起衣服，好看，也好找对象。""找什么对象，我一残疾人，不要。""你不是残疾人，是英雄。""谁会要我呀？""谁不要，谁傻。"怀玉的话，就这么响在耳边，洪泽的心暖暖的，这样的感觉，还是和桑梓恋爱时才有过。

大街上的标语，被风刮得四处飘散。

怀玉回到家，桑父问："那边怎么样啊？""今天被弄去批斗，受了点伤，幸亏洪泽到了。""不知你席伯父怎样啊？""爸，抽空我去看看他。""只剩一个老人了，可怜啊！”“怀玉来了，吃饭没有？”桑母过来问。“吃过了，洪爸那吃的。”怀玉习惯地拾掇家里，拾掇爸的书房，她收起书桌上一本《山海经》，准备放进书柜时，掉出一张泛黄的照片，捡起照片，怀玉大吃一惊，看着照片，傻傻地愣着。

怀玉回到了锦里的宿舍，当厂长后，厂里给她分了一间房子，不大，怀玉把它收拾得很整洁。怀玉在床边愣愣地坐着：桑家怎么会有我家的照片呢？她一宿都没睡好，早上她做了决定：“等洪爸好点，就回家，我一定要弄明白。”

秋初，四川洪雅，高庙，小雨。

这是一个边鄙的小镇，很袖珍。全镇只有一条街，很窄，全用青石板铺成。如果有一个挑夫走在街上，别的人就只好让到人家的屋檐下了。石板路很古旧，两旁的房屋也很古旧，怀玉走在小街上，也不时地看到些零零星星的标语。墙壁上的二十四孝壁画，雨一洗，更为醒目。

小街上几乎没人，石板路亮得闪着青光。少有几个阿婆，街对街地拉家常，怀玉一一招呼：“李阿婆好，罗阿婆好。”“哎哎，玉儿回来了！”小街的尽头，那一处低矮的房子就是表舅的家了。表舅迎出来：“怎么这么晚，都淋湿了。快进屋换换衣服。”怀玉拿出给表舅、舅妈、哥嫂、侄子的衣物，每人都有一样。“玉儿，每次回来都买这么多，你侄子最盼你了，说有新衣服穿。”表哥说。“表舅，明天我上山，可能住一两个星期。”“我明天陪你去，我也好久没见你妈了。”

入夜，小街静默在雨里，有的人家的窗户，透出一豆微黄的灯光。怀玉躺着，想那张照片，明天，一切都会弄明白的。

清晨，雨后的青山，一层薄薄如纱的雾气，袅袅地上飘，从山脚飘到山腰，飘到山头、山顶，然后升天成云。

雾起时，怀玉便和表舅上山了，山路很滑，表舅砍了一截木棍，给怀玉当拐杖，自己背个背篼，走在前面。山腰上有几处零星的房屋，卧在绿色中，这里就是一个世外桃源。山上的人家一个月只下山一次去赶集，买点盐和日用品，或是扯上几尺布。年龄大的，有人几乎一辈子都没有下过山，在山中终老。

怀玉的母亲，在山上住了几十年了，下山的次数屈指可数。年龄大后，她的生活由一个远房小叔照料，生活很简单。接近中午，怀玉和表舅才走到。

看到怀玉，母亲很高兴："玉儿，怎么不来封信就回来了？""让妈高兴啊！小叔呢？""地里，还有一会儿就回来了。"怀玉张罗着煮饭，表舅和母亲在一起拉家常。"搞运动了，你还好吗？""还好，秀芳的成分低，跃进又是队长，没人整我。""告诉跃进，咱不做那些伤天害理的事情，乡里乡亲的，日后还要一起过日子。"小叔到家了："玉儿回来了。""小叔，我给你买了东西。"怀玉给小叔买了一套衣服、一双军用胶鞋。小叔拿到东西，笑眯了眼。小叔比怀玉只大一岁，是个驼子，没结婚。不爱说话，爱笑。

午饭后，表舅下山了，小叔又去了地里。怀玉收拾完后，与母亲坐在屋前院坝里剥玉米。迟疑了好一会儿，怀玉还是开了口："妈，我想问您一件事。""问吧。"怀玉起身进了屋里，拿出那个挂在墙上的相框，指着那张照片："干爸也有这张照片。""啊！"母亲的手抖起来，"是吗……""妈，我就是为这事回来的。""天意，天意啊……"母亲哭了。"妈，这里面真有他？"母亲指着那个站在自己旁边，穿着长衫、戴着礼帽的人，"这就是他呀！"怀玉拿过来仔细看，帽子戴得较低，觉得是有点像。"妈，到底怎么回事？""怀玉啊，他是你爸，你亲爸！""啊，天下竟有这样的事？你们……""这张照片是我们订婚时照的。""那你们……""怀玉，你记得妈是怎么上山的吗？""家里着了火。""知道怎么着火的吗？""不知道。""妈今天全告诉你。"

一个下午，傅潆向女儿诉说她的故事，虽然也难过、委屈，但没怨气。"这就是命啊。我知道他会来找我，他回来了，可是他们把他打发走了。他在罗泉井待了十多天，什么也打听不到，你外公恨他，傅家整个家族都恨他。"怀玉唏嘘不已。

埋在心里几十年，已经被傅潆封存的旧事，本以为就这么悄无声息地随着生命的逝去而逝去，结果老天还是给翻了出来。

傅潆心里的积郁，终于有了出口："怀玉啊，怪不得你说一见到他就亲，这是父女天性，血缘是割不断的。怀玉，怨他吗？""妈，我说不上来，心里有疙瘩，不是滋味。""那，你认他吗？""妈，你恨他吗，怨他吗？""恨过，怨过。可有什么用呢，事情就这么发生了。"傅潆沉默了很久，"命，这就是命吧！是妈的命，也是你的命。""妈，我看还是暂时不认吧？""你自己做主吧，妈依你。""等我心里没有疙瘩了，兴许就认了，行吗？""行。"怀玉又端了水来，母女俩继续聊着。"怀玉，真不想嫁人了？妈可不愿意看着你一个人过一辈子。”“妈不是一个人过了一辈子吗？”“妈有你，尽管我们穷，可有你，妈就是富翁。那个洪泽还好吗？”“还好。”“结婚了？”“没有。”“你们就这么耗着？”怀玉叹口气：“我也不想耗了，找个对象，把自己嫁了吧。”“怀玉，年龄大了虽说不好找，可咱也得找个可心的。不然，妈宁肯你一辈子单身，不受罪。男人的罪，女人受不起。”娘俩就这么叙着，直到别家的炊烟升起，怀玉才起身去做饭。

“妈，城里闹得太凶了，我本想让爸和洪爸到山里来住一段，现在怎么办呢？”“来啊，虽然吃的不如城里好，可空气好，养人。”“那……”“天意，顺其自然吧。该知道的，终会知道。你爸好吗？”“虽是退休了，不到学校去，可那些红卫兵还是会经常来找事，他脾气太倔……”“桑桑呢？”“还那样，走不出来，像个永远长不大的孩子。”“怀玉，她可是你亲妹子，你要多担待啊。”“我恨不得把她揣在兜里。妈，表舅那儿，没事吧？”“他们成分好，又积极，没事。”

怀玉走了两个星期，桑家、洪家全乱了套。洪家两个男人的衣服已经堆了一筐，洪若水的伙食就是面、馒头。洪泽几乎“陷”在医院，早出晚归，甚至有时都没有回家。没有了怀玉进进出出的身影，两人的心里空落落的。今天，洪泽回来了：“爸，怀玉来过吗？”“没有。”“还没回来？哎，她不会真不管我们了吧？”“人家凭什么管我们，嗯？欠我们的？”洪泽一看这架势，赶紧消他的气：“您别生气，我去干爸那儿看看，兴许回来了。”“回来又怎么样，你好意思说，让人家管我们？”洪泽哪敢说话，赶紧出门。

街道冷清得很，可街道两旁的墙上依然热闹：各式各样的漫画、标语、大字报，各式各样的笔迹、笔墨，挤在一起，堆在一起，歪歪扭扭。

街旁的小铺早已打烊，整个街道上除了几个寥落的行人，就只有那大字报和永不疲倦的宣传车了。洪泽孤独地走着，心里很沉。忽然他停住了脚步，有张大字报的标题竟是《国民党军官席吉诚抛弃新婚妻子的真相》。有人过来了，他装作若无其事的样子，慢慢又浏览了几张大字报，才进了川大。

怀玉还没回来，桑父将洪泽叫进书房，告诉他大字报的事。“干爸，我刚才看到了。知道是谁写的吗？”“不知道。”“看来这个人，并不知道真相，只是一些道听途说的东西，不怕。”“我也这么看，不过，要闹起来了，就麻烦了。”“不用担心，天黑了，我去撕了它。怀玉还没回来？”“是啊，该回来了。唉，家里全乱了。”“别急，明天要还没回来，我去接她。”

从桑家出来，街上一片黢黑，洪泽在这黑黢黢的世界里像个幽灵。他到那张大字报下，迅速地揭了它，马虎折叠一下，放进了黄挎包，回到家里，给父亲一看，洪若水知道，席父的处境可能会很危险：“抽空去看看席伯父，别让他知道这些事。还有桑桑，她看到这类大字报，那才糟了。”“我担心的也是这个，席伯父躲在那个厂子里，十几年都没有事，大家都把他给忘了，他觉得这样很好。”“谁这么缺德，把这些陈谷子烂芝麻的事又拿出来。怀玉有消息吗？”“没有，明天再不回来，我就去接她。”

丁零零，电话响了，洪泽拿起电话：“好的，我马上回来，你联系兄弟医院，多要几辆救护车，全体医生护士上岗，我马上就到！”洪泽放下电话，“爸，我走了，洪雅那边发大水，一辆客车出了车祸。”“洪雅？”洪若水一下醒悟过来，“哎呀，怀玉……”可洪泽已经消失在夜色里。

三辆救护车飞驰到车祸现场。头天大雨，山上下来的泥石流冲垮了公路，客车至此时，司机心存侥幸，想冲过去，结果压垮了路基，客车侧翻在河坎上。医务人员到达时，附近的农民和其他车辆上的人们已经将伤员从车里救了出来，有的人已经被背上了公路，伤势过重的，没人敢动。还好，没有死亡的。洪泽他们一到，紧急施救，河坎下的重伤员，用担架抬了上来。所有的车灯都开着，所有的手电筒都在现场晃动着，所有的人都被救上了车，救护车风驰电掣地赶回成都。

清晨六点，洪泽才从手术台上下来，他汗流浃背，脸色苍白。“洪院长，喝杯糖水吧。”一个小护士给他准备了糖水。“谢谢！”洪泽一饮而尽，然后到自己的办公室躺了一会儿。十点了，他起来，要来昨晚伤员的病历查看。“徐怀玉，四十一岁，腿部外伤缝合……”这是他昨晚的最后一个手术，竟然是她。洪泽疾步来到病房，怀玉还在深睡中，她被划破的大腿伤到动脉血管，失血很多，昨晚还输了血。洪泽看看沉睡中的怀玉，鼻子酸酸的，他悄悄退出来，给家里打了一个电话。

桑家人、洪若水都到医院了，桑桑一见怀玉就哭。听到有人哭，怀玉睁开了眼睛：“我怎么在这儿？”“车祸，你受伤了。”洪泽说，怀玉这才想起昨晚的事。她想动动腿：“哎哟，好疼。我的腿？”“没事，就是伤口很大，缝了好多针，麻药一过就会疼的，你要忍忍。”怀玉看着大家沉重的样子，忍着痛说：“我没事了，你们放心吧。”

桑母将煲好的汤放在桌子上，拿出碗："怀玉，来，妈喂你。以往都是你伺候我们，现在妈伺候你。"她把床摇起来，垫一张枕巾在怀玉的下巴。"妈，我自己来吧。""不要，我来。""妈，我该的……""你该的，你该谁的？你欠谁的？虽说那时我们是给小姐妹请个玩伴，可你不欠我们的。妈常想，凭什么呀，凭什么怀玉就该照顾我们，小姐妹大了，怀玉也该过自己的生活了。"桑母唏嘘起来。"妈，我也是您女儿嘛。""是啊，昨晚我还和你爸商量，一定要给你找个好婆家，把你嫁了，你自个儿过自个儿的小日子去。""那我就扔下你们了？""扔下，我们大家都自己过。"桑母一边喂一边说。"我也想，可是做不到啊！""为什么做不到？你呀，苦命！""我妈可不这么说。她说我命好，遇上一个好人家。""怀玉，你妈还好吗？""好，她谢谢你们送她的东西。还说了，让你们去乡下住一阵子，那里清闲、安全。""好啊！你好好养伤，好了我们都去。"

午饭后，大家回去了。洪泽拉个椅子坐在怀玉面前："怀玉，你虽是皮肉伤，但失血太多，所以一时半会儿出不了院。单位那边已经打了招呼，你就安心养伤，有我呢，你不用担心，嗯？""家里衣服一大堆了吧？""昨天桑桑过来洗了。""桑桑？""啊，我也觉得奇怪，她好像变了。""她不会醒了吧？""不太像，但是……不好说。不过我现在倒宁肯她不醒。""我也是。""你睡会儿吧，下午再来看你。"

洪泽骑了自行车，到三瓦窑看望席父。他老多了，鬓发全白，背也驼了，眼里像是有一层云翳。体力活他干不动了，就在这蜂窝煤厂看看大门、收收信件什么的。生活上一直有洪家和桑家的关照，过得不算窘迫。这个孤独的老人，有空就拿出一张照片看，那是他们一家三口的全家福。每到清明，他就到夫人的墓前坐半天，跟她说说话，唠唠家常。看到洪泽，云翳的眼里闪出亮光："洪泽来了！""伯父，我给你带了一瓶酒，"洪泽小声说，"五粮液。""很贵啊！""别人送的。"席父递一个江津白酒的空瓶给他，"倒这里边吧，人家要看到这个，"他指指五粮液瓶子，"会惹祸的。"洪泽将酒腾了过去。"伯父，你怎么样，他们没找你麻烦吧？""我朽木一桩，没事。"洪泽提醒他："伯父，你要谨慎点，怕有人会'旧事重提'。""哎。你爸好吗？亲家怎样，都没事吧？""他们没事，放心吧。过一段，我再来看你。""你也别来得太勤，太乱了。"席父的精神明显不济，有点什么都不在乎的样子。

十几年的管制生活，已经把他磨得没有了生活的滋味。“刚才来找你的人是谁？”冷不丁地，一个人问道。席父一看，是厂里刚调来的工宣队长。“一个朋友，医生，顺路来看看。以前是志愿军，是个英雄，还上过报的。”“志愿军英雄是你的朋友？明早九点，厂里开批斗会，准时参加。”

下午，席父就近买了一点花生米，一副鸡肝，放在竹篾凳上，摆上两副碗筷、两个小酒杯，斟满酒。他端起一杯酒，轻轻碰碰另一杯：“老伴啊，一晃眼，你抛下我也几年了，‘十年生死两茫茫，不思量，自难忘。’你知道，‘七夕’我就七十了。‘人生七十古来稀’，我能活到七十岁，赚了。”他抿了一口酒，“明天是‘鬼节’，我陪你过。”他拈了一颗花生米，放进嘴里，慢慢嚼。“老伴，你不会孤单了，我要来了……”他又抿一口酒，吃一点鸡肝，眼里分明含着泪，“唉，我们的孙女，也长大了，该十七了吧，要成人了，可惜啊，见不着她们了……”他端起酒杯一饮而尽。他看着凳子上的酒菜，慢慢地吃，慢慢地喝。泪，流进酒里，酒，喝进肚里。皎月当空，凉风习习，静夜里，他就这么孤独地自斟自饮。“亲家，对不住了，连累你们了，这杯酒我给你们赔罪了。“洪先生，这杯我敬你。你呀，真人不露相……我能在这小煤厂平安这些年，亏了你呀。不然，我和老伴早就被镇压了。我什么都知道，我和老伴敬你一杯。”

月亮睁着冷冷的眼睛。

这个孤独的老人，呆呆地坐着，慢慢地喝着，咀嚼着人生的滋味，可他的人生早已没有了滋味。一滴泪，流到嘴边，他用舌头舔舔，就着这咸涩的泪，喝了一杯又一杯。那瓶酒，下去了一大半。他有些“高了”，踟蹰地走到自来水旁，冲了一个冷水澡，换上一件没有窟窿的背心，找出一件白色的半新的衬衣，放在枕边，睡了。

月亮已高，晚空无云，也没有一丝风，蛐蛐不知在何处叫着，好听。这个风烛残年的老人孤独地躺在这不足八平方米的屋子里。

“砰”一声，那扇破窗户被人推开，一个凶狠的声音传来：“起来，快点，开会了！”席父起身，洗漱完后，就着白开水吃了一个馒头，然后换上那件白衬衣，把房门钥匙放在桌子上，轻轻拉过门，慢慢地向煤场隔壁拖拉机厂的大坝子走去。

日头很毒，批斗会已经进行好几个小时了，台上的人大都开始摇晃。

席父的脸上、背上、手上布满条条殷红的血痕，火烧火燎地疼。席父躲无可躲，藏无可藏，背对着那轮毒日，慢慢地瘫了下去，洁白的衬衫布满血渍。他的眼睛迅速地肿胀起来，他挣扎着望望天空，摸摸衬衣的口袋，松软下去。

洪泽接了一个电话，过来给怀玉打个招呼：“席父可能出事了，我去看看。”洪泽叫了救护车，疾驰而去。

…………

后台上躺着两个人，席父和那个资本家。一个民兵走过来，指指躺在地上的席父，恶狠狠地问：“他是你什么人？”“病人。”洪泽蹲下去，试试席父的鼻息，头都没抬。那人仍是恶狠狠地道：“病人？他是死人！你是什么人？”“中国人！”“你还横啊，我抽你……”他举起荨麻要抽，洪泽起身转过头，一双愤怒、犀利的眼睛紧紧地“照”着他，看到这双眼睛，那人顿时没了气焰。

洪泽蹲着，看着席父。席父的嘴抿得紧紧的，眼睛肿胀，满脸满身遍布血痕。身旁散落的荨麻茎秆上全是血，抽得叶子都没有了。洪泽抹了泪，想把席父背起来，有人见他只有一只手，过来帮他，他一把把那人推得很远，搬一个条凳过来，先把席父推起来靠起，自己蹲下去，一只手使劲，终于将席父背了起来。司机看见，奔过来，两人小心地将席父慢慢放进救护车。“走吧。”洪泽竭力地控制着自己的情绪，对司机说。司机木木地看他一眼，发动了车子。

洪泽从兜里拿出那张字条，“32584　洪侄，拜托了。”这是医院的电话，席父对自己是有安排的。洪泽回过头去，看看车里躺着的孑孑老人，压抑已久的泪奔涌而出。这天是1968年的“鬼节”。

一个简易的合葬墓，墓碑上没有立碑人。

桑一鹤一家、洪若水和洪泽，默立在墓前，天飘着细雨。席家在成都没有别的亲戚。桑桑伤心地哭着：“吉诚你是个浑蛋！你妈走了，你不回来，你爸走了，你还不回来……你是个浑蛋！我不要跟你结婚。”她大哭大喊，大家都吓了一跳。她在墓前跪下：“爸——妈——，你们都走了，我怎么办啊？吉诚到底要多久回来，两年怎么这么长啊？”桑桑哭啊，哭啊，最后哭晕过去。

桑桑这一睡，竟又是一个月。“洪泽，她要是醒过来什么都知道了，怎么办？”桑母担忧地说。“顺其自然吧，该知道的瞒不住。”洪泽说。

天边那抹紫色的云，对桑桑有着永远的魅力，哪怕它是隔着淼淼汪洋呢？如叶的小舟在紫红的海面漂荡，摇橹的人是吉诚。他身着那身帅气的军装，永远背对着桑桑，而桑桑一往情深地望着这个背影。吉诚的船载着她驶向那幻影般紫色的梦。大海被扔下了，小船终于停靠在岸边，那支长长的橹，被吉诚掼在沙滩上，他扬长而去。桑桑下了船，尾随而来。她终于看清了吉诚的脸，他灿烂地笑着，桑桑张开双臂，扑向他的怀抱……一瞬间，吉诚变成了一株硕大的春榆，地上却满是枯枝败叶。那些花草树木像是死了几百年似的，有的横在地上，有的只剩断枝残桩。只那一株春榆，苍翠欲滴，宽大圆阔的叶子下，粗壮的根茎中，竟有一朵冲天而放的花，一片厚而尖的半卷筒的叶心里，一枚粗壮、淡黄、浑圆顶的花蕊，散发出一股莫名的幽香，桑桑嗅着花香，陶醉其中。

“好香！”桑桑醒了，见怀玉坐在她的面前，笑着说，“我看到一朵花，很香。”“什么花？”“说不上来，好像没见过。”桑桑一骨碌坐了起来。洪泽来了：“桑桑，精神不错啊。”“我怎么在这儿？”“你病了，高烧。”“哦，想起来了。墓地，吉诚……”“嘘——”洪泽阻止。

回家以后的桑桑，仍然像以往一样活在自己的心里。任你社会风云变幻，她活在自己的世界里，怡然不动，纤尘不染。

洪家又整洁了，怀玉在院里晾了两竿子衣服。“怀玉，别忙了，来喝杯茶。”怀玉揩干手，到榆树下坐了下来。“怀玉，你干妈说要给你找个好人家，把你嫁了？”“是啊，我妈也这么讲。”“你妈也催你啦？”“不过妈也说，虽然年龄大了，可也要找个好的，否则，宁肯我当一辈子老闺女。”“你妈说得对，婚姻大事，不能将就。你干妈给你物色到人家了？”“嗯。”“人怎样？”“听说还可以。”“什么听说呀？”“是听说，我还没见呢。”“打算去见见？”“嗯，都跟人说了，咱不能逗着人玩吧？”“是啊，那你以后还来吗？”“来啊，不来谁管你们，除非洪泽结婚了。”“那人家，就是你的那位，要是不乐意……”“那我就踹了他。”怀玉笑着。洪泽在堂屋，听得清清楚楚，他有点坐立不安，又不敢出来。“洪爸，我走了，记得让洪泽收衣服。”

怀玉前脚出门，洪泽后脚就出了堂屋，望着大门，愣愣的。“愣什么？你小子，没福！你说，多少年了，从抗美援朝回来到现在。人家二十几岁，等到四十来岁。人家要早嫁了，孩子都多大啦！”“我不是怕耽误她嘛。”“你没耽误她？是她自己蠢，她自己耽误自己了！”洪若水憋很多年了，没好气。“那不见得，有没有福，不是您说了算。”洪泽边说边往外走。“去哪儿？”

“桑家。”

“怀玉，妈给你说的人家，去见吗？”“见吧！我妈说，只要是好人家，就行。”“是好人家。虽说人家有孩子，可孩子转眼就大了，另过了。以后家里就你们两人，什么事还不是由你做主。这人啊，成分好，脾气好，大学教师，知书达理，经济也不错。妈不是看好这点，也不会答应的。”“哎，妈，我听您的。”怀玉心里其实也哽着。“怀玉，妈知道你想什么。洪泽呀，没福。咱耗了十几二十年，总不能耗一辈子吧？他爱咋过咋过，咱管不着，对吧？抽空给你妈写封信，要没意见，我们就去见见，合适就把婚事给办了。咱找一个好人家，气死他。”“谁家好也比不上咱家好，”洪泽进来了，“干妈，你不厚道，你就这么把她打发了，对我们就不闻不问了？”“我不厚道，怀玉厚道吧，怎么着，人家都耗过四十了，她凭什么管你家，好歹我们还有些瓜葛，你们是她什么人啊？怀玉啊，我是打发定了。你呀，赶紧找对象，怀玉以后呀，没工夫再伺候你爷俩了。”桑母也憋了这些年了，心里没好气，一大堆话说了出来。洪泽心里虚着，嘴上却死撑：“那怀玉，你一句话，我家好不好……”怀玉没吭声，继续埋头理着手中的菜。“怀玉，你说，你要不说，我就不走了。”他拉了一个小凳子，在怀玉面前坐下，看着她。怀玉不理他，洪泽就冲着桑母喊：“干妈，你要打发了她，她到哪儿，我到哪儿，对了，还带上我爸！”怀玉一下就笑了，用手指在他的额上一戳：“没脸没皮的……”桑母也笑了。

童话般的桑桑，永远二十二岁。她一如既往地活在自己的阳光里，以自己的方式，按自己的愿望认识世界。

没事的时候，她也会到街上逛逛。她和那时所有的人一样爱看露天舞台的演出和坝坝电影。

学院的广场今晚有坝坝电影，芭蕾舞剧《白毛女》。大家早早地就在坝子里占位子，或放张板凳，或搬块石头。

天终于拉上了黑幕，电影终于开始。

北风那个吹，
雪花那个飘，
…………

桑桑觉得那个喜儿好漂亮，她的情绪跟着电影的情绪走，完全沉浸在这舞剧之中。

桑桑一边哼着歌，一边往回走。忽然，桑桑定住了，“席吉诚抛弃新婚妻子的经过”几个大字在一束强光下映入眼帘。“席吉诚”几个字是用红笔写的，格外显眼，桑桑立定，将全文看完。

她觉得头晕目眩：“吉诚，你回来了？”她仿佛看见一个人影在前面一闪，她跟了过去，“吉诚，是你吗？我看见你了，你出来啊！”那个人慢慢地从拐角出来。“你不是吉诚，吉诚呢，他在哪儿？”那个人小声地说：“我知道他在哪儿，我带你去。”“我认识你，你就是把鸽子给我的那个人。”那人一惊，这么多年了，她还记得。

“桑桑——”有人喊，见有人过来，那人对桑桑说：“明天九点我在这里等你。”然后跑了。“桑桑，你在这里干什么？快回家吧！”桑父说。“爸……”“那个人是谁？”“哪个人？”“我看见有人跑了。”“没有啊……”桑桑掩饰着，拉过父亲，“爸，你来看。”她把父亲拉到那张大字报前，桑父一看，倒抽一口冷气：“什么乱七八糟的，咱不看，回家。”

回到家，桑父将今晚的事情对桑母讲了。“怎么办呢？这回怕是要捅出来了。”“别慌。”桑父披衣下床，换上扫大街的工作服。“你干什么，这么晚了？”“嘘——”桑父走了，不一会儿又回来了，怀里揣着那张大字报。“明早煮饭，把它烧了。你也别闹心，这事儿，也没什么，只是不能让桑桑明白，她现在这样活着，挺好。明天你把她盯紧点，我看她明天有事。”“会吗？”“你见过桑桑撒谎吗？”桑母摇摇头，“所以啊，她一撒谎准露馅。”

早上煮饭，桑母把大字报烧了。吃饭时，桑桑心不在焉，父母看在眼里，不作声。饭后桑父进了书房，桑母提上篮子出去买菜。桑桑趁父亲不注意，悄悄溜了出去。桑母远远地跟着她。“干妈。”“洪泽，你来得正好。”桑母把洪泽拉到一边，指指前面的桑桑，简单地说了几句。“干妈，我来。”洪泽不近不远地尾随在桑桑身后，桑桑来到贴大字报的地方，怎么也找不到那张大字报了，急得什么似的。洪泽刚要出来，一个人影闪在桑桑面前，桑桑跟他一起走了，洪泽远远地跟着。“有多远？”桑桑问，“不远了，就前面。”

河边，一片小树林，旁边一堆垃圾，还燃着。那个人带着桑桑往里走，也许出于本能，桑桑不走了："你去叫他，我在这里等。""就到了，他在等你。""我不去，你叫他出来。"那人不甘心，上来拉她，桑桑甩开那人的手，对着树林里大喊："吉诚，我来了，你出来，我看见你了——"那人又来拽她，桑桑紧紧拉着一棵小树不放，那人劈手就要打，手却被一只更有力的手抓住，那人痛得大叫。"哥，"桑桑哭起来，"吉诚回来了，就在里面，他不见我。""桑桑，这个浑蛋骗你的。流氓！"洪泽勾手一拳，打在那人的下巴上，那人还没回过神，已被洪泽打得"花儿朵朵"。洪泽从他身上搜出工作证，骂一句："畜生，你也配做老师。"他把工作证捏在手里，一脚踹过去，"滚！"那人跪下求饶，想要回工作证。洪泽没理他，拉着桑桑出了树林。那个流氓跪在地上，使劲捶打自己的脑袋。

一个星期后，那人得到一纸调令：回原籍，重新安排。他知道是怎么回事，但觉得比预想的好，没有被挂牌游街，投进监狱。

桑桑坐在家里，床上放着那袭婚纱。"他回来了，为什么不见我？""桑桑，那人是骗子，怎么能信呢？""那张大字报……""什么大字报啊，你是不是在做梦？"桑桑似乎也觉得是一个梦。"桑桑，听妈说，这两件衣服要藏起来，别再拿出来看了，行吗？"桑桑听话地将衣服交给了母亲，桑母用塑料袋装好，藏在了厨房里一个装锯木面和烂柴渣的烂竹筐底下。刚藏好，就有人进院了，是居委会的那棵"莲花白"。此人皮肤白皙，又胖又矮，那双手肥而厚，走路像是半蹲状。新中国成立前以担水卖水为生，所以觉得全世界的人都欠她的。现在当上居委会副主任，天天搜查别人的家，嘴里说是搜"敌台""变天账"，其实就是把自己看上眼的东西抢走。"我们接到命令，昨晚有人撕了大字报，我们要搜查。"她皮笑肉不笑地说。她的下属，一个年轻人就进了屋里，一阵乱翻乱看。出了书房，又进了厨房，桑母要跟进去，被桑父一把拉住。年轻人四处看看，看到那个装锯木刨花烂柴渣的筐子，伸手进去摸一摸，走出厨房，对"莲花白"摇摇头，就去了别家。桑母长长地舒了一口气。

不一会儿，骂声传来："搜查，凭什么？我偷你的大字报，我胀饱了？想抢人是不是，我比你还穷，你卖冷水，我卖开水，你的生意比我好。我们也是无产阶级，赤贫。你要敢进我的门，我告你打劫。不信试试看！"那个年轻人和"莲花白"灰溜溜地退了出来。

桑父拿扫帚出了门，边扫大街，边看大字报。很多大字报是今天新刷上去的，那张被偷的大字报的位置，已经有人贴了一张漫画。

真相是一个梦，桑桑的世界依然是童话般的紫色，她依然是个婷婷的女子，姣好单纯，在自己的朗夜里，顾盼流连。

“桑桑，你叫桑桑吗？”一个声音传来，带着浓浓的地方口音。桑桑一看，一个五十上下的男人，站在她的面前，个子较高、顶秃、脸黄、颧凸、眼小、唇厚。“席吉诚是你什么人啊？” “我不认识……”“那你怎么四处找他，他是去了台湾吧？” “我不知道……” “你跟我去办公室吧，把这个问题谈清楚。”桑桑迟疑，“走吧！”小眼睛语调不高，但很冷。桑桑有点怕他，只好跟他走。路上遇见了邻居张妈，桑桑说：“张妈，这个人让我去他办公室，你跟我妈说一声。”小眼睛一脸不高兴：“有什么好说的，我会吃了你？”“哎，你这人怪了，人家为什么不可以告诉她妈，怪物！”张妈怕谁呀，那天把“莲花白”一顿臭骂，从此没人敢去骚扰她家。回到院里，张妈就把桑桑的话带到了。桑母一听，急了：“哪个办公室，往哪儿走的？”“居委会，那人是居委会的韦主任，我认识，你快去吧！” “妈，我去吧。”怀玉解下围裙就赶过去，出门碰上洪泽，两人就一起去了。

一个不大的四合院，地上很潮湿。中间天井有花台，几个烂花盆东倒西歪，长满了苔藓。一棵石榴，病恹恹地开着几朵不合时宜的花。

桑桑跟着小眼睛进了院子，两个小青年看着桑桑，小眼睛就瞪他们一眼：“看什么啊，西洋镜？”两人吓得退进屋里，将门关上。小眼睛带桑桑进了院里最边角的一个办公室，关上门，拉上窗帘，坐到桌子旁，拿出一张纸、一支笔：“说吧，老实交代。”桑桑靠门站着，什么也不说。“说吧！你不要以为我们什么都不知道。”他的小眼睛，淫邪地在桑桑身上扫来扫去，桑桑怯兮兮地看着他。两个小青年，泄开一条门缝，往里看，一个人进了院子，见他们两个神经兮兮的，问道：“看什么啊？”两人朝那屋努努嘴：“一女的……”进来的人看看那间办公室，大步走过去。小眼睛对桑桑说：“说不说，不说，我把你关在这里。”桑桑还是不说话。小眼睛起身走到她跟前，色兮兮的：“别怕，我是好人，你写出来……”桑桑紧张地靠在门上，不写。“来，你写……”他一脸淫相地逼上去，要牵桑桑的手，桑桑惊恐万分。

“咣当”一声，门被推开了：“老韦，你这是干什么？”小眼睛一股邪火就上来了：“她是国民党太太。”那人不理他，护着桑桑出来：“别怕，”他温和地说，“可以告诉我，你叫什么吗？”桑桑不说话。“桑桑。”桑桑一回头，怀玉和洪泽到了。见此情形，洪泽一把推开那人，“让开！”拉着桑桑就往外走，跨出门的那一瞬，他忽然停下来转过头，看那个人，“曾正。”曾正也认出了他：“洪大夫？误会啊，误会，来，办公室坐坐。”怀玉和桑桑先走了。

曾正部队转业后，一直搞政工，现在是这里的革委会主任。两人叙叙旧，谈谈现在的形势，洪泽简单地说了一下桑桑的情况。“桑小姐的妹妹，我就觉得面善，原来如此。桑小姐呢？”“义援结束后就去了加拿大，一时半会儿可能也回不来。”“你想法给桑桑弄个病情证明，最好是精神方面的，以后谁都不敢动她。”两个故友叙了很久。小眼睛在办公室里，踱来踱去，一股邪火无处宣泄，“砰！”他狠狠一摔门，走了。洪泽指指这个小眼睛，“别理他，他会有报应的。”曾正说。“改天请你喝酒。”洪泽起身告辞。

成都郊外一处简陋的医院。

“你要给谁开这样的证明啊？”精神病院的院长赵子荀问。“我妹妹。”洪泽谈了一下桑桑的情况。“原来如此。不过这种失忆个例相当少，一般情况下，心智、情感停留在那个时候是有的，但这种连生理成长也停滞的情况，罕见。”“醒了会怎样？”“什么可能都会有。说吧，姓名、年龄、籍贯。”“桑桑。”“停，叫桑桑吗？”“叫桑桑，怎么了？”赵院长指指玻璃板下的字条：“阁下，你的‘红眼睛’因受伤在我家小憩数日，现康复放归。静候阁下回音，免牵挂之忧。桑桑。”“这么巧啊，她爱死那鸽子了。”“真的巧，看这字，这么娟秀，我猜一定是个女孩子，很漂亮，跟字一样。”“你还那么多情，梦中情人啊？”“嗯，差不多。”“现在呢，失望了？”“哪能啊，奇女子，奇女子。”“红眼睛呢？前几年逢年过节还来，后来就没见了。”“你们搬过家？”“搬了。”“那它找不着。”“它呢？”“别提了，被人药死了。”“死了？”“死了，我哭一回。”赵院长遗憾地摇摇头，“桑桑这样活着没什么不好。什么时候我见见她。”“别啊，她要见你，就真的‘不好了’。”“是啊，是啊，宁可不见。”“多心了？”“哪会？告诉你，我这医院里多数人没病，遭不起外面的罪，躲在这里了。”“好办法。”“唉，全乱了，乾坤颠倒。正常的都在这儿了，不正常的全在外面闹腾。”

居委会的四合院里正在开会。小眼睛坐在曾正的旁边，其余的人也都各就各位。“莲花白”坐在最外面。曾正主持会议：“下面正式开会，请翻到《为人民服务》。”外面有歌声传来，“抬头望见北斗星……”

“小刘，谁在唱？”“还有谁，侯三呗。”“他又怎么了？”“把公共厕所的门锁了。”“叫他别唱了。”小刘走出去，到关侯三的那间屋前：“侯三，别号了，我们要开会了。”

“井冈山你开辟革命根据地……”

侯三依旧唱，曾正大声呵斥：“侯三，捣乱是不是，你可别后悔！”侯三一听，消停了。

大家认真地读完了语录，曾正拿出一沓信，放在桌子上：“同志们，这是上面转给我们的人民群众来信，有很多都是检举信，是检举我们革委会成员的，大家都看看，自己干了些什么！”大家战战兢兢地拆开信，一封一封地看。没自己什么事的幸灾乐祸地偷偷瞄瞄其他人，有事的坐不住了。小眼睛、“莲花白”一脸惶恐。

韦主任本来叫韦根根，他一直嫌这个名字土，不响亮，就改了一个响亮的名字——韦光辉。他自我检讨：“我对不起党的多年培养，我一定要好好地斗一斗自己的‘私’字，请组织处分我吧。”他的嘴唇不停地翕动着，口沫从嘴角泛起。他的脸坑坑洼洼的，毛孔很大，酒糟鼻子红红的。他越说越激动，竟然连扇自己几个耳光。

“莲花白”站起来了，她白皙的脸涨得通红。她没文化，不善表达，断断续续，词不达意。说几句，停很久，句与句之间的自然节奏，常常被她拦腰打断，就像鼓槌敲在了鼓帮上。她的眼睛始终盯在桌子上的某处，“抄家”时的威风丧失殆尽。

又是一个毒日头的天。

桑母正在洗碗，一队红卫兵冲了进来，直奔桑父的书房，把书房翻了个天，没有找到他们想要的东西。“走！”几个红卫兵把桑父押走了。

怀玉收拾停当，正要去上班，一队红卫兵冲进来，其中一个指着洪若水：“就是他，国民党特务，抓走。”他们蜂拥而上，怀玉上去拦，被一把推倒在地上。小将们见这院子这么雅致：“哼，挺会享受的，砸！”一阵乱砸，小院顷刻一片狼藉。

洪若水被抓走了，怀玉起身直奔医院。

洪泽到住院部去巡查了一遍，伤病员对他都十分感激。那个“反动学术权威”也基本康复，头发差不多长到寸把长，多少有点女人味了。洪泽觉得她眼熟，但一时想不起来。“洪大夫，你救过我两次了。”洪泽极力回忆面前的人。“重庆，休养院。”洪泽恍然大悟：“安静茹！怎么是你？”“是啊，我非人非鬼的，谁也认不出啊！”“那……你丈夫呢？”“牺牲了，我回到部队才知道。可惜我们的孩子……他连根都没有留下。他是孤儿，我也算是。”“后来？”“新中国成立后我转业了，再回医学院学习食品卫生，再后来到了四川研究所，之后就是这个样子了。”“没有再组建家庭？”洪泽想起她说的，她没有亲人。“洪大夫，我就想住在医院里，这里安全。我怕……”“你不用怕，如果这里有危险，我会安排你去更安全的地方。”安静茹点点头。怀玉过来了：“你赶紧，洪爸被红卫兵带走了。”“带哪儿了？”“我也不知道啊！今天广场有批斗会，你赶紧。”

广场，人如海，歌如潮。

批斗会上，起码有二三十人挂着牌子，站在台上。桑父和洪若水都在，竟然还有那个小眼睛。怀玉和洪泽赶到会场时，批斗会已经进行好一会儿了。日头很毒，所有人都被晒得晕晕乎乎的。台上挨斗的人陆续倒下，台下也有人中暑倒下，批斗会草草收场。

人潮渐渐退去，汹涌的人海终于消停。

◎

第十六章 春暖花开

时间：1968年夏，鬼节。

地点：台湾。

镇上的教堂修葺一新，去做礼拜的人越来越多。尖顶上的钟声似乎也不同于往日的沉闷，太阳辣辣的，地上的一切很刺眼。

吉诚进了教堂，在第三排的一个位置上跪下来，许久许久，他起身向那个做忏悔的小窗走去，又跪下来。“你忏悔吧，主会宽恕你的。”吉诚走出教堂时，步履格外轻快，像是真的得到了上帝的宽恕一般。桑梓又一次接纳了他，差一点他就会背着两副十字架度过自己的余生。

晚饭很丰盛，都是他们平时爱吃的。“吉诚，手艺越来越好啦！”桑梓赞不绝口。“我再练练，退伍后我就办个川菜馆，怎么样？”“好啊，也卖没心没肺汤、随心所鱼。”“伤心凉粉、开心凉粉。”“夫妻肺片、麻婆豆腐。”夫妻两个开心地吃着笑着，犹如新婚宴尔。“吉诚，你退伍的事，怎么样了？”“命令还没到这，到时再说吧。”“你看老卢，给一纸‘土地证’，就打发了。幸好有退休金。”“是啊，比起士兵，强多了。”

“桑梓，散步啊。我们眷村，就数你们两口子好，一辈子都在恋爱。”卢嫂依旧大嗓门。吉诚两口子笑笑，依旧沿着新修的马路慢慢走。吉诚和桑梓，他们的关系从来没有这么鱼水和谐过。那边曾经稀疏的小树林，如今已是郁郁葱葱了。生命的年轮一天天增大，人一天天老去。桑梓和吉诚已是不惑之人，在婚姻的苦路上一路走来，一次次哭泣，一回回煎熬。他们各自都在找寻一条自我救赎之路，如今，苦路已尽，柳暗花明。

骄阳，台中，宗正大学。

菡萏、菡菡都在这所大学读书，菡萏在中文系，菡菡在外语系。桑梓先去了翻译所，把自己翻译的东西交给他们审稿，领到一部分预支的薪水，就来到学校。此时已是中午，三个人在学校吃午饭，桑梓问女儿：“下午课紧吗？”“我们是自修课。”菡萏说。“我也是。妈，有事吗？”“想带你们去妈祖庙烧香。”“行啊！”姊妹俩异口同声。

于是三人来到妈祖庙，大殿前的妈祖全身塑像高高地耸立，慈眉善目，深情款款地望着遥远的彼岸。菡萏、菡菡各自捧着一炷香，虔诚地望着妈祖，默默祈愿，然后恭恭敬敬地上香。出了妈祖庙，姊妹两人回了学校，桑梓去了公交车站，准备乘车回家。

“桑梓，桑梓，是你吗？”桑梓一回头，喊她的人离她三四步，她惊异：“叶薇。”两人三步并作一步地拥抱在一起。叶薇抬起头，看看桑梓：“没变，一点都没变。”桑梓在哭，叶薇给她拭去泪：“真没想到……”桑梓什么话都说不出来。“桑梓，找个地方，我们好好聊聊。”

这是一间老兵开的茶馆，名为雀舌驿。茶馆不大，布置得很雅致。立轴的山水画《峨眉山月》《青衣江水》《三峡红枫》。每幅画都勾起桑梓对家乡的无限思念。叶薇与老板像是很熟，要了一个雅间：“老板也是四川人，乐山的。”说话间，老板泡上了两杯“雀舌”，听说新来的客人也是四川的，就用四川话打招呼：“新茶哦，尝尝哈。不巴适，不收钱。”久违的乡音让桑梓刚刚收敛的眼泪又流了出来。“桑梓，还这么爱哭？”叶薇的脸早就晴了。竹篾帘子里，两人娓娓地叙着，时而相视一笑，时而相顾唏嘘。“加拿大那边一直等你，你的学籍保留了一年。我知道，你不会来了。”“姐，你怎么到了台湾？”“加拿大学习完，我和他结了婚。当初他是民国派出去的，我们肯定回不去，就一直待在加拿大，来台湾也不过十年光景。他是宗正大学的老师。”“宗大，我两个女儿都在那里读书。”“是吗，学什么？”“一个中文系，一个外语系。”“巧了，他是外语系的。”“肯定是菡菡的老师了？”“也许吧。”“你呢，做什么事？”“开了一个翻译所，就在附近。”“芙蓉翻译吗？”“你知道？”“我上午才去过那里，交了两本书。”“原来是你啊，经理说有一个人，口译笔译都了得，是你啊？怎么想到要出来做事啊，生活上有困难？”“那倒不是，我只是想独立，看看自己能不能养活自己。”“你们有了什么事？”“没什么，现在还不错……我们改天再聊吧！”

坐在车上的桑梓，感慨万千。上岛近二十年了，她没有朋友，没有可以吐露心事的人，叶薇居然就在台湾，她们相隔并不遥远。

桑梓把自己关得太久了，她把自己禁锢在一个房子里，一厢情愿地将这个房子当成了家。当她一不小心转出了这个房子时，发现世界原来是另外的样子，生活原来可以是另一种模样。桑梓有一种被释放的感觉，她惊异地发现，她绑架自己、绑架吉诚太久了，她画地为牢，囚禁了自己，也囚禁了吉诚。

桑梓回到眷村，差不多七点了。“回来了，这么晚？”吉诚居然在家。“你不是回军港了吗？”“我也刚到一会儿。”“吉诚，你猜，我碰见谁了？”“谁？”“叶薇。”吉诚有些惊异，“就你们学校那个‘哎，当兵的’，那个？她怎么在台湾，不是去加拿大了吗？”“去了，到台湾也有十年光景。她老公竟然是菡菡的老师。”“真巧。这么多年，你没有知心朋友，现在好了。有空请他们来玩。”“还有更巧的，她是‘芙蓉翻译’的老板。”“哎哟，缘分啊。”“有家茶馆，叫雀舌驿，老板也是四川人，乐山的，老兵，退伍几年了。”“老兵？现在军队把我们这些当年上岛的人，都分散开来，不让聚在一起，说聚在一起就思乡，动摇军心，可这人心是隔得断的吗？”吉诚燃起一支烟，长长吸一口，吐出来，仰在椅子上，望着天花板。从离开大陆那天起，他们这些人，就成了父母手里断了线的风筝，明知道家的方向，但是无法飘回去，难以逾越的倒不是那宽宽的海峡，而是……

他本以为，三年五载就回去了，带着女儿，四个人齐刷刷在父母面前一跪，所有的“不是”都成为过眼烟云。桑桑也早为人妻母，面对颠沛流离这么多年的亲人，什么样的怨愤也会泯灭。一大家子和和乐乐，从此过上幸福的生活。如今，二十年弹指一挥间，除了年龄，什么都没有改变。吉诚拿起桌上的香烟，“反攻大陆”几个字，让他觉得格外讽刺。他本希望自己只是这个岛上的匆匆过客，可是，久居不是客，现在，他已经不再计较自己是因为一种使命而“客居”他乡了，因为他已经没有故乡可去。“人生七十古来稀”，父亲已是古稀之人，母亲也已老迈，他们过着一种怎样的生活呢？吉诚是独子，他一走，家就空了，“空巢”之中，两个老人以怎样的企盼，来等待这个久出不归的逆子呢？军人以服从命令为天职，“反攻大陆”也曾是他的信念，这倒不是因为他可以借此升官发财，而是，他可以“回家了”。遥遥无期的“反攻”，湮灭了他回归的梦。吉诚的内心五味杂陈：是当权者把自己带到台湾，是父母把自己放逐到台湾，是桑梓把自己绑架到台湾。故乡啊，故乡，只能在梦中造访。父母啊，父母，只能在梦中相聚。

“吉诚，电话。”“桑梓，我去去卢舰家。”不一会儿，吉诚回来了。“他家有事？”“两口子吵架，要离婚。”“这事不用担心。他们两口子吵了一辈子，好了一辈子。每次卢嫂都要死要活地要离婚，不也过到老了？”“这回不一样。”“怎么不一样？”“卢嫂不哭不闹，闹的是卢舰。”“为什么呢？”“说老卢一年多没碰她，不爱她了，外面有人了。她不想过了，离婚后去投奔在美国的儿子。”“老卢在外面有人？”“没有的事，他就是退伍后无聊，找老战友一起聊聊，喝喝酒，叙叙旧，晚了就住下了，哪有那事？这卢嫂也是，多大岁数了，碰不碰的有什么啊，少年夫妻老来伴，至于吗？”桑梓无话可说。男人怎么想得到女人在意的不是“那事”，女人在意的是“那事”所承载的情义。她收拾收拾，睡了。

“桑梓，睡了？”“没有。”“起来，咱俩说说话。”桑梓坐了起来。“你说，他们会离吗？”“难说。”“他们结婚三十年了。”“你怎么对人家的家事这么感兴趣了？”“你不知道，卢舰闷在那里一个下午。”“他们又吵又闹，却相爱了三十年，现在突然不吵了不闹了没爱了，所以想离婚了。我们不吵不闹地过了二十年，可我们……”“我知道你想说什么，我们的婚姻一开始就有问题，不过我们在努力缝合，他们是在拆散。”“如果……”“桑梓，我们说好的，从‘心’开始。”他指指桑梓的心，把她揽在胸前，“桑梓，别离开我。”桑梓温顺地躺着，他吻她的脖子……他又……他还急着……可是他越急，就越不济，越不济，就越急……桑梓静静地看着他……吉诚翻过身躺下，十分尴尬、沮丧。

这样的情形，桑梓已然习惯。长久以来，她更是渐渐地习惯了吉诚的一种模式。她甚至忍不住想：吉诚此时此刻眼里看到的是自己还是桑桑呢？她们这对孪生姊妹，长着同样的一张脸，吉诚的不济，是面对自己不济，还是面对桑桑不济？她不明白，她和吉诚都将自己的心魔拿到阳光下晒了，为什么还是无法摆脱它的纠缠呢，难道这是一种宿命吗？

吉诚眼里看到的是谁，他还真不清楚，这是两张拷贝的脸，除了编号，谁搞得清楚呢？理智上，她是桑梓，情感上，她是桑桑。现实中，她是桑梓，理想中，她是桑桑。吉诚就像那头布里丹毛驴，守着两堆看起来差不多的干草，犹豫不决，无所适从，直至把自己活活饿死。“长此下去，你就做不了男人了。”“男人？”吉诚想想时下不济的自己，可不就“不男人”吗？“他一年多没碰我了，他有了别的女人……”卢嫂的话也在耳边。“一年没碰就要离婚，我二十年没碰老婆了……有别的女人的男人，就不碰自己的老婆吗？我并没有别的女人，可我也没碰老婆啊！”他刚这么一想，一个女子就占据了他的脑海——桑桑。桑桑站在他的面前，一脸浅笑。吉诚猛然意识到自己是有别的女人，这是不是就是自己不济的原因？他发自内心地希望自己能彻底忘掉和摆脱桑桑，从精神到肉体都属于桑梓。想到此，他的心忽然一阵痉挛，就像是有人生生抽掉了他的一根肋骨一样。

在从“心”开始的激励中，两个人都苦心孤诣地营造催生着他们的爱情。没有爱情的婚姻是不道德的，同样，没有性爱的婚姻也是不道德的。这对于不愿以生物性而凑合在一起的人来讲，这种结合本身就是极其残忍的。先前，他们对于彼此的关心，仅仅是在关心“孩子他爸”“孩子他妈”，而不是关心彼此的爱人。大家相敬如宾，更“相敬如冰”，相安无事。而今，对于诸多往事，悔过的，恨过的，怨过的，错过的，他们都在进行选择性地过滤和遗忘，他们想区别出这之中，哪些是命运的，哪些是性格的，然后各就各位，各自处理好各自的问题。他们不愿意再背负着那个“十字架”，不愿意再受诅咒，他们已经耗得太多，耗掉了他们可以爱的条件和能力。现在，年过不惑，那个胖胖的小男孩，振着双翅，拉弓一箭，或许就射中了他们的心房。也许他们真的已经走出了自己的迷宫，爱情花园近在咫尺，这俩人成为真正夫妻的那天指日可待。

菡萏和菡菡终于有了一个长假，一家人计划去台东的武永旅游。菡萏和菡菡出落得亭亭玉立，两人都秉承了父母最优异的DNA，相貌是不凡的，功课也是不凡的，模样上更是酷肖母亲。特别是菡菡，那一双似梦非梦的眼眸，与桑桑无别，但在性格上，菡菡更骄傲，更矜持。行进在这仄仄的山路上，时有青年过来与姊妹俩搭讪，菡萏并不拘泥，落落大方。菡菡就不同了，顺眼的应付几句，不顺眼的，爱搭不理。

森林中，百鸟啁啾，昆虫叽叽。阳光从密密匝匝的林隙中挤进来，洒一地斑驳的光影，石径斗折蛇行，时现时断。

“哎，菡菡知道他的老师是你朋友吗？”“没告诉她。”“叶薇的家人呢，还在大陆？”“听说他父母已经去世了，还有个姑姑在成都，据说在政府工作，什么政协。”“政协是干什么的？”“不知道。”“哎，她要有关系，帮忙打听一下家里的情况？”“行吗？”“试试看？”二十年了，远在彼岸的亲人们，时时让人牵挂。

站在山上往下一望，绿林莽莽，河流蜿蜒。山气在阳光下向上弥散，混着野草百花的芬芳。菡萏和菡菡用手握一把雾，手心湿湿的，放在鼻上一嗅，“好香！”菡菡将手伸到妈妈的鼻子前，桑梓低头一闻：“真的，好香，从来不知道雾是香的！”芳香的雾渐渐飘向山顶，脚下的山水异常清晰。“妈，我们合个影吧！”菡萏请了一个游览者，“拜托，帮帮忙。”那个年轻人也很爽快，四个人一齐站着，两姊妹站在父母的身后，各自伸出一只手搂着父母。“茄子！”“咔嚓”，四个人装进去了。年轻人将相机递给菡萏：“可以一起玩吗？”他小心地问，“可以。”他又看看菡菡，菡菡淡漠地说一声：“随便啦。”桑梓和吉诚相视笑笑。

山路越来越陡，越来越窄。山林越来越密，越来越深。尽管太阳早已升得老高，可这密林密得不透阳光，抬头看去，只那树梢头有点阳光。

一株紫红的蝴蝶兰，傲娇地开着，一串繁花弯了枝，一摇一曳。石径湿湿的，曲曲弯弯。林中有鸟飞过，抖落的露珠洒在游人身上。

山岚在林中弥漫，花香不时飘来，鸟在林里鸣叫，寂静的山林仍然没有被阳光唤醒。游人依旧很少，三三两两，温声细语，这鸟鸣山幽的境界真是恍如诗画。

终于到达了目的地，姊妹俩早已等在了旅店的大厅，吉诚去服务台拿了钥匙，四个人进了预订好的房间。

午饭时，一家人围坐着，桌上是当地的特色食品和菜肴。这是全家第一次出游，姊妹俩的兴致很高，不停地说着一路的见闻感受。那个帮忙照相的年轻人走过来："叔叔好，阿姨好。"招呼完后，就对菡萏小声说了几句，并指指靠窗边的几个青年男女，菡萏望一望，起身跟他过去，不一会儿就回来了。"什么事啊？"桑梓问。"一个学校的，经济系，大三了。邀请我和菡菡下午参加他们的活动。"她转过头问菡菡，"去吗？"菡菡望一望那边："又不认识……""去吧，去了就认识了。一个学校的，以后校园里也会碰面。"吉诚说。"那就去呗。"菡菡不太乐意。午后，两个孩子跟那帮年轻人走了，桑梓觉得累，对吉诚说："我想午睡一会儿。"

"轰隆咔嗒"，一阵阵雷声将吉诚夫妇惊醒。"快去看看她们两个，下雨，该回来了！"桑梓说。吉诚到隔壁看孩子们："菡萏、菡菡。"菡菡开了门，"你们在啊，你妈正担心呢。""看天色不好，玩了一会儿就回来了。"

窗外雨茫茫、雾茫茫，风声、雨声、雷电声交织在一起，分不清哪是哪。二十年前的那场雨，那个夜，那种痛，鲜明地回到她眼前。原以为，孩子的降生，会使自己和吉诚的关系得到实质性的改善，然而恰恰相反。在孕期，她从吉诚那里所获得的关怀从此消失。一晃二十年过去了，自己也已过了不惑之年，两个女儿也几乎到了恋爱的年龄，自己现在却要和面前这个结了二十年婚的男人，尝试一场恋爱。在别人爱之平静时，姻亲平和自然得像是一种友谊。而他们的关系正好相反。为了孩子，他们夫唱妇随，给外人的印象是举案齐眉，相敬如宾。其实他们是"相敬如冰"。他们的婚姻更像是一种联盟，大家相处在一起，抚养共同的孩子。桑梓觉得，自己是一个荒原，这个荒原上有两棵蓬勃的树，树下是一小块浅淡的绿洲。现在，小树已经参天，树下的绿洲已经开始葱郁，或许有一天，它就会水草丰茂，一派嫣然。她侧过脸看吉诚，吉诚刚毅的脸上刻着海风赐予他的沧桑。以往，在他英武的外表和极富男人气的脸上，桑梓总能捕捉到那么一点稚气。而今，却很难了。曾经不爱说话的他话多了起来，曾经被桑梓照顾的"男孩"，现在更多地关照着桑梓。也许，真有那么一天，这个"联盟化"家庭会升华为"爱情化"家庭。

吉诚何尝不会想起那场雨呢？卢嫂没头没脑地忙着，自己呆立在一旁，眼睁睁地看着桑梓在生死关头挣命。这十年，家庭和孩子是他记忆的空仓，以至于在以后的日子里，他都会自觉或不自觉地去找寻那段“记忆”。没有了这一段，他觉得自己的人生像是被谁无缘无故地剪掉了十岁，但是他的找寻几乎无果。他能够捕捉的是每一次回去时的惊讶：孩子可以走路了，孩子长这么高了，仅此而已。他没有带过一天孩子，洗过一次尿布，喂过一顿饭，没有背过一回，抱过一回，牵过一次，他仿佛是看着别人家的孩子长大一样。对孩子，他一直都没有为父的意识。只有孩子怯生生地喊他一声“爸”时，他才苏醒。直到两个女儿亭亭的，几乎和母亲一样高时，他才完全醒悟过来，意识到自己是个父亲了。而桑梓呢，他更是几乎忘记了她作为人妻的存在。桑梓在他面前，只是“孩子她妈”而已。吉诚沉醉不知归路，他沉醉在一种无可名状的感觉中，尽管现实世界触手可及，但他非要在精神的太空中神游，如瘾君子一般，难以自拔。如今，貌若天仙的女儿就在眼前，而吉诚仍然不时有幻梦神游的感觉，这姊妹俩像极了桑梓和桑桑，特别是菡菡的双眸，竟然让吉诚不敢直视。他怕产生错觉，就如同将桑梓喊成桑桑一样。吉诚不想再沉醉，他要用心去触摸现实。桑梓和孩子无论如何是他无法也不该视而不见的。窗外仍是一片迷蒙，雨仍旧不停地下。桑梓不知什么时候睡去了，岁月的风霜无处可藏，人到中年的桑梓，也没有了当年的风华。

雨停了，天空开始亮起来。桑梓把窗帘拉开，窗边的植物被雨洗得崭新。

菡菡和爸爸买了很多食品，结账的人太多，两人在大厅一隅的沙发上坐着等。“爸，你现在对我妈好多了。”菡菡喝一口水。“我对你妈一直都好。”“虚伪，我们傻呀？”吉诚有些不自然：“你们知道什么？”“爸，我妈哪点配不上你，这么多年，你冷落她？还有你们吵架……”“我们没有吵架。”“你们那比吵架还可怕！憨憨他妈和他爸还干仗呢，但他们关系很好。你们不吵架、不干仗，关系冷得像冰……”“菡菡，爸错了，爸正在改。”“爸，你一定要对我妈好，你不知道，有一段时间，我和菡萏商量，要你们离婚。”吉诚震惊了，他万万没想到，自己的女儿竟然要求父母离婚！他一直以为，孩子们不会感觉到大人的事。他不曾想那十年给孩子的心理留下了什么。父爱的缺失，父女关系的疏离给她们的心灵留下了什么。孩子们的心如此敏感，这是他根本不会体会的。

雨停了，云散了，天空亮了。

树叶崭新，水滴反照阳光，叶面的光亮很刺眼地跳跃。鸟出来了，高枝低枝地叫着闹着跳着追逐着。阳光下，湿湿的雾又开始升腾，混着林中腐叶散发的木香，别有一番滋味。

“妈，你不记恨我爸？”“我从来没有记恨过他。”“埋怨呢？”“当然有。”“这就对了，你要说连埋怨都没有，就太假了。我和菡菡都知道，你夜里经常哭……那时候，我和菡菡商量，让你们俩离婚。”“你们还说这个？”“说啊，妈，我们坐会儿。”菡萏在两个石头上垫上塑料袋，她们坐了下来。“我常想，为什么别人的妈妈可以对爸爸生气，我们的妈妈却永远要让着爸爸，你在家里那么没地位。所以，我们想，你们离婚算了，这样的日子，妈妈不要过，我们也不要过。后来你找工作，我们知道，你下决心了。我们又难过起来，这个家虽然‘假’，可好歹是家呀，这个家解体了，我和菡菡该何去何从呢？你们现在这样，我们当然高兴。妈，你原谅他吧。或者，你们这代人，先结婚，后恋爱。你原谅他了？”“二十年了，没什么原不原谅的，习惯了，没有做什么努力，没有什么痛苦，就做到了。”母女俩站起来，继续往山上走去。

“你们终于上来了，我们都要坐感冒了。”菡菡说。四个人找了一块平地，铺上油布，摆上吃的喝的，围坐下来。已经有人陆续下山了，他们不急，想多待一会儿。

太阳已经偏西，一群又一群的鸟，叽叽喳喳地归林。“‘山气日夕佳，飞鸟相与还。’英语该怎么说啊？”“The mountain air is fine at evening of the day, and flying birds return together homewards.”桑梓顺口而出。“妈，你在家里当全职太太，真是埋没你了。”菡萏说。“妈不当全职太太，能培养我女儿上大学啊？妈不亏。”天边的彤云，一抹一抹飘向远山，渐渐成为黛色。“差不多了，回吧！”大家收拾东西，下山。

雨后的夜格外清朗。月斜斜地挂着，几颗疏星出现，又几颗疏星出现，不知不觉，宽宽的银河就悬在了头上，闪烁着银辉。夜好静，风悄悄的，没有树叶的声音，只几只蝈蝈不停地鸣唱。高声部，悠扬激越，低声部，沉吟邃远。那些声音，时近时远，时高时低，时长时短，时诵时吟，妙不可言。

走廊尽头的小亭子里，吉诚靠在栏杆上吸烟。

吉诚一直都在想如何改善自己和桑梓的关系，现在他才明白，他要修复的地方不止一处。他找不着的那十年，在孩子的心里却是最悲戚的十年，最铭心刻骨的十年。自己对桑梓的伤害有多深，对孩子们的伤害就有多深。他怎么会不记得菡菡的那篇作文：“我有妈妈，没有爸爸。他不回家，我们只有妈妈……”吉诚悔恨万分。那些年，自己干了些什么，为什么对三个大活人竟可以如此无视，她们明明就在自己的生活中。他现在甚至想再要一个孩子，这个孩子他要一天天亲自带大，一天都不缺，一分一秒都不缺，除了自己不能亲自喂奶以外，所有的事，一定要自己做。总之，他再也不要看到一下子就已经长大的孩子。他要看他一天一天慢慢长大，他要给他洗脸、洗头、洗手、洗脚、洗衣服、洗尿布；他要给他喂饭，哄他睡觉；他要用手胳肢他，用胡子扎他，要把他架上自己的肩头，四处游逛；他要爱他，骂他，也揍他；他要看他跟自己撒娇闹脾气……这一切，他本来应有的，可是他错过了。桑梓来了，给他拿了一件外套。“桑梓，坐一会儿。”桑梓坐了下来。

朗夜，却神秘、诡异、怪诞，它释放着白天无法释放的东西。

桑梓和吉诚一样，有同样的心事。他们现在还无法深谈，所以他们只能“往前看”，不能“回顾”，因为回眸之中，总有他们的哀痛。可是，人生哪能不回忆呢，只要不失忆，定然有回忆。而今，他们却只能选择注视前方，仰望今夜星辰，等待他们的春天。

几天的旅游结束了，姊妹俩回到了学校。吉诚夫妇约了叶薇夫妇一起吃饭。席间谈到大陆的情况，桑梓顺便请叶薇托亲戚帮忙打听家里的情况。“你知道，两岸不通邮，所有的邮件都需要从别的地方转，其间还要被严格检查。这事我们也没有把握，你们要有耐心。”叶薇说。散席后各自回家。

夜雨淅沥，凉气袭人。

两人早早睡了。因为几次尝试的失败，吉诚已不像以往那样，刻意地去行夫妻之礼。长期的情感封闭，妨碍了他欲望的唤醒。他迷醉于桑桑太久，自己得先醒来，再一步步走近桑梓。情深所致，心扉打开，一切还没到水到渠成的时候。一直有着优越感的吉诚觉得这种优越感正在一天天消失，桑梓已没有以往的自卑了，她身上某些曾经丧失的东西正在渐渐回归。吉诚从她的眼里看到了当年的神采和不驯，他有了明显的危机感。

早饭后，两人一起洗被单，晾被单。电话响了，“你去接。”吉诚拿过被单，桑梓跑回屋里。吉诚把被单往铁丝上一甩，被单掉在地上，他拾起被单，回到屋里重新洗。“真的，确定吗？”桑梓在哭，“好的，我暂时不告诉他……”桑梓挂了电话，揩干泪，转过身，吉诚站在她的身后：“什么事不告诉我？”他问，“是叶薇来的吗？”桑梓摇头又点头：“是妈，妈去世好几年了。”“胡说——”吉诚大吼一声，痛哭起来，“妈，您说的，让我带孩子回去看您。”他歇斯底里地哭着，像个大男孩。桑梓过去，跪在地上，双手抱着吉诚的头。“桑梓，我们见不着妈了。我该怎么办啊……”他抽搐起来，牙咬得咯咯地响，手指也僵硬地直着，桑梓吓坏了，用尽全力将他扶上床，急急地打了一个电话。

吉诚沉睡了一天，傍晚才醒过来。

“妈走了，爸一个人怎么过呀？”吉诚又伤心起来，“你们家没事吧？”“还没有打听到我家的消息。”

海峡太宽了，可还有比海峡更宽、更不能逾越的……在这不通邮、不通航、不通商的两岸，人心的牵挂将如何表达呢？能以梦的形式遥寄天上人间的浩荡离愁是上苍的一种眷顾和恩赐。彼岸的阳光、彼岸的花真的成了一个无法留住的梦。在这美丽的岛上，这些被命运绑架的游子，立定夕阳，遥望大海，断肠天涯。吉诚和桑梓意识到，他们是彼此唯一的生命之舟。翌日，吉诚和桑梓去了镇上的城隍庙，为母亲烧了一炷香，回家后，吉诚的情绪好了许多。

◎

第十七章 缘起缘来

时间：1968年。

地点：成都。

这天烈日当空，白天发生了一起流血事件，而桑桑竟然在场。可事件对桑桑未产生丝毫影响，她的生命可以感知四季的变化，她知冷知热，知饥知渴，伤春悲秋，可社会生活的变迁，却永远被她拒之心门以外。她依然年轻漂亮，依然二十二岁的青春年华。她就在二十二岁活着，等着，除此之外，与别人并无二致。

一个紫红的大花园，百花争妍，姹紫嫣红。玫瑰羞答答地散发幽香，七姊妹攒挤在一起攀缘而上，紫藤萝更是异常繁华，藤蔓交错了整个秋千。桑桑一袭白裙，徜徉在花海里，她依旧在自己的花园里闲庭信步。桑桑的梦是永远的紫色。

有两人来调查桑梓。“桑一鹤，有人揭发你一个女儿逃到了国外，你要向组织老实交代。”“她去加拿大留学，国家红十字会派去的，你们可以到省红十字会去调查。”来人认真地做笔录。“你还有一个女儿，嫁给了国民党的军官？”“没嫁，她就是桑桑。她是病人，你们有备案的。”“那她是被国民党军官抛弃了？”桑一鹤无言。“她是个受害者，应该勇敢地站出来，揭露国民党的罪行。”“她是病人，你们曾主任知道。”“那个国民党军官，跟你们有联系吗？”“没有。”“桑一鹤，你要对组织诚实，你的问题还没有解决，你哪里都不能去，随时等候组织的传唤。记住，只许老老实实，不许乱说乱动。”两人走后，桑母吓出一身汗。桑一鹤挨批斗挨多了，看出门道了，老练多了。“记住，以后刀架在脖子上也这么说。”

来人的谈话，桑桑全听见了：“爸，他们找吉诚干什么？”“就是问问。桑桑，你可千万千万不能说啊！”“知道啦！妈，姐去了加拿大？”“这个也不要说。”

桑桑回到自己的房间，陷入了沉思。她觉得头有点痛，有些不清醒，她觉得自己好像看到了一点什么痕迹，以前模模糊糊的记忆正在清晰，但是很乱。她洗了个脸，坐到桌前，拿出一张纸，画了一件婚纱、一艘船、一束玫瑰，写了一个“？”，又写一个“！”，就笑起来。画上的东西都是她的回忆，她是想把这片片回忆连缀起来，可它们就像破碎的青花瓷，无法还原。

洪泽坐在病床上，洪若水给他削了一个苹果：“洪泽，伤好了，选个日子，把婚事办了！”“洪大夫，我来看你。”安静茹来了。“来，请坐。”洪若水递一把椅子给她。“老人家，您好福气，有这么个好儿子。”洪若水笑笑：“你们谈，我回去了。”“洪大夫，没想到你也遭这么大的罪。”“没什么，皮肉之苦。”“单位来人了，说我不能老住在医院。上面要人，他们也没办法。我不怕死，枪林弹雨都过来了，我不想看到……”“那就别回去，我来想办法，但你要相信我。从今天起，你就叫头痛，砸东西，发脾气。”“干什么，发神经啊？”“对，就是发神经。然后我送你去安全的地方。”“精神病院？”“那里百分之八十的人是正常人。你去不去？”“我想想，行吗？”“行，早点答复。”

安静茹走了，洪泽径直去了副院长的办公室："袁院长，我就知道今天是你值班。"袁院长笑笑："这几天，清静多了。市委还下了通知，今后任何人不得冲击医院。""早该这样了。哎，跟你商量个事……"洪泽讲了安静茹的情况。"行，只要她愿意，就这么办。我现在就给赵院长打个电话。"三天后，安静茹被送到了精神病医院。

桑家，书房里。怀玉、洪泽、洪若水、桑一鹤一家坐在一起。桑父看着那张发黄的照片，涕泗横流。怀玉泪水涟涟："爸，我是您的女儿。""你早就知道，为什么不说，怨我，恨我？""上次回家才知道，看到家里的这张照片……""你妈呢？她恨我，不让你认我？""她问我怨不怨你，我说心里有疙瘩，说不上来。那天车翻到河里时，我想，完了，爸还不知道我是他女儿，我就哭。"桑母泣不成声："怀玉，妈对不起你啊，这个家，净让你操心了。""可惜爸没让你多读点书。""老桑，你找了这么些年，惦念这么些年，嫂子也跟着操心这么多年。女儿就在身边，多好！""怀玉，你妈呢，你结婚是大事，她该来的。""妈说乡里的规矩，嫁女，亲娘是不去的。结婚以后会回来的，来看看。""也好。洪泽，你们怎么商量的？""下星期天，在怀玉的厂里办。""那好，新房让你妈和桑桑去布置。"

锦里绣厂，那个老旧的、大大的四合院，原先专门用来展览绣厂作品的雅致的大厅，现在变成了会议室。今天的会议室喜气洋洋，洪泽和怀玉的婚礼将在这里举行。

几个女工正忙着布置，桌子上有几盆平日里根本看不见的塑料花，门与窗都贴上了红双喜，院里还有几个小姑娘在排练舞蹈。

举行婚礼的时间到了，洪泽和怀玉穿上崭新的军便服，怀玉将红格子衬衣的领翻出来，两人胸前戴着皱纹纸做的大红花。

屋里屋外全是人，大家像过节一样。"大家安静！下面婚礼开始，首先请舒厂长讲话。"舒厂长站了起来："革命的同志们，伟大领袖毛主席教导我们说：'我们都是来自五湖四海，为了一个共同的革命目标，走到一起来了。'徐怀玉和洪泽两位革命战友，在共同革命的过程中，建立了深厚的阶级感情，但是他们将革命工作放在第一位，自己的终身大事放在第二位。你们知道吗，洪泽同志还是我们的志愿军英雄，最可爱的人。他的手臂至今还安着一个假肢。我们为徐怀玉同志找到一个英雄伴侣而高兴，也为洪泽同志能够和徐怀玉这样朴实的干部结成伴侣而感到由衷的高兴并表示热烈的祝贺！”掌声四起。“下面我们请两位新人，谈谈他们结成战斗友谊的经过。”可他们两人，你看我，我看你，不知说什么。有人起哄：“说呀，怎么结成一对的？”洪泽狠狠心，清清嗓子：“我们从小青梅竹马，一起参加革命，我当志愿军时，她就等我，一直等到现在。”“完了？”“完了。”“不算，重来，重来！”人们闹成一团。“好了，大家不要闹了。下面请两位新人给伟大领袖毛主席敬礼。”两人恭恭敬敬地敬礼。“给父母敬礼。”两人对两侧的家长敬礼。“给革命群众敬礼！”底下一片欢腾。“请新人互相敬礼。”又有人起哄：“不行，抱一抱，亲一口。”厂长阻止大家：“我们革命人不搞低级趣味。”有人发牢骚：“什么低级趣味，两口子哪有不亲嘴的，我就不信你不跟你相好亲嘴。”“说什么呢，谁说的，站出来！”厂长一怒，大家都不吱声了。有人赶紧圆场：“亲嘴就免了，咱请新人唱首歌怎么样？”“好，唱歌。”厂长对他们一笑：“那就唱首歌吧！”两个新人低头商量一下，唱起来：“雄赳赳，气昂昂，跨过鸭绿江……”

“唱得好不好？”“好！”“再来一个要不要？”“要！”“再来一个！”人们很亢奋。“新娘子，跳个舞。”又有人起哄。厂长这才想起来：“小红、小兵，你们进来。”四个姑娘挤进去，厂长对新人说，“厂里送给你们的礼物，一支舞蹈。大家请看舞蹈‘庐山仙人洞’。”四个小姑娘跳起来。

暮色苍茫看劲松，
乱云飞渡仍从容。
…………

舞姿曼妙抒情，将婚礼推向高潮。

“同志们，徐怀玉和洪泽同志的婚礼，就要在革命的礼赞中结束了，让我们齐唱一首歌为他们祝福。大海航行靠舵手……”厂长起音，大伙却先于她唱起来了：

起来，饥寒交迫的奴隶！
起来，全世界受苦的人！
满腔的热血已经沸腾，

要为真理而斗争！

…………

人们亢奋着，推着，挤着，拥着一对新人出来。“大家别挤，别挤，让列宁同志先走！”

医院来的一行人，拥着新人来到洪家闹洞房。“洪院长，结婚三天无大小，我们可要好好闹闹你的洞房！”洪泽装神：“那是封资修。”“那也让我们封资修一回。”这帮子青年，刚才婚礼上闹腾最欢的，就数他们了。“别闹太久，老爷子身体不好。”洪泽招呼道。“大家饿了吧，来，打个尖。”桑母招呼来的一群人，有的人吃碗面，有的人吃碗抄手。

入夜了，新人进了洞房。这帮小子来劲了，守在窗外，有的将脑袋往新房里探。怀玉一进屋，直奔床前，撩开毯子看床下有没有人。洪泽笑她：“你怕啥，那帮小子，别看他们嘴硬，他们不敢来真格的，顶多窗户底下偷看、偷听。”怀玉还是吓了一跳，推开窗户，果然有人。“嫂子，还没歇着？”怀玉吓得赶紧关了窗户。洪泽示意她坐到床边来，然后对窗外大声说：“哎，终于结婚啰，不当光杆司令啰。”就拉熄了灯。

外面的坏小子，把耳根子贴在窗户上，凝住了呼吸。挤不上的不甘心，你推我，我推你，有人被推到阶下。好一阵，他们都没听到动静，自己倒憋不住了，几个人耳语一阵，冲着窗户就唱：

下定决心，不怕牺牲，
排除万难，去争取胜利。
…………

随他们唱去，洪泽夫妇坐在床沿，不理不动。

一帮坏小子闹得没趣了，蔫蔫地走了。

洪泽一直等到窗外没有任何声音了，才拉开灯，推开窗户，看看外面真是没有人了，就到厨房煮了两碗荷包蛋，他们真是饿坏了。吃了东西，怀玉去铺床，洪泽从后抱住了她的腰，轻轻叫了一声：“怀玉姐。”

入秋了，街道两旁的梧桐叶渐黄。风一吹，便如折翅的蝴蝶一般，摇坠而下。街道上的落叶、大字报、标语的残骸簇在一起，一堆一堆的。

桑桑走在大街上，街上行人很少，她一路走到锦江河畔的望江公园。她在公园转了很久，终于找到了那张静卧在银杏树下的长椅。她用手摸摸吉诚曾经坐过的位置，靠在椅子上。过了一会儿，隔壁校园的喇叭里，开始教唱革命歌曲《台湾同胞，我的骨肉兄弟》：

我站在海岸上，把祖国的台湾遥望，
日月潭碧波在心中荡漾，
阿里山林涛在耳边震响，
…………

桑桑终于学完了这首歌，很兴奋："吉诚，你能听到吗？" 迈着轻快的步子，她回到家里。

成都郊外，某精神病院。

安静茹穿着病员服，在医院后园的小亭子里坐着。后园不大，有些荒芜，简陋但安全。她回想往事，黯然神伤。

从重庆回到部队，首长向她转交了丈夫的遗物：一套整洁的军装，一双她给他织的毛袜子，还没穿过。一本《指导员手册》和一对银镯子。身为指导员的丈夫，已经牺牲一个月了，而他们的孩子，也差不多夭折一个月了。那天，她没哭。自己十四岁就与家庭决裂，参加了革命。枪林弹雨十几年，她看到过太多的流血牺牲，深知也许在某年某月某天某时某地，牺牲的就是自己或自己的丈夫，她有充分的准备。她的孩子没了，她既悲痛伤心，又有些庆幸。如果他们夫妇都牺牲了，孩子得多可怜？解放了，她转业到了地方，回老家农村抱养了一个孩子。现在这个孩子已经十八岁了，学校不上课，成天打打杀杀的，不着家。想到此，安静茹痛不欲生。

"安静茹，我有事跟你说。" "赵院长，什么事啊？" "有人要见你。" "谁？" "你女儿。" "她？我不见。她怎么知道我在这儿？" "你们单位告诉她的。" 安静茹哭起来："她不是我女儿，我没有女儿……" 她有些歇斯底里，哭得一塌糊涂。

一队小将聚集到精神病院外，一个男青年振臂高呼："把叛徒安静茹交出来！"一个女孩也高叫："把安静茹交出来！"赵院长见状，赶紧通知护士让后院的人回病房，自己来到医院门口："小将们，这可不是一般的医院，不能随便进来呀。""我们是来要人的。""要人？精神病人？""安静茹不是精神病，"那个女孩子说，"我是她女儿，我知道。"那男的一把推开院长："同学们，冲啊——""慢，我在这儿。"安静茹从容地走出来，眼睛盯着女孩子，"说吧，你想怎样？"冷不丁被这么一问，女孩子一时不知该说什么，那男青年咆哮起来："说你怎么叛变革命，杀害她父亲的。"女孩子反应过来："对，你为什么要杀害我父亲？"安静茹怒目而视，一言不发。她的态度更是激怒了小将们，口号声此起彼伏。

男青年开始对她拳打脚踢，女孩子"嗖"一声抽出皮带，没头没脸地就抽起来，赵院长被几个小将死死拽住，大喊："她是病人，她是你妈！"男青年夺过皮带，狠狠地抽打安静茹，安静茹不躲不闪。忽然一大股鲜血从她的脖子上流下来，她倒下了。原来那皮带上的铁扣戳穿了她的颈动脉，她血流如注。

安静茹睁着眼睛，眼角停着一滴泪，她看见自己的丈夫神采奕奕地向他走来，背上背着一个小女孩，走近了，三个人相拥在一起……

她慢慢地闭上了眼睛，眼角停着的那滴泪，终于跌落了下来。

第二天上午十点左右，研究所里，一个领导将安静茹的遗书给那个女孩子看，这封遗书是安静茹去世前一天写的。主要内容是要和这个女孩子解除抱养关系，自己的后事由组织安排，不要她参加。

"不可能，我是她的亲生女儿。"女孩子哭着跑了。

女孩子哭哭啼啼、恍恍惚惚地进了一个机关大院，在一间宿舍门口使劲敲门，开门的是那个男青年："你来干什么？""我妈死了，是你打死了她……"她一边哭，一边抓住他的胸口。他甩开她："她该死，她杀死了你爸！""她没有杀死我爸，我爸是在战场上牺牲的。他不是我亲爸，我妈也不是我亲妈，我是抱养的……""那你哭什么，又不是你亲爹娘。"他咆哮着，将她推出门外。

竹望山墓地，安静茹长眠在这里。

按她的遗嘱，置了双人墓，她的骨灰和她丈夫的遗物合葬在一起，墓碑上是她和丈夫的名字，立碑人写了“战友们”三个字。洪泽夫妇、赵院长、她的生前好友伫立默哀。

远远地有一个女孩偷偷地向这边张望，直到这一群人离开很久后，她才来到墓前。她把手里的一大把野菊花放到墓前，跪了下来，磕了三个头：“妈妈，我是浑蛋，是魔鬼，是我杀了您，您让我遭报应吧！”她号啕大哭，直到哭倒在墓前。

一阵风过，大雨倾盆，雨水顺着墓碑流下来，野菊花被打得七零八落。女孩被雨水浇醒了，她把被雨水打散的野花攒在一起，摆了四个字：女儿安馨。不过，她现在的名字叫安红卫。她不停地磕头，额头的血渗出来，和着雨水、泪水一起流。

雨小了许多，风依旧刮着，天已经很暗，偌大的墓地，空空如也，一片肃穆，她久久伫立着，暮色四合时，才慢慢离开。

第二天，长途汽车站，出现了她的身影。

碧溪是一个边远的山村，虽已立秋，还是有几个小娃在河里洗澡。村外的河水，浅、宽、缓，没有桥，只有一溜顺的石墩子立在河中。

村子在河对面的山脚，红卫过了河，顺着小路而上，逢人就问几句，太阳落山前，她来到了村委会。出示证明后，那人说：“这事啊，我知道。那个女的是转业军人，叫什么安静？”“安静茹。”“对，是这个名字。我给你找找。”他在文件柜里翻一阵，拿出一个卷宗。“姑娘，好运气，你碰上了我，换别人，没几个人知道。”他打开卷宗一看，“她收养的女孩子，一岁零六个月。这孩子，命不好。”“为什么？”“这个孩子的父母是恶霸地主，新中国成立后被镇压了。孩子没人养，亲戚也不养，没办法，就让村里的一个哑巴养着。后来，安静茹来了，说要收养一个孩子，当时有几个孩子，可她就要了这个孩子，有人劝她，说这是地主的孩子，她说孩子是无辜的，就带走了。为这，哑巴哭了好些天。我们告诉她说，孩子到城里享福去了，不遭罪，她才罢了。她养了一年了，舍不得！”“哑巴还在吗？”“村尾住着，因为人哑，没人要，一辈子没结婚。”“大叔，谢谢啦。”“哎，你调查这些干啥？莫非……”他看看眼前的女孩子。“别乱说话，我是代表组织的。我去看看哑姑家。”“要不要带路啊？”“不要了。”

从村委会出来，农家已是炊烟袅袅。路上扛锄头的、挽裤脚的，陆陆续续回村，看见城里穿戴的俏姑娘，都要多看一眼。在一个小孩的指引下，红卫来到了哑姑家。

哑姑的院子收拾得很整洁。红卫进了院子，大声喊："有人吗？"没人应声。红卫进了厨房，一个中年妇女正在蒸馍，一见红卫就笑了，笑得很好看，她用手势招呼红卫坐，红卫竟有了一种回家的感觉。哑姑很好看，穿得比一般农村人整洁。红卫给她比画，要在这里吃饭，哑姑很高兴。

两人坐在矮桌子旁吃饭，哑姑看着红卫直笑，不停地给她夹菜，就像自己的闺女回家一样。红卫也看着她笑，不时地给她夹菜。饭后，红卫系上围裙就洗碗，哑姑也不拦。事情做完了，红卫用手势给哑姑讲："今晚我要住这儿。"哑姑高兴地点头。她将红卫带到房间，房里很整洁，就像是专门为她准备的。红卫躺下来了，泪也来了。

往事一幕幕，如电影。幼儿园里，她穿得最好，从来都是灯芯绒的绣花衣服。在妈妈嘴里，爸爸去了很远很远的地方，等到馨馨长大才能回来。小学里，安馨是班长，成绩很棒，还是学校乐团的小指挥。运动开始时正是她高中的最后一年。学校闹革命，不上课了，学生们拉老师出来批斗，那个漂亮的英语老师死了。她开始逃学，跟着大家闹革命。后来有个男孩追求她，和她谈朋友。妈妈知道了，坚决不同意。说她一天到晚疯疯癫癫的，不干正事，第一次打了她，把她关在家里。那个男朋友来了，砸开窗户将她救了出去。从那以后，她就再也没有回过那个家。后来男孩说，妈妈是叛徒，害死了爸爸，妈妈的单位说她是反动的学术权威，她就恨妈妈，再也不想看见妈妈了。每次妈妈挨斗，她都用皮带抽她，她要划清界限，她不要做叛徒的女儿，她要做革命烈士的女儿。

最初抽打妈妈时，妈妈惊异地看着她，后来就闭上眼睛不再看她。现在妈妈睁着眼睛看着床上的她，红卫看见了妈妈脖子上流出的鲜血。妈妈说："所有的存款、抚恤金都给你，我们解除母女关系吧，你不是我女儿。""不要，妈，我错了！"

红卫大哭，哑姑跑过来，抱住了她。"妈，妈。"哑姑应着点头，紧紧搂住她守着她，看她平静了，才悄悄退出去。

天还是灰蒙蒙的，红卫醒了。她轻轻地叠好被子，走到哑姑房间的门前，跪下来："妈妈。"她在心里呼唤着这个要收留她的妈妈，朝着屋里磕了几个头，悄悄走了。

哑姑早上叫她吃饭，已不见她的踪影，哑姑颓然地坐在床边，哭了。她知道，红卫就是她的养女，红卫鼻翼边的那颗小痣，她永远都记得。这是她养了一年的女儿，她到城里享福去了，可为什么哭得那么伤心呢？

哑姑冲出门，追到河边，河水哗哗地流着，河面上有一层轻纱，哑姑望着河对岸，不停地抹泪。

长不大的桑桑，让桑父一直有膝下承欢的满足感，他疼着这个不幸的女儿。桑梓、怀玉都有了自己的归宿，可桑桑呢，她的归宿在哪儿呢？“桑桑，还绣花吗？”“绣啊。”“爸想看看。”桑桑拿了一摞绣品来。桑父一件件地看：“桑桑的手艺大涨啊。”桑桑选出一张小品给父亲看：两只雏鹤伸长脖子，嗷嗷待哺，雌鹤将嘴里的鱼喂给它们，雄鹤凌空飞翔，望着湿地的三只鹤。“桑桑，爸讲的故事都在这里了，爸喜欢，送给爸吧？”“爸，就是您的生日礼物。”“生日？”桑父这才想起，这几年他着实忘了自己的生日了，只有当桑母把煮熟的两个鸡蛋给他时，他才反应过来。今年，他已经六十八了。“那好，爸就收着了。”桑父咳嗽起来，桑桑轻轻地给他捶背，递水给他。好一会儿，他才缓过来。

一会儿，钱扁来了：“桑一鹤在吗？”“他病了，刚睡下。”“下午学院要开会，让他准时参加，不得请假。”“我爸病了，去不了。”桑桑说。钱扁一见桑桑：“哦，你就是那朵永开不败的花？你爸去不了，你去？”“去就去。”桑母一把拉过桑桑：“她是病人，你不要跟她一般见识。下午我们去。”钱扁瞅桑桑一眼，走了。

桑父什么都听得清清楚楚，午饭后休息一会儿，跟老伴打个招呼，去了学院。

晚饭了，桑父没回来，七点了，桑父还没回来。桑母心里乱起来：“桑桑，妈去学院看看，你待在家里，哪都别去啊。”桑母不放心，一把锁锁住了桑桑，跟邻居郭大妈打个招呼，就走了。

桑母到学院一问，桑父五点就走了。“可他没回来啊！”“师母，真走了。今天开会也没他多大事，他可以不来的。”桑母急得团团转：“能请几个人帮忙找找吗？”“师母，您别急，我叫上两个人，一起去找。”

桑母回到家，老伴还是没回来。怀玉和洪泽都去了罗泉，她不知怎么办才好，就径直到了洪家。洪若水一听，劝她别急。十多分钟后，电话来了，叫他们去洪泽所在的那家医院看看，两人赶到那里，桑父的头缠着绷带，血渗出来。“怎么回事啊？”“一个人送来的，扔在医院就走了，”医生说，“病人可能要住几天院，你们要有人照看。”“他怎样？”“没什么大事，就是流了一些血，已经包扎好了。但是要观察两天。”“亲家，你回吧，桑桑一人在家不行的。我留这儿，明天你来换我。”

桑母赶回家时，郭大娘正在骂人：“你深更半夜敲人家窗户，不是流氓是什么？我告诉你，你不就是学院保卫科的吗，我明天就去学院告你。”“我找她有正事，你少管闲事。”“这闲事我还管定了，你怎么着吧。我家三代赤贫，成分好着呢，别人怕你，我可不怕你。”“怎么回事啊？”“这个流氓，他扒你家窗户，呸，不要脸！”桑母一见钱扁，厉声问他：“你说，你今天把桑老师怎么了，他怎么会受伤？”“我不知道，他活该。你要闹是不是，你要再闹，把你们全家老少全关进去。”他又指指郭大娘，“你要告老子，去告，老子不怕。你知道你在帮谁说话，帮‘右派’，你的立场有问题。”“我有问题，你要流氓倒没有问题，呸，我就不信告不倒。”郭大娘毫不示弱，钱扁悻悻地走了。

傍晚，洪泽、怀玉、傅潆到了成都。桑父的绷带已拆，额上有一个长长的口子。他对自己怎么受伤的避而不谈。傅潆坐在他的床前，默默地看着他。“傅潆啊，我对不住你。”他老泪纵横。“不怪你的，这都是命。”“自从知道真相，我是又想见你，又怕见你。”“我也一样，都过去了，我不是好好的吗？怀玉孝敬吗？”“孝敬，孝敬。”阔别经年的两个老人在病房里絮絮地谈着。

桑母没有去打搅他们，来到洪泽的办公室：“洪泽，你爸的检查出来没有？”“还没有，可能得等两天。”“不会有事吧？”“不会的，爸的情况好多了。”洪泽端一杯水给岳母，“妈，过一会儿就回去吧，怀玉续了几天假，我也在这儿，您就放心吧。“你们在，我就放心了。”“妈，他们还在谈？”“别打搅他们，四十多年，怀玉她妈，不易啊，你是男人，不懂。”

“父亲走了，我卖了家宅，清了债务，就回罗泉井找你。可是全烧了，半条街都烧焦了。问谁，谁都不理。最后一个剃头的伙计让我别找了，一家人没一个活着出来。我去了你们家族的墓地，几座新坟，还没有墓碑。祭拜之后，来到成都，一病不起，躺了整整半年。沁茹的父亲救了我，后来我入赘桑家，改姓桑。”“你走后不久，我发现自己怀孕了，我等你，等到快三个月了，瞒不住了，想来找你，父亲发现了。我家是望族，出这样的事很丢人。你没回来，父亲赶紧将我许了人家。姓徐，桥头开豆腐坊的，你见过。人表面上还老实，婚后发现我怀着孩子，就非打即骂，并以此要挟父亲，要钱。我被他捏着短，为了孩子，只得忍着。有一次打得实在不行了，我跑回了家。父亲后悔当初把我嫁给他，不让我再回徐家。他三番五次要不到人，要不到钱，就一把火烧了傅宅。他的行径激怒了族人，他们把他暴打一顿后扔进了火海，一个表叔也为此坐牢。父亲恨你，给族人们都打了招呼，所以你探不到一点消息。我们回了乡下，几年后，父亲去世，我就留在山上，再也没有下过山。日子是清苦的，可也很清静，这一生就这么安安静静地过来了，没灾没难的，我也知足了。”

傅潆的语调始终很平静，四十多年来，这个曾经风华绝代而又才华横溢的女子，在经历了人世间的沧海桑田后，在大山深处过着纤尘不染的生活。山中无岁月，一天就是她的一辈子，一辈子就是她的一天。日出日落，鸡鸣犬吠，一日三餐，月缺月圆，春华秋实，她活得简单，别有滋味。山外的一切，与她有什么相干呢？她的世界在这里。

出了医院，傅潆沿锦江慢慢走。还是少女时，她来过成都，她依然记得跟父亲住在一座高塔的附近，不远处有一座叫九眼桥的。她向路人一打听，便向望江楼过来，果然，她找到些许旧年的痕迹。这里已经是公园，她找了张椅子坐下来，往事便扑面而来。

父亲临终时，拉着她的手：“潆儿，爸一生做错两件事，毁了你，也毁了这个家。一是不该强迫你嫁到徐家，二是不该封锁你们娘俩的消息。爸糊涂啊，名声有命重要吗，名声有幸福重要吗？潆儿，有机会去找他，不管他结婚没结婚，都要找到他。孩子是有爸的，要找啊！”傅潆痛哭不已，紧紧拉着父亲的手：“爸，是我的错。我连累了家里，也害了表叔。我答应你，找到怀玉的父亲。”

父亲走了，山里只剩她和怀玉住在老屋，族人对她们很好。不甘心让孩子在大山里终老一生，她把怀玉送到大山外去，做了殷实人家的陪读丫鬟。或许是父亲的指引吧，怀玉竟是到了自己的亲生父亲家里。

父亲的心愿了了，自己的心愿也了了，傅潆揩了泪，回到洪家。“妈，您去哪儿了？”“我去望江楼看看。妈还是十四岁的时候，跟你外公来过成都，这是第二次。”“亲家，快来歇歇。”洪若水给她端来一杯茶，傅潆接过茶：“亲家，让你到山里住一段，怎么想啊？”“去啊，等我的政策落实下来，不然，不让走的。”“城里人真是闹腾，还是农村好，山里好。”“那是，要不怎么会说是神仙日子。”傅潆笑了：“神仙日子？神仙自己种地，自己打粮？不过，自己过自己的日子，可不就是神仙日子。过两天，我就回去了，待在这儿，给你们添麻烦。”“什么麻烦，亲家，你好好住着，我们等着抱孙子。”

桑父终于出院了，傅潆也要走了。桑家今天很热闹。桑母坐在傅潆的旁边，不停地给她夹菜：“老姐姐，来，别客气。”傅潆从手腕上摘下那个龙凤呈祥的银镯子，拉过桑母的手：“这是老桑当年送我的，她母亲生前留下给儿媳的，我送您了。”傅潆拉过她的手，把镯子郑重地放在她的手里。“别，送您的就是您的，留着做个纪念也好。”推辞不过，桑母说，“老姐姐，我看，给怀玉吧。怀玉，过来啊。”怀玉走过来，桑母把镯子给她戴上，“怀玉，家传的东西，收好。”桑父起身进了书房，拿出那个云淡风轻的手镯和手帕：“傅潆啊，这个你自己留着吧。看着它，我心里难过啊！”“行啊，天轶，这个我就留着了。”“傅妈妈，您多住一些日子吧，您不是要看我绣花吗？”“是啊，多住一段，一家人聚在一起，多不容易！”洪若水也说。“有啥不容易的，抱孙子的时候，抬腿就来了。大家甭劝了，抱孙子的时候一定来！”“那让洪泽送您。”桑父说。

第二日，洪泽和怀玉将母亲送上了回乡的汽车。

红卫回到成都后，径直去了机关大院，原来她发现自己怀孕了。吴勇开门见是她，立刻要关门。“你不用赶，我说一句就走。”吴勇将红卫让进去，他的母亲看见她，厌恶地说：“你不要老缠着我儿子行不行，看你那副德行。”红卫不理她，冷冷地对吴勇说：“我怀孕了。”吴勇怔在那儿，他母亲吓了一跳：“怀孕了，谁的？别赖我儿子，破鞋。”红卫还是盯着吴勇：“我怀孕了。”“你怀孕跟我有什么关系……”“孩子是你的。”“我的？谁证明是我的？”“是啊，怎么证明是我儿子的？不要脸！”“你们是人吗？浑蛋，我要告诉全世界的人，你们一家人都是浑蛋……”红卫哭着跑出来，在大院里大哭大喊，“你们浑蛋，浑蛋……孩子是你的，是你的……”全院的人都出来了。“你强奸了英语老师，还杀了她。你爸偷枪支，那次广场上死的学生是你打死的，你是个杀人犯……”母子俩追出来，暴跳如雷：“你造谣，你诬蔑，我打死你。”母子两人齐上阵对红卫一阵拳打脚踢，刚才还在哭喊的红卫渐渐没有了声音，抱着肚子蜷成一团。

邻居过来："你们那么狠，想打死她呀，她还是个孩子。""她造谣，她污蔑，你少管闲事！"此时，红卫的身下流了一摊血。"妈，血，她流血了……"他妈一看，也傻了。"愣着干吗，快送医院啊，要闹出人命的。"看热闹的人也慌了，大家一起帮忙，将红卫送进医院，那母子两个悄悄地溜了。

红卫流产了，她躺在床上，没有人来看她，还是洪泽让怀玉给她熬了稀饭。红卫知道，他们都不喜欢她，他们都知道自己是那个挥舞皮鞭的人。她也不和任何人交谈，成天趴在床上写啊，写啊。出院后，她将自己写的材料向上级递交，一个星期后，她被传唤做了笔录。而后，她去了母亲的墓地，献上一束花，磕了几个头。

下午，她又来到机关大院办公楼，迎面碰上吴勇的母亲："你这个破鞋，你还有脸再来！"红卫没理她，径直进了楼，几分钟后，人们就听得"砰"一声，回头一看，红卫已经倒在血泊里。

红卫自杀的第二天下午，公安机关拘捕了吴勇父子。他的母亲，这个曾经是炊事员的妇女，因为煮饭都不忘背诵语录，被树为"标兵"而一跃升为机关办公室主任。她升官后，颐指气使，趾高气扬。而今呢，机关大院少了一个不可一世的主任，多了一个蓬头垢面的疯子。

这几天，哑姑特别烦躁，坐立不安。那天她的丫丫走后，她就有些心神不宁，总觉得丫丫还要回来。

不几天，村里来了一行人，到了哑姑家。他们将一封厚厚的信和一个包袱递给哑姑。哑姑打开包袱，是丫丫的骨灰盒，上面嵌着丫丫的照片。

哑姑哭了，紧紧抱着骨灰盒。丫丫在遗嘱中将家里的全部存款给了哑姑，并希望埋在哑姑家的坟地，墓碑用丫丫的名字。从此，哑姑家族的坟地，有了丫丫的一席之地。每逢清明，哑姑都会为女儿点一炷香，烧一些纸，给一些祝福。

桑父所在的学院，今天来了几个人，他们和桑一鹤谈完话后，桑一鹤将一个证件交给了他们。人走后，桑母进来问："又有麻烦了吗？""是有麻烦，这次不是我们。"桑父长喟，"机关算尽太聪明，反误了卿卿性命！"原来有人揭发当年偷粮票的事，钱扁拉了一个"替罪羊"，学院正对这个"替罪羊"进行调查，桑父将自己手里的东西交了出去。那几个人刚走，钱扁就来了，他"扑通"一下跪在桑一鹤面前："老师，救我！以前我错了。"桑一鹤下意识地摸摸自己额头上的疤痕："钱扁，常言道：'天作孽犹可恕，自作孽不可活。'我救不了你！"

又是一个公判大会的日子，桑一鹤第一次没有陪斗，但他还是去了会场。一干犯人站在台上，高音喇叭宣读他们的罪行和刑期。吴勇，强奸杀人罪，死刑，立即执行；吴包金，偷窃枪支罪，十二年刑；钱扁，盗窃罪，十年。还有一个据说是妓女的，判了三年，罪名是腐蚀革命干部。

难得大家有了一段相对平稳的日子过，尽管运动仍在进行之中。

"怀玉，爸的检查出来了，你要有思想准备。""严重？""肺癌晚期，多则半年，少则两三月。""天哪！""你要沉住气啊，别让他看出来，也不能让妈知道。""那怎么办啊？""凡事顺着他，依着他，顺其自然，明天我去他们学院。""洪泽，没有办法了？""没有，只能尽量延长生命。你要他马上住院，他肯定就明白了。"

桑父近来除了咳嗽，也没别的什么不适，心情似乎比以前好多了。洪泽经常给他开些药，让他坚持吃，说是不传染的肺结核，住不住院让他自己定。"我不住院，花那冤枉钱干啥？"他坚持吃药，没事就往洪家跑。

"亲家，我又来了。""你不来，我就去找你了，有好事。"洪若水神秘地说。"政策落实了？""不是这个。""那还有什么好事？""当然有。"他凑近桑父，"你要当外公，我要当爷爷啦！""真的？""千真万确。""哎哟，有盼头了，要多活几年，好好带我孙子。""是我孙子，你的外孙。"两个老头高兴异常，这种发自内心的欣喜已然是久违的情绪了。"洪泽说怀玉是高危产妇，从现在起就得养着。家里活，我和洪泽做了。""真没想到，有生之年，我真能看见孙子了！""什么有生之年啊，以后的好日子，长着呢！""哎，我说亲家，请个帮工吧，洪泽是残疾军人，有政策的。""哎，我儿子可不是残疾，这不，都有孙子了。"两个老头大笑。

桑父高兴得坐不了，回家告诉老伴。桑母兴喜："赶快请吧，不要怀玉上班了，高龄孕妇，得好好养着。"她说着就要出门。"要去哪儿啊？""找郭大娘，她认识的人多，兴许就请着了。"

下午，郭大娘带来一个清秀的女人，三十多岁，资中人，叫六香。在城里待过几年，给人带孩子，做家务，有些经验。桑母一看六香干干净净的，说话也得体，很满意，就留了下来。

怀玉请了假，在家里安胎。起初不习惯别人伺候，老争着做事，六香生气了，以为看不起她，要走，怀玉这才罢手。六香和怀玉很投缘，处得像姐妹，这是一段省心的日子。

1968年8月，又一个晴朗天气，安静了一段时间的大街，忽然莫名其妙地沸腾起来。

桑父问桑桑："想不想出去看看？""想啊。"父女两个就要出门。"桑桑，搀着你爸，早些回来。"

大街太热闹，歌声、口号声此起彼伏，人太多，太挤。桑桑跟在父亲身后，觉得喘不过气来，忽然她看不见父亲了。"爸，爸！"她高声喊着，桑父听到了，回过头来想拉她，可他觉得自己没有力量了，软绵绵的，身上很痛，失去了知觉。

依稀仿佛中，满街的彩旗在迷糊中化作一片彤云，彤云深处，一个点向他越飞越近。一只丹顶鹤，驮着一个姣好的姑娘，落在泛着红霞的滩涂上，将他唤醒："外公。"小姑娘酷肖桑桑，她扶着他骑上仙鹤，向那彤云的深处，冲天而去。

"踩着人了，踩着人了！""孩子，我的孩子呢？""快救人呀！"人们乱成一团，游行的队伍也被冲散了。很久，那阵乱过去了，街道空空如也，满地狼藉。

桑桑四处找不到父亲，以为他先回家了，到家一看，没回来，大哭。桑母赶紧和她出来，四下找人，不远处，一个人坐靠在一幅大大的宣传画下，"爸！"桑桑和母亲奔过去。桑父的衣服很脏，嘴角流着血，脸色煞白，一动不动。"老伴，老伴。"桑桑大喊："爸，爸！" 那两个把他抬回来的人说："他被踩了，好不容易拖出来。"

桑一鹤就这么走了，洪泽给他换衣服时，摸出了一张别的医院的诊断书。原来他早就知道自己的病，只是瞒着大家。他就这么走了，终归没有看到外孙的出生。

出殡那天，霏霏的雨在空中细细地飘。

桑桑捧着骨灰盒，上面盖着她送给父亲的那幅绣品。怀玉怀着孩子，桑母没让她去。墓前，大家静穆着，没有啜泣的声音。桑桑跪在墓前，用手去摸墓碑上立碑人的名字。她在桑梓的名字上摸了又摸，在她自己的名字旁，用手写了三个字——席吉诚。她不哭不闹，许久，洪泽扶她起来，大家慢慢往回走。桑桑的眼睛今天格外有神，毫无以往的似梦非梦。她望望四周，看看每个人，再望着天空，长长地叹了一口气。

昏睡一个星期的桑桑醒了，又完全没事人一样。她经常会到父亲的书房去坐坐，翻翻父亲生前爱看的书，母亲伤心时，她就陪在身边。桑桑还是那个桑桑，或许是受到上帝的特别眷顾，她似乎获得了一种对苦难的“豁免权”，或者她被上帝“免疫”，她又回到自己的王国，回到了自己美丽的童话里。

晚上，桑桑做了一个梦。峭壁的缝隙里，有一朵雏菊，蓝色的花瓣，黄黄的花蕊，在凛冽的风雨中盛开着。每一滴雨打着它，它就摇摆一下，低一下头，再昂起来。那黑黝黝的陡崖像是它的堡垒，雏菊长在凹处，只有那雨的闪亮，才能让人看见花在风雨中摇曳。

清晨醒来，桑桑看看瓶子里的那朵蓝色雏菊，拿出一张纸，勾出了自己的梦。早饭后，她坐下来，准备将这个梦境绣出来。

◎

第十八章 缤纷落英

时间：1968年8月

地点：台湾。

清晨，一阵急促的电话铃声响起，桑梓披衣下床，拿起电话，没有听完就瘫了下去，吉诚从床上一跃而起。

中午，桑梓、吉诚、翁嫂赶到了大学附近的医院。

菡萏一见母亲，扑上来大哭，桑梓再次瘫软下去。吉诚、翁嫂冲进病房，菡菡已去。翁嫂轻轻地揭开床单："菡菡，我的乖囡囡，这是怎么了……"菡菡安详静美如秋叶。吉诚捧起她的头："菡菡，怎么啦？告诉爸，你究竟怎么啦？为什么呀……"他跪在地上，仰天大哭，"菡菡！为什么？天哪，我该怎么办，我该怎么办啊！"听到哭声，桑梓苏醒过来。"不会的，不是的……"她喃喃地说，觉得耳边有个声音："妈妈，抱我，再抱抱我。"她一下清醒过来，疯一般冲进了病房。她一把推开吉诚，把菡菡紧紧地搂在怀里："菡菡，不怕，不怕……妈妈在这儿……咱回家，回家……"她要抱菡菡走，翁嫂哭着拉住了她："桑梓，让菡菡安静地走吧。"叶薇劝道："桑梓，让孩子安心走吧……"吉诚悲怆地哭着，郝淼和老肖难过得不知道该怎么劝。吉诚再一次捧起菡菡的头，泪眼模糊，有些混乱，有些胡言乱语："菡菡，菡菡呀……哦，桑桑，你怎么了？菡菡，是爸来了。桑桑，是你吗……菡菡？不，不是。桑桑，你怎么了……"痛哭不已的桑梓一把推开他，"菡菡，我的女儿——" 她凄厉地长叫一声，昏死过去。

三天后，桑梓醒了，她坚持要去看看菡菡。

海岸陵园，绿茵如毯，青松苍翠，一湾碧水环绕而过。菡菡的墓，背山临海，开阔而洁净。桑梓蹲下来，将手里的黄菊放在女儿的墓前，静静地看着墓碑上的菡菡。菡菡笑着，有着一双梦幻般的眸子。桑梓久久地凝视着，没有哭。菡萏过去，搀起她："妈，回吧，起风了。"桑梓缓缓地站起来，目光游离地往回走，吉诚过来搀她，桑梓拂开了他的手。

一场车祸夺去了这个美丽如花的生命。桑梓怎么也接受不了这个残酷的事实。在家里，她老走到菡菡的床前去，总认为菡菡还在睡懒觉；在厨房，总听见菡菡撒娇："妈，我好饿……"屋里屋外全是菡菡的身影、菡菡的声音。桑梓根本不能自持，又是一场一场地恸哭。

吉诚默默地回忆着菡菡的点点滴滴，只是，他的记忆里，没有十岁以前的菡菡，却有那篇《冷爸爸》的作文。十岁以后的菡菡，是在舰艇上疯跑的小姑娘，是与他谈心的大姑娘。桑梓一次又一次的哭泣哭烂了他的心。他怕桑梓扛不住，从此一蹶不振。他愧，他觉得对不起孩子。特别是想到菡菡曾经想让妈妈和他离婚时，感觉就愈加强烈，他还没来得及补偿孩子啊！这些年，这个家是桑梓操持的，她是为孩子活着的，她的人生没有爱情，桑梓的爱，就是孩子。可如今，她心花中的一朵谢了。心湖上飘零的是生命的花瓣，桑梓能不心碎吗？吉诚能感觉到桑梓内心对他的诘责，可一切都晚了。

桑梓沉浸在悲痛中，这么多天以来除了哭喊和呼唤，她没有说过一句话。"妈妈，如果让我们选择，我们不要这样的家。""妈，不高兴就是不高兴，干吗要做个高兴的样子给他看啊！""妈，他就是一股冷风，把家吹冷，就走了。"孩子们的抱怨总在她的耳边。她以为，自己全部的爱可以让孩子幸福，可她错了，孩子们生活在父爱的缺失之中，埋怨其实是一种渴望啊！这个家，凄风苦雨。

吉诚得回军港了，不放心桑梓，托了翁嫂照应。桑梓仍然哀伤，不过能够控制自己了。她也想要振作，毕竟还有菡萏。她强打起精神："也许工作着，会好些。"她这么想。"是啊，菡菡走了，我们都难过，可生活还得继续。桑梓，听姐一句，你要让自己慢慢走出来。"叶薇在电话里这么劝她。

桑梓坐在雀舌驿哭泣，苍老了许多。叶薇递纸巾给她："说好了，谁也不哭。"可叶薇的泪也是无声地滴落。叶薇没有孩子，她的孩子流产后，就再也没有怀过孩子，母亲的心，谁不知道？"姐，我不想和吉诚过了，我要离婚。""桑梓，这是个意外。""我知道。我老想起菡菡说'冷'……""冷，什么意思？""菡菡说他冷，像一股冷风，将家里的温暖吹冷了，就走了。""你不是说，他比以前好多了吗？""是的，我曾经想给自己、给他一个机会，也许我们还来得及。可是，菡菡出事后……你知道吗，那天在菡菡的遗体前，他竟然喊的是桑桑，那是他的亲生女儿呀！我不想过了……""桑梓，你现在做任何决定可能都不够理智。给自己一点时间，好吗？""姐，你不知道，我们不是夫妻。二十多年，我们没有做过一天的夫妻。"桑梓趴在桌子上痛哭不已。"天哪！桑梓，你过的什么日子啊？"两个女人哭得一塌糊涂。

老肖一看这情景，就在门外挂了"暂停营业"。哭够了，叶薇扶桑梓起来："桑梓，不哭了。这么多年，你怎么过的呀！""孩子，她们支撑着我……这是我的报应，我活该！害了桑桑，害了自己，害了孩子，也害了吉诚，我自作自受啊！"叶薇递茶给她："喝点吧。不是你的错，不是你一人的错。""我没后悔，看着女儿一天天长大，我就对自己说，值了。可现在，我的孩子……"她又伤心欲绝。两个女人哭一会儿，谈一会儿，谈一会儿，又哭一会儿。桑梓把多年的积郁慢慢地往外倾泻，她终于有了一个可以倾听她的人，这对桑梓实在太重要了。不知不觉，一个下午就过去了。

夕阳的光，穿过竹帘，斑驳的影，落在茶几上。两个女人终于安静下来。"我可以进来吗？""可以。"老肖端着一个托盘："来，龙抄手、韩包子、赖汤圆、蛋烘糕。"他将托盘里的碟、盘、碗一一放在桌上，"今天，我做东。下次，你们哪位请？"他笑眯眯地看着两位女士。"下次我来，老肖，你想吃啥子，尽管说。"叶薇反应快。"那再下次就你请啰？"老板笑眯眯地看着桑梓，

“我请，我请……”桑梓也回过神来。

很晚，桑梓才回到家。

电话响了，桑梓怔怔地盯着电话，不敢接。电话执着地响着，桑梓过去，怯生生地拿起电话：“喂……”“你回来了？回来就好，你早点休息。”

蒙蒙的雾，彼岸远远的，时隐时现，黛色依然。蒙蒙的海面，那么缥缈。近处的礁石，有的突兀，有的隐约。一个憔悴的女人，带着两个孩子，伫立水雾之中，久久地凝望彼岸。她们的背影柔弱寂寥。海水一漾一漾地拍打着海滩，海水和着细沙，时而盖住她们的脚背，时而冲净她们的脚背。两个孩子，一个像妈妈一样，深情凝望远方，一个却侧过头，深情地凝望着母亲。母亲回过头来蹲下身，捧起她的小脸，给她深情一吻。另一个孩子转过身来，勾住了母亲的脖子。海雾弥漫，将母女三人隐没。

吉诚捕捉到了桑梓微妙的心理变化，有了一种莫名的恐慌。他又陷入了“找寻”之中，找寻那与孩子之间缺失的十年。那十年，成了吉诚心里永远挥之不去的一个空缺。时间的流变，似水也不似水，它逝如水，却不能蓄如水。时间不会为任何人停顿。在他的感情生涯中，那十年，时间的河床是旱的。他的生命之河中，竟然有一个从时间中切割出来的单元，这个时空，竟然是“空”的。他和自己的家人，竟然有那么遥不可及的距离。“山中无岁月”，可是自己把自己安置在了哪座山呢？没有这一段人生，他与这个家庭的疏离，就无从弥补，而那个血缘和法律的意义，细若游丝，没有任何保障。那十年，他是这个家的“局外人”，这十年，他有回归，也有保留。现在，他清楚他再用二十年、一辈子，也无法真正意义上回归这个家了。

周末，吉诚回到眷村。桑梓又坐在菡菡的床前发呆，厨房没有生火。吉诚围上围裙，进了厨房。晚饭很沉闷，桑梓那份沉静的哀伤，弥漫满屋。晚饭后，桑梓一人出去了，吉诚收拾停当，来到菡菡的床边坐下，这是他在菡菡离开人世后，第一次摸摸她的被子、枕头。枕头边的电筒，他拿起来，打开，熄灭，打开，又熄灭。桌子上，一家人的合影，菡菡笑着，拥有梦般的眸子。“简直跟桑桑一模一样。”他忽然意识到，“我怎么想到桑桑了？”他拿起照片，用手拂一拂上面的灰放在桌子上，退出来，将门轻轻掩住。

桑梓回来了，恹恹地蜷缩在沙发上。“守得云开见月明”的她，像是被菡菡带走了魂魄一样。她觉得，吉诚对于菡菡的离世，并不是真正伤心，他很快就走出来了，孩子在他的心里，就那么没有分量？菡菡走了，他竟然喊的是“桑桑”。一失足成千古恨，奉子成婚，让她在吉诚面前，矮了一大截。吉诚，这个曾经给了她无数次轻侮，而又被她深爱的男人，现在像是醒了酒似的，要回归家庭，自己为什么那么容易就妥协了？如果她和吉诚真的和美了，那这二十年无疑是个酿造美酒的过程。但是，菡菡的离世让她看到了吉诚心灵深处岿然不动的东西。“人是要认命的。”桑梓坐起来，拭干了泪，洗漱后，回到了姐妹的房间，关上了门。

吉诚听到她去了那个房间，一种空前的危机感袭来，令他倍感空虚。菡菡走了，带走了他希望的曙光。人到中年，他所憧憬的爱情薄如蝉翼，细若游丝。在桑梓面前，吉诚有优越感，他觉得自己能与她私奔就是一种牺牲，他牺牲了自己的爱情。“桑梓，你该知足了，你得到了桑桑没有得到的，这一切本来是属于桑桑的。”吉诚早已习惯桑梓的低眉顺眼，有时候甚至看不起她的低眉顺眼。现在，桑梓不陪他玩了。桑梓的冷淡、疏离，甚至排拒，让他莫名地惊恐。要知道，在这美丽岛上，他们是彼此唯一的亲人，他们是彼此的生活之舟。如今，桑梓要弃船了，这个家就要成为沉舟。

吉诚发觉自己很快就从菡菡的离世中走出来了，尽管想起菡菡的生前种种，他也潸然泪下，黯然神伤，可他不像桑梓那么万念俱灰。他甚至惊异自己在痛失爱女的悲伤中竟然会想起桑桑。在医院，菡菡那张安详的脸，竟然让他鬼使神差看到了二十年前的桑桑……悲愤的桑梓一把推开他，他才如梦初醒。

这个冬天没有雪，只有雨，那雨像雪一样冷。

寒假了，菡萏回到眷村，发现母亲苍老了许多，话也很少了。菡菡出事后，菡萏也很久没有走出来，有时做着什么，转过头：“菡菡，我们……”“菡菡，你……”就会脱口而出，发现身旁没有菡菡，自己就哭一场。

那天早饭后分开不久，菡菡就出事了。菡萏至今都觉得菡菡的离世，是那么不真实，回到眷村，竟有一种恍若隔世的感觉。

母亲不是在自己的身边菡菡长菡菡短，就是孤独地坐在桌前翻译她的东西。父亲比以往回来得勤，但父母之间很冷，似乎回到了从前。所不同的是，先前母亲要去掩饰“冷”，现在不加任何掩饰了。菡萏想起父亲恸哭时，嘴里叫着“桑桑”。“桑桑是谁？”她的心里放着这个问题，桑桑、桑梓，她们是姊妹吗，为什么妈妈没有提起过这个人？一个失去女儿的父亲竟然在最悲痛的时刻喊出别人的名字，她是什么样的人，怎会这样镌刻在他的心上？

菡萏把厨房收拾停当后，走出来：“爸，少抽点烟。”吉诚点点头。“爸，桑桑是谁？”菡萏出其不意，吉诚惊异地看着她。“桑桑是谁？” 她看着父亲，目不转睛。“哦，菡菡和她长得太像了，我有些糊涂。”“她是谁？”菡萏不依不饶。“是你姨妈，你妈妈的妹妹，她们也是双胞胎。” “你爱她？”“我……”“这就是这么多年来，你冷淡我妈的原因。”菡萏也是女人，能够体会到母亲的委屈了，她哭得一塌糊涂。

听见哭声，桑梓直起身，从窗口探出头。只见菡萏把头埋在双膝上哭着，吉诚迷茫地看着她。桑梓走出来，搀起菡萏，回到屋里。“桑桑是你妹妹？”桑梓点点头，“你似乎没有提起过。” 桑梓撩撩女儿的头发。“我爸爱她？”“是的。”“菡菡很像她？”“很像，特别是眼睛。”桑梓从容地回答女儿的提问，不是她有所准备，而是她觉得，这个世界上，没有什么事实可以完全被遮掩。“妈，你为什么那么傻？”“嗯？” “为什么嫁给一个不爱自己的人？”桑梓苦笑着揩干女儿脸上的泪。“妈，你知道吗，从我和菡菡懂事起，我们就一直怀疑爸爸有外遇。”“妈妈就是他的外遇。”桑梓尴尬地调侃。“姨妈在哪儿？”“大陆。”“她没有结婚吗？”“不知道。”“妈，你想离婚吗？”“想。”“妈，你真傻。在一个没有爱的婚姻里，折腾这么些年。你后悔吗？”“不后悔，妈有你。”“爸同意离婚吗？”“不知道，还没跟他谈。”“下决心了？”“过了春节，就跟他谈。菡萏，你的想法呢？”“我依你。妈，我想奶娘了。”

这是桑梓一生中最寒冷的春节。

菡萏回学校了，吉诚依然周末回来。表面上，这个家已经恢复平静，吉诚的心里安稳了许多。晚饭很安静，两人都没有什么话说。

饭后把厨房收拾好，桑梓出来：“吉诚，我们谈谈吧！”吉诚放下书，直了直身子。“吉诚，我们离婚吧。”尽管吉诚一直都有思想准备，但一听到这话，还是觉得诧异：“为什么，为什么要离婚？”很长一段时间的沉默。“桑梓，我们已经比以前好多了，都人到中年了，还是安安心心地过日子吧。”“我是想好好地过日子，过自己的日子。吉诚，我们离婚吧！”“可我们好了许多了。桑梓，你不要老纠缠过去的问题。”“我没有纠缠，我们是努力了，可是我们没有收获。我们都觉得看到了曙光，可是……”“桑梓，菡菡的事是个意外。不错，那天我是糊涂了，我竟然把菡菡叫成了桑桑，那是我太伤心了……”“我不是因菡菡怪你……”“我知道，可菡菡就是长得像桑桑啊。”“你不要一口一个桑桑，不要在我面前再提桑桑。”桑梓的嗓门一下提高了，逼视着吉诚。“是我要提吗？你老拿桑桑说事，你不就是因为我把菡菡叫成了桑桑，才要离婚的。”“不要跟我提桑桑，不要……”“我就提。桑桑、桑桑、桑桑，怎么啦？隔了天远地远，隔了几十年，你有完没完？”吉诚肆无忌惮地怒吼起来。桑梓的脸涨红，变紫，再憋得乌青，泪满满地蓄着，全身战栗，嘴唇不停地抖动。她指着吉诚：“你，你……”吉诚依然不示弱：“我怎么啦，看看你自己，这么多年，把自己打扮成一个受气的小媳妇，让别人都觉得我不地道，让孩子们觉着我不厚道。”岩浆的温度在升高，沸腾，翻滚，终于压抑不住，熔岩喷涌而出，“你觉得你委屈，我呢，我不委屈？我娶了你，给了你名正言顺的婚姻……我的爱人是谁，是桑桑！可是你……你才是罪魁祸首，你才是始作俑者。”火山喷发，迸溅，飞泻，炽热的熔浆一泻千里，硝烟弥漫，不见天日。熔浆所到之处，一片焦煳。桑梓完全没有招架之力：“席吉诚，你还是个人吗？”汹涌的海浪拍击着心岸，撞击着灵魂的堤坝，岩浆泻进海水，互相纠缠，恶浪滔天。“轰”一声，堤岸崩塌，海水裹着岩浆，滔滔而来，狂奔不息，所到之处，无坚不摧。桑梓被无情的骇浪卷起，一会儿举上高高的浪尖，一会儿摔进深深的浪谷。她完全失重，又晕又吐，认命地随那大浪摆布，毫不挣扎……很久，耳畔海的怒吼渐渐嘶哑，慢慢演变成一种沉吟和呢喃，桑梓觉得自己被海倾覆，生不如死。海水一漾一漾，晕得她想吐，“哇”，一大口鲜血喷射出来，殷红一片，血腥的味道，布满天空。

吊瓶里的点点滴滴，像屋檐雨滴。菡萏坐在床边，她已经守护母亲三天了。整整三天，桑梓终于醒过来，医生和护士都松了一口气。“给她漱个口吧。”医生说。菡萏端来一碗温水，桑梓勉强撑起来。她的嘴里，黏黏的，她漱了口，自己都能闻到口里的血腥味。“我想喝水。”“可以，先少喝点。”医生又俯下身子跟她讲，“你不能再激动，明白吗？”桑梓点点头。

医生走了，菡萏把母亲的手握在自己手里：“妈，你吓死我了。”她的泪哗哗地流。桑梓抽出手来，给她揩泪："好了，不哭了。妈妈以后也不哭了。""妈，你昏迷了三天。""我觉得自己像是做了一个好长的梦。"桑梓有气无力地说，"翁嫂，又拖累你了。" "桑梓，以后不许这样吓我了。""翁嫂，憨仔不是请你去带孩子吗？""急什么，我乐意带就带，不乐意他还能强迫我？等你好了再说。"

吉诚也被自己的熔岩灼伤，他完全失控，像一个病情恶化到顶点的精神病人。他咆哮、癫狂、激愤，高亢的声音，夸张的手势，他无法控制自己，他就一直这样暴跳如雷，直到把自己累得精疲力竭。岩浆渐渐冷却下来，凝固起来，一切静得出奇。吉诚这才发现，他的面前根本没有桑梓，低头一看，桑梓躺在桌旁，地上一大摊鲜血。他慌了，连忙扶她起来，桑梓像是用尽了最后的气力，狠命将他一推，他瘫坐在了地上。桑梓还在喷血，她一只手捂着胸口，一只手捂着嘴，血从指缝汩汩地流出来，彤红，她躺在地上没有了声息。

吉诚慌忙拨了电话，救护车呼啸而至，影影绰绰的身影抱起了桑梓，绝尘而去。他被遗忘了，没有人在乎他的存在。他瘫在地上，眼前的一大摊血浸漫开来。"桑梓不会死吧……"他战战兢兢，惊慌失措。一个霹雳在头顶炸开："头上三尺有神灵，席吉诚，你要是对不起她，老天会劈了你！"他惊恐地站起来，望着天空。这是入春以来的第一场春雨，细细绵绵，无声无息。吉诚再看桌子上那张唯一的全家福，拿起来，狠狠地摔在地上，沮丧地走了。

吉诚回了军港，他没脸去医院。第二天，他的声音完全嘶哑，嗓子又红又肿。他无法想象自己声震天地的怒吼。小邹说，眷村的人吓坏了，大家看着他疯吼，没人敢劝他。吉诚什么都不知道，只是依稀记得房间里有人忙乱，几个家属对他指指点点。现在他无法言语，吞口水嗓子都疼。他去医务室拿药，发现往来的几个士兵，眼神都怪怪的。他的背脊凉凉的，浑身不自在，回到宿舍，吃了药，躺在床上，一闭眼，眼前就是那张惨白的脸和地上的一摊浸漫开的血。他惊跳起来，拿起电话拨到医院，话筒里传来："喂，喂……"他就立即挂了电话，颓然地倒在床上。

自己为什么不冷静些呢，不是有思想准备，可以先尝试分居吗？桑梓不是不近情理的人，她会同意这个建议的。桑桑，又是桑桑，桑桑就是一个魔咒。桑桑是他的美梦，也是他的噩梦，桑桑让他永远生活在"不正常"之中。吉诚原以为桑梓晾晒过"心魔"，不再计较了，可是，桑桑的名字之于她，竟依然是如鲠在喉。桑桑是一把利剑，高悬在他们的头顶，随时出击。二十年来，桑桑从没有离开过他，她的低吟浅笑，是他心中永不褪色的照片。“我可以给你婚姻，但我无法给你爱。”他曾这样对桑梓说，桑梓竟然点点头，毅然决然地接受了这样的婚姻。“彼岸青山远，怜取此岸人。”曾几何时，桑桑在他的心里深潜或淡出，他下定决心要直面眼前的生活。二十年啊，一切归于零。

“笃笃笃——”吉诚翻身下床。“席舰，嫂子病危！”吉诚心里“咯噔”一下。吉普车飞驰，吉诚还嫌慢。抢救室外，菡萏扑上来大哭：“爸，我妈……”吉诚的腿软了：“桑梓，你不能……”医生过来：“席舰，这边请。”吉诚跟医生进了房间：“大夫，她……”“心力衰竭，伴有咯血，随时都可能……这里，你看看，签个字。”吉诚惊慌失措。“她需要转院，现在她的病情稍有稳定，马上就转。”“我签，有把握吗？”“我们只能抱有希望……”吉诚签完字，桑梓便被推出来，抬上了一辆早就准备好的救护车，翁嫂、菡萏也一起上了救护车。吉诚乘坐吉普车，紧跟在救护车的后面疾驶。桑梓几次陷入深度昏迷，在生死关头挣命。菡萏紧紧抓住翁嫂的手，翁嫂的手也在颤抖。

台中，某医院，雨。

桑梓还在昏迷中，但她的脸已经红润了一些。吉诚憔悴不堪，他已经连续守了几个晚上。“爸，吃饭了。”“席舰，吃吧，吃了睡会儿。”这是一个单独的套间，带一个休息室。吉诚吃完饭去休息了，翁嫂一边收拾，一边说：“菡萏，回学校吧，你妈没事了，下午再过来。”“奶娘，我妈醒了不愿见我爸怎么办？”“放心吧，奶娘会处理好的。”

桑梓静静地躺着，眉头紧蹙。她一直没有清醒过来，或者，她就不愿醒来。

“桑桑，姐确实做错了……”桑梓的话，翁嫂听得明白，她凑到桑梓耳边：“桑桑不怪你。”真切的声音，唤醒了桑梓，她睁开了眼睛。“桑梓，醒了？”“我在哪里？”“在台中医院。”桑梓侧过头看见椅子上搭着的军装：“他在这儿？”翁嫂指指休息室：“三天没合眼，我让他去睡会儿。”桑梓无力地闭上了眼睛。医生来查房：“醒过吗？”“刚才醒了，还说了两句话。”“醒了可以和她说说话，不过别让她再受刺激。”

三天没合眼的吉诚，太困倦了，倒下就进入了梦乡。

这一睡，晚上八点过后才醒来，他随便吃了点东西，来换翁嫂：“醒过吗？”早上醒了一下。”吉诚坐到床前，看看输液瓶的点滴，调了调快慢，拿起一张报纸。

凌晨，桑梓醒了一下，她想喝水，侧过头看见是吉诚坐在床前，就闭上了眼睛。

天亮了，翁嫂换吉诚休息。“我想喝水，翁嫂。”“桑梓，你醒着？”“我想喝水。”翁嫂端水来喂她。桑梓看到自己吐血时，并不害怕，只觉得心被烧灼般痛，然后有一股滚烫的潜流在体内奔突，一张嘴，鲜血就喷射了出来。喝了水，她歇了歇，无力地指指那件军衣：“翁嫂，让他走。”“他知道错了，这几天可辛苦了。”桑梓摇头：“让他走。”

午后，菡萏和叶薇来了，叶薇看看面前这个面容苍白、憔悴不堪、瘦骨嶙峋的桑梓，难过得只是流泪。她来过几次了，桑梓总是没有醒。“桑梓，看姐一眼。”桑梓努力睁开眼睛，对她无力地笑笑，那笑很苦楚。

翁嫂拉了叶薇去屋外说话。“这事交给我了，翁嫂。”叶薇回到病房，拉起桑梓的手：“老肖说要来看你，给你做一碗没心没肺汤。”桑梓苦笑。“你不要说话，听就是了。”叶薇小声和她讲话，桑梓安静地听着，紧皱的眉心，偶尔也舒展一下。“叶薇来了。”吉诚招呼她，桑梓就闭了眼。“你怎么样？”“我……”吉诚不知怎么回答。“吉诚，我们出去走走。”叶薇顺手拿起军大衣递给他，回头对菡萏道，“好好陪着你妈。”

两人来到雀舌驿。叶薇要了小包间，两人坐了下来。

老肖过来，送了一碟八号花生米，红红的，甜甜的。“这里还有这东西？”吉诚有些意外。“不正宗，仿做的，起了怀旧的名字。”叶薇说，“当初我家的当铺，就在八号花生米对面，我爸和老板熟着呢。”吉诚已经放松了。“吉诚，你们……”吉诚一下沉默不语。“打架了？”“没有，这辈子，我连手指都没碰过她。”“包括夫妻生活？”吉诚愣住了，这么私密的事情，她竟然……“她什么都告诉你了？”“我是她姐。在岛上，她没有别的朋友。”吉诚怨怼了，在他看来，这是多么私密的事情，除了两口子，除非是医生，谁都没有知道的权利。桑梓竟然……情何以堪？“吉诚，对不起，我不是要刺探你们的隐私。我是想，你们竟然这样过了二十年，不易，也不正常。”“桑梓，她要离婚，我不同意。就这样了……”“你们这样的夫妻，很不正常，为什么不想改变？”“我们这些大陆客，在岛上孤苦无依，我们是不是应该有个家靠着偎着？”“然后你的心里在想着别人？”“我没有想别人。”“桑桑。”“她什么都告诉你吗？”“这不用告诉，我们知根知底。你忘了，在菡菡灵前，你叫着桑桑，在菡菡的墓前，你也叫着桑桑。”吉诚无话了，他说不清楚，他喊的是菡菡，可为什么就成了桑桑。“一对夫妻二十年没有亲密过一次，这样的婚姻真是无法想象。你不爱她，干吗跟她结婚？”“我要和桑桑结婚了，她说她有了孩子。”“你觉得她用孩子绑架了你？吉诚，你知道桑梓和洪泽吧？”“知道一些……”“她没有要绑架你，她知道自己怀孕，很惊慌，我陪她去了医院，可医院要丈夫陪着才肯做人流。洪泽要陪她，她不肯，洪泽劝她生下来，自己来做孩子的父亲，她说孩子有爸爸，要孩子的爸爸来决定孩子的去留。她给你写信，你不回，她等你回来，带她去堕胎。你回了成都，时时躲着她，好不容易答应见一面，你还带个朋友在身边。是你把她逼到那个地步的。她没脸嫁给洪泽，她有多痛苦，你知道吗？她本来想堕了胎，你结你的婚，她跟我一起去加拿大留学……可你，你像躲瘟疫一样躲她。你逼她的……加拿大那边，将她的入学时间整整延了一年。”

吉诚哪里想到有这么一段，他一直以为桑梓就是拿孩子要挟他，才专门选择他结婚那天说事。“吉诚，桑梓早就想离婚了，可她要先自立。菡菡走之前，她找到工作时，就打算离婚了。后来，你们好了，她高兴，说是云开月明。可是，菡菡走了……”“菡菡是个意外。”“不是因为菡菡，没有菡菡的事，你们迟早也会这样。这样结果的种子你们早就种下了。”“为什么跟我说这些？”“桑梓不想见你。”“她醒了？”“醒了。”“我明白了。”吉诚站起来，穿好衣服，戴好帽子，两人朝医院走去。

在医院，吉诚打了一个电话，小邹跑步过来。“小邹，回眷村。”吉诚转身对叶薇说，“陪她多聊聊，谢谢你！”

吉诚回到眷村，一开门，一股血腥味扑面而来。那天他摔门而去，现在，地上的那摊血已凝固，地上还有他摔坏的相框。吉诚用铲子铲了血迹，用拖把拖了地，将摔坏的相框放到桌子上，窗户全都打开。

桑梓住了四十多天的医院。其实她可以不住那么久的，她好像不愿意出院，把自己放在一个休眠、蛰伏的状态，她不愿睁开眼睛，不愿说话，甚至不愿意听人说话。她终于明白了桑桑深睡不醒的原因：不醒来，就不面对；人生的许多难题，不面对也是一种解决的方法。她明白了桑桑的绝痛和绝望，桑桑承受不起这生命之重，所以选择不醒来。吉诚，这个曾被她深爱的男人，而今是她在这个世界上最不愿见到的人。可是对他，她又避之不得，她无处藏身啊！桑梓不是桑桑，她必须醒来，去解决她自己一手制造的麻烦。

桑梓不得不出院了，可是，那个家，她是回不去了，她该何去何从呢？翁嫂早看出来了：“桑梓，跟翁嫂住一段吧，你还虚弱，要人照顾。我呢，也想有个伴。”桑梓如释重负。

吉诚打电话询问桑梓的情况，被告知桑梓已出院回家。他又高兴，又犹豫，但他还是赶了回来。离家越近，他的心越沉重。怎么见面呢，桑梓会不会再提离婚？离家越近，他心里越忐忑，进了眷村，天已经黑了。吉诚看到了自己的家，他的心“咯噔”一下。各家的灯，亮；他家的灯，瞎。

他进屋，衣柜里少了桑梓的衣服，姐妹的房间少了孩子的合影，桌子上她正在翻译的书籍没有了。他明白，桑梓走了，永远不会回来了。虽然他也知道，桑梓唯一能去的地方就是翁嫂家，但是，他不敢去接她，他知道，没用。

家里仍然有血腥味，吉诚打开了所有的窗户。他燃起一支烟，看到那个扣在桌子上的、四分五裂的相框，知道一切都如它一样，无法修补。这个家从来没有这么冷寂过，吉诚觉得房间太大太空，如同自己天天所见的海，茫茫一片。“难道一切就这么结束了？”他狠命地吸一口烟，把相框反过来立起，四个人笑靥如花，只不过它已经是“过去时”。如今，落花谢了春红，昨日的盛开，成为追梦。

三分之一的床位，桑梓蜷缩着，背对他。他伸手去扳她，什么也没有，幻觉而已。这个家，寂寥得让人心慌，他披衣下床，坐在客厅燃起一支烟。

桑梓仍然没有一点精气神，很蔫，像一株移栽的植物，末梢总是耷拉着。她知道，自己已是无家可归，她要给自己缔造一个家。现在，她什么也没有，精神的、物质的都没有，有的只是孤注一掷的执拗。

“好冷。”桑梓醒过来，窗外的雨飘零在她的脸上，翁嫂进来关上了窗户。“桑梓，起来走走，躺久了，人就没有志气了。”翁嫂扶起她，给她垫了一个褥子做靠背。桑梓随手拿起桌上的镜子：“我这么老啊？”“所以要多活动，多吃点。一胖遮百丑，人长好了，就不老了。”“翁嫂，我想到院子里坐坐。”

“恩怨总该有个了结。”那唯一的一次全家出游，成了永恒的纪念。桑梓扪心自问，那时真的像是在恋爱了，她甚至愿意把那段时光看成是蜜月。可一场让人肝胆俱裂的意外……她无法释怀的是，在失去血脉至亲的女儿时，吉诚竟然也会叫出桑桑，这是两个不容混淆的人物和概念，尽管她们长得酷似，那又怎么样，菡菡是他的女儿呀!

一场由他们两人尽心竭力制造的“从心开始”的恋爱，不过是一场自欺欺人的骗局。一次次希望，一次次失望，再一次次希望，再收获更大的失望。一方面他们努力缝合那条缝，一方面又不经意地撕开那条缝。他们不改变痼疾，积重难返，这样的婚姻竟然持续了二十年，是到该结束的时候了。

吉诚吸了几支烟，仍无睡意，便到了小姐妹的房间，在菡菡的床上躺了下来。“爸爸，我给你讲个故事。从前有座山，山里有个洞，洞里有个和尚讲故事。讲的什么呢？从前有座山，山里有个洞，洞里有个和尚讲故事……”童稚的声音在耳边回响。这是菡菡十一岁生日时的事情，一家四口难得的一次欢声笑语。这个故事吉诚小时候听过，这个永远讲不完的故事，比《一千零一夜》更加永恒。吉诚的嘴角露出一丝苦笑，他和桑桑、桑梓就是一个永远也讲不完的故事。现在，桑梓要退出这个故事了，而桑桑就像那盏阿拉丁神灯，让人难以捉摸。

吉诚相当爱整洁，一是因为他有个几乎有些洁癖的母亲，另一是因为多年严格的军旅生活。吉诚拾掇出来的家，整齐，干净，但缺少了桑梓融入的那点温馨。

孩提时代的吉诚有些女孩子气，从不和小伙伴们打打闹闹。他爱听故事，父亲的故事大都是英雄豪杰、绿林好汉。母亲也会讲故事，尤其是海外传入的寓言和童话。那个美人鱼的故事，让吉诚十分着迷，吉诚为这个凄美的结局哀叹，觉得这是他听的故事中最美的一个。

小学三年级时，语文课上，吉诚讲了这个“美人鱼”的故事。女生听得专心，男生却取笑他。放学了，大家推推搡搡地回家，刚巧遇见一个挑担子卖鱼的人。一个年纪稍大的男孩，抓出一条鱼给吉诚：“你的美人鱼，美人鱼。”那是一条金鳊鱼，细细的鳞闪着金光。那男孩双手握住鱼，高高地举起，再狠命地往地上一摔，那鱼就满身是血地在石板地上挣扎，血满地浸漫。吉诚吓得连连后退，那男孩却死命地把他往前推：“看啊，你的美人鱼！”垂死的鱼，狠命一跳，鲜血溅了吉诚满裤脚。吉诚吓得转身往家里跑，见到母亲，指着裤脚上的血，诉说顽童的劣行，大哭。“没家教的孩子，他会有报应的。”母亲一面责骂，一面给吉诚换了裤子，并把那条带血的裤子给扔了。以后，吉诚一看见鳞片闪闪就有些“障”。

“诚儿，过来，跟妈妈一起洗脚。”吉诚将自己的脚伸进妈妈的脚盆，却发现妈妈挽起裤脚的腿上，有仿佛鱼鳞一般的东西。他有些“障”，盯着母亲的腿，两眼迷糊。母亲发现了，轻轻放下挽起的裤脚。吉诚依稀记得，有那么一段时间，每当看见母亲漂亮的裙裾，就想到母亲的腿，就会有些迷糊。但不知何时，慢慢地就淡忘了这事。

父亲对跪在地上的吉诚怒吼：“混账，银屑病吗？你妈也有，我是不是该休了你妈另娶！”吉诚惊愕地看着母亲。他觉得，看不起桑桑，就是看不起母亲，对母亲不敬，可这个世界上，母亲是多好的人啊！他在心里加倍怜惜桑桑，只是这样的爱已经没有机会结成伉俪了。负了桑桑，罪孽深重，吉诚带着这样的想法“守身如玉”，用这样的方式来纪念或者说是祭奠自己和桑桑的爱情，而桑梓就成了一件殉葬品。

二十年，吉诚将桑桑放在心灵的首席，不曾动摇，青山空远，眼前无人。桑桑是不散的阴魂，躲在他心中的某个角落，伺机而出，总是在他和桑梓的关系有长足进展时，出其不意地跳出来，顷刻之间，就瓦解了他们苦心造就的希望之厦。他忽然觉得桑桑成了他的一个负担，桑桑破坏了他的另一轮爱情。这对“剪不断，理还乱”的姊妹呀！

第十九章 自在娇莺

时间：1968年冬。

地点：成都。

“爸，中午您自己热饭吃，我和洪泽在工地吃。”怀玉装了几个馒头到黄挎包里。“什么工地？”“您还不知道，拆皇城，修一个展览馆。”洪泽说。“拆皇城？那可是老祖宗留下的宝贝啊！”洪若水是学建筑的，知道老皇城的历史价值、文化价值。“爸，就家里说了啊，当心又审查您。”“为什么要拆，展览馆哪里修不是修啊，为什么偏偏要修到老皇城那啊，那可是绝品啊！”洪若水想不明白。

皇城留给他的印记，终生难忘。在武汉大学读书时，一次放暑假回来，他花了一个多月的时间，用钢笔描下了整座皇城和华西坝的洋楼。他的导师拿他的钢笔画作给大家讲解，他也是因为这个成绩被公派留学的。这座皇城好气派，被称为“小故宫”。

小故宫是明朝蜀藩王的府邸，虽然遭受到了历史上战火的破坏，但仍然有一些标志性的建筑留了下来。洪若水清楚地记得：从红照壁开始，乐亭、表柱、三桥、石狮等按传统宫殿的序列次第而前，皇城门楼，庄严肃穆。巍峨的明远楼、致公堂，气势不凡，摄人心魄。

1951年在城门洞以南，为了修宽阔的人民南路，一些建筑被拆掉了。当时，洪若水就和一些有识之士向政府提出了保护古建筑物的建议，但是没人听他们的。一个领导说：“新中国，新气象。我们要砸烂一个旧世界，建设一个新世界。”而今，老皇城要被彻底拆掉了，他怎么也要再看它最后一眼啊！

洪若水走到染坊街，就听到了爆炸声。街边一个老头说：“听，开始炸皇城了。”“完了，彻底完了。”洪若水绝望地想。待他走到皇城根，那里已是一片废墟。

人们在废墟上忙碌着。铁锤、钢钎和别的工具粗暴地拆卸着老祖宗留下的宝贝，看到此，洪若水的心都揪到一起了，他不忍看，回去了。

两个星期后，洪若水实在忍不住了，再去看看。此时的老皇城建筑群，已被夷为平地，满目疮痍。青砖石瓦被砸得粉碎，雕梁画栋被砍得稀烂。此情此景，令洪若水欲哭无泪。

成都老皇城，这个据说可以和故宫媲美的古代建筑群，就这样在成都的地图上永远地消失了，而这段历史的记忆，也只能在记录历史的故纸堆中去寻觅了。

风雨送春归，飞雪迎春到。街边的梧桐，悄悄发芽；河畔新柳，渐生绿意。远看，一切都有了那么点生机。太阳似乎温暖了一些，路上行人渐多。

“大姐，两年有多长啊？”桑桑问。“两年啊，说长也不长，说短也不短。”“我怎么觉得这两年就像二十年那么长啊。”怀玉心里一惊：“有那么长吗？”“你看，公公婆婆走了，爸爸走了，你结婚了，有孩子了。这是两年的事吗？吉诚到底去哪儿了，还不回来？”“当兵的，身不由己。”“我哥也是当兵的，早就回来了。”“不一样……”“怎么不一样？朝鲜和台湾，哪个远？”怀玉警觉起来，莫非桑桑……怀玉有点招架不住了。“大姐，你们是不是有事瞒着我？”“什么事瞒着你了？桑梓在加拿大，吉诚在台湾，我是你亲姐。”桑桑想一想，眼神又游离了。

回到房里，桑桑小睡了一会儿。起来后就翻那些草图，她翻到了那张自己画的梦境：黑黝黝的山崖缝隙处，一朵蓝色的雏菊在雨中顽强地绽放着。几天后，这张小样绣出来了，朴素，深邃。整个画面只是蓝色的花瓣和黄色的花蕊着色，其余都是不同色调的黑白灰。它与桑桑其他带有梦幻色彩的绣品，风格迥异。这个桑桑，这个被上帝垂怜的桑桑，像植物一般感知自然的花开花落、鸟语花香、风雨雷电、霜雪冰雹。可是沧海桑田，社会变迁，她却一无所感，一无所知。没有什么能动摇她对爱情、对吉诚的信念。她在自己的伊甸园里，按自己的方式活着。她的人生目标，她的事业，很简单——等吉诚回来，结婚！

1969年6月初，成都存仁医院，一个午后。

怀玉已经进去两个小时了，洪泽在走廊踱来踱去，不停地搓手。洪若水和桑母，眼巴巴地盯着那扇生死门。只有桑桑静若处子。她的眼睛也盯着那扇门，觉得这情形似曾相识：一个女子，穿着婚纱，长长的裙裾拖在地上。几个穿白衣的人急急地将她推进了病房……桑桑觉得自己像是认识这个女子，她那双似梦非梦的眼睛完全入梦：洁白的窗帘，窗台上一盆芃芃的文竹，桌子上有一艘纸船，船上有大大的“？”和“！”。

桑桑缓缓站起来，径直走到那道生死门前，伸手拉开了门，几个护士刚好将怀玉推了出来。

三人立即迎上前去，怀玉还在麻醉之中，脸色红润。护士长抱出了初生的婴儿：皱巴巴的脸，还有些翻皮，小眼睛小嘴巴闭着，宽宽的额头。“恭喜你，院长！”洪若水看到孙子，流下了热泪。桑母接过孙子抱着，轻轻地亲他。洪泽看着孩子，傻愣愣地笑着。护士长说：“就不问问，是男孩还是女孩呀？”“男孩女孩都爱，都疼。”洪若水说。“是个男孩。”桑桑说。“你怎么知道？”护士长问。“我看见了。”大家推着怀玉进了病房。

怀玉仍在沉睡中。桑母轻轻将婴儿放在她的枕边，摸摸她煲来的汤：“哎，凉了，我去热热。”“妈，待会儿吧，等她醒来再热。”桑母坐下来，看着孙子：“可惜啊，外公没见着。”“亲家，喜事，不兴哭的。”桑母抹了泪，又盯着孙子看。

怀玉用手捂着肚上的伤口，孩子出世那一刹那的啼哭，还在耳畔回响。医生说：“七斤，七斤，胖小子。”四十三岁了，她才做母亲。在她的家乡，这个岁数，有人都当婆婆、奶奶了。怀玉很满足，她嫁了自己想嫁的人，而且是百分之百嫁对了，这是多幸福的事啊！现在他们有了儿子，她想要的幸福全有了。尽管她嫁得迟，生得晚，可老天还是眷顾了她的。怀玉是个简单的人，她不粗糙，也不细腻，所以她容易感受到幸福。

洪泽坐在怀玉面前："媳妇，你受罪了，谢谢你。"他握起怀玉的手，看着熟睡的儿子。

桑桑在医院，又有些迷糊了。"妈，桑梓哭……我又在做梦了吗？头疼……"她的眼神格外凄迷。"来，快躺会儿。"他们把桑桑扶上了另一张床，桑桑一倒下，就熟睡了。

"洪泽，她不会有事吧？"桑母不放心地问，"刚才在外面等怀玉时，她就不对劲。""妈，没有事，睡一觉就好了。"其实洪泽已经发现桑桑有点不对劲了，他知道，这个环境，在桑桑的头脑里深潜着，桑桑的某些意识可能正在被唤醒，她的内心也许一直都在寻找真相。

事实正是如此。桑桑潜入了记忆的深海，正在有意无意地打捞着一些沉海的记忆，企图与往事碰触。只是被她努力打捞上来的一沙一石、一鳞一贝，很快就被一股潜流冲走。海底有一枚五光十色的海螺，桑桑走过去，它已近在咫尺，桑桑却犹豫着该不该去拾起它，等她下定决心要去拾它时，一伸手，它就避开了，再伸手，它又避开了。桑桑犹豫了一阵，再一次伸手，它就避得无影无踪了。桑桑潜得太深了，觉得窒息，便努力向上，想把头伸出水面，她挣扎着向上，头终于露出了水面，呼吸畅快多了，头也不疼了，她清醒过来。

一个朗夜。难得高分贝的喇叭终于闭了嘴。

病房里只有洪泽和怀玉。"洪泽，给孩子起个名字吧？""早就想好了，叫颂国，歌颂祖国的意思。""好，就是有点老气。再起个小名吧？""那就叫国国？""什么蝈蝈，我儿子是龙，不是虫。"怀玉轻轻地刮孩子的脸。"那就叫颂颂。""送什么送，我儿子永远跟着我们。"怀玉的眼睛就没离开过儿子。"那我再想想……"桑母来了，拿了些鸡蛋、醪糟、奶粉过来。"妈，你来得正好，怀玉说要给孩子起名字，我说就叫'颂国'，怀玉说还要起个小名，妈，您起。""让你爸起，你爸文化高。让他起，他高兴。""行，那让爸起。"

因为不放心桑桑一人在家，昨晚六香把桑桑接到洪家住的。早饭后和洪父说："教父，我们去医院。"两人锁了门，往医院过来。

两人转过街角，一队红卫兵，呼着口号，狂砸一座天主教漆黑的大门 。

“打倒美帝国主义！”

一个嬷嬷将大门泄出一道缝，“哗”的一下，红卫兵蜂拥而入。他们拿起手里的棍棒，一阵乱砸乱打，耶稣倒了，圣母哭了。那些铜铸的圣徒，更是东倒西歪，肢体不全。修女们乱作一团，被红卫兵推来搡去，弄到街边站了一排。可怜的修女们，战战兢兢，不敢说，不敢动，不敢看。

洪若水一看这阵仗，拉着桑桑绕道去了医院。

怀玉可以坐起来了，孩子在呼呼地睡。

“爸，您来了。洪泽说请您给孙子起个小名，大名他已经起好了，叫‘洪颂国’。”“这名字不错。小名就叫愚儿，大智若愚的意思。”“行啊，有意义，就叫愚儿。愚儿，让爷爷好好看看你。”洪若水凑到孙子面前，愚儿可爱的小脸蛋，粉嘟嘟的。“桑桑，你回家给大姐拿一个枕头来，这个枕头太扁了。”桑母给她说。

桑桑出了医院，路上的行人不多。离家不远的那段路，墙上又是新一轮的大字报，桑桑挨个去看，没有看到台湾和席吉诚的字样。不过她看到了有关台湾的标语，就愉快地唱起了歌：

我站在海岸上，
把祖国的台湾遥望，
…………

街上过往行人好奇地看着她。桑桑快到家门口时，几个小混混过来了：“看那儿，桑家那朵永开不败的花。”“哎，美人，跟我们玩一会儿。”一个流里流气的小子凑到桑桑跟前。“干什么，我告你耍流氓。”“我们就是流氓，有本事你去告啊！”小流氓觍着脸靠近桑桑。桑桑吓得连连后退：“我叫人啦，我叫人啦……”“你叫啊，看谁来救你！”“谁要耍流氓，耍给我看看呢。”一个洪亮坚定的声音传过来，小混混回头一看，便鼠窜一般，散得无影无踪。

是曾正，街面上的娃都怕他，倒不是因为他街道革委会主任的头衔，而是他那凛然不可冒犯的气势。

“桑桑，别怕，他们不敢。”“曾叔，谢谢你。”“走，我送你回家。”曾正将桑桑送到家门口就走了，径直去了侯三家。“伯母，在吗？”“曾主任啊，快坐。”侯三的母亲迎出来，“你先坐，我给你倒杯茶。”曾正接过茶：“谢谢！侯三没在家？”“没在，这浑小子，又惹祸了？”“他欺负桑家的那个姑娘。”“这小浑蛋，那姑娘有病，多可怜啊。唉，要是他爸还在，非扒了他的皮不可。”两人正说着，侯三回来了，一见曾正，转身要跑。“跑得脱和尚，跑得脱庙吗？”侯三灰溜溜地回来，坐在曾正面前。“侯三，去年知青下乡，你家的意思是让你去的，你哥留下。我们考虑你年纪小，让你哥去了。你哥是家里的顶梁柱，文化又高，他走了，这个家得你顶着，可你干了些什么？五娃、豇豆都下乡了，也懂事了，要不了多久就可以回城工作了。你呢，还在街上混着，好意思吗？”“不好意思，豇豆他们回来都不跟我玩了。”“我刚才跟你妈商量，你老这么混着，迟早学坏。现在印染厂招工，条件是下过乡的，你不行。我们想把你哥调回来，你呢先像你哥一样，也下下乡，有机会时，曾叔保准弄你回来，你看行吗？”“我去，待在这里成天没事，多无聊。”“那说好了，明天我给那边通知，你就下去，你哥回来。你不去，你哥也回不来的，不符合政策。”

曾正走了，侯三回到屋里。“三儿，你说，你干吗欺负桑桑，那姑娘有病，多可怜啊！”侯三低头不说话。“我们家虽然穷，可是正派人家。你过来，给你爸跪下。”母亲把他拉过去，跪在父亲的遗像前。侯三是横，不听话，可是对母亲的态度很好。父亲是运输公司的司机，一次进山拉木材，因公去世。那时他才四岁，哥哥七岁。同父异母的姐姐，见家里太困难，就回了亲娘家。母亲含辛茹苦，不容易。他知道自己不成器，挑不起这个家，所以他愿意下去。哥哥走的时候，市里组织了欢送会，奔向各个地方的知青，在一个指定的地点集合，红旗飘飘，锣鼓喧天。

家里养在笼里的鹩哥，闹腾得欢，可了劲地叫着：“毛主席万岁！”侯三抓一把食物给它：“鹩哥，再叫一声。”“毛主席万岁！”鹩哥又叫了一声，侯三开心地笑了。

前些时候，一些红卫兵来到院子里，毁了张家的花台。一个红卫兵看到他家的鸟笼，要砸。侯三：“你娃敢，砸了它，就是现行反革命。你知道吗，它会喊毛主席万岁，会唱语录歌，革命着呢。”“吹吧，好好吹，我今天就要摔死它。”“鹩哥，叫一个。”鹩哥早就被吓得上蹿下跳的，一双惊恐的小眼睛盯着笼子外的人。“鹩哥，快叫啊！”鹩哥还是蹿着、跳着。侯三放缓了语气：“鹩哥，别怕，要不唱一个‘下定决心……’”“你吹，好好吹。”那人伸手要取笼子，侯三脸一横，双手叉腰："哪个敢，老子把命给你。"那人也横："谁稀罕要你的命。"他一把推开侯三，伸手取下笼子，侯三拼命去抢，那人比侯三高多了，侯三够不着，一把抄起了铁锹，那人高高地举起鸟笼要摔，"毛主席万岁！毛主席万岁！"鹩哥一急，喊了出来。大家愣了下，全乐了。侯三一把夺过鸟笼，重新挂起。大家七嘴八舌地叫它说话。"鹩哥，再说一遍。""鹩哥，唱一个？"鹩哥兴奋了，耍起了人来疯："毛主席万岁！""毛主席的书，我最爱读……"侯三得意地双手交叉抱在胸前，看着一群瓜娃子。闹够了，要走了，那个高个子看着斜睨着眼睛看他的侯三，气不过，见到李家的金鱼缸，走过去，捧起，高高地举过头，狠狠地摔下，"哗啦——"鱼缸摔得粉碎，几条金鱼一命呜呼，高个子扬长而去。鹩哥冲着那人的背影："去你妈的！"

想到此，侯三笑起来，对鹩哥说："鹩哥，我要走了，唱一句：'知识青年到农村去……'""知识青年到农村去……"鹩哥只会这一句。"妈，我去农村，你要养好我的鹩哥。""你哥会上心的。"这本来就是侯三的哥哥养的鹩哥，它学的歌、口号，都是他教的，侯三没那个耐心。他就教了一句粗话："去你妈的。"鹩哥有时就冒粗，一看见他回家，就来一句"去你妈的"。侯三把它的水罐取出来，洗干净，重新放些清水："嘘——"他吹了一个哨子，"嘘——"鹩哥也来了一声，侯三乐乐地逗着鹩哥玩。

桑桑刚才在街上受了惊吓，心里很不舒服，心里老想着那些话："桑家那朵永开不败的花……""不是说有病吗？" 她拿起镜子，镜子里的桑桑依然貌美如花。

我有病吗？为什么总有人说我有病呢？她又开始头痛，又有些迷糊。忽然，像是有什么东西被发现，她的眼里闪过一线光芒，那线光芒立刻穿透了她黑色的记忆，直击她记忆的黑洞。可是，桑桑还没来得及捕捉到一点什么，那光芒转瞬即逝。桑桑万分失落，蜷缩在了床上。

见桑桑久去不来，桑母叫六香回来看看。两人就拿了枕头往医院去。

桑桑看见一个小店：双流酸辣粉。"六香，我们去吃一碗。"桑桑要了白味肥肠，六香要了酸辣粉，两人吃得有滋有味。

忽然，门口传来吵架的声音。"裘干事，你以为我们孤儿寡母好欺负，你一个国家干部，还吃霸王餐？你今天咋个说也要把账结了，不然我去告你。""胖大嫂，你乱说啥子，你这是污蔑革命干部，是犯法的！""欠债还钱，杀人偿命，天经地义。你要不讲理，我们小老百姓就没法活了。”“胖大嫂，不要乱说。我给你说，你私自开店，本来就是犯法的，我没有没收你的摊就是人情了。你还闹，你信不信，我明天就叫你开不成了？”“我没乱说，以往的钱，我不要了，你把今天的给我。开得成开不成，你说了不算，我是特殊情况，有政策的，我不怕。”胖大嫂不依不饶。“肥婆娘，给脸不要，我×你先人板板。”“你要×我先人板板是不是，看你那个样子，像个走籽的豇豆，你能做啥子？”“××你先人啰，你妈××，你瓜婆娘信不信，老子×你祖宗八代。”裘干事满嘴脏话，街边的人越围越多，有人打抱不平：“男人家家的，欺负一个寡妇，有脸得很嗦。”“哪个说的，哪个龟儿子说的，我欺负她？肥婆娘，白送老子都不要。”胖大嫂双手抱胸：“你要×我祖宗八代，我今天倒要看看，你是不是那么能干。小王，把火钳拿过来。”“哎，就来！”小王一边拿火钳，一边幸灾乐祸，“有戏看了！”他晓得，今天胖大嫂要把这裘干事弄得花儿朵朵的。“胖姐，火钳。”胖大嫂拿着火钳，一夹一夹地走过去，不紧不慢地对裘干事说：“我倒要看看你这个走籽的豇豆，到底有好能干。你是自己脱裤子呢，还是我来帮你脱？”人群“轰”一声笑起来：“遇到斗硬的了。有不怕事的女人，惹得起啥子嘛？”裘干事吓得双腿夹紧：“瓜婆娘，你做啥子，不要脸嗦？”围观的人大笑。胖大嫂拿着火钳走近他 ，裘干事慌了：“不要乱来哈，你婆娘家家的，当街耍流氓嗦。”“我耍流氓，你要×我祖宗八代，我是要看看你的能耐嘛。”人群笑得更欢，围得更紧。裘干事脱不了身，急得打转转。“脱嘛，脱了给她看，你是男人。”“脱嘛，他一个女人都不怕，你是男人，还怕啥子呢！”裘干事慌了：“瓜婆娘，你还来真的嗦？”“我不得咋个你，你怕啥子？”胖大嫂早就把脸抹下来揣在包包里头了。人群中有无聊的：“胖大嫂，我来帮你给他脱。”“脱，给他脱了。”“你娃也是，没胆量，就不要那么嘴犟嘛，弄得自己下不了台。”人群兴奋得很，有滋有味地看着这出活话剧。

“都不要脸！”六香付了钱，拉起桑桑就走。

身后的人群欢腾起来：“脱了，脱了……”“哎哟，这个婆娘不好惹哦。”“欺负人家寡妇，这下尝到甜头了。”“久走夜路要撞鬼，你娃今天是撞到鬼啰。”

两个星期后，怀玉出院了，回到娘家坐月子。六香也过这边来，洪若水除了睡觉，整天都待在桑家。

桑父去世后，这个家就很困顿了。桑母当掉了自己的许多首饰，那都是她母亲留下的。怀玉的工资全给她们，洪泽的工资两口子过，洪若水每个月都给傅潆寄钱，还付六香的工资。日子过得紧巴巴的，现在有了愚儿，日子更加艰难了。桑桑心里明镜似的，可她不能出去做事。

一天，桑桑看见街上竟然有人卖绣品，那东西绣得并不好，可居然有人买，她就选了几幅去卖，竟然全卖掉了。

太阳升得很高了，桑桑又在翻看她的那一摞绣品，她想挑几样现成的卖出去。可是看来看去，一幅都舍不得。最后桑桑选了两幅，一幅《庐山仙人洞照》的诗词手迹，另一幅是《为人民服务》。“桑桑，做什么呢？”怀玉问她。“我选了几幅绣品，想卖了，又舍不得。”“舍不得就不卖，世上没有后悔药。我们日子紧，但也凑合着过。”“我是疼愚儿。”“你疼他，大姐也疼你。”这个家，自从有了愚儿，一扫往日的阴霾，连桑桑都觉得家里敞亮了许多。

她过去叫红玉，没有红玉，她不敢去。

买过桑桑绣品的人来了，桑桑叫她谢姨。她把桑桑的都要了，桑桑拿过红玉的，“这一幅也好。”谢姨也要了。谢姨又预订了桑桑和红玉的四幅绣品，两个月后交货。

两个姑娘牵着手，一摇一甩地在洒满金光的大街上走着。

艳阳高照，天空晴朗。

一家人凑齐，要去照相馆给愚儿照满月照。怀玉在月子里养得很好，出了月子，珠圆玉润，好像年轻了许多。“妈，我们去望江公园逛逛？”“行，天气好，我们带孩子逛逛。”一行人踏着街边褐色的梧桐叶，来到望江公园。

江水缓缓流，在阳光下泛着金光。竹林环合的空地上，几个女生在排练节目，逛公园的人，虽是三三两两，却都不约而同地聚在了这里，驻足观看，饶有兴味。

“哥，你看。”桑桑指着一张椅子，“椅子上的人。”“人？”洪泽并没有看到椅子上有人。“哥，你看那对老人，我和吉诚每次来都看到他们。现在，他们的头发全白了。”桑桑的眼睛看着那里，仿佛那里真有一对耄耋的老人，相依相偎在一起。

日子就这么过着，临近春节了，新年的气氛还没有显现出来。

桑桑绣好了她的四幅作品。一幅是《东方红》，横幅的，朵朵向日葵，簇拥着“东方红”几个题字。另三幅是海、日出和雪山。红玉绣了两幅，一幅山水，一幅花卉。

两人来到约定的地方，没有人。“桑桑，谢姨会来吗？”“会。”不多久，谢姨果然来了，将六幅绣品全收了。三人边喝茶，边聊天。“桑桑、红玉，我要出国一趟，可能要有半年才能回来。绣品我还是要的，你们绣吗？”桑桑和红玉点点头。“那好，半年后，这一天，这个时间，不见不散。”“谢姨，你去哪里？”谢姨回答：“加拿大。”“加拿大吗？我姐在那儿，见着她，叫她回来，她叫桑梓。”谢姨疑惑地看着桑桑，红玉使劲给她眼色，她赶紧应下来：“好，桑梓是吧？我见着她，叫她回来。”桑桑站起来，两眼游离。“桑桑，咱回吧？”桑桑游离的眼神又回来了。两个姑娘一起回家，身后一双眼睛关切地看着她们，直到她们进了家门才离开。

春节来了，政府倡导过革命化的春节，庙会、灯会都取缔了，也没有爆竹声。

街上那些大字报，在冷风中战栗，有的被风化，成为碎片、齑粉、尘埃，有的被风刮起，像折翅的蝴蝶，扑腾着无法起飞。梧桐早已秃枝，在夜色中张牙舞爪，落叶堆积得厚厚的。路灯暗黄的光，幽幽的，像鬼蜮的眼睛。沉寂得如死了一般的夜，又会有怎样的祭奠？

临街的窗户，晕亮。尽管世界冷清，没一点节日的味道，但是每家人都在过着自己的春节。

年三十，大家都在洪家过，六香回家了。愚儿满月后，洪泽将岳母接来跟他们同住一段时间，共享天伦之乐。桑母也是时时过来，两天不见外孙，就心慌。六个人围着桌子，孩子在他们的手里传来传去。饭菜说不上丰盛，但其乐融融的家庭气氛，让人倍感温暖。

◎

第二十章

落红无情

时间：1972年冬。

地点：台湾。

这个冬天没有雪，只有雨。散落的冻雨如碎霰一般，浸骨冰凉。

吉诚站在舰舷旁，低头看着海洋。海的颜色似乎比以往更深一些，海鸥明显少了，只几声零碎鸣叫，这让他感到心烦意乱。海鸥的鸣叫终于消失，倦鸟归巢，海也似乎平静了。

眷村的家，彻底空了。桑梓再也没有回来过，菡萏只是放寒暑假回来看看，如匆匆过客。吉诚竟已白发皤然，其实他才四十九岁。他明白，在军队，他待的日子不会长了。可是他怕回眷村，那空空的房子里总有一股挥之不去的郁闷气氛，还有永远散不去的血腥味道。那趟全家之旅就像他和桑梓的蜜月。他和桑梓，除了那道“三八线”未能穿越外，一切都那么让人满足。吉诚甚至把那道

“三八线”看作留在了心里的“洞房花烛夜”，可是“良宵”未到，菡菡就走了。她走了，带走了父母的蜜月，让父母即将在望的“新婚之夜”如彩虹一般在阳光下倏然消逝。

桑桑和桑梓，一对酷肖的姊妹，菡萏和菡菡，一对酷肖母亲的姊妹。恋人、妻子、女儿都是一个模子刻出来的。但是，这之中只有一个人的名字在他的心底镌刻着——桑桑。桑桑是无可替代的，无论谁，桑桑就是桑桑。如果不是桑梓，自己和桑桑不会散，如果不是桑桑，这个家不会散，他究竟该埋怨谁呢？

远处竟然还有一只海鸥，碰碰浪，跃起，在空中盘旋一会儿，一直跟在舰艇的后面。吉诚紧紧地盯住这只鸟，他倒要看看，这只海鸥什么时候回家。吉诚点燃一支烟再看时，海鸥已无影无踪。

桑梓搬到台中近四年后，基本上已经走出来了，有叶薇和老肖的帮助，她在雀舌驿对面租下了一个十多平方米的铺面，带一个小阁楼。桑梓自己开了一个铺子，专卖绣品，起名“蜀绣轩”。她白天开铺子，晚上翻译著作，日子过得还算充实。后来绣品不好收购，常常无货，生意就淡多了。桑梓这才开始寻思着自己做绣品来卖，这样可以定做，有人要时就绣，没人要时就翻译著作。

桑梓每天开门，在铺子里自己做绣品。先是绣些小样，有人喜欢就定做。起先有一些妇女进来逛逛，也是只看不买，后来看到桑梓现绣现卖，就来了兴致，绣完一幅就直接买走了小样。有的人干脆就先给了定金，定下一幅，就这样，生意一下火了起来。蜀绣轩的局面打开了，供不应求。桑梓开蜀绣轩，纯属意外。

病好后，桑梓写了一封离婚函，寄给吉诚，就和翁嫂来到了台中。经营雀舌驿的老肖将自己的一间小阁楼租给桑梓住，她便暂时安顿了下来。其间她一直做着翻译，养活自己没有问题。吉诚负担着菡萏的大学花费，桑梓也能不时地给她一些零花钱 。日子单纯而充实，桑梓觉得这样有些像自己了。

“桑梓，有新茶了，下午没事吧？”老肖问。

“没事。”桑梓从阁楼窗户探出头来。

“那我就约约叶薇夫妇，大家喝茶，聊聊。”

不大工夫，叶薇夫妇来了。三人一起进了茶馆，在他们常用的清溪雅间落座。桑梓一坐下，就发现了原先挂着《峨眉山月》的立轴换成了一个镜片，里面嵌着一幅精致的绣品《菊》：黑黢黢的峭壁罅隙处的一朵蓝色的雏菊，黄黄的蕊。雏菊在风雨中摇曳。凄风苦雨中，教人生出千般万般的怜爱，画面忧郁深邃。桑梓的心像是被蜇了一下，她惊跳起身，走近绣品。落款处的“ss”两个英文字母，让她大吃一惊：“这幅画，哪来的？”她急急地问。“上个月一个朋友送我的，他在香港买的。”“不可能……”桑梓抑制不住自己激动的情绪。“桑梓，看出什么了？”叶薇盯着那幅绣品问。桑梓指着落款，“是桑桑绣的，她的落款就是ss，我的是sz，师父定的，一直都这样。”“你确定是桑桑的东西？”“是她的。”桑梓已经不能自持，“桑桑还活着……”她摩挲着镜片，喃喃自语。叶薇扶她坐下：“桑梓，今天有意外收获，该高兴啊。”郝淼也说：“是啊，好事情。你说我们几个，想知道一点家里的情况多难。桑梓，高兴点。”桑梓盯着那幅绣品，仍在啜泣。“来，莫伤心啰。喝茶，真资格的新茶。”老肖一直说四川话，好像不说就会忘掉一样。他斟了茶，四个人慢慢地品着，桑梓的眼睛始终离不开那幅画，心不在焉。

太阳偏西，叶薇夫妇回去了，桑梓也回到了自己的阁楼。

“笃笃笃——”有人敲门，桑桑打开门，老肖将那幅绣品给她：“桑梓，你妹妹绣的，送给你了。”桑梓把绣品捧在胸前，又一次泪奔。那朵怜人的雏菊，在风雨中摇曳，雨来了，偏偏头，风来了，偏偏头，忘情，执着，苍凉。桑桑是个单纯的人，她的世界是《春江水暖》，是《人面桃花》。她的绣品，怎么能有如此凄美的意境？这是饱经了人世沧桑的人，才能体悟的境界啊！桑梓看着这朵被日晒风吹的雏菊，心痛到死。

“老肖，清溪有人吗？”“要喝茶？”“那幅《峨眉山月》在吗？我想临下来。”“喜欢就送你了。”“我只是想临一幅。”“行，你临就是了。”老肖送一壶茶进来，“耶，你的本事真不少，哪天我不卖画了，你给我绣两幅咋样？”“可以，你说绣啥子，就给你绣啥子。”“绣那个‘太阳出来啰哎，喜洋洋啰哎哎啰……”

一个月后，老肖的面前有了两幅绣品。《峨眉山月》：除了那半轮清月桑梓用了银黄外，云、山、水、船、树都是不同色调的黑白灰。与那幅国画相比，更显清雅、质朴、秀丽，别有一番风情。另一幅《乡音》：一个樵夫，肩负扁担绳索，沿陡峭崎岖的山路而上，密林深处，有两三缕青烟袅袅，山顶上，太阳冉冉。老肖诧异地睁大眼睛：“桑梓，我看你就开个绣品店算啰，保证红火。”

由此，桑梓萌生了要开绣店的想法，老肖和叶薇夫妇都觉得不错，就凑钱给桑梓兑下雀舌驿对门一家小铺面，桑梓给它起名蜀绣轩。

桑梓独立经营着这个店，生意红火时，就放下翻译，生意清淡时，就拿起翻译。菡萏放假后会回眷村去看看父亲，然后与母亲一起挤在小阁楼里，白天帮母亲打理店里的事，晚上母女俩有说不完的话。“妈，爸说他不会跟你离婚的。”“无所谓了，只要他不来打扰我，让我就这样安安静静地生活就行了。”“妈，我真佩服你。我喜欢现在的妈妈，有笑的妈妈。”桑梓的确比以前爱笑了，她的心绪难得晴朗了。

她也隐隐觉得，自己似乎渐渐找到了失踪很久的自己，除了心理上的一种解脱与愉悦外，好像还蓄积着一种力量。总之，她的梦中不再有永远加了盖的天，永远迈不开步的足，永远翻不过的山，永远驶不到岸的船，永远走不出的荆棘。她未来的生活定然是天高地远，海阔天空。换乘了另一辆人生之车的桑梓，对未来不再有不切实际的愿景，她只想就这样简简单单地过完自己的余生。当初结婚，他们没有成为夫妻。现在不离婚，也本不是夫妻。桑梓也时时感到孤独，她的孤独与别人不同，别人是因为有回忆而孤独，桑梓是因为没有回忆而孤独。别人在没人的时候孤独，桑梓在人多的时候孤独，可她必须适应这种孤独。桑梓对生活没有奢望，只愿岁月云淡风轻。桑梓在自己的迷宫里迷失太久，她将自己的历史割裂，按自己的意愿留下了该留下的，剪辑掉了想忘记的 。她“蒙太奇”的历史里没有那个孟浪的夜，没有私奔，没有失去菡菡的痛楚。但是，菡萏是她历史的回音壁，那个诞生生命的夜，那座埋葬生命的墓，是她永远都无法进行选择性遗忘的。尽管她想留下的只是宽敞的华西坝、巍峨的钟楼、清冽的锦江、慈爱的父母、情笃的姊妹。这些镌刻在她的心碑上，永不磨灭。

夜深了，吉诚未眠，手里翻着书，但不能专心地看。舰艇如摇篮一般温柔地荡漾，哗哗的海浪拍打着沙滩和礁石，吉诚手里的书页被风懒懒地翻着，然后掉到了地上。

席庐一派喜气，张灯结彩，整条巷子的红灯笼都亮着，夜是红的。院子里的八仙桌旁高朋满座。

红红的洞房，空空如也，一对喜烛，忽地熄灭了一支，剩一支形单影只地亮着。吉诚推门而出，褐色的夜，月在云中闲游，院里空阶如水，高大的合欢花树，花与叶也都是深浅不同的褐色。吉诚出得院门，却是海水澹澹，淼淼无际。远处似有天籁，渐飘渐近，异常悦耳，循声而望，两只仙鹤，驮着两人，袅袅而来。“爸、妈。”吉诚看得真切，急急迎上前去。“扑通”一下跪下来，却掉进了海里。浸骨的海水，咸咸的，呛他几口，他挣扎着起来。

窗外皎月洁白，海水轻吟，吉诚再也睡不着了，坐起来，点一支烟。

桌上的全家福，看着上面的三个女人，一模一样，完全重叠，重叠后留在吉诚瞳孔里的依然只是桑桑。

其实吉诚一辈子都在和桑桑恋爱。记忆的深海里，这股爱的暖流从来没有消失过。这种爱，已成为吉诚的一种本能，成为他生理心理需要的一种必不可少的因子。如果不爱桑桑，他的灵魂就无所依傍，无所适从。他一旦要与桑桑决绝，内心就会产生一种无法排解的烦躁和焦虑，觉得自己被撕裂，那种痛是一种苦痛、酷痛，无法形容。所以，他的情感一旦将要偏离桑桑时，口里就会喊出“桑桑”。

吉诚始终不明白，同僚中，大多数人在大陆是有家室的，可当大家认识到回大陆已经是个空想时，便纷纷在岛上另组家庭，生儿育女，让自己的血脉在这美丽的岛上繁衍下来。“你们真能放下大陆的老婆？”他问。“放不下又怎样，日子还得过。没有了故乡，还不能有个家吗？”同僚说。“你爱你老婆吗？”“什么爱不爱的，我们是父母之命，媒妁之言。不像你们城里人，读书人，恋爱呀什么的，过日子而已。说不上爱，也说不上不爱，结了婚就是一家人。”“你们怎么割舍得了，不疼吗？”“疼啊，肉割了，心疼，心割了，魂也疼。但又怎么样，投海吗？”可吉诚知道，他没法割舍桑桑。那十年，他醉在桑桑那里，无可救药。恰好这十年，又是桑梓最无暇自怨自艾的十年，桑梓也醉了，醉在两姊妹的笑靥里，吉诚之于她，也不过是小数点后面的几位数字，被忽略不计了。

桑梓的日子就这么过着，她觉得这四年很慢。当别人在感叹秋去冬来老将至，岁月流逝得太快时，桑梓却急盼时间的河水尽快冲刷心灵河床中那些不想留住的东西，冲掉她心田里浸漫的血和发紫的青苔，可是，河床的石锈越积越多。时间是人世间最高明的心理医生，它能治愈任何人的任何心理综合征？其实不然，世上没有万能的医生，没有万能的药。有些窖在心底的东西，就是海枯石烂，地老天荒，也不会消失。桑梓常想，天堂里的菡菡，看到她的生活，会欣慰吗？会难过吗？她的突然离世，让父母这艘经不起任何风浪的爱之舟顷刻倾覆。那段蜜月是回光返照吗？老迈的桑父桑母知道自己现在的生活，会怎么想，他们为了成全她，牺牲了桑桑的爱情。桑桑呢？桑梓知道，天堂里没有她的位置，而地狱也不是她愿意去光顾的地方，那么就好好活在人世间吧。至于以后，如何终老，就只能听天由命了。

桑梓明白了，自己以往的执着是一种病态。如果她早点放了吉诚，也就早些解放了自己。她与吉诚的爱，原本就是无本之木，无以芃芃，无源之水，无以活活。自己却像一个白痴，等待着别人的垂爱，像个冷宫里的后妃，等待着皇上的宠幸。她明明知道他心里只有一个座位，那是桑桑的，自己却倚仗为他生了一对女儿，觊觎着那个位置，多愚蠢啊！桑梓现在才醒过来，自己真是画地为牢，牢里的两人，身心都不自由，心理都不正常。吉诚做不了男人，自己做不了女人。二十多年的无性婚姻，对吉诚、对自己是一种怎样的摧残啊！好在，一切都结束了。在情与理的鏖战中，在爱与恨里，桑梓浴火重生。现在，他们虽在同一岛上，却远如天涯，那彼岸的家乡，反而仿佛近在咫尺。

初春的阳光不温暖，但天极其蔚蓝。

开学了，菡萏走了，“蜀绣轩”依然生意兴隆。桑梓已经不再翻译著作了，专心开她的铺子。她的生意有两种形式，一是自己的创作，一是为顾客定做。现在上门定做的顾客越来越多，这些人大都是大陆客，要求定做的都是家乡的风景民俗，甚至家人、恋人的肖像。桑梓一般根据他们提供的图样或照片进行创作，顾客都很满意。

吉诚此次出海，时间较长，在海上航行了近半月之久。

咸味的海风，将他的心都腌成咸的了。士兵们因为海上生活枯燥单调，常开些无聊的玩笑，做些无聊的事。吉诚发现就会大发雷霆，粗暴地惩罚他们。吉诚的内心有一种无法言说的东西在涌动、奔突，他时时觉得自己要爆粗口，要发脾气。

大海长吁短叹，湿湿的海风穿过舱门的缝隙，强劲地挤进来。吉诚无法入眠，披上衣服就出了舱门。

月亮睁着冷冷的眼睛。

海水泛着银光。可这静谧的夜，却无法安抚吉诚的心，他还是焦躁地在舰上巡走。“知道什么是断袖之癖吗？”船舱里的士兵在谈论。“嘿，就是同性恋呗。”“男人和男人……”听到这，吉诚心里有说不出的厌恶和恶心，一股邪火就上来了。他一脚踹开门，从铺上拖下那个士兵，拉到门外，两个嘴巴子就扇过去："流氓，浑蛋，你怎么混到军队来的，败类！"小兵蒙了，愣愣地看着他。"上了岸，你给我脱了这身军装，滚！"吉诚一脚踹过去，士兵就蹲下去了。人们围了上来，副舰长拉开了吉诚。"你们班长呢？""到。""把他关禁闭室！""是！"吉诚对士兵一通大骂："一群浑蛋，流氓……"他怒不可遏，不依不饶，"今晚你们谁都别想睡，就在这里给我站一宿。谁敢动，我一脚踹到海里去。"

副舰长拉着吉诚走了，回到舱里，吉诚松松风纪扣，坐下来喘着粗气。"消消气，一帮毛小子，跟他们闹腾什么劲？"副舰长递杯水给他。"这帮浑小子，上岸好好整顿一下，不然，乱了军心，影响战斗力。""好好歇会儿。"副舰拍拍他的肩膀，带上门走了。

喝了几口水，吉诚渐渐平静下来。奇怪，这一觉他睡到了自然醒。

他跨出舱门，见舰尾一行七人端正地站着，才想起昨晚发生的事。他走过去，几个士兵一见他，一个立正，诚惶诚恐。"稍息，解散。"他冷冷地说一句，几个人不敢动，愣愣地原地站着。"解散——"他大吼一声，几个人鼠窜一般散了。

吉诚心里畅快，沿着舰艇巡视了一圈。他不时发现三五成群的士兵在议论什么，一见他就散了。他到伙房去吃饭，士兵一见他，一个一个地溜走。一个小兵正要溜出去，"立正！"吉诚喊一声，那小兵就定在了门口。吉诚冲着小兵的背影，说一声："解散。"小兵便飞奔而去。吉诚满足地笑了，坏坏的，他很久都没有这么笑了。

"席舰，烟瘾越来越大了。"副舰过来，把他手里的半截烟扔到了海里。"副舰，你父母健在吗？""不知道。"副舰的脸一下就阴了。"来军港前，我偷偷写了一封信，想试试运气，结果被邮局退到部队里，被长官一顿好骂，差点军法处置。"吉诚凄然地望着彼岸，不自觉地又拿出一支烟，副舰又给他扔了。"席舰，你和嫂子就这么散了？""散了。""我那边的太太也不知道怎样了，嫁人没有。""那你为什么再娶呢？""不娶？怎么给自己一个家。反攻大陆，你信吗？一年准备，两年反攻，三年扫荡，五年成功。这都四个五年了。再说，我们是男人，我们应该有后代吧！"两人默默地望着海的远方。

落霞满天，海面通红，海鸥掠影，帆点疏疏。太阳与海面相切，硕大，彤红。缓缓沉入大海的太阳，看起来湿湿的，在海水的荡漾中，跃金千里。海水渐渐没了它，大海霎时暗淡下来，不见了刚才的辉煌与繁华。海面的光，收敛了，天空的光，收敛了。暮色四合，海雾茫茫。

“唰”一下，舰艇上所有的窗户都亮起了灯光，风也挤了进来，吉诚觉得有些冷，取下大衣裹在身上。呜呜，海风强劲地挤进来，舰艇摇摆起来。他穿好衣服，戴好帽子，走出船舱，迎面走来副舰：“席舰，今晚有暴风雨。”“通知全体人员，进入备战状态。”顷刻，舰上警报响起，每个人各就各位。

风更大了，将海上所有的腥味都吹上了船，海浪被风掀起老高，并发出令人惊悚的声音。又一阵狂风袭来，巨浪滔天，舰艇在海浪上颠簸，摇摇欲颓。士兵们无法站立，吉诚和副舰神色凝重地望着海面。狂风所到之处，恶浪滔天。舰艇在这桀骜不驯的风浪中，一会儿被推上浪的峰顶，一会儿被抛下浪的深谷。舰艇顽强地在海浪中前行，一个电闪，点燃了海。海和浪都在颤抖，舰艇神经质般在海浪里抽搐。

被关在禁闭室里的小兵，大吐特吐，肝肠欲断，五脏六腑全绞在一块。他拍打舱门：“放我出去，救我……”他的狂喊被怒吼的风淹没，他绝望地蜷缩在地。

吉诚忽然想起那个关禁闭的士兵：“那个关禁闭的小子，放了吗？”“你没发话，没有。”“快去，让他归位。”副舰和班长来到禁闭室，看到那个士兵脸色惨白，浑身抽搐，他们慌忙背起他，向急救室奔去。

狂风肆无忌惮地咆哮着，平时看起来巍峨的舰艇，如一叶扁舟，在海里颠簸。“保住船不翻，就是胜利。”吉诚来到机械仓，“你们的任务就是让每个机器都能正常运转。”“是！”他又来到医务室，他知道，每次遇到这样的险情，医务室最忙。可今天他很意外，医务室好像很安静，只一个士兵打着点滴，就是那个被关禁闭的士兵。医生把他拉到一边：“肠胃痉挛，休克了。”“你好好照应他。”

夜空黑漆漆的，十分鬼魅。不时一个电闪，撕破这黑的天幕，大雨从空中倾倒下来，浪冲向天空，和雨一起肆无忌惮地狂欢。大海阴森恐怖，狂躁恣肆。海上的暴风雨好像特别钟爱夜晚，它们总是在夜里横行霸道。

忽然，风雨骤停，像是被念了魔咒一般。吉诚和副舰一起走出船舱，东方的海面已鱼肚翻白。大海像是失忆一般，将昨夜的邪恶行径忘得一干二净，一如往常模样，宁静，温柔。吉诚和衣倒上床就睡熟了。

蜀绣轩的生意越发好起来。翁嫂常常过来看她："桑梓，还是请个人吧。"桑梓回回都应着，可是仍旧不请。不是钱的问题，钱之于她，已经不是问题。可这个天地之于她，尤其可贵。这里是她的精神家园，是她纯粹的领地和寄托，她不要别人来打搅。

一年一度的中秋到了，台中大大小小的食品店，摆出了各式各样的食品。因为大陆人，台湾可以吃到大陆任何一个省份的月饼。桑梓仍然喜欢四川的龙眼酥和麻饼。

记得小时候，用人吴妈八月初就开始准备做月饼了。那时家里有一套专做月饼的模具，是父亲的父亲留下的。模具是用沙梨木雕凿而成，独一无二。八个模具上，雕琢八种图案，梅兰竹菊、鹤龙凤鱼。吴妈做月饼很讲究，说花月饼要重层，面皮要像花才好，可以是酥皮，可以是冰皮。动物月饼就用糖浆包皮才好，烤出来后，动物有凹凸感。桑梓其实不喜欢甜食，但是吴妈做的月饼，她一定要吃，特别是冰皮的，一层一层吃，不腻。桑桑爱玫瑰，母亲喜松仁，父亲好云腿，怀玉偏椒盐，洪泽不挑嘴。每年中秋，家里的月饼都会拿出来送礼。有一家礼盒铺，中秋前，会出售各种各样的礼盒，先前父亲都是预先订购，后来父亲干脆亲自设计定做。桑家送人的礼盒上都有父亲设计的篆字——桑，图案简单古朴。后来竟有很多人效仿父亲的做法，一时间，那家礼盒铺的生意也做得风生水起。

桑梓今天也到街上购月饼，她买了四川风味的月饼，给老肖和叶薇他们送去。老肖说："中秋大家聚聚吧，赏赏月。"

这是一个尚好的中秋节，天晴。

是夜，皓月当空，轻风呢喃。桑梓、老肖、叶薇夫妇，聚在雀舌驿的后花园里，静静地品茶吃月饼。这个小花园，被老肖打理得像一个袖珍版的园林。虽无亭台轩榭、奇花异草，但苍郁的竹子、亭亭的蝴蝶兰，也已经让这小院子显得玲珑得体，十分雅致。

两盏灯笼，在屋檐下亮着，几案上的热茶轻烟袅袅，清淡的茶香沁人心脾。各式的月饼、开了嘴的石榴，放在石桌上，四个人久久默默无语。"这些石榴，从香港买回来的，会理石榴。"老肖打破沉默剥了一个石榴吃。"我们家，不穷不富，有房有地，祖祖辈辈不请人，自己打理。我最爱家里那两棵石榴树，一棵是重瓣，只开花，很好看，开很久，不结果子。另一棵开花不好看，但是一结石榴，就抢眼了，一天一个样。那石榴天天看着大，从青的变成黄的，黄的变成红的，再不摘，就开了嘴。我妈会把先熟的摘了卖掉，只剩几个挂在树上，到中秋这天再摘。父亲读过几天书，是小学教员。到了中秋，父亲会请朋友来家里吃月饼喝茶。”老肖抿一口茶，“后来，父亲去世了，我九岁，妹妹才七岁。我妈带着我和妹妹改嫁到乐山五通桥，就再没回去过。”“伯母还健在吗？”桑梓问。“不在了，我十四岁时去世的。继父是个好人，没有再娶，养着我们三个子女。十六岁，我到乐山一家茶铺当学徒挣钱。为报答继父，我一直供养同母异父的小弟念书，他的书读得很好。妹妹到十八岁的年龄，继父给她寻了一个好人家嫁了，他自己一直在家种地。每年过节，我们都回去，看他和小弟。二十岁时，继父也给我寻了一门亲，他说我读过书，不能将就，就寻了一个略微识字的女子。双方互换了生辰帖，就开始筹办婚礼，时间就定在中秋。哪晓得结婚没一个月，我就被抓了壮丁。我被抓丁时，继父哭了，说对不起我妈。我说：‘爸，我会照顾好自己的。’他把我拉到一边：‘娃，子弹不长眼睛，不要逞能，不要打人家，除非对方要你死。’‘爸，我懂，你放心。叫弟娃好好读书，我寄钱回来。’ 在军队，我的钱都寄回家，给媳妇，给继父，供小弟念书直到初中。后来到了台湾就再也没有家人的消息了。”老肖抬头望着圆圆的月亮，泪眼中仿佛看到了自己的新娘。

唢呐声声，进了村子，老肖戴着大红花，将新娘从马上抱下来，两人牵着喜结，进了院子。一时锣鼓喧天，一群小娃拉着要喜钱，老肖将准备好的喜钱往天上一扔，娃娃们散去抢钱，老肖和新娘子才进得厅堂，拜天拜地、拜父母。洞房里，新郎挑起了红盖头，娇羞的新娘子，很美。

老肖的泪，滴落下来，他长长地叹了一口气。大家看着，也不劝他。大家都知道，这样的回忆，其实是甜蜜的。许久，老肖回过神来：“尽听我说了，来，吃月饼。”几个人又捧起茶，慢慢喝，拿着月饼慢慢吃。四个人的脸都散了阴霾，露出了笑容。

郝淼是浙江萧山人，在华西协合大学读书时与叶薇是同学，后来结成夫妻。他的父母是国民政府的人，1949年到台湾，后来移民去了加拿大。

“今年的钱塘潮，该是什么样子？”郝淼幽幽地说，“小时候，父亲带我去观潮，一线一线的潮，后浪叠前浪，慢慢涌过来，潮来潮去，‘嘭嘭嘭’地打在岸边，卷起高高的潮头，激起千堆飞雪，潮头有十多米高。那潮水，声震天地，真是人间奇观！这辈子，我是再看不到了。”郝淼一脸落寞，大家又沉寂下来。许久，不知哪家的乐音传来：

夜色茫茫，
罩四周，
天边新月如钩，
回忆往事恍如梦，
…………

四个人，八泓秋水，八条小溪悄悄地流淌。月下没有了男人和女人，有的只是离人。

“桑梓，过几天我去香港参加书展，要带什么东西吗，还有老肖？”叶薇说。“帮我看看绣品吧。”“茶，看看那边的茶，我这里没有的，买一包回来尝尝。”“不早了，散了吧。”郝淼说。“改天再聚哈。”老肖将三人送了出来。

眷村，房间里很冷清，吉诚独自坐在桌前。桌上有月饼、石榴和清茶。吉诚望着墙上的照片，喃喃地说着：“爸、妈，今天是中秋，我一个人过。爸、妈，托个梦给我。”

“笃笃笃——”有人敲门，吉诚拭了泪，戴好帽子，打开门：“副舰，没回家？”“我让老婆带孩子回娘家了，我来陪陪你。”副舰看见了墙上的照片，赶紧鞠一躬，“伯父伯母，我们陪您二老过中秋。”“席舰，离开大陆前的那个中秋还记得吗？”“记得。”“讲讲？”“有什么好讲的。”“那我给你讲：1948年的中秋，是在阵地上过的。每人两个月饼、两个苹果。那天月亮格外亮。可能大家都想过中秋，前两天还打得你死我活的部队，都不约而同地熄了火。战场很冷清，月光下甚至能看见对方枪膛的反光。我和别人一样，抱着枪，坐在战壕里吃月饼，没水，吃口月饼，咬一口苹果，所有的人都不说话。不一会儿，有人哭了，长官就骂一句：‘哭丧啊，你不是还没死吗？’大家都知道，这是最后的决战了，明年能不能过中秋，就看各人的命了。不定明早一抬头，就吃了花生米，全交待了。那个中秋，像是在坟墓里度过的。”副舰的喉结一上一下，哽得难受。

吉诚递了一杯热茶给他，把月饼推到他面前："1948年的中秋，我和未婚妻到成都安顺桥上去放孔明灯。我们买了两个孔明灯，把里面的蜡烛取出来，比比长短，就切得一样齐，再放进去。我们要让这两盏灯一起燃，一齐熄。我们俩用笔写了两句诗，她的是'在天愿作比翼鸟'，我的是'在地愿为连理枝'。灯飞得很高，开始我们还能从漫天的灯中认出自己那盏，后来就不行了，满天的灯像星星一样多。""后来呢？""没有后来。""那嫂子？""不是她……你呢，不想大陆的老婆？""想，还有女儿。你知道浙江的江口吗？说有个叫'鬼谷子'的人，能算出哪天哪时有雨，说城里三点，城外七点，龙王听了就偏偏给了城里七点，城外三点。结果城里发大水，城外地都旱了。老天爷一怒，把龙首给斩了。龙王知道错了，求乡亲们救他，于是百姓就扎草龙出游，然后放回水里。从那以后，龙王再也没做对不起乡亲们的事。那龙好长呀，有四五十米。我爸个头高，又结实，是舞龙头的。那些大姑娘小媳妇的，都争着往龙身上插香，希望将来得龙子。有一次，舞龙从我家门口过，我爸大喊：'他妈，快放鞭炮。'大家都笑：'哎，龙说人话了。'等到来年，又做一条龙。我们常想，这江里有多少龙啊，不定哪天哪个钓鱼的，就钓一条龙上来了。"副舰笑了。"听听电台吧。"吉诚打开了收音机，传出低沉的歌：

明月照窗前，
一样的相思，
一样的离愁，
月缺尚能复圆。
…………

两个英武的军人听得潸然泪下。窗外，月皎皎，风习习；屋里，人寂寂，情戚戚。冷光中，夜更冷。

菡萏中秋过得温馨浪漫，她恋爱了。

大学旁门一侧的"绿岛咖啡"，正进行着一场罗曼蒂克的派对。三对恋人在这里见证爱的誓言。菡萏出落得更漂亮了，她酷肖母亲。她的容貌，一如当年华大运动场上驰骋的桑梓。男朋友季行健，高她两个年级，就要去服兵役了。今晚，他们温柔地靠着，慰藉着对方。

“菡萏，你母亲会接纳台湾本土人吗？”同学问。“怎么会问这个问题？”“你不知道啊，大陆人一般希望自己的后代不嫁台湾本土人，以后好回到大陆去。”“是吗，我妈不会的。”

“菡萏，祖籍在哪儿？”“四川成都。”行健替她作答。“对成都有记忆吗？”“我生在台湾。”

四川成都，对于菡萏来讲，只是一个概念。不过，她心里还是想象了一个成都，这是因为母亲教给她们的一首儿歌。

“不过我会唱成都的儿歌。”“儿歌？”“就是童谣。”“说来听听。”几个人撺掇着。

月亮走，
我也走，
我给月亮打烧酒
…………

菡萏学着四川方言说，虽不地道，但蒙这几个同学还凑合。“其实我还真想回成都去看看。”“回去？我们这代人，悬。看我们的后代行不行。”一个同学说，他的父母来自长沙。

夜深了，风大了，雨点下来，敲打着花草的叶。“我们回吧，不早了。”行健说。大家一起出来，行健拿出伞，拥着菡萏，消失在茫茫夜色中。

桑梓无法入睡。她坐到桌前铺开纸，构思着自己的绣品，设计了一个横幅的长卷，依次写下了：春节、清明、端午、中秋、重阳等传统的中国节日，抽出一沓小稿子，粗略地画出一些草图，起名“风情万种”。外面的雨大起来，点点滴滴地敲打着窗户。

不知过了多久，吉诚在床上辗转反侧，无法入眠。

他起身推开门，雨早已停了，朗月皎皎，比先前更大、更亮。吉诚信步出了门，走向眷村旁边的小树林。月华如洗如镜，冷清空明。林边溪水汩汩，在这静夜发出悦耳的乐音。

吉诚沿小溪而上，昔日的小树疏林，如今已是一片茂密。林深之处，一对青年相拥而坐，吉诚正欲转身离去，“放开手，讨厌。”女子娇嗔的声音传来，这语气语调，似曾相识，他停住了脚步。“怕什么，又不是……”“不要……”女子抵抗着。吉诚竟然悄悄站在那里，偷窥这一对恋人，听他们的呢喃细语。他不知自己藏在那里有多久，只是觉得浑身燥热、口干，忍不住咳了一声。“谁？”那对恋人吓得魂不附体，疯一般逃出树林。吉诚见他们远了，瘫坐下来，狠狠打了自己一个耳光。许久，他从另一个方向绕出树林，悄悄回到家里。

这一宿，吉诚更加无法入睡。树林中的一幕，勾起他遥远的记忆，而这个记忆，是他心里永远的魔。与桑梓一起生活那么多年，躺在同一张床上，他没有激动过。今天，那个年轻的胴体，让他浮想联翩，不能自拔。二十多年前，桑梓就是这样的，只是没有那摄人魂魄的呢喃和呻吟。一失足成千古恨，吉诚的一生，被那一把欲火给焚毁了。桑桑是他顶礼膜拜的圣女，桑梓是让他万劫不复的灾星，这是怎样的宿命呢?

月亮冷冷的。吉诚坐在一块大石头上，静静地待着。林中，一个素衣女子向他款款走来，面含微笑，身姿袅娜，是桑桑。这么多年来，她依然原来模样，吉诚想好好看看她，可就是看不清。桑桑拉起他，走向密林深处。她温柔白皙的双臂，环绕着他的脖子，轻羽般的白纱，慢慢滑落，白皙的肩……吉诚醉了，醉在她的怀里。

一觉醒来，吉诚急急地进了洗手间。

早餐后，吉诚安静了许多。昨晚的一切，恍若隔世。吉诚轻松愉悦地出了门。迎面来了一对恋人，吉诚的脸“唰”一下通红：“他们认出我了？”一对恋人笑笑地与他擦肩而过，旁若无人，渐行渐远。吉诚的心，慢慢松开。自此以后，每当有恋人从他面前走过，他就疑心是自己在树林里偷窥的恋人，他就仿佛看到了自己鄙陋、猥琐的灵魂，他就紧张得无地自容。夜深人静的时候，吉诚会狠狠地抽自己的耳光：“浑蛋！”

回到舰上的吉诚，精神委顿，副舰见此状况对他说：“席舰，想开点，不是还没离吗，还有希望。”吉诚不加辩解地点点头。

第二十一章 千帆过尽

时间：1976年，清明前夕。

地点：成都。

今年的春天似乎比往年温暖些，暖春的到来，将人们从寒冬的委顿中振奋起来。以往迟迟不开的花朵，在不经意中，竟然绽放了。没有如茵的绿毯，就已是此一片彼一片了。蜜蜂的嗡嗡声，早已经年不闻，而今却是一派喧嚣，熙来攘往中，这些精灵，忙得不亦乐乎。

像植物一样感受自然变化的桑桑，心情异常舒坦。看着自己的绣品《心花朵朵》，自己的心情也如花般绽放了。

“妈，今天我带愚儿去公园。”“小姨，早点去。”愚儿兴奋地说。“桑桑，先送你姐吧，她第一次出远门。”桑母说。“别送了，就是开几天会。”怀玉去北京参加一个中华刺绣的研讨会。她有预感，刺绣厂，要务正业了。“妈，过几天清明，替我给爸献一束花。”“清明时节雨纷纷，路上行人欲断魂。借问酒家何处有，牧童遥指杏花村。”愚儿背起刚学不久的唐诗。愚儿七岁了，读小学了，功课不错。“清明前后，种瓜种豆。”愚儿还在卖弄。“行了，快吃，吃了跟小姨出去。”洪泽催儿子。

三天的会，很快就完了。

蜀绣的样板厂，就是他们厂。怀玉很欣慰：“再不用织手套了，蜀绣精湛的技艺，终于能见天日了。”

清明，雨纷纷，泪纷纷。

北京的天空，天低云暗，淅淅沥沥的小雨，抽抽噎噎，从天黑到天明。

怀玉下午四点的火车，现在才九点。她想去天安门看看，她知道，这几天，有人在天安门广场祭奠周总理。

疾驰的列车，载着内心澎湃的怀玉，奔向蜀地。

洪泽被通知去市里参加一个紧急会议，指出每个单位近期出差去北京的人，回来后都要做深入调查。洪泽回到家后，担心起怀玉来。他不知道怀玉是不是去了天安门广场，他希望她没去。

回家后，洪泽跟父亲讲了这些情况。“怀玉比你老练多了，不会的。”其实父子俩心里都没底，这是一个随时都会“出事”的年代，坐在家里都会祸从天降，更何况你还在所谓的大是大非之地走了一遭。

这一夜，一直下雨。

第二天，太阳还是露了脸。怀玉吃了饭就去母亲那边看儿子，她太想儿子了，把儿子送到学校后，骑车到了单位。

“厂长，回来了。”“厂长好！”女工们都跟她招呼。刚进办公室，支书就来了。先是和怀玉谈了一些厂里的情况，最后支支吾吾地说：“把这几天在北京的活动情况写一个书面材料，算是一个汇报吧。”

大家都到桑家来了，一桌人围在一起吃晚饭，气氛有些沉闷。只有愚儿乐陶陶地问这问那，怀玉心不在焉地回答着。“行了，别闹了，妈妈累了。”洪泽对儿子说。桑桑并没感觉到气氛不对，给怀玉夹了菜：“大姐，这个好吃。”怀玉醒过神来，望大家一眼，抱歉地笑笑。

第二日，怀玉刚进门，支书就迎上来：“徐怀玉同志，今早领导班子开个会吧，其他的人我都通知到了。”会议室，人基本上都来齐了。支书清清嗓子：

“嗯，今天大家开个短会，其实就是给大家打个招呼，徐怀玉厂长就暂时不主持厂里的工作了，下到车间去。从今天起，厂里的全面工作由红忠同志主持，鼓掌！”底下响起零星的掌声。

从领导岗位上走下来，怀玉心里还是有些失落。想想绣厂几经波折，自己的职务几上几下，好不容易又挂出了“锦绣庄”的牌子，眼见绣厂就要走上正轨，唉！不过现在，她觉得干技术活比那空洞的行政工作有意义得多，她很快就适应了。

桑桑永远二十二岁，永远活在自己的童话里。

她的绣活越来越棒，技术日臻成熟，绣品也卖出去不少。现在，她的面前是那幅《心花朵朵》。这是一幅双面绣，一面是“花开花飞”，一面是“雪压冬云”。桑桑的心灵中，只有美好的画卷，即使是凛冽的严冬，也透出她温暖的希望。这几十年来，多少人的生命之舟，在一次又一次莫名其妙的运动中触礁，她却从没有去触碰过任何暗礁。上帝像是时刻守护在她的身边，让那些能灼痛她、给她带来灾难的东西，与她擦肩而过。或许，桑桑是上帝最宠爱的那个女儿。桑桑眼里看到的、心里装着的，都是世界上最美好的事物。不然，她的笔下，为什么就少有人世间的忧伤呢?

午后的阳光很温暖，怀玉安顿愚儿睡了，桑母也歇了。桑桑拾掇完厨房，回到自己的屋里，午睡。

灰色的城堡，高高的塔尖，四周是蓝蓝的海水。城堡在一座狭长的小岛上，海浪击打着犬牙交错的岩石，激起白浪堆堆。哗哗的浪涛声，敲击着桑桑的心。岛上有一处长长的石阶，直通城堡。桑桑身着那款飘逸的婚纱，拾级而上，一只小鸟落在她的肩上。城堡大门紧闭，两个硕大的、圆圆的金色门扣，格外耀眼。

门缓缓开了，桑桑沿着花径，进了大堂。大堂中央，高墙上挂着《圣母》，她头顶紫光圈，笑吟吟地看着桑桑。神龛前，跪着一男一女，听到脚步声，两人同时回过头来，看见桑桑，大吃一惊。桑桑将自己的头纱摘下，轻轻戴在桑梓的头上，拉过吉诚的手，把桑梓交到他的手中：“好好爱，择其所爱，爱其所择。”

桑桑走了，逐级而下，海风撩起她的发。

天是灰的，云是灰的，城堡也是灰的。只那海，一平如镜，湛蓝深邃。凭海临风，桑桑伫立在海岸的一块礁石上，如一尊圣像。

窗外的银杏树上，鸟鸣啾啾，阳光依然温暖。

桑桑坐在床上，望着银杏，满心狐疑：“桑梓、吉诚、大海、城堡，似曾相识。为什么总是做同样的梦呢？”在某一个贮藏箱里，有桑桑收纳的东西，她想知道的东西就在那里。桑桑翻拣这些东西，但是太乱无法整合。她开始烦躁，跳下床，直奔怀玉那里：“姐，我国的台湾和加拿大，哪个更远？”“怎么想起问这个？”“我看见吉诚和桑梓了，他们结婚了。”“桑桑是不是又做梦了？”“是梦吗？姐，你做梦吗？梦过吉诚、桑梓？”“做啊，梦里有你、桑梓、爸……”“没有吉诚吗？”“吉诚不到我的梦里来。”怀玉笑笑。

回到房间，桑桑觉得头痛，头脑里像是有什么东西要跳出来，又被什么横挡着。窗外树上的鸟，依旧欢快地叫着。桑桑渐渐静了下来，脑子里的东西像是各归了各位，头也不疼了，浑身也轻松了。她又简单起来，拿出自己的日记。几十年来，桑桑的日记已是厚厚一摞，但时间永远不到两年，日子永远是那一天。

1948年，十月十日。晴天。

今年的春天好像比以往温暖些，我发现院子里的银杏比往年早发芽，鸟闹得更起劲。还有红玉家的玉兰树，也比往年早打骨朵。春芽上市也早些，买了些回来让妈妈炒鸡蛋。

…………

妈妈老了许多，头发全白了，天天念叨桑梓。桑梓，你去了哪里？吉诚也走了要两年了，这两年发生好多事，这两年好长。

…………

十月十日，我们的大喜日子，可是你拿着电报走了，哥说给军人当妻子不易。我等你两年，这两年好长啊。吉诚，回来不要上街，街上有你的大字报。

…………

桑桑的世界就是这样零零碎碎的，在她人生的某个时段，总有一些断面被留着。桑桑把这些东西存着，就像存放标本一样，这些东西对她，有永远的意义。

从中华民国到当代，世事变化无常，每次大起大落的政治风云，她的家，无一幸免。而她，只忠于自己内心的那份爱，无视其他。她的时间之河，死水微澜，水波不兴。她是记忆的荒漠，又是记忆的绿洲。她的荒漠中总是有一些美丽缥缈的蜃楼，尽管虚幻，但有什么关系呢，桑桑自己受用，这就够了。桑桑有一个奇妙的世界，她就是她的绿洲。

“曾主任，快回办公室吧，出事啦！”小刘迎上他，火急火燎地说。“天塌下来了？”“可不天塌下来啦，洋相出大啦——”“谁出洋相啦？”“胖姐不依不饶，嘿，丢死人啦！”“说清楚啊，胖姐怎么啦？”“我跟你说不清楚。那个文教局长，被人家……我说不出口。你快回去吧，居委会门口都扯起场子了！”曾正瞪他一眼，快步来到居委会。

门口还真是扯起了场子，人们伸长鸭脖子，往里张望。“看他平时挺正经的，怎么这么下流啊？”“那叫道貌岸然。”“把他阉了，叫他当太监。”人们七嘴八舌地议论着。曾正一到门口，人们安静了些。“你们都挤在这儿干啥，凑热闹是吧？八处打锣，九处都有你们。”人们笑。“一天到晚到处扎场子，散了。”“走咯，不看啰。”“有些人的小老二，这下吃大亏啰!”人们幸灾乐祸地散了。

一进屋，曾正看见胖姐双手叉腰，对墙角边的那个人，怒目而视。那个人，神情沮丧。“曾主任，你可回来了……你看他，好说也是个领导，呸，不要脸。他不知道老娘是干啥的，撞到我枪口上了。”“胖姐，坐下，慢慢讲。”曾正递水给她。胖姐喝了水，气色平缓多了，可怒气未消：“你昨天叫我去人民商场当纠察，下午我去开会。会上领导通报了一些情况，说有群众反映，商场有人耍流氓。当时要求我们不戴袖套了，暗中注意点就行了。我主动报名去了投诉最多的地方，卖工艺品的专柜。主任，你说我什么命啊？今天卖塑料花，人很多，挤，都女的。我站在旁边，也没发现什么。后来一个小伙子挤进去了，我想，这个可能有问题，也挤在他的旁边。嘿，我就觉得后面不对了，一个人从后面死死顶着我，用那玩意儿，我用手一摸，裤子都湿了，我就一把抓住他的小老二，把他给揪出来了。”蜷在屋角那个人，脸红一阵白一阵，无地自容。“主任，你说，多恶心。流氓，呸。”“胖姐，你先回去，写个详细情况。有了处理结果就告诉你，行吗？”“撤他的职，让他坐牢。流氓！”胖姐边说边站起来，“曾主任，你要给我做主啊！”

屋里两个男人，曾正不好开口，那人不好意思开口。

曾正起身出了办公室，直奔商场保卫科。“樊科长，这事放你们商场处理就行了，怎么放我那儿了？”“我们怎么处理？我们只有两个方法：第一，教育教育放了；第二，送派出所。放人，胖姐不依；送派出所，他大小也是个领导。没办法，只好弄到居委会，胖姐是你们居委会派来的人。曾主任，你们打算怎么处理？”“我要知道跑你这来干吗呀。”“是不好弄，要是街上的混混、盲流、社会青年，直接送派出所。可他大小是个人物……”“影响大吗？”“当然，太大了，胖姐什么人？天不怕，地不怕，不怕上帝打电话。一把揪着他的小老二，从三楼到二楼到一楼，穿过整个商场，多少人看哪，还跟着起哄，热闹着呢，说不定早传到教育局了。好事不出门，坏事传千里。”“那也瞒不了教育局啊！”“是啊。”“我去去教育局。”

曾正从教育局回来，已是六点了。

“老彭，这事儿不出也出了，我去了一趟教育局，我就算不去，他们还不得找我，是不是？”老彭叹了一口气。“你还是回教育局处理好些。老彭，我们认识也不是一天两天了，我也不骗你，这事影响太坏，你要有思想准备。”老彭蔫蔫地走了。一个星期后，老彭举家回到大邑的乡下，他被开除公职，回乡务农。

入夏以来，成都的天气，如往常一样酷热，老天吝啬得连一点凉风都舍不得给。

桑母坐在床前，不停地给熟睡的愚儿扇着扇子。怀玉过来，拿过她的扇子：“妈，您去睡一会儿，别惯着他。”桑母拿回扇子：“我的孙儿，我就惯着。这么热，他怎么睡啊！”“那我来，您去睡会儿。”怀玉把桑母轻轻推回她的卧室。自从桑父去世后，这间书房就没有动过，有了愚儿后，添了一张床，怀玉带孩子就住这里。桑母七十多了，精力体力大不如从前。她虽犟，也疼孙子，但还是一上床就睡着了。

太热，桑桑睡不着，她的那幅《心花朵朵》已经快完工了。窗外的银杏树上，夏蝉“吱吱”地叫着，在这沉寂的午后，显得格外嘹亮。桑桑看着前几天寻得的蝉蜕，拿一只放在手里端详着，吉诚的话在耳边响起：“你知道吗，有的蝉，从蛹化为蝉，要在地底下等上十几年，可是变成蝉后，却只有一个夏天的生命。这个夏天，它们就会好好地爱，所以它们成天歌唱。”

桑桑在桌前坐下来，拿出一张纸，描了一张小样：窗台上一盆翠绿的兰草，旁逸娟细的叶下，伏着一只蝉，黝黑的身躯，透明的蝉翼，凸凸的眼睛。而窗棂边另有一只蝉与之两两相望，两两和鸣。桑桑给它起名《瞬》，她觉得一个夏天就是一瞬，她的两年也是一瞬，这一瞬也是她的一辈子。

蝉在高枝上有一声没一声地叫，桑桑望望那茂密的树叶，知道它就藏在某片叶子的上面或下面。桑桑听得出来，天天唱歌的都是它。她把蝉蜕收起来 ，放进一个精致的小盒子里。

月光下，一片废墟。

没有路，远处瓦砾中，走出一个人，蓬头垢面，衣衫褴褛。他身旁跟着一只猫、一条狗。“吉诚，是你！”桑桑很惊异。吉诚看着她，神情复杂。“吉诚，才两年，你就忘了我了？”吉诚还是不说话。“吉诚，我是桑桑。”吉诚的笑容僵了，他像雕塑一样立着。桑桑用双手握住他的手，他却轻轻地将自己的手抽出来，退后几步，转身离去了。那猫那狗，紧随而去。“吉诚，吉诚……”桑桑痛哭，不能自已，她冲着那个背影大喊：“吉诚——”就醒了过来。

不，她没有醒，她翻身坐在床上，呜呜地哭着。

哭声惊动了怀玉，她赶紧过来。“桑桑，不舒服？”“大姐，你陪我……”“行，我跟妈说一声。”怀玉回来后，与桑桑一起坐在床上。桑桑的眼神有些呆滞：“大姐，你们是不是有事瞒着我？”“没有啊，你做什么梦了？”“大姐，吉诚是不是已经死了？”“胡说什么呢，多不吉利。”“两年，两年有这么长吗，愚儿多大了？”“那你说几年啊？”桑桑心里盘算着不止两年，可嘴里说出的，还是两年。

雨后，空气清新了许多。

早饭后，桑桑就来找红玉。“阿姨，红玉在吗？”“还在睡懒觉，我去叫她。”桑桑笑笑，等在那里。红玉从窗里露出脸：“桑桑，快进来。”“谢姨要来了，我们去看看。”

两人出了门，往“柳浪湾”茶馆去。像是心有灵犀，不到十分钟，谢姨就到了。“东西都带了？”两人拿出了绣品，除了谢姨定做的，还有一些是给她看的，谢姨都要了。“桑桑，我有个朋友在台湾，听说有一家绣庄可以定做绣品，你们想不想试试？”“可以。谢姨，你想绣什么？”桑桑问。“过两天，我想好了，就告诉你们。下星期的今天，这时候？”“行，说定了。”

桑桑回到家，绣那幅《瞬》。这时，她想起几天没有听到那只蝉的歌了，难道……桑桑望着那棵银杏，若有所思。剩下的夏天，桑桑再没有听到蝉的歌声，那只蝉，或许是死了。

桑桑拿出日记，写起来。

1949年十月十日，晴。

今天是我结婚的日子，吉诚的父亲说，十月十日就是“十全十美”的意思，所以它成了我们的婚期。结了婚，我就跟吉诚走了。“嫁鸡随鸡嫁狗随狗，嫁个石头抱起走。”老人们都这么说。吉诚说我们要去一个很远很远的地方，那时，我能回来吗？

又兴奋，又不安，那边一切就绪，我也做好了准备，只等花轿把我抬走……

秋天了，院里的蝉声越来越少，它们一夏的生命，就要结束了吧！

桑桑把日记收到抽屉里，抬头一看，吉诚向她的阁楼走来，后面跟着桑梓，她的脸色不好。桑桑迎了出去，怀玉姐托着她的婚纱，在楼梯的转角，她听到了桑梓说孩子，还没来得及听清楚，楼梯塌了，身着婚纱的桑桑栽了下去……

桑桑又拿出日记，翻阅一遍，脑海里演绎着一幕电影，可电影没有结局。

我摔下去了……

吉诚赶不上婚礼，回部队了，两年才回来……

桑梓呢？她拉着我的手，坐在床前哭，她跪下了。

吉诚在外面，我看见了，他为什么不进来？

桑桑仿佛又要靠近真相了，她的头剧烈地疼痛起来，记忆的碎片刚要拼好，通路又断了，脑子里一片空白。记忆之光被敛在了魔盒里，如黑洞一般。桑桑只要在这有着熹微之光的黑洞里摸索前行，就会疼痛，就会迷失。她探索的愿望越强，拒绝的愿望就更强。那片记忆的真空，成了她生命中深不可测的黑洞，她掉进了这个深渊，不能自拔。有时，她在记忆的深海潜游，那些记忆的沙石，组成了一个又一个的暗礁，她徘徊其中，一不小心就触了礁，碰得头破血流，她只能捂着伤口上岸，伤情有所好转后，她又回去冒险……她知道自己在寻找，可不明白在寻找什么。现实的爱情化作一个幻梦，像湖水般柔美，像花岗石般坚硬，梦中的“戈多”永远都是明天到达，可是在桑桑的无数个明天的愿景中，“戈多”永远没有到达。桑桑哭了，心谷的雨不停地下着，心谷中的那朵雏菊，黄的蕊，格外显眼。它在雨中沐浴，风中摇曳，孱弱而倔强地等着……桑桑忽然想起了那幅绣品。可惜，卖了。她懊悔地翻出小样，夹在了日记的首页。

“妈，桑桑发高烧，我送她去医院。”桑母一听，心里就急了，桑桑是她心里永远的痛，她怜桑桑到命里。

躺在病床上的桑桑，静美如花。

绯红的脸，挺直的鼻梁，只是这张脸少了些许生机。她已经高烧三天不退，液体一滴一滴地注入她的身躯，像是灌溉枯苗般的生命。怀玉请来了桑桑当年的主治医师，他询问了一些情况：“近来有什么事情刺激她吗？”“没有，她一直很安静。偶尔做做梦，糊涂一会儿，就好了。”“有过感冒吗？”“没有。”“她没有明显的躯体症状，主要还是精神的。”“会醒来吗？”“不是没有这种可能。当初她拒绝真相，这么多年过去了，她又在寻找真相。她发现自己的一段人生之路塌方了，某一个阶段的自己失踪了。她在寻找，那是她生命中一个很重要的部分。这对她很难，她想把心里一些零散的碎片拼起来。找得很辛苦，拼得很辛苦，所以就病了。”怀玉的心里忐忑不安，她又希望桑桑醒，又不希望桑桑醒。醒过来，面对现实，也许痛苦，但总会过去的；不醒，活在自己的梦里，对生活有一份希望，多好。

桑桑沉睡着，也许，她正在自己的深海潜游，她要把自己的故事打捞上来，她必须找到那个真相；也许，她发觉自己已经离真相不远，拼命逃离，她的故事会被埋得更深。这样的内在冲突正在她的灵魂里鏖战，理性地寻找，本能地拒绝，就看哪一方会占上风。

洪泽出差回来了，怀玉松了一口气。

桑桑仍然静静地躺着，静如秋叶，不时说些外人听来不着边际的话。

“哥，他俩的事你不用瞒，我都知道了。

“我不恨他们。

“大姐，下辈子我再不找军人了，等得好苦……”

桑桑的泪似乎很多，一天要流好几次，这点，怀玉和洪泽都没敢告诉桑母。

桑桑这一躺，躺了近两个月。

艳阳高照，菊花盛开，桑桑终于醒来了。“我在哪儿？”“医院。”“我又病了？”“是啊，一直高烧。”“姐，我想回家。”“我做不了主，等你哥来了再说。”“小姨，我去叫爸。”愚儿跑了。怀玉看着桑桑，怕她问自己不敢说的话，桑桑却像没事一样，恢复往常的样子：“姐，这一觉睡得好香，连梦都没做一个。”桑桑的医生来了，看看她，和她谈几句就说：“你没事了，可以回家了。”

桑桑回来了，桑母又欣慰，又心酸。她知道，把桑桑蒙在鼓里不公平，可是桑桑知道了又能怎样呢？现在她简单，幸福，充满希望，有什么不好？怀玉烧了糖醋排骨，洪泽去红旗商场买了豆腐乳。晚饭，桑桑吃得很香，饭桌上也没有提起自己住院的事，好像她根本就没有住过院一样。

饭后，桑桑回到自己的屋里，继续绣她的绣品。

◎

第二十二章 寒灯三处

时间：1976年春。

地点：台湾。

风似乎温和了许多，树上的新叶虽是将出未出，绿韵却已凿凿。鸟的啁啾，叽叽复叽叽，喜悦，悠闲，懒懒的阳光变得温暖起来。

雀舌驿的门早已洞开。虽是早晨，但已有几位雅客，坐在小小的庭院里，轻声细语。石桌上的茶，飘着清香。老肖招呼过客人后，便向斜对门望望。桑梓的蜀绣轩已经开门，冷冷清清的，谁会一大早出来买绣品呢。

桑梓在做清洁，她的店，总是窗明几净。这不大的一个绣庄，饶有韵致。桑梓不知从哪里淘来几件老式的几案和屏风。几案上，有的放一盆雅致的假山，有的放一盆纤秀的文竹，有的是一套紫砂的茶具或者是一件仿制的古董。次第犹如桑家三四十年代的旧式家具。古旧的诗书气韵的东西散在这小店里。其实，桑梓的骨子里，也是恨桑桑的。特别是在经历人间沧桑后，她越发想躲回早先那个简单而纯净的世界中去。蜀绣轩不仅是她的物质家园，更是她的精神家园。桑梓在《问》前凝视，仿佛看到现实中，一朵雏菊在风雨的肆虐中潮湿，因为无处可躲，只能挺立着，等阳光来将她烘干，温暖。桑桑此时正躺在洁白的床上，白皙的脸很安静，间或有一两次浅笑或蹙眉，摄人魂魄。她就是这朵藏在崖隙中的雏菊，躲避风雨对她的侵害。桑桑现在怎样了，当她知道她的姐姐就是毁了她爱情的人，她情何以堪？这样的际遇，怎么不会有如此让人痛彻心扉的作品呢？桑桑心清如水，心美如画，她能绣出如此让人凄然涕零的作品，她的心是在受着怎样的煎熬呢？

“桑梓，早！”“老肖！”桑梓回过神来。“忙完过来喝茶，我给你看一样东西。”“什么好东西啊？”“过来就知道了。”老肖卖一个关子，走了。桑梓把铺子收拾好了后，锁了阁楼，敞开店门，到街上买了些早点，就来到茶铺。两人拣个能看见蜀绣轩的位置坐下，老肖泡了茶，桑梓也把买来的早点摆起，两人慢慢吃着。

桑梓产生了错觉，此情此景似曾相识。老肖也有了一个错觉，此景此情像是一个轮回，对面坐的是那个即将成为他新娘的人。那年，老肖和芙蓉订了婚，在准备婚礼的日子里，有这么一天，他俩也是这么坐着。桌子上是芙蓉在宫廷酥买的点心。

街面很冷清，阳光洒在地上，也是一种懒洋洋的温暖。“老肖，想什么呢？”“哦，没想啥子，”老肖回过神来，“点心不错，有家乡味。”“宫廷酥买的。”“知道，一吃就知道。”“成都文殊院附近，有一家宫廷酥，每次去文殊院，我妈都买。我最喜欢绿豆糕和绵绵糖，可惜台中这家没有。”“已经不错了，是不是？有时候我都觉得自己就在家乡一样。你看哈，对面的韩包子、宫廷酥；那头一点的努力餐、朵颐楼；还有耀华食品，我看以后这里应该改名为‘成都街’了。”“不过这里没有锦江，没有春熙路，没有薛涛井……”“没有五通桥，没有一个指甲盖可以站几十个人的大佛……”“没有开心凉粉、伤心凉粉、没心没肺汤、随心所鱼……”桑梓的笑容一下就僵了。“哎，吃哈。”桑梓埋下头吃东西，不时也看看自己的店里有没有人进出。老肖转身进屋里，拿出一幅绣品，摆在桑梓面前。“哪来的？”桑梓的眼里放出光芒。“一个朋友在香港买的，我看到落款是ss，就从他手上买过来了。看看，是不是桑桑的东西？是，就送给你了。”“是桑桑的，我不会搞错……”桑梓说话都在颤抖。

这就是桑桑的那幅《瞬》：兰叶下的一只蝉和窗棂旁的一只蝉，两两相向，琴瑟和鸣。兰草旁逸的叶子和深褐色的窗棂上，洒着斑驳的阳光。

桑梓仿佛听到蝉的和鸣：“老肖，让我见见这个人。”“桑梓，莫急，我可以给你安排，但是你要有耐心。那个朋友不常到台湾，我得跟他约一下。”“我不急，你要记得哈！”说来桑梓也是五十几岁的人了，不知为何，说哭就哭，哭得老肖心如乱麻。桑梓慢慢止住了哭，可那两只蝉的声音又时时响在她的耳畔。泪光中，蝉薄翼轻抖，像是随时要振翅高飞。“桑梓，铺子里有人去了，快去看看吧！”桑梓站起来，把绣品放到老肖面前：“老肖，你收藏吧。想它时，我就过来看看。”

老肖坐着，看着那蝉：夏天，他带着妹妹，拿着长长的网兜，去林中捉蝉。只要听见蝉鸣，就停下来，往树上望望，蝉忘情地唱着，自己将网兜往蝉停歇的树干上轻轻一靠，蝉一起飞就落入网中。妹妹的手里有一个小草篓，里面已有好几只蝉，蝉们许是生气了，不再唱了，喂它们什么都不吃。后来听大人讲，蝉餐风饮露，养不活。他就跟妹妹一起，将蝉带到林里去放飞。出笼的蝉眨眼就冲上了树梢，不一会儿，林中就有了更多蝉的歌声，此起彼伏。

老肖凝视着那两只蝉，一只像是刚蜕了壳，身体还是绿色的，双翅收敛；另一只是褐色中带有黑色的斑点，透明的蝉翼微张，像是要一翅冲天。老肖的耳畔又充满了蝉的歌，长长短短，高高低低，清脆、喑哑。那茂密的树林，分明就在眼前，或是自己早已身处其中了。

桑梓的店里是来了一个顾客，年龄七十光景。“桑老板，我想定一幅绣品。”“先生请讲。”“我也说不出什么样，只能说我想看到什么，至于怎样把我的意图绣出来，就全凭老板你了，我是慕名而来。”“谢谢！我尽力而为。”“梧桐，凤凰。”来人笃定地说，看看桑梓，又看那些挂在墙壁上的绣品。在那朵《问》面前，老人停了下来，看了许久，又看看别的绣品：“桑老板，如果我没有猜错，这一幅，不是你的作品。”“先生，何以见得？”“说不上来，直觉而已。”桑梓很吃惊，老人竟有如此眼力。老人笑笑，“我要的东西，大概什么时候可以拿到？”“急吗？”“不急。”“两个星期吧。先生，有特别的要求吗？”“没有，全靠你了。”桑梓笑着将热茶递给他：“那请您后天抽空来看看草图，满意了，我就绣，不满意，我再改改。先生祖籍？”“湘西凤凰。桑老板，我就不看草图了，全凭你了！”喝了茶，老人走了。

老肖过来了，将绣品递给桑梓：“你妹妹的，还是你收藏吧。我以后就收藏你的。”他找了个地方，将绣品挂起来。

桑梓站在《瞬》前，刚才的错觉，又链接起来。

重庆，某一小街，有一家临江的茶楼——沐风。

桑梓先拣了个靠窗的座位，双手捧着茶，心里空空的。她必须做出一个选择，她知道，这辈子，她要做错第二件事情了。她摸摸小腹，一滴清泪“嗒”地落下来。她拭了泪，转头望着江面，朦胧的江雾中，如点船帆竞相而过。她的内心有一个强烈的渴望：吉诚就在这某一条船上，他一定要来。他必须跟我一起面对这个“麻烦”。她想好了，她要对吉诚说：“相信我，不是我不想结束，而是我们有了‘意外’，我们必须一起来解决这个问题。”桑梓本来是个爽快的人，是那种拿得起、放得下的女子，可如今，她发现，自己也变得期期艾艾。爱情是毒药、迷药，谁能幸免？

洪泽到了，满头是汗，手里提着一包东西。洪泽将东西放在桌上：“宫廷酥，你爱吃的。”他拿了块绿豆糕递给桑梓。“谢谢！”“怎么了，这么严肃？”桑梓轻轻将绿豆糕放进嘴里，又拈一块放进嘴里，又伸手拿一块。“吃慢点，没人跟你抢。”桑梓还是不停地将绿豆糕往嘴里放，洪泽拉住她的手：“怎么啦？”桑梓把手抽出来，再拈一个，放进嘴里，她的嘴塞得满满的，不停地翕动着，喉管一上一下，拼命忍住要掉下来的泪，脸憋得通红。她哽着，用手捂住嘴，眼泪汪汪地看着洪泽。洪泽把茶递给她：“喝点，慢慢喝。”桑梓喝了一口，又喝一口，不停地喝，喝完自己的，又端过洪泽的，眼睛耷着。她吃着，喝着，没话。洪泽看着，等着，无话。许久，风起了，茶凉了，细雨飘进来，扑在脸上凉凉的。终于，桑梓鼓起了勇气：“哥，后天就要回成都了，我想留下来，在重庆等吉诚。他要再不来，你陪我做掉孩子吧？”洪泽的眼睛直直地看着她，一眨不眨。四眼相对，谁也没有离开对方视线的意思，桑梓的泪滑出了一条线。洪泽终于先放松了自己，颓然靠在竹椅上，眼睛没有离开桑梓：“非要这样吗？桑梓，还是让我来做孩子的父亲吧！”“不要。”桑梓埋下头，只是流泪。洪泽环顾左右，端起茶杯又放下，放下又端起，一只手拿着杯盖，不停地拂着水面的茉莉花。桑梓抬起了头，怯生生地叫一声：“哥——”就哽住了，泪奔涌而出。洪泽的心，翻江倒海，他不劝她，不安慰她。他知道，他们真的结束了。他明白她在想什么，这个外表刚强、内心孱弱的桑梓，这个用阳光和笑容武装自己的桑梓，其实是那样弱不禁风。面前的桑梓，梨花带雨，她曾经有过的灿烂笑容，如片片飘零的飞花，随风而去，留下的只是沧桑的虬枝。原先的那个桑梓，消失了，或者从来就没有存在过。江面的风很冷，呜呜地响，洪泽觉得饿，吃了两个绿豆糕，然后包起来。“老板，收钱。”他把茶钱放在桌子上，过来扶起桑梓：“回家。”桑梓乖乖跟着他，出了茶楼。

桑梓站在《瞬》的面前：“哥，你现在怎样了，桑桑和你怎样了？怀玉姐呢？爸、妈，你们还在怪我吗？”洪泽的身影，在她的脑海里淡入，淡出。桑梓知道，父母已是风烛残年，自己远在天涯，不能尽孝，何时才能回去呢？桑梓止住泪，坐下来，将桌子上的一些小样收拾起，另外拿出一张纸，提笔写了“梧桐，凤凰”几个字，就拿起铅笔，勾起草样来。

半个月过去了，老人没有来，桑梓后悔当初没有留下老人的联系方式，倒不是怕绣品卖不出去，而是觉得老人家专门来定做，一定是有所寄托。桑梓将绣品挂起来，给它起名《栖》。上面一只孤飞的凤凰，无处可栖，老人会喜欢吗？桑梓觉得，自己从老人的眼里看到了自己心里的某些东西。她正想着，有人进店了，一个中年妇女，推着一个老人。此人正是桑梓等待的人。“先生，您终于来了。”老人笑了，精神矍铄：“当然要来的。”“先生，您这是？”“摔了一跤，中风了，现在没事了。这是敬老院的义工，小姜。”小姜对桑梓笑笑：“你好。”“你好！”桑梓从她手里接过轮椅，将老人推到那幅《栖》的面前。

暮色苍茫，一湾清水，波光潋滟，细细的月牙很高。彼岸是鳞次栉比的吊脚楼，参差错落，渐渐隐于暮色之中。薄薄的雪，在暮色中泛出蓝紫的光芒。此岸的梧桐，俯仰生姿，梧桐叶上，影光点点闪闪，犹如将要坠落的珠子一般。一只展翅的凤凰，长长的、飘逸的尾翼撩起平静的湖水。它的眼睛很迷蒙，像是在紫雾中迷失了方向，湖水茫茫，无处可栖。

老人的眼里有泪闪：“是这样的。你怎么能看到我的梦，三十多年的梦啊！”他老泪纵横，“‘非梧桐不栖，非醴泉不饮。’我就是这只无处可栖的凤凰啊！”老人咳嗽起来，桑梓赶紧递茶给他，老人喝了茶，情绪平稳了许多，可眼睛始终没有离开绣品。

“桑老板，我们是故人。”“啊！”桑梓一惊，努力回忆着，面前的老者，真的是故人？她端详着老人，可是没有找到记忆的痕迹。“1949年春节，你差一点上不了船。”桑梓醒悟过来：“是您啊！”老人笑笑：“是我，安专员。”“安伯伯，这么些年了，您还记得我？”“当然记得，美丽的姑娘，过目不忘。”桑梓笑起来。“当年在船上，你很少笑。当时我想，我把你留在这前途未卜的船上，是帮了你，还是害了你，是你的福，还是你的祸。我的女儿跟你年龄差不多，可是她和我断绝了关系。”“她在哪儿？”“大陆，她十四岁就离家出走，后来加入了共产党。其实国共合作时，我也是共产党。后来我们分属不同的阵营，她对外宣称，她是孤儿，我就没有见过她了。她妈妈也是四川人，过世很早，她跟姨娘搞不好。我看到你，就想起她，我的女儿静茹。”“静茹，她叫静茹？”“是啊，安静茹，不知后来改没改名字。”“安静茹。”桑梓觉得这个名字好熟，“啊，是她！”桑梓没敢叫出声来。老人看到了桑桑的那幅《瞬》，对桑梓说：“这也不是你的作品。”桑梓很佩服老人的眼力。老人坐在轮椅上，挨幅看过去：“命运真是奇怪，我是国民党的文化专员，我闺女却是共产党的军医。唉，不知道她现在怎么样了。”“她不会有事的，您放心。”“但愿啊，但愿……”老人长叹一声。桑梓想说说那个安静茹，迟疑一下，没说，她不敢肯定。

午后，蜀绣轩一缕檀香轻烟缭绕，沁人心脾。

桑梓在草图中拣出了那幅《悟》，她要绣出来，送给老肖。她专心地绣着，依稀觉得有人在门口一晃，以为有顾客进来，抬头时，什么也没有，她埋下头，继续绣。不一会儿，仍是觉得有人进来，还没来得及抬头，眼前就有了一双大脚，她惊愕地抬起头，睁大了双眼：吉诚！

吉诚身着便装，少了几分原有的威严，两鬓斑白，脸上带着笑：“吓着你了，对不起。”他环顾四周，“不错，跟我想象的差不多。”他望着墙上的绣品，挨个看下去，桑梓有些莫名地紧张。吉诚在《峨眉山月》前停了下来：“峨眉山月半轮秋，影入平羌江水流。夜半清溪向三峡，思君不见下渝州。”他轻轻地吟诵着，往下看。在一幅“非卖品”前停下，这幅《风雨菡萏》的绣品，背景泼墨，两朵荷花，一白一红，被斜雨大风肆虐，一朵花瓣紧闭，一朵花瓣零落，露出黄黄的花蕊。两片宽大的荷叶，如合拢的双手，稳稳地托着它们。吉诚看了很久，回头看了一眼桑梓。桑梓知道，他读懂了，他能不懂嘛，他是父亲呀！吉诚看一幅又一幅，忽然，他立定在《问》的前面，岩隙中的雏菊，孤立无助，楚楚可怜。吉诚情不自禁地走上前，伸出手，当他的手即将触摸到画面时，才醒悟似的收回来，他鲜明地感受到了自己的痛。恍惚中，他几乎看到了桑桑伸出的无助的双手。吉诚痛苦地闭上了眼睛，用手撑着墙，把头埋在自己的臂弯里很久。桑梓知道，他看明白了。“桑梓，”吉诚喊她一声，“我们可以谈谈吗？”桑梓点点头。“去对面的雀舌驿？”桑梓又点点头。

吉诚和桑梓一前一后进了雀舌驿。“老肖，还有雅间吗？”老肖迎出来，向吉诚友好地伸出手来：“你好，好久不见！就山月那间吧，向阳。你们请坐，茶就来。”两人坐着，无话。“来了，茶来了。老席，新到的竹叶青，真资格的，尝尝。”老肖给他们斟好茶，“慢用。”就退了出去。

桑梓离开眷村，要六年了。两人的眼睛都盯着茶杯，并不看对方。沉默许久，吉诚开了口：“桑梓，你还要离婚吗？”桑梓没有回复。“桑梓，我们已是年过半百的人了，远在天涯，无亲无友。菡萏大了，要结婚了，我们还是一家人……”桑梓手捧着茶，眼睛看着茶，心里痛。她看到了自己喷出的鲜血，闻到了血的腥气。她不会再回头，回不了了。她早已习惯了现在的生活，乐于这样的生活。这辈子，接近晚年她才做了一回自己，那样的生活，永远不想要了。“桑梓，我也快退休了，退了休，我也搬到这里来。那时，菡萏该有孩子了，我们含饴弄孙。”“不要，”桑梓急急地说，“老席，我们还是离了吧，我不想回到从前，你也不想。”“不是从前，我们重新来。”“老席，我们尝试过了，还是离了吧。”“你还在怪我？几年过去了，时间可以淡化一切的。”“老席，不说这些了，喝茶。”桑梓平息了自己，慢慢喝茶。她知道，再说下去，会有争执。

吉诚也不说话了，当他听到桑梓称他“老席”时，就知道，他们已经相隔千里万里了。他知道，此行定然一无所获，他没有再谈离婚的事。又是许久无话，两人各自喝茶，各想心事，那茶喝得毫无滋味。“我去学校看看菡萏，她的男朋友我还没有见过。”桑梓也起身，跟他一起出了茶馆。

吉诚去了宗正大学，桑梓回到蜀绣轩。

回到蜀绣轩，桑梓平静地坐下来，绣她那幅《悟》。蜀绣轩与其说是个店，毋宁说是桑梓的个人展厅。她的生意一直都好。她从不贸然接单，每月定量绣，绝不贪多赶活。她明白，绣，是细活，急不来的。所以，她的绣品有品质。

桑梓有些饿了，抬起头时，已是暮色四合。她起身活动活动筋骨，关了门，上了阁楼。不一会儿，有雨飘进来了，蒙蒙春雨中，不知哪家的收音机播放出舒缓的歌声：

> 江南人留客不说话，
> 只有小雨悄悄地下。
> 黄昏雨似幕，
> 清晨雨如纱。
> …………

她没有关窗，围起围裙进了厨房。熬了一锅粥，捞了几根泡菜，切了一根香肠，坐下来慢慢吃。雨还飘着，歌还唱着，那么和缓抒情，桑梓散掉了刚才的阴霾，觉得自己越来越平静了。

入夜，雨大起来。冷，桑梓关了窗户。

菡萏要结婚了，桑梓要为女儿绣一件旗袍，草图已经画好了。一只纤美的凤凰，凤头在左肩头，丹凤眼，妩媚至极，尾翼在右下角向上。袖口、领口，有点点飞花；男袍上，一只青龙腾跃，四周是朵朵祥云。龙头在右肩头，龙尾腾在左下摆。桑梓把小样贴在墙上，看了一会儿，觉得龙凤的情态有些张扬，就做了些修改。雨更大了，敲打着屋瓦。桑梓倦了，收了草图，洗漱后，睡了。

汽车喇叭，声声催促，桑桑拽着婚纱，飞奔下楼，“咔嚓”一声，楼梯断裂，桑桑飞了出去……

桑梓呆呆地看着即将燃尽的喜烛，新房如坟墓一样死寂，无边的恐怖向她袭来，桑梓浑身战栗，夺门而出，大叫：“让我离开——”就醒了过来。

她坐在床上，捂着胸口，她身旁飞散的婚纱碎片，如飘零的梨花。桑梓依稀听到了桑桑的哭泣，“桑桑，姐告诉你一切。”“不听，我什么都知道，我恨你们——”桑桑歇斯底里地大叫着，这声音如雷霆一般，在桑梓的头上炸开，她猛然醒过来坐起。

桑梓真的醒了，满头大汗，嗓子很哽咽，她觉得吞口水都很困难。她拿过枕巾揩揩头上的汗，披衣下床倒了一杯水，喝了几口水后，还是怔怔的。很久不来造访的梦又来了，眼泪决堤，灵魂之舟在这咸涩的泪海中漂荡，是夜，桑梓再没有合上过眼睛。

一夜雨后，街道被洗得很清新，树叶更绿更亮了，空气中还有凉凉的湿气。

桑梓的精神一下就委顿了，眼圈有些黑。她早早地打开了店门，把店里仍然收拾得一尘不染。

“笃笃笃——”有人敲门，桑梓抬头，是老肖。“老肖啊，坐。”“桑梓，那个人联系到了，他近来不会回台湾，但他告诉我，绣品是在香港九龙一家叫‘集绣堂’的店买的。那家店专售大陆的绣品，蜀绣、湘绣、粤绣、苏绣都有。老板是个女士，六十多了，姓谢，大家都叫谢姨。桑桑的绣品，可能是她在大陆买的。”“我可以去见见她吗？”“我已经请他联系一下，就这几天的事吧，你把店里的事情安排一下。正好我要去香港进点新茶，我们一起去。”桑梓将信将疑：“真的？”“当然。”

桑梓坐不下去了，关了门，来到菡萏的大学。菡萏毕业后，考了研究生，她的男朋友已经读博，两人同在一所学校。“妈，今天有空了？”“菡萏，妈过几天可能去趟香港，你忙吗？”“不忙，把店里的事交给我吧。”“妈主要是怕顾客来了拿不到东西，白跑一趟。”菡萏早已出落得如花似玉，她的基因里，秉承桑梓的东西很多，桑梓从她身上看到了当年的自己。“行健呢？”“跟导师出去了。”“你爸见过行健了？”“还好，两人谈得拢。”“菡萏，告诉妈，准备什么时候结婚，妈早做准备。”“妈，不急。”“不急？谁跟我说今年要结婚的。你们也不小了，今年吧？”“妈，爸说他不想离婚。”“随他去吧。”“妈，去香港有事？”“看到一幅绣品，香港过来的，是小姨的。我想去看看，万一那个老板认识小姨呢？”“真是这样就好了。”

桑梓回来后，心情大好。午饭后，她关了两个小时的门，睡了一个午觉，下午，精神好多了，继续绣那幅《悟》。

一个星期过去了，桑梓的心里装着这件事，觉得很煎熬，又不好意思去催。《悟》已经完成了，她装好框，给老肖送去。

“来得正好，有消息了，明天就走。等会儿我就去买机票，把你的身份证给我。”桑梓兴奋起来，这一刻说来就来了。“老肖，这个送你的。”桑梓把绣品递给老肖，老肖两眼大放光芒：“太好了，你知道我的心思啊！桑梓，谢谢了！以后就是讨口，也不卖它。”

桑梓生平第一次坐飞机。天很蓝，朵朵白云就在她的身边。其实台湾到香港并不远，乘坐的时间并不长，可对于桑梓，却是很漫长。三十多年啊！从1949年上岛，就没有离开过台湾一步。今天有了振翅而飞的感觉，她所憧憬的香港之行，能给她意外的惊喜和收获吗？

香港，九龙的上空，俯瞰下去，街景渐渐清晰。

老肖和桑梓找了一家酒店住下，稍事休息，便来到南街寻集绣堂。还好，不大工夫他们就找到了。在街边拐角处，铺面较大，门楣很讲究，是那种传统大宅门的式样，雕梁画栋，小巧玲珑。进得门来，厅堂中央一幅双面绣的孔雀牡丹，做了屏风，再往里，景致愈深，各类绣品琳琅满目。店小姐笑容可掬地迎过来："欢迎光临，请问二位想选什么？这里蜀绣、粤绣、苏绣、湘绣都有，全是精品。""谢谢，我们先看看蜀绣。""好的，这边请。"店小姐将两人带到大厅的北角。桑梓和老肖挨个往下看，桑梓停下来了，老肖也停下来。面前是一幅《咏梅》，立幅。一枝寒梅，扎根山崖，虬枝嶙峋，花朵伶仃，凌雪而放。旁有手书《卜算子·咏梅》："风雨送春归，飞雪迎春到……"绣品用针工整，光亮平齐，丝丝入扣。紧挨着的是一幅《心花朵朵》，篇幅较大。"桑梓。"老肖喊她，她回过神来。

谢姨来了，看起来六十多岁，富态，贵气，桑梓和老肖迎了上去。"谢姨，打扰了。初次见面，不成敬意。"桑梓得体地送上了自己准备的礼物，一条真丝蜀绣的围巾：清雅的竹，闲散的落花。"真漂亮，谢谢你！""谢姨，今年的新茶，龙井雀舌，你尝尝，要喜欢，我每年都送你。""客气了，蒋三都告诉我了。我和他，老相识了。""小樊，泡茶！"三人落座后，茶就上来了。"扬子江中水，蒙顶山上茶。这是我刚带回的蒙顶茶，口感相当好，尝尝。"三个人慢慢品茶。桑梓忍不住了："谢姨，有两幅画，是桑桑的吧？你见过她，她现在怎样？""是桑桑的，她的绣品我一般不会卖完，剩两幅就不卖了，等到再进了她的，我才卖。""她现在怎么样了？""看你们两个很像，你是她姨妈，还是？""我是她姐姐，桑梓。""是吗，姐姐？不会吧……我给你看张照片。"

谢姨上楼去了，桑梓的心怦怦直跳。谢姨下了楼："你来看，这就是她。"照片上，三个人，谢姨、红玉、桑桑。谢姨指着桑桑说："这就是桑桑。""不，不是桑桑，我和她是孪生姊妹。这不是她，是桑桑的孩子吧？这个人是谁？”“这个人叫红玉，桑桑管她叫姐，她跟桑桑学绣的。”“那就更不对了，桑桑？应该是桑桑的孩子吧？”桑梓完全糊涂了。“她是叫桑桑，听说疯过一段时间，没有结过婚。不过也是，我买她的绣品十来年了，她一点都没变，还是那么年轻。”“她疯了，你知道她疯了？”“也是听说的。说结婚时，新郎跟人跑了。新郎是国军，后来就疯了。你看她的绣品，像吗，会不会是装的？大陆对国民党的家属，挺那个的。”“谢姨，你见过她的家人吗？”“见过一个，是她姐，叫我以后不要在桑桑面前提台湾。一次，我说要把她的绣品带到香港和台湾，她一听就来了精神，问我台湾在哪里，可不可以带她一起去。她说有个姐姐在加拿大，是你吗？”桑梓满脸是泪，使劲点头。桑梓看着照片，肝肠寸断：“谢姨，我可以翻拍一张吗？”“对面有个留真照相馆，可以翻拍。”老肖拿过照片去了，桑梓也止住了哭。“桑梓，别伤心了，好歹知道消息了。人在，比什么都好。”“谢姨，你常去大陆？”“一年有一两次，主要是去买绣品。”“谢姨，下次去，拜托看望我的家人。”桑梓忍不住又伤心起来。“会的。我和桑桑还有约定，买她几幅绣品。我到家里去，好吗？你的情况……”“不要提我。”“哎，我明白……桑梓，别伤心了，你这种情况，多了去了。我回大陆也不敢回家乡啊，名字都改了。”“谢姨，你的家乡？”“无锡。1948年出来的，丈夫是国民党的议员，离开大陆不到两年就过世了。一个女儿，在新加坡。我也不敢回去，回去就连累家人。你看，大家一样，别伤心了。”“谢姨，谢谢你了。我在台中开了个绣庄，有兴趣的话，过来看看。”“好的。不过要有了你家的消息，我才去，不然我怎么见你。”老肖回来了，拿着翻拍好的照片。“桑梓、老肖，今晚我做东。看，斜对面那个‘饕餮餐’，晚上六点半，好不好？”“好的。”两人并不推辞。“谢姨，我们还去蒋三的茶庄看看，就不打扰了，晚上见。”

两人来到蒋三的茶庄，洽谈了一笔生意，就回到酒店。桑梓回到房间，坐在床上，看着那张照片，泪又来了。“桑桑疯了？她为何依然那么年轻？桑桑疯了，她过的是怎样的日子呢？她如果疯了，能有这样精美的绣品吗？她依然年轻貌美，她把自己锁在了那个时刻吗？”桑梓昏沉沉地睡了。

桑桑来了，在她的面前娉婷，旋转，欢笑，如绽放的鲜花，灿烂辉煌。桑梓躲着她的眼睛，桑桑大喊：“看着我，你看着我。”桑梓不敢回头，转身欲逃，却被桑桑一把拉住："不要走，这个，给你……"她肆虐地把婚纱撕成了碎片，扔了过来："不要，桑桑，不要……"桑梓双手蒙着头，四处躲藏，嘴里不停地喊着："醒过来。"

桑梓恹恹地坐起来。"桑梓，准备一下，走了啊。"老肖敲门。桑梓起身梳洗，收拾停当后，与老肖一起来到饔飧餐。

回到台中，桑梓的精神好像不济了，老是忘东忘西，丢三落四。菡萏看着，心里着急："妈，去香港听到什么啦？""没有，小姨还好，家里也好。""那你为什么不开心呢？""可能太累了，有点打不起精神。""去医院看看吧？""休息几天就好了，你放心啊！菡萏，你们的婚事定好了？""他爸妈说十月十日，十全十美。""十全十美，十月十日……"桑梓走神了。"妈，我就穿你绣的旗袍。""当然，妈早就准备好了。唉，我的菡萏要结婚了，妈妈老了。""妈不老，永远不老。""老了是正常的，人都要老的，不老才不正常。唉，要是菡菡还在，也该结婚了。"桑梓的眼神黯淡下来，心里涌出一股说不出的酸楚，菡萏过来搂抱着她。

吉诚知道，桑梓是铁了心了，不，是死心了。这场婚姻，对于桑梓来讲，无所谓有，无所谓无，因为它一直就不存在。面对眷村的家，吉诚也毫无留恋。菡萏的未婚夫行健，是那个先前死追菡菡的人，菡菡走了，他成了菡萏的男友，不久他将成为菡萏的丈夫。想到此，吉诚有些不自在。菡菡在九泉，怎样想法？顷刻，菡菡的容颜出现了，桑桑的容颜出现了，吉诚又迷糊起来。

桑梓店里的那幅《问》，是桑桑的，那两个ss，他知道，是她的。吉诚奇怪自己为什么没有激动万分，奇怪自己为什么竟能如此平静地面对桑桑。桑桑是他一生的爱，一生的图腾，一生的魔咒。桑桑还在，她还活着。三十年了，她过得好吗？结婚了吗？有孩子吗？桑梓从哪里得到这幅绣品的，她们已有了联系吗？不会的，不可能。吉诚很清楚，作为军眷的桑梓，不可能与大陆有任何牵连，如果有，他早就被约谈了。

看着墙上的照片，吉诚神情凄然。

一场意外，一切就无可逆转了。是的，是他的责任，奉子成婚，是他给予桑梓的恩惠，这场婚姻，作为给桑梓的补偿，已经够了。他承认，自己就是不爱桑梓，不可能跟她做实际意义的夫妻。这桩无性婚姻摧残的不仅是桑梓，还有他自己。情感的封闭，妨碍了情欲的唤醒。他们没有爱情，却又长期相互依附，孩子需要父母，父母对孩子有责任和义务。桑梓需要一个名正言顺的丈夫，孩子应该拥有名正言顺的父亲，自己也该有一个名正言顺的家，仅此而已。他和桑梓并不互相需要，不管是精神的，还是生理的，更确切地说，是他不需要。这样的依附，定然会因为依附条件的改变而解体，这是他迟早要面对的。“那我怎么办？我该怎么办啊？”吉诚差点喊出来。

十月十日，菡萏的婚礼。二十多年后，女儿的婚礼，竟然也定在了十月十日，十全十美。上帝，你在干什么呀？婚礼，定然要去的，他要亲手把女儿交到新郎的手上，他要教导这个男人，对自己的婚姻负责，对妻子负责，要对菡萏好，好好珍惜她。要是菡菡还在，也该要结婚了。

吉诚的心里开始下雨，绵绵不绝。

离婚吧，这样下去有什么意思？那个老肖，与桑梓走得很近，他们是不是？吉诚的思想岔到一边去了，如果真是因为这个……吉诚燃了一支烟，不停地猛抽，他咳嗽起来，剧烈地咳嗽，喝了两口水，他躺下了。

这里的雨，永远都是绵绵不绝地下，吉诚已经习惯枕着沙沙的雨声入睡。他觉得有些冷，卷紧了被子。

有人拿钥匙开门，他似乎听到钥匙在锁孔里转动的声音，是桑梓回来了。吉诚假装熟睡，桑梓轻手轻脚地走到床前，看着赖在被子里不动的吉诚，便拿了睡衣进了卫生间。吉诚听到了哗哗的水声，想象着桑梓裹着睡衣回来的模样，身上有些热，准备睁开眼睛。桑梓进来了，他又佯装睡着了。桑梓熄了灯，上了床。吉诚觉得她的身体凉凉的，就卷紧被子，拥着桑梓，桑梓静静地躺着，不回应，不拒绝，吉诚便放下心来……

一个激灵，吉诚醒来，一个梦，他竟然做了一个和桑梓……的……梦……他们做了二十多年的夫妻，从来没有……今晚竟是……吉诚无比沮丧，起来进了卫生间。他回到屋里，扯下床单，扔在地上，胡乱铺了床，倒下了。他觉得浑身瘫软，头又重又大，沉沉地睡了。

桑梓还是很萎靡：“她疯了，桑桑疯了？”桑梓拿出那张照片，左右端详。桑桑还是那个招牌似的浅笑，只是那笑很苍白，可她依旧那么年轻，她的眼神很空蒙。桑梓再看了看那朵被风雨肆虐的雏菊。

离开成都前的那一晚，她和吉诚去了医院。桑桑静静地躺着，间或有一个浅笑、一次蹙眉。“她为什么不醒？”吉诚诚惶诚恐地问洪泽，洪泽用手戳着他的心窝：“问这里。”吉诚后退一步，继续问下去：“那她什么时候能醒过来？”“不知道！或许明天，或许明年，或许一辈子！”洪泽瞪着他。“为什么？”“她不想醒，她不愿意醒！你说为什么？”“不会的，你撒谎，你让开。”吉城推开拦在门口的洪泽，洪泽一把拉过他：“我警告你，离她远点。这里啊，你要负责。”洪泽拉过桑梓，推到他的面前，“你，好好负起责任来，好好待她，你要再负了她，老天会劈了你！”

桑桑不愿意醒来，不愿意面对现实，一个是自己的胞姐，一个是自己深爱的人，而他们竟然……这个现实太残酷了，没有谁能面对这样的现实，没有谁愿意面对这个现实。是的，谁都做不到，更何况桑桑。桑桑把自己藏在了过去，把自己留在了那一天，她不能往前走。“她没有结婚，她的新郎跟人跑了。”桑桑，我知道，你不愿醒来，你无法面对……是的，我也无法面对，我是这个世界上最罪孽深重的人。桑梓就沉浸在这样的罪孽中、自责中，她能不委顿吗？

桑梓深埋在心底的痛楚像泛起的沉渣，翻江倒海，浊流滚滚。她明知道离开洪泽，将是她的第二个错误，洪泽是可以和她共到白头的，孩子也会得到父爱的，洪泽是个男人，是个好男人。可是一失足成千古恨，两姊妹的命运就完全错了位。

桑梓看着照片，精神越发颓丧。“我做错了，可我也付出了代价，上帝已经惩罚我了。”先前的这种自我安慰、自我解脱，一下子失去了任何说服力，桑梓的主心骨塌了。一切的一切，都无法与桑桑受到的伤害相比，自己的代价是为自己付出的，不是为桑桑付出的，桑桑是最无辜、最无助的受害者。桑梓很难想象父母的生活，这个“疯女儿”，让他们怎样揪心、操心啊！桑梓的心就一直被“疯了”这个词牵绊着，她希望谢姨能早点去大陆，带给她一些好音信。

教堂的钟声沉闷地响着，从远处传来，桑梓把东西收拾起来，关了门，径直向教堂走去。

教堂不大，门口是汉白玉塑的圣母全身塑像。她神态安详，裙裾飘逸，栩栩如生。圣母身后，是三扇厚实的铁门，镶金的十字高悬在中门的门楣上。墙壁很厚，穿过厚墙，教堂里稀稀落落有几个人，跪在条凳上，双手合十，默默祷告。桑梓来到前面第三排，在一个中间的位置跪下来。许多年，桑梓都没有进过教堂了，她沉浸在自己的苦难里。今天，她要忏悔自己以前是如何埋怨桑桑的，如何替自己找慰藉的，今天，她希望神能替天行道，治自己的罪，拯救那个失去了岁月的桑桑。

天暗下来了，几个闷雷响过，雨就哗啦啦地来了。桑梓转过身时，稀稀落落的那几个人，已经走了。不大的教堂，因为桑梓一个人的存在，显得十分空旷。烛光在灌进教堂的风中摇摇晃晃，雨点敲在高高的窗户上，发出悦耳的声音。又一股风灌进来，桑梓不由得抱紧了双肩，默默地站起来，慢慢走出教堂。

街面雨水哗哗地流淌，街上没有一个人，桑梓立在教堂厚厚的门洞里，想等雨停了再走。一个年轻的修女过来，递给她一把黑伞，桑梓笑着点点头，撑起伞，往回走。忽然，她的眼睛被圣母脚下的一盆花吸引。一朵雏菊，蓝蓝的花瓣，黄黄的蕊，好像比其他花盆里的菊花高出许多，雨一打，那花就偏一下头，挺起；再一打，再偏一下头，再挺起。任凭风雨肆虐，它就那么孱弱而倔强地昂首挺立。桑梓一下看到了桑桑的《问》，桑桑要问什么，想知道什么？桑梓抬头望着圣母，圣母全身沐浴在雨里，依旧安详，依旧裙裾飘飘。圣母脚下的鲜花，朵朵淋漓绽放。又是几声闷雷，桑梓撑着伞，回到自己的居所。

偌大的舞台上，桑桑在跳舞，她的眼睛流离顾盼，台前一片汪洋，闪着粼粼的银光。她的舞姿曼妙、优美，她的眼睛却是那么空洞迷茫。舞台渐渐变成了军舰的甲板，桑桑在甲板上舞蹈，和着大海的低吟。几个士兵将吉诚推上前去，两个人隔着几步伫立对视。片刻之后，桑桑扑进了吉诚的怀抱。吉诚紧紧地拥着桑桑，他的泪，洒在她的头发上……许久，桑桑抬起头，泪在她的脸上奔泻、纵横，吉诚捧起她的脸，泪流不止。他的血液在奔突，他兴奋得战栗不已，觉得自己体内的火山爆发了，顷刻间就融化了两人。桑桑紧闭双眼，两颊绯红，浑身颤抖。吉诚拥着桑桑，越来越紧，箍得桑桑几近窒息。吉诚就这样紧拥着她，仿佛一松手，桑桑就会消失。他拥着她，慢慢退向船舷，忽然他带着桑桑一个飞跃，跳进了大海。浸骨的海水，将他惊醒，被子掉在地上。

吉诚捡起被子，紧紧裹在身上，眼前还是那个桑桑，她的双眸似梦似幻。他有了一种莫名的冲动，原始的冲动。他奇怪自己，青壮年时期没有唤醒过的冲动、欲望，现在一旦想起桑桑，就会……甚至那天见到桑梓，也有一种隐隐的冲动。吉诚知道，自己从来就没吻过桑桑的唇，每当他有这样的企图时，桑桑总是羞涩地用手挡住他，他就只好转向她的耳背，桑桑就不再拒绝，她会"咯咯"笑起来："好痒……"想到此，吉诚笑了，伴着笑容的，是两滴清泪。

雨，依旧是淋淋漓漓地下着，桑梓的鞋和裤腿早已湿透，她觉得很冷，上下牙不停地打架，回到店里，她换了衣服，洗了头，便站在窗前看那阴雨蒙蒙的天空。雨打在瓦楞上，溅起小水珠四下飞散，屋檐的水，哗哗地下泻。桑梓还是觉得冷，她两眼直直地望着窗外，一棵草茎，当风抖着，就像那朵雏菊，在风雨中哭泣。

桑梓有些站不稳，扶着椅子坐了下来。一阵哭声传来，那哭声越来越大，越来越清晰，桑梓觉得嘴里咸咸的，才明白，那哭声来源于自己。她伏在桌子上，借着雨声，放声痛哭，而那越来越大的雨声，终于淹没了她的哭声。

翌日，雨洗的天空一片蔚蓝，街道一派新貌。

雀舌驿已是宾朋满座，而斜对门的蜀绣轩一反往常地紧闭大门，阁楼的窗户也紧闭着。快到中午了，那门依然闭着，老肖一上午已是看了好几回。桑梓从没这样过的，从没超出过九点开门。老肖又看一回，还是没有开门，接近中午了，还是毫无动静。

老肖坐不住了，来到蜀绣轩。"桑梓，桑梓……"他退下台阶，望着阁楼，冲着窗户大喊，"桑梓，桑梓。"没有任何回应，老肖急了，踹开门，奔上阁楼，桑梓伏在桌子上。老肖推推她："桑梓，桑梓。"桑梓毫无知觉。老肖二话没说，背起她下了楼，拦了一辆计程车，直奔医院。

菡萏和行健来了，叶薇夫妇来了。桑梓高烧未退，还没苏醒。一个下午过去了，高烧依然持续着。桑梓的嘴唇满是泡和皲裂的皮，她的嘴唇不停地翕动，像是在诉说什么，眼角时时有泪流下来，像是沉浸在无尽的哀恸中。

"大夫 ，我妈什么病啊，为什么昏迷这么久呢？""除了高烧，暂时还没有发现其他，以前有过这样的情况吗？""有过，很多年前了，跟现在的情形一样，也是高烧、起泡、昏迷。”“记得原因吗？”“我爸跟她吵架。”“昏睡几天？”“三四天吧，可是后来就没有过了，我妈平时不生病的。大夫，不会又是三四天吧？”“有这种可能。请问最近发生过什么事吗？”“十天前去过香港一趟，回来后精神不太好，说是太累了。”“放心吧，没有大问题。”医生说。“老肖，去香港见了谁？”叶薇问，老肖看看菡萏：“就是去看看有没有桑桑的绣品。”“看见了吗？”“看见了，她很高兴，托别人去家里看看。”“菡萏，你们好好照顾你妈，我们明天再来。”叶薇说完，几个人走了出来。“老肖，怎么回事啊？”“她看到了桑桑的照片，还是小姑娘一样，说是疯了。回来后，桑梓的精神就差了。”“疯了，桑桑疯了？小姑娘？”“我哪敢问，等桑梓好了，你们问问吧，开导开导她，我看她的心太重了。”

行健端来一盆冷水，菡萏拧一条毛巾，敷在桑梓的额头上。桑梓已经有了不少白发，皮肤有些干涩，她静静地躺着，嘴唇仍然不时地翕动，眼角依然不时地流泪。菡萏看着，想起那个风雨交加的夜，妈妈披一件外套，冲出家门，在小树林找到母亲时，就是现在这个样子。菡菡走的那天，母亲整个人塌了下来，瘫软在地时，也是这个样子。香港之行，她究竟遭遇了什么？

离开眷村后的桑梓，长期以来笼罩在脸上的阴霾渐渐飘散了，人开朗了许多，菡萏看到了一个独立的母亲。先前那个谨小慎微、低眉顺眼的母亲，渐渐淡出了自己的视线。只是在看望菡菡时，那种阴霾会飘出来。菡萏觉得，母亲终归是阳光了。现在，那阴霾又来了，更加浓郁似的。不是说大陆那边很好，小姨很好吗？莫非……尽管菡萏与大陆并无直接的感情基础，可与大陆也是血脉相连啊！尽管对母亲眷念大陆的深厚情感无法感同身受，但对母亲的爱，却毫不含糊。

旷渺的沙漠，沙海浩瀚，风沙阵阵。太阳被沙熏得晕成了一圈一圈。沙丘沙山在风中快速移动前进，晕黄晕红的阳光照射在沙漠上，热热的。

桑梓在沙漠里，深一脚浅一脚蹀躞前行，沙梁上时时出现她的身影，斜阳下，长长的影子投射在沙丘上。松散的沙，没脚没膝，桑梓一步步挪得很艰难。她口渴，伫立在高高的沙梁上四望，希望有一泓湖水，果然不远处，晶莹的湖水泛着清波，桑梓迫不及待地奔过去，滚下了沙丘。茫茫沙海中，除了她，没有第二个生物。桑梓不管不顾，深一脚，浅一脚，直奔向那清清的湖水。突然，一阵狂风刮起的飞沙，将她卷到空中，她在空中与风沙一起行走，腾在空中，心里空空的。桑梓落地的愿望越来越强烈，可她就是无法坠落。桑梓的心提在嗓子眼，在空中飘啊，飞啊。那清清的湖水就在脚下，就在眼前，可桑梓像一枚氢气球，根本无法着地。她默默地祷告：着地，我要着地。可是却被卷上了更高的高空。她睁不开眼，依稀觉得四周有数不清的鸟在飞撞着，叽叽喳喳，黑压压一片一片，一层一层，一圈一圈。“嘭——”气球爆炸了，桑梓随那碎片飞花一样撒落在沙漠上。一股风来，将四散的碎片聚拢，桑梓艰难地将自己从地上撑起。她的面前，一辆驷马的车横在前面，桑梓毫不犹豫地跳上马车。几匹马奋蹄前行。那清清的湖水，并不遥远，却总与自己若即若离，永远无法抵达。桑梓扬鞭一甩，骏马飞跃，马车穿越沙漠，铲出一条康庄大道，直通那清清的湖水。“嘎——吱——”马车骤然停在了湖边。桑梓下车看时，湖水不知何时冰冻，俨然成了一个冰湖。桑梓踏在冰面上，徐徐前行，阳光下的冰湖，反射着炽烈的白光。桑梓走向了湖心，那里的冰开始融化，碎的冰碴在湖面荡漾，桑梓蹲下来，掬一捧水喝，脸上的笑犹如蓝天的太阳。她忘情地掬着，喝着，千分惬意，万分满足。脚下的冰层，“咔嚓咔嚓”地响着，裂出一道道冰缝，冰缝越来越长，越来越大，纵横交错，岸上的马，长声嘶鸣，桑梓连忙起身，未等她转过身，“哗——啦啦——”冰层塌了，桑梓掉进冰冷的湖水里。桑梓扒开身体周围的冰块，大叫：“救我——”

“妈，你醒醒。”桑梓醒了过来。菡萏奔出病房：“大夫，我妈醒了。”医生闻声进了病房。桑梓看看大家：“我在哪儿？”“你病了，高烧，睡了三天了，”医生说，“可以说话吗？”桑梓点点头。“现在觉得哪儿不舒服？”“好冷，好渴……”“菡萏，给你妈喂点白开水，稍微烫点。”医生给桑梓量量体温，“下来了，基本正常。先喝点水，等会儿再给你做个检查。”菡萏一勺一勺地喂母亲：“三天了，你都没醒来，叶阿姨他们都来过几回了。妈，梦见什么了？”“沙漠，冰湖，我去喝水，听到马叫，一回头，就掉进湖里了……”桑梓喝了很多水。她舔舔嘴唇：“又起泡了？”“现在消了很多了。”不一会儿，医生过来了，给桑梓做了些检查后，对她讲，身体倒没有什么大碍，只是体质太弱，需要静养。

出了院的桑梓，神情仍然恍惚。每天早晨，她都会在《问》的前面站一会儿，就像是一个仪式。“桑桑疯了，永远长不大，她没有岁月。爸、妈，我是多么混账啊。”桑梓仿佛看见父亲铁青的脸，母亲慈爱的泪。长不大的桑桑，时时地提醒着一个故事，一个悲剧。她活在那一天，拒绝现实，拒绝醒悟，拒绝成长。

桑梓时不时地做着同样的梦，为了逃避这个魔咒般的梦，桑梓不敢睡觉。一闭眼，桑桑就在眼前了，桑梓只能眼睁睁到天明。近来，她竟然会莫名地战栗起来，长不大的桑桑，傻傻地看着她，傻傻地笑。她恨不能飞到桑桑跟前，任由桑桑千刀万剐，在所不惜。只要能把桑桑从那万劫不复的深渊拉出来，把她从迷失的岁月中拯救出来，什么都可以，什么都可以。

桑梓鬼使神差地来到老肖那里。“老肖，谢姨还没有消息吗？”“桑梓，不急。她一定会去，也一定会来的。桑桑不是好好的吗？各人有各人的命，是不是？”老肖从叶薇那里知道了一些桑梓和桑桑的情况，他本想说：“你不要太自责。”可他咽了回去，他不想让桑梓知道，他听了这个故事。那是桑梓的隐痛，触不得。

吉诚回到军港，副舰过来说，上午九点有个会，很重要。吉诚回到自己的舱中，穿戴整齐，来到会议室。开会的都是军官，而且个个年龄都不小了，吉诚隐隐地觉察到了点什么，心里有些失落。果然如此，会议的宗旨是他们这个级别的军官的转业事宜。按政策，吉诚军衔照旧，但要退居二线了。现在是个招呼会，要大家有心理准备。回到船舱的吉诚，摘下军帽扔在桌前，便山一般倒在床上。他明白，在舰上，他待不久了，最多两年。他的心，空空如也。家没有了，事业将要没有了。退了役的他，到哪里去安放自己？几十年来，舰艇就是他的家。他的那盏不灭心灯，是点给桑桑的。他不是怪物，他有正常人的情欲，只是不对她——桑梓。吉诚很长一段时间都不明白，在生活上，自己依附于桑梓，在情感上，自己本能地拒绝桑梓。他和桑梓之间，隔着一根枕木，也被那一根枕木连着，若即若离。

退役后，自己的归属在哪里？桑梓不会再接纳他，她已经找回了先前那个自己，她不会再仰人鼻息似的和他生活在一起。下半生，他和桑梓一样，要独步人生了。尽管还有两年，可吉诚似乎觉得只有两天一样。

雀舌驿今天来了一个重要客人——谢姨。来台湾前，她先给老肖打了电话。

两个人坐在雅间，默默喝茶，神色凝重。“唉，说也不是，不说也不是。老肖，怎么办呢？”“我看，还是说，她没那么脆弱。不过，她刚出院几天，人很虚弱，要说得委婉些才好。照片呢？我再看看。”谢姨把照片递过去。老肖看看照片：“谢姨，你坐，我去请她过来。”老肖过蜀绣轩来，桑梓正伏在绣案上，绣着一幅京剧脸谱。“桑梓，忙啊？”“老肖啊，不忙。”“那，过来坐一会儿，见一个人？”“谁？”“谢姨。”“谢姨来了？”桑梓两眼一亮。

桑梓立刻起身过去了，进了那个雅间，谢姨起身，“谢姨，请坐。”桑梓忙说。“桑梓，听说你病了？”“好了，就是感冒，发烧。”“还是要多注意身体。”“谢姨，我家，你去了？”“去了。”“那……”桑梓不知怎样问才合适，谢姨看看老肖，老肖把照片递给桑梓：“看看，你的家人都好。”桑梓接过照片，上面的人不少。“这个就是桑桑，这是她姐，怀玉，姐夫洪泽，这是你的外甥。这是你母亲，这是洪先生。你的父亲已经过世好几年了。”桑梓认出来了，母亲、教父、洪泽、怀玉姐、桑桑，还有个外甥。母亲的头发已经全白，不过精神不错。岁月的痕迹留在每个人脸上，只桑桑除外。五十多岁的她，依然二十几岁光景。桑梓抚摸着照片，泪奔：“妈、桑桑、教父、哥、怀玉姐。”“他叫……”桑梓指着外甥，“他叫愚儿。愚儿很黏老太太，老太太身体不错。”“这个，你怎么得到的？”“洪先生那里。洪泽先生陪桑桑拿绣品过来，我把他拉到一旁，说想到府上拜访。他问我为什么，我跟他讲，我有个台湾朋友，跟桑桑长得很像。他问我：‘桑梓？’我说是。他答应我去你们家，拿了这张照片。席家那边，两个老人都过世了。”桑梓久久凝视着照片，泪不停地流。“桑梓，想知道的都知道了，就别伤心了！”老肖劝道。桑梓拭了泪，笑着点头。

◎

第二十三章 梦里梦外

时间：1976年。

地点：成都。

桑桑跟母亲出去买菜回来，院里有好几个军人。红玉被拉出来，还戴着手铐。桑桑急忙上前："红玉。"她拉住红玉，问那些人，"她怎么了？""你是谁，造反啊？"一个人很横，"她收听敌台，是反革命，知道吗？"那人一把拉过桑桑，搡着红玉往外走。桑桑不知发了哪股水，冲过去，挡在红玉面前："敌台是什么啊？""美国之音，还有台湾的……"

红玉妈追出来，哭得一塌糊涂："哪个不得好死的，冤枉我家红玉，我要知道了，非把他家车个转转。谁这么缺德啊！"曾正走到她跟前："大妈，冷静点，就是带去问问，两天就回来了。""曾主任哪，他们都给她上铐子了。我家的收音机，叽叽嘎嘎的，能听什么呀，不信，你们试试呀。""会搞清楚的，我保证，不让红玉遭罪。”“你可要说话算数呀！”“大妈，您信不过我？”“信，我信啊！”“大妈，回屋吧！”曾正搀着红玉的母亲，进屋了。

不一会儿，曾正出来，就到了桑家，桑桑坐在家里哭，桑母很紧张。曾正跟桑母点点头，就问桑桑：“桑桑，告诉我，你和红玉是不是卖了绣品？”“是啊。”“卖给台湾人？”“不是，北京的。”“她常来吗？”“不常来。”“你们怎么认识她的？”“市场上，她买绣品，我说我也有，她说给她看看，我就给她看，她喜欢，就卖给她了。”“绣的什么，记得吗？”“记得，我给你看。”桑桑把草样拿出来给了曾正。草图是《卜算子·咏梅》，毛主席诗词。曾正拿了草图，跟桑母说了几句就走了。

桑母过来对桑桑说：“桑桑，咱不卖绣品了，好吗？”“人家定了两幅，过一段时间要来拿的。”“桑桑，咱不卖了，啊？”“妈，答应的事，不好。这两幅完了，我就不绣了，好吗？”桑母不忍说桑桑，点点头。

第二天，桑桑如约来到柳浪湾茶园，谢姨来了：“桑桑，红玉没有来吗？”“她被抓走了。”“抓走了，谁抓她，为什么？”“谢姨，你是北京来的吗？”“是啊，桑桑，你怎么了？”“他们问我。”“谁问你……”谢姨的话还没完，几个便衣就到了她跟前，其中一个拿出证件给她看：“谢女士，请跟我们走一趟。”然后不由分说，一左一右胁迫着谢姨往外走。桑桑追出去：“谢姨，你们干什么，她是北京来的。”一个便衣使个眼色，另外的人将桑桑也带进了派出所。

桑母一听桑桑被带进派出所，脑袋“嗡”一声，人就倒了。愚儿吓得大哭：“姥姥，姥姥！”他冲进院子，大喊，“救救我姥姥，快救救我姥姥！”院里的人赶紧过来，将桑母抱到床上。报信的人也吓坏了：“我去打电话。”接电话的正好是洪泽，他丢下电话，叫上救护车，赶了过来。怀玉赶到医院时，桑母正在抢救中。“洪泽，妈？”“脑出血。”“危险吗？”洪泽点点头，拍拍她的肩。两个人在急救室外焦躁地徘徊，愚儿坐在椅子上，两眼盯着急救室的门。

洪泽到办公室给曾正打了一个电话，曾正放下电话，就赶到了派出所。

谢姨正在做笔录：“我叫谢宜，原籍北京，现在是香港公民，这是护照。”“你来成都干什么？”“买一些绣品。我在香港开了一个绣廊，专卖祖国的四大名绣。”“你和桑桑、红玉是怎么联络的？”“联络？她们绣的东西好，我就要，不好就不要。”“你为什么总是找她们？”“她们的东西好啊！”笔录还在进行，曾正看桑桑坐在外间，走过去陪她坐了一会儿，就起身去打了一个电话：“小刘，把有关桑桑的材料送到派出所来。”

挂了电话，他又过来陪桑桑坐着。“曾叔，他们干吗老抓人啊？”“不是抓人，就是问问情况。”“他们凶巴巴的。”里间的声音大起来：“你没有权利扣我的护照，我是香港公民。你这样做是不合法的，我可以起诉你。”“你少拿香港公民来压人，我今天还就给你扣了，你怎么着吧？”

曾正起身进了所长的办公室。此时，小刘也把桑桑的材料送了过来。所长看看材料：“这个桑桑，真可怜。老曾，我们一起过去。”见所长来了，审问的人态度一下好了许多。所长问问情况后，对他说：“你休息一会儿，冷静冷静，一会儿我叫你。”便和曾正坐下来，和声细语地与谢宜交谈。他们谈了一会儿，所长把护照还给了谢姨，将她送出门。曾正领着桑桑，直奔医院。

桑母从手术室推出来，已经不行了，挨时间而已。当医生将一切告诉怀玉时，她一下就晕过去了。愚儿慌乱地哭着：“妈妈，姥姥……”洪泽轻轻拍着儿子：“别怕，有爸爸在。”怀玉很快就醒过来了，坐起来，看着母亲，泪流满面。

桑桑到了，坐在母亲的床边，轻轻拉起母亲的手，放在自己的脸上：“妈，我是桑桑，我没事了，你不要上火。”桑母的眼里流出了热泪，嘴角微微动了一下。她有意识，只是她已经不能表达了。“妈，桑桑错了，你不要不理我。桑梓还没回来，还有吉诚……”听到桑梓，桑母的泪“哗”地就下来了，她本已无力的手，紧紧地握住桑桑，桑桑都觉得有些痛。 洪泽对着桑母的耳边轻轻小语，桑母的脸，渐渐舒展，缓缓地放了桑桑的手。洪泽将桑桑带到门外，跟她说了母亲的情况。桑桑似乎根本没有听进去：“我知道，妈睡一觉就好了。哥，你不用担心。”桑桑自顾自地说，没有任何表情，眼神很远，游离不定。

洪泽转过身：“曾主任，桑桑没事啦？”“没事了，一个误会。老太太你们多费心，有空我还来看她。桑桑，他们不会再来打扰你了。”“谢谢曾叔。”桑桑迷蒙的眼神并不看他。曾正走了，出门时几经回头看桑桑。

桑母昏睡，全靠药物维持着。她静静地躺着，终于歇息下来。

自桑桑病后，她就被一口气淤着，缓不过来。手心手背都是肉啊，桑桑、桑梓她都疼。桑桑有命无运，桑梓呢，远在天涯，不知她的好与歹。老伴走了，留下她，这个曾经大宅门里的娇小姐，支撑着一切。多亏怀玉啊！她心里对怀玉的疼爱，不亚于两姊妹，不过这之中更多的是感激。如果这个家里没有怀玉，会怎么样？她也时时地嗔怪老伴：你如果对桑桑公平些，家里的境况可能就是另一回事了。桑桑是她永远的疼痛，桑梓是她永远的牵绊。

她早就想过，若是她离世了，这个可怜的永远长不大的女儿会怎样呢？她有好哥哥、好姐姐，可自己是她的母亲，她的羽翼，她精神的家呀。桑桑能面对吗，接下来的情形会是怎样的？她后悔，让桑桑就这样自欺欺人地生活了这么多年。如果当初狠下心来，给她一个真相，情形会比现在更糟吗？这几十年，什么样的伤口不会愈合呢？何况桑桑本来就通情达理。也许，桑桑成家了，孩子也大了……唉，我们做了些什么呀？如果桑桑一直糊涂到死，也就罢了，可如果有一天她明白了呢，她已经五十出头了，她扛得起吗？这太残忍了！

桑母的泪溢了出来，怀玉轻轻地给她擦拭，又把她的手，握在自己的手里。桑母知道，这是怀玉的手，温暖而坚定，让人有安全感。她想握握怀玉，但她软绵绵的，没有丝毫的力量。

桑母的灵魂飘向了很远的地方，老伴和她在池畔散步："老伴，我们对桑桑，做了些什么呀？当年我们都错了，是死，是活，我们都应该给她一个真相，我们却……""我也为这事后悔，无法撒手啊，桑桑太可怜！""我说老伴，撑不住，咱就不撑了，随她去吧。怎么着，你也会走在她前面啊，撒手吧——"桑父长叹一声。

桑桑坐在母亲的床边，看到母亲眼角有泪，就轻轻地给她擦："妈，我是桑桑。"她把母亲的手放在自己的手心捏着。

桑桑纯净的声音，让桑母揪心万分，不忍撒手。桑父看着这个永远长不大的女儿，仰天长叹，涕泗滂沱。忽然，桑父心一横，牵起老伴的手就走。他对桑桑说："桑桑，你妈累了，要休息了，你跟着大姐好好过吧。"与老伴驾鹤西去。

"姐，我看见爸了。"桑桑这类的话，怀玉早已习以为常。"爸牵着妈走了，让我跟你过。"怀玉应着，走过来。母亲静静地躺着，无声无息，眼角停着两点泪。"妈，妈——"怀玉大叫，摸摸母亲的手，已经冰凉，"大夫——"她按下急救铃，洪泽和医生们闻声而来，一番抢救后，摇摇头：“已经走了，节哀吧。”怀玉愣在那里，桑桑也愣在那里，只有洪泽明白这是迟早的事。

怀玉不相信，她知道母亲一直有意识，她会慢慢醒来的。这太意外了，她没有这样的思想准备，直直地愣在那里。桑桑也愣在那儿，她明明看见父亲牵着母亲走了，留下了她孤零零的。“你们都走了，为什么要扔下我？”怀玉醒过神来，拉着母亲的手，大哭。桑桑看着母亲：“妈，我要找到你，我知道你们在哪儿。”桑桑边说边往外走，谁也没有注意她。医院长长的走廊迂回曲折，像是没有尽头。桑桑怎么都走不出去，在医院里转悠，长廊投下她长长的影子，她的嘴里不停絮叨：“我知道，原来你们都骗我……妈，你不疼我了？”桑桑歇斯底里地大叫一声，一头栽了下去。

桑桑终于找到了那天父母扔下她的地方。弯弯的流水，青青的草甸，闲散的落英，幽馨的花香，婉转的鸟鸣。桑桑提着那曳地的婚纱，深一脚浅一脚地走着。她怕惊了鸟鸣，踩了闲花，搅了清水。她不是待嫁的新娘，而是办家家的小姑娘。偌大一个仙地，只属于她。她偶尔停下来望望蓝天白云。桑桑来到一个大草甸子，舒展双臂，尽情地呼吸着清新的空气：“花好香！”

坐在旁边的怀玉赶紧招呼洪泽过来。他们分明听到：“花好香！”愚儿用鼻子闻闻：“妈，香吗？”怀玉指指床头的一把玫瑰，愚儿凑上前，“真的，好香！”洪泽也过来闻闻那花：“真香！”

桑桑终于醒了，看看床前的怀玉：“姐，我病了，两年快到了？”“两年还远点。”

出来洗碗的洪泽和怀玉起了争执：“洪泽，知道妈生前叨叨的什么吗？”“知道。”“知道还这样？该说的都说了吧，大不了她再住院三个月，我认了。”“万一不是三个月，是一辈子呢？”“那她回家要问妈呢，说不说？”“说啊。”“怎么说？”“实话实说。”“那问吉诚呢？”洪泽不出声了。“我看啊，她要问，我们全说。该来的躲不了，躲了几十年，这事还是没完。不能这样下去了，对她不公平。”“要是真的像你说的那样，已经就是好结果了。只怕是像妈一样，醒不过来。这事，错过了最佳时期，你以为她真的二十二岁？五十一岁了，年过半百，她受得起？弄不好，就过去了。”“那怎么办，继续瞒？”“唉，错过了就错过了。妈没了，她心里还有吉诚，是个盼头。至于什么时候能揭开真相，听天由命吧！”

桑桑回家这天是星期天。

“桑桑，水放好了，洗澡吧！”桑桑去洗澡。这边洪泽和怀玉就准备着上坟的祭品。

桑母走了三个月了，桑桑没能参加母亲的葬礼，今天他们要带她去祭奠母亲，她必须去接受这个事实。

桑桑洗完澡，梳洗好出来，还是那么年轻貌美，楚楚可怜。她的眼里像是有许多的问号，但又澄澈得像一泓秋水。“桑桑，我们走。”“去哪儿？”“去看妈。”桑桑转身就进了母亲的房间，洪泽和怀玉看着，并不拉她，愚儿跟进去了。桑桑一眼就看见墙上母亲的遗像和父亲的并排着，若有所思，若有所悟，若有所失，若有所痛。桑桑指着遗像问愚儿：“这，什么意思啊？”愚儿看着小姨迷蒙的眼睛：“姥姥走了。”“去哪儿了？”愚儿摇摇头。桑桑似乎想起了，父亲拉着母亲，飘向了远方。桑桑不再问，跟着大家一起上了竹望山。

父亲的墓旁多了一座墓，怀玉将蜡烛点燃，把香和纸钱递给桑桑。桑桑燃起香，跪下三拜。洪泽和怀玉一直观察桑桑的神情，担心她的病发作。可桑桑与常人无异，她静静地烧着纸钱，不时看看墓碑，偶有一声叹息，不问谁，也不流泪。烧完纸，她站起来，对着墓碑深深地鞠了一躬。站起来，退后几步，离开了父母的墓地。她不时四下里看，洪泽知道，她在找公公婆婆的墓，就带她来到不远处席父席母的墓地。桑桑也是燃了香，献了花，仍旧不说话，不哭，不问，认真地拜了二老，转身离开。

“走了就是死了！”她冷不丁地冒一句，吓了怀玉一跳。“吉诚也走了，”她再冒一句，然后四下找寻，“哥，吉诚的墓在哪儿？”“桑桑，哪有吉诚的？”“不用瞒我，走了就是死了，我给他烧点纸。我不等了，等得太苦了，两年，我觉得比三十年还长。”“吉诚没死。”“死了。他的墓地有一只猫、一条狗，我看见了。我知道，你们什么事都瞒着我……”

洪若水想到那座皇城，心里有种说不出的滋味。难得平静几天，他也不愿扫了大家的兴，所以还是耐着性子，走着，看着。

阳光很好，桑桑的心里也像是照进了阳光，她开朗起来，洪泽和怀玉也开朗起来。今年，事太多了，洪泽和怀玉的心里都像是压着什么似的沉重。桑桑比他们活得简单，她的心里只有两件事：等待，结婚。她活在自己的童话里，间或有意无意地找寻她失去的岁月。

今天，一家五口，在明朗的阳光中徜徉。人民商场人来人往，熙熙攘攘。桑桑眼里的世界跟以往像是完全不一样，她的内心有种说不出的亢奋，像是久囚的鸽子，要破笼而出，展翅蓝天。慢慢地，她和家人落得很远了，愈来愈远。

桑桑信马由缰，其实已经踏上了回家的路。这条熟悉的路上，已经很久没有大字报之类的东西了，能看见的无非一些标语和宣传画。桑桑像是想起什么，一路过去，挨个儿仔细看。她认为，那里一定有席吉诚的名字，她的愿望很强烈："一定能知道吉诚不回来的原因。"她就这么挨个儿看着，一步一步。远远地，后面有人跟着，她毫无觉察。桑桑这么想着，来到了望江公园。

远远望去，望江楼屹然耸立。桑桑满心喜悦，不大工夫，就到了公园。

她找到了那张长椅，清楚地看到，长椅上坐着桑桑和吉诚，吉诚握着桑桑的手，桑桑将头靠在吉诚的肩上。桑桑笑了："我就知道你在这里。"她走向长椅，长椅空空如也。"吉诚，你出来，我看见你了。"四周哪里有人呢，桑桑有些急，"吉诚，我看见了，出来啊！"四周并没有人。桑桑摸摸自己的额头，在长椅上颓然坐下来。

怀玉一回头，桑桑不见了。她快步去找，没有找到。怀玉急了，回到洪泽身旁："洪泽，桑桑不见了。""别慌，我们再去找找。爸，你们回家吧，桑桑走丢了，我们去找她。"说完，两人便分头去找桑桑。

天暗下来了，凉风吹过，竹林窸窣作响。桑桑定定地坐着，清理着自己。"两年有这么久吗？愚儿多大了，是两年的事吗？我有病吗？"桑桑撩起自己的裤脚，看看自己的小腿，那银屑病早已不知什么时候痊愈了。她的腿，肌肤如玉。"这两年到底发生了什么事情？他们真有事情瞒着我吗？桑梓，爸妈都走了，你知道吗？这两年有多少事啊，十个两年都装不完。"桑桑不由自主地往身后的竹林里看，仿佛吉诚真的藏在那里，"吉诚，我没怪你，你出来吧，我给你讲这两年的事。"竹林飒飒响着，四下里一片寂静。天更暗了，桑桑缓缓地起身，绕着竹林转了一圈，什么也没看见，就慢慢往公园外走去。公园早已无人，桑桑的身后，远远地跟随着一个影子，桑桑分明感觉到了，一转身，那影子一闪，不见了。

“姐，我回来了。”洪若水迎出来：“桑桑啊，回来了。你去哪儿了，你哥你姐找你去了。”“我去了台湾。”“见着谁了？”“谁也没见着。”愚儿知道小姨有病，可一直不觉得她有病。现在愚儿有些明白了，小姨有时就是糊涂。天黑透了，洪泽和怀玉回来了，看见正在吃饭的桑桑，舒了一口气。“桑桑，告诉哥，去哪儿了？”“吉诚不见我，躲在竹林里。”洪泽和怀玉明白了，她去了望江公园。

黛色的远山逶迤绵延，山前是一片紫色的花海，花海里有一栋美丽的小木屋，近处水草丰茂，一湾碧水，如镜新开。

桑桑来到湖边，看见了湖水中的自己：年过半百，满脸沧桑。桑桑不信那是自己，拿出随身携带的小方镜，镜里的桑桑依然艳若桃花，倾国倾城。她再看看湖水中的自己，依然是个老妪。桑桑弄不明白湖水中、镜子里的桑桑，哪个真哪个假，不过她更愿意相信湖水中的自己是假的。桑桑捡起一块小石子，扔进湖水，那张苍老的脸，就在一圈一圈的涟漪中，层层泛开，消失。等到湖水平静，那张脸又出现在她的面前。

桑桑徜徉花海，牵绊的花草，不时缠住她的脚步，花草上的露珠，弄湿了她的鞋。她依然前行，提着长长的裙裾，她丢了一只鞋，却浑然不觉。

前面有一群人，像是在打捞什么，桑桑好奇地挤进去。“啊——”人们大叫一声，四处狂奔，一下子就散得无影无踪。桑桑看时，一个湿漉漉、年过半百的女人躺在湖边，那是自己在湖水里看到的老妪啊！她拿出镜子，镜子里的自己，依然艳若桃花，倾国倾城。桑桑再低头时，才发现自己丢了一只鞋，她回转身，沿着来路，去找寻自己的鞋。

草甸子上芳草萋萋，花香扑鼻，鸟语清脆。每一朵花都是她的阳光，每一声鸟鸣都是她的遐思和梦，桑桑在自己的童话里，尽情地畅游。忽然，离她不远的前面，站着一个人——吉诚，他背对着她，一动不动。

桑桑认出来了，尽管这个背影不再挺拔，有些沧桑、落寞，可桑桑还是认出来了。“吉诚——”吉诚站着，一动不动。

“桑桑，三十年了，我又想你又恨你。”“三十年？不是两年吗？吉诚，你转过来，看看我，我什么都没变。”“桑桑，你为什么不醒醒，三十年啊，你怎么这么傻？”“吉诚，不管多少年，我一直等着，你转过来，看看我。”“桑桑，你让我罪孽深重。”吉诚几乎是大叫起来，拔腿就跑。“吉诚——”桑桑一路狂追，重重地摔了下去。“吉诚，回来——”桑桑大叫，醒了过来。

“桑桑，又做梦了？”桑桑摸摸自己的头：“姐，两年有多长，有三十年那么长吗？”怀玉惊了一跳：“桑桑，梦见什么了？”“姐，我一问你话，你就说我做梦，没劲。”

九月九日，这一夜，成都的上空弥散着哀婉的乐音，虽才九月，可桑桑觉得已经很冷了。

午饭后，桑桑没有别的事，就坐下来，继续绣她的东西。这个柔心弱骨的桑桑，是伊甸园的宠儿，不管社会如何天翻地覆，她都稳坐自己的诺亚方舟，不为所动，不为所感。她的世界单纯得只有一个字—— 等。等她的童话，等她的神话，等她的寓言。她的两年，是她一生的故事，那个紫色的梦，是她一生的守候和向往。

桑桑绣着她的绣品，哀乐还在城市的上空徘徊。

桑桑就是桑桑，这个被看成是毫无意识的病人，一如既往地沉浸在自己的世界里，尽情地享受着上帝赐予她的“豁免权”。历史进程，社会巨变，政治风云，都无法左右桑桑对爱情的信仰，她在自己的世界里，享受自己的酸甜苦辣咸，却甘之若饴。桑桑是幸福的，她只为灵魂活，只为爱情活。

日子就这样过下去了，城市上空的哀乐渐渐消失，笼罩在城市上空的阴霾终于散尽。阳光以它凌厉的光芒，穿透大气，将金色的光辉，洒满人间。天空高远了，大地开朗了，悲风泣雨过去。天，终于晴了！

午睡的桑桑，被一阵锣鼓声敲醒，高分贝的宣传车，在沉寂了一段时日后，又热闹起来。

桑桑起身出去，洪若水也跟了出来。

“打倒四人帮！”

宣传车的喇叭声，是那样振奋和高昂，城市的上空顿时亢奋起来。多日宁静的坝子，一时间又沸腾起来。这里正在召开声讨“四人帮”的大会，各色人等在台上愤怒声讨，台下的人振臂高呼。

下午，愚儿放学回来，很兴奋：“爸爸，老师说，‘四人帮’打倒了，语文课可以讲故事了。今天的语文课，老师就讲了故事。”“讲什么了？”“孔融让梨、程门立雪，还有司马光砸缸。”“你们也该学学了，不然，老祖宗的东西就都丢了。”

又一个冬天到了，成都的冬天，很难见雪，可那种湿冷的感觉，也让人够受。冬日的阳光，不明亮，也不温暖。梧桐银杏，只剩了凄婉的枝。冷风不响，却也凛冽。街上行人不多，世界像是安静了许多，邻居的老头、老太太，都捧上了“烘笼”。这会儿，桑桑拿出日记来。

> 1948年十月十日　晴天。
>
> 今天是我结婚的日子。婚纱穿上正合适。
>
> …………
>
> 今年的冬天很冷，树都秃了，还是没有下过雪，霰雨却越来越常见了。爸走了，妈也走了，公公婆婆也走了，家里的人越来越少了……
>
> …………

写到这儿，桑桑的心悸动了一下，她觉得自己一下子靠近了什么东西，像是要触摸到什么。心灵之手伸过去，在触碰到记忆电流的那一瞬间，强流震得她全身一麻，桑桑竟然昏厥了过去。

她这一躺，又是三个月。

沉睡不醒的桑桑，一如当年，神色平静，呼吸自如，不是浅浅一笑，就是间或淡蹙眉头。洪泽请来了当年为桑桑看病的医生：“三个月了，像个植物人。”“顺其自然吧，她不是植物人，她只是活在自己的梦中。你看她的表情，或笑或愁，或嗔或娇，与常人没有什么不同。”“你说，一个女孩子爱一个人，会爱到这样地步吗？”“会！梁祝化蝶、孔雀东南飞、孟姜女哭长城，不都是这一类的故事吗。那些人可以为爱而死，桑桑为什么不可以为爱而梦？”

梦！

梦是桑桑的宇宙，她的血液，她的骨肉。梦是她的DNA，无法分离。梦是她的水、氧气和食粮。梦是她的中枢神经系统和自主神经系统。她是梦的海，梦是她的帆。谁说桑桑不是在自己的爱情大海里远航呢？被压抑、被封锁的潜意识要戳破真相，意志的力量却顽固拼命地拒绝真相。两股力量势均力敌时，她的内心冲突就异常激烈。不是东风压倒西风，就是西风压倒东风。意志强于潜意识时，她对自己不想面对的东西，就保持着失忆的态度；潜意识要冲破意志的控制时，她的内心就失去了平衡，这就是她现在的状况。在这个节骨眼上，她通过深睡来调节自己的生理和心理的平衡，这就是桑桑，别人可能不是这样的方式。

人的心灵与大自然一般无二，正如火山爆发一样。因地热升温而产生的熔浆，在地下酝酿奔涌，一旦冲破地表，压抑太久的热量便冲天而发，这是灾难，也是重构。有的火山时不时冒烟，却从来没有爆发过，一直处于一种相对平静的状态，但它绝对不是所谓“死火山”，它只是没有激烈地爆发过而已。平时的桑桑，就是这样的。现在的桑桑，心灵的火山正在奔涌，冲突，她很挣扎，很痛苦，也许这次她就爆发了，也许又如以往一样，慢慢地、平静地醒来，平静地生活。

“为爱而梦，好，还是不好？”“不好说，什么样的可能都有。毕竟桑桑不同于常人，顺其自然吧。她已经年过半百，错过了最佳的心理承受期。”

不要剥夺桑桑的梦，梦是她的春夏秋冬。很难想象，没有梦的桑桑会是怎样的。梦之于别人，不过是行宫，是驿站，是失落园或复乐园；梦之于桑桑，却是一辈子的起承转合。

三十年等待，是桑桑的八千里路云和月。两年的梦，三十年的现实，汇成飞流三千，桑桑从瀑布发端的“梦乐园”，被命运之手不经意地推进了现实的深渊，她就是梦与现实交汇处的那一片落叶，在两股激流中打旋，谁能拯救她呢？

桑桑仍旧深睡着，那被雪藏的记忆之仓，已是库存满满。三十年，那么多的事，两年能够存放吗？桑桑觉得自己就要爆炸了。时间的容量是有限的，试想一个仅能存放两克的量杯，却要存放两吨的重量，该是什么概念，桑桑就是这样一个量杯。

桑桑又走了，来到母亲扔下她的地方——那个美丽的草甸子。远山如黛，闲云如抹，紫色的花海，一层似有似无、似深似浅的紫晕。脚下的闲花野草，滴着晶亮的露珠，那条花径向远方延伸。桑桑光着一只脚，深一脚浅一脚地走着。远处那间美丽的木屋，升起袅袅炊烟。湖水边，一大群人，有的如绅士，有的如乞丐，他们挤着拥着，大声喧哗，桑桑听不清楚他们说什么，走近前去，人们见到她，“哗”一声散开。桑桑看见湖边有一只鞋，是自己的。她蹲下来，拾起她的鞋。湖水里出现了一个老太太的面容，一脸阴郁，饱经沧桑。

这次，桑桑终于还是未能穿越那堵厚厚的记忆之墙，她在自己的宇宙中空游一回，遭遇了“黑障”，又回到了人间。两年，两年是桑桑的魔咒。她的一生，只在这“黑障”中灿烂，一旦穿越，桑桑就会被现实的“无障”所摧毁。

◎

第二十四章 落花成家

时间：1976年。

地点：台湾。

清明刚过。

桑梓接到憨仔的电话后，就直奔医院了。

翁嫂因突发脑出血，住进了医院。这年春节，桑梓、菡萏、翁嫂一家人过，翁嫂最小的孙儿已经四岁了，他们像家人一样团年。桑梓在台湾有一个亲人，就是翁嫂。她无法想象，这么几十年，如果没有翁嫂，她会是什么样子。以往住在医院里的自己，总是被翁嫂百般呵护，现在，翁嫂躺在那里，没有一点声息。她的身上插满了管子，眼睛和嘴都紧紧闭着。手术过去已经几天了，翁嫂没有醒来。这几天，桑梓守在她的床前，寸步不离。有时看见翁嫂的嘴微微张开，桑梓会马上把耳朵凑近她，紧紧握住她的手，想听她说点什么，可是什么也没有。大家知道，翁嫂已是挨时日了，可桑梓不信，她觉得翁嫂一定会醒来的。第五天、第六天，没有醒来，医生告诉他们，翁嫂已经走了，她的生命体征一直是药物维持着，大家默默接受了这个事实。可桑梓拒绝，她不信这个母亲一般的人会离她而去。翁嫂说过的，要看到囡囡结婚，要给囡囡带孩子，她怎么能这样一声不吭地走了呢？桑梓想大哭一场，可她哭不出来，她只是默默地看着翁嫂的遗容，不知自己身在何处。她的眼里和心里，全是翁嫂的一切。“妈——”桑梓悲恸地喊一声，昏厥过去。

桑梓醒来时，已经是两天以后了。“菡萏，翁嫂的葬礼？”“妈，葬礼明天举行。”“妈要去！”

翌日，阳光明媚。

一个简朴的葬礼在墓地举行。翁嫂的儿孙们、桑梓母女、叶薇和老肖，手捧白花，默默伫立在翁嫂的墓前。阳光暖暖地洒在人们悲戚、肃穆的脸上，墓地里一片温暖。

翁嫂就这么走了，桑梓像丢了魂一样，心里苦痛。她更健忘了，像一个游魂。她更想家了，梦里梦外都是家，大陆的家。一个诗人在她这里定制了一幅绣品，意境取自“枝是伸向天空的根，根是深入大地的枝”。这幅起名为《根》的绣品，是一截朽木桩，上面有一枚嫩绿的新芽。新芽上一滴将滴未滴的露珠晶莹剔透。地上是盘根错节繁密的根，紧紧地抓住大地，像老人的手，青筋突起，纵横交错，大地湿漉漉的。桑梓深谙诗人的所思所想，所感所痛。羁旅他乡的游子，心的触须永远附着在故乡的大地上，自己对此感同身受。不然，桑梓绣不出这样的作品。

明媚的春日，暖意融融。

桑梓去了一趟市场，回来的路上，一个人影突然蹿到她的面前，向她伸出一双脏兮兮的手：“给我，还给我……”这是一个疯女子，以前没有见过。她衣衫褴褛，蓬头垢面。桑梓慌忙给她一些钱，疯女子笑了：“谢谢姐姐……”桑梓飞一般逃走。

回到蜀绣轩，桑梓仍然惊魂未定。她觉得，那个女子就是桑桑。桑梓仿佛看到了桑桑脏兮兮的手和一脸的傻笑，她痛彻心扉。她原以为，三五年后，带着孩子，往父母和桑桑面前一跪，要杀要剐，任凭他们。可现在，父亲走了，桑桑疯了，母亲怎样承受这样的生活呢？桑梓才真正感觉到，自己的罪孽有多深重。

现在，她要请罪，可她该向谁请罪呢？她要赎罪，可是怎样赎罪，能够还原那个“心清如水”的桑桑呢？桑梓觉得自己背上的东西越来越重，那个十字架，似乎随着岁月在天天长大。先前她还能背着，尽管步履蹒跚，可现在，它似乎已经重得背不动了，可是她又无法把它卸下来，那十字架像是在自己的身上生了根一般。

女疯子脏脏的脸、傻傻的笑和桑桑白皙的脸、浅浅的笑，在桑梓眼前不停地切换。“给我，还给我……”桑梓的耳畔，时时响起这个声音，她觉得桑桑如影随形，无法逃避。

入夜，湿湿的空气中，有些许青草味，春风从门窗缝隙潜入，阁楼上有些冷。桑梓画了两个小样就躺下了。躺在床上的桑梓，看着墙壁上挂着的喜袍，恹恹地睡了。

桑桑穿着婚纱，在她的面前娉婷，旋转，笑靥如花。忽然楼塌了，桑桑大叫：“放开我，让他们走，我恨你们——”这一声，像惊雷，在她的头上、心上炸开，震耳欲聋，桑梓战栗地坐起来，魂飞魄散。

桑桑悄然来到她面前：“告诉我，你和吉诚是不是……为什么这样对我？”桑梓无言以对，羞愧万分，夺路而逃。高大的树，树枝垂落下来，缠绕牵绊。桑梓被紧紧地箍着、缠着，无法脱身，她觉得身体越来越紧，紧到将要窒息，便拼命地大叫：“放了我——”就醒了。

今年的春节，吉诚照例没有回眷村。

一年中，吉诚难得回眷村一趟，想起眷村，他就会嗅到那股浓郁的血腥味，看到那一大摊鲜血，他就不寒而栗。不得不回眷村时，一进门，他会推开所有的窗户，而且只待在卧室，而不是客厅。尽管六年过去了，可那一幕仍历历在目。他曾幻想，时间的镪水会腐蚀一切，不管是好的还是不好的。一切归零后，他与桑梓从头开始。可是台中一行，他知道，覆水难收。吉诚对自己的今后毫无打算，万念俱灰：“走一步是一步吧！”

月白如洗，海泛着亮幽幽的银光。吉诚无聊地翻了几页杂志，就睡了。

褐色的月亮，褐色的海，褐色的礁石。

吉诚的舰艇上竟是空无一人。偌大的舰上，吉诚渺小得像一只蚂蚁；偌大的海面上，舰艇渺小得像一片树叶。吉诚焦躁地在舰艇上徘徊，甲板上扔满了将熄未熄的烟头。

也不知过了多少时间，吉诚的舰艇，驶进了狭窄的海峡，夹岸的危崖，直立苍穹。突然，大浪泛起，硕大的涟漪一圈一圈地大起来，白光下，一条蓝色巨蟒，高昂起头，吐着巨大的水泡，漫天飘忽。吉诚惊恐万分，不知所措。不多久，他被巨蟒直送天堂。

天堂的路由小石块铺成。吉诚踽踽而行，天堂就在前面，不过是一座平常庙宇，古朴，简陋，只那门楣上的“天堂”二字，金光闪闪。

吉诚进了天堂，见堂前有一人跪着，是桑梓。桑梓握着一炷香，青烟袅袅。堂前有五个灵位，吉诚默默地站在桑梓的身后，想看清楚灵位上的名字，可是他怎么都看不清楚。他随手拿起一炷香，在桑梓的旁边跪下来，等他起身时，桑梓已无踪影。吉诚并不着急找她，只是近前去看看灵位的名字，可当他近前时，几案上什么都没有了。

一阵风吹过，吉诚浑身一颤。吉诚出了天堂，看见前面孑然而行的桑梓，她的身影在前面忽隐忽现，吉诚紧随其后。崎岖的小路，闪着鳞片似的蓝光，很久，吉诚走到了路的尽头。这里一片光辉灿烂，“地狱”两个字，金碧辉煌。道路很宽阔，金光四射。可行走者都有眼无珠，有珠无仁，有仁无瞳，有瞳无孔。他们或拄着拐杖，或摸索前行。没有人看见他，没有人招呼他。吉诚心里怵怵的，回头看时，那条巨蟒，扯天扯地地连着天堂和地狱。吉诚糊涂了，天堂和地狱，与他的想象，相去甚远。他环顾四周，迷蒙一片，什么都没有。可吉诚分明听到海涛声，眼前看到一浪高过一浪的潮，向他卷来。吉诚打一个冷噤，醒来。

他觉得四肢都僵了，紧紧裹着自己，又沉沉地睡去。

桑梓越来越不济了，精神颓废，眼窝深陷，恹恹欲睡。她不时莫名战栗，只要店前有人走过，就觉得那个疯女子来了，她就想起桑桑。桑梓已经两三个星期不接活了，她觉得自己力不从心。

蜀绣轩依然窗明几净，桑梓一如往常地开门关门，只是这店里，死气沉沉，没有活力。菡萏常常过来看她、陪她，劝她去医院看看，可桑梓知道，这是心病，无药可医。她现在最愿意去的地方是教堂，她成了教堂的义工。每去一次教堂，她的心就会安稳许多。只是每到夜里，一闭眼，就看见在自己面前娉婷的桑桑，听到那一声呐喊，她就不敢闭上眼睛，她经常整夜不合眼。

午后，沿着小方石块铺成的小街，桑梓又来到了教堂。

教堂门外那尊汉白玉的圣母塑像，高高伫立。圣母裙裾飘飘，慈眉善目，恬静安详地看着脚下的众生。桑梓穿过阴森森的走廊，深红的地毯一直延伸到圣母面前。神龛上的圣母，玄青的外袍，大红的内袍，金色的衣边和袖口，洁白的头巾。头顶闪着金色的光环，双手握着一枝百合，百合花有的绽放，有的只是蓓蕾。桑梓觉得万籁俱寂，慢慢地跪在了圣母面前，整个教堂只她一人，整个世界都只属于她。桑梓双手合十，虔诚地望着圣母，心一下就安静了下来。

桑梓现在就是一个黑洞，过往的人生事件，一件件被她从时光的隧道中吸收回来，放在奇点，贮藏尘封起来。先前还能自我开释的桑梓，心胸渐渐敞亮的桑梓，被那个“疯”字给屏蔽了，她的内心，完全成了一个封闭的视界。她已经完全无法原谅自己了，哪怕她认为自己已经受到了上帝的惩罚。菡菡走了，婚姻死了，人到中年，独步人生。这些都曾是她开释自己的理由呀！可现在才知道那些都不是，她还需要一个审判来判决，她要为这个“判决”服刑。否则，这“黑洞”里的任何东西，都无法挣脱出去。桑梓不知道，还有什么东西游离在她的灵魂之外。她哪知道，灵魂的“黑洞”吸取的能量达到一定程度后，是会爆炸的。但她的本能告诉她，她必须释放掉“黑洞”里足以使她毁灭的东西。所以，她来到了这里。在这里，桑梓能找到心灵内外的平衡，她的灵魂可以暂时地安顿下来，这就是桑梓频频造访教堂，并义无反顾地当义工的原因。有时，她并不跪下来，只是默默地伫立，或者默默地坐着，就够了。每次做完教堂的活，她要在这里待上很久才离开。而此后的几天，她就有了精气神。

桑梓跪在那里，凝神静气地望着圣母。走出教堂，夕阳已经将它的金色涂抹在圣母身上，天边的彤云，火一般热烈，石板路泛着金色。桑梓顿觉身轻如燕，步履轻盈地回到了蜀绣轩。

草草地吃过晚饭，她就起草了一个图样《圣母》，她要绣出来捐赠给教堂。过去的就过去了，桑桑如果真是疯了，就再也谈不上原谅自己、宽恕自己了。那么，谁来拯救自己呢？桑梓把全部的希望寄托给了圣母。圣母的慈爱和关怀，或许能够安抚她罪孽深重的灵魂。

吉诚在被子里缩成一团。

窗外明月当空，逼仄狭窄的街道像是刚刚被雨洗过，月光投射在上面，蓝幽幽的。吉诚看不清两旁的街面，只那街的尽头有一盏昏黄的路灯。吉诚看见自己的投影，很落寞。身旁跟着一只猫、一条狗。寂静的夜，寂静的街道，只有他的脚步声响在石板路上，偶尔也有几滴雨水从屋檐跌落的声音。吉诚朝着那盏昏黄的路灯而去，猫和狗随着他不紧不慢地移动。

“吉诚！”吉诚一惊。“吉诚——”吉诚听明白了，是桑桑。她穿着婚纱，离他不远，身后昏黄的路灯给了她一个长长的影子和一幅剪影。吉诚怔在那儿，头脑一片空白。“为什么要我等这么久，这两年好漫长啊！”“两年？”吉诚讷讷地问。“吉诚，好难的两年啊！”“怎么会是两年？三十年了……”“三十年？吉诚，你爱她？”“谁？”“桑梓。”“桑桑，对不起，我们已经……”“你们已经有孩子了。那为什么不对她好，她吐了很多血。”桑桑的诘责，吉诚无法回答。“吉诚，你跟我来。”桑桑转身走向街的尽头，吉诚不由自主地跟在她的身后。

这不是桑桑接受治疗的医院吗？吉诚跟着桑桑，来到医院后面的池畔。沉璧在湖水中荡漾，树林里，微风穿过，一阵簌簌。桑桑在一个土丘前停下来，将手里的一束玫瑰，敬献在一座墓前，那炷香的火头，在夜中明灭，香气弥散。吉诚近前一看，吓了一跳。“亡夫席吉诚之墓”几个大字，在夜色下十分醒目。自己明明活着啊？“桑桑——”，可墓前只有猫和狗，没有别人。吉诚四下一看，池畔的几株玫瑰，已经枯萎，落英满地，即使有枯焦未落的花，也伶仃地挂着。世界空空如也。吉诚看看自己的墓，已是荒草萋萋。寒鸦惊悚的一声鸣叫让吉诚一身冷汗地醒过来。

他依旧蜷缩在床上，不敢伸展四肢，不敢翻身。他就这么蜷缩着，再也不能入睡，只等那起床的军号响起，好给他壮胆。

菡萏结婚前夕，吉诚来到台中。

他依旧去了桑梓的蜀绣轩坐坐。桑梓看起来比上一次见苍白憔悴了许多。两人坐着，除了和菡萏婚礼有关的话题外，几乎无话可说。吉诚无聊地站起来，看看墙上的绣品。他站在那幅《问》前，心的海又翻腾起来。他想问问，可转身看到桑梓漠然的表情，就转了话题：“我们去茶馆坐坐吧？”桑梓就起身跟他一起出来。

老肖热情地迎出来：“老席，好久不见。桑梓，你也有些时日不来了。”“这阵子大家都有点忙。”桑梓说。“你们请坐，茶马上就来。”吉诚看着老肖的背影，脸上掠过一丝莫名的敌意。

茶上来了：“尝尝，今年的新茶，真资格的。”老肖要走，桑梓叫住了他：“老肖，都不是外人，一起坐坐。”老肖看看吉诚，吉诚点点头，老肖就坐了下来。老肖知道，桑梓是有意的，就无话找话：“菡萏的婚礼准备得差不多了吧？”“差不多了，就为这个来的。女儿的大事，不能马马虎虎。”“是啊，一辈子的事情啊！”“老肖，孩子多大了？”“唉，没有啊！刚结婚就抓了壮丁，没有再结婚。”“为什么不在岛上找一个，在这异乡，一个人过日子，不易啊！”“谁说不是，够难的。可要是别人在那边等着，怎么办呢？”“等？谁能等得了几十年，或许早就嫁人了。”桑梓瞟吉诚一眼，吉诚改了口，“或许真的在等，可你回不去啊！”老肖的神色黯淡下来：“给自己留个盼头吧，活着就有意思，有滋味。桑梓，你那边，有人进店了。”“那你们谈谈，我去去就来。”有人陆陆续续地进了店，有拿绣品的，有看绣品的，蜀绣轩一下生意盎然。桑梓没空再过去，这边两个男人就尽情尽意尽兴地谈着。

日落时分，吉诚从茶馆出来，跟桑梓打了个招呼：“我回去了，婚礼那天再来。好好休息，你的精神不大好。”“记得那天早点来。”吉诚走了，桑梓关了门，回到阁楼，照例简单弄点吃的，就继续绣她的《圣母》了。

吉诚回到了眷村，这个空空如也的巢，冷得浸入骨髓。

吉诚仍觉得有一股挥之不去、散之不尽的血腥味，照例推开所有的窗户，然后系上围裙，进了厨房。今天他给自己弄了一顿丰盛的晚餐，还出去买了一瓶酒。自那次酒后乱性后，吉诚就很少喝酒了，他觉得酒害了他。今天，他有一个强烈的愿望：“酒，我要喝酒！”吉诚给自己斟了满满一杯酒，慢慢地吃着、喝着。“桑梓，我知道你委屈，可我的委屈你不知道。你对不起桑桑，可我对不起你们两个。桑梓，我们不折腾了，我们都老了。你为什么就这样狠呢？你有外心了？桑桑，我知道你活着……桑梓，你有外心了，我警告你，我们还没离婚，我们还是夫妻。桑梓，你多大年纪了，怎么就本性难移呢？”吉诚看看瓶里的酒，只剩一点点了，他拿起酒瓶，一饮而尽，然后就伏在桌子上了。

十月金秋，爱情成熟了，相爱的人醉了。

菡萏和行健的婚礼，如期隆重举行。教堂外，圣母的脚下，全是红红的玫瑰。教堂过道两旁，是圣洁的百合，簇新的红地毯上撒满了粉红的玫瑰花瓣。亲朋好友来了，老师同学来了，街坊邻居来了。

十二点整，教堂的钟声响了，洪亮，悠扬，旷远。

随着振奋人心的婚礼进行曲，吉诚穿着笔挺的西装，容光焕发。他挽着菡萏，缓缓地走在红地毯上。菡萏宛若天人，甜蜜和幸福荡漾在脸上。音乐缓缓地流淌，吉诚挽着女儿，将女儿交付给新郎。他拍拍新郎的肩头：“好好待她！”新郎接过新娘，激动万分，频频点头。吉诚退下来，坐在桑梓的身旁。桑梓看到美丽的菡萏，想起了菡菡，不禁伤心起来。叶薇看出来了：“桑梓，大喜的日子……”桑梓忍住了。

菡萏结婚了，开始了她的人生。桑梓看着两个新人，心里默默祝愿，祝愿他们亲亲爱爱，永永远远。她希望人世间不要再有桑梓、桑桑和吉诚的故事，有情人一定要情深意长。

吉诚有些发抖，两眼发直。“老席……”吉诚看看她，摆摆手，不让说。他的眼睛，看到菡萏裙裾下的小腿，有粼粼的银光，他头晕目眩起来：“桑桑……”他自言自语，像是要站起来。“老席，你坐下。”桑梓看出他的异样，拉他坐着，一只手紧紧地握着他的手。吉诚迷茫地说：“桑桑有病吗，桑桑的腿……”他一只手扶住椅子，一只手紧紧地攥着桑梓的手，牙齿咬得紧紧的。桑梓对老肖小语几句，老肖和郝淼，扶着吉诚进了一间休息室，老肖留下陪着他。

教堂的婚礼照常进行着，两个新人完全沉浸在爱的美酒里。

婚礼终于结束，桑梓这才来到休息室。“桑梓，别担心，他这会儿好多了。”“谢谢你，老肖。”老肖出去了，桑梓看吉诚已是两鬓皤然，宽宽的印堂，直挺的鼻梁，坚毅的唇线。这张脸依然俊朗，帅气。当年，就是这张脸，让这两姊妹无可救药地陷了进去，演绎出这么一场情天恨海、旷世孽缘的故事。婚纱成了吉诚的忌讳之物，桑梓跟吉诚结婚时，他也是这样昏过去的。

“桑桑，你的腿……我怕这个，为什么不告诉我？桑桑，我不是嫌弃你，我怕这个……”吉诚的呓语，桑梓听得真切。吉诚，这个高大的男人，至今没有成为顶天立地的男子汉。

繁忙的一天终于过去了。桑梓今天也是容光焕发，她穿一件深红的唐装，上面是星星点点的月季花瓣，这是桑梓最爱的花。歇息下来的桑梓，心里无比畅快，婚礼上的那个小插曲，丝毫没有影响她的心情。

“妈，明天我们就去度蜜月了，你跟我们一起去。”“哪有妈妈跟着女儿度蜜月的道理，亏你想得出来。”“亲家，我们已经是一家人了。孩子不在，你过来跟我们一起住吧。”“不啦，还要打理铺子。有什么事，我会来麻烦你们的。”“亲家，你要常来啊！”“会常来的。”

桑梓回到阁楼，草草洗漱后，睡了。这天，桑梓一觉睡到自然醒。

早上，秋日艳丽。街道上的菊花尽管有的已经枯黄，叶子也有些蔫，可依然开着的那几朵，却生机勃勃的，富有生气和力量。今天的桑梓就像这几朵菊花，虽然有些委颓，但依然怒放。吃了早饭，桑梓将铺子打扫得窗明几净，看着那幅《问》，她停下来。桑梓刚从抑郁中走出来，又进去了，进入了自己的时空隧道。

刚才心情还很好的桑梓，一下子就跌进了往事的深渊，人一下又委顿了。

桑梓不明白自己近来为何总是纠缠着往事不放，其实，她不想这样。桑梓的记忆，犹如曝光过度的照片，只有黑白，没有灰。那些生动而真实的细节，全然忘掉，留下的只有这黑与白的对立。其实，那些被曝光掉的细节，才能还原整个故事，才能柔软桑梓的心。可桑梓就是这样不能原谅自己，她在自己的天坑地缝里拼命。她的心，好像一面反光镜，阳光总被反射回去，无法进入她的心灵。桑梓觉得自己随时都会崩溃。她想起了谢姨，希望她能给自己好的信息，可另一方面，她又怕得到来自大陆的任何信息。

菡萏结婚了，了却了自己心里的一件大事，桑梓的心又轻松起来。过两年，也许自己就要当外婆了，那时候，就关了蜀绣轩，含饴弄孙。想到此，桑梓笑了。菡菡，要是菡菡还在，该是怎样的情况呢？桑梓坐在绣架旁，感伤地哭起来。她越想控制自己，就哭得越伤心。她索性关了门，回到阁楼，蜷缩在床上，慢慢地哭。

转眼就是一个月，菡萏和行健回来了。

“妈，我今晚住家里。”“哪有刚出阁的闺女，还住在家里的。”“不管，我就住家里，我想你了。”“菡菡，结了婚可不能像在家一样任性，两个人过日子，要互相担待，结婚和恋爱不同。”“妈，就住一晚，行吗？”“他呢？”“他明天就去做社会调查了，要一个星期呢。”

菡菡看见那幅正在绣的《圣母》惊呼起来：“妈，太漂亮了！谁定制的，主教？”“不是，妈准备捐给教堂。”

入夜了，娘俩躺在床上谈着。“妈，爸找过你了？”“找过了。”“同意离婚了？”“没有。”“那怎么办，和好？”“不可能了。妈已经习惯了这样的生活，清净安宁，真好。”“爸还会来吗？”“也许吧。”

光阴流转，日子就这么过着。桑梓开店，上教堂，上教堂，开店。再则就是绣那幅《圣母》了，她要赶在圣诞节前完工，这段时间，很辛苦。

果然，吉诚又来了。

见他进来，桑梓拉过一张被单，遮住绣品。随手将手边的一张照片，放进去。“老席，坐吧，我去泡茶。”吉诚坐下了，桑梓端来茶，也坐下了。

“桑梓，可能要不了一年，我就要转业了。几年了，我们都冷静了下来。菡菡结婚了，过不了一两年，也许我们就是外公外婆了。桑梓，有一段时间，我们还是很幸福的。要是菡菡不出事，我们……”桑梓看着他：“老席，过去的就过去了，不提了。这几年，我们大家相安无事，多好。”“可是桑梓……”桑梓挡住他：“老席，时间是可以洗掉一些东西，可有些东西，时间越长，铭刻越深，我们还是到此为止吧。你不愿离婚，我不勉强你，我们保持现状，好不好？”“现状，这算什么，永久分居吗？”吉诚站起来，“桑梓，我已经认错了。我来了几次了，我是诚恳的，甚至有些低三下四，这不是我的作风。”他激动地走来走去。来之前，吉诚再三告诫自己一定要冷静，好好地与桑梓深谈一次，实在不行，就离婚，以后大家好好做朋友。可现在，他控制不住自己了：“桑梓，你究竟要我怎样？”见他冲动起来，桑梓什么都不说了，双手捧着茶杯，眼睛看着地上。“桑梓，我们都年过半百了，在这里无亲无友。俗话说，少年夫妻老来伴，我们应该是个伴吧？”“我们不是夫妻。”桑梓说话了，她的眼睛还是没有看吉诚。“桑梓，你还在想这个吗？我们做过一日夫妻吧？”“那不是夫妻，是一个错误。”“桑梓，你知道自己在说什么吗？你一个女人家，难道成天想的就是这个吗？你不害臊啊？”“老席，你不要乱想。”“我乱想吗？你怎么就好意思提这个呢，你还把它说给别人听。家丑不可外扬，你是不是要全世界都知道啊……知道当初我为什么不喜欢你吗？就是这个。”“席吉诚，你不要犯浑。”“我犯浑？好，我今天就犯犯浑。桑梓，我本来不想和你撕破脸，既然这样，我们今天就把憋屈的话全都说出来，彻底地做个了断。”

吉诚冲到门前，对着左邻右舍大叫：“来啊，都来看看，她是我老婆，一个人跑到这里六年多了，我们没有离婚。大家给评评理，我要她回去，有错吗？几年了，我一直等她，可是她呢……”吉诚完全失控，桑梓惊恐地站起来：“席吉诚，你也是有身份的人，怎么能……”桑梓毫无招架之力。吉诚脸都变了形，步步紧逼：“怎么了，你怕大家看你吗？”桑梓退后，退后，“哗啦——”一声，她碰倒了绣架，看热闹的人们拥到了门前。

吉诚看到那幅《圣母》，冷笑：“圣母，你以为你是圣母吗，你是圣女吗？圣女会抢自己妹妹的未婚夫吗？”吉诚疯了，什么话能伤到桑梓，就拣什么说。桑梓跌坐在绣品旁边，看见那张照片，想要伸手捡起，吉诚看到了，一把抢过去，看看照片上的人，暂时停住了咆哮。“原来你们早有联系，为什么瞒着我？洪泽、怀玉、桑桑吗？”照片上的桑桑二十芳龄，含笑的眼睛很凄迷。“哦，不是……桑桑呢？”吉诚喃喃地说着，旁若无人。“是桑桑的女儿吧，桑桑也有孩子了，哈哈哈，桑桑也有孩子了……”吉诚狂笑起来。桑梓一下紧张到痉挛：“席吉诚，你到底有没有对桑桑……”“桑桑，你也有孩子了，没错，桑桑的孩子，肯定是。哈哈，桑桑也有孩子了……”吉诚并不理桑梓，恣肆地狂笑，绝望而狰狞。“席吉诚，你是个浑蛋，浑蛋啊！”

人越围越多，老肖对面看着，感觉出事了，跑了过来。

吉诚对着邻居们大喊着：“你们评评理，一个丈夫，该不该叫自己的老婆回家？”没有人回答他。“老席，有话慢慢说，你冷静点。”“老肖啊，你来得正好。桑梓，老肖救你来了。”“老席，胡说什么呢？”“我胡说，‘桑梓是个好女人，你要好好待她’。桑梓是不是好女人，你怎么知道？桑梓为什么不回家，你心里明白得很，你装什么装？”“老席，”老肖正色道，“你好歹也是有身份的人，怎么就这么没分寸呢？”“什么分寸？‘老肖’‘老肖’，叫得真够亲热。”桑梓听不下去了：“席吉诚，你胡说什么呀！你走，我永远不想再见到你！”“我走，我往哪走，这里就是我的家，我不走。”“你不走，好，我走……”

桑梓挣扎着站起来，捂着胸口往门外走，吉诚一把拉过她，按在椅子上，桑梓挣扎着站起来，他又把她按在椅子上，桑梓再起来，他再按下去：“你好好给我坐着，哪儿都不能去！”他咆哮着。

桑梓没有力量了，紧紧地捂着胸口，蜷缩在椅子上。“老席，你过了！”老肖一把拉过吉诚。“你敢打我？”吉诚恼羞成怒，挥拳就过去了。两个男人的拳头，你来我往，毫不示弱。看热闹的人，想拉又不敢拉。桌子翻了，椅子翻了，茶几翻了，杯子飞来飞去，墙壁上的画，也掉在地上，两个男人，照旧你来我往。“别打了……”桑梓捂着胸口，痛苦地瘫在了地上，嘴角流出殷红的血。“桑梓！”老肖一见，蹲下来扶她。“桑梓，桑梓……”吉诚看见了，“桑梓，我错了，我浑蛋，桑梓……”老肖一掌推倒他，抱起桑梓，跑出门，拦一辆计程车，赶往医院。

人群散了，吉诚从地上爬起来，看看一片狼藉的蜀绣轩，狠狠地打自己的头：“我做了些什么呀！”吉诚知道，近几年，他的脾气越来越坏，有时候会有毁灭一切的愿望。今天，他真的在毁灭一切。这会儿，他回想起来，不知事情为何就演变成了这个模样。吉诚早已习惯了桑梓的妥协与退让，不管桑梓怎样要死要活，最终妥协的人是桑梓。可现在，桑梓与他谈话的语气、神态，都那么陌生，那么不可抗拒。凭什么呀？你的前半辈子不是我在供养吗，凭什么你说离婚我就得离婚呀，你的心里一定有了别人。吉诚又找到了原谅自己的理由：“桑梓，是你逼我的。”

菡萏和行健赶到医院时，桑梓已经苏醒了。她脸色苍白，看到菡萏，眼泪就流了下来。“妈，你要好好的。”桑梓摸摸女儿的脸，笑一笑，拉起她的手，又牵起行健的手，把菡萏的手放在他宽大的手中，紧紧地握着。“妈，医生说您没事的。您放心，我一定好好爱菡萏，好好待她。”桑梓看着行健，微微点头。“好了，桑梓，你没事的。好好养着，别让孩子们担心。”叶薇拉着她的手，看着她。桑梓点点头，泪不停地流。“桑梓，听姐一句，那么难都过来了，这次也要撑住。孩子也大了，过两年，我们该当外婆了，多好。”叶薇笑了，桑梓也笑了，眼泪停在了眼角。

这一次，桑梓很快就恢复了元气，两天后，她出院了。

蜀绣轩已恢复原样。菡萏过来住了几天，陪她聊天，陪她去教堂。桑梓很快就从那场灾难性的争吵中缓过劲来，她的精神好了许多。“妈，过两天我也去做社会调查了，可能要两个星期，回来完成论文，我就毕业了。”“毕业了要个孩子吧，妈给你带。”菡萏笑了。

晚饭后，菡萏走了。桑梓关了门，继续赶绣她的《圣母》，她要在平安夜捐出去。一连七天，桑梓没有开门，没有出门。那幅巨画，在她的飞针走线中，渐渐丰盈完美。桑梓的整个身心都沉醉在这幅画中，世界仿佛根本就不存在。

桑梓曾经听过很多灵异的故事，现在，她希望她的圣母能够站在她的面前，告诉她，上帝原谅了她，父母原谅了她，桑桑原谅了她。她罪已至难，罪不至死。倾其一生，她没有爱情，她所憧憬过的爱情，不过是碎图兰影。她的夙愿：带着孩子，在父母和桑桑面前一跪，所有的恩怨情仇，化风而过。可是，父亲走了，桑桑疯了。一步差池，命途多舛。“桑桑有了孩子了，没错，是桑桑的孩子……”桑梓的心顿时痉挛：“席吉诚，你是个浑蛋！桑桑的孩子？不会的……席吉诚，你对桑桑也……你这个禽兽！你毁了我，可你不该毁了桑桑呀！”桑梓的心在呐喊，倾盆的泪，飞洒在绣品上。桑梓哭着，很久，她都没有这么恣肆地哭过了。今天，心海决堤，冲走了她对吉诚最后的一丝愧疚、怜悯与爱。久哭过后的桑梓，如一朵久旱未雨的花，整个委颓下来。

今晚就是平安夜了。

今天桑梓早早起了床，饭后，将家里、店里拾掇得干净整洁，上了阁楼，拿出菡萏结婚时，自己穿的那件紫红色的丝绒旗袍，配上那条银色的披肩。

出了门，街上一片温馨的景象，大大小小的商店门口，都有了圣诞树，树上挂着各种小礼品。白胡子圣诞老人的笑脸贴在窗户上。桑梓很多年没有如此关注过圣诞节了，今天，她饶有兴味。桑梓买了两棵圣诞树，一沓圣诞老人的贴画，红烛，红酒，红苹果，还有象征着赎罪的圣饼。

不到中午，桑梓的店，和其他的店一样，充满了圣诞的气氛。两棵圣诞树立在门前，挂着一些小礼物，但更多的是圣饼。圣诞老人红红的帽子，白白的眉毛和胡子，伏在窗户上，慈祥地笑着。

午饭后，桑梓提着一篮苹果，进了雀舌驿。“桑梓啊，多日不见，气色好多了。”老肖迎出来。“老肖，圣诞快乐！”桑梓把苹果递过去。“你还兴这个，”老肖接过苹果，“今晚大家聚聚？”“明天吧，今晚是平安夜，我去教堂的。”“好嘛，明天下午哈，晚饭也在这里吃，一会儿我通知叶薇他们。”

回到阁楼，桑梓照例午睡一会儿，起床后，又看看那幅画，欣慰地笑了。这会儿，她坐下来，铺开纸，写了一封早就想写又不敢写的信。

桑桑：

这封信我想了一辈子，提起笔又放下，不敢给你写，我没有勇气。就这样，几十年就过去了。桑桑，我不知道你能不能看到这封信，可是我必须写。我不想带着它走，它太沉重了，这几十年，压得我喘不过气来。

桑桑，姐对不起你，你还好吗，照片上的人是你吗？姐这辈子不知该拿什么来还你。

姐做错了，我和吉诚有了孩子，我们私奔了，我们都背叛了你。我的孩子跟我们俩一样，是双胞胎。一个叫菡萏，一个叫菡菡。可是菡菡已经走了，也许这是上帝给我的惩罚吧！

桑桑，原谅我！

1976年平安夜

桑梓将信放进一张精美的贺卡，装在一双红袜子里，放在枕边，长长地嘘了一口气，像是得了特赦一般。

下午五点，桑梓点亮了门前的圣诞树、店里的红烛。阁楼上，红烛的光映得屋里暖暖的。桌上有几道菜，热腾腾的。桑梓给自己斟了一杯红酒，慢慢地品着。今天的晚餐，有炖猪蹄、回锅肉、火鸡、腊肠、龙虾蘸水。红烛映着她的脸，很晴朗，那层阴霾般的忧郁一扫而光。桑梓虽已年过半百，可她所特有的韵致，不输当年。

桑梓很享受她的晚餐，屋里红红的光很温暖。

晚餐后，收拾停当，桑梓一番梳洗，然后换上那件紫红色的旗袍、银色的披肩，下了楼。

桑梓轻轻叠好那幅《圣母》，出门了。

她抬头看看阁楼，红红的暖光从窗户透出。对门的雀舌驿，也是暖暖的红色，临街的雅间都已坐满了人。

桑梓径直来到了教堂，石板路也是暖暖的红。圣母的脚下，是烛光的海洋。

桑梓穿过长长的走廊，来到圣像前面。刚刚跪下，沉重而洪亮的钟声就“哨——哨——哨——”地响起来。众多信徒双手合十，默默祷告。圣像下，唱诗班的孩子们，白长袍，红披肩，在钢琴的伴奏下，用童稚、无尘的声音，唱起来：

天使初报圣诞佳音，
先向田间贫苦牧人；
牧人正当看守羊群，
严冬方冷，长夜已深
…………

诵经过后，信徒们聚在教堂后面的大草坪野餐。桑梓走到主教身边，小声地跟他讲着，主教跟着桑梓回到教堂。几个修女过来，展开绣品。“啊！”大家不约而同地惊呼。主教在胸前画着十字，惊异地看着这幅绝世无双的神品，由衷地赞叹。“桑梓女士，今晚我们就把它挂起来，谢谢你！”桑梓也激动万分：“谢谢主教大人！”主教招呼大家：“叫几个人来，我们把它挂起来。”几个男信徒过来，将这幅精美绝伦的“神品”挂了起来。

平安夜的音乐在空气中缓缓流淌。

桑梓平日里与教友们来往不多，可今天，大家像一家人，无拘无束地谈着，笑着。桑梓的心敞亮了，眼睛格外有神。“桑梓我们唱个歌吧。”一圈人就唱起来：

冲破大风雪，我们坐在雪橇上，
快奔驰过田野，我们欢笑又歌唱，
马儿铃声响叮当，令人精神多欢畅，
我们今晚滑雪真快乐，把滑雪歌儿唱。

夜阑处，一群年轻的教友跳起了“袋鼠舞”。唱够了，跳累了，人们渐渐安静下来，有人回家了，有人留下了。人们裹着棉被，相拥在一起，望着夜空划过的流星。大家相信，黎明时分，圣诞老人一定会背着他的百宝袋，悄然而来，满足人世间的一切愿望。

桑梓也累了，但她并没有睡，安静地坐在篝火旁，不时往里添柴。篝火旺旺的，火焰腾腾地闪。

小时候，教父洪若水总是扮着圣诞老人，在袜子或鞋子里装上送给他们的礼物。两姊妹的东西，定然在袜子里，而洪泽的，定然在鞋子里。尽管教父跟他们一起过圣诞的日子不多，但每一次都有意外惊喜。桑梓清楚地记得，有一年，她和桑桑的袜子里是一枚发卡，很精美。她的主色是玫瑰红，有浪漫的流苏，别在她如瀑的长发上，别有情致。桑桑的发卡，跟她一样，不过主色是天蓝，而洪泽的礼物，是一个用鸡蛋壳画成的京剧脸谱。

夜已经很深了，桑梓没有一点睡意，从不熬夜的她，决意为上帝守岁。留下的人已经不多，主教和几个修女围在另一堆篝火旁，翻阅《圣经》，一人一小段地读着："生命在他里头，这生命就是人的光。光照在黑暗里，黑暗却不接受光……死啊，你得胜的权势在哪里？死啊，你的毒钩在哪里？死的毒钩就是罪，罪的权势就是律法。感谢上帝，使我们借着我们的主耶稣基督得胜……我知道我的救赎主活着，末了必站在地上。我这皮肉灭绝之后，我必在肉体之外得见上帝。"

桑梓静静地听着，每一句都是甘霖，她的心越来越轻松。

夜空晴朗，疏星闪烁，蓝色的夜，静谧，深远。

她依旧不停地添柴，篝火旺旺的，映红她的脸。这张脸，宁静，安详，没有沧桑。桑梓觉得后背有些冷，裹紧了披肩，回身仰望，天边有一条白缝，很亮。

黎明终于来了，圣诞老人即将莅临。桑梓要走了，她站起身，再次来到教堂，仰望自己的作品。

湛蓝的天飘着几朵悠然的云，湛蓝的海翻滚着几朵欢愉的浪花。天空和大海，都不染尘埃。圣母一袭白衣，银色外袍，衣襟上是闪亮的金色星星。棕色的头发，头顶的光环也是金色的星星围绕。她赤着脚，踏浪而来。她摊开双手，像是要接纳这世上所有的人。大海上，两叶小舟，一艘上面有三个小孩，两个女孩穿得一模一样，一个女孩双手合十，神态自如；一个女孩惊愕地张着嘴巴；还有一个男孩，摊着两手。三个孩子，虔诚地望着圣母，船的周围，有一道似有似无的光圈罩着。绣品的右下角有一条小船，桨已经漂走，一个男人坐在船上，双手撑着船板，只是一个背影。

桑梓起身，离开了灯火通明的教堂。门外圣母脚下，依然是烛光的海洋。

东方的天空，光缝越来越宽了，石板路上，响起桑梓笃定的脚步声，这声音渐行渐远。

海，静静的。远海有一抹亮，炽白。桑梓来到海边，望着那白亮亮的一抹光，渐渐变成金红。浪的声音，轻柔到呢喃。桑梓似乎听到了歌声：

平安夜，圣善夜！
万暗中，光华射，
照着圣母也照着圣婴，
多少慈祥也多少天真，
静享天赐安眠，静享天赐安眠。
…………

天边有一条红线，太阳冒出了海面。远海一线金红泛开，桑梓从容地一步步蹚进了海里。海，一浪一浪推过来，送来一抹又一抹的荡漾金光。天空的云离太阳很近，慢慢由金黄变成绯红、深红、火红。桑梓一步步稳稳向海的深处走去。太阳已经露出半个脸来，天空已经彤红一片，近处的海面也是一片金光在荡漾流淌。几只海鸥停在金光处随波浮动。桑梓继续前行，惊动了两只海鸥，它们叫着从海面一掠而起，海水没了桑梓的膝。太阳冉冉上升，跃金的海面宽阔起来，霞光也高远起来，海水没了桑梓的腰。金色中，桑梓依然前行，而太阳正在步步升起。宽宽的光带里，桑梓笃定前行，银色的披肩漂在海面，海水漫过了她的肩；太阳即将跳出海面，海水和天空一片的辉煌金色，太阳的投影中，桑梓缓缓下沉，海鸥多起来，飞在她的身旁。桑梓似乎看到早渔的船，在海中荡漾。火红的太阳，火红的朝霞，火红的海水，这是怎样一个新天地啊！义无反顾的桑梓，在这销魂的海、摄命的霞中从容下沉。海，漫过她的头……

忽然，两只美丽的丹顶鹤从远处飞来，将没于海中的桑梓掠起，飞过绚烂的霞光，飞向阳光的深处，飞往一个水草丰茂的地方，那里千鹤竞舞，蔚为壮观。

太阳蓦地跳出了海面，桑梓没了，只剩那条披肩在海中从流漂荡，任意东西。

桑梓的生命之灯，熄了。

朝霞如血，
憾恨似海。
一生的日月星辰，
没于骇浪。

菡萏跪在海边大哭："妈，你到底怎么啦——"叶薇软软地站在海边，口里呢喃："桑梓，你好傻……"老肖把湿淋淋的桑梓从渔船上抱出来，踏着海水，慢慢上岸，菡萏想要扑过去，被郝淼和行健死命抱住。

"妈妈——"撕心裂肺的哭喊撕碎了蓝蓝的天空。

葬礼还没有结束，桑梓的灵柩即将放进墓穴，菡萏和行健将手中的花，放在了他们母亲的棺木上。扶着棺木，菡萏晕厥过去。行健抱起她，回到车里。公公婆婆照应着菡萏，行健回来为岳母铲下第一铲土。人们和桑梓告别，把手中的鲜花奉献给她。

墓砌好了，碑立起了。

人们默哀着，任凭那冷风和冻雨洒在身上。

哀乐停了，葬礼结束了。

这个临海的墓地，菡菡的墓旁，又有了一座新坟。桑梓的墓前摆满了鲜花，墓碑上只有菡萏和行健是立碑人。桑梓长眠在这里，面向她魂牵梦萦的彼岸，陪伴着她的女儿和翁嫂。

这里可以看到日出日落，潮来潮往，归帆点点，惊涛击岸。这里有涛声、鸟声、风声、雨声。桑梓不会寂寞。

雨，若有若无地飘着，海风浸骨冰凉。

吉诚一步步走向海边，心里的海水在泛滥。狂浪的呐喊一声盖过一声，自远而近奔啸着。内心的坻、岩、屿、崖被狂风卷起，摔下，再卷起，再摔下，变成了齑粉。水花四溅，击打得心脏怦怦地响。"哗啦"一声，天幕被撕开，闪电的利剑一挥，乌云的碎片散落海中，滔天恶浪肆无忌惮地施虐，宇宙的门被推开。云朵被闪电引燃，黑黑的海骤然透明。激流飞天而下，浪头直逼天空，宇宙一片混乱，那些郁结的、贮存的、蕴藏的能量被充分地挥霍。吉诚的肺，呛满了泡沫，喘个不停，他似乎随时会窒息一般。越近海边，吉诚的脚步越沉重。

眼前的海，静若处子，太阳沉在海里，云朵没在水中。没有风浪，没有渔船，没有海鸥。海面空空的。

远远的，有一个人伫立在海边，吉诚看清楚了，是老肖。吉诚慢慢走过去，站在他的身后。老肖望着瀚海，神情严肃。吉诚望着这瀚海，极目远望。许久，老肖转过身，当胸给他一拳，吉诚猝不及防，倒在沙滩上；老肖从领口一把拎起他，又一拳挥去，吉诚一个趔趄，捂住了胸口。老肖再一把将他拉过来，向着瀚海，对着他的双膝后狠踹一脚，吉诚跪下了。他看着眼前的一片湛蓝，泪的海瞬时决堤。

许久，吉诚止住哭，回过头时，老肖已经走远了。

吉诚跪在海边，再次抱头痛哭。

吉诚在桑梓的墓前满脸的泪，满脸的笑。许久，他蹲下来在立碑人处用手划了：夫，席吉诚立。他又看看菡菡的墓、翁嫂的墓，然后起身，离开了墓地。

只这一刻，吉诚的脊背弯了。从此，他伟岸的身躯，不再挺拔。

傍晚，吉诚回到了眷村。家里仍然是那挥之不去的血腥味，吉诚照例推开了所有的窗户。夜深了，黑洞洞的家，犹如一口棺材。吉诚万念俱灰，那种毁灭的冲动，又来造访。躺在床上的吉诚直直地望着窗外的弯月无法入眠。夜幕中，过往的人生大戏，一幕幕上演：

母亲漂亮的裙裾下，银鳞闪闪的小腿。桑桑美丽的婚纱下，银鳞闪闪的小腿。沙滩上，柔柔的细沙里，露出一双银鳞闪闪的小腿。

…………

“诚儿啊，是你错了，桑梓是个好孩子。你带她走吧，走得远远的，要待她好，女人一辈子，不易啊……”

…………

吉诚的泪不知不觉就来了。

蒙眬中，桑桑站在面前，怒目而视：“席吉诚，你浑蛋！”桑桑抽出一把利剑，将婚纱劈成了碎片，碎片片片砸向他的头，吉诚并不躲闪。“席吉诚，我要杀了你。”桑桑怒不可遏，话落剑落，寒光闪处，吉诚被劈成了左右两半，鲜红的血，喷射而出，世界一片血腥。

吉诚伸伸僵直的身躯，双手抱肩，依旧睁眼看着黑黑的夜。

吉诚回到了舰上，桑梓的事大家都知道了。副舰过来，拍拍他的肩：“席舰，节哀。”舰艇又出港了，天气不好，海面有一层厚厚的雾。阳光穿透海雾，近光的地方五光十色。

风大了，舰艇颠簸起来。

副舰过来：“席舰，回舱吧。”吉诚也不言语，跟他回到舱中。“你们嫂子的事，都知道了？”“都知道了。”吉诚一抹泪：“我不知道自己干了些什么，我本来要和她好好谈谈，我要转业了，我希望我们能好好过我们的后半生。可是她不给我机会，做得这样绝，自杀……真后悔，当初就不该带她到岛上来，现在，她居然自杀了，我成了什么，刽子手，杀人犯？这些年，我做了什么，我是个什么样的人啊？副舰，我们一起多少年了，你说说，我是怎样一个人，坏人吗？”副舰拍拍他的肩：“你想多了。人这辈子，谁也说不清自己是怎样的人。”“她为什么这样去死，谴责我吗？现在她满意了，她达到目的了，我成了众矢之的，女儿也不认我了。好了，她赢了，我输了。我输给了一个死人。”“席舰，你越说越离谱了。”副舰出去了，吉诚愣了一会儿，渐渐从激愤中冷静下来。

风大起来了，云压得很低，浪花高起来，泛着白沫。远处的云迅速地聚在一起，风刮起的巨浪，击打着船头，闷雷在远处滚动，自远而近。阳光再也无法穿透乌云的墙，只是将身边的云燃烧起来。云在天上翻滚，浪在海面翻滚，时而聚拢，时而分开。阳光只在那一瞬间，透透气，露露脸，旋即又被严严实实地遮蔽。雷还在远处响，闪电却已来到身边，一道电光，劈开天幕，接着，雷就在头顶炸开。

吉诚站在船上，不想回舱，他竟然希望暴风雨掀翻这艘舰艇。

疾风骤雨，来得快，去得急，戛然而止，海平静下来，阳光普照，海鸥不知从哪儿飞出来，欢快地追逐着舰艇后面的浪花。

又一个春节来临。

吉诚的心理恢复了常态，布满阴云的脸也开始放晴。敢和他说话和打招呼的士兵多起来，吉诚也不再在意那些闲言碎语。这个假日，回到眷村，血腥的气味已经散尽，但吉诚依旧敞开了所有的门窗。

年三十晚上，吉诚哪里都未去，早早睡了。尽管老舰长、副舰、小邹都请过他。

大年初一，吉诚睡到自然醒，早饭后，扫扫屋子，洗洗被子，一上午就过去了。午饭后，吉诚去了镇上。镇上花花绿绿，春节的气氛很浓。吉诚去了城隍庙，人很多，香火很旺。烧香出来，他不由自主地找那位半仙，可是，他没有找着。

吉诚在镇上闲逛，不经意来到了翁嫂的家。房子已经很破败了，租给了别人。翁嫂去世，吉诚不知道，没人告诉他。吉诚知道，自己早就成了孤家寡人。整个下午，吉诚在镇上漫无目的地转着。傍晚，在一家虾面馆吃了一碗面。

街灯亮了，吉诚还没有回家的意思，他仍然在街上瞎转悠。一条偏僻的小巷，灯红酒绿，小商小贩的叫卖声，此起彼伏。花枝招展的女人穿梭其间，吉诚目不暇接。

他抬头看见了红楼的匾额，“虫虫闺阁”，赫然醒目。《何日君再来》缠绵缱绻的音调，绵绵幽幽地飘出来。吉诚犹豫一会儿后，抬脚就进去了。妈妈桑迎上来，见是生客，问：“先生要点哪位妹妹啊？”吉诚不懂规矩，随口说：“随便。”“哎，先生，我们是正经经营，不能随便的。你看看这些挂牌吧，稀罕谁，就取谁的。”吉诚看看挂牌，已所剩无几，看看名字，都俗不可耐。就取了正好叫“虫虫”的，递给妈妈桑。“先生好眼光，虫虫姑娘可是这儿的头牌。”说完叫小二将吉诚带到虫虫姑娘的闺阁。吉诚从未涉足过这样的场合，落座后，很不自在。虫虫看得出来，这是个“干净客”，主动招呼他。不一会儿，茶酒就上来了。吉诚闷着吃菜，喝酒，并不与虫虫交谈。夜深了，暧昧的光越来越暗淡，终于熄灭。

“妈妈呀，救命呀——”虫虫的哭喊惊动了大院，两个小二冲进屋里，将吉诚一阵暴打后，搜走他身上所有的钱和证件，架着他，推出了门外。吉诚从地上爬起来，看看门楣上的“虫虫闺阁”，冷冷笑着离开了。

“席舰，军纪处来人了，请你去一趟。”副舰说。吉诚也不惊慌，进了办公室，桌上放着他的军官证，他什么都明白了。

吉诚转业了，他彻底回归眷村空巢。自桑梓离世后，菡萏就再也没有给他打过电话，吉诚清楚，菡萏恨他。

吉诚用了整整一个上午，清理家里。他看到了那封在路上走了三个月的信，他读了信，长长地叹了一口气：“上帝呀，你都干了些什么呀！”吉诚怔怔地坐一会儿，把桑梓、菡菡生前用过的东西，全都烧了。那张伏在桌子上的全家福，也被他锁进了抽屉。

他又来到桑梓的墓前，献上一大捧鲜花。

吉诚久久地静穆在那里，回转身，他又去了海边。桑梓就是从这里一步步走向大海的。桑梓走时，在想什么呢？吉诚似乎看到桑梓一步步走向海里，海水没了她的膝、她的腰、她的肩、她的头。“桑梓，我错了，我是口不择言，我是一个大浑蛋。”吉诚一步步蹚进海里，海水没了他的膝、他的腰……“干什么，找死啊！”一声呵斥，一个渔民用强有力的胳膊，将吉诚拽起回到岸边。“大男人，有什么想不通啊？”吉诚看着这个粗壮的渔民，没有言语，慢慢离开了。

吉诚站在礁石上，眼望彼岸，老泪纵横。这个曾经伟岸挺拔的汉子，已是佝偻的老人。滂沱的泪在这里通过灵魂和躯体宣泄出来，浪起浪落中，吉诚流干了眼泪。

依稀中，吉诚看到了海面上的席庐。院里高大的榕树，枝繁叶茂。树下是父亲的凉椅，母亲在院里晾衣服。

太阳已经偏西，吉诚起身，离开了海边。

蜀绣轩已经不复存在，那个阁楼黑黑的，窗户紧闭，吉诚神色黯然。雀舌驿宾客满座，宁静温馨。吉诚不知不觉进了雀舌驿，老肖看见他，迎上来，带他进一个雅间，泡上茶。落座后，两人都不说话，吉诚看看墙上的绣品，深深地叹了一口气。两人仍旧默默坐着，没有话说。吉诚起身离开，老肖不留，坐着没动。出了雀舌驿，吉诚来到教堂，看到那幅《圣母》，吉诚知道，那三个孩子是桑桑、桑梓、洪泽，而那远远的船上，是自己。

大年还没有过，节日的气氛还没有散去。吉诚找了一家小店住下来。入夜，空气中传来袅袅的音乐，缓缓流过他的耳际。吉诚很疲倦，和衣睡了。

瀚海沙漠，吉诚艰难地跋涉。他空空的躯壳，追随着一个长长的影子，那影子离他不远，却总是与他若即若离。眼见得近了，又远去。吉诚的步履很虚，他的躯体没有重量，像一个蜕皮的壳，在沙漠中飘游。他停下来，影子就停下来，他一动，影子就跳很远。吉诚努力让自己跳起来，越过影子，然后笃定地等在那里，影子却飞跃他的头顶，横亘在他的面前。吉诚锲而不舍地和影子较量着，直到太阳升起，影子化掉。

吉诚醒来，将一大杯水灌进肚子，吃了早饭，回了眷村。

◎

第二十五章

沧海桑田

时间：1976年金秋。

地点：成都。

银杏金黄的叶子铺了厚厚一地，阳光力透银杏的枝丫和未落的黄叶，斑驳的光就射在了地上。

桑桑从席庐出来，走在这金黄的街巷。桑桑抬起头，两旁的银杏，黄叶已经不多，也许再来一两场秋风，这树就光秃秃的，只剩下在冷风中发抖的枝了。依然年轻美丽的桑桑在自己的世界里活着，那道记忆的厚壁，她无从穿越。看看街道两旁，已经没有什么大标语、大字报了，桑桑落寞。

“桑桑，去哪儿了？”“席庐。姐，老宅的人都不认识我。两年了，屋里一定很潮。我想打扫一下，不然吉诚回来，住哪儿呢？”

午饭后，桑桑拣出她的那幅《祥鹤》看。桑桑的心美如童话。她不知道，她一生的故事只是一个幻日而已。她的月亮永远是空的，攥着这个空月亮，桑桑错过了自己的鲜花和美酒，她停留在“过去时”的沙滩上，等待未来。而“现在时”，只有两年，这两年她不食人间烟火，世间的一切，她都视而不见，充耳不闻。两年成了她一世的大魔咒，谋杀了她的爱恨情仇。她不知道，她的诗意人生，竟只是一面空镜子。

蓝蓝的天，悠悠的水，青青的草。那间美丽的小木屋不见了，桑桑的眼前是一片焦黑的枯树。林中的教堂已是一片废墟，只剩一垣残墙和一扇残败的落地窗。桑桑提着裙裾，光着一只脚，踽踽前行。池中的自己，依然貌美如花。隔池而望，焦黑的落地窗如一只眼睛，注视着她，教堂像是近在咫尺，桑桑却可望而不可即。

日子转眼到了冬天，银杏的叶子败光了，只留那些枝杈指向天空。成都的冬天很少下雪，霰雨却是常见的。

“桑桑，别绣了，我们出去逛逛。”“哥，真的？”“真的。”

一行人来到了锦里，洪泽就找那家好吃嘴。没有，那家店已经叫作“红太阳小吃”了。洪泽过去一看，老板还是故人。老板一见他，就来了精神：“哎哟，贵人啊，今天肯定要下雨！几十年了，你还来？”“当然来。还是老花样，随心所鱼、没心没肺汤。”“没了，公私合营那会儿还有，现在没有了。”“至于吗？”“当然至于。红卫兵说，什么随心所鱼，自由主义。没心没肺汤还有，不过改了名字，叫‘秋风扫落叶’。”老板边说边笑，一脸揶揄。“管它叫什么名，先来一碗。”愚儿不明就里，问爸爸，饭桌上，洪泽就讲这两个“典故”给他听，大家都笑起来。“可惜桑梓和吉诚吃不到了。”桑桑冷不丁冒一句。“耶，这位小姐还这么年轻，是你们的孩子吧？”他看看桑桑，问洪泽夫妇。洪泽马上岔开话题：“老板，你的变化很大哦，天翻地覆啊！”“那是，坐地日行八万里，天翻地覆慨而慷。你们慢用。”老板就张罗别人去了。“哥，‘没心没肺汤’是桑梓起来骂你的。”“哥知道。”“妈，桑梓是谁呀？”“也是你姨妈，和小姨一样。”“我怎么没见过？”“她在台湾。”桑桑脱口而出。“是加拿大。”“不是，在台湾。你少骗我，桑梓在台湾，结婚了，跟吉诚。他们走的时候，到医院来和我告别，桑梓和吉诚没敢进来，你们就一直骗我……”

傍晚，霰雨又下起来。桑桑觉得手很僵，早早睡了。

冬天里的桑桑特别怕冷，她总是用一个热水袋焐着自己的心口。桑桑的心里，只有三季，春天爱情抽芽，夏天爱情开花，秋天爱情就收获成婚姻，而冬，爱情的鲜花是承受不起的，那是爱情的死亡地带。所以，她的心拒绝冬天。

天天都是新太阳，夜夜都是新月亮，每一天的日子，都是新的。

1979年元旦，是个让人兴奋的元旦。这天，广播里传来《告台湾同胞书》，桑桑高兴异常。“哥，吉诚是不是可以回来了？”“是，吉诚应该是可以回来了。”“我们明天去接他？”“明天不行，等他来信吧，他会写信告诉我们的。”“桑梓回来吗，加拿大和台湾，哪个远？”“加拿大。”愚儿说。“你怎么知道？”“小姨，地图上有。你看，台湾在这儿，中国的领土，这里才是加拿大，挨着美国。”“那桑梓回不来了？”“会回来的。桑桑，你现在可以说台湾，也可以说吉诚了。”“哥，真的？”

桑桑又一次失望了，台湾对《告台湾同胞书》反应冷淡，桑桑没有等到吉诚的信，她也不问了，绣完《祥鹤》后，竟然野心勃勃地绣起了《清明上河图》。她等了快两年了，等习惯了。桑桑陷入自己的陷阱和圈套里几十年，沉醉于此，阻抑记忆的复苏，她心灵的席位上，吉诚是绝对的主角。

雀舌驿的新老顾客聚在一起，聚精会神地听着《告台湾同胞书》。

“总算熬出头了，终于可以回去了。”“三十年了，可以回家啦！”“不是做梦吧，掐掐我，哦，好疼。”人们相拥在一起，喜极而泣。

老肖、叶薇夫妇静静地坐着。“要回去也不那么容易，大陆是开禁了，可岛上呢，还要看回不回应啊！”“上面怕是要顺从民意才对，回家看看，有什么呢，大陆那边也打不过来的。”“可惜，桑梓……”“老席来过吗？”“没有，听说嫖妓受了处分，早就不在军队了。”有人唱起了家乡的民调：“跑马溜溜的山上，一朵溜溜的云吆……”有人吟起了诗：“少小离家老大回，乡音无改鬓毛衰。”茶馆里有人啜泣，大家都沉默了下来。

“行健，我们有希望回大陆了。”“菡萏，你要回大陆？”“我要把妈送回去。明天我去看看叶阿姨，看他们有什么打算，最好能一起回去。”第二天，菡萏就来到叶薇家。“菡萏啊，想回大陆了？”“是啊，我可以把妈送回去了。叶阿姨，你们有打算吗？”“当然有打算。不过菡萏，这事不能急，大陆是开禁了，这边呢，会响应吗？不过肯定有希望，对不对？”“这边不会阻止我们回去吧？”“说不准，两岸的关系僵太久了。”

老肖站在《瞬》的面前，仿佛听到了的蝉声，抑扬顿挫。他想起他的新娘，应该也是六十来岁的人了，她嫁了吗，过得好不好？大陆解禁了，有回家的希望了，一定要回去。

桑桑的《瞬》留给他收藏了，那幅《问》留给了菡苕，还有那幅没绣完的《风情万种》。

果然，大陆《告台湾同胞书》发表后，台湾的态度并不积极，大家的心，又冷了下来。这一等，又是好几年。

转眼到了1986年初。这天，四川大学转给街道办一封信，是台湾来的。“喂，请找一下你们的洪院长。”“我就是。”“我是曾正，你赶快来一趟街道办啊！”“老曾，出什么事了？”“没出事，好事，快来啊！”曾正挂了电话，手里拈着这封来自台湾的信，信封上的字迹，很娟秀。

洪泽赶过来。“快坐。小刘，茶。”“老曾，什么事啊？”“不急，喝茶。”曾正把信递给他，“台湾来的，快看看。”“台湾？”洪泽迫不及待地拆开信，看着，又兴奋又哀伤。“写什么了，可以说说吗？要回来了，是吗？”“是的。桑梓去世几年了，她女儿写的，清明要把桑梓送回来。”“桑梓去世了？”洪泽的眼泪夺眶而出。“那个席吉诚呢，回不回来？”洪泽赶紧又看看信：“没有提到他。”“桑梓要回来了，她女儿要回来了。回来就好，人回来了，就知道了。别难过了，这不就盼到了吗？”“老曾，这事桑桑不能知道，等菡苕回来再说。”

洪泽揣着信回到医院，已是午饭时间。洪泽没心思吃饭，坐在办公室里，拿出信，看了一遍又一遍。

为什么没有提到吉诚，这个家庭出了什么事？菡菡车祸，桑梓呢，桑梓怎么走的呢？吉诚，你这个浑蛋，你是怎么照顾她们的？洪泽拭了泪，将信装进了衣袋。

傍晚，又下起雨来，丝丝绵绵的，扑在脸上，带来痒痒的凉，洪泽回到了家。

“哥，吉诚还不来信啊……”“桑桑，你信不信？说不定哪天他就站在面前了。”洪泽说。“不信，你们的话我都不信。两年有这么久吗，愚儿多大了？三十年，不，三十八年了！”桑桑埋头吃饭，大家一愣，看着桑桑。

入夜，雨更大了，怀玉坐在床上看那封信。“洪泽，桑梓怎么就……信里也没有提到吉诚啊！还有菡菡，才二十岁啊，多可怜！唉，桑梓的日子是怎么过的呀？”“吉诚，这个浑蛋，菡萏为什么不提他？”“菡萏一回来，就什么也瞒不住了。”“不瞒了，顺其自然，这就是桑桑的命！”

1986年清明前夕，成都双流机场。

洪泽手里高举着一个牌子：“欢迎菡萏、行健一家人回家。”菡萏抱着母亲的骨灰盒，女儿阳光抱着菡菡的骨灰盒，与行健一起出来了。远远地，他们就看见了那个牌子，径直快步走来。洪泽和怀玉一眼就认出了他们，快步迎上去。“舅舅、舅妈。”一家人抱成一团，喜极而泣。许久，洪泽从菡萏手里接过桑梓的骨灰盒：“桑梓，哥、嫂子，也是你大姐，来接你了，咱回家。”他又摸摸菡菡的骨灰盒：“菡菡，到家了，咱回家。”怀玉从阳光的手里接过了菡菡的骨灰盒。

到家了，洪若水和桑桑迎了出来。“菡萏，这是爷爷。”菡萏和行健恭恭敬敬地行礼：“爷爷。”阳光大方地叫道：“祖爷爷好！”洪若水看着他们，老泪纵横：“好，好……”就说不下去了。“祖爷爷，我叫阳光，九岁了。”“阳光，好名字。桑梓呢，没回来？”“爸，进屋说吧！”洪若水看着洪泽手里的骨灰盒，心里明白了几分。桑桑站在那里一直愣着神，面前一下子站着这么多人，她觉得自己有点蒙：“桑梓，回来了，你真的回来了！”她激动地拥抱着菡萏：“姐！你终于回来了。”她的泪流了下来，她又看看阳光，“姐，你的孩子？”菡萏不知所措。“菡萏，这是你小姨。”“小姨？”菡萏怎么也想不到，面前的小姨，竟然比自己还年轻。她怯生生叫一声：“小姨——”看着这个比自己还大的人，竟然叫自己小姨，桑桑就怔住了。她是谁，她不是桑梓，桑梓没回来？桑桑呆呆地看着菡萏，没再说一句话。

“进屋吧，大家进屋吧！”进了屋，洪泽和怀玉将桑梓和菡菡的骨灰盒放在桑父桑母的遗像前：“爸、妈，桑梓回来了，你们的外孙女菡菡也回来了。”怀玉点了两炷香，递给菡萏和行健，菡萏牵着阳光，三人一齐跪了下来。一家人又禁不住流泪。

桑桑默默地看着这一切，走上前，撩开两个骨灰盒的帕子，摸着上面嵌的照片：“桑梓？”她又摸摸菡菡的照片，“桑桑？”眼前一片迷茫。“桑桑，听哥讲，这不是桑桑，是菡菡，桑梓的女儿。”他把菡萏推到桑桑面前，“这是菡萏，也是桑梓的女儿，这是阳光，桑梓的外孙女，桑梓已经走了。”“桑梓走了，去加拿大？我知道……桑梓走了，走了？走了就是死了。”桑桑惊慌起来，“哥，桑梓死了吗？还有，吉诚呢，他们都回来了，吉诚为什么不回来？”她转身看着行健：“你不是吉诚，吉诚呢？”桑桑转身向门外走去，“吉诚，吉诚——”桑桑哭喊起来，急急地向屋外走去，刚出门，就晕过去了。大家忙手忙脚地把她扶进屋里躺下。看到小姨这个样子，菡萏心里明白了几分。

入夜，雨。今年的雨，好像比往年多很多。

桑桑昏睡着，洪若水也休息了。洪泽和行健交谈着，两个男人都悲切。怀玉和菡萏对坐着，哭得一塌糊涂。怀玉走到桑梓的骨灰盒前，摸着她：“桑梓，我是你亲姐呀，桑梓，我可怜的妹妹呀！”她抱着骨灰盒痛哭，“桑梓，桑桑没怪你，我们都没怪你，你怎么走了这条路啊！”

夜，已经很深。雨停了，世界都沉睡了，只有这家人的灯光还亮着。怀玉看着桑梓的遗物，那张四口人笑逐颜开的全家福，那幅桑桑的《问》，难过得只是流泪。她轻轻地起身，来到桑桑的房间，桑桑沉睡着，怀玉在她身边坐下来。看着梦里笑着的桑桑，怀玉万分心酸。

洪泽还在看桑梓的遗物，那一摞日记，泪不时地模糊他的眼睛。

爸，妈：

上岛十年有余，我想你们，惦念你们。我这不孝之女，给你们带来的痛苦，我是可以想象的。爸、妈，我错了！你们的外孙女，菡萏、菡菡都十岁了，健康，可爱。她们常问，什么时候可以回大陆看外公外婆、爷爷奶奶。我们都很好，你们放心。桑桑好吗？结婚了吗？告诉她，我对不起她，想她。有机会我会回来，带着孩子回来，向你们请罪，向桑桑请罪。

不孝女桑梓

1961年8月20日

“桑梓，为什么用这样的方式，你真傻。”洪泽仿佛看到了一步步走向大海的桑梓。他再也抑制不住自己，泪奔涌而出。他起身拉开门，悄然来到府河边。他要让自己的男儿泪，痛快淋漓地挥洒。夜很静，雨过滤过的空气，有青草的味道。洪泽沿着河边一路是泪，与桑梓过往的一切，再次在他脑海中重现。

“桑梓，你知道我为什么来的，对吧？”桑梓点点头。他把桑梓的头轻轻地按在自己的肩上，一只温暖的手，捏着桑梓冰冷的手。桑梓乖顺得像一只受伤的小鸟……

“桑梓，爱一个人怎么这么痛啊！我等，我给你时间。桑梓，你牵动我的全部神经，我们已经有了开始，我不想结束。桑梓，我不要做你哥……”

“那，我来做孩子的父亲。”“你在可怜我，同情我，是吗？”

…………

黑的天幕渐渐变灰，远处一线炽白慢慢扩大，天快亮了。

洪泽不禁打个寒战，一件大衣披在他的身上。“你跟着我？”“天亮了，回家吧！”他们沿着河边，回到家里。

早饭时，一大家子坐在一起。桑桑一如既往，昨天的一切好像根本就没有发生过，她又回到了自己的世界。

饭后，洪泽和行健去联系墓地的事，洪若水带着阳光出去了。愚儿十八岁了，学习很紧，今年要参加高考。怀玉和菡萏叙着，桑桑走了进来。“小姨。”菡萏叫了一声，桑桑漫不经心地应着，对她说：“菡萏，到我屋里来。”桑桑边说边牵着菡萏，菡萏木木地跟着她，怀玉也跟在后面。进了屋，桑桑从衣柜里拿出那件婚纱：“穿给我看看，合适不？”菡萏讷讷地看着小姨，怀玉给她递个眼色，菡萏就穿起了那件婚纱。“姐，正合适。吉诚看了，肯定夸你。”菡萏听了，吓了一跳。“明天吉诚回来，我穿给他看。”桑桑自说自话，并不看别人。菡萏脱了婚纱，桑桑郑重地拿过来挂进衣柜里，然后就若有所思地看着菡萏。菡萏不知说什么才好，怀玉拍拍她，两人慢慢退出来。

“舅妈，小姨？”“没什么，有点糊涂，醒了就好了。”“她提到我爸，她的病跟我爸有关系？”“想听吗？这事啊，三十八年了，你小姨就一直没醒过来。菡萏，我们出去走走。”

桑桑看见了她们的背影，忽然想起了什么，转身就进了屋里。看看两个骨灰盒，一个桑梓，年龄不小，五十多吧；一个菡菡，很年轻，不对呀，明明是桑桑嘛。桑桑来回看着两个骨灰盒，一抬眼又看见那张全家福照片。“吉诚，桑梓。”她脱口喊出来，旁边那幅《问》吓了她一跳，“这是我的？”

一霎间，桑桑头脑里那只青花瓷零散的碎片，“哗”地还原，她有些清醒一样，向窗外看去，菡萏和怀玉已经出了院门。桑桑没多想，拿着照片和绣品，追了出来。

她轻飘飘的，像个幽灵，不远不近地跟着她们。怀玉和菡萏进了望江公园深处，拣一个僻静的地方，那里有一张椅子，在两棵粗大的银杏树下，树的后面还有一张。两人坐了下来，怀玉讲起了那段故事。

“原来是这样，怪不得妈妈说她罪孽深重，怪不得爸爸对妈妈不好。”菡萏难过地说，“小姨就这么等了三十八年啊！傻傻的，年龄都忘了，什么都不知道？”“是啊，什么都不知道。她的医生说，她可能根本就不愿意知道。不过这段时间，她总叨叨，说台湾的人可以回来了，吉诚一定会回来的。”“小姨真可怜。”“你们回来了，这回，一定要让小姨知道真相，她该知道了。”两人慢慢离开了望江公园。

桑桑就坐在她们的后面，她们的谈话，声声入耳，桑桑静静地听完了自己的故事。“三十八年，三十八年！怎么成了三十八年？菡萏，菡菡，桑梓的孩子，吉诚的孩子！”桑桑终于穿越了那堵厚厚的记忆之墙，触摸到了故事的真相，那个一生致力拼凑的破碎的青花瓷，渐渐复原：

“吉诚，我有话跟你讲。”“有什么话，婚礼后再说吧！”“不行啊，来不及了。”“来日方长，有什么来不及的。”“吉诚，我怀孕了！”桑梓哭喊了出来。

“吉诚，咱们私奔吧！”桑梓已是歇斯底里，“不然我只有死路一条了。吉诚，我不想死，我要这个孩子。”“桑梓，冷静些，婚礼后再说……”“婚礼后，桑桑怎么办？”“可现在，桑桑怎么办？”

…………

桑梓和吉诚走的时候，到医院来和她告别，他们没进来。

…………

哦，原来如此！果真如此！

三十八年，桑桑睡了三十八年，梦了三十八年，今天，终于醒了！

桑桑失去的三十八年岁月，终于被找了回来。那道厚厚的无法穿越的记忆之门，终于缓缓开启；那幅一辈子不愿打开的记忆画轴，慢慢展开。沿着森森的石阶而上，桑桑在那古旧的城堡里，如看电影一般，看完了自己整个一生的故事。那三十八年，被剪辑掉的三十八年，空转的三十八年，一幕幕在她的眼前淡入淡出：

婚礼没有如期举行；

吉诚和桑梓走了；

婆婆走了，公公走了，父亲走了；

哥哥和大姐结婚了；

母亲走了；

愚儿已经十八了；

桑梓去世了，她的女儿、外孙女回来了；

吉诚没有露面；

自己不是小姑娘，已经六十多了；

…………

“两年”的魔咒解除了。桑桑一生极力排拒的真相，极力排拒的三十八年历程，毫无预兆地呈现在她的面前。三十八年的梦境、梦幻、梦游、梦魇结束了。

桑桑心里敞亮起来，她看看手里的照片，吉诚一家人，笑靥如花。她笑了，还是那浅浅的微笑。

抬起头，面朝初春温暖的阳光，桑桑轻轻地闭上了眼睛。幻想中，那张长椅上依旧坐着两个耄耋老人，她甚至觉得吉诚就在不远处看着她，她感到了他的呼吸。

椅子的近旁，是青青的竹，茸茸的草。春风将春的色、春的味，吹到她的身边，散在远的天边，而那守护“爱”的魂笃定地与她共存亡。

桑桑的《一千零一夜》童话，结束了，在这个美丽绝伦的童话王国里，国王将怎样安排她今后的命运呢？

结束了，三十八年的浩荡离愁。

结束了，三十八年的浩荡春梦。

梦是桑桑的颂歌，也是她的挽歌。

中午，洪泽接到曾正的电话。他和曾正立刻赶到公园，桑桑靠在椅子上，甜甜地睡着，手里拿着那张照片和《问》。

桑桑静静地躺在医院的床上，依旧年轻貌美。菡萏坐在她的床边，轻轻地念着桑梓的信：

桑桑：

这封信我想了一辈子，提起笔又放下，不敢给你写，我没有勇气。就这样，几十年就过去了。桑桑，我不知道你能不能看到这封信，可是我必须写。我不想带着它走，它太沉重了，这几十年，压得我喘不过气来。

桑桑，姐对不起你，你还好吗，照片上的人是你吗？姐这辈子不知该拿什么来还你。

姐做错了，我和吉诚有了孩子，我们私奔了，我们都背叛了你。我的孩子跟我们俩一样，是双胞胎。一个叫菡萏，一个叫菡菡。可是菡菡已经走了，也许这是上帝给我的惩罚吧！

桑桑，原谅我！

1976年平安夜

桑桑听到了，感觉到桑梓正拉着她的手，内疚地哭诉。“姐，我没怪你。”桑桑眼角溢出了泪。

菡萏见了，轻轻呼唤：“小姨，小姨。”给她拭了泪。桑桑笑了，很开朗地笑了。

桑桑的爱情是白天也是黑夜，是太阳也是月亮；是柔雨，白雪，也是微风，靓霞。电闪雷鸣之于她，什么都不是，她的灵魂中没有这些东西。

桑桑对爱情的“执”，是“执着”“执拗”“固执”。她的心永远是空的，“空明”“空净”“空澈”；

桑桑的爱情无疑是苦的，但桑桑异于常人，她的感觉与常人不同，所以她甜蜜其中；

桑桑的人生，没有“哭墙”，没有“苦路”，她不受魔鬼的怂恿，也未遭遇伊甸园的毒蛇；

…………

桑桑又来到草甸子，拽着婚纱，这个待嫁的新娘，顾盼流离。三只美丽的丹顶鹤从远处飞来，托起她，飞过绚烂的霞光，飞往阳光的深处，飞往一个水草丰茂的地方，那里千鹤竞舞，蔚为壮观。

这次，桑桑再没有醒来，她走了，安安静静，貌美如花。

山盟似花，
海誓若磐，
一畦的赤橙蓝绿，
止于秋黄。

清明，竹望山墓地，桑父桑母墓旁多了三座新墓，她们都依偎在父母身边。

桑桑去了，无疾而终。

入殓时的桑桑，已经是银丝沧桑的老妪，这个老妪，只有洪泽一人见着了。

桑桑的墓志铭是洪泽撰写的：

她一生年轻地守候着爱情，来如夏花，去如秋叶。

桑梓的信和那幅《问》，烧在了桑桑的墓前；

桑桑的日记，烧给了桑梓；

桑梓给父母的信，烧在了父母的墓前。

一家人，五座墓，翠竹青青，鲜花簇拥。

桑桑走了，她一生与梦同行。她的爱，惊鸿一瞥，昙花一现。尔后，便是漫漫三十八年的春空鹤梦。

桑梓走了，她一生与梦错过。爱的昙花一生一世都未见得开放。

清明，雨落纷纷。

大家肃立墓前，静穆一阵后，凄然离去。菡萏不时回头，她总觉得，一个似有似无的影子，在墓地周围忽隐忽现，可她几经回头，看见的也只是萧索的冷雨，冰硬的石径。可那稀疏的树林里，分明有一个看不见的人啊！

天那么高远，那么透蓝。

吉诚望着舱外的朵朵白云，心的海，潮起潮落。整整三十八年，而今要回到故乡了，他欣喜而悲伤。

面对未知的前路，他百感交集，忐忑不安。这三十八年，自己做了些什么？先前漫长的、备受煎熬的期盼，忽然近在跟前，他又有一种恍若隔世的感觉。他的心堵堵的，他的眼睛涩涩的。

机场，吉诚看见洪泽一家来接菡萏一家，他远远地看着，远远地躲着，直到本班机的人已散尽，他才步出机场。

席父席母的墓，扫得干干净净，两簇鲜艳的黄菊，隆重盛开。这是菡萏、行健、阳光敬献的。

等菡萏他们走远了，吉诚来了，他用鲜花覆盖了整个墓地。他点了香，烧了纸，敬了酒，还烧了那张四个人笑靥如花的全家福。

他跪下来凭那风吹雨打，一动不动。雨水顺着他稀疏的发梢滴落下来，打在鲜花上。许久许久，吉诚伏下身子，趴在墓前，他的双手紧紧地抠进大地，十指深深地陷进泥里，他痛哭，浑身战栗，却没有一点声音。

雨越下越大，天越来越暗，吉诚终于直起身来，对父母深深地鞠一躬，再鞠一躬，又鞠一躬。

他来到邻近的桑家墓地，给二老敬上鲜花，给桑梓、桑桑、女儿献上鲜花。他跪在桑桑和桑梓的墓前，脸上满是雨水和泪水。

吉诚要回台湾了，临行前，他再一次来拜别父母、桑桑、桑梓，看看女儿菡菡。远远地，他看见一个人在桑桑的墓前种植着一片常春藤。他默默地看着，直等这个人离去。这个人，是曾正。

吉诚悄然回到了台湾。在大陆，他已是无亲可省。他没有故乡，成都不是他的故乡，这里他无亲无友；台湾也不是，那里他无家无亲。

眷村的家，冷冷的，那股血腥味早已散尽，吉诚依然习惯性地推开所有窗户。月亮睁着冷冷的眼睛，吉诚的眼前又浮现出坐在公园里的桑桑。

桑桑不可思议地依旧年轻貌美，她不时低头看看手里的照片和《问》，脸上间或有浅浅的笑。她还不时回望自己所藏身的竹丛，仿佛知道自己藏在那里。

桑桑抬起头，笑看那暖暖的阳光，小鸟依人般，靠着那张曾经温暖过他们的长椅。

吉诚的喉结上下抖动，他抑制不住自己，慢慢地走出来，他想靠近她，可是他又快速地退回来躲着。

是洪泽来了，几个人忙活着将桑桑送进了医院。

三十八年啊，桑桑等了三十八年！可怜的桑桑！

老宅席庐依旧，却只有一间属于席家了。家里没有任何东西了，吉诚只在早已腐朽的柜子里找到一张房契。在这阴暗潮湿的屋里，吉诚住了一夜，梦都带着一股子霉味。

雨大起来，风大起来，席卷而来的狂风，掀翻了屋瓦，摔在地上，稀里哗啦。院里那棵高大的榕树，竟然被狂风连根拔起，歪歪地砸下来，席庐瞬间就变成了废墟。

吉诚醒过来，一身冷汗，关上被吹开的窗户。

清晨阳光普照，吉诚起身后，将这个家打扫得干净整洁，把父母的遗像端端正正挂在墙上，点了一炷香，跪了下来。他清癯的脸满是风霜。他静静地跪着，然后起身，拿出挎包装了几样东西，锁好门，离开。

外绿山通往多明寺的石径上，一个清癯老人的背影孤寂落寞。他的左右一只猫、一条狗，是吉诚收养的。这段时日，他们仨相依为伴。曾经伟岸的吉诚已是形容枯槁，像一杆风中朽木。这偌大的人间世界，离他越来越远，空门才是他的归属。

山高路远，几天下来，吉诚已是力不胜支，尽管他行囊极简，一个挎包而已。那猫，那狗，随着他，亦步亦趋。

几天以来，从山岚散尽到一抹残照，那掩蔽在苍松翠柏中的多明寺，离他越来越近，清亮的晨钟，浑厚的暮鼓，在这远山近林中散播，给他越来越多的希望。

月，已升得老高，夜，透凉。偶有几声惊慌的鸟鸣，撕破空寂的夜。

吉诚瑟缩着，艰难前行。那寺，已近在眼前。他略略歇一会儿，又一步步前行。一阶阶，一梯梯，扔在了他们仨身后，吉诚抬头看时，那“多明寺”三个字近在眼前又仿佛远在天边。他喘着气，用着全身的力，艰难爬行，汗渗出来，一颗颗打在石阶上，发出“滴答，滴答”的声音，他的嘴唇已干得起了皮。

月亮高悬，夜色诡谲，山风浸骨。空旷的世界里，只一个垂垂暮年的吉诚，在艰难地前行。

终于到了那座肃穆的寺门外，他长长地嘘了一口气，在阶前坐下来，舔舔嘴唇，欣慰一笑，一只手摸摸狗，一只手抱起猫，将头靠在那粗圆的朱红门柱上，闭上了疲惫的眼睛。

教堂，一垣残壁，满是眼睛。这一双双充满各种神情的眼睛，都盯着吉诚。

桑桑穿着洁白的婚纱，徜徉在铺满银杏叶的金色大地上，长长的发，飘飘的发，婀娜的身姿。

吉诚站起来，向着前面这个让自己一生顶礼膜拜的图腾，追去。

那条连接天堂和地狱的长蛇，化为一弧没有色彩的虹；

空中飘飞的鹤风筝，成了一只俯冲下来的鸷鹰；

庞大的舰艇，不过一只水蛭而已；

地上的那摊热血，竟然是翻江倒海的滚滚浊流。

月光下，紧闭的寺门，一对硕大的铜锁环透着幽幽的光。

吉诚的头低了下来，飞霜的白发，银亮。猫蜷缩在他的怀里，狗将头放在他的膝上。许久，狗抬起头，舔他的脸，他不理会。狗在他的身边“呜呜”地绕了几转，便对着庙门一阵狂吠，猫也急急地从吉诚身上跳下来，“喵喵”个不停。

硕大的门环摇动了，寺门“吱”的一声打开，一位伟岸的方丈，鹤发童颜，右手只剩一个拇指。他看看依着柱子的吉诚，赶紧叫人将他抬进了庙里。

鬼蜮为牢，

游魂成灾。

一世的酸甜苦辣，

湮于深渊。

回到台湾的菡萏，收到了一封信，是父亲寄给她的席家老宅房契。菡萏和行健四处寻找父亲，无果。无奈之中，他们贴了满街的寻人启事，并在电台反复播放。

两个月后的一天，中秋将至，菡萏接到一个电话，便与行健赶往外绿山多明寺。寺庙后面的山坡上，一座孤坟，苔藓如毡。

那晚，方丈将吉诚救进寺里时，吉诚已是归人。感慨之余，他们将他葬在了这里。方丈认为这个人是世界上最可怜的人，入家无门，出家无门。就差一步，这个藏在深山的净地也没能成为他最后的归宿，他像是被凡界和空门同时抛弃了一般。他的遗物中，没有可以证明他身份的东西，因此他简单的墓碑上，只有四个字：沧海桑田。这座坟，寂寂孤独地立在这深山中。

方丈将菡苕和行健迎进了多明寺，菡苕看到他右手只有一个拇指，感到似曾相识。方丈将吉诚的遗物交给了菡苕，一是桑梓绣的《松鹤延年》，还有就是菡菡的作文《我的爸爸》。

母亲回去了，她的空冢，在听涛的海岸。

父亲回不去了，他的孤坟，在吟风的深山。

这对生生死死都不相靠的夫妻，就以这样的方式留下了他们的故事。想到此，菡苕不能自已。

翌年清明，那幅绣品、那篇作文，烧在了吉诚的墓前。

吉诚的墓碑上有了遒劲的姓和名，有了生年和卒年，有了立碑的女儿、女婿和外孙女。

碑还是那座碑，沧海桑田！

只是翻了一个面而已。

后续：

1．叶薇夫妇也回成都省亲，而后回了台湾；

2．老肖回到了乐山，他的新娘终生未嫁，但没有逃脱劫数，早已过世，他没再回台；

3．菡苕征集了母亲和小姨的绣品，办了一个“两岸蜀绣展”，桑梓的《风情万种》与桑桑的《清明上河图》都在其中。两姊妹的绣品，技艺惊人相似，意韵惊人相投。

后记

读高一的我，一天突发“脑疯”，说将来要当一个作家。好友德英说：“作家都是男的。”“杨沫就是女的。”我脱口而出。一个念头而已，一闪即逝。不承想，这个一闪即逝的念头，却是一颗从天边飘来的种子，在我心的土壤里，悄悄埋藏了几十年。

有一天，忽然想起，不久就要过某个生日了，一个可圈可点的生日，送自己一个与众不同的礼物吧！于是就有了这个故事的构思和大纲，那是2006年的某一天吧。尔后，它就只是个“大纲”了，因为，我竟将它遗忘。等我想起它，拿起笔时，已是四年以后，错过那个生日两年了。

写作甫始，如有神助，我几乎一口气成就了四十来万字，可后来的那十多万字，就是山间溪水，曲曲折折了。开学了，只有周末才能写，况且，现实将我从故事里强拉了出来，我的思绪很难回到故事的意境里去。写得顺手时，感觉良好，信心百倍；写得不顺手时，猛吃零食，坐卧不安，有时竟一连几天或两三个星期“挤”不出一个字来。我才知道，作文真的是不易，特别是作长文。写到后面，竟然忘了前面那个人物的名字；要不，情节又重复了，或自相矛盾了。修改成稿时，费了好大的力气。

我终于体会到，“呕心沥血”是何种滋味，这是在吐丝作茧。如此，也就体会到那些被剽窃了智慧的作家的疼痛。两年来，我在我的人物中嬉笑怒骂，泣哭悲愁；和他们一起梦游，和他们一起赎罪。我就是他们当中的某一个人，任何一个人，我为他们的归宿辗转难眠。

现在，这个浩荡情愁的故事终于结束，可是，我不想和我的人物说“再见”，而是想说“珍重”。

一颗从天边飘来的种子，悄悄在我的心里扎了根，几十年后，竟然开花结果了。我是幸运的，感谢上苍，万分感谢。感谢读者，万分感谢！

一位八十八岁高龄的读者朋友，专程到我常喝茶的送仙桥，跟我讨论这部小说，老先生在意地问：“为什么给男主人公安排这么一个结局？”

一位女读者说：“我从头哭到尾……”

一位同学说：“我在里面找哪个是你，哪个是我……”

我承认，这是一部虐心的小说。

文学作品的所有表达，都是作者对社会、人生和自然的认识、理解和解释，是作者内在情感的宣泄和释放。

这部本五十余万言的小说，这次再版，删掉了二十来万字，割舍的痛，实在难以言语。

作　者

2017年5月1日

第八次修订于四川成都